上古
神话演义

Ancient Chinese Mythology

中　钟毓龙
　　著

人民文学出版社

上古神话演义
中

第五十一回

羿射十日　羿与姮娥相见

渠搜国来朝

过了春分,淫雨连绵,竟无三日之晴。帝尧君臣所忧愁的是旱灾,哪知此刻不是旱灾,几乎成水灾了。春寒尤重,与隆冬无异。直到立夏前三日,天气方才晴正,然而骤然和暖。次日阳光尤烈,竟如炎夏,日子亦觉得非常之长。到得立夏前一日,竟热得异乎寻常,人民无不奇怪。后来忽然发现,原来天上的太阳竟出有四个之多,那光热自然不可当了。大凡夜间月色,人人都喜赏玩;至于太阳,是从来没有人去看它的;所以至三日之久,方才发现。帝尧一听,知道洪厓仙人之言应验,慌忙召集群臣商议。群臣道:"既然洪厓仙人之言应验,当然请老将出力。"老将羿道:"如何出力?"众人道:"老将最擅长的是射,当然是射它下来。况且某等久闻老将有神弓神箭,能射天上星辰,那么太阳亦当然可射了。"羿道:"从前老夫,偶然射箭玩玩,心想射天上星辰,于是炼了一张神弓、几支神箭,后来果然给老夫射落一颗大星,但是从此亦没有射过。因为此等事是只可偶然的,现在再射起来,不知道灵验与否,这是一层。还有一层,太阳与别种星辰不同,是人民之主,哪里可射呢!"众人道:"这个不妨。天无二日,民无二主。现在竟有四个太阳,足见有三个是妖星,和人间僭乱的伪主一样,有什么不可射呢?"羿道:"僭乱之主易分,三个妖星和真正的太阳难分。万一误射了真正的太阳,将如之何?"众人道:"不妨射射看。射得下的,总是妖星;真正的太阳一定射不落的。"羿听了,还是踌躇。和仲道:"老将平日是极肯见义勇为的。现在大难临头,何以忽然推诿起来?况且洪崖仙人有言,非老将不能救此灾难,所以老将只要出手,是一定成功的。"老将羿不等他说完,便连声道:"射,射,射。"立刻跑到家中,将那一张神弓、几支神箭取了跑出来。帝尧和群臣当然一齐跟了他走,便是百姓知道这个风声,亦一齐轰动,跟了走,足足有十几万人之多。一则看看新奇之事,二则保佑他立刻射着。但是人越多,挨挤越热,沿路中喝,或昏晕而跌倒的不计其数,其余的亦汗出如蒸,气喘如牛。到了一个广场,是老将平日阅军校射的地方。老将羿停住了,向天一望,只见四个太阳,参差不齐,有的在东,有的在西,有的在南,有的在北,不知道哪三个是妖星。但是向四个太阳一看,两只眼睛先昏花了,便放下弓说道:"不行不行,光太厉害。"羲叔道:"既然到此,不妨试试。"羿听了,勉强拈弓搭箭,胡乱地向空射去,哪知等了许久,毫无影响。大家看了,一齐失望,纷纷散去。羿更是垂头丧气。逢蒙在旁冷笑道:"世界上哪有此事!我早疑心,射落星辰之事是假的,不过说大话,吓吓人罢了。只要看他刚才的推三阻四,就可知道他心虚胆怯,恐怕显出真情的苦处了。不然,假使他做得到,我又何尝做不到呢?"

不言逢蒙在旁讥笑他的老师,且说帝尧见羿一射不中,忧心如焚,一路回宫,一路暗想:除此之外,更有何法呢?忽见赤将子舆赶上来,说道:"前日洪崖仙人说,要请帝先斋戒,虔诚的祷祀天地祖宗,帝忘记了这句话么?怎样今朝就立刻射起来呢?要知道,虽然老将有神箭,还须凭仗圣主的精诚。"帝尧一听,恍然大悟,慌忙地沐浴斋戒起来,又预备祭祷天地祖宗,须三日方能完毕。哪知道三日之中,更不得了。立夏这一日,太阳出了六个。次日,出了八个。

第三日,太阳竟出了十个。每日一对一对地增加,热得真是不可言喻,总之比火烧还要酷烈,所有树木无不枯焦,禾苗花草等类,更不必说了。房屋梁柱,不但裂缝,并且出火自焚。草盖之屋,更烧尽了。河川中之水,亦渐渐干涸殆尽。人民无处可避,每日死者,就近计算,总在几千以上。大家都说世界末日到了,因此发狂的、全家自杀的都有。前几日,还是哭声震野,后来反肃静无声,大家都坐以待毙。四面一望,但见尸横遍地,尸气熏天,因为没有人肯再去收拾掩埋了。这时地也裂了,石也焦了,金类都熔了;景象凄惨,真是空前之浩劫!独有那帝尧,仍是日夜稽首于天地宗庙之中,所幸尚未热坏。到得第三日,群臣中已多半病不能兴。赤将子舆向帝尧道:"帝的精诚,想来已上达于天了。现在大势日急,到得明日,不知道又是如何情形。请帝率同老将赶快射吧,不必满足三日了。"帝尧听了,极以为然,忙饬人去召羿。哪知羿自从前日射太阳不中之后,非常懊丧,又兼听了逢蒙讥笑的话,尤其愤不可言,这两日亦在家中聚起全副精神炼那十几支箭。闻帝宣召,立刻携了弓箭来到帝处。帝尧就和他徒步行于十个烈日之中,再来到广场。

　　帝尧先捧了羿的弓箭,仰天祝告一番,再递给羿,然后跪下,求皇天默佑。那老将羿,亦使起平生的本领,架了神箭,满拽着神弓,这时正是巳正以后,十个太阳渐渐行近中天,羿的箭就直向天空射去。说也奇怪,不到片时,只见天空中一个极大的火球直向东方掉了下来,火焰熊熊,倏忽不见。但见无数鸟羽似的东西,飘飘扬扬,四散飞开,想来是太阳里面的三足乌了。老将羿看见一箭已经射着,精神陡增,亦不暇管它是什么东西,更竭尽平生之力,一箭一箭,觑着天空射去,一连又射了八箭,箭箭不虚。八个太阳,一个一个掉下来,都坠落在东方山后(现在山西长治市屯留区西北二十五里有三嵕山,山峰高峻,相传羿射落九乌之所)。那鸟羽似的东西,尤其飞扬,满山满谷,天气顿然清凉。观看的人,无不大呼称庆,都说:"这种灾异,固然是万古无两的;这种神射,亦真是万古无两的。"大家一路欢呼,一路来扶帝尧起来,又来向老将羿称谢道贺。哪知老将此时,忽然倒地,不省人事。大家这一惊,非同小可。巫咸上前说道:"不要紧,这是用心用力过度之所致。老将这几日,专心致志在弓箭上面,所有的精神血气,都扑在外面。一旦成功,心一放下,那精气血脉仓卒不能归原,所以有这种现象。赶快送到小巫那边去,小巫有药可救。"于是就有几个人来抬了老将,大家簇拥着,一齐到巫咸家里,便是帝尧也跟了来。只见巫咸用一根针,解开羿的衣裳,在各处穴道之中刺了几刺,又用手将羿的胸腹手足尽力地捏了几捏,果然羿的喉间渐渐作响,四肢也会动了。大众至此,才放了心,但觉得自己身体上都是奇冷,原来当时十日并出,热不可耐,人人穿的都是单衣;到了九日射落之后,天气虽然清凉,但是余热还未尽散,又加以关心老将的病,防恐他有什么变故,所以把冷都忘却了。现在老将之病既有转机,余热又渐散尽,因此众人陡然都觉冷了,赶快想归去添衣。哪知出得门来,但见黑云密布,飘风卷地,不到一刻,大雨如注,将五日以来蒸发的水气,积蓄在空中的,统统尽量地降下来,沟浍皆盈,平地变成泽国,枯树复生,土地复润。但是,人民刚经大热之后,忽而大凉,不免疾病;有些房屋已经焚毁,衣物荡然的,尤其苦不可言,真所谓水火既济,天心不仁了。幸而帝尧君臣早料到此,赶快分头遣人尽力救济,又叫巫咸和诸医生配制方药,到处分送,保全的不少,然而已经焦头烂额,疮痍满目了。后来据四方陆续奏报,五日之中,各处死亡总计在千万以上,真个是空前绝后的浩劫!

自此以后,帝尧与群臣终日孜孜,讲求善后的方法,无暇及于他事。独有那老将羿,受万民的崇拜,真敬重得他和天神一般,羿亦得意之至。一日,羿在朝堂中遇着逢蒙,偶然想起当日的话,就问他道:"你那日说老夫射星辰之事,是假造的大话。现在老夫连射九个太阳,亦是假造的大话么?你又说老夫如果做得到,你也能做得到。你既有这种本领,当时何不也射他几个,不但可以给众人看看,并且亦可以帮帮老夫的忙,老夫决不会怪你分功的,岂不是好么!"这两句话,直说得逢蒙羞惭无地。众人在旁,亦都讥嘲逢蒙的忘恩负义,因此对于逢蒙,都有点贱视的态度。逢蒙受到这种刺激,因羞成怒,因怒生愤。他不怪自己的不好,反怪老师不应该当众羞辱他,因而想到孔壬从前的一番话,真觉不错,不觉动了杀心,然而仔细想想,绝无机会。后来觉得众人益发瞧他不起,料想在朝亦无意味,遂向帝尧告了病假,请求开缺。帝尧早知道他的心术不端,亦不慰留。那逢蒙从此便离开平阳,不知到何处去了。倒是老将羿,对于他的走,反有恋恋怅怅之心。为什么缘故呢?一则老将羿赤心为国,天性爱才,知道逢蒙的技艺,除己之外,真是数一数二的;而且又相随多年,一旦失去,殊属可惜。二则,老将羿自帝喾时以来,虽则立朝几十年,但是他那个求仙的念头仍旧没有忘了,所以他对于务成子,对于赤将子舆等,非常亲近,时时请教长生之法。这次射落九日之后,他以为大功告成,可以对得住天下国家,对得住帝尧了,满拟等百姓元气渐渐恢复了,就将所担任的军旅责任让给逢蒙,付托有人,他可以安心再去干那个求仙的勾当。哪知逢蒙竟去了,帝尧亦不留,那么以后自己的接替人为谁,目的如何能达?有这两层缘故,他所以要恋恋怅怅了。

一日,正是正月十四日的晚间,一轮明月,从东山推上来。老将羿独自一人,饮了几杯闷酒,对着月亮,不免又凝思起来,所思的是两种:一种就是以后如何脱身,再去求仙。一种就是记念他的夫

443

人月里嫦娥,原来老将羿是个多情之人,对于嫦娥,虽则怨恨她,但亦甚思念她,每当对月之时,便兜上心来了,这亦是他的常事。这次,正在遥望凝思之时,忽见外面走进一个童子来,向羿说道:"我是嫦娥夫人叫我来的。夫人知道你在此记念,心中万分不安,但是人天路隔,无从降凡。明朝元宵夜,乃是明月团圆之日,请你用米粉搓成一个大丸,团圞如月,放在室之西方,对着它频频呼夫人的名字,如此接连三夕,夫人就可以下来和你谈话了。"那童子说完之后,倏忽不见。老将羿诧异之极,连声叫道:"奇怪!"然而明明看见听见,并非梦幻,宁可信其有,不可信其无。主意决定,就依了他的话做。到了第三日夜间,果见彩云一朵,从空飘下,环珮之声彻耳,兰麝之香扑鼻,仔细一看,原来果然是嫦娥,不过装束和从前大不同了,丰姿态度尤为艳绝。老将这时,虽则万种怨恨,亦说不出。停了一会,倒是嫦娥先向羿开口道:"我实在对你不起,难怪你要生我的气,但是事已至此,无可如何,总请你原谅吧。"羿听了,仍不言语。嫦娥又说道:"我知道你到此刻,求仙的念头还甚浓,这是错的。要知道神仙做长久了,亦毫无意味,不过和做人一样,即如我,而且甚苦。所以我劝你,取消这个念头吧。"老将羿听到此地,不免又生气了,大声说道:"亏你说!你现在已是神仙了,倒反用这种话来骗我,我是孩子么?"嫦娥道:"我已经对你不起了,再来骗你,岂不是罪上加罪么!老实和你说,我因为当初对你不起,所以虽则做了神仙,依旧不免吃苦。我立心要想赎这个罪,所以今朝特地来和你相见,劝你不要再求仙,以求赎我之罪,这是我的真心。你想想看,我骗你做什么?我骗你有什么好处?我果然和你有不对之处,不来和你相见就是了,何苦再来骗你呢!"羿道:"你当日不是写信给我,叫我再去见西王母求仙么?今朝又叫我不要求仙,这种自相矛盾之言,不是骗,是什么?"嫦娥叹道:"当时我初入月宫,道行浅,不知道什么,所以劝你求仙。如今在天上久了,稍稍知道一些,所以特地劝你不要求仙,并非自相矛盾。"老将羿急问道:"你知道些什么?你知道些什么?你知道我决不能成仙么?还是你防恐我成仙之后,要来和你为难,所以竭力阻挠我么?老实和你说,我和你是夫妻,有情分的。果然成了仙,决不来和你计较。你如肯帮助我,尤为感激。假使你再敢阻挠我,破坏我,我决不再饶恕你。要知道太阳尚且要射它下来,何况月亮!管教你没有存身之地。总而言之,我的求仙,一定要求。你不必再说。"嫦娥听了,叹口气道:"既然如此,请你在家中修炼,不要出外。这句话,务须要听我。"羿听了,更加误会,就问道:"西王母那里可以去么?"嫦娥沉吟了一会,才说道:"总以不去为是。"羿登时大怒,骂道:"照这样看来,你真是来阻挠我,连西王母那里都不许我去。西王母至多寻不到,难道会吃人么?你这个狠心巧舌的妇人,我以后不愿再见你,亦决不再记念你,你给我回去吧。"嫦娥看羿如此情形,不觉哭泣失声,倏然之间,已不见了。老将羿越思越忿,心想,总要等一个机会,再到玉山去寻一次西王母;如寻得到,既可以达我目的,又可以出今日这口气;如寻不到,那么我这个心亦可死了,且依那不良妇人的话,在家修炼吧。这是羿的心事,按下不提。

且说帝尧君臣办理大灾善后,足足有一年余,元气方才有点恢复。可是福无双至,祸不单行,平阳一带,忽然大地震,数日不止。墙坍屋倒,人民死伤甚多。考察情形,越北越重,想系震源是从北方来的。帝尧赶快叫和叔前去调查。过了多日,和叔奏到,说道:"离平阳北面四百多里,平地之中,忽然喷发火焰,涌出无数灰石,积成一座大山。喷发的时候,声闻数十里,几里路远之地,都感觉到它的热气。现在山顶之上,仍在那里喷烟(现在山西吕梁市临县东南七十里有火山,周二十里)。又离平阳东北八百多里,亦有同样的火山发现(现在山西大同市东南有火山,上有火井,南北六十七步,广阔丈许,深不见底,火势上升,若微雷发响,以草爇之,则烟腾火发,就是当日火山口之遗迹)。又离平阳北面五百多里、六百多里,又有同样的两座火山喷发(现在岢岚县西及河曲县西,均有火山)。再查过去,哪知极北、瀚海之地,从前是平坦而多水泽的,此刻忽然隆起一座大山脉,自东至西,连绵不断,竟将中原和瀚海隔绝了。幸喜得那边天气苦寒,人民不多,所以损失尚少。"帝尧看到这种奏报,觉得两年以来,天灾地变,重叠而来。虽则是天意,但亦总是德行浅薄,不能挽回天心所致。欲待退位,这个天下,交付与谁?欲待做下去,这个重大责任,实在有点负担不起。想到此际,忧心如焚。

一日,西方昧谷忽有奏报递到,原来渠搜国君要来朝贡了。帝尧便问和仲,渠搜国在何处。和仲道:"在臣所居昧谷之西。"(现在俄属中亚细亚之地)帝尧道:"不在中国境内么?"和仲道是。帝尧道:"那么不可以寻常朝觐之礼相待,须以宾礼相接。"于是与大司徒商酌,将礼制议定。过了一月,那渠搜国王来了。帝尧先遣大司农做代表,带了翻译,出外郊迎,引他到宾馆中,所有饮食、器具、刍秣、陈设、供给、无不齐备。到了次日,大司农偕和仲率领翻译前往迎接。那渠搜国王同来的,有五个官员、数十个从人、三百个兵士,一部留在宾馆中,其余都随着国王,由大司农陪着,一径向朝堂而来。到了大门口,侯相大司徒早在那里迎接。帝尧冠冕整肃地带了群臣亦迎出来。羲叔做介绍,两边见面过了,然后相让进去。每到一门,必让渠搜国王先行。到得内朝,东西两旁,都有阶级。帝尧是主人,从东阶上去,渠搜国王是宾,从西阶上去。进门之后,放齐赞礼,宾主交拜,再由侯相引宾主就位。宾的席次是坐北朝南。主人的席次是坐东朝西。其余官员均由和仲引导,分坐在宾的两旁。帝尧的群臣则分坐在帝尧的两旁。坐定之后,先由帝尧开言,感谢他远远而来的盛意及慰劳行程的辛苦。然后渠搜国王回答,说些仰慕的套话,又感谢招待的盛礼。这些都是普通话,由翻译传说。停了一会,宾起告辞,主人拜送于大门之外,仍旧是一路谦让而出,第一幕大礼总算告成了。

到了次日,帝尧率领群臣,前往宾馆中答拜。那个礼节,亦差不多,不过渠搜国王是主,帝尧是宾,换了一个地位就是了。到了第三日,帝尧命大司农前往,敦请渠搜国王来行飨礼。堂上阶下,都布满了乐器和乐工。渠搜国王到门,帝尧照旧冠冕整齐地迎接。里面地方既广,宾主席次,相离甚远。坐定之后,每献上一项菜来,帝尧必定亲自出席,向宾再拜,宾亦答拜。那堂上阶下的乐工,就吹吹唱唱,奏起一套乐。每斟一回酒,亦是如此。可是那献上来的菜,都是全身的牛,全身的羊,全身的豕,只能看看,不能吃。就是旁边所放的蔬菜等类,亦都是生货,不能吃的,酒是生水,饭是白米。古人飨礼,大概如此,简而言之,与后世祭神一样,不过借此行一种礼节,表明敬意,并不是志在铺啜。三献三斟之后,赞礼者又高唱礼成。然后大众起立,由傧相引导渠搜国王和官员到别室之内更换便服,又引到一室,乃是饮宴之所。那室中的陈设又是不同了,宾主席次相连,就是群臣相陪的席次亦同在一处。那时帝尧亦换了便服,过来招呼。那渠搜国王,身材高大,高颧隆准,深目虬髯,眼珠微带碧色,就是他五个随员,状貌亦大概相同,帝尧深为奇异。坐定之后,上酒上菜,那酒菜都是可以吃的了,这个叫作燕礼,是从联络感情为主的。当下帝尧就问渠搜国王:"这次走了几日?"他答道:"约走了五个月,因为山路太多,交通不便之故。"后来又谈到十日并出的事情,渠搜国王道:"小国当时,损害不小。

后来知道是天朝一个神人,将它射下九个,方才平定。小国君民上下,无不景仰之至,所以寡人此来,一则观光上国,二则亦想瞻仰瞻仰这位神人,不知现在何处?"这时老将羿正在第四席中坐着,帝尧就顺手指道:"就是这位老将。"渠搜国王一看,慌忙出席,向老将羿连连稽首,口中不住地叫道:"哈纳答依希谷六利,哈纳答依希谷六利。"后来问翻译,才知道是"佩服之至"的意思。当下老将羿答拜了,帝尧又将老将的年龄功绩略述一遍,渠搜国王益发佩服。酒过两巡,大家随便谈谈,帝尧问起那边的风土情形。他说那边天气尚好,农桑之事亦兴,居民也有些兼营畜牧的。后来问到物产,他说国内有一种兽类,名叫"貔犬",亦叫"露犬",有翼能飞,喜食虎豹。大家听了,无不称奇。后来又谈到邻国,他说:"南邻有一个大夏国,西邻有一个沃民国,地方都是大的。但是,大夏国君狡诈而贪,寡人之子仁而庸。寡人死后,不免受大夏国之欺,到那时,天朝天子如能赐予援助,寡人死且感谢。"说罢,便再拜稽首。帝尧慌忙答礼,并加以安慰。燕礼既毕,渠搜国王深深致谢,又住了二十多日,各处游遍,方才起身归国。他所带来的,是毛皮之类。帝尧回赠他的,是币帛之类,价值非常之重,又叫和仲送他一程,方才自去。

第五十二回

洪水来源之理想　黄河成因之理想
黄河命名之理想

且说帝尧既遭十日并出之灾,又遭地震火山之患,休息抚绥,喘息方定,哪知祸事又到了。一日,忽报孟门山(现在山西吉县西四十里)大水冲发,滔滔不断,将人民房屋田畜等冲没了不少。帝尧大惊,暗想:这时并非夏秋,何来蛟水?忙命大司农、羲叔等前往查看。那孟门山在平阳之西,相距不过二百里。大司农等一路走去,只见路上已有水流,愈往西走,那水流愈大。到得山下一看,只见那山上的水,竟同瀑布一般滚滚而下,四散分流。大司农至此,知道决不是蛟水了,遂和羲叔商量,到山顶上去察看,但是水势甚大,不能上去。后来从别处山上绕道过去,千辛万苦,竟达到目的。只见山的北面,竟化为一个大湖,越向北方,湖面越大,竟有汪洋千里、一望无际的情形。大司农道:"那面我记得是阳纡大泽,不要是大泽的水涨溢么?"羲叔道:"阳纡大泽,离此地至少有七八百里,即使涨溢,亦何至于如此之大?"两人议论了一会,不得要领,赶快下山,星夜回到平阳,告知帝尧。帝尧听了,亦无法可施,只得向大司农说道:"既然如此,亦只能尽人事,赶快叫附近的百姓迁徙他处,一面修筑堤防,将这股水驱向下流低洼之地,如此而已。"大司农听了,就出去布置。哪知过了几日,雍州地方的奏报到,说道:"梁山之上,大水冲下,淹没民田、伤害人畜不少,现在还是滚滚不住地在那里流。按着情形看起来,与孟门山之水,正是相类。孟门山在东,梁山在西,想来这股水是两面分流的。"帝尧与群臣至此,更觉无法可施,嘴里常常说道:"这个水从何处来的呢?这个水从何处来的呢?"

在下编书编到此地,不能不先将这个水的来源大略作一说明,庶几看书的人可以明白。据在下的理想,现在的黄河,在帝尧以前是没有的。何以见得呢?现在的黄河发源于青海巴颜喀拉山噶达素齐老峰之下,东南流,折向西北,又折向东北,入甘肃境直向东北流,出长城,循贺兰山东麓、阴山南麓,再折而南,经龙门之峡,直到华山之北,再折而东,以入河南,经河北、山东两省以入海,它的流向是如此。再将它两岸的山脉一看,北面是祁连山、松山、贺兰山、阴山,南面是岷山、西倾山、鸟鼠山、六盘山、白於山、梁山,接着是龙门山,东面是管涔山,上面由洪涛山而接阴山,下面由吕梁山而亦接着龙门山。照这个地形看起来,从龙门以上,黄河的上源实已包围于群山之中,无路可通。但是既然有这许多水,如果不成为盐湖,总需有一个出路。所以古书上说:"上古之时,龙门未辟,吕梁未凿,河出孟门之上。"就是指帝尧时代之水灾而言了。但是这里就有一个疑问:如果这个水是向来出孟门之上的,那么已成为习惯,它的下流,当然早有了通路,何至于成灾?夏禹王又何必去凿它?如果这个水到帝尧时代才出孟门之上,以致成灾的,那么请问帝尧以前,这个水的出路究竟在哪里?如果是个盐湖,向来并无出口,那么何以到了帝尧时代,忽然要寻出口?这些地方,都是可以研究之处。在下的推想是,地壳由热而冷,冷到若干度,必须收缩一会。每遇收缩之时,就是地形大为改变之时。所以从有地球以来,到现在不知道经过了多少万万年,但是人类的历史却是有限。印度只有四千多年的历史,中国只有五千多年的历史,埃及亦只有七千多年的历史,都是世界最古之国了。便是新近发现的巴比伦古迹,据说在一万年以前已有文化,但是亦不过一万多年。从地球经过的寿命看来,也不过几万万分之一。难道一万多年以前,还没有人类么?难道一万多年以前的人,还没有文化么?据在下想来,一定不是如此。既然有人类,既然有文化,何以现在大家都不知道呢?就是因为地壳屡经收缩、地形屡经改变的缘故。地形改变有两种:一种是全部的改变,一种是部分的改变。部分改变,是因为地心的热力作用。地球表面,虽然冷却,但是里面却非常炽热。热力所冲动,则地壳因之而涨。热力所不及,则地壳因之而缩。所以地面的土地,时有升降。有些地方,本在海底,渐渐能升至地面。有些地方,本在水平线上,渐渐能没入海中。但是,同一土地,到处都有升降,并不限于海边,不过在海边上有水作标准,容易看得出。若在大陆之中,无论土地已经升到如何之高,降到如何之低,总不能看出。只有火山爆发和地震之后,往往发现急剧升降,那却是看得出了。或则平地陷成深谷,或则平地突起高山,或则海中涌现新岛,或则岛屿渐渐沉没,古人所谓"高岸为谷,深谷为陵",就是这种。至于全部的改变,最为可怕。到那个时候,全球震动,海水横溢,不但所有人民财产一概荡尽,就是各大陆的形势位置,亦大大改变。或则竟沉下去,或则新升上来,古人所谓"沧海桑田",这个才叫最大的沧海桑田了。所以查考中西各国以及苗蛮的古史,无不是从洪水为患而来。这个洪水从哪里来的呢?就是从地形大改变而来。地壳陡然之间大形改变,其中所有极繁盛的人民,极文明的文化,以及一切种种,无不随洪水而去。幸而有几个孑遗之人,因为或种机缘,得以不死,于是再慢慢生息起来,再慢慢创造起来,就是各地人类的初祖,于是又变成一个新世界。大约从有这个地球到现在,这样的变化不知经过几次。所以现在最古的古国,不过几千年,想来或者就是这个缘故。

　　至于帝尧以前,中国的地形究竟如何,虽然古书简略,考它不清,但从各处搜罗起来,约略亦可以得到几点:第一点,现在蒙古沙漠之地,当时是个大海。第二点,现在绥远、宁夏二省,当时是阳纡大泽。第三点,现在陕西南部和山西西南部,当时是个山海。第四点,现在新疆南部,当时亦全是沮洳薮泽,直通青海和后藏。这四点虽则是在下个人的推想,但是亦有来源:第一点,蒙古沙漠,亦叫作翰海。从古书上考起来,是群鸟解羽之所,所以称为翰。后人在翰字旁加了三点水,是错的。现在北冰洋、南冰洋等处,常有鸟类大集群栖,数以千万计,想来当时的翰海亦是如此(现在蒙古捕鱼儿海等处鸟类仍多)。既然是海,那地势必定很低。现在蒙古高原,高出海面三千尺至八千尺,必定不是当时的地势了。这个地势,何时升高的呢?海中之水,又是何时渐渐涸去的呢?在下根据这两个疑问,假定它是帝尧时候开始改变的,就算它作为洪水之第一个原因。第二点,河套之内,是阳纡大泽,系根据《周礼·职方氏》:"冀州之薮曰阳纡",注上说:"阳纡在山陕之交而近北";又《穆天子传》:"天子西至阳纡之山,河伯无夷之所都居,是为河宗氏",注云:"河宗在龙门之上流,岚、胜二州之地。"岚州,在现在山西北部;胜州,在现在绥远鄂尔多斯右翼后旗之地。照这个地势看起来,现在河套平原,周围千里,在当时的确是个大湖了。既是大湖,则那个湖水又何时涸尽?又何时变为黄河经过之地?在下亦假定它是地势升高之所致,作为洪水的第二个原因。第三点,山海之名,见于《法苑珠林》。现在这种地方,盐池甚多。山西解州的盐池,尤为有名。假使以前不是内海,咸质何来?既是内海,那么海水又是何时涸尽?又何以变为黄河经过之地?黄河既然经过,则虽有水灾,可遏之使它注入河中,何至水灾如此难治?况以现在地势看来,冀州、雍州地势崇高,但苦旱,不苦水,又何至闹水灾呢?所以在下的推想,种种地势都是那时改变的,作为洪水之第三个原因,亦即是古时没有黄河的一个证据。第四点,黄河向来有重源之说。现在新疆的塔里木河,是黄河的第一源。现在青海噶达素齐老峰之下所出的,是黄河第二源。它的解释,是塔里木河注入罗布泊之后,其水潜行地中,到了青海,再出而为黄河。这个说法,奇妙之极,但是亦有三层可疑之点:第一层,塔里木河长到几千里,两岸汇进去的大川,亦复不少。统统归到罗布泊中去,何以能够满而不溢,且反减少?第二层,罗布泊并无出口,应该是个盐湖。但是据调查所得,其水并不甚咸,似乎地下确有去路。第三层,凡川水从山谷中出来,其色必清。黄河从噶达素齐老峰出来,颜色已黄,所以叫阿尔坦河,就是蒙古语"黄金"之义。假使不是潜行地中,混杂泥沙,何以如此?这三层是主张重源的证据了。不过有些人驳它,说道:"罗布泊与噶达素齐老峰,中间相去何止千里!又加以重重大山阻隔,怎样会得相通?即使说地层之中,水有通路,但相去既如此之远,又安见得噶达素齐老峰下所出之水一定是从罗布泊来?"这种理由,无论如何说不过去。况且据人测量罗布泊之地,实较青海高原为低,尤其无逆流相通之理。这两项驳论,可算允当。不过在下有一种推想,就是说地形是有改变的,不能拿现在的地形去判断当时。《尔雅》上说:"河出昆仑墟。"查古书上所说,昆仑共有四个。一个在海外,《大荒经》上说:"西海之南,流沙之滨,有大山名曰昆仑,其下有弱水之渊环之,此山与条支大秦相近。"《禹本纪》上说:"去嵩高五万里者是也。"依着这个方位,推想起来,大概现在波斯国之西的那座阿拉拉山就是。因为这种昆仑山,大概都是地球全体变动时,人类逃避幸生之所,所以历来传述,多重视之。阿拉拉山,就是外国史上所说亚当、夏娃避难得脱洪水之所。所以在下说，一个昆仑，是在此地。又一个在西藏，杜佑《通典》上说："吐蕃自云昆仑山在国中西南，河之所自出。"《唐书·吐蕃传》云："刘元鼎使还，言自湟水入河处，西南行，二千三百里，有紫山，直大羊同国。"古所谓昆仑，释氏《西域记》谓之阿耨达山，即今西藏之冈底斯山也。又一个在酒泉，《汉志》："金城临羌县西，有弱水，昆仑山祠。"崔鸿《十六国春秋》上说：张骏时，酒泉太守马岌上言，酒泉南山，即昆仑之体，周穆王见西王母乐而忘返，谓此山也。《禹贡》：昆仑，在临羌之西。即此明矣。《括地志》上说："在酒泉县西南八十里，今肃州西南昆仑山是也。"又一个就是现在的葱岭。《山海经》上说："昆仑墟在西北，河水出其东北隅。"《水经注》云："自昆仑至积石一千七百四十里。"《凉州异物志》曰："葱岭之水分流东西，西入大海，东为河源，夏禹本纪所谓河源是也。"照这样看起来，四个昆仑，除出极西的那一个与黄河无涉外，其余三个，都可说与黄河有关。葱岭的昆仑，固然是古书上众口一词，说是黄河之所出，就是西藏冈底斯山的昆仑，既然吐蕃人说是河之所出，当然亦不会无因。试看后藏千余里之地，纯是湖泊，有大湖地方之称，人迹不到之处极多。在下想来，决不是从古如此的，大概从前地势，没有如此之高，北面与新疆、东北面与青海，都是汪洋大水，连成一片。后来地势渐渐升高，水汽蒸发，中间又隆起几座大山脉，所以各自为界，化为沙漠及多数湖泊，这亦是地理上常有之事。中国地理古书上曾说有一个西海，便是在下编这部书的第二回上说的"穷桑在西海之滨"。究竟西海在哪里呢？在下的推想，以为就在新疆南部，青海之大部以及西藏西部等处。汉朝时候，王莽在青海地方设立西海郡，可见当时还记得此处是古代西海遗迹。再查青海省的那个青海，现在虽不甚大，但古书上说，南北朝的时候，周围有七八百里，在周朝时周围有一千几百里。

从周朝上溯帝尧,还有二千年,它的面积一定还要广大,安见得不是与新疆南部、西藏西部的沙漠湖泊相连呢?因有以上所说这许多证据和理由,所以在下敢暂时假定,说黄河这条水上古是没有的。自从帝尧时,地盘发生了变化,蒙古沙漠与陕甘两省之间隆起了贺兰山、阴山等山脉,将从前注入翰海的水流隔断,地势又逐渐升高,迫得那阳纡大泽之水只能向南方而流,这是上文所说河出孟门之上的第一原因。同时青海、新疆、西藏之地,亦发生了变化,土地亦渐渐隆起,迫得那西海之水又向东流,从甘肃滔滔不断地灌到阳纡大泽里,这是河出孟门之上的第二原因。再加以那时山西北部,火山连连喷发,从东面遏迫阳纡大泽,那泽中之水当然盛不住,满了出来,这是河出孟门之上的第三原因。总而言之,中国古书上所说,虽则不能尽信,但是亦不能一概抹煞。即如黄河重源之说,照现在地形看起来,万无此理;然而古书言之凿凿。古人虽愚,亦愚不致此;即使要伪造,亦须造得相像。所以在下又敢暂时假定,说当时西海之水,渐渐干涸,是从西面南面先干起。西面帕米尔高原,是全世界最高之原,南面西藏,亦可称世界最高之原。唯其上升得早,所以最高。所有的水,自然倾向低处而流。到得后来,西藏高原因有大山隔绝了,所以冈底斯山这个昆仑所出的河源,久已无人知道,只有西藏人古老相传,还能记得。至于新疆与青海中间的隔断,比较的迟,到了后来,作《尔雅》这部书的人还能知道,所以有"河出昆仑墟色白"的这一句,下文又有"所渠并千七百"这一句,可见当时新疆南部与青海间的西海,业已渐渐干涸,变成无数湖渠,那河水从葱岭曲曲折折东南流,并合了不少湖渠,才到甘肃。后来到得汉朝以后,地形又变,两处隔绝了,考察地理的人,求其说而不得,只好说河水潜行地中,是个重源,难怪引起后人的驳诘了。

说到此处,在下还有一个理想。大凡古人取一个名字,总有一个意义。比如现在陕甘二省之地,古时叫作雍州。何以取名叫雍呢?雍者壅也,壅塞不通也。当时雍州之地,南面是秦岭山、岷山、西倾山,东面是华山,上连梁山,紧紧包住。本来已经水流不通,当中潴成一个山海了,全靠北面一个翰海,西面一个西海,水流还可以宣泄出去。禁不得地形改变,不但不能宣泄出去,倒反倾灌过来,更是壅塞不通了,所以叫作雍州。至于大川的取名,亦都有取义。比如江水,江者共也,小水流入其中,所公共也。另有一说,江者贡也,贡赋往来之所必经也。又比如淮水,淮者围也,围绕扬州北界,东至于海也。又比如浙水以曲折而得名,济水以穿过黄河而得名,大概都有一个理由。独有河水,有些人说,河者下也,随地下处而通流也。这个解释,觉得太不确切。凡是水流,哪一条不是随地下处而通流的呢?还有一说,河之为言荷也,荷精分布怀阴引度也。这个解释,玄妙已极,真不知道他说的是什么话。据在下的推想,河水既然自古以来没有的,忽然竟有这股水,出于孟门之上,滔滔汩汩而来,安得不发生疑问,说道这水是从何处来的呢?所以在下的推想,与其说河之为言荷也,不如说河之为言何也,较为妥当。讲到它的来源,因为地形改变的缘故,不要说帝尧的时候没有弄清楚,就是主张重源的人,亦没有弄清楚。汉武帝叫张骞寻河源,说道遇见了牵牛织女星,因此有"黄河之水天上来"之说,更可谓荒乎其唐,没有弄清楚。就是元朝寻河源,仅仅寻到星宿海,也是没有弄清楚。直到清朝,才知道是出于噶达素齐老峰之下,总算弄清楚了。可知道清朝以前,这水究竟从何处来,列朝要派人寻找,岂非是个何字的意义么?而且这条水,不但上流弄不清楚,便是它的下流也弄不清楚。忽而入渤海,忽而入黄海,忽而又入渤海,变迁最大者已有九次,试问究竟哪一处是它本来的流路?恐怕没有人能确指得出。就是夏禹王当时,已经分河的下流为九条,究竟哪一条是正干,亦不可知。所以这条黄河,始终在疑问之中。河者,何也。在下这个推想,恐怕是不错的。但是再问一句,为什么始终成疑问呢？在下敢再说一句:这条黄河,古时是没有的。

第五十三回

共工受命治河　尧让天下于许由
偓佺以松子遗尧　獬豸出现
皋陶得喑疾　稷为尧使西见王母

　　且说帝尧接到各处水灾奏报之后,忧危之至。过了一年,水势有增无减,那汾水下流,逼近山海一带,早已涨溢得不可收拾。帝尧与群臣商议道:"照此下去,终究不是根本办法,总须特派专员,前往治理才是。但是在廷之臣,哪个是精于水利的呢?"大司农奏道:"前年孔壬来京时,臣和他细谈,觉得他于水利一切,非常有研究。可否就叫他来,办理此事?"大司徒在旁,亦甚赞成。帝尧摇摇头道:"不行,不行。这孔壬是著名的佞人,岂可任用?"羲叔道:"孔壬虽是佞人,但其才可用。当今水灾剧烈之时,可否请帝弃瑕录用。古人使诈使贪,亦是有的。"帝尧还是踌躇。和仲道:"现在无人可使,臣意不妨暂叫他来试试。如果有效,那么其功可录。如其无效,再加刑罚,亦未始不可。"帝尧还未答应。羲仲道:"臣观孔壬虽是佞人,但近年以来,尚无劣迹,颇能尽心辅导玄元,或者已知改悔,革面洗心,亦未可知。请帝勿咎其既往,专责其将来,何如?"帝尧见大众都如此说,乃勉强答应道:"既如此,就叫他来试试。"于是大司农等就饬人前去宣召。

　　过了多日,孔壬来到平阳,朝见帝尧。当他入朝之时,帝尧留心观察,果见那株屈轶草立刻折倒来指着他,并且一路旋转,才知道前日赤将子舆等的话不谬,益发证实这孔壬真是佞人。但是既已召来,不能即便遣去,只能问他道:"现在雍、冀二州,水患甚大,在朝诸臣,多保荐汝去施治,汝自问能胜任么?如自问能胜任,朕即命汝前往,功成之日,自有懋赏。如自问不能胜任,可即自辞,勿贪一时之官爵,致误苍生,而贻后悔。"孔壬道:"陪臣承帝宣召,并诸位大臣荐举,如有犬马之劳可效,无不竭力。不过陪臣远来,未知二州水患究竟如何情形,容先前往,观察一周,才可定见。"帝尧道:"能够如此,亦见汝之慎重。汝可即日前往察看。"孔壬答应退出,自往各处去考察。过了数月,方才回来,奏道:"小臣已往各处看过,大约这次水患,是上面湖底淤浅之故。湖底淤浅则容受不多,只有往外面涨溢,这是一定之理。所以小臣的愚见,治水者先清其源,必须往上流疏浚,以治它的根本,方才可以奏效。若徒从下流设法,是无益的。况且下流三面,都是崇山包围,更无法可想,不知帝意以为何如?"帝尧道:"汝能负责担任此事么?"孔壬道:"上流疏浚,工程浩大,不能求速效。若帝能假臣以时日,臣敢负责担任。"帝尧道:"只要能一劳永逸,朕亦不求速效。汝从前在帝挚时代,曾经做过共工之官,现在朕仍旧命汝作共工,汝其前往,恪共乃事,钦哉!"孔壬拜谢退出,以后大家不叫他孔壬,改称共工了。那时大司农、大司徒一班大臣知道他承认了共工之职,都来访他,问他入手办理的方针,并且说:"如有困难之处,我们都愿竭力帮助。"看官要知道,大司农等为什么说这种话呢,一则固然希望水灾从速平定,二则亦因为是荐举人,有连带责任的缘故,所以不能不如此。闲话不提,当下共工谢过了他们的盛意,自去治水去了。

且说帝尧自从连遭水患之后,忧心越深,把这个君主大位看得越加可怕,急求从速脱卸。一日,忽然想起许由,上次他不是说到沛泽去相访的么,要让这个天下,还是让给他。想罢之后,主意决定,即将政治仍交大司农等代理,即日命驾,往访许由,一径往沛泽而来。果然见到许由,帝尧对于他恭敬得很,执弟子之礼,北面而朝之,说道:"弟子这几年,连遭灾患,百姓涂炭,想来总是德薄能鲜之故。弟子当初即位的时候,曾经发愿,暂时忝摄大宝,过一过渡,必定要访天下之圣贤,将这天下让给他。现在弟子细想,并世圣贤,无过于老师。愿将这天下让与老师,请老师慨然担任,以救万民,不胜幸甚。"哪知许由听了,竟决绝地不答应。帝尧不便再说。哪知到了次日,帝尧再访许由,许由竟不知到何处去了。帝尧没法,只得仍回平阳而来。

一日,走到太行山边,忽见树林之中站着一个怪人,遍体生毛,长约七寸,仿佛如猿猴一般,不觉诧异之至,不知道他是人非人,急忙叫侍卫去探问。过了片时,侍卫就偕了那人同来。那人一见帝尧,就说道:"我是槐山人,名叫偓佺,你看了我的形状奇怪,所以来问我么?"帝尧道:"不错,汝既然是人,何以会得如此?朕想来决不是生而如此的,其中必有缘故,请你说来。"偓佺道:"我从前遇着蚩尤氏之乱,家破人亡,逃到深山之内。那时独自一人,饮食无着,饥饿不过,恰好山中松树甚多,累累地都是松子,我就权且拿来充饥,渴了之后,就以溪水作饮料。不知不觉,约过了一年,那身上就长出细毛来了。遇着隆冬大寒,有毛遮身,亦不觉冷,而且身轻如燕,攀到树上去,亦不用费力,一耸就能上去。至于下来,更不费事,便是从西树到东树,中间相隔数十丈,亦可以一耸而过。走路亦非常之快,假使有一匹骏马在这里飞驰,我也可以赶它得上。因此缘故,我也不问外面蚩尤的乱事平不平,就安心一意地一个人住在这深山之中。好在我家属都已因乱丧亡,心中一无系恋,落得一个人自由自在。我自从入山之后,多年以来,到今朝才第一次见人呢。我正要请问你们,现在蚩尤氏兄弟怎样了?炎帝榆罔还存在么?从前仿佛记得有一个诸侯,姓公孙名轩辕的,起来和蚩尤氏相抗,大家很盼望他打胜,哪知仍旧敌不过蚩尤氏,退到泰山之下去,以后不知如何?诸位如果知道,可以告诉我,使我心中多年的记念,亦可以得到一个结束。"帝尧等听了,无不大惊,便将蚩尤如何失败,黄帝如何成功,以及如何传位于少昊、颛顼、帝喾、帝挚,一直到自己的历史,大略向偓佺说了一遍。偓佺道:"原来你就是公孙轩辕的玄孙,并且是当今的天子,我真失敬了。不过我还要问一句,现在离蚩尤作乱的时候,大约有多少年?"帝尧道:"大约总在六百年以上。"偓佺诧异道:"已经有这许多年么!那么我差不多将近七百岁了。"说到此处,忽而停住,接着又叹口气说道,"回想我当时的妻孥亲戚朋友,即使不死于蚩尤之乱,到现在亦恐已尸骨无存。我此刻还能活着,真是服食松子的好处呢。我已六百多年不见生人。今朝偶然到山外来,不想恰恰遇见天子,这个真所谓天假之缘,三生有幸了。但是我是一个深山野人,无物可以贡献,只有这松子,吃了可以长生,我且拿些来伸伸敬意,请天子在此略等一等。"帝尧正要止住他,哪知偓佺旋转身来,其行如飞,倏然之间,早已不知所在。隔了片时,即已转来,手中拿着两包松子,将一包献与帝尧,说道:"请天子赏收,祝天子将来的寿比我还要长。"又将一包送与各侍卫,说道:"请诸位亦尝尝这个,效验甚大呢。"大家正要谢他,只听他说声再会,与帝尧等拱一拱手,立刻又如飞而去。众人看了,都觉得他的态度突兀,甚为诧异。后来有几个相信他的人,依法服食松子,果然都活到二三百岁。独有帝尧,心里想想,现在天下百姓之事,尚且治不了,哪有工夫去求长生,且待将来付托有人,再服食松子不迟。因此一来,这一大包松子就搁起了,始终没有吃,到得后来,亦忘记了,这是甚可惜的。

且说帝尧回到平阳,早有大司农等前来迎接。帝尧问起别后之事,大司徒奏道:"帝起身之后二日,近畿忽然发现一只异兽,其形如羊,青色而一角,与那一对麒麟同住在一起,甚为相得。经虞人来通报后,臣等往观,亦不知道它的名字。后来请教赤将子舆,他说这兽名叫神羊,一名獬豸,喜食荐草(所以它这个豸字,又可以写作荐),夏处水泽之旁,冬处松柏之下。它的天性,能够辨邪正,知曲直。假使遇到疑难之狱讼,是非曲直一时不能辨别,只要将它牵来,它看见那理曲而有罪的人,一定就用角去触他。当初黄帝时候,有个神人牵此神羊来送给黄帝,黄帝就用它帮办审判之事。赤将子舆是见惯的,所以知之甚悉,果然如此,那真是个神兽了。"帝尧听到此处,忽然想起皋陶,现在差不多已有二十岁左右,听说他在那里学习法律,甚有进步,此刻朝廷正缺乏决狱人才,何妨叫他来试试看。如果有才,就叫他主持刑事,岂不是好。主意决定,于是一面叫大司农将那獬豸牵来观看,一面就饬人到曲阜去宣召皋陶。过了一会,獬豸牵到,其时天色将晚,帝尧已退朝回宫,虞人就将獬豸牵到宫中。那正妃散宜氏及宫人等,听说有这种神兽,都来观看。只见它的形状和山羊差不多,不过毛色纯青,头上只生一角,而且其性极驯,亦与山羊无异。大家以为这种驯良的兽,竟有这样的能力智慧,无不诧异。散宜氏越看越爱,就和帝尧说,要将它养在宫中。帝尧对于这种异物,本来不以为意,既然散宜氏爱它,也就答应了。自此以后,一直到皋陶做士师以前,这只獬豸总是养在宫中。它的毛片是时常脱换的。散宜氏见它的毛又长,又细,又软,颜色又雅驯,后来就将它的落毛凑积起来,织成一帐,与帝尧张挂,为夏日避蚊之用,真可谓是苦心孤诣了,此是后话不提。

一日,皋陶到了,帝尧大喜,即刻召见。但见他长身马喙,面如削瓜,长成得一表非凡,就要问他说话。哪知皋陶行过礼之后,用手将他的口指指,口不能言,原来已变成哑子了。帝尧大惊,便问他何以会哑呢。那皋陶早有预备,从怀中取出一张写好的字来,呈与帝尧。帝尧一看,只见上面细述病原,原来是前年秋间,扶始忽然得病,皋陶昼夜服侍,忧危之至,而且伺候汤药,积劳太过。到得扶始死了,他又哀伤过度,放声一哭,昏晕过去,及至醒后,就不能说话,变成废疾,这是他致病之缘由。帝尧看完,就问道:"汝此病总请医生治过。"皋陶点点头。帝尧道:"想来曲阜地方,没有好的医生,所以治不好。朕叫巫咸来,为汝医治。"说着,就叫人去宣召巫咸。少顷,巫咸来到,细细诊视一番,说道:"这个病是忧急伤心,触动喉间声带所致,不是药石所能奏效,但将来遇有机会,也许能够痊愈,不过亦得防常常要发。"帝尧道:"此刻没有方法治么?"巫咸道:"此刻真没方法。"帝尧听了,叹息不已,暗想,天既然生了这样一个有用的人,又给他生了这种废疾,真是不可解!或者是要将他的材料老一老,再为人用,亦未可知。当下对着哑子,无话可说。过了两日,赐了他些医药之资,就叫人遭送他回去,按下不表。

一日,帝尧轸念民生,亲自到孟门山和山海一带,巡视一周。只见那水势真是涨溢得非凡,所有民居田亩,都浸在大水之中。当地的居民,虽则有官府的救济,另外分田授屋,尚不致有荡析离居之苦,但是长此下去,低洼之地,在在堪虞,终有不得了之势。想到此际,不免忧从中来,正不知道何年何月,方可安枕。忽然想到洪崖仙人的话,只有西王母能救这个灾患,不过要在数十年之后。等到数十年之后,岂不是民生已无噍类么!这却如何是好?后来一想,西王母住在玉山和昆仑山,老将羿是曾经到过的,何妨去求求她,请她就来救呢。西王母是神仙,总有慈悲之心,只要诚心去求,或者可以早些挽回劫运,亦未可知。即使求而无效,或者并走不到,那亦是天命使然,人事总应该尽的。想到此处,主意已定,回到平阳,就叫大司农和司衡羿前来,先向大司农说道:"前此洪厓仙人说,大水之灾,非西王母不能救。西王母所居仙山,去此甚远。朕本拟亲自往求,奈为国事所羁。汝乃朕之胞兄,王室懿亲,就命汝代表朕躬,前往诚求。务恳西王母大发慈悲,即速设法,弭此巨灾,拯救万民,汝其往哉!"又向司衡羿说道,"老将是三朝元老,国之重臣,况兼前此曾经到过仙山,见过西王母,路途既熟,又和西王母相识,朕拟叫汝做一个副使,陪着大司农前往恳求。不过老将年纪太高,自从射下十日之后,闻得常有疾病,不知还肯为国家、为万民再吃一番辛苦否?"老将羿道:"为国为民,况兼帝命,老臣虽死不辞。"帝尧听他说出一个"死"字,心中大以为不祥,便想不叫他去,就说道:"老将究竟年高,老者不以精力为礼,何况登山临水,走万里之遥呢!刚才朕失于计算,朕之过也。现在只要老将将那往玉山及昆仑出的路程,细细告诉大司农就是了。朕不派副使,亦使得。"哪知羿只是要去,说道:"区区玉山、昆仑山,万里之路,何足为奇。老臣当日不知道走过几回。今日虽多了几岁年纪,亦不算得什么。帝已经派了老臣做副使,忽然又不要老臣去,无非是怜惜老臣,恐怕老臣途中或有不测。但是,即使中途疾病死亡,亦是老臣命该如此,决不怨帝,请帝仍准本意,派老臣作副使吧。"帝尧听他越说越不祥,心中后悔不迭,但已无可如何,只得派他作副使。老将大喜,称谢而退。且说老将羿何以如此之坚决要去呢?一则他平生忠义性成,见义勇为,不避艰险。二则老年人往往恃强,不肯服老。羿又是武夫,好勇负气,因见帝尧说他老,所以不服,一定要去。三则羿自从西王母灵药被姮娥偷去之后,常想再到玉山,问西王母另讨。可是去过几次,总走不上,但此心不死,仍旧在那里希望。自从射下十日之后,用心过度,身常多病,杜门不出的时候甚多。前此孔壬的任用，正值他卧病在家，不然，他未有不竭力反对的。唯其多病，所以越希望长生，见西王母的心亦越切。再加以姮娥一番劝阻的话，他又误会，起了疑心，因此西王母处竟有不能不去之势。可巧帝尧叫他做副使，仗着天子的洪福，或者可以走得上山，那么就有达到目的之希望了。这个千载一时之机会，他哪里肯放过。有这三个原因，所以他一定要去。闲话不提。

且说帝尧因此事关系重大，大司农等动身的前几日，他自己先斋戒沐浴起来，虔诚地祷祭天地祖宗。到出行的这一日，又亲自冠冕，送他们出城。到得他们临别的时候，又和他们二人再拜稽首，吓得二人手无所措，说道："自古至今，没有以君拜臣的道理。"帝尧道："朕非拜汝等，是拜西王母。朕不能亲拜西王母，所以将这个大礼寄在汝等身上。汝等见到西王母后，稽首再拜，就和朕亲拜一样了。"二人别后，一路赞叹帝尧的虔诚不置。

第五十四回

冯夷服水仙得仙　羿射河伯中左目
羿猎得大兔　逢蒙杀羿

且说大司农等离开平阳,一路往西南而行,越过壶口山,到了雍州地方,只见那边的水势,亦实在不小。那股水从梁山上,滔滔滚滚,直向山海而去。所有居民,也和冀州一样,都移至半山或高阜之地居住。本来到西王母处去,应该渡过漆沮水(现在陕西的北洛水)而西的,现在为大水所阻,只能折向西南行。一日走到华山相近的地方,看见无数百姓纷纷向着那河水朝拜祭祀,仿佛有什么请求似的。当下大司农就问他们道:"河水为患,祷祀是不相干的。你们祷祀些什么?"那些百姓道:"不瞒贵官说,我们并不是祷求河水的消灭,我们是祷求河水中之神,请他不要害我们。"大司农诧异道:"河水中有神,你们如何知道?他又如何地害你们呢?"那百姓道:"这河水之神,有两夫妇,都是我们向来熟识的。他们就住在此地华山北面潼乡堤首地方,男的姓吕,名叫公子,女的姓冯,名夷,一名修,亦叫作冰夷。他们从前住在这里的时候,专门修仙学道。后来吕公子遇到一个仙人,名叫涓子的,据说是黄帝的老师,住在金谷地方,以饵术而延龄,能导引而轻举。他给吕公子一颗仙丹,名叫虹丹。吕公子服了之后,听说就成仙了。那个冯夷呢,有人教她不要食五谷,专食水仙花。那时她家里养的水仙花很多,有单叶的,有千叶的,颜色有白的,有红的。但是,那教她的人说:单叶的是水仙花,千叶的不是水仙花,名叫玉玲珑,服食起来宜专服单叶的,不宜服千叶的。能够寻到水仙树,同水仙花并服,尤其好,因为水仙树的里面藏有仙浆。单叶的水仙花,又叫作金盏银台,其中像一个酒盏,深黄而金色。拿那个水仙树的仙浆,滴在金盏之内,服之就可以成仙。那冯夷听了这话,非常相信,到处访求水仙树,后来果然给她求到了,据说在一个枸楼国中去寻到的。从此她就专服水仙花,不食五谷,将从前所养的千叶玉玲珑统统分送与人,现在有些人家中还有它的种子藏着呢。过了几年,她服食水仙花足有八石之多,到处去游玩。有一日游到从极之渊,就是现在的阳纡大泽,深有三百仞,她忽然看见她的丈夫吕公子在大泽之中,她欢喜之极,跟着潜伏入水底,从此就不见了。这一日记得是八月中的庚子日。有人说她是成为水仙了,有人说,她到渊水里去洗浴溺死的。这种传说,我们也不去深究。到了前两年,梁山上大水冲下。我们忽看见他们两夫妇,各乘着一辆车子,云气护着,车子前面各驾着两条龙,从水中一前一后,耀武扬威而来。我们才知道他们两个果然都成为水仙了。因为素来与他们熟识,特地恳求他们保护,不要使大水来加冲害。哪知吕公子听了,就和我们说道:'我现在已做了河伯了,我的妻子冯夷亦做了河侯了,从极之渊就是我们的都府,现在这个大水,就是从那边分出来的。你们要我不加害,是可以的,但须要依我两件事:第一件,到阳纡大泽旁边的山上,盖起一座华丽的大庙,四时奉祀我们。庙上匾额,可写河宗氏三个字,表明我们两夫妇是河水之所宗。第二件,我们生长的家乡,从前所住的地方,亦须照样立一座华丽的庙。这两件事能依我,那么我一定保护你们。不然,不要说你们这个地方我要冲去它,就是别个地方我也要冲去它。不要说现在要使你们受灾害,便是几千百年之后,我亦要使大家受灾害,显显我们河宗氏的威灵.'我们听到他这番话,大家都失望极了。不想他们成仙之后,竟抹面无情,而且凶暴残忍到这种地步。但是亦不敢和他计较,只好苦苦哀求道:'这里是你生长之地,父母之邦,有桑梓之谊,请二位总要格外地爱惜矜怜。立庙上匾祭祀这一层呢,我们可以照办总照办;不过我们小民财力有限,阳纡大泽又远在几百里之外,两处兼营,一时恐怕更做不到。再加以经过大水之后,财产大半损失,生活尚且艰难,哪有力量再造两处华丽的庙呢!务请二位格外施仁,保护我们,矜惜我们。等将来我们元气恢复之后,一定替二位造庙,并且岁岁祭祀。'贵官们想想看,我们这番话,说到如此,亦可算入情入理,委曲周至了。哪知道他们两夫妇,不听犹可,一听之后,登时放下脸来,骂我们道:'你们这些不知好歹的人,我念你们是个旧交,不忍就来淹死你们,所以用这点区区事件相托,哪知你们竟推三阻四,不肯答应,真是无情无义,可恶极了。'说着,将手在车上一拍,车子登时腾空而起,那四条龙尾巴卷起大水,直滚过来,我们人民又给淹死了许多,房屋财产损伤也不少。我们都是死里逃生出来的。然而,要依他做,实在没有这笔经费,只好听死。不料前个月,他们两个又来了,还是这番议论,并且限我们一个月以内,要将两处的庙都造好,否则就使我们此地全土尽成湖泊。我们怕极了,但是逃又没处逃,只好日日在此祭拜,求他们的情呀。"那些百姓说完,个个泪落不止,有的竟号啕起来。老将羿听了这种情形,气得三尸暴跳,七窍生烟,大叫道:"岂有此理!岂有此理!老夫不杀死他,不算人。"那些百姓大惊,个个摇手道:"说不得,说不得。他们是神仙,不要说别的,就是四条龙尾巴,已经厉害之极了,我们人类哪里敌得他过呢!"老将羿道:"怕什么,从前大风也是个神仙,老夫要射死他。便是天上的太阳,老夫也要射它九个下来,怕什么!"众百姓至此,才知道他是老将羿,大家欢欣罗拜,请他设法除害。羿道:"老夫此行,有王命在身,照理是不能沿途耽搁的。但是,为民除害,亦是圣天子之志愿,就是延搁数日亦不算不敬。圣天子知道了,亦不会责罚。老夫决定在此为汝等除了害之后再走。"众百姓听了,都欢喜非常,大家争先腾出房屋,请羿和大司农等居住,又争先供给食物。

过了几日,寂无动静,大司农疑惑起来,说道:"不要是这两个妖怪大言恐人,从此不来了,那么我们岂不是空等么?"老将道:"恐怕不然,那日不是说限百姓一月之内要将庙宇造好么,现在不知有几日了?"说着,就叫了百姓来问。百姓道:"已经二十多日了。"羿道:"那么他们总就要来了。"又过了几日,只听得呼呼的风响,汨汨的水声,早有百姓慌慌张张地进来报道:"他们又来了!他们又来了!"羿一听,急忙取了弓箭,和大司农出门来看。果见两个人,一男一女,各乘着云车,驾着双龙,从上流大水中耀武扬威而至。羿气极了,亦不愿和他们讲话,就是一箭,向那男的脸上射去。只听那吕公子大叫一声,急忙用手去护他的脸,倏忽之间,两夫妇一齐潜入水底,云车双龙,都不见了。原来吕公子命不该绝,所以只伤了左目。百姓看见,都欢呼起来。羿却怏怏,恨未将他们两个都射死,以绝后患。过了两日,羿和大司农商量动身,百姓坚留不放,说道:"他们两个都没有死,万一来报仇,必定更加凶恶,那么我们真要死尽了。"羿亦踌躇不决。又过了几日,仍是绝无消息,大司农以西行之期万不可再缓,和羿商量。羿沉吟了好一会,勉强想出一法,和百姓说道:"老夫等奉命西行,在此已勾留多日,决不能再留。老夫看他们两个水鬼,已经受伤,料想一定匿迹潜踪,不敢再出来为患了。老夫的威名,不是老夫自夸,的确是世界闻名的。那两个水鬼,既然有点仙术,能够腾云驾雾,当然亦知道老夫的手段。现在老夫将所用的弓箭,留一份在此间,你们可以悬挂水边。那弓箭上刻有老夫的名号,使他们一望,可以知道。老夫再写一道檄文,投在水中,使他们知道,想来决不敢再来加害你们了。"说罢,就取出简笔来,动手写道:

  大唐司衡羿,谕尔河宗氏夫妇知悉:盖闻聪明正直,是谓神明;恺悌仁慈,斯为仙道。尔等既以学道成仙,自称河宗氏,则仙而兼神矣,理应广施仁术,以拯万民,岂宜妄逞贪心,为祸黎首!况当此际灾患方殷,野多嗷雁之声,民有其鱼之叹。尔等果欲庙祀千秋,血食万姓者,但能使闾阎普庆于安澜,自可得祭赛永隆于下土。历观祀典,孰非崇德而报功?各有良心,谁肯忘恩而负义?不此之图,而残民以逞,挟势以求,天上有是神乎?世间有是仙乎?是直淫昏之厉鬼耳!下官钦承帝命,誓剪凶徒,凡有害民者杀无赦。一矢相遗,犹是小惩而大戒;余生苟惜,务宜革面而洗心。倘使怙恶不悛,抑或变本加厉,则定当扫穴犁庭,诛除不贷。大风枭首,是尔等之前车,勿恃神仙,可幸逃法网也。先此传谕,懔之慎之!

  写毕之后,先与大司农一看,然后交给百姓,叫他们掷入河中,然后与大司农起身就道。百姓等知道不可再留,只得大家恭送了一程,方才回转。后来河宗氏夫妇,得到羿的教训,果然反躬改过,韬迹潜踪,不敢再来滋扰了。可见老将羿的威声,正是神人共钦的,这是后话不提。

  且说大司农和羿走了一程,到得山海之边,满以为有船可坐了,不料四面一望,半点帆影都没有,不觉诧异,就问之于土人,哪知都给河宗氏夫妇糟蹋尽了。二人没法,只得沿山而走。老将道:"老夫记得到西王母处去,有三条大路可走。现在既然漆沮水一条,山海一条,都不能走,只好走第三条了。"大司农问道:"第三条走哪里呢?"羿道:"翻过终南山,逾过汉水,就是巴山。沿巴山西去,就是岷山、西倾山,那么去玉山、昆仑山已不远了。"二人商定,便直向巴山前进。那时正是秋末冬初,四山黄落,峰峦争出,景色非常幽静。一日走到一处,忽见前面乱草丛中,一只黄色的庞然大物,蠕蠕而动。老将眼明,认得是虎,急忙一箭射去,只听得大吼一声,那大物已应弦而倒。老将向大司农及从人道:"老夫从前走过此地,猛兽极多,大家要小心。"众人听了,都非常戒备。及至走到草中一看,果是猛虎,已经死了。可是奇怪,身上却有两支箭。一支在腹上,是羿刚才所射的,直透心胸,而从左边穿出,箭羽还在腹中,一支在头上,正中右眼,深入骨里。羿看了诧异道:"这支箭是哪个射的呢?"拔出箭来一看,却无标记。便向地上一望,只见点点滴滴的血迹和披披靡靡的乱草,仿佛直从对面冈上而来,想来这只猛虎,是被人射了一箭,兀是不死,负了伤逃到这里来的。但是,那个射虎的人,一定是高手。原来射虎之法,中咽喉不容易,因为虎是伏着的;射心胸各处难得致命,万一它带伤不死,直扑过来,就要吃亏;所以射两眼最好。虎的威猛全靠两眼,眼睛受伤,除死及逃之外,别无能力。但是射眼,最难命中。这个射虎的人,既能命中,又能深入骨里,所以羿知道他一定是人间高手了。但是细看那虎,亦非寻常之物,大概真是个老虎,所以虽则负伤,仍能奔跑。当下羿看了一会,就向大司农道:"我等且跟着这个血迹寻过去,果然得到一个射箭的高手,荐之朝廷,亦可以备干城之选。"大司农亦以为然,于是一直寻到冈上,四下一望,杳无人踪,但是细看那地上的草痕,确曾有人来此走过,正是不解。忽然看见前面有一只白兔,其大如驴,趯趯地在那里跑。老将看了,大为稀奇,正要拈弓而射,那兔像是很有知觉,一见了羿,跑得更快,但是终逃不脱羿的神箭,已经中在后腿上,扑地倒了。早有几个从人飞奔前去,捉了过来。原来羿并非要射死这兔,不过要捉来玩玩,所以仅仅中它的后腿,不伤其命。当下众人看了,都说有这样大的兔,真是见所未见。老将便叫从人斩取山木,造成一个柙子,将这大兔关进去,养它起来。大司农道:"我等往玉山,带了这兔走,防恐不便。"羿道:"不妨,前途有人家,可以托他寄养,且到玉山归来,再带回去。"大司农听了,亦不言语。不过因这大兔一来,将刚才要寻访射箭高手的心思早抛却了,且天色亦渐不早,当下羿就叫从人扛了柙子在前面走,自己和大司农在后面跟,相离不过十几步路。老将因为看得这大兔奇异,一面走,一面不时地将两眼往柙中望,一面又和大司农谈论:"从前所看见过的异兔,有一只是纯赤的,有一只是纯黑的。据人们说,王者德盛则赤兔见,当时正是颛顼帝的时候,这句话是不错的,就是那黑兔……"刚说到此,忽听从人大叫道:"啊哟!大兔不见了。"羿急忙一望,果然从人只扛了一个空柙子,那大兔不知何处去了。细看那柙子的门,依然锁着,丝毫未动。大家都不禁诧异之至。那扛柙子后面的从人说道:"我本来时时看着它的,后来因为看看太阳,是不是将要落山,刚将头旋转,就觉得柙子一动,肩上重量顿然减轻,急忙一看,哪知已不见了。"大众说道:"或者是个神物,所以有这种灵异。"有的人说道:"既然是神物,何以会被捉住呢?"有的说道:"不是老将,哪个捉得它住?"纷纷议论。过了一会,大家也都不在意了,独有老将心中非常怏怏,进入客馆之中,亦不大高兴说话。哪知到了夜间,就做了一梦,梦见一个人,白冕白衣,俨然一个王者的模样,走进来指着羿骂道:"我叫鸦扶君,是此地山上的神祇,昨日偶然化形出来游玩。看见你来,我就逃,已经怕你了,总算是了,你何以还要射伤我?还要做起柙子来囚我,将我和罪犯一般地抬了游街,如此耻辱我,这个仇,我必定要报的。"老将生平，只有受人恭维，受人称颂，何尝受人这样地骂过！在梦中不禁大怒道："汝敢报仇，请你报，你只要敢报。"鹩扶君道："我不来报，我借人家的手来报。"老将羿道："借哪个的手？"鹩扶君道："借逢蒙的手。"老将大怒道："逢蒙是我的弟子，他敢如此？"鹩扶君指着老将的后面说道："他已经来了。"老将梦中回身一看，果见逢蒙弯弓挟矢而来，心中又怒又急，一声怒吼，霍地醒了，原来是一个噩梦。仔细想想，大为不妙。当初赤松子与我相别的时候，叫我谨防鹩扶君，不知道就是这个妖物。我妻姮娥，又力劝我不要西来，不料此次出行，果然事事不顺意，连射一个水鬼都射不死，不要是我的大数已经到了么？想到此际，翻来覆去，再也睡不熟了。

到了天明，羿急忙将此梦告诉大司农，并且说只恐性命不保，半途身死了，有负天子使命，负罪实深。大司农听了，连忙用语替他解释，说道："梦境岂足为凭，大约是昨日大兔不见了，众人说神说鬼，老将听了，心中不免幻想，因此生出来的心记梦，亦未可知。至于逢蒙，现在并不在一起，不知到何处去了。如果将来再见到他，可以善言遣去之，或者谨防之，何足为虑。难道老将的本领，还怕制他不住么？"老将听了，觉得心中略慰，但是仍减不了忧疑。过了一会，大家起身上路。行不数里，陡见前面树林中，一支快箭直向老将咽喉射来。老将因昨夜少眠，加以忧疑，蒙蒙眬眬，精神不济，猛不及防，被它射中穿过，登时倒地身死。大家齐吃一惊，立刻忙乱，都来看视老将。大司农道："前面那个贼，你们赶快去捉住他，替老将报仇。不要放过了他！"众人听了，齐向树林中寻去，果见有一个人藏在里面，看见众人来寻，急忙转身，向后便逃，看他的后影，的确像逢蒙。大家无不愤怒，说道："果然是这个没天理的贼！果然是这个忘恩负义的贼！赶快捉住他！"说着，一齐拼命地赶上去，亦不管山路的崎岖难行，亦不顾逢蒙的箭法厉害。那逢蒙却亦没有回身射箭,假使他回身抵御,不要说十几个人,就是几十个,亦恐怕不是他的敌手。或者逢蒙已经杀羿之后,自知理亏,没有这股勇气再来抵抗,亦未可知。大家赶了多时,看看赶近,哪知转过一个山峰,只见前面是万丈的深谷,旁边一条曲曲弯弯的细路。逢蒙至此,忽然不见。众人大疑,都道他是藏躲起来了。大家各处细细搜寻一会,又向前追赶一会,绝无影响,只得回转。再看那万丈深谷之中,有个尸首倒卧在那里,但是不能下去看明。揣度起来,大约是逢蒙失足跌下去的。急忙回转,只见大司农仍在那里抚尸大恸。众人便将以上的情形,报告了一遍。大司农道:"果是那个贼。当初天子早劝老将疏远他,老将忠厚存心,不曾将他疏远,不料今朝竟遭其祸。"说罢,叹息不已。又道:"我看那贼一定是坠崖而死。假使不死,真是无天理了。"当下大司农就叫从人,向附近居民商量停尸之所,兼备办棺木。百姓知道是老将羿被害,无不感伤,亦无不竭力帮助。盖棺之后,大司农因为自己有王命在身,不能中道折回,只能作了一道表文,叫从人赶回申奏。内中说起射虎获兔种种情形,并附说道:"臣想那猛虎身上的一箭,当然是逢蒙所射。但不知他是否知道羿要经过此地,预先来此守候,抑系偶然相逢,发心暗杀?就是崖下之尸,是否逢蒙,亦不能确定。务请帝即速下令,通缉凶手。如果未死,获到之后,尽法惩治,庶慰忠魂,不胜迫切之至。"帝尧接到此表之后,不胜震悼,一面下诏通缉凶手,一面下诏优恤老将。因为他是三朝元老,且屡立奇功,故饰终之典特别隆重,每年由国家祭祀之。其祭祀之名,叫作"宗布"。古书所载:"羿死,托于宗布",就是这个出典。可怜羿一代英豪,却死于门弟子之手,是千古所没有的事情。后来周朝孟夫子,因他取友不端,还要说他不是端人,这句话未免太觉刻薄,在下甚不佩服。宋、明、清三朝理学大儒,论起人来,总是吹毛求疵,使人难受。这种风气,不能不说是孟夫子这句话创出来的,不知读者诸君以为何如?逢蒙死后,遗有《射法》二卷,见于《汉书》,但是否真是逢蒙所作,亦不得而知也。

第五十五回

青鸟使迎迓大司农　西王母性喜樗蒲
神仙与世人不同之情形　东王公之历史

且说大司农自老将身死,遣人申奏之后,一路仍向西行,由巴山直到岷山。一日,忽然遇着一个人,觉得面貌很善,姓名却一时记不起。那人却认识大司农,拱拱手道:"久违久违。王子现在到何处去?"大司农听他的声音,方悟到他就是崇伯鲧,从前在亳都时候常常见到的,现在有二十余年了。一面慌忙还礼,一面告诉他此番出使的原因。鲧听了,仰天大笑,说道:"不用人力去着力,倒反听命于不可知之神仙,这种思想,这种政策,某未知其可也。"大司农听了,作声不得,只好问鲧,一向在何处。鲧指着前面说道:"寒舍就在那边一个石纽村中(现在四川石泉县),相去不远,请过去坐坐吧。"说着,就引了大司农,曲曲弯弯走了两三里路,忽见一座大城,环山而造,鲧的住宅在城中心,左右邻居不少。大司农细看那大城,纯是用泥土筑成,与寻常用木栅所造的城迥然不同(现在蒙古库伦以木栅为城,'库伦'二字就是蒙古语城圈之意。上古工程简单,所谓城者,大约亦如此),暗想,他的能力真大了,能筑如此坚固之城。原来鲧的长技,就是善于筑城。任你怎样高高下下、崎岖不平之地,他造起城来,总是非常容易。后世说他筑城以卫君,筑郭以卫民,是个筑城郭的始祖。这句话虽则不尽是如此,但是鲧的建筑术,必有确能突过前人之处,而当时学他的人,当亦不是少数,所以后人有推他作始祖的话了,闲话不提。且说鲧引大司农到他家里,坐定之后,就说道:"某在帝挚时,虽则蒙恩受封于崇,但是从来不曾到国。后来帝挚驾崩,某本想辅导玄元,以报帝挚知遇之恩,不料驩兜、孔壬两人朋比为奸,将某排斥。某本无名利之心,何苦与他们结怨,适值此地亲戚家有要事,某就借此请假,约有好多年了。现在家居无事,研究研究天下的大势,山川水道,国家政治的利弊,倒亦逍遥自在。"大司农这个人,本来生性长厚,又素来知道,三凶之中,鲧的人品实在高得多,不过性情刚愎而已。其他导君为恶等事,都是附从,为驩兜、孔壬所累。现在见他如此恬淡寂寞,颇为钦仰。又听他说研究山川水道,这个亦是平生所欢喜的,就和他讨论讨论。哪知鲧一番议论,都是引经据图,切切实实,与孔壬的空谈又是不同,的确是有研究、有学问的人。暗想,当初如果早遇着他,那个治河水之事应该举他,不应该举孔壬。后来又一想,如果孔壬治无功效,再举他吧。当下与鲧又谈了许久,方才告别,便改向西北而行。

越过西倾山,已是西海了,此刻羿已身死,无人作向导,只得到处打听路程。后来有人说,浮过西海,有一座三危山(现在甘肃敦煌市东南有三峰摇摇欲坠,故名)。山上有三只青鸟,是西王母的使者,常为西王母取食的。但是,那山边亦很不容易去,如果能到得那山边,寻着三个青鸟使者,那么见西王母就有希望了。大司农听了,便秉着虔诚,斋戒沐浴,向天祷告。次日,就雇船泛西海,直向三危山而来。哪知刚到山边,就见有三个人在那里迎接,仔细一看,那相貌都非常可怕,头脸绯红,眼睛漆黑,身上都穿着青衣。一见船拢岸,便拱手向大司农说道:"敝主人知道贵使降临,特遣某等前来欢迎,请上岸吧。"大司农诧异之至,暗想他不知如何知道,真是神仙呢!当下谦谢了一番,登岸之后,便请问他三人姓名,才知道一个叫大鹭,一个叫少鹭,一个就叫青鸟。大司农暗想,前日人说三只青鸟,我以为真个是鸟,原来仍旧是人。不言大司农心中暗想,且说大鹭等招呼了大司农登岸之后,又招呼从人登岸,行李一切,统统搬上,自己前行,众人都跟了走。走到半路,只见林中飞奔出一只大兽,向着众人张牙舞爪,像个要搏噬的模样。众人大吃一惊,急忙转身要逃。少鹭忙止住道:"有我等在,不妨事。"早有青鸟向那兽喝道:"贵人在此,不得胡闹。"那兽听了,方才垂着戬尾,站在一旁。大司农细看那兽,其状如牛而白身,头上有四角,身上之毛如披蓑衣,下垂至地,不知道是什么兽(依理想起来,大约是现在青海等处之氂牛),便问大鹭。大鹭道:"这兽名叫'徽狦',要吃人的,所以此处地方,寻常人不容易来。"说着,已到了一间石室,少鹭便让大司农进去小坐。大鹭,青鸟仍去招呼从人。大司农便将奉帝命要到玉山见西王母的事向少鹭恳求,要他指引。少鹭道:"这个可以,敝主人一定接见。不然,不叫某等来接了。不过此刻敝主人不在玉山,在群玉山。贵使者且在此暂停一日,俟某等去问过敝主人,何日延见,何地延见,有了确信,再来引导。"大司农道:"贵主人不住在玉山么?"少鹭道:"敝主人的居住有好几处。一处是玉山,就在此地东南方。一处是拿山。一处是群玉山,亦叫昆仑山。这三处都是敝主人常常游息的所在,比如下界帝王,有离宫别馆之类。"大司农道:"群玉山离此有多少路?"少鹭道:"大约有一万里。"大司农道:"那么往返必须半年多了。"少鹭笑道:"哪要这许多时候。某等来往,不过片时而已。"正在说时,忽见一只三足的乌,从空飞进来,停在地上,口中衔着一个又似翡翠又似碧玉的大盘,盘中盛着不知什么东西。这时大鹭、青鸟亦走进来,少鹭向他们说道:"我此刻陪着贵使,不得闲。你们去进食吧,并且问问主人,何时见客,何地见客。"大鸳、青鸟答应了,各从身畔取出一件青色的羽衣,披在身上,霍地化为一对青鸟,率领了这只三足乌,衔着大盘,从地飞升,翱翔而去。大司农看了,又大诧异。少鸳道:"这只三足乌,是专为敝主人取食的。某等是专为敝主人传使命的。但有时三足乌来不及,某等亦为敝主人进食。"大司农听了,更是诧异,暗想:西王母是个神仙,所住的地方,何求不得?何必要到万里之外来取食呢?究竟不知道取的是什么食品?但是不便问,只好罢了。过了一会?更问少鸳道:"贵主人是个神仙,有姓名么?现在有多少年岁?"少鸳道:"敝主人姓鸠名回。她的年岁,却不知道,大约总有几万岁了。"大司农道:"贵主人平日作何事消遣?亦管理下界之事么?"少鸳道:"下界之事不常管,但有大事,亦是管理的。从前黄帝轩辕氏与蚩尤战败,敝主人曾遣九天玄女、素女等前往援助。后来却不听见说管什么事。至于平日,常和群仙聚会,或看她的几位女公子作各种游戏,或与紫阳真官樗蒲赌博,总是做这种事情。"

大司农听到此处,不禁诧异极了,暗想:前日记得帝说起,那曲阜地方,曾经发现一种樗蒲赌博的事情,弄得男女杂遝,不成模样,风俗陵夷,不堪言状。那时帝太息痛恨,出示严禁,不想天上神仙,亦是如此,岂不奇怪!遂又问少鸳道:"那樗蒲赌博,是怎么一种物件?"少鸳道:"这亦是下界新近发明的。听说发明的人,仿佛是要一个有道行的老头子和一个名叫乌曹的人。某亦不过偶然听见说起,所以并不十分清楚。至于樗蒲之法,敝主人赌博的时候,某有时在旁伺候,所以略略有点知道。大约用五颗木子,上面刻着黑狗、白鸡、黄犊等,各人掷下去,看它的彩色,以便在局上进行,而分胜负。但是如何分胜负之法,某亦不甚了了。"大司农听他所说,知道正是帝在曲阜所见的那个东西,遂又问道:"人间赌博,为的是财帛。莫非天上神仙,亦不能忘情于财帛么?"少鹜道:"不是如此。敝主人的赌博,是遣兴消闲以取乐,并非有争胜贪欲之心。所以他们赌起来,亦并不是财帛。无论什么物件,都可以拿来做个分输赢的物件。即如敝主人在昆仑山上所住的那座龙月城,城中产一种李树,名叫黄中李,是稀世的奇物,无论人间天上,寻不出第二株来。这树花开的时候,每朵花有三个影子,结实之后,每实有九个影子,花上实上都有天生成的'黄中'二字,所以叫作'黄中李'。东海度索山上,有一株大桃树,盘屈几千里,名叫蟠桃,其果实非常之大。比积石山所出的桃实,大如十斛笼的虽然稍小,但是它的滋味芬芳甘美,远在积石山桃实之上。有一年,度索山的神荼、郁垒两弟兄采了无数蟠桃来,贡献于敝主人。敝主人吃了之后,非常欢喜,就将那桃实在所住的瑶池边种起来,万年之后,方才长成得和度索山的无异。自此以后,每隔三千年开一次花,结一次实,所以敝主人处的蟠桃亦是世界闻名的。每到此桃结实之后,各处神仙都来与敝主人祝寿,敝主人就以蟠桃请客。这种集会,就叫作蟠桃大会。照这样说起来,这个蟠桃的价值亦可谓贵重极了。但是,敝主人的爱惜蟠桃,远不及爱惜黄中李。因为蟠桃是度索山上出的,不是敝主人所独有的,而黄中李则各处所无,只有龙月城中一株,因此各处神仙无不艳羡,常常来向敝主人索取。所以,敝主人与紫阳真官赌博起来,紫阳真官总是要求以黄中李作赌品。敝主人就拿出二三百枚来,放在案上,递分胜负。听说这个樗蒲之法,亦是紫阳真官从下界去学了来,转教敝主人,因而赌博,要想赢几个黄中李吃吃呢。所以说,神仙的赌博,不过消闲取乐,并非志在财帛呀。"大司农道:"紫阳真官是什么人?"少鹜道:"亦是上界的真仙,但不知道是何职位。"大司农道:"他常来和贵主人赌博么?"少鹜道:"他常来赌博,有时候敝主人亦到他那边去,有时候就在此地北面一座山上赌博,不是一定的(现在甘肃瓜州县南有王母樗蒲山)。"大司农至此,忍不住问道:"紫阳真官是男子么?"少鹜道是。大司农道:"那么一男一女,时常相聚,到处赌博,与风化上且不是有些缺点么?"少鹜听了这句话,哈哈大笑道:"贵使者从人间来,真脱不了凡夫的见解。请问贵使者,怎样叫作'风'?怎样叫作'化'?依某的意见,'风化'二字,有两个解释。第一个解释:风者,上之所行,所谓君子之德风是也。化者,下之所感,所谓黎民于变是也。在上之人躬行道德,如春风之风人;在下的感到这种善风,率从而化,这个叫作风化。但是人世间有上下之分,天上神仙都是一律平等,无所谓上下,就无所谓风化。第二个解释:风是风俗,化是教化。人世间的君主长官,因为百姓的愚蠢,贪嗔痴爱,足以引起各种纷乱,所以他的办法,总以敦风俗、明教化为先。如有男女不相辨别,渎乱淫媟的人,就说他是有伤风化,就要拿法令来治他,这是不错的。但是贵使者看得天上神仙亦是同人世间贪痴恋爱的愚百姓一样么?尘念未净,何以成仙?品行先乖,何得称神?这种地方,还请贵使者仔细想想。"大司农听到此处,知道自己冒失,将话说错了,不觉将脸涨得飞红,慌忙认错道歉。少鹜道:"天上与人间,一切习惯迥乎不同。贵使者初到此地,拿了人世间的眼光来看天上的情形,自然诧异,这句话亦难怪贵使者要问。但是,老实和贵使者说,群玉山上敝主人的几位女公子,她们所有的侍者,男子居多,而且穿房入户,毫不避忌呢!还有那群仙大会的时候,男仙女仙,坐在一起,交头接耳,亦毫不避忌呢!贵使者将来倘然见到如此情形,千万不要再诧异。要知道天上神仙与人间愚民是的确不同的。"大司农连声应道:"是,是。"少鹜又问道:"某听见说下界从前有一个什么圣人,他一人独居在室中。有一天天下大雨,他的邻居少女因墙坍了,跑到他这里来,请求避雨。那圣人慨然允诺。因为少女衣裳尽为雨沾湿了,防恐她受冷,便叫她脱去衣裳,拥在自己怀里一夜,绝无苟且之心,所以大家都称赞他能够'坐怀不乱'。后来又有一个男子,遇着同样的事情,亦有一个少妇深夜来叩门,男子始终不开。妇人道:'汝何以不学那个圣人?'那男子道:'圣人则可,我则不可。我将以我之不可学那圣人之可。'大家亦都称赞他,说他善学圣人。不知道果有这两项故事么?"大司农道:"不错,是有的。"少鹭道:"既然有的,那么某有一句话奉告:刚才所说这种情形,天上神仙则可,人间百姓则不可。某愿人世间的人,都要以他的不可,学神仙之可,那就是将来做神仙的第一阶级了。假使贵使者将来归去,将这种情形宣布出来,那些愚百姓听了,必定引以为口实,说道:'天上神仙都要赌博,我们赌博有什么要紧呢?天上神仙都是男女混杂,不避嫌疑的,我们男女混杂不避嫌疑,有什么要紧呢?'那就学错了,那就糟了,天上神仙就做了万恶之渊薮了。这一点还请贵使者注意。"大司农听了,非常佩服,连声应道是是。过了一会,又问少鹭道:"适才听见贵主人有许多女公子,那么必有丈夫。请问贵主人的丈夫是谁?现在何处?"少鹭道:"敝主人的丈夫叫东王公,姓黄名倪,号叫君明。大家因为他年老,都叫他黄翁。他亦住在昆仑山上。他的旧居,却在东荒山一个大石室之中。他常与天上的玉女做那投壶的游戏。有时候他们夫妻两个亦常到鸿濛之泽、白海之滨去游玩,离昆仑山不知有多少万里呢。"大司农道:"他大约有多少岁年纪呢?"少鹭道:"某亦不能知道。但听见人说,大约几千年以前,有人在白海之滨遇到他,问他年纪。他说:'我却食而吞气,到现在已有九千余岁了。目中瞳子,色皆青光,能见幽隐之物。三千岁反骨洗髓一次,二千岁刻骨伐毛一次,我已经三次洗髓、五次伐毛了。'在当时已如此,此刻更不知又洗过几次髓、伐过几次毛,大约其寿总在几万岁以上吧。"大司农道："贵主人有几位女公子？"少鹙道："有二十几个。"大司农听了，暗想，这位王母娘娘，真是个瓦窑，可以生这许多女儿的。正要再问她有几个儿子，忽见两只青鸟从空飞来，到地已化为人，原来就是大鹙、青鸟两个。当下青鸟向大司农说道："适才某等已禀请敝主人的示下，敝主人说，请贵使者到群玉山去相见，日期再定。"少鹙道："那么我们下船吧。"说着，和大鹙、青鸟引着大司农走出室外，那些从人慌忙来搬行李。大鹙向大司农道："贵使者奉圣天子命前来，敝主人不敢不延见。至于从者，身无仙骨，不能辄上灵山，只好暂留在此，且待贵使者转身到此，再同回去吧。"大司农听了不敢多说，唯唯从命，就叫从人在此静心守候，自己便跟随三青鸟使下山。

大司农一路走，一路回头看，果见三个峰头，突兀欹斜，有摇摇欲坠之势，就问少鹙道："此山周围有多少公里？"少鹙道："广员约一百里，实质是岛，四面临水，别无通路。这三个峰头，某等三人各居一处，亦是敝主人派定的。"大司农仰面一望，只见树上栖着一只大鸟，三个身子共着一个头，黑白相杂的毛羽，红的头颈，其状如鸦，又不禁诧异，便问少鹙。少鹙道："这鸟名字叫'鸰'，是此山异鸟，别处所无的。"少顷，来到海边，已停着一只皮做的船，方广不过一丈，约可容两三个人。青鸟招呼大司农上船，张帆而行，出了港口，向前一望，茫无畔岸，波涛滚滚。大司农又问道："这样小船，可航大海么？"青鸟说："可以航行。前面昆仑山下，有弱水九重，周围环绕，除出神仙的飙车羽轮外，无论什么船只都要沉没，不能过去，只有这皮船可渡（现在青海湖水亦是如此，只能行轻气皮船）。"大司农听了，又觉稀奇，又问道："从前敝处有一个名叫羿的，亦曾见到贵主人，他怎样过去的呢？"大鹙道："亦是某等用这皮船引渡过去的。那时他同了他的妻子姮娥同来，敝主人因为与姮娥有缘,所以特地叫某等迎接她。后来羿个人来了几次,不得某等引导,就不得见了。现在姮娥已成了仙,在月宫之中,常到敝主人那边来呢。"大司农道:"这个姮娥,背夫窃药,私自逃走,是个不良的妇人,何以得成神仙,颇不可解。贵主人不拒绝她,反招待她,与她往来,亦不可解。"大鹭道:"贵使者所言,自是正理。但是,其中另有两层道理在内:第一层,神仙的能成不能成,是有天命,不是人力所能强为。羿这个人,命中不应该成仙,所以天特假手于姮娥,偷去他的药,使他不得服。便是当时敝主人,何尝不知道姮娥已存偷药之心,但是碍于天命,无从为力。所以偷药的这一层,不能说一定是姮娥之罪。第二层,人世间与其多出一个神仙,不如多出一个圣贤豪杰。因为圣贤豪杰,是与人世间有用的;神仙与人世间,何所用之?假使当时姮娥不偷药,夫妇两人同服之后,双双成仙而去,为他们自己着想,固然是好的了,但是后来这许多天下的大乱大灾,哪个来平呢?岂不是百姓实受其苦么?羿虽然不得生而成仙,但是他的英名已万古流传,就是他现在死了之后,他的灵魂已在神祇之列。所以为羿计算,偷了药去亦并不算怎样吃亏呢。"大司农道:"足下所说第二层道理,甚为精辟,某深佩服。但是,第一层说姮娥是无罪,觉得有点不妥。照足下这样说,那么世间凶恶之徒,肆意杀人,亦可以借口于天命假手,自谓无罪么?"大鹭道:"照人世间的眼光看起来,贵使者的话自是正理,姮娥是应该说有罪的。何以要说她有罪呢?就是防恐他人要效尤的缘故。但是,依神仙的天眼看起来,不是如此。世上一切,无非命耳。一个人被凶手杀死,或被水灾淹死,或被岩石压死,同是一死。被凶手杀死的,说凶手有罪;被水灾淹死、被岩石压死的,亦可以说水与岩石都有罪么?如果说凶手是人,有意识的,所以应该和他计较;水与岩石不是个人,是无意识的,无可和它计较,所以只可罢休;那么试问这个淹死、压死的人,是命该死呢,还是罪该死呢?如说是罪,罪在何处?如说无罪,何以会得死?只好归之于命了。淹死,压死既是命,那么,被凶手杀死,岂非亦是命么?天定之谓'命'。既然是命,既然是天所定,凶手的罪在哪里?杀人尚且无罪,偷一包药,更值得什么?"大司农听了这番强词夺理的话,口中虽无可说,但心中总仍以为非。过了一会,只听见四面水声汩汩,原来已到弱水中了。船到弱水中,其行更快,不一时便抵昆仑山下。

第五十六回

昆仑山希有大鸟　昆仑山风景
西王母瑶池宴客

　　且说大司农到了昆仑山,刚刚一足踏上岸边,陡见山上跑下一只人面而纯白色的老虎,背后有九条长尾,竖得很高,迎面叫道:"大鹙,这个人是大唐使者么?"大司农吃了一惊,不觉脚下一滑,仆倒滩边,满身衣服,沾满了污泥,肮脏已极。早有青鸟前来扶起,并向那人面的白虎介绍道:"这位是陆吾先生,一名肩吾,是守护此山的神人,专管天之九部及天帝园囿中之时节的。"大司农慌忙与他拱手为礼,那陆吾亦将头点了两点,自向别处而去。大司农见衣服肮脏,心中懊丧,不时去拂拭它。少鹙道:"不妨事,过一会就会好的。"大司农听了,亦莫解所谓。过了片时,才问大鹙道:"这位陆吾先生,既然管天之九部及天帝园囿中之时节,为什么不在天上,而在此地呢?"大鹙道:"这座昆仑山,是天帝的下都。天帝有时到下界来,总住在此地的,所以陆吾先生有时亦在此。"大司农道:"贵主人不是此山之主么?"大鹙道:"不是。那座玉山是敝主人所独有的。这座昆仑山周围不知道有几千万里。敝主人所住的是西北隅,敝主人之夫东王公所治的是东北隅,多不过一隅之地而已。"四个人一路走,一路向山上而来,但见奇花异卉,怪兽珍禽,多得不可言状。转过一个峰岭,只见前面一座极大极大的山,映着日光,黄色灿烂,矗入天中,不见其顶,两旁亦不知道到什么地方为止,几乎半个天都被它遮去了。大司农便问:"这座是什么山?"青鸟道:"这个不是山,是一根铜柱,亦叫作'天柱',周围有三千里,在昆仑山之正北面,四周浑圆而如削。下面有一间房屋,叫作'回房',方广一百丈,归仙人九府所治理的。上面有一只大鸟,名叫'希有',朝着南方,张开它的右翼来,盖住敝主人,张开它的左翼来,盖住敝主人之夫东王公。它背上有一块小小的地方,没有羽毛的,有人替它算过,还有一万九千里广。贵使者想想,这个大鸟大不大?真真是世界所希有的!敝主人与她丈夫东王公,每年相会,就登到那翼上去。古人说牛郎织女乌鹊填桥,年年相会。敝主人夫妇,借着这大鸟的翼上作相会之地,天下事真是无独必有偶了。那根铜柱上有二首铭词,刻在上面。一首是说柱的,一首就是说敝主人夫妇相会之事的。"大司农道:"可过去看么?"青鸟道:"这个铭词的字大极高极,贵使者恐怕不能看见呢。"大司农道:"那铭词的句子,足下记得么?"青鸟道:"某都记得。那铜柱的铭词,只有四句,词曰:

　　昆仑铜柱,其高入天。圆周如削,肤体美焉!

它那个大鸟的铭词,共有九句,词曰:

　　有鸟希有,碌赤煌煌,不鸣不食,东覆东王公,西覆西王母。王母欲东,登之自通。阴阳相须,惟会益工。"

大司农听了这个铭词,心中不禁大有所感。感的是什么呢?铜柱之高,希有鸟之大,怪怪奇奇,都是神仙地方应有的东西,不足为异。他所感的:第一点,西王母已经做了神仙,还不能忘怀于情欲,夫妇要岁岁相会。第二点,夫妻相会,何地不可,何以一定要登到这个鸟背上去?第三点,夫妻相会,总应该男的去找女的。乃东王公不来找西王母,而西王母反先去找东王公!看到那铭词上,

'王母欲东,登之自通'二句,竟有雉鸣求牡的光景,可见得神仙的情理,真与人世间不同了。还有一层,人世间一家之中,出名做事的人总是男子。乃现在东王公之名,大家知道者甚少,而西王母反鼎鼎大名,几于无人不知。女权隆重,亦是可怪的。大司农正在一路走,一路想,迎面和风阵阵,吹得人的精神都为之一爽,颇觉快意。忽而低头一看,只见那衣服上沾染的污泥肮脏,一概没有了。即使新的洗濯过,亦没有这样的清洁,不觉大以为奇。少鹜道:"这是风的作用。此地山上的风,叫作祛尘风,所有一切尘垢,都能祛涤净尽,不留纤毫。所以此地的房屋庭宇器具,不用洒扫洗濯,那衣服更不必说了。"大司农听了,叹羡之至。

且说大司农这次上岸,是从昆仑山东隅到西北隅去,几乎横穿昆仑山,所以走的日子不少,看见的奇异物件亦不少,都是由三青鸟使细细地说明。在东面走进一座大城,便看见两种奇树。一种叫沙棠树,其状如棠,黄花而赤实,其味如李而无核。大司农尝了几个,觉得非常甘美。一种叫琅玕树,高大绝伦,枝叶花三项都是玉生成的,青葱可爱。微风吹起,枝柯相击,铮钚有声,其音清越。比到民间檐下所悬的铁马,不知道要高几百倍。少鹜道:"此山五方,按着五行,各有特别的树。此处就是沙棠、琅玕两种。西面有珠树、玉树、璇树、不死树四种。南面有绛树一种。北面有碧树、瑶树两种。中央有木禾一种,其高三十五尺,其大五围。总而言之,此山之上,万物无不齐备。这座大城名叫增城,共有九重,重重上去,共高一万一千里零一百十四步又二尺六寸,就是最上重了。最上重的那一座城,亦有四百四十个城门,每个城门广约四里,其高可想而知。城中最大的宫殿足足有一百亩地之大,名叫倾宫。又有一间,处处以玉装成,极其华丽,而且有机括,可以使它旋转,要它朝东就朝东,要它朝西就朝西,所以名叫旋室,亦叫璇室。这种旋室,敝主人那边,亦有一间仿造。四百多城门之中,有一扇城门,名叫阊阖门,就是西门。那门内有一个疏圃,是种天帝所食蔬菜的地方,四面浸以黄水,黄水绕了三周,仍复归到原处,从古以来不增不减,亦名丹水,人能够饮它一勺,就可以长生不死。敝主人有不死之药,就是用此水来配合的。从第九重增城上去,再高一万一千里零一百十四步又二尺六寸,就是凉风之山了。人能登到这座山上,不必服什么药,亦可以长生不死。再上去高一万一千里零一百十四步又二尺五寸,就是悬圃之山。人若能登到此山,不但长生不死,而且具有神灵,能呼风唤雨了。从悬圃山再上去,高一万一千里零一百十四步又二尺五寸,这地方便是上天,就是天帝之所居,不是神人不能到了。"大司农听了一想,昆仑山竟有这样大,这样高,真是不可思议,乃问道:"此番过去,必须走过么?"少鹜道:"不必走过,而且亦不能走过。某等此番只从最外的一重增城斜过去,到那面第九重增城上就是了。"大司农道:"最高的上天,足下等去过么?"少鹜道:"某等只有凉风山到过,悬圃山已不能上去,何况上天呢。平时听敝主人说,上天之上,极其平坦,方约八百里,其高万仞,可谓世界上最高之地了。"

大司农与三青鸟使一路谈谈说说,过了多日,穿过了第九重城,那城上大书"龙月"二字,不觉已到西王母所居之地。大鹜先前去通报,回来说道:"敝主人请贵使者稍息,明日再行延见。"当下大司农在客馆之中,斋心息气,虔诚万分,希望见了西王母之后,她便答应自己的请求。到了次日,青鸟等引导着大司农曲曲弯弯的往山上前进。这时,大司农禀着诚心,目不旁视,但觉一路古松翠柏,瑶草琪花,不是人间景物。俄而到了一个阙前,上面大书"琼华"二字,走进阙中,四面都是金碧辉煌的房屋。最后,到了一座大殿,深广足可容数万人,内中男男女女站着的已不计其数。青鸟请大司农站住,先进去通报。过了一会,出来说道:"敝主人请见。"大司农整肃衣冠跨进殿中,只见许多美女,拥着一个环珮丁当的老妇,迎将上来。青鸟就向大司农介绍道:"这位就是敝主人。"大司农不看犹可,一看之后,顿觉一惊。原来大司农初意,以为王母娘娘是世界闻名的,她手下的许多仙子亦都是美丽绝伦的,那么,她的面貌即使不是十分美丽,亦当然是个端正和蔼的一位老婆婆模样。哪知她的头发蓬蓬松松,好像有几个月未曾梳洗过似的,头上戴着一支玉胜,满嘴虎齿露出,气象威猛,俨然是一个雌老虎,所以甚为诧异,然而外表不敢流露,当下就恭恭敬敬地下拜。西王母亦还礼答拜,回身请坐,只见西王母臀部拖出一条豹尾,坐下之后,翘起地上,摇摇动动,更是可怪。但是这个时候,大司农不敢乱想,赶忙将帝尧命他来的意思委曲说明,并且恳求她大发慈悲,赶速施救百姓的灾苦。西王母道:"圣天子来意,我早已知道了。不过,我有一句极简单的话和尊使说,叫作'天意难违,无法可想'八个大字而已。"大司农听了,慌忙道:"天意虽是如此,但弃闻王母有回天之力,何妨格外施仁;况且天心总以仁慈为本,即使王母赶速拯救了,于天意亦不算违背,务请怜悯苍生为幸。"说着,又再拜稽首。西王母亦还礼,重复坐下,说道:"我不是不怜惜百姓,不肯施救,不过现在尚非其时。现在我知道下界虽有灾情,尚不算大,还有极大的大灾在后面呢。况且我们神仙,即使要救助你们下界,亦必须你们下界有一个可以受我们帮助的人,不能让我们神仙亲自来指挥的。老实和尊使说,将来平定下界大灾的这个人,现在还没有生呢。到得生了之后,长成之后,出而任事了,那期间我一定叫人来帮助你们。现在这个时候,我实在无法可想。"大司农忙问道:"那么,王母所说的这个人要几时才降生呢?"西王母道:"大概还要过三四十年。"大司农大惊道:"三四十年的大灾,不是民生要靡有孑遗么?"西王母道:"有圣天子在上,又有尊使的善于教导农田,使百姓多有蓄储,决不至于靡有孑遗,不过百姓多受一点困苦就是了。"大司农听了,还是苦苦恳求。西王母道:"老实和尊使说,可救我必救。当初令高祖黄帝为蚩尤战败,并未来求救于我,但是我亦派人去救。今番虽有圣天子和尊使的这种诚意,苦于时机未到,叫我亦没法。圣天子是超越今古的仁君,我知道他自从即位以来,无日不在忧勤惕厉之中,这是很可钦佩的。尊使可归去奏圣天子,稍释忧勤,将来大灾平定之后,至少总有二十年升平之福可享,现在劝他不必性急吧。"大司农见西王母的话说到如此,不好再说,但是千山万水而来,目的终不能达到,心中不免怏怏。西王母道:"尊使来到敝地,颇不容易,明日已邀几个朋友,请尊使同来叙叙,不要客气。"说罢,向青鸟道,"你引了尊使,向各处游玩一转,明日仍同来。"青鸟应命,就来招呼。

　　大司农起身与王母告辞,然后随着青鸟出去。只见大殿之旁,就有一座用玉造成的楼,接着又是一座台。青鸟引着大司农登台一望,只见那大殿崇高宏大,非言语可以形容。殿的左右两旁及后面,参参差差,高高下下,有些在树林中藏着,隐隐约约露出一点,无非是金玉造成的房屋。青鸟道:"此地共有十二座玉楼,九重金台,其余苑囿宫殿,不计其数。"又指着右面极远的方向,向大司农道:"那边那株大树,就是蟠桃树。"大司农一看,只见那树密密层层,不知道有多少大。起初以为是森林,并不在意。经青鸟说了,仔细再看,树中隐约似有无数红点,想来就是桃子了。便问道:"黄中李在何处?"青鸟道:"在后花园。因为敝主人非常爱惜,所以寻常人不易进去。"两人在台上望了一会,只见四面来往的人甚多,男女都有,女貌固然美丽,男子亦秀雅不凡。大司农问了,才知道都是些侍女、从人之类。忽见一个侍女,手中捧着一个玉盘,盘中盛着一个大李子,上台来说道:"敝主人遣某敬献大唐使者尝尝。"大司农慌忙拜谢,将李子接了过来,又和侍女说声"费心",又托她代向西王母处道谢,侍女去了,才看那李子,只见上面果然有天然的"黄中"二字。青鸟道:"刚才来的侍女,名叫田四妃,是敝主人所钟爱的人。适才贵使者说起黄中李,想来敝主人知道了,所以叫她送来的。"大司农道:"刚才说话之时,四面别无他人,何以贵主人会知道?"青鸟笑道:"不但在此地说话,敝主人能知道,即使几万里以外,敝主人亦能知道。不然,何以贵使者将来,敝主人已先叫某等迎接呢?不但某和贵使者谈话,敝主人能知道,就是常人心中一转念,敝主人亦能知道,这个真叫作'圣而不可知之之谓神'呢。"大司农听了,尤其骇然,然而有点不信,以为是偶然的,手中拿着黄中李,就要下台。青鸟道:"敝主人敬献之李,何不尝尝呢?"大司农道:"本想就尝,不过这种仙果,是不可多得之物,某家有老母,想留着归以奉母,所以不尝了。"下得台来,行不几步,只见又有一个侍女走来说:"敝主人请大唐使者吃了这李子吧,将来归遗太夫人的,另外再奉赠可也。"大司农听了,才知道青鸟的话是真的,慌忙应道:"是,是。"那侍女去了,他就将黄中李吃去,果然味美非常,便问青鸟道:"刚才这侍女是谁?"青鸟道:"她叫郭密香。"于是两人走出了琼华阙,就看见一种异鸟,其状如蜂,大如鸳鸯。据青鸟说,名叫"钦原",是非常毒的,螫鸟兽则鸟兽死,螫树则树枯,所以不可去惹它。大司农道:"不害人么?"青鸟道:"不惹它,不害人。"大司农想到凉风山脚下去望望,青鸟道:"可以。"于是同走至凉风山下,只见有一个怪兽,其大如虎,有九个人头,朝着东,立在那山边。青鸟道:"这个叫开明之神,是替天帝守门的。凉风山上的城墙,是用黄金积成,所以名叫金墉城,周围千里,共有九门,都是归开明神守的。"大司农各处望了一会,时已不早,遂回客馆。

到得次日一早,大司农又由青鸟引导,来到琼华阙里那个大殿上。这时西王母还未出来,大司农趁此四面一望,只见当中上面一块匾额,大书"光碧堂"三字,一切陈设非金即翠,穷极华丽,所有物件大半不知其名。青鸟道:"这座殿就是前此所说的倾宫。贵使者看,还大么?"大司农道:"大极大极,人间断乎没有的。"正在说时,忽见殿后面有无数的绝世名姝,拥着一位慈善和蔼、丰姿美秀的中年妇人走出来。大司农刚想回避,青鸟又过来介绍道:"敝主人请见。"大司农弄得莫名其妙。见礼之后,称她是王母又不好,不称她王母又不好,正在为难,倒是王母先说道:"尊使不要生疑,说我的形状换过了。要知道今日这个相貌,是我的真形。昨日所见的相貌,不是我的真形。我昨日为什么不以我的真形见尊使呢?这期间有个缘故。因为我是个天上的刑官,居在西方,禀着秋气,我的职司,是管人世间灾疠的事情和五刑残杀种种的事情。西方属白虎,所以我的章服是白虎形,就和人世间官员所着的貂蝉豸冠一样。这次尊使奉帝命而来,为百姓请命,是公事,不是私事,在官则言官,所以我不敢不穿了章服相见。至于今朝,我们大家聚聚谈谈,纯系私交,用不着穿章服,所以不妨以真形相见了。"大司农听了这番话,方才恍然明白,暗想我此番来,看见了许多怪类,如大鹜等,如陆吾等,如昨日所见开明神等,大半都是禽形兽状,或者亦是章服,亦未可知耳。当下诺诺连声,并无话可说。西王母又指着同出来的一大批女子,向大司农介绍道:"这许多都是我的女儿。"指着立在最前面的一个说道:"这是三小女玉卮娘。"又指着一个说道,"这是最小的小女婉罗。"又指着一个说道,"这是第二十三个小女瑶姬。"西王母尽管一个一个地指着介绍,但是大司农实在记不得,认不清,只能个个躬身行礼而已。

过了些时,只听得半空中鸾鸣鹤唳之声,原来是众神仙纷纷而来了。有的骑鸾,有的乘凤,有的跨鹤,有的骖龙,有的坐云车,有的驾白鹿,有的御清气,老老少少,男男女女,无所不有。光碧堂上,顿然热闹非常。但是,大司农却窘了,一个都不认识,只好站在一方,旁观静听。然而,那些神仙却个个认识大司农,都过求和他攀谈。过了一会,有一个女仙倡议说:"此地太板,没有风景,不如到瑶池去。"西王母道:"我是预备到那边宴会的,现在且在此地再坐一坐,还有几个客没有到呢。等到齐之后,一同去吧。"说时,早有无数侍女,每人拿着一个玉盘,分敬众客,一个人一盘。大司农接到了,只见盘中盛着血红的流汁,不知什么东西。西王母过来说道:"贵客光降,无物奉敬,这是此地山上的土货,名叫朱露,不要见笑,尝尝吧。"大司农饮完了,觉得其甘如饴,香美非常。过了一会,又来了无数神仙,于是大众同到瑶池去。大司农看那瑶池,广大无际,但觉三面环抱陆地,如月牙形一般,不知道有多少里。池中荷花盛开,清香沁脑。池的东首,一株大不可言的桃树,树上满结桃实。临池十余丈,有一间极大极精美的房屋,像是玉琢成的。西王母就邀大家到屋内来坐。大司农见那室内,光明洞达,重重珠幕卷,面面绮窗开,说不尽的繁华气象。那时筵席都已备好,大家依次入席,陪大司农的是一个长头老人。王母过来介绍道:"这位是角亢二星之精,就是人世间所说的寿星老头儿。"大司农听了,改容起敬。一时肴酒纷陈,觥筹交错,大司农向来业农,生平俭素,都是目所未见,口所未尝,不要说各种肴馔的名目不知道,就是那酒味亦异乎寻常。寿星道:"这酒是主人自己酿的,用琬琰之膏,澄清了,做出来,饮之于人有益,可以宽饮几杯。"大司农酒量本宏,遂连饮多杯。回看那四面席上,男女混坐,嬉笑杂作,足足有数百席,便是王母的女儿亦都在内。忽而之间,只觉得天旋地转,房屋移动,正在疑讶,向外一看,只见阶下已换了形状,陈列许多乐器,有许多仙女立在那边,原来要奏乐了。大司农才悟到这间就是旋室。暗想如此大室,能使它自由旋转,真是鬼斧神工,如不亲历到,虽说煞亦不相信的。一时乐声大作,杂以歌声,畅志怡神,几忘身世。寿星道:"这是主人亲谱之乐,名叫'环天'。这曲子叫《玄灵之曲》。这歌曲的女子,名叫法婴。这些乐器,如岑华之镂管,眺泽之雕钟,员山之静瑟,浮瀛之羽磬,亦都是重霄之宝器,很贵重有名的。"寿星一一指点,大司农一一听记。只听见《玄灵曲》中,有两句歌得清清楚楚,叫作:

玄圃遏北台,五城焕嵯峨。启彼无涯津,泛此织女河。

声音悠扬婉转,悦耳之至。正想再听,忽然有长啸之声,出于席间,忽高忽低,忽徐忽疾,或如鸾凤之鸣吟,或如丝竹之激越,跌宕往复,足有半个时辰,方才停止。那时乐也终了,歌亦止了,大家齐说道:"主人绝技,佩服佩服。"王母道:"献丑献丑。"过了一会,献上醴泉及蟠桃二种,这醴泉亦是昆仑山的出产。大家饮食完毕,又到瑶池边散步一会,各各告辞,跨凤骑龙,纷纷而去。大司农亦致谢告辞,仍由青鸟陪伴回至寓所。

第五十七回

大司农归平阳　帝尧与南蛮战于丹水之浦
驩兜三苗降伏

次日,大司农到王母处辞行。王母又殷勤地说道:"尊使归去,总请圣天子勿忧。时机到了,我一定遣人来帮助。"大司农唯唯道谢。王母又取出许多蟠桃、黄中李来赠别,另外又赠沙棠果十大篓,说道:"这项带回去,不要吃,将来有用。"大司农不解所谓,只得重重拜谢了。回到寓所,收拾行李。三青鸟使亦各有所赠,最有用的是一种䕬草,其状如葵,其味如葱,吃了之后能治劳倦,其余玗琪、文玉之类,大司农却不在意。临行时,那只三足乌倏又飞来。大鹜将所有行李,叫三足乌一件件衔到三危山等候。三足乌果然一件件衔去,极小之鸟衔极大之物,凌空迅速,真是奇极。当下大司农随了三青鸟使,仍循原路下山。路上又遇到了一种异兽,其状如羊而四角,名叫"土蝼"。它的角非常锐利,触物即死,并能吃人,是个猛兽。一日,又走到那个琅玕树地方,忽见有一个三头人,在那里将树修治,且在地上收拾琅玕树所结之籽。原来那琅玕树高约一百二十仞,大约三十围,所结之籽,圆而似珠,名叫琅玕。据少鹜说,这个三头人,是专门伺候琅玕的。一日,已到山下海边,只见东方远远一座大山,山上其光熊熊,仿佛火烧。大鹜道:"这是炎火之山,昼夜在那里焚烧,虽暴风猛雨,其火不灭。据说这种炎火山所以能永远不灭,因为山中都生一种不烬之木的缘故。还有一种大鼠,重约百斤,毛长二尺余,其细如丝,颜色纯白,时时跑到山外。人拿了水去浇它,它立刻就死;取了它的毛织成布匹,可做衣服,污秽之后,只须用火焚烧,立刻光洁如新,所以叫作火浣布。某等所穿的是鸟羽,最怕是火,不曾到那边去过。究竟有没有这种白鼠,不敢确定,不过传闻而已(在下按群玉山是现在葱岭,它的东面新疆吐鲁番市境内,至今还有火山,时起烟雾,隐现无定。不知当日所见,是否此山?因无确据,不敢妄断)。"当下大众仍上皮船,大司农看那弱水,清而且浅,不相信它力不能负芥之说,手内刚有一块已破之巾,抽了两缕投下去,果然立刻就沉到底,方知此说可信。那皮船这时已是开行,大鹥向大司农道:"现在贵使者还想到玉山去游玩么?"大司农道:"某离都已久,恐天子悬念,急于归去复命,不到玉山去了。异日有便,再来奉访,同游玉山吧。"大鹥道:"那玉山上,百物皆有,珍奇亦多,虽则亦是仙山,但比昆仑山竟有天渊之别。即如敝主人所住的,却是一间土窟。"大司农听到此处,又复诧异,忙问什么缘故。大鹥道:"昆仑山的玉宇琼楼,旋宫倾室,是敝主人已成神仙后所享受的。玉山的土窟,是敝主人未成神仙时所居住的。君子不忘其初,所以敝主人年年总来玉山居住几时。"大司农听了,慨然佩服。大鹥道:"那玉山上有两种异物。一种是兽,名字叫'狡',其状如犬而豹文,其角如牛,其音如吠犬,见则其国年岁大有,是个祥瑞之物。还有一种是鸟,名字叫'胜',其状如文雉而赤色,其音如鹿,专喜食鱼,见则其国大水,是个不祥之物。近几年来,这两种异物一起出现,所以下界年年大熟,而又到处闹水,就是这个缘故。"这次大司农奉使出游,早预备一册日记,凡沿途所见所闻,都记在上面,当下听大鹥所说,又立刻记上。大鹥遥指道:"前面已是三危山了。"大司农讶异道:"何以这样快?"大鹥道:"舟行纯是仙法,可以日行几万里。至于陆行,因为贵使者还是凡骨，某等无法使快，所以迟缓。其实昆仑东岸到此地之路，比从昆仑东岸到西北隅之路，不知道要远几百倍呢。"说时，舟已拢岸，三足乌所衔来之行李，统统都堆在岸边，前日大司农所雇的船，已由从人等雇好。大司农登岸之后，再三向三青鸟使道谢，归心似箭，不再耽搁，即叫众从人将行李搬入雇船之中。三青鸟送大司农上船之后，说声再会，转眼之间，化为三青鸟，翩然而逝，那只皮船也不知去向。众人至此，无不称羡仙家妙术。于是启碇，径到西海，由西海登岸，再归平阳。

且说这年已是帝尧在位的二十五载。前一年亦出外巡狩一次，但无事可记。回都之后，无日不盼望大司农归来，但是音信全无，死生莫卜，屈指计算，已有几年了，不觉于忧民之外，又添了一重心事。凑巧亳邑的玄元有奏报到来，内中大意是"臣访得臣傅鹙兜与其子三苗，朋比为奸。自司衡被害后，彼等就酌酒称庆，又联合育唐国（现在湖北随县唐县镇），有密谋凭陵上国之意。臣已收到确据，本应即将骥兜正法，念其为先朝旧臣，从宽拘禁，加以闭锢。不料彼等党羽甚多，竟被其破壁逸去，现已逃往南方，与其子三苗会合。阴谋既已显露，难保其不倒行逆施，请帝作速预备"等语。帝尧看了，更为心焦，忙与群臣商议，密密防御。

过了两月，大司农回来了，帝尧大喜，急忙宣召入朝。大司农见帝行过礼后，便将奉使情形详细说了一遍。帝尧见西王母不允立即援助，不免失望，然亦无可如何。谈了一会，便和大司农说道："汝风尘劳苦，可以归家稍息。一切政治，明日再谈吧。"大司农就将西王母所赠的各物献上，帝尧除取几个桃李之类，命大司农、大司徒分献姜嫄、简狄外，其余都颁赐群臣。只有沙棠果，依着西王母之言，特别存储，概不分赐。

次日，帝尧视朝，大司农奏道："臣昨闻三苗国谋叛，势力北侵,不知帝何以御之?"帝尧道:"朕对于用兵,本来甚不赞成。况现在老将既亡,逢蒙亦死,就使要用兵,亦苦无人统率,只好密令邻近各国,严加守备而已。"大司农道:"以臣愚见,驩兜父子谋乱已久,迟早必有发作之一日。但是,迟则酝酿深而为祸大,不知趁此刻已有乱萌,从速讨伐,虽则不能绝其本根,亦可加以惩创,使有戒惧,以戢其凶暴之心。老将虽亡,臣知所有六师,都系老将多年所训练,其间智谋之人及忠勇之士均不少,未始不可以一战。所以依臣愚见,是宜讨伐。"帝尧道:"汝之所见,朕非不知。不过古人有言,'兵者凶器,战者危事',即使战胜,但是那些战地的百姓,愁苦损失,何可胜言,所以朕不愿的。"正在讨论时,忽见玄元又有奏报到来,说道:"驩兜、三苗业经出兵北犯,现在已过云梦大泽,将及汉水之滨。窥揣他的计划,不是攻豫州,就是攻雍州,请帝作速下令讨伐。"帝尧看了之后,知道这次战事已不能免,遂叫大司农兼大司马之职,统率师旅,前往征讨;羲仲、和仲兄弟四人副之;大司徒在内筹划军饷。大司农等皆顿首受命,一齐退朝,到司马府中商议出兵之法,一面又发兵符,召集师旅。

过了多日,一切预备妥帖,正要誓师出发,忽然伊邑侯又有奏报到来,大致说驩兜之兵已到丹水(现在河南淅川县),不日就要逼近伊水,请帝速遣六师救援。帝尧看了,叹口气道:"既然如此,朕亲征吧。"于是郊圻六师,第一师归大司马统带,第二师归羲仲统带,第三师归羲叔统带,第四师归和仲统带,第五师归和叔统带,第六师留守京畿,归大司徒节制。一队一队地次第出发,真个是旌旗蔽日,兵甲连云,浩浩荡荡,直向豫州而来。路过王屋山,尹寿正值有病,帝尧往问之。尹寿道:"帝此行出师必捷,可惜我病不能从行。弟子篯铿,颇有才略,可参军事,请帝录用。"帝尧应诺,稍谈片时,即便兴辞。那时篯铿已二十余岁,既奉师命来佐帝尧,帝尧遂畀以参谋之职。那玄元闻帝亲征,亦来迎接。帝尧问起前方之事,玄元道:"臣探得驩兜现分两路进兵。一路由白河向北,直攻外方山,以窥汝、颍,是个正兵;一路连合育唐国之兵,溯丹水直攻华山,以窥雷首,是个奇兵,大概作为两路包抄之势。现在正兵已到方城山,奇兵到何处尚未探悉。"帝尧听了,遂开军事会议,商量应付。议了一会,决定以第一师、第三师,合玄元之兵,以当驩兜之正兵;以第二师、第四师,直趋丹水,以当他的奇兵;尚余第五师,居中往来策应。于是各师分头预备临敌,暂且不提。

且说驩兜父子为什么要弄兵呢?原来他们两个,真个蓄志已久了。以前所忌惮的,只有一个羿,所以帝尧南巡的时候,百计千方,阴谋毒害他。当老将羿受毒最甚之时,三苗等非常欢喜,以为必定死了,哪知后来三人之病竟渐渐痊愈,狐功等非常疑惑,不解其故,疑心赤将子舆不食五谷,或是有道术的,因此救了他们。三苗主张趁他们病未痊愈之时,举兵去攻打。狐功道:"不可,我们这番设计,是谋暗杀,不谋明攻。况且他手下尚有三千兵士,万一攻他不下,或从他方逃去,岂不是弄巧反成拙么!即使杀死了这三个人,但是弑君之名我们已加在身上了。他朝中还有弃、髙两兄弟,都是有才智、得民心的;又有逢蒙,他的本领不下于羿。到那时起了倾国之兵来攻我们,臣报君仇,兄报弟仇,弟报师仇,名正言顺,我们恐怕当不住呢。"三苗听了,狐疑未决。后来叫了巫先来,请他作法,问之于神,果然不吉。三苗听了,方才罢休,后来遇到十日并出之灾,他国内设备本不完全,元气损伤了不少,一时不能恢复,那并吞天下的阴谋,只能暂时停顿,又听得九个太阳是羿射下的,大家都吓得咋舌,说道:"这老不死的,竟有这样大本领!幸亏当时没有去惹他。"自此以后,亦常常进贡于帝尧,不敢有异志了。

一日,有人来报,说道,老将被人杀死,逢蒙亦不知去向,大司农又到西方去了。狐功拍案大喜,急向三苗贺喜,说道:"时机到了,不可失去,请小主人作速预备出兵吧。"三苗问他为什么缘故。狐功道:"现在平阳有才智的人,只剩了一个离了,其余都是白面书生,不足怕惧,岂不是千载一时之机会么!"说着,便催三苗写信给骧兜,叫他说动玄元,起兵作前驱,事成之后,封他一个大国。一面自己去搜集军实,简练兵士,期以三个月完毕,即便起兵。三苗问他为什么如此性急,狐功道:"小主人有所不知,这个就是兵法所谓'守如处女,动如脱兔',趁他不备,越速越妙。从亳邑到平阳,至多不过半月路程,帝尧可擒矣。"三苗听了,就依言去做。谁知玄元虽则自幼由骧兜等辅导,但是他长大之后,知道从前父亲为三凶所误的历史,深不满意于骧兜等。后来又经帝尧的训勉,颇能向学,人又聪明,觉得骧兜、三苗鬼鬼祟祟地时常通信,颇为可疑,恐怕他们不利于己,所以一方面竭力敷衍优容,一方面亦暗暗防备。这日骧兜接到三苗的信,暗想玄元是我自幼辅导起来的,平日待我亦很恭敬,想来容易说动,于是就来和玄元闲谈,要想用言语打动他。谁知玄元察觉了,却不露声色,顺水推舟,满口答应。到得骧兜退出,玄元立刻带了数百个自己亲信之人,直入骧兜家中,搜出了三苗种种逆信,就将骧兜扣押起来,拟即槛送平阳,请帝尧治罪。哪知骧兜在亳年久,权势既重,死党遂多,这日晚间就将骧兜劫夺而去,又来攻玄元宫殿。幸而玄元平日甚得民心,群起相助,骧兜等见势不敌,才率领党羽窜回三苗国而去。如此一来,狐功的计划遂打破了。

事情既已败露,三苗只得立刻变计,分两路急急进兵,要想乘帝尧兵未发动之前,一直攻到平阳。不料一支兵刚过外方山,一支兵刚到丹水,却好与帝尧之师相遇,于是就开仗了。三苗之兵非常勇猛,而且箭头上傅都以毒药,中人即死,所以他自出兵以来,所到之处，无坚不摧，竟有迅如破竹之势。哪知帝尧之兵，个个都佩有避箭药在身上，一到阵上，三苗之兵箭如飞蝗地射来，才到帝尧兵面前，都已纷纷落地，三苗兵都看得呆了。帝尧之兵，胆气愈壮，万矢齐发，回射过去。这种箭法，都是羿和逢蒙教授的，又远又准，那三苗兵中伤身死者不计其数，一时无敢抵御，大喊一声，向后便逃，这里帝尧兵乘胜追逐过去。这是起初两路兵接仗，大略相同的情形。到了后来，外方山一路的三苗兵尽数退去，只有丹水一路的三苗兵，兀自顽固抵抗。他们先将水中所有船只一齐毁去，扼水而守。帝尧五师兵到此，都已会合，但竟不能过去，只得就近安营，一面斩伐山林，制造木排船只，以期应用。哪知一到夜间，就有无数苗兵渡过水来攻打，虽则不为大患，然而不免有所损失，且彻夜不安，一到天明，他们已不知去向了。大司马等甚为疑心，看看那丹水，阔而且深，别无船只，不知道他们从何处而来，只得下令严防。然而每到深夜，总来骚扰，足足相持了十多日。那时木排有好许多造成了，下水试试，哪知水底忽有百十支矛戟，向木排底戳上来，兵士等不留意，受伤者不少。有几个站脚不稳，纷纷溺水而死。有些忙逃上岸，那木排亦随水冲动，向下流而去。大司马等看了，更为诧异，说道："那苗兵莫非住在水底么？"正自不解，忽见对岸有大队苗兵，一手持盾，一手持刀，都从水面上飞奔而来。帝尧兵看得非常奇怪，以为是神兵，忘记了射箭抵御。那苗兵走到岸上，东冲西突，舍死忘生。帝尧兵惊疑之余，不觉扰乱，遂至大败，死伤无数。幸得第二师、第五师之兵，从旁斜出救援，苗兵不敢深入，方才渐退，仍从水面上步行回去。

当下帝尧收拾败溃之兵，再开军事会议，说苗兵竟有如此魔术，非常可怪。篯铿道："臣闻龙巢山下丹水之中，有一种鱼，名叫'丹鱼'，每年在夏至前十日夜间，它总要浮到水面上来的。浮起的时候,赤光如火,倘若在此时网而取之,割它的血,涂在人脚上,就可以步行水面,或长居渊中。臣想苗民到丹水的时候,正在夏至之前,恐怕他们亦知道这个方法,所以能如此,并不是魔术呢。"帝尧道:"那么如之奈何?"篯铿道:"臣思得二物,或者可用,不过很难得。一种是履水珠,其色纯黑如墨,大如鸡卵,其上鳞皱,其中有窍,人拿来挂在身上,可以履水如平地,但是恐无处去寻,且二三粒亦不济事。还有一种是沙棠,出在昆仑山上,服之可以治水,使人不溺。"帝尧、大司马等不待他说完,齐声说道:"是了是了,原来是这个用处。"于是一面赶快叫人到平阳去取那十篓沙棠,一面又将西王母赠给的话告诉篯铿。篯铿道:"既有此物,破敌必矣。"

过了多日,沙棠取到,打开一看,足足有四五千枚。大司马分给军士,每人两枚,总共二千余人,吃了之后,先叫他们到水里试试,果然在水中能行动自如,不沉不溺。帝尧大喜。大司马遂发命令,将前日所造船只,悉数陈列在岸边,装出一种欲渡过去的形状,将那潜伏水底的苗兵,统统诱到这面,然后再叫那吃过沙棠的兵士,每人备二十支箭,从上流十几里远的地方浮水渡过去。苗兵果然中计,只向有船的地方视察,而不防到后面,二千多帝尧之兵,早已渡水了。那苗兵一则持久而惰,二则乘胜而骄,以为帝尧兵决不能渡水的,霎时之间,不及防御,大败而去。那潜伏水底的苗兵,没有了食物的接济,逃上岸来,都被生擒。于是,大兵就坐了船,安稳的渡过丹水去,先将育唐国的兵尽数解决了,然后一路穷追。到汉水地方,又大打一仗,苗兵又大败。这时驩兜等知道不能抵抗了,只得遣人来求降。帝尧又开会议,应否允许,大家一致说:"非灭去他不可。驩兜父子,蓄叛志已久,此次竟敢称兵犯顺,若不诛之,何以威四方而警其余。况且他国内所行的政治,又都是愚民害民虐民的政治,帝此次出师,为救民起见,尤宜彻底解决,庶几百姓可以出水火而登衽席,望帝切勿受他的投降。"帝尧叹道:"汝等之议,确系不错。但是朕总觉战争是不祥之事。自兵兴以来,已历半年。但看那百姓之逃避迁徙,恐慌已极,这种形状,已感可怜。还有些人,家产因之而荡尽,有些人,性命因之而不保。百姓横罹锋镝,其罪安在?朕的主张固然是救民,但是未曾救民,先已扰民,这又何苦来!况且三苗之地,险阻深远;三苗之兵,劲悍能战,前日大战,朕的将士死伤亦不少,朕甚悯之,假使不受他的降,万一他负固顽抗起来,劳师久顿,扰民更甚,岂不是反失救民的本意么?古人说:'叛而伐之,服而赦之,德刑成矣。'朕的意思,还是赦了他吧。"众臣道:"伐叛赦服,固然是帝宽大之恩,但是臣等观察骧兜、三苗之为人,恐怕不是能改过的。万一将来他休养生息,又乘机蠢动起来,岂不是又要劳师动众、烦扰百姓么?与其将来第二次烦扰,还不如趁此解决,一劳永逸之为愈呢。"帝尧道:"汝等的话亦不错,但是朕的意见,总主张以德服人,不主张以力服人。古人说:'信孚豚鱼,化及禽兽。'禽兽豚鱼,尚且可以感格,何况苗民等究竟是人。他们虽有不轨之心,想来亦总因朕德薄之故,朕总罪己罢了。"众臣见帝尧说到如此,不能再说,于是决定受降,当下开了几个条件,交来使带去。第一条,须将种种虐政除去。第二条,不得效法玄都九黎氏以神道愚民。第三条,须尊重古圣礼教。第四条,从前所兼并各国的土地,一概归还。第五条,此刻骧兜亲来谢罪,以后三年一贡,五年一朝。骧兜、三苗接到五项条件之后,大家商量,颇有为难。狐功道:"不如依他吧,且待将来再说。横竖我们的内政,他未必能来干涉的。如果能来干涉,现在亦不受降了。"骧兜道:"我现在去见他,没有危险么?"狐功道:"决无危险。唐尧素以仁慈自命,这点信用,他一定顾到的。"于是骧兜就来帝尧行营,朝见谢罪。帝尧切实责备了他一番。他将一切行政设施及毒害帝尧之事,并此次作乱之事,统统归咎于其子苗民,愿以后改过。帝尧亦不深究,不过训勉了他一番。骧兜归去之后,帝尧亦班师振旅。走到半路,因为玄元首发奸谋,不避危险,这次又率师从征,其功甚大,遂封玄元为路中侯(一作中路侯),仍令居亳,以守帝挚宗庙。其余将士,待回京后再论功行赏。

第五十八回

帝让天下于巢父　尧以许由为九州长

巢父洗耳许由作歌　焦侥国来朝

短小人　焦侥国情形

且说帝尧班师,在路上封玄元为路中侯之后,就往阳城山而来。忽闻军士报道,前面山上,有一老人,住在树上,不知是什么人。帝尧猛想到尹寿之言,忙说:"不要去惊动他,朕当自往访之。"于是同了篯铿来到山上,只见那老人刚从树上走下来,正在那里解系犊的绳子。帝尧忙走过去,拱手施礼道:"巢父先生请了,朕仰慕久矣,今日相遇,不胜欣幸。"巢父将帝尧上下一看,就问道:"汝是当今天子么?"帝尧应道是。巢父道:"你访我做什么?"帝尧就说要请教的意思,后来又略露要将天下让给他的意思。巢父笑道:"汝所牧的是百姓,我所牧的是孤犊,同是一个牧,各人牧各人的就是了,何必惴惴然拿了汝所牧的来让给我?我用不着这个天下。"说着,头也不回,牵了犊,竟自去了。帝尧此时,不胜怅然,叹道:"贤人君子,都是这样的隐遁高蹈。将这天下交给朕无德之人,如何是好呢?"说着,叹息不已。篯铿道:"看他那种神气,非常决绝。帝在此怅叹,亦是徒然,不如归去,另外再寻贤人君子吧。天下之大,贤人君子想来总有呢。"帝尧听他这一说,不禁又触着一个念头,暗想:许武仲老师,前番在沛泽避去之后,朕细细访求,知道他在箕山之下,颍水之阳,躬耕自给。只因无暇,故

— 506 —

未往访。现在此地去颍水不远,何妨去见见他呢。想罢,就和籛铿归营,叫大司马等统率各师,先行归去,自己暂时留住,以便寻访许由。一面又叫一个机警灵敏的侍卫,先去探听消息,但须秘密,勿使许由得知。那人领命而去。

且说许由自从沛泽遁出之后,就跑到中岳嵩山颍水之阳、箕山之下,在那里耕作隐居。偶然兴到,作了一首歌儿 以表明他的志趣。他那歌词是:

登彼箕山兮,瞻望天下。山川丽绮兮,万物还普。日月运照兮,靡不记睹。游放其间兮,何所却虑。叹彼唐尧兮,独自愁苦。劳心九州兮,忧勤后土。谓余钦明兮,传禅易祖。我乐如何兮,曾不盼顾。河水流兮缘高山,甘瓜施兮叶绵蛮,高林肃兮相错连,居此之处傲尧君。

许由作了这歌词之后,常常唱唱,倒亦悠然自得。一日,正在田间低头工作,忽觉有人走近来,高叫"老师",和他行礼。许由抬头一看,哪知是个帝尧,不觉诧异,就问道:"帝怎样会跑到这里来?有什么事?"帝尧道:"前岁拟将天下让与老师,原是为弟子无才无德,深恐误尽苍生,所以有此举。不意老师不屑教诲,拂然而去,并且匿迹潜踪,弟子甚为抱歉,亦极为失望。现在三苗叛乱,虽暂时告平,然而后来之患,正不可知。拟恳求道德卓越之人,为弟子辅佐,庶几不至于弄糟。但是仔细一想,道德卓越之人,仍旧无过于老师,所以今朝竭诚再来敦请老师,作九州之长,辅助弟子,还望老师不要推辞。不但弟子一人之幸,实在是天下万民之幸也。"许由道:"天子总理九州,就是九州之长。从古未闻天子之外,还有什么九州之长。帝之此言,某所不解。"帝尧道:"本来没有这个官名,不过弟子要请求老师辅佐,特设此官,以表隆重,还请老师屈就。"许由道："某听见古人说，'匹夫结志，固如磐石'。某一向采于山而饮于河，所以养性，并非想因之以贪天下。天下尚且不要，何况九州之长呢！"帝尧还要再说，许由道："此地田间，立谈不便，请帝屈驾到舍间坐谈何如？"帝尧道好，于是就偕至许由家中，许由请帝尧坐定，便说道："某来自田间，沾体涂足，殊不雅观，请帝稍坐，容某进内，洗手濯足。"说罢，进内而去。帝尧在外面，等了良久，不见许由出来，明知有点蹊跷，但是又不好进内去问，又不便就走，一直等到日色平西，方才怅怅而归。自此之后，再访许由的踪迹，总访不着，两人遂无见面之缘了。

　　且说许由到底在哪里呢？原来他说进内洗濯，却出了后门，翻过后山，一路地跑，心中越想越以为可耻，说道："我是个逃名遁世之人，隐居深藏，不求人知，亦算足了。不料帝尧几次三番来寻我，一定要把这个不入耳之言来说给我听，真是可怪。难道我前番的逃，他还不知道我的意思么？"一路想，一路走，不觉已到颍水之边，叹口气道："水清如此，而我偏要受这股浊气，听这种浊话。我的两耳，不免污浊了，不如用这清水来洗它一洗吧。"于是俯着身子，真个用水去洗两耳。忽然来了一个老翁，牵着一只黄犊，亦来饮水。看见他洗耳，就问他道："你为什么要洗耳？"许由一看，却是老友巢父，就告诉他种种缘故。哪知巢父刚刚新近吃了一大亏，心中正没好气。原来巢父那日见了帝尧之后，亦和许由一样，心中以为可耻，亦跑到水边去洗耳。凑巧有一个隐士，姓樊名竖，号叫仲父，就是助羿杀巴蛇的樊仲文的一家，原是巢父一流人物，这次牵了牛，刚来饮水，看见巢父洗耳，问知缘故，那樊竖就将他的牛赶了回去，不饮水了。因为饮了下流之水，防恐那牛亦受污浊之故。巢父与樊竖，都是以隐遁互比高洁的人，看见樊竖这种情形，料到他心中的用意，仔细一想，今朝失败在他手里了，因此心中正没好气。此刻看见许由，亦因为此事洗耳，遂借了许由出他的气，责备许由道："这个都是你自己不好之故。你果然诚心避世，你何不深藏起来呢？你若肯住在高岸之上，深谷之中，人迹不到的地方，那么谁人能够看见你呢？比如豫章之木，生于高山，工虽巧而不能得。现在你偏要到处浮游，要求名誉，以致屡屡听见这种话。你的两耳已经污浊了，洗过的水亦是污浊的，我这只洁净的犊，不来饮你污浊之水。"说着，牵了犊，到上流地方去饮水了。（现在河南登封市南有洗耳河，即许由洗耳处。又东南箕山下有牵牛墟，墟侧颍水边有犊泉，是巢父还牛处也，石上犊迹存焉）。自此之后，许由匿迹韬光，再也不使人寻得到他。但是，帝尧一次让位，一次召为九州长，百姓都知道的，于是纷纷传说，都称赞帝尧的让德，又称赞许由的高洁。许由本来是逃名的，因此反得了名，听到了之后，心中尤其难过。一日，跑去寻巢父。巢父正卧在树巢上，许由也爬上树去，将这番苦恼告诉他。巢父听了，又大怒道："我问你，何以会得弄到如此呢？你何不隐你的形，藏你的光呢！我前次已经教你过了，仍旧教不好。你这个人，不是我的朋友。"说着，将许由胸口一推，许由就从树上跌下来，连忙爬起，一言不发，怅怅然不自得，走到一个清冷渊上，又用水洗洗两耳，拭拭两目，一面叹口气，自言自语地说道："向者贪言，对不起我的老友了。"于是怕见巢父之面。从此以后，两人亦没有见面。这都是后话不提。

且说帝尧自从许由家中怅怅归去，次日，就起身归平阳，论功行赏，一切不消细说。过了多时，忽报南方焦侥国王要来朝了。帝尧便问羲叔道："焦侥国在何处？"羲叔道："在三首国之东，在中国南方之西，相去约四十万里，其人极短小，最长者不过三尺，短者只二尺左右。它的国王姓幾（查《史记正义》上引《括地志》之说：小人国在大秦南，人才三尺。大秦国就是现在的法兰西。又查现在非洲中部,有一种尼瓜拉人,平均不过四尺几寸,为全世界人类之最短者。非洲在法兰西南,又在中国南方之西,按其地位颇相像。但是否尼瓜拉人就是焦侥国之后代,各书无可稽考,不敢妄断),亦叫周饶国。"大司徒在旁问道:"世界上竟有如此短小的人么?"羲仲道:"短小的人有呢。据某所知,员峤山上有一个移陁国,其人皆长三尺,岂不是和焦侥国人一样么!"和仲道:"据某所知,比他短小的还有。有一个庆延国,其人长不过二尺,岂不是还要短小么(《职方外记》载:北海之滨,有小人国,高不过二尺,须眉俱无,男女无辨,跨鹿而行,鹳鸟恒欲食之,小人辄与鹳战,或击破其卵以绝鹳之种类。按其方位,或即今欧洲北岸之腊魄人,亦著名短小者也)。"亦将子舆笑道:"中国西北,雍州边外,深山之中,有一种小娃,高仅尺许,面貌明秀端正,色泽肤理,无一处不像人。每每折了红柳,做成一圈,戴在头上,群作跳舞之状,其声呦呦,不知所唱是什么。偶或到居人家中窃食,被人捉住之后,则涕泣拜跪求去。假使不放他,他就不食而死。假使放了他,他一路走,一路频频回顾,到得距离既远,料想人追他不上,才放胆疾行,倏忽不见,所以没有人能够知道他巢穴所在,亦没有人能畜养他。野人从前曾见一个腊人,面目手足,无不悉备,但其长不过一尺,岂不是更短小么!"和叔道:"某闻东北方,有一个竫人国,其人皆长九寸。西海之外,又有一个鹄国,亦叫鹄民国,其人长者七寸,短者三寸,为人自然有礼,好拜跪,寿皆至三百岁。其行如飞,日可千里,百物不敢侵犯他,只怕海鹄。海鹄飞过看见,就将他吞入腹中,那海鹄之寿亦可到三百岁。但是此人虽被海鹄所吞,依旧不死,永远蛰居于海鹄之腹中,因此海鹄亦能远飞,一举千里,岂不是短小人中之短小人,一种趣话么!"和仲道:"以某所闻,还有长不到七寸的,就是末多国之人,其长只四寸,织麒麟之毛以为布,取文石以为床。又有勒毕国之人,还要小,其长只三寸,有翼能飞,善于言语戏笑,所以亦叫善语国。它的人民,时常合了群,飞到太阳光下去,晒他们的身子,晒热之后,乃归去,饮丹露之浆以解渴。这种人岂不是尤其短小么!"篯铿道:"某从前阅览古书,这种小人甚多。有一国君去打猎,得到一只鸣鹄,杀了一看,只见那膝中有一个小人,长三寸三分,穿的是白圭之袍,身上挂着宝剑,手中持着刀,睁着两眼,口中不住地大骂,也不知道他骂的是什么话。后来有人认识,说这人姓李,名子敖,是常喜欢在鸣鹄膝中游玩的。这个故事,与和叔所说那鹤民国的故事符合,可以做个证据。不过姓李名子敖,不知从何处探听出来,是真奇事了。西北荒中有小人,长一寸,其君朱衣玄冠,乘辂车马,引为威仪。居民遇见他乘车的时候,抓起来吃了,觉其味辛辣,但是有三种益处:一种是可以终年不为猛兽毒物所螫咋;二种是从此能识万古文字;第三种是能够杀腹中的三尸虫。这岂非亦是奇闻么!还有一种小人,形如蝼蛄,用手一撮,满手可以得到二十人,那真是小之极了。"众人你一言,我一语,各说所闻,无奇不有,不觉将所议的正事抛荒了。帝尧在旁,笑着说道:"汝等都可谓博雅之至,朕不胜佩服,但是言归正传,焦侥国王来朝,究竟怎样招待他呢?"大司徒道:"几十万里以外的远人,向化前来,当然要特别优待的。不过他们的身体既然短小,那么一切物件应该特别制造,适合他们的身材用度才好。其余礼节,亦应该略为减省些,因为他们既然短小,恐怕体力有限,耐不住这种烦重的仪文,到那时叫起苦来,转非优礼远人之意了。"众人听说,都以为然,于是分头前去预备。

　　过了一月,焦侥国王到了,羲叔奉帝尧之命前去招待。出得平阳不数里,只见前面无数五彩的物件,离地约一尺,连续不绝,纷纷滚滚,直冲而来,轧轧之声,震动耳鼓。最前的一座物件上面,坐着两个大人,一个如孩童一般的老人。羲叔看了,知道必是焦侥国王了。那时轧轧之声忽然停止,五彩的物件就不动了,从那物件上先跳下两个大人,仔细一看,原来就是中国南方的翻译官,一路领着焦侥氏而来。如今看见羲叔,知道是来迎接的,所以停止前进,一面招呼焦侥王下来,与羲叔相见。羲叔细看那国王,长不满三尺,而衣冠整肃,气象庄严,暗暗纳罕,遂上前相见,代帝尧致慰劳之词。那国王答语,由舌人翻译,亦颇井井有条。当下羲叔正要下车,先行领道,那焦侥国王却邀羲叔同坐到他的那个五彩物件上去,羲叔亦想察看那物件以广见识,便不推辞,一同升上。原来那物件,是用木制造的,形状正方,中间可容三四人;两旁有门,可以启闭,以为上下出入之路;前后左右,密密层层,都排着鸟羽,仿佛无数的羽扇一般;下面前后,共有四个轮盘,中有机括,直通轮轴;机括一动,轮轴旋转,那无数羽毛,就一上一下地鼓动,到得后来,轮轴转动得越急,羽毛鼓动得亦越快,于是腾空而起,离地可一二尺,急剧前进,其速无比。羲叔细问那翻译员,才知道这物件名叫"没羽",就是中国羽轮车的意思。这次来朝,就带了一辆来贡献。不一时,到了客馆,一切供给固然极其丰盛,所有器具无不适合他们的用度,焦侥国王尤为喜悦。

次日入朝,焦侥国王用臣礼谒见,并献上一辆没羽,五彩斑驳,装饰得十分华丽。帝尧因为已经听羲叔奏过,知道它的用处,所以不甚稀奇。因见他车上的毛羽,都是非常之大,就问道:"这是什么鸟羽?"焦侥国王道:"这种是鹫鸟,凶猛得很,各类都有,且非常之大。"帝尧道:"那么捕捉很不容易。"焦侥王道:"小国是用机器去捕捉的,所以尚不费事,假使用人力去捕捉,小国之人,身体都短小,气力都薄弱,决计敌它不过,哪里能捕捉它呢。"帝尧便向他道了谢,叫人将没羽收了。次日请他燕饮,他同了三个大臣同来赴席,都只有三尺相近的长,迎风欲仆,背风欲偃,很觉可怜。但是细看他君臣,眉目五官,都甚端正;威仪态度,亦甚安详;谈论起来,知识亦非常练达;颔下髭须鬖鬖,俨如四个小老人,非常奇怪。帝尧问他国内情形,才知道他们是穴居的,平日亦知道树艺五谷,但非常困难。一则身体短小,劳力有限。二则那边鸷鸟甚多,稍不留意,容易被它衔去。所以他们自古以来,竭力研究机巧之物。有一项机器,用以耕田,劳力少而收获甚多。有一项机器,用以捕鸟,无论什么大鸟,触到这机器,立刻就失其飞翔猛悍的能力,所以国内出口货,每年以鸟羽为大宗,因此以善捕鸷鸟出名。帝尧又问他耕稼之外还做什么事情。焦侥国王道:"捕鱼是副业,所以水中游泳亦是国人的专长。"帝尧道:"不怕大鱼吞噬么?"焦侥王道:"小国人亦有机器,可以防避。"帝尧道:"贵国人身体既然如此短小,假使邻国人来侵凌,将如之何?"焦侥王道:"小国人因为体力不足之故,所以对于邻国,只能恭敬相待,讲信修睦,不敢开罪于人。即使有时候吃些小亏,亦只好忍耐,不敢计较。所以,四邻对于小国,亦均以善意相待,绝无侵暴行为,有时还得到他们一点助力。在小国东面,是长臂国。他们手长一丈八尺,专在海中捕鱼。小国有机器,所以他们与小国人最要好。西面是三首国,他们一身三首,形状奇怪,但是性情好静,与小国甚少往来,所以亦不为患。"帝尧道:"贵国人民,既然擅长机巧之事,那么尽可以营造房屋,何以还要穴居呢?"焦侥王道:"小国之地,山林不多,缺少大树,但有小木,造成房屋,不甚坚固,禁不起暴风狂雨,猛兽鸷鸟之蹂躏,所以还不如穴居之妥善。还有一层,小国土地不广,沙碛之外,所有肥沃之地,均须栽种五谷;如建房屋,那田亩就要减少了。所以论起事势来,亦不宜建造房屋。不过富有之家,到得十二月、正月间,天气大热,在土穴内受不过蒸闷之气,亦有在地面上搭盖小屋以呼吸空气的。可是一过热天,就拆去了,因此总是穴居时多。"帝尧听了不解,忙问道:"十二月、正月,正是寒冬,敝国有几处地方,正要住到土穴里去,以避寒气。何以贵国反要出来避热呢?莫非贵国气候与此地不同么"?焦侥王道:"的确不同。小臣这次动身前来,正在去年十月间,那时天已渐热了,走到半途,炎热异常。后来到了五六月间,是小国那边的冬天,以为天必渐冷了,哪知炎热如故。到了八九月间,反渐冷起来,草木亦渐凋谢,与小国那边二三月的天气无异。所以小臣说,两地气候的确不同。"帝尧道:"贵国那边草木,二三月凋谢,何时才生长呢?"焦侥王道:"总在八九月间。"这时在座之人,听了这话,无不讶然,暗想:竟是天外别有一天了,何以寒暑如此相反呢!帝尧道:"那么贵国以热天为冬,以寒天为夏了。"焦侥王道:"那也不然,小国人仍是以热天为夏,以寒天为冬。不过奉了上国的正朔,七月间变了冬天,正月间反成夏天,像是以寒为夏、以热为冬了。"帝尧等听了,方始恍然。后来又谈了些别种话。席散之后,送归客馆。次日又来道谢,帝尧命羲叔等陪伴他君臣游历各处风景。过了一月,方才告辞。帝尧又优加赏赐,那焦侥王君臣无不欢欣鼓舞,乘着没羽归去。

第五十九回

海人献冰蚕茧　员峤山风景
尧教子朱围棋

一日,帝尧正在视朝,忽然从外面走进一个老百姓来,头戴箬帽,身穿蓑衣,脚着草履,肩上挑着一个大担,担中盛着不知什么东西。原来那时君主和百姓,名分虽殊,而情谊不甚隔别,仿佛和家人父子一般。虽则朝堂之上,可以随便进出,不比后世,堂陛森严,九重远隔,不要说是个寻常百姓,即使是个大官显爵,亦非得特旨允许,不得进见。若说是来献物件的,那更加不得了,那些守门小臣,非大索贿赂不可,起码总要比贡献物品加一点,才可以给你递进去。上下之间,隔绝到如此,所以民隐不能上达,而君臣间的隔膜亦日甚,务为壅蔽欺罔,以致贿赂公行,而政治日以败坏,无怪乎君主制度有废除的必要了,闲话不提。且说那老百姓走到堂下,将担放下,就向帝尧再拜稽首。那帝尧视朝,本来是立着的,也就立刻答揖,叫他起来,问他有什么事情。那老百姓道:"小人刚从海外归来,得到一种宝物,特来敬献圣天子,以表小人区区之心。"说着,就转身将担盖揭开,只见里面满满盛着五彩斑斓的东西,不知是什么。那老百姓随手拿了两个,双手献与帝尧,说道:"这个是冰蚕的茧,缫成了丝,可以做衣服,请帝赏收吧。"帝尧细看那蚕茧,足足有一尺长,五彩悉备,果然是个异宝,便说道:"朕很感谢你的美意,不过朕向来不宝异物,对于衣服,尤不喜华丽。这个蚕茧,太美丽了,朕无所用之,请你仍旧拿回去吧。"那老百姓道:"圣天子的俭朴,小人向来知道的。"说时,用手指指帝尧身上道,"这样大寒天气,帝连狐皮貉皮的裘都不肯穿一件,还只穿一件鹿裘,这个冰蚕宝物自然更不肯穿了。但是圣天子为天下之主,所谓富有四海,尚且不肯穿这种宝物,那么小人一介穷民,拿回去有什么用处?难道织起衣服来穿么?真正万无此理。假使说拿来卖,卖与何人?圣天子所不敢穿的东西,哪个还敢穿呢?如若将它藏起来,万一坏了,这种宝物是世间所希有的,岂不是可惜!所以小人想来想去,还是请帝赏收吧,横竖总有用处的。"帝尧听他的话,颇有情理,正要开言,只见大司农在旁说道:"依臣愚见,不如收了它吧,将来织成黼黻,可以穿了祭祀祖宗,那就不嫌华丽,岂不好么!"帝尧道:"朕亦如此想。"说着,就向那老百姓说道,"你既然如此说,朕就收了,谢谢你。"

那老百姓听了大喜,连他的担子也不要了,向帝尧行了一个礼,回身就走。帝尧忙叫道:"海人来,海人来,且慢走,朕还有话呢。"那老百姓回身转来,帝尧道:"承你远来,拿冰蚕茧赠我,真可感谢,但是你这冰蚕茧从何处得来?"那老百姓道:"小人住在东海之滨,向来专以捕鱼驾船为业。十几年前,正在海中行船,忽然一阵飓风,将小人的船直向东方卷去,足足卷了三日三夜。那时小人等之船,舵也倾了,樯也折了,人人都昏晕过去,也不知过了多少时间,忽然醒转来,但见这船已泊在一座山下。同船之人,幸喜个个存活,大家喜出望外,忙上山探问这是什么地方。后来遇到土人,才知道这山名叫员峤山,又叫环邱山,去中国不知道有几千万里呢!小人等到此际,自分漂流绝域,永无归期。幸喜得那些土人,怜悯小人等天涯落难,相待颇好,于是就在那山上,一住十几年。这十几年之中,将那山四处都游遍了。今年三月间,他们忽然向小人等说:'考察天文,应该有东风,数月不断。遇到这个好机会,你们可以回去了,不宜错过。'于是小人等将原有船只舵樯种种修理妥当。临走的时候,他们又赠送小人等许多物件。这冰蚕茧,就是其中之一种。"帝尧道:"冰蚕的形状如何,汝看见过么?"那老百姓道:"小人看见过,却很奇怪,长约七寸,有鳞有角,通体黑色,拿了霜雪覆盖在它身上,方才会作茧,所以叫作冰蚕,岂不是奇怪么!"大司徒道:"天然五彩,真是不可多得之物。"那老百姓道:"岂但如此,小人看见那边的土人,穿了这种丝做的衣服,入水去不会得濡湿;投它在火中,经过一夜,亦不会得烧毁;那真是个可宝之物呢。"帝尧与群臣听到这话,都觉得诧异。和仲问那老百姓道:"足下与其将冰蚕茧拿回来,何不将冰蚕种拿回来,自己可以养得,岂不是大利么!"那老百姓道:"小人起初何尝不如此想,后来知道,事实上不可能。因为冰蚕所吃的,是猗桑之叶。据土人说,这种猗桑,迁地勿良。没有猗桑,那冰蚕就不能养,所以只好带茧子回来了。"羲仲道:"某闻员峤山上,有一个移陁国,其人皆长三尺,足下见过么?"那老百姓道:"果真有的。他这个国在员峤山之南,男女皆长三尺,用茅草来做衣服,长裾大袖,起风的时候,裾袖飘飘,凭着风力,能直上空中,如禽鸟的羽毛一般,非常好看。他们的眸子,都是重瞳。他们的相貌,修眉长耳,亦非常之端正。据说,他们的年寿都在一万岁以上,飡九天之正气,能够死而复生。这种话真假如何,那却不得而知。"赤将子舆道:"足下既在那边住过十年,游历一转,那山上还有什么有名的风景、奇异的人物,请说给我们听听,以广知识。"那老百姓道:"员峤山上有两个大湖。一个在顶上,据说周围有四千里。小人曾到那湖边一望,浩渺无际,与大海差不多,但是却没有乘船渡过去,就是它的名字,亦忘记了。还有一个湖,在西方,据说周围亦有千里,名叫星池。池中有个大龟,八只脚,有六只眼睛,背上有北斗七星及日月八方的图像,腹下又有五岳四渎的图像。它本在水中的,亦时常爬到石上来呼吸空气,晒曝阳光,远望过去,光耀煌煌,仿佛天上的星辰,真是一种神物呢。还有一种异草,名叫芸蓬,色白如雪,每株高约二丈,坚硬如木,夜里看起来,皎皎有光,可以拿来做拐杖。这两种是山上西方之异物。至于北方呢,有一个浣肠之国,其人民寿亦很长。这种人,时常将他的肠胃拿出来洗涤。因为人的消化滋养,全靠肠胃做一个转运融化的器具,人的寿命本来都有几千百岁好活,只因饮食之后,百分中之九十几固然消化了,精华吸收,灌输百体,它的糟粕都从大小便里排泄出去,但是有余不尽,留滞在肠胃之中,总是有的。几十年之后,积少成多,肠胃中污秽堆积,器具渐渐朽坏,失去了运输融化的能力,所以不能得到滋养的效果,以致渐渐衰老死亡。虽则有药物服食,亦可以浚渫肠胃,但是终有不能涤尽之处,所以他们常将肠胃洗涤,寿命遂能延长。因此,邻近之人都叫他们浣肠国,其实并不是他们真正的国名。浣肠国四面环绕甜水,其味如蜜。这甜水的流势非常迅急,而它的质地却很浓重,是个矛盾不可解的道理。寻常的东西,投在那水里,滔滔随流而去,甚不容易沉没,即使千钧重物,亦须久久方能沉没到底。所以那边人民,隔水往来,不用舟楫,都从水面上步行过去,如履平地一般。不过水流既异常迅急,蹈水颇难,不是从小练习惯的人,往往随流而去,虽则不会沉溺,但不能达到目的地,亦是可怕。"大司农听了,便说道:"某从前经过弱水,虽芥叶之微,亦不能浮。现在这甜水竟可以载重,可见天下之事物,决不单生,必有对待了。"镺铿又问那老百姓道:"南西北三方都说过了,还有东方呢?"那老百姓道:"东方的异物,就是冰蚕;还有一种是云石,广有五百里,文彩剥珞,仿佛和锦绣一般,拿物件来敲击它一下,顿时有云气蓊蓊然从石中而出,经久方散,这也是东方之异物了。"和仲道:"冰蚕所吃的猗桑,形状是怎样的?"那老百姓道:"形状与中国桑树差不多,不过高大异常。它所结的桑椹,其味甚甜,煎起来可以为蜜,如此而已。"帝尧道:"汝此番从那边来,走了几日?"那老百姓道:"约有一百多日。"帝尧道:"沿途停泊有几处?"那老百姓道:"沿路尽是茫茫大海,无处停泊。"帝尧道:"那么很难了,一则方向容易歧误,二则粮食万一不继,怎样办呢?"那老百姓道:"这两层都不必虑。员峤山在东,中国在西,只要以太阳、月亮为标准,就不会歧误。至于粮食问题,员峤山上出一种粟,叫作不周之粟,粟穗高到三丈,它结的颗粒,皎洁如玉,吃了一餐之后,可以历数月而不饥。小人从前在山上的时候,吃的就是这种,所以在那边虽则住了十多年,而计算吃饭的总数,不过三四十餐。此次动身,预备全船人两三餐之粮,但是三个月来,亦只吃了一餐,所以到了中国之后,尽有得多,已经分给各亲友携去了。海中所最欠缺的,就是淡水。但是粮食既然不必多备,自有余地可以多储淡水,所以一路行来,尚不感到困难。"大司农是最注重民食的人,听到这话,忙问道:"这种不周之粟,是一年收获一次么?"那老百姓应道:"是。"大司农道:"这粟既然吃一餐可以历数月而不饥,那么当然消耗少;又一年一获,当然出产甚多,这些粟堆积起来,做什么用呢?"那老百姓道:"他们亦早虑到此,所以有一个通盘计算。全山人口,共总有多少,每人每年要吃多少餐,每餐需多少粒粟,每亩每株可以结几粒粟,统统都预算好了,所以他们每年所种,都有定额,不过较消耗之数略多而已,其余田亩,悉数栽种他物,因此,米粟一项不会有供过于求之患。"大司农听了,连说:"可惜可惜,你没有将那粟的种子带回来。我们种植起来,无论如何荒年,我们都不怕了。"籛铿道:"某听见尹老师说,东海之滨,常有大鸟飞过,坠下所衔的米粟来,煮而熟之,其长径尺,食之可以终岁不饥,不要就是这不周之粟么?"那老百姓接着说道:"那边山上的大鸟,确系甚多。有一种鹊,其高约一丈,最喜欢吃这种粟,不要就是它衔来的么?"大司农道:"果然是此鸟衔来,想来决不止一颗,亦决不会颗颗都被人遇到,拿去煮食。那些落在地下的,何以不听见滋生起来呢?或者土性不宜,迁地勿良,那么,即使拿了种子回来,亦是无益呢。"当下众人又谈论了一会。帝尧叫人取了许多布帛,赏赐那老百姓,强之再三,方才收受,称谢而去,群臣亦各散出。

帝尧饬人将那担冰蚕茧挑至宫中,正妃散宜氏及诸妃宫人等看了,都不胜欢喜。次日,就亲自动手缫起丝来。缫完之后,散宜氏又亲自纺织,然后做成一套黼黻,真乃华美异常。还有剩余的,正要想藏起来,留作别用,哪知忽然寻找不到,原来已被帝子朱拿去了。这时帝子朱已有十几岁,姿质既不高明,性质又非常顽劣,而且甚不喜欢读书,最爱的是游戏玩耍。帝尧退朝之暇,亦常常教导他,然而当面唯唯,或则绝不作声,一到离开了帝尧之后,依旧无所不为。帝尧虽则是至圣之君,但亦无可如何。这次他看见冰蚕丝华美异常,不胜艳羡,又听说是能够入水不濡、入火不烧的,尤其动了好奇之心,一定要向散宜氏乞些去试验试验。散宜氏道:"这是宝贵之物,不可轻易糟蹋的。且等将来,果然有得多,再给你些吧。"哪知帝子朱不等散宜氏吩咐,竟将剩余的统统拿去,剪得粉碎,或放在水里,或放在火里,不住地试验。及至散宜氏查觉,已经毁坏完了。散宜氏不觉叹息,就训责他道:"你不等我答应,擅自取去,这个就是非礼的举动。物件不是你的,你怎样可以擅取呢?第二项,不禀命于父母,更是不孝的行为。这许多剩下的冰蚕丝锦,还有小衣裳好做呢。你弄得如此粉碎,这又是不惜物力,暴殄天物。这三种都是你的错处,你知道么?"帝子虽则照例不作声,但是却无愧悔之意。适值帝尧走进来,知道了这回事,亦恳恳切切地训责了他一番。散宜氏问帝尧道:"朱儿年纪渐大了,如此下去,如何是好?帝总须设法教导才是。"帝尧听了,半晌不言,停了一会,才说道:"过几日再讲吧。"

过了几日,帝子朱正在那里漫游玩耍,忽有一个内臣走来叫他,说道:"帝召你呢。"帝子朱听了,顿然失色,知道又要听训话了,但是又不能不去,只得随了内臣,越趄而前。到得帝尧书室之中,只见席上放着一块方板,板上刻画着许多方格,格上分布着许多小而圆的木块,有黑,有白,旁边堆着黑白的小圆木块,更是无数。帝尧手中却拿着一块白色的木块,坐在那里,对着方板凝思。看见子朱进来,就问他道:"朕前日和汝师傅说,叫汝熟读的书,汝读完了么?能够知其大意么?"帝子朱听了,半日答应不出。帝尧叹口气道:"汝不喜欢读书,朕亦无可如何,但是汝除出读书之外,究竟有什么事情是汝所欢喜的,汝可和朕说明。"帝子朱听了,仍不作声。帝尧道:"汝前日将那冰蚕丝织成的锦,拿去做什么?"帝子朱方开口说道:"儿听说那个锦,能够入水不濡,入火不烧,所以拿去试验试验。"帝尧道:"那么试验的结果如何呢?"帝子朱道,"果然能够入水不濡,入火不烧。"帝尧道:"同是一样的锦,何以寻常的锦入水必濡,入火必烧,冰蚕锦独能够不濡不烧呢?"帝子朱听了,答应不出来。帝尧又问道:"这种道理,汝细想过么?研究过么?"帝子朱道:"儿没有研究过。"帝尧道:"可是,这种地方,就是汝最大的缺点。总而言之,一句话,叫作不肯用心。汝要知道,我们人类,亦是动物之一,所以能超出万物之上,而为万物之灵,就全靠这一颗心。这颗心越用则越灵,不用则不灵,不灵则和禽兽有什么分别?大凡天下的事情,有一个当然,必定有一个所以然。比如饥了之后,必定要食,倦了之后,必定要眠,这个就是当然。人知道这个理由,禽兽亦知道这个理由。至于饥了之后,何以一定要食,倦了之后,何以一定要眠,这个是所以然,只有人能知道,禽兽就不能知道了。又比如冬天日短,夏天日长;冬天气候冷,夏天气候热;这个亦就是当然,人人能够知道的。但是同是一个天,同是一个太阳,同是东出而西没,何以会一个日短,一个日长?一个气候严冷,一个气候酷热呢?这个就是所以然,只有有知识学问的人能够知道,寻常之人就不能知道了。不但饮食起居之理如此,不但天文气候之理如此,项项事情都有一个所以然的缘故在内。寻常粗浅的事情,都能够知道它所以然之故,才可以算得一个人。项项事情都能够知道它所以然之故,方才可以称作圣人。但是圣人的能够如此,并非都是自己去想出来的。要知道这种所以然的缘故,前人陆续多有发明,载于书上;后人读了前人的书,将他那已经发明的,不必费力,而可以得到在心上;再从此继续地研究下去,时间越多,研究的人越多,那么发明的人亦越多越精。世界之所以日进于文明,就是由此而来。朕亦不希望汝将来能够成为圣人,发明前人所未经发明出的道理,但求汝对于前人所已经发明出的道理,载在书上的,能够一一领会,那已可以算好了,所以总劝你要读书。哪知你对于读书一层,偏偏没路,专欢喜游戏玩耍。果然对于游戏玩耍等事情,亦能够用心,件件都去研究它一个所以然的缘故,那么虽则不能算一个大有用之才,还可以算一个能用心之人,但是汝能够么?汝将冰蚕锦拿去毁坏,不告而取,固是一罪;暴殄天物,亦是一罪;但是汝果真有心去试验,想研究出一个所以能入水不濡、入火不烧的理由来,那么汝的行为虽然不合,汝的用心尚属可嘉。哪知朕刚才问汝,汝竟说没有研究过。照此说来,汝所说拿去试验,究竟是试验些什么?冰蚕锦的能够入水不濡、入火不烧,早经多人试过,已成为当然之理了,何必再要汝来试验?即使汝要试验,弄一点点来已够了,为什么要糟蹋这许多？总而言之,朕和汝说.一个人总要用心,不但读书要用心,无论做什么事情都要用心,就是做游戏事情,亦要用心。不肯用心,不要说书不能读,各种事情不能做,就是游戏之事亦做不好。现在汝既不喜读书,朕暂时不来勉强你,且先教汝做一种游戏之事,看汝肯用心不肯用心。"说到此处,便将席上所摆的棋,教他如何如何的弈法。那帝子朱方才欢欣而出,自己去研究。

第六十回

尧比神农　华封三祝
柏成子高论劫数

且说帝尧所定的制度,是临民以十二。这年正是应该巡狩的年份。正月中旬,帝尧就商议预备。到了二月上旬,就启身前行。这次目的地,是在华山。但是帝尧的意思,还要乘便考察雍、冀二州水患的情形,兼到桥山祭黄帝的陵墓,所以预算旅行的期间是半年。朝内的政治,仍归大司农等处理,其余和仲、和叔、赤将子舆、篯铿四人随行。一路沿着汾水,向西南而来。到了稷山,是大司农教民耕种之地,哪知汪洋一片,大半变成泽国。原来稷山之地,正当孟门山东南。山上冒下来的洪水,此地首当其冲,将大司农多年所辛苦经营的农田与一切建筑物毁坏不少,现在已将这试验场迁到稷山之南去了(现在山西闻喜县亦有后稷教稼处)。帝尧看了,不禁叹息一会。逾过稷山,到了新设的那个试验场,只见规模狭隘了许多,而且又分作两处(一处在绛县南五十里),大概因限于经费及地亩之故。那时适值遇见姜嫄,原来姜嫄虽则贵为国母,但是她那欢喜稼穑的性情至老不衰。原来有的那个试验场,大司农经营的时候,姜嫄曾随时帮忙。后来移到稷山之南,姜嫄依旧随同料理。而且,大司农教稼之外,更须与闻各种政事,在此地的时候少,反而姜嫄住在试验场的时候多。这时帝尧遇见姜嫄,便上前问安,并说道:"母亲如此操作,太辛苦了。"姜嫄叹口气道:"辛苦倒没有什么,我是欢喜的,只有这洪水,如此泛滥,如何是好?从前那个试验场,成绩颇好,已给水根本破坏了,现在又经营这两处起来。假使洪水再泛滥过来,我已和弃儿说过,只好以生命殉之。"帝尧见姜嫄如此说,忙劝慰道:"母亲快不要如此。天心仁爱,洪水之患大约至多不过如此,不会再大了,请母亲放心。"说罢,就随着姜嫄,各处参观了一会。姜嫄道:"这两处我用的心力已不少,而且地方的风景又好,我已和弃儿说过,我死之后,必须葬在此地,这句话请帝代我记牢。"帝尧听了,唯唯答应。又谈了一时,帝尧便辞了姜嫄,率领群臣,径向南方。

到了山海的东岸,因为洪水的缘故,范围扩大了不少,低洼之地,无不浸及,损失的人民财产,不可数计。帝尧看了,唯有忧叹。那时百姓都聚集在邱陵高阜,局局蹐蹐,度他们的生涯。帝尧更加怜悯,一路地抚慰过去。那些百姓看见帝尧来,却都是竭诚欢迎,异常热烈。帝尧向他们说道:"朕之不德,致有这等洪水大灾,使汝等流离失所。现在已多年了,还没有平治的方法。朕对于汝等,抱疚抱愧到万分,汝等还要如此的欢迎,朕更不安之至了。"那些百姓道:"洪水为灾,是天地之变,并不是圣天子之过。但是,洪水虽则多年,而我们百姓的衣食,仍旧一点没有缺乏,这个就是圣天子给我们的恩惠。换一个寻常的君主,哪里能够如此呢?所以我们平常在这里说,从前神农氏教百姓稼穑,使大家都有饭吃;现在圣天子亦教我们种田积储,使我们虽则遇到这种大灾,仍旧有饭吃。圣天子的恩德,真个和神农一样呢。"帝尧慌忙谦让道:"朕哪里可以比神农,从前神农帝,夫负妇藏,以治天下;现在朕一无功德,而汰侈已极;哪里可比神农!朕的比神农,比如一个是昏,一个是旦呢。"那些百姓听了,齐声道:"帝真太谦了,何尝有一点汰侈呢!做了一个贵为天子富有四海之人,戴的是黄冠,穿的是纯衣,乘的是彤车,驾的是白马,不舒不骄,恭俭到如此,还说是自己汰侈,帝真太谦了。"帝尧听了,又谦逊一会,方才雇了船只,率领群臣,对渡过来。已到雷首山北麓,沿着山麓向西走,就是华山。那时西方诸侯,都已齐集。帝尧到了华山,分班朝见,考校政绩,分别庆让,这些都是循例之事,不必细说。

巡狩礼毕,帝尧便要启程而西,哪知赤将子舆和篯铿两人,都说要上华山去走走,请一个假。赤将子舆为的是要去搜集百草花做粮食,是极要紧之事。篯铿呢,是年少好游,跟了去玩玩,以扩眼界。帝尧都答应了,遂暂时不动身,以待他们,自己却与和仲兄弟,查访闾阎风俗,顺便来到华山下,望望岳色。早有那华山的封人前来迎接,看见了帝尧,行过礼之后,便笑眯眯地说道:"嘻!你是个圣人,小人请恭祝圣人。第一项,愿圣人寿比南山。"帝尧听了,慌忙推辞道:"多谢多谢,不要不要。"封人又祝道:"第二项,愿圣人富如东海。"帝尧又连忙推辞道:"多谢多谢,不要不要。"封人又祝道:"第三项,愿圣人多生几个男子。"帝尧又慌忙推辞道:"多谢多谢,不要不要。"封人听了,非常怀疑,便问道:"小人的意思,寿、富、多男这三件事,是人人所欢喜而求不到的,所以拿来祝你,哪知你件件不要,究竟是什么缘故呢?"帝尧道:"汝有所未知。多男子固然是一件好事。但是要有好男子,才算是好。若是不肖的男子,徒然给父母遗羞,有一个尚且不得了,何况多呢!既然多了之后,虽未见得个个不肖,亦未见得个个都肖。假使其中有一二个不肖,那么做父母的将如之何?教诲他么,教他不好。听他去么,于心不忍。岂不是倒反可怕!还有一层,现在世界,不能算太平,生计很是艰难。儿子一个一个地生出来,养呀,教呀,做父母的如何负担得起?但是既然生了他出来,做牛做马,总只有做父母的去负担,岂不更是可怕么!至于富这个字,固然是人人之所欢喜的,但是富不能够突然而来。未富之前,要费多少的经营;既富之后,还要呕多少的心血,田要去求,舍要去问,财帛要去会计,工人要去督率,一个不小心,富就不可保。这种事情,岂不是麻烦之至么!人生在世,不过百年,何苦来!为了衣食耳目之欲,把可宝贵的光阴,可爱惜的精力,都用到这个上去,真觉犯不着呢!广厦万间,所居不过容膝;食前方丈,所吃不过充肠,真正富了,有什么用呢?况且天地间之财物,只有这点点数目,我既然富了,必定有人忧贫,容易受人之怨恨、嫉妒。万一他想设计劫夺我,我更防不胜防,终日兢兢,如坐图圄,何苦来呢!所以朕的意思,亦不要它。并非以此鸣高,实在是怕受它的累呀!至于寿这个字,在表面上看来,固然是极好的。但是朕亦以为有几种可怕。第一种,是生理上的变化。人到老来,康强壮健,固然有的,但是头秃齿豁,目昏耳聋,行坐艰难,甚而至于智慧减,神明衰,亦是常事。到那时候,遇着孝子顺孙,能够服侍奉养,还可以享福;假使遇着不孝的子孙,那么反要受辱了。他们不体谅你是个老者,倒反憎嫌你,为什么老而不死,要增重他们的累。甚至偶然弄错一点事情,就骂你是个昏聩糊涂。这种话语,听了岂不伤心!第二种可怕的,是家门中之不幸。人到老来,精力渐衰,无他希望,只望家庭中怡怡之乐。假使不幸,妻子先亡,剩了孙辈,隔了一层,已经不甚亲热了。假使寿长得很,不幸连孙辈都亡故了,剩了曾孙、玄孙辈,隔得疏远了,犹如路人一般,那么,孤家寡人独来独往,有什么趣味呢!第三种可怕的,是时势的改变。享高寿的人,最好是处常,万不可以处变。万一变故发生起来,照理不能不死,而又不能死。如若死了,大家都要说他命里应该横死,所以有这样大年。如果不死,到后来自己固然懊悔,人家亦要嘲笑。朕记得从前有两个人,都享上寿,遇变应死而不死。一个人到后来临死,有'艾灸眉头瓜喷鼻'的诗句。一个是死后人家嘲笑他,说道:'可怜某某人,享寿八十三,何不七十九?'照此看起来,人的长寿,岂不是亦是取辱之一道么!第四种可怕的,是世情的浇薄。遇到老年的人,总说他是思想顽固,头脑陈旧,非尽量地排斥他不可。却不知道年老的人,在他年轻的时候,亦大用气力,有功效于社会过的。然而一班少年浇薄的人,总以为他是过时之人,用不着了。你想,寿长了,要受这种耻辱,长寿有什么好处呢?所以朕的意思,这三项都非所以养德,因此推辞不要。"那封人听了帝尧这番话,不觉大发他的议论,并且大掉他的文言道:

> 始吾以汝为圣人耶,今然,君子也。天生万民,必授之职。多男子而授之职,则何惧之有?富而使人分之,则何事之有?夫圣人鹑居而鷇食,鸟行而无彰。天下有道,则与物皆昌。天下无道,则修德就闲。千岁厌世,去而上仙,乘彼白云,至于帝乡。三患莫至,身常无殃,则何辱之有?

这几句文言说完之后,封人竟掉转头去了。帝尧知道他是个有道君子,慌忙随在他后面,叫道:"慢点慢点,朕还要请问,朕还要请问。"哪知封人头也不回,说道:"去了,去了。"竟飘然而去。帝尧不胜怅怅,立了一会,只能与和氏兄弟回转。

过了几日,赤将子舆等回来了,却同了一个道者同来。帝尧便问他是何人。赤将子舆道:"这是野人的旧同僚,姓柏名成,字子高,大家亦叫他作柏成子高。他在黄帝的时候,曾有官职。"帝尧猛然想到道:"是否就是为先高祖皇考制造货币的那位柏高先生么?"赤将子舆道:"是呀是呀,'上有丹矸,下有黄银;上有慈石,下有铜金国;上有陵石,下有赤铜青金;上有黛赭,下有鉴铁;上有葱,下有银沙',这几句歌诀,此刻妇人竖子都能知道,其实就是这位柏先生创出来的。所以,这位柏先生可算得是发明矿学的祖师呢。

后来黄帝乘龙上天,他也在龙背上跟了上去。我们足足有几百年不见了,不料此次在华山上遇到,所以特地邀他来,和帝相见。"帝尧忙向柏成子高施礼,口中说道:"原来是柏先生,失敬失敬。"当下就请他坐了,大家亦各就坐。帝尧便问柏成子高天上一切的情形,最后又问道:"先生既已上仙,此刻何以又到人世间来游戏?"柏成子高道:"不瞒帝说,某已被谪,不能再在天上了。"帝尧忙问何故。柏成子高道:"神仙是有劫数的,逢到劫数,不能不坠落人间。某适逢劫数,所以如此。"帝尧道:"怎样叫劫数?"柏成子高道:"凡项事物,一成一败,叫作一劫。不过劫数有大有小,时间有迟有速。有的几百年一劫,有的几千年一劫,有的几万年、几十万年。几百万年,乃至几千万年、几万万年一劫,都是有的。最大的就是天地之劫。天地之外,四维上下,更有天地,亦无终极,但是都有成败。那个一成一败,就是最大最大的劫数了。最小的就是蜉蝣,朝生暮死,亦是一劫。电光石火,忽明忽灭,亦是一劫。神仙之劫,亦有迟速,迟的几十万年,速的几百年、几十年,就要历劫了。某根基浅薄,幸叨黄帝的庇荫,从而上升,但一无修养,所以已遭劫而坠落。"帝尧道:"将来还能上升么?"柏成子高道:"只要道心不污,尘心不染,仍旧可以上升。凡人皆可以上升,何况已经列过仙班之人呢。"帝尧道:"现在先生做什么事?"柏成子高道:"某空闲之极,无所事事。"帝尧道:"不揣冒昧,敢请先生如赤将先生一样的出来辅佐藐躬,不知肯屈尊否?"柏成子高道:"有道之君在上,拒绝不肯,某却不敢。但是,跑到朝堂之上去,如入樊笼,某亦不耐。最好得百里之地,叫某去治理治理,或者尚有成绩,某亦愿意。"帝尧大喜,就立柏成子高做了一个诸侯,他的封地,就在华山东部一个肇山地方。柏成子高受命,就做他的诸侯去了。

这里帝尧君臣仍旧一同起身,到山海边,雇了船舶,竟向西渡。

四面一望,茫茫无际。那舟子一面摇橹,一面向帝尧等说道:"这个山海,比从前大到三分之一了。从前哪里有这样大!自从孟门山上洪水暴发以来,滔滔不绝,统统汇到这个海里来。田庐财产,不知淹没了多少,如今还是有增无减,不知道要几时才能平定呢!这个真是天降奇灾呀!"正说到此,赤将子舆忽然望前面指道:"那边仿佛是一个洲渚。"舟人道:"前面是一个小洲,在这个海的中心。无论东西南北对渡的,都要在那里停泊。地方虽小,倒很热闹。"于是大家眼睁睁地都向那个小洲望着。过了一会,愈行愈近,果见有无数船只,都停泊在那里。帝尧等一共六只船,亦齐向那里停泊,以便过夜。(现在陕西西安市长安区西南有汉武帝所开昆明湖的遗址,据《三辅黄图》上所引《三秦记》的话说,昆明池中有灵沼,名曰神池,尧时治水尝停舟于此。)舟人系了缆,便说道:"难得今朝顺风,一日就到此地。不然,走两三日亦难说呢。"帝尧等看那洲渚,商店甚多,但面积并不广大,且天色已晚,不便登临,便在舟中与诸臣杂谈。忽闻邻船中有人作歌,其声清越,其词旨恬淡高远。帝尧料他是个不凡之人,急忙遣从人过去探听。过了一时,回来报道:"这唱歌的在一只小船上,姓狐,名不谐。"帝尧听了,求贤心切,再叫从人前去通知,说:"朕就去拜访"。那从人去了,回来说道:"狐不谐说今日天色已昏,且小船不便,明日再见吧。"帝尧听了,只得罢休。到了次日,天还未大亮,帝尧尚在睡梦之中,忽听得从人叫喊之声,不觉惊醒,忙起身问有何事。另一个从者对道:"昨日帝要去访他的那个狐不谐,此刻摇船去了,所以小人们想叫他回转来。"帝尧一想:这个人一定是有道德的隐君子,不然,决不会如此有意遁避,不肯相见的,遂吩咐从人道:"汝等叫喊亦无益,不如解了缆,追过去吧。"这时天已大明,和仲等均闻声起来了,遥望那只小船,是向北面摇去,恰好是向桥山去的路。

帝尧等的船,亦紧紧在后跟随。可是小船轻快,大船沉重,无论如何总赶不上。到得日色停午,那小船已消没于烟霭之中,望不见了。及至下午,到了山海北岸,停船之后,天色渐昏,无从探听。次日早晨,起来一望,只见泊船之地是个渔村,人家三两,比邻而居,许多渔网都晾在外面。有几个妇女,蓬着头,出来淅米。帝尧的从人,就去访问狐不谐消息。那些妇女都回说不知。从人道:"昨日明明看见他的船是向这里来的。"那些妇女道:"这里的港汊,分歧得很,有好几条呢,或者是走别一条去了。"正说时,帝尧和群臣亦都上岸来走走。那边的渔夫亦走出来了,看见帝尧等这一大批衣冠济楚、气概不凡的人,不觉诧异,仔细打听,才知道是天子,慌忙都来叩见。那些妇女倒反避了进去。帝尧问那些渔夫:"狐不谐这个人,汝等知道么?"渔夫等听了,都说:"不知道。小人等只知道一个张仙人,是很有道行的。"帝尧忙问:"张仙人叫什么名字?有怎样的道行?"渔夫道:"他的名字叫果,能知过去未来之事,我们极相信他。"帝尧道:"他住在何处?"渔夫道:"他的行踪不定,有时在冀州,有时在雍州,有时在梁州。在雍州的时候,总住在此地北面一座山上,从前小人们常见到他的。"帝尧道:"现在为什么不见?"渔夫道:"小人等从前就是住在那座山的附近,以耕种为业。后来洪水暴发,一夜工夫,将所有房屋财产一齐冲去。小人等四家十二口,自分必死,大家用绳索系在腰间,但求死在一处。哪知半路遇着几株大树,用手攀住,才得救命。但是水退之后,回到旧家望望,只见所有田地都不知去向,已变成了一个大湖。当时邻舍几十家,大半无从寻觅,现在只剩了我们几家,真真是运气呀!我们旧业既然消失,所以只好来此捕鱼了。但是洪水暴发之前,那张仙人就和我们说:'此地将有大灾,不可再居。'当时小人等不甚相信,有几个相信他的,亦因为安土重迁,不能搬动,以至遭劫。如今想来,这张仙人岂非真是个神仙么!"帝尧道:"原来如此。那座山在北方,朕到桥山去,可要走过么?"渔夫道:"小人们未曾到过桥山,走不走过不能知道。"帝尧听了不语,便率群臣回到船中。

第六十一回

帝尧开凿尧门山　张果老为尧侍中
蛮蛮鸟出现

且说帝尧正要上船,只见山海中有无数大船,连翩直向此来。拢岸之后,为首的一个官员径到帝尧前行礼叩见。帝尧一看,乃是共工孔壬。原来共工自从受命治水之后,一向总在西北方做他的工作,有时或同他的臣子相柳计议一切,有时与南方的驩兜通通消息。这时听说帝尧巡狩,料想要来考察河工,他布置妥当之后,就来迎驾,从华山直寻至此。帝尧就问他治水的一切情形。共工铺张扬厉地说了一遍。帝尧听了,也不言语。共工便问帝尧,此刻将往何处。帝尧道:"朕往桥山。"共工道:"那么不必再上船,从此地陆路一直向北就到了。"帝尧道:"汝作向导亦使得。"于是大众就跟着共工前行。到了一处,共工指着前面的一座山,向帝尧道:"从前逾过这山,路程较近。现在被洪水冲刷,山路填塞,里面已变成一个大湖,不能行走,只能绕山西而行,但要多几日路程。"帝尧听了,知道那渔夫的旧居就在这里,不过,好好的田地何以会变成湖?洪水冲刷何以如此之厉害?心中总有点疑惑,遂吩咐先到那座山上去望望。不一时,到得半山,只见那山之缺处,微微有水流下,并不甚大,想来是从那湖内溢出来的。但是山路陡险,处处绝壁,无路可通。正在彷徨之际,忽见西面山上,远远地来了一个人,看他在崎岖峻峭之中飞步行走,竟像毫不经意的样子,不觉有点纳罕。过了一会,已到帝尧面前,只见他头戴草笠,身着葛衣,足履芒鞋,手执竹杖,须髯飘飘,大有神仙之概。一见帝尧,便拱手道:"圣天子驾到,迎候稽迟,死罪死罪。"帝尧慌忙还礼,便问他贵姓。那人道:"小道姓张名果,有些人以为小道有了些年纪,都呼小道为张果老,其实小道却是一个单名。"帝尧问道:"汝今年高寿几何?"张果老笑笑道:"小呢,小呢。圣天子即位的那一年丙子,就是小道做人的第一年。"帝尧道:"那么汝今年只有三十六岁,并不算大,何以生得如此之苍老呢?"张果老道:"小道自己也不知道,大约是操劳太过的缘故。"帝尧道:"朕听见人说,此山之地,将化为湖,汝早经知道,劝住在里面的人从速迁移,不知道有这回事么?"张果老道:"是有的。他们不肯听小道之言,枉死了一大半。"帝尧道:"好好的山地,何以会变成湖?汝又何以能预知?这个理由,可赐教么?"张果老道:"一得之愚,应该贡献。不过,在此崎岖的山上,立谈不便,不如下山去再说吧。"于是一齐下山,回到住宿之处,张果老便说道:"大凡地体主静,是不应该有变动的。但是,静极之后,不能不动。古书上有两句,叫作'高岸为谷,深谷为陵',便是动的现象。但是为什么要动呢?因为地体之中,含有水、火、风三种,这三种各安其位,不相侵犯,那么地面自然安静如常。假使时候过久之后,水势大盛,去侵犯了火,水火相激,化为热气,冲动地面,那地面自然隆起,深谷就变成丘陵了。或者火势大盛,去煤干了水,那地体渐渐收缩,高岸就变成深谷了。或者地中之风,吹撼了地水,煽动了地火,亦可以引起地的变动,这就是地陷成湖的理由。"篯铿在旁听了,忍不住问道:"地中有火有风么?先生何以知之?"张果老道:"有证据。你只要看,葬了多年的坟墓,掘开之后,有些棺木骨殖都化为灰烬,这就是为地火所烧;有些棺木现在,而所有骨殖及殉葬物等都攒聚于棺之一隅或墓中之一隅,

— 534 —

这就是为地风所卷。你若不相信,只要去调查就是了。"篯铿听了不语。帝尧又问张果老道:"汝何以预知这山将变为湖呢?"张果老道:"这是小道的经验。小道因为住在山洞里的时间多,又因为年纪痴长了些,各处跑来跑去,遇着这种的事情很多,又经过了长期的研究,所以未事之先,能够望气而知之。但是,这种望气之法,可以意会而不可以言传。比如地要震了,土龙为之出窟,雉子为之惊飞。它的出窟,它的惊飞,就是它们的能够前知。然而问它们是什么缘故,恐怕它们亦说不出呢?"帝尧听了这种迷离惝恍的话,将信将疑,但亦不再根究,便说道:"朕刚才察看情形,那山势并不甚高,不知里面的湖共有多少大?"张果老道:"里面并不甚大。这支山脉本是桥山的分支。它的水就从桥山南端的水流下来。若从这山越过,便是桥山大路。现在因为山势一部忽然隆起,阻住了水路,所以蓄积而成湖,里面的面积当然不大。"帝尧听了,想了一想,忽然向群臣道:"朕的意思,这个湖水既然不大,又在山内,绝无用处,又阻碍来往的交通,要它何用?朕拟将山凿他一口,将湖水泄去,依旧使它成为良田,恢复交通,汝等以为何如?"和仲道:"恐怕劳民伤财,得不偿失。"篯铿道:"依臣愚见,可先考察一番。如果可以施功,不妨开凿,亦是推广农田、改良路政之一法。"大家听了这话,都甚赞成。帝尧回顾张果老道:"道者,汝看如何?"张果老笑道:"小道此来,就专为此事。小道早料此路,必将复开了。此中地理,小道都深知道的。何处可以泄水,何处可以开路,一经指点,包管半月之内可以成功,请圣天子放心决定吧。"帝尧听了,颇以为然,便说道:"那么就请汝作指挥。"当下决定了,共工就去召集民夫,预备工具。

数日之后,动起工来,一切都由张果老指挥,和仲、和叔、共工三人分头监工。赤将子舆本系木工出身,到此亦来修理器具,共同帮忙。帝尧和篯铿两个，每日来往，勉励工人，施以奖劝。那篯铿有一项绝技，是善于烹调。无论什么蔬菜荤腥，一经他亲自动手，那滋味即与寻常不同，尤其擅长的是斟雉羹。这次他看见山上的雉鸡甚多，随时猎获了，烹调起来，献于帝尧，并且分饷和仲、和叔和那些工人。大家吃了，无不口角生津，叹赏不绝。便是帝尧，向来不贪口味的人，吃了之后，亦极口道好，所以特别为它多吃些，从此篯铿的雉羹便名闻后世了，闲话不提。

且说帝尧君臣上下齐心，通力合作，不到半个月，那湖中之水果然泄尽，但留了一条流水的通路，就是现在的洽峪水的上源（陕西三原县境）。又过了几日，工程全部完毕，从下面上去，远望山顶，如同开了一扇门一般，后人就叫它尧门山（现在三原县西北三十二里）。帝尧率领群臣，上去一望，只见里面一片平原，约有一二里，水势新退，沮洳难行。幸喜连朝烈日，近边一带渐可涉足，于是大众就缓缓过去。走了几里，张果老用手北指道："那边就是小道的住宅，圣天子肯屈驾过去坐坐么？"帝尧听了答应，遂和群臣跟了张果老一齐前行。约有半日之久，到得一座山（现在陕西淳化县东北有张果老崖），只见山势并不甚高，四面群峰攒簇，景色尚佳。张果老将众人领到苍松翠柏之中，有无数平石，就请帝尧等在平石上坐下，说道："这就是小道的住所了。"众人问他住在哪里，张果用手向崖边一指，众人细看，茂草之中隐着一个山洞，并不甚大，仿佛亦并不甚深。众人都诧异，便问道："就住在这个洞里么？"张果老笑着点点头。篯铿忍不住，跑过去一看，只见洞里面方广不过一丈，高不过一人，蝙蝠矢却布满在四边，就问张果老道："先生，这里面可住么？"张果老道："修仙学道之人，居处岂能择地？饮食岂能随心？若要讲究饮食居处，何必求仙，做官去、做富翁去罢了。"篯铿被他这一驳，不觉悚然，默默自去思索。帝尧和群臣略坐了片时,便要起身。张果老亦告辞道:"圣天子与诸位先生请便,小道就此失陪了。"众人听了,都觉诧异,问道:"何不随帝一同前去呢?"张果老道:"诸位先生都是有职司之人,应该随帝前行。至于小道,野鹤闲云,羼在里面做什么?"帝尧听了,才说道:"道者果肯随朕同行,朕自当加汝以官职,但恐汝不受耳。"那时篯铿是个有心学道之人,赤将子舆又是研究长生术的,遇见了张果老,半月以来,三人谈谈说说,已成了契密之交,听他说不肯同行,自然是舍不得的。一听见帝尧将加以官职,都竭力赞成,一面又劝张果老受命,张果老才答应了。帝尧就封他以侍中之职。侍中的意思,就是常在君主旁边,预备顾问或差遣的意思。原来,帝尧见张果老言词诡谲,态度恍惚,颇不欢喜他。因为他凿山有劳绩,不便决然不用,所以就给他这个没有事情、无足轻重之职。自此以后,张果老就随着帝尧和群臣一同前往。

到了桥山之后,只见黄帝的陵寝,建筑得非常之雄伟。左边有一间房屋,就是当时左彻所住的,下面有崇宏的享殿,是春秋祭祀之所在。当下帝尧和群臣斋戒沐浴,三日之后,谒陵致祭。在那致祭的时候,帝尧拜毕,又俯伏良久,方才起身,默默如有所祝。群臣都知道他所祝的,不是治水之事,就是求贤之事了。祭毕之后,帝尧就问共工道:"此地离那洪水发源之地近么?"共工忙应道:"甚近甚近。从此北去,到了崇吾山上,就望得见了。"帝尧于是就率领群臣同往崇吾山而来。到得山上一望,只见东北一带,浩渺际天,俨如大海,一方直接西北,一方直走东南。帝尧问共工道:"这个水势,是否向龙门山泄去?汝前次奏报,调查确实么?"共工道:"调查得很确实。这个水势,大半由昆仑山、崟山、钟山而来;有一小部分,从积石山而来,到此潴积为大海,地势北高南下,水涨的时候,就向孟门山上溢出去,所以冀州、雍州首受其害,这是臣历年以来调查得确确实实的。"帝尧道:"这几年来,下流的水虽则比较好些,但是终究源源不绝,每年被淹没的民田仍属不少。照这样下去,将来人无耕种之地,民有艰食之忧,如何是好?汝奏报中所献的几种方法,朕皆一一照准,何以数年以来还不能奠定?这个责任,汝不能不负。"共工受了帝尧这一番严词正义的责备,正在惶恐万分,无词可答,忽然高树上有一只飞鸟,直坠下来,正在帝尧的脚旁。大众一看,只见那鸟的颜色青而兼赤,其状如凫,最奇怪的,只有一只眼睛,一只翼翅和一只脚,仿佛是半只鸟一般。坠下之后,尽管在地上乱窜乱扑乱跳,很不自由。大众正在诧异,忽然树上又坠下一只同样的鸟来,不过一只是右半,一只是左半,两只遇着之后,顿时两身配合,凌空飞翔而去。大家才悟到,这就是比翼鸟。篯铿首先叹息道:"这个是不祥之鸟呢!某从前看见一种书上说:崇吾之山,有鸟曰蛮蛮,比而后飞,见则天下大水。现在天下正在大水,它竟出现,岂非是不祥之鸟么?"张果老听了,就反问道:"究竟天下大水之后,此鸟才出现?还是此鸟出现之后,天下才大水?"篯铿道:"洪水已好多年了,此山此鸟,究竟何时出现,可惜不能知道。以理想起来,当然此鸟出现之后才有洪水。"张果老道:"这个很容易证明。此山居民不少,回来下山之时,找土人一问就是了。"

正说着,凑巧有四五个百姓扛了柴木,邪许而来。篯铿就过去问他们道:"这山上有一种异鸟,要两只合起来才能飞,汝等见过么?"那些人听了,连忙说道:"看见过的,真是稀奇。"篯铿又问道:"这鸟是向来有的呢,还是近几年来才有的呢?"那人道:"向来没有的。今年春初,方才看见。我们正想得稀奇,世界上竟有这样古怪的鸟儿。"篯铿道:"不要是向来有的,你们没有看见吧?"那四五个人齐声说道:"没有没有,向来一定没有。我们都是居住在山里的人,以砍柴为业,每日至少要在山上跑四五次。这山上有几棵树、几根草,我们大概都知道,何况是只鸟儿。"篯铿听了不信,还要再问,张果老忙止住他道:"不必问了。小道从前在此山上,亦不知道跑过多少次,有时看见此鸟,有时就不见此鸟。可是计算起来,看见此鸟之后,天下必定大水。古书上所说,是一点不错的。"篯铿道:"那么现在天下已经大水多年,何以这鸟方才出现呢?"张果老道:"现在的大水,不过是雍、冀二州,哪里算得天下大水?恐怕这鸟出现之后,天下的大水方才开始呢。"

二人正在谈论,忽见赤将子舆从远处喘吁而来,一手拿着一株树枝,一手按着左肩。众人问他为什么如此,赤将子舆气呼呼说道:"上当上当,今日吃亏了。诸位与帝在此观览地势,讲求水利,我是向来欢喜研究草木的,趁便向左右寻觅寻觅,不料走了许多路,忽然见岩石下有这一种树,从来未曾见过,甚为稀奇,我便想去采他一枝,以便研究。不料采了一枝,刚要采第二枝,竟有一块石子从耳畔飞过。我正在疑心,这石子是从哪里来的,哪知又是一块,击在我的袖上,接连又是一大块,打在肩上,非常疼痛。我亦不敢再去细查,急忙转身就走。可是后面的石子,还是不绝地打来,正不知是什么东西。不瞒诸位说,野人游历天下二三百年,所遇到的奇怪东西也不少,但是从来没有同今朝这样的吃亏。"说着,兀自用手揉他的左肩。众人听了,都疑惑起来,有的说:"不要遇着什么妖怪了?"那时扛柴的四五个土人还未去,听了这话,就同声说道:"是了,是了,这位老先生遇着举父了。"众人忙问:"怎样叫举父?"那土人道:"这座山上一种兽,名叫'举父',有些人叫它'夸父',它的形状和猕猴类中之禺类相像,不过它四只手上的毛纹,俨如虎豹,力气亦很大,善于拿石投人,往往人偶不小心,要就受它的伤。这位老先生,一定是遇着举父了。"共工听了,忙叫人赶去,将那举父杀死,以除民害。土人忙止住道:"这可不必。一则,这举父平日亦不乱投人。想来它刚才在树上,这位老先生去攀树,它以为有害它之心,所以投石了。二则,它走得很快,既打伤了人,必定早已跑去,不知去向,何必再去追呢。"共工听了,方才罢休。这里土人看见赤将子舆所采的树枝,又说道:"这个花结的实,吃了宜子孙的。"赤将子舆道:"叫什么名字?"那土人道:"名字却不知道。"众人细看那树枝,花是红的,叶是圆的,树是白的,理是黑的,都说道:"可惜还没有结实。假使有实,那没有儿子的人大可以带回去试试呢。"

不言众人谈论,且说帝尧见了蛮蛮之后,又听了张果老和篯铿一番辩论,心中早又忧愁起来。原来帝尧这次巡狩,目的正在设法消弭水灾。共工任职多年,成绩不佳,徒耗巨款,本想加以惩处。后来见了蛮蛮,知道洪水之患正在开始,此是天数,非人力所能挽回。共工一人,亦不能独负其责,因此将惩罚共工的念头取消了,这真是共工的运气。不过洪水之患,既然方才开始,那么以后的天下如何,民生如何,真是大大难题,所以帝尧又忧心如焚,两眼不住地望着大海出神。那些土人,此刻已知道是天子了,便都过来献殷勤,说道:"帝望那边么,那边圆圆儿隐隐隆起的,就是冢遂山,从前是没有的。自从那些山隆起之后,山的南面才变成这个大海。"又指着东面说道,"这个叫蠚渊。"又指着南面道,"这叫猺之泽,统统是近几十年来满起的。"又指着西面道,"这里过去远接昆仑,那隐约的遥山,便是帝之搏兽之邱了,但是路很远,小民没有去过,不知道是不是?"帝尧听到昆仑二字,忽又感触到西王母身上,连忙谢了那些百姓的指点,即率同群臣下山。

第六十二回

帝尧训大夏讨渠搜　帝尧缔交狐不谐
尧到西海　贯月槎见神仙

且说帝尧下了崇吾山,次日,就向和叔说道:"朕此次巡狩,本想到了桥山之后,即便回都。如今看到水患如此难平,而且以后恐犹有加甚,朕拟从洪乔仙人之言,亲到昆仑山去拜求王母,请她出来拯救,因此往返行期远近难必。汝可作速回都,告知大司农、大司徒和百官等,并嘱咐他们慎理朝政。朕此行三年五载,才能归来,都不能定。"和叔受命,自回平阳而去。帝尧又向共工道:"汝受命治水,历久无功,本应治罪。姑念这次水患非比寻常,姑且从宽不究,仍责成汝督率僚属,再往悉心办理。倘再毫无功效,一定不再宽贷,汝其懔之。"共工即顿首受命,唯唯而退。

这里帝尧便和群臣商量到昆仑山的路。和仲道:"昆仑山离臣所司的昧谷地方不远,从此地西行,可以使得。不过有流沙之险,路难走一点。"张果老道:"这路恐走不得,还是泛山海,从梁州去为是。从前圣天子不是已经派人去过么?"帝尧道:"这两路哪一路近?"和仲道:"从此地西去近,从山海走梁州远得多。"帝尧道:"那么从此地去吧。流沙虽险,但朕为民请命,不应该怕险,就是为流沙所掩而死,亦是应该的。"于是就一径向西而行。果然一路非常困难,到了流沙之地,那沙怎样会流呢?原来不是沙流,那边遍地黄沙,一年之中,几乎无日不晴,而飓风极多,猛烈异常,纷纷向人吹来，向来没有沙的地方，都渐渐有沙了，仿佛同水流来一般，所以叫作流沙。尤其危险的，是旋风陡起之时，那地上的沙都卷了起来，成为无数直柱，从直柱之中，冉冉上升，到了空际，布满起来，天日全遮，昏暗如夜，骤然降落，则成为沙丘沙阜。人畜遇着了，都被活埋在内，真是可怕之至。但是帝尧秉着至诚之心，冒险前进，眼中所看见的危险之景虽属不少，而一行人等始终一个都未遇到灾难，真是所谓至诚格天或吉人天相了。

过了两日，沙漠渐渐稀少，远远见一座大山，问之土人，知道叫崆峒山（现在甘肃高台县）。大众到了山下，暂为休息，忽见有十几个外国装的人由北面匆匆跑来。内中有一个人，见了帝尧及和仲等，脸上顿露惊喜之色，急忙回转头和另外许多人叽里咕噜，不知道说了一篇什么话，随即大家同到帝尧面前，跪下稽首行礼，嘴里还是叽里咕噜地说。帝尧出其不意，大为诧异，一面还礼，一面便问他们，究竟是哪一国人，来此何事。那第一个看见帝尧的人，就用中国话一一说明。原来他们都是渠搜国人，一个是渠搜国太子，其余都是臣子。那第一个看见帝尧的人，就是从前陪着渠搜国王来的翻译，所以认识帝尧与和仲。去年渠搜国王死了，他有两个儿子，照理长子当立，但是那次子有夺位之心，暗中联合了在朝的不肖臣子，又用许多珍重财货送给邻邦大夏国君，求他援助，共同起兵，驱逐太子。那太子手下，虽有许多忠义的旧臣，尽力和他们抵抗，但是终究因为他们有大夏国援助，敌他们不过，只得舍弃了王位，逃出国外。仔细计划，只有中国最强，而且他的父亲曾经来朝，与帝尧有点交情，又他父亲临终的时候，亦密密吩咐他，将来如有急难，切须倾向中国，因此他们决意东来求救。不想在此地遇到，真是运气之至。当下帝尧知道这种情形，便和群臣商议。第一，路隔太远；第二，时当水灾；究竟能不能助他呢？可不可助他呢？应不应助他呢？讨论了许久。结果，篯铿道："臣看起来，援助呢，总只有援助的。讲到理，除恶助善，是应该之事。讲到情，渠搜国王从前曾经恳托过。只有讲到势，似乎在此时间，无法可想。但臣有一策，不妨试试。据这太子说，他所以敌不过叛逆的缘故，因为叛逆有大夏国之助，其余邻国及国民都不以叛逆为然的。果然如此，我们现在且不必出兵，最好先遣大臣，偕同这太子回去，联络他的邻国沃民国之类，齐向大夏国警告，劝他不可以帮助叛逆。假使不听，那么中国为正义起见，为救邻起见，不能不出兵了。到那时，大夏国能不能负这个责任，值不值得，请他自思。只要大夏国不帮助，那叛逆自胆寒，站不牢了。兵法所谓'先声而后实'，就是这个方法。"帝尧道："万一大夏国竟倔强不听，那么将如之何？"篯铿道："果然他不肯听，只能出兵讨伐。路程虽远，水灾虽大，亦不能顾了，因为堂堂中国，有保护小国之责。现在渠搜国前王万里归诚，以孤相托，今其太子又远远来此求救，若置之不理，或竟一无办法，那么四方各国无不闻而懈体，中国之威德体面一无所存矣。所以臣说，大夏国万一不听，只能出兵讨伐，一切不能管了。"和仲道："篯铿之策，臣甚以为然。臣对于西方各国情形，颇能明白。彼等向来见中国版图之大，人民之多，文化之高，器械之精，无不钦畏。自从老将羿射落九日之后，他们尤其畏服敬慕。所以，果然用中国天子的命令去训诲他，料来一定慑服，不敢不遵的。第二层，大夏国之君，贪而骄，对于邻国都不甚和睦。果然联合了沃民等国共同去教训他，他知道众怒难犯，一定更不敢倔强了。所以篯铿此策，臣以为可行。"帝尧道："那么，此刻何人可同他们去办这件事呢？"和仲道："臣职掌西方，责无旁贷，臣愿往。"帝尧大喜，当下就将这个办法和渠搜太子说了。太子等感激涕零，皆再拜稽首叩谢，随着和仲，向渠搜国而去。

这里帝尧等再向西行，路上遇见许多百姓，都劝阻帝尧不可前进。因为前面就是弱水，其水无力，不能负芥，本来难于济渡的。现在又来了一种龙头的怪物，名叫"窫窳"，盘踞水中，以人为粮，蕃育它的子孙。附近居民，被它们吞噬的已不知多少。大家无法可想，只能迁而避之。那边沿弱水上下两岸，千余里之地，已是一片荒凉，人烟断绝，不要说吃的没有，就是住亦无可住了，所以劝帝勿往。帝尧听了，不胜踌躇，还想冒险到那弱水望望。张果老力阻道："窫窳虽恶，决不敢无礼于圣天子，这倒可放心的。只有那弱水难渡，去亦何益，依小道愚见，不如仍回原路，泛山海，走梁州吧。"帝尧不得已，只能折回，再冒流沙之险，又辛苦了多日，才到崇吾山原地，沿泾水而下，乘舟泛山海，再溯渭水而上。

一日到了一处，张果老忽用手向南指道："那边葱茏的山，名叫谷口（现在陕西眉县南，即斜谷口）。当初人皇氏生于刑马山提地之国（在现在西藏），龙躯人面，骧首连胺，其身九章，乘了云车，经过梁州，出这个谷口，以到中原，何等热闹！此情此景，如在目前。不想如今此地已变成如此模样，真是可叹！"篯铿便问道："人皇氏如此形状，是先生见过的么？"张果老道："怎么不是？不要说人皇氏见过，就是地皇氏、天皇氏也都见过呢。地皇氏女面龙颡，蛇身兽足。天皇氏碧颅秃楬，颅嬴三舌，人首鳞身。他们的形状，都是很奇的。"话未说完，帝尧就问道："汝说今年才三十六岁，何以三皇都能见过？"张果老听了，笑笑不答。帝尧又问道："既然汝当初已看见三皇，那么汝当时做什么事？住在何处？"张果老道："小道当时还小，不做什么事，只是闲游。至于住处，就在前面，明朝经过的时候，可以去看看。"帝尧见他如此说，亦不追问。这晚就泊在北岸岐山脚下（现在陕西岐山县）。

次日早晨，尚未开船，帝尧和群臣上岸闲步，忽见一人，头戴箬笠，身着短衣，三绺长须，携着行李，缓步而来。早有从人上前启奏帝道："这个就是那日逃避的狐不谐。"帝尧一听，慌忙迎上去施礼。狐不谐不料帝尧在此，无可躲避，只得还礼，并道那日逃避之歉。帝尧道："先生令德，钦佩久矣，敢请同上小舟，畅聆教益。"狐不谐至此，无可奈何，只得一同上船，与篯铿等各通过姓名。帝尧遂将胸中所欲解决之问题，统统提出来问狐不谐。狐不谐对答如流，言词清敏。谈了半日，帝尧大喜，就要拜他为师。狐不谐抵死不肯承认。后来赤将子舆等调停，总算承认作为帝友，于是就在船中行订交之礼。帝尧就问他道："足下家乡不在此地，来此何事？"狐不谐道："访一个人。"帝尧问所访何人，狐不谐道："此人姓王，名栩，闻说有经天纬地之略，于各种学术无不通晓。而且他的年纪大约已有几百岁，他是轩辕氏时候的人。某听他有时住在北面的一座什么鬼谷山（现在陕西三原县西北），所以不远千里，前来访之，但是竟没有遇到，据说到南方的亦是一座什么鬼谷山（现在河南登封市）去了。"赤将子舆听了，便说道："不错，不错，当时果然听见说有王栩这么一个人。黄帝晚年，曾经想召用他，后来和浮邱公、容成公等商量了许久，说道：'这个人才艺虽大，时运未至，直要等到再过二千年，才有许多知名之人出在他门下，建功立业，那时他的大名才可以显著。再过多少年，有一班卜筮的人，非常崇奉他，供他的形象，虽不能倾倒豪杰，然而贩夫牧竖却个个可以知道他的名字，那才是他交运之日，于今尚非其时。'于是遂不去用他。野人当日听了这番话，非常诧异，以为天下决无如此长寿之人，不想此人果然尚在，可见黄帝和浮邱、容成诸公真是能前知的神仙呢！"大家听了，颇为奇异，都说可惜寻他不着，不然和他谈谈，倒是好的。当下狐不谐便问帝尧："此番西去，是否巡狩？"帝尧便将这次经过的事统统告诉了他一遍。狐不谐道："原来如此。帝此去求见西王母，能否见到，虽然是一个问题，但是为民上的人，总应该尽人事而听天命，帝作速去吧，不要为某一人耽误大事。"说罢，立起身来告辞。帝尧与他订了后会之期方才别去。

这里帝尧等亦泛舟前进，旋即舍舟登陆，向南山而行，路甚崎岖，但尚不碍行路。一日，正行走间，张果老忽哈哈大笑，向帝尧道："那日帝问小道从前住在何处，如今到了，请帝和诸位到小道的旧居歇歇吧。"说着，当先领路，由路旁一座岭上走上去，曲曲弯弯，不片时，看见一块平旷之地，紧贴岩下。岩内有一洞，窈然而深，颇为宽广（现在陕西凤县北豆积山消灾岩下，有张果老洞，即此），其中蝙蝠矢却又甚多。篯铿忍不住，又问道："先生何以专喜洞居，而与蝙蝠为伍？"张果老正色道："亏足下是个博古的人，三皇之世，有房屋么？至于蝙蝠，是我的子孙，何足为奇呢？"篯铿听了这话，又觉稀奇，但见他如此神气，以为他发恼了，亦不再追究，一笑而罢。出洞一看，只见平地之外，悬崖陡落，下面就是潜水（现在叫西汉水），风景甚壮。徘徊一时，仍由原路进行。

帝尧因求见西王母之心甚切，恨不得立刻就到，所以一路上无心玩赏风景，绝不停留。过了多日，果然已到西海。从前大司农来，是先到三危山，寻到三个青鸟使，才能过去。帝尧亦知道寻到青鸟使是繁难之事，但是既已来了，决无退缩之理。一面吩咐从人预备船只，一面斋戒沐浴，虔诚地望西祷告了九日，方才率领群臣上船，径向三危山开去。幸喜得海波不扬，水平如镜，开到后来，渐渐薄暮，一轮红日从那崦嵫山背后沉了下去。晚餐之后，帝尧与群臣到舵楼上来望望，但觉夜色苍茫，满天星斗，遥望前途，渺无边际，正不知道三危、昆仑是在哪一方面。忽而赤将子舆向西指点道："那边仿佛若有光呢，是什么东西？"大众一看，果然远远地有无数光耀,大者如月,小者如星,正不知是什么东西,但见其光渐渐移动,且系迎面而来。过了一会,那光耀更近,越大亦越亮了,仿佛光耀之下聚着许多人。篯铿慌忙向帝尧作贺道:"恭喜恭喜,这一定是三青鸟使来迎接了。"帝尧未及答应,赤将子舆忙叫舟人卸了帆篷,以便停船相待。又过了片时,那光耀果然已到面前,只见那浮在海面上的并不是船,而是老年大树的一段枯根,足有三丈多长,后面许多根枝,根根翘起,散布在空中,那光耀就从根枝的尖上发出来,高低上下,不可逼视,火树银花,照得四周和白昼一样。枯枝上面坐着许多仙客,都是羽衣霞帔,星冠云裾,有的手执笙箫,有的斜抱云和,有的倚着,有的仰着,看见了帝尧的大船,都一齐立起来,拱手叫道:"圣天子请了。"帝尧在船上,忙还礼道:"诸位上仙,可是奉西王母之命来迎接某的么?"内中有一个羽仙答道:"不是不是,某等是世外无业之人,游历四海。今朝不期在此处遇到千古第一的圣天子,万幸万幸。"帝尧听了,不禁大为失望,便再问道:"某因中原洪水为灾,民生昏垫,人力实无治法,因此想到昆仑请求西王母大发慈悲,予以援助。现在到了此地,正苦迷津,可巧遇到诸位上仙,万望引载某到西王母处,不胜感幸。"那羽仙回顾他的伴侣,低声商量了片时,便又回头,向帝尧道:"这个不能,却又不必。因为这种大灾,是天意所定;时期未到,虽西王母亦不能挽回;时期到了,自有大圣人出而施功;是无可勉强的。某记得圣天子在前数年,已经遣大司农到昆仑去过。西王母已将这个原理切实说明,圣天子何必着急呢!"帝尧道:"上仙所说固是,但是某忝居万民之长,有保护万民之责,现在目睹万民如此憔悴,心中如何能安,所以总想请西王母早点救援,早一日则万民早苏一日,早两日则万民保全不少。天心仁爱,想来没有不可通触的。"那羽仙道:"圣天子这话,真所谓如天之仁,足以感动天地。现在某等知道,上天嘉许圣天子的心,不愿使圣天子长此忧勤,所以那辅圣天子的大圣人和治水的大圣人,不久就要陆续降生了,请圣天子放心吧。"帝尧忙问道:"此刻还未降生么?要何时降生?"那羽衣道:"大约总在四五年之后。"帝尧一听,又不禁愁闷。那羽仙劝道:"流光如驶,转瞬间事耳。那大圣人降生后三十年,就可以出而辅佐圣天子。再是十年,水土尽平,圣天子可以高枕无忧,享太平之乐矣。"帝尧听到此处,无话可说,默默不语。那羽仙道:"圣天子请回去吧。昆仑山此时一定寻不到,西王母此时亦一定不能来帮助,务请不要空劳跋涉。某等还要到各处去游历,言尽于此,后会有期,再见再见。"说着,那枯树根忽然旋转,径向南方,直射而去,俨如激矢,却不看见它有转舵拨棹的形迹。转眼之间,光耀渐远渐小,乃至不见。舟中之人,无不看得奇绝,大家只是发呆。那船上的舟子忽然说道:"这是'贯月槎',我们这里看见它有几次了。有些人叫它'挂星槎',大约十二年来一次,这回是第三次了。"篯铿忙问道:"槎上的仙人到岸上来过么?"那舟子道:"从没有上来过。上次记得有人从南海来,在海中亦遇到他们,知道他们是仙人,要想求他们度脱。那仙人给了些露水,随即将露水饮入口中一噀,仍复喷将出来,霎时间天地尽晦,咫尺不能相见。及至隔了许久,天地复明,那槎已不知所往了。这真是仙人呢。"帝尧等听了,回到船中,大家商议。赤将子舆道:"既然仙人如此说,料想昆仑山必不可到,不如回去吧。"大众都以为然。帝尧无法,只得转舵登岸,怏怏而归。

到得半途,张果老忽然向帝辞职,说有事要到别处去。帝尧因为他言语惝恍,举动诡谲,本不十分满意,现在既然他辞职要去,所以亦不留之,于是张果老就辞了众人,飘然去了。到了次日,篯铿忽亦向帝尧辞职,说要到别处去。帝尧问他去做什么事,篯铿道:

"臣想人生在世,不过百年,到得寿数一终,一切化为乌有,终身忙忙碌碌,何苦乃尔!所以臣意欲辞去官职,去求那长生之术。虽则不想同柏成子高、王栩、张果老、赤将先生等一样的长寿,但求多活几年,余愿已足了。"帝尧道:"四方多难,汝年事正轻,又系王室贵戚,理应该辅佐朕躬,为百姓尽力,岂可学那种隐遁修炼、独善其身的勾当?赤将先生系世外之人,经朕敦请,尚且肯在此宣力,何况于汝?长寿短夭,是有命的。长生之术,求不求得到,亦是有命的。且待汝年纪稍长,天下稍定之后,任汝再去求吧。"篯铿见帝尧不答应,只好作罢,但是他的这个心志始终不衰。

第六十三回

彭祖祈年　帝尧北巡狩

獯鬻之状况　赤将子舆仙去

帝尧师尹蒲子　康衢老人击壤

帝尧欲让位于子州支父

且说帝尧这次归途，是逾过嶓冢山，沿汉水而下。一日，到了一座山上安歇。次晨未起身之前，籛铿独自一人向各处闲步，只见路旁有一所神庙，庙中神座前供着占卜的器具。籛铿触动心事，就禀着虔诚，恭恭敬敬向神座拜了几拜，内心默默祝告道："铿此生不想羽化飞升去做神仙，但求在人世间，悠游长住，能够多活几年，那么余愿已足了。不知道神明肯允许否？如肯允许，请赐吉兆，否则请赐凶兆。"祝罢起身，将卜具拿来一卜，哪知竟是一个大大的吉兆。籛铿大喜，后来他竟活到八百岁，这个兆果然应验的，此是后话不提。（现在陕西城固县西南四十里，有少年山，相传彭祖少年时祈年于此，故名。上面还有彭祖庙。）

且说籛铿下山，仍旧随着帝尧等一同东归。逾过南山，早到华山。只见空中一朵彩云，翱翔而至，到得帝尧面前渐渐落下，中有一人，乃是柏成子高，见了帝尧施礼道："闻帝东归，特来迎接。"帝尧慌忙还礼。赤将子舆问他道："汝已历劫坠落，何以还能乘云？"柏成子高道："我遭的是小劫，并非转生人世，所以性灵不昧，一切自能照旧，不过不能再居天上罢了。"帝尧便将西海遇仙之事告诉了子高。子高道："臣道行不深,于这洪水的原因及将来如何收拾之法,都不能了了。但是臣仿佛亦听见说过,这是天数,无可挽回,请帝安心回都,不必忧虑,静待天命罢了。"帝尧道是。子高依旧乘云,向肇山而去。帝尧由山海坐船,归到平阳,已是冬季了。

过了几日,和仲从渠搜国回来复命。据说他到了大夏之后,见了大夏国王,宣布中国威德,切实训诲了他一番。大夏周王悚息听命,誓不再助渠搜国之叛党。渠搜国叛党既然失了援助,又听说中国大兵将要前来,不禁惧怕起来。渠搜国太子趁此时纠集了本国忠义之士,里应外合,将所有叛党悉数歼除,不到一月,事情即已平靖了。帝尧听了,心中大慰,称赞籛铿之能设计划与和仲之能办事。自此之后,帝尧果然将急于治洪水的心思暂时搁起。

光阴荏苒,倏忽又是十二年,这年已是帝尧在位的第四十八载。这十二年之中,水患年年有增无减,真是无法可想。这年照例又须出而巡狩,目的地在北岳恒山。一切政治,仍由大司农等治理。同行者和叔、赤将子舆、籛铿等几个旧人之外,还有一个名叫叔均,是大司农胞弟台玺的儿子。台玺生得非常长厚,因之帝尧不叫他做什么事情。叔均却很精明强干,所以这次叫他随行,以广见闻,而增阅历。还有一个就是狐不谐,原来狐不谐自从与帝尧订交之后,后来帝尧西海归来,他亦常来访访。帝尧因为他不受官职,所以忽来忽往,绝无拘束。这次他适值又在都城,帝尧便邀他同行,他亦并不推辞。于是大众一齐起身,沿着汾水而上。走了两日,到得一处,只见一片平原,尚觉宽广。狐不谐向帝尧说道："现在孟门山上之水,仍是源源不绝地下来。山海之水,逐年加增,民田逐年淹没。平阳地势较低,不久恐有危险。最好请在此处,筑一个陪都,万一不妙,赶即迁此,亦是未雨绸缪、有备无患之意,未知帝意以为何如?"帝尧听了,大以为然。那筑城之事,就叫大司农等去筹划办理。帝尧等依旧前行,渡过昭余祁大泽,路上忽然遇见了尹寿。帝尧大喜,忙和篯铿上前施礼,并问道:"弟子长久不见老师,非常记念,屡次到河阳拜访,总说老师云游未返。今日相逢,大幸大幸。但不知老师这几十年中,究在何处?"尹寿道:"某自从孟门山洪水陡发之后,仰观天象,灾气重重,知道这个不是无端之事,亦不是几年可了之事。圣主的忧勤,当然不可终日,某虽无寸长,又无职位,但是天下兴亡,匹夫有责,亦不敢不尽一分国民的义务。所以那年遣篯铿随帝从征之后,就弃家出游,到处物色人才,但是跑来跑去多少年,始终找不到可以平治这个水患之人。前四年,景星出于冀。我料想冀州地方必有大圣人降生,所以我又从南方跑到此地来找。不过后来一想,那大圣人虽则降生,到现在还只有数岁,即使找到,亦不能荐之于帝,所以即拟归去,再过二十年来找吧。"帝尧道:"原来如此。老师为国为民的心,亦可谓至矣。但是老师游历天下数十年,治水的大圣人虽一时还不能访到,其余能治天下的圣人,曾经遇到过么?"尹寿道:"这种人呢亦有,不过多是遁世之士,与巢父、许由差不多,决不肯出来,亦不必说吧。"帝尧道:"老师说说何妨,或者弟子去请求,竟肯出来任事,岂不是好!即使不肯,弟子之心亦可稍安了。"尹寿道:"依某所遇到的,还有两个。一个叫子州子父,一个叫伊蒲子。他们的德行学识,都和许由不相上下。"说着,又将两个的住址告诉了帝尧。帝尧大喜,紧记在心。又谈了片时,尹寿告辞,自回王屋山而去。

　　帝尧等依旧前行,到了恒山,朝见诸侯,一切旧例,不必细说。礼毕之后,帝尧就由恒山北麓下山,遥望西北面,浓烟蔽天,烟的下面仿佛火光熊熊。帝尧忙问道:"那边走火么?"和叔道:"不是,这就是那年喷发的火山,到此刻还在那里不绝地喷烟火呢。"帝尧道:"可以过去望望么?"和叔道:"臣早探听过,路既甚远,且有危险,不可以看。"帝尧听了不语,呆望了一会,方才向东北前进。走过涿鹿之阿,景仰了一会黄帝的遗迹,再向东北。走了几日,渐渐地看见许多异言异服的人。那些人身上总蒙羊皮,头发垂于脑后,编成一条,仿佛蛇尾一般。有的在那里牧羊、牧牛、牧马,有的群聚在一处做一种游戏。他那游戏之法,是用一根长木,横搁在两面树丫之上,木上直垂两根粗索,索的下端平系着一块板,游戏的人立在板上,两手左右拉住两索,板系凌空,以足踏之,往来摇动,一前一后地荡起来,久之越荡越高,摇动不绝。帝尧看了不解。和叔道:"这种游戏,他们叫作打秋千,是练习身体,使它轻趫的。大概以暮春时候为最多。"

正在说时,忽听叔均叫道:"这个是什么奇兽?"帝尧等回头一看,只见许多人,每人各骑着一只奇兽,高约八九尺,颈和脚都很长,行步迟缓。后面还有许多只,不骑人,而背上物件堆积颇重,它竟能背得动,真是奇怪。细看它背脊上有两块耸起,仿佛和马鞍一般。狐不谐道:"某闻北方有兽,其名曰骆驼,能为人驮物,不要就是它么?"和叔道:"是呀,就是它。它是北方最有用的兽,性质非常温顺,而力气甚大,能够负重行远,并且能够耐饥忍渴,可以十几日不饮不食,又能够认识路径。流沙之地,暴风甚多,暴风来时,它预先能知道,引颈长鸣,随将它的头埋入沙中,真是有用之兽。"叔均道:"那么我们亦可以养它起来。"和叔道:"这却不能,其性耐寒而恶热,中原天气于它不宜,养不活的。"正说间,那些骆驼已渐渐走近了。籛铿道:"它的四蹄很像牛。"和叔道:"岂但像牛,十二肖它都像的。眼睛像鼠,蹄像牛,耳像虎,唇像兔,额像龙,顶像蛇,腹像马,首像羊,毛像猴,膺像鸡,股像犬,肾像豕。"大家细细一看,果然不错。又走了一程,只见远远有圆形的东西,如大冢一般,散布在各地。和叔又指示道:"这是他们的住屋了。"帝尧等走近,细细一看,原来他们用羊毛驼毛织成的毡先铺在地下,作为地板,再用做好的木架安在毡上面,再用许多毡围盖在上面,做了墙壁,前面亦用毡做了门,可以启闭,制得奇怪之至。和叔向帝尧道:"这种就是荤粥人,从前住在此地,屡为边患,后来被黄帝驱逐,直赶他到翰海之西,此地久已没有他们踪迹了。自从近年洪水为患,那边亦受了极大的影响,死的死了,散的散了。这一部人循海而东,遂到此地来,依山而居,所以亦叫作山戎,专门以畜牧牛羊驼马为业,人数不多,尚喜他们并不滋事,所以就容他们住在此地。"帝尧道:"原来如此。"又用手北指道,"那边过去是何处?"和叔道:"那边隐隐然横于天际,如头发一根似的,听说亦是新长起来的山,山外就是翰海。从前此地之水,有些都流到翰海里去,此刻有山横住,都改向了。"帝尧听了,知道这次水灾,真是天地之大变,人力不容易挽回的。

一日,行到独山(现在辽宁凌海市医巫闾山东北九十里),紫蒙君知道了,慌忙赶来朝见。原来这时厌越已死,来朝的是厌越的儿子。帝尧想起兄弟之情,不胜伤感,当下问了他国内一切情形,知道甚为安谧,心中颇慰。紫蒙君去了,帝尧在独山上行了一个祭祀,默默祷告,求水患速平。祭毕之后,吩咐从人,不再前进,仍由原路回到涿鹿,心想乘便一省母亲庆都之墓,于是再向南行。一日,走到一处山边,忽听得空中有一阵异鸟之鸣声。大家抬头一看,原来是一只青鸾,鸾上稳坐着一个道人。帝尧认得是洪厓仙人,方欲招呼,只听得洪厓仙人在空中大叫道:"赤将子舆!游戏人间,已经多年,这时事务早完,还不同我归去,等待何时?"赤将子舆听了,亦哈哈大笑起来,转身向帝尧打个稽首,又和籛铿等拱一拱手,说道:"野人去了,再会再会。"忽然之间,飞起空中,追着洪厓仙人的青鸾,一同而去,越过山峰,已不知所在。帝尧及大众看了,都惊叹不已,然而已无可如何。后人就将那座山取名叫作洪厓山(现在河北易县北三十里)。独有那篯铿怅怅尤甚,恨不得跟了赤将子舆同去,一路上随帝尧前行,一路上仍是凝思不置,这亦可谓确慕仙术了,闲话不提。

且说帝尧到了唐邑,省过庆都之墓,仍向南行,沿着大陆泽西岸而前。一日,到了一座山上,望见那泽中波涛汹涌,船只都无。记得从前并不如此,水患之深,至于此极,不禁慨焉太息,深以不能得到贤人来治理它为恨。(后人因此就将此山取名叫宣务山,就是说帝尧能够为民宣力,务访贤人的意思。此山在现在河北邢台隆尧县。)徘徊了一会,方才下山,向西北归去。那篯铿是喜欢游览之人,叔均初出游历,尤其兴致浓厚,遇着赤将子舆又是个老于阅历无所不知之人,又善于谈说,尤为有趣,所以每遇帝尧息驾之时,三个人总趁空到各处走走。如今赤将子舆仙去了,两个人的兴致不免大减,然而遇到机会,不免仍旧要去走的。一日路过五柞山,帝尧与和叔、狐不谐犹在午餐,叔均又拉了篯铿同上山去游玩。不到半里,只见一人,头戴纶巾,身着羽服,坐在长松之下,手中拿着一包丸药,送往口中,用清水送下,吞完之后,又取出几颗大枣来细嚼。两人看了,不禁有点奇怪,忍不住问他道:"汝有病么?"那人诧异,反问道:"我有什么病?"叔均道:"不病何以吞丸药?"那人笑道:"丸药一定要有病才可吞么?有病吞丸药,恐已迟了。"篯铿听他说得有理,便问道:"那么这个是什么丸药?"那人道:"是云母粉。"篯铿博览群书,知道云母久服,是可以长生的,却不知道它的服法,便又故意问道:"云母粉可服么?"那人道:"炼过了可服,不炼过,不可服。"篯铿便问他怎样炼法,那人大略地说了些。篯铿大喜,便问他姓名住址。那人道:"某姓方名回,就住在这座山中。"篯铿道:"先生愿做官么?某可荐之于天子。"方回笑道:"我果然要做官,也不求长生了。足下所言,未免鄙俗之见。"篯铿道:"某并非必欲先生做官,不过先生做官后,可以长住都城,某就可以朝夕请教,这是某个人之私意。"说罢,遂将自己的履历及志愿告诉了方回,并且说:"如不是个朝廷贵戚,早已脱身而去,与先生把臂入林了。"说罢,不禁叹息。方回道:"既然如此,我本是无可无不可的,做做官亦没有什么关系。不过有二句总纲,叫作'位要小,事要简',假使不然,我不就的。"篯铿听了大喜,又谈了些话,便和叔均回转,亦不将此事告知帝尧,依旧随帝前进。过了昭余祁大泽,沿汾水而下,只见那新建的陪都已筑好了(现在山西霍州市之西有唐城,薛瓒曰尧所都)。帝尧巡视了一遍,忽然想起尹寿之言,遂不归平阳,径向西北而行。

次日,到了一座山边,寻访伊蒲子(现在山西隰县北五十里有尧师伊蒲子隐居处),果然一寻就着。那伊蒲子长身玉立,气概不凡,年纪约在六十以上。帝尧上前施礼,就将尹寿介绍的话说了。伊蒲子笑道:"尹先生是天下奇才,无所不能的人。某也山村鄙夫,寡闻少见,何足当圣天子之下顾?圣天子轻信尹先生之言了。"帝尧道:"尹先生是某师傅,向承训诲,决无谬误,请老先生不要厪抈谦。"当下二人谈了许多,渐渐谈到水灾之事。伊蒲子道:"某家贴近壶口山,那年水患初起,某就跑去考察,觉得这水患,非寻常可比。寻常的水患,不过霖雨为灾,或蛟水暴发,或堤防溃决等,都是暂时的,那就有法可想。现在的水患,其来也甚骤,而且连绵数十年之久,为历史上从来所无之事。当水患初起之前,某记得连年大地震,想起来大约是地体变动的缘故。果然如此,非有能移山决水的伟人,无所施其技了。而且自从水患发生之后,某来往南北两地,觉得北方之地,似乎渐渐地在那里升高,南方之地,似乎渐渐地在那里降低,是否某之错觉,不得而知。如其不是错觉,恐怕这个水患正方兴未艾,即使有能移山决水的人,一时亦只能束手呢。"帝尧听了这话,忧心转切,然而亦无可如何。以后又与伊蒲子谈谈各种政治学问,觉得他的程度不在尹寿之下,于是决意拜他为师。伊蒲子虽是谦辞,但是却不过帝尧的诚意,亦只好受了。当下师弟二人,又接连谈了几日,帝尧方才告辞,回到平阳。

流光迅速,倏忽又是两年。这年是帝尧即位后的第五十载了。一日,帝尧退朝之后,在燕寝中独坐,心中正是忧虑水患,闷闷不乐。既而一想,水患如此厉害,虽则大家都说是天意,无可如何,但是我治天下已经五十载,时间不算不久,究竟天下治了没有呢?这是一个问题。究竟天下亿兆百姓,愿推戴我做君主不愿呢?如果略略有点治绩,如果亿兆百姓还愿意推戴我,那么水患虽则不能治平,我还可以郊天地,见祖宗,临百官,抚万民。假使连治绩都没有一点,那亿兆百姓已经怨我恨我,不愿推戴我,那么我这五十载的尸位素餐,滥窃尊荣,贻误天下,其罪已无可逭,以后哪有颜面再做君主呢!想到此际,更觉忧心如捣。次日视朝,遂将这两层问题问之左右之人。哪知左右之人都回说不知道。后来又问之外朝之群臣,群臣亦都回说不知道。帝尧不觉疑惑起来,想了一想,便叫几个亲信的人,到郊外地方去打听,究竟天下治了没有,亿兆百姓愿推戴我不愿。哪知去了转来,仍旧回复说一个不知道。帝尧听了,更自诧异,越发疑心,后来想了一个主意,说道:"还不如我自己去打听吧。"说着,便换了一身普通百姓的衣服,走出宫门,叫左右之人不必跟随,独自一人渐渐走到康衢大路。只听见许多儿童,在那里唱歌,唱的四句是:

  天生蒸民,莫匪尔极。不识不知,顺帝之则。

  帝尧听了这个歌词,觉得大有道理,就走过去问那些儿童道:

"你这个歌词,唱得很好,是哪个教你的?"儿童道:"我是听来的。"帝尧道:"从哪里听来的?"儿童道:"从大夫那里听来的。"帝尧道:"大夫住在哪里?"儿童遥指道:"就在前面那所屋子里。"帝尧听了,起身就向那屋子行去。忽见转弯地方,有一群人围住在一处,不知何事,不免也挤进去看。哪知里面却是一个老人,须眉皓白,坐在地上,手中拿着一根棍棒,不住地击那土壤,仿佛如孩子在那里游戏一般。帝尧正自不解,忽听见人丛中有一个说道:"现在的时世,真太平呀!你看,大家除出工作之外,都是熙熙皞皞,一无事情,一无忧虑。这个八十岁的老翁,都可以在这里悠游自得。帝的恩德,真广大呀!"哪知击壤的老人听了这句话,忽然大声说道:"什么帝恩帝德!什么广大不广大!你听我道来。"随即一手击壤,一面口中唱道:

  日出而作,日入而息;凿井而饮,耕田而食;帝力何有于我哉!

  这个歌唱完之后,把帝尧的意兴扫了一半。原来帝尧见有人称赞他恩德广大,以为这是百姓愿意推戴的表示了。哪知击壤老人却说"帝力何有于我",岂不是明明不承认么!想到此际,亦无心再听下去,急忙走开,再去找那个大夫。那大夫是个闾里之官,向来见过帝尧,是认识帝尧的,忽见帝尧驾临,不觉出于意外,又见帝尧穿了这种服式,并左右之人不带一个,尤其诧异,慌忙迎接施礼。帝尧亦不及告诉他原委,就将刚才听见的那个歌儿问他道:"这歌是否汝作了教他们的?"那大夫道:"不是,这是古诗。"帝尧听了,更加失望,心中暗想,不但百姓没有推戴我的表示,就是做大夫的亦没有代君主宣传德意的意思,那还有什么话可说呢!当下别了大夫,急急还宫,倒反把那个大夫弄得来满腹狐疑,莫名其妙。

且说帝尧还宫之后,把刚才经过情形仔细一想,觉得天下似乎已治,似乎未治。百姓推戴我的,似乎亦有,那不愿推戴我的,亦似乎不少。这个问题,很难解决。后来再一想,不如去问老师吧。

次日,遂命驾往王屋山而来。到了尹寿家中,只见座中先有一个老者,清癯瘦削,道貌岸然。帝尧不认识他是什么人,先向尹寿施礼。尹寿忙指着那人,向帝尧介绍道:"这位就是某从前所说的子州支父先生。"帝尧大喜,急忙上前施礼,说道:"某自闻尹老师之言,曾经亲自到府造访,又着人探听,都不曾遇到。今日有缘,竟获叩见,幸甚幸甚。老师之友,亦即某之师也,敢以弟子之礼相见。"说着,拜了下去。子州支父慌忙谦逊,已来不及了,只能还礼。礼毕,又谦逊一番,方才坐下。尹寿便问帝尧道:"帝今日轻车简从,辱临舍下,必有见教之事。"帝尧便将从前一切情形,述了一遍。尹寿未及开言,子州支父说道:"这个真所谓至德之君,至治之世呀!"帝尧道:"老师何以如此说?"子州支父道:"一个人终身在天之下,在地之上,哪一个不受天地的恩德?哪一件事不受天地的恩德?然而哪一个是知道切实感谢天地的?我们做事,但求有济,何用赫赫之名?那求赫赫之名的人,功一定要自我成,事一定要自我做,并且一定要有形迹可表见,这种所谓卑鄙的浅人,帝难道要想学他么?"帝尧听了,虽则仍旧谦虚,不敢自信,但亦不能不佩服他的卓识。又谈了一会政治,觉得他颇有以天下为己任的口吻,与其他隐士不同,于是就要将天下让给他。子州支父听了,笑道:"叫我做天子亦可以,但我奔走天下多年,受了劳苦,适有一种幽忧之疾。这次归来,原想自己先治病的,实在没有工夫来治天下,请帝原谅吧。"帝尧还要再让,尹寿道:"不用说了,他是一定不肯受的。做了帝者之师,岂不是比做帝者还要尊贵么?"帝尧只得罢休。后来师生三人,又续谈了数日,帝尧方才告辞归去。

第六十四回

舜生于诸冯　舜不得于亲

务成子教舜

却说平阳之西南数百里,有一个小小村落,依山而居。其中有一份人家,姓虞,名瞽。他的高祖,名字叫幕,能够平听协风,以成乐而生物,以此功德受封于虞(现在山西虞乡镇),做一个小小的诸侯。幕娶的妻室是颛顼氏的女儿,名字叫鱼妇,生了一子,名叫穷蝉,穷蝉的儿子名敬康,敬康的儿子叫乔牛。这个虞瞽,便是乔牛的儿子。在乔牛的时候,已经失国,降为庶人,家世微贱了,然而还住在这个地方(现在山西虞乡镇有瞽叟村)。那虞瞽的为人,亦还厚道。他娶了一位夫人,名字叫握登,生了两个儿子。大儿子的名字,史已失传,在下不敢妄造。第二个儿子,名字叫舜,他未生的时候,却有非常之祥瑞。有一日,握登上山取柴,看见天半一条大虹,非常美丽。握登向它注视了一会,只见那大虹的光采骤然收敛,降在地上,化作美貌男子,向握登直扑过来。那握登不觉如醉如痴,莫能自主,只得听其所为。及至醒来,那美貌男子已经不见,只觉己身横卧在草坡上,深恐落人褒贬,急忙走起,将周身整理整理,取了柴,匆匆下山而归,然而心中犹是意绪缠绵,不知所可。哪知自此以后,就有孕了。据后世人的揣测,这条大虹,是天上枢星之精所化的。过了几月,适值孟门山的大水涨溢,所住的村落,看看就要淹没了。虞瞽夫妇不得已,只能带了长子,移家东徙,到了一座诸冯山下,名叫姚墟(现在山西垣曲县东北四十里)的地方住下。又过了几月,就生了舜。舜的形体,看非常奇异之处。第一,他眼内瞳子,都有两个。第二,他的掌心,有文如褒字。第三,他的脑球突出,眉骨隆起,头大而圆,面黑而方,口大可以容拳,龙颜而日角。有这几种奇异之相,当然是个不凡之人,而且自小聪明之至,虞楎夫妇爱如珍宝。因为舜是一种花卉,所以他的号就叫华。因为他是行二,所以就叫仲华。因为他是重瞳子,所以亦叫重华。不料数年之后,握登忽然染病而死,虞楎非常哀悼,加以两儿幼稚,抚养无人,不得已,娶了一位继室。那继室夫人,不知何许人,性情悍戾,结婚数月,对于舜弟兄渐渐有点露出晚娘的手段,而尤其嫉视的是舜。因为舜相貌非凡,人人称赞,就是虞楎,亦加爱惜,因此更生妒忌,然而外面却尚没有虐待的形迹,衣食一切,仍旧是肯照管的。过了两年,那继室夫人亦生了一个儿子,取名叫象。自从象生下之后,那继室夫人对于舜弟兄的衣食等,推说事忙,渐渐不管。那舜兄弟的饮食,竟是有一顿没一顿的,衣服亦是有一件没一件的,耐饥忍寒,过他们惨淡的日子。舜这个人,天性至孝,自从他母亲死后,虽则还是个孩童,然而有人说起握登,他总要痛哭,每逢他母亲的忌日,亦是要痛哭。哪知这位继室夫人,大大不以为然,常常骂舜道:"你这个号丧鬼,为什么只管要这样的哭?你的死鬼母亲,给你哭死了也够了,你现在还要来哭死我么?"舜是个大孝之人,待后母和生母一样。自从给他后母骂过两次,夜间枕席上虽常有泪痕,但是日间总是欢颜悦色,无论如何不敢滴泪了。一日,又逢着握登的忌日,适值象在襁褓之中,哑哑而哭,舜要想使他止哭,百般的设法引逗他笑。那继室夫人看见了,又骂道:"今朝是你死鬼娘的忌日呢,你忘记了么?一点哀痛之心都没有,在这里嘻天哈地,可说是全无心肝的人,人家还要称赞你是孝子,真是扯你娘的臊!"舜听了,一声不敢言语。

过了许久,虞槾忽然双目害起病来,医治无效,半年之后,竟变成一个瞽者,因此大家不叫他虞槾,竟叫他瞽槾。后来年纪大了,大家又叫他瞽叟。那继室夫人至此,更异想天开,竟迁怒到舜身上,常常骂道:"都是你这个晦气鬼,弄到如此。你想,自从你死鬼母亲担了你的身之后,家里就遭了水灾。你出世没有几年,你的死鬼母亲就死了。这还不是被你这个晦气鬼克死的么?现在父亲又双目全瞽了,你这个晦气鬼不死,人家屋里,不知道要弄得怎样颠颠倒倒呢。"这两句话,一来骂,两来骂,甚而至于看见就骂,弄得来舜无法可施,然而他仍旧是亲亲热热、恭恭敬敬地对待后母,既无怨恨之声,亦绝无懊丧之色,一味子耐苦挨骂过日子。那瞽叟对于前妻握登是非常有情义的,对于舜本来亦是非常宠爱的,然而死者既然不可复生,那个情义自然由渐而淡,久而久之,不知不觉把从前的恩爱都移到后妻身上去了。膝下的依恋虽是可爱,然而枕边的浸润之譖亦是可畏。自从那继室夫人过门之后,瞽叟的爱舜已不如从前。自从生了象之后,心思别有所属,爱舜之心更淡了,甚至舜弟兄的饥寒冷暖都不问了。后来眼目患病,肝火大旺,遇事容易动怒,禁不得那位继室夫人又在旁煽动,于是瞽叟对于舜弟兄也常常地责骂、挞楚。到得失明之后,一物无所见,肝火越旺,那时间更是以耳为目,唯继室夫人之言是听。舜兄弟二人真真叫苦不堪言。

有一年冬天,气候大寒,舜身上还是只有两件单衣,瑟缩不堪。邻居一个姓秦的老者,与瞽叟本来是要好的,心地又很慈祥,见了如此情形,着实看不过,然而疏不间亲,亦不好怎样。一日,过来望望瞽叟,假作闲谈道:"虞老哥,好久不见了,我实在穷忙得很,没有常来望你,你现在眼睛怎样了?"瞽叟听了,叹口气道:"我的眼睛是不会好了,医治也医治到极点了,然而总无效验。若要再见天日,恐怕只有下世呢。"说罢,连连叹气。接着,又说道:"我生平自问并无过失,不知道老天何以要使我受罪如此?自从近十年来,先遭水患,家产损失,前室又去世了,现在我又变成废人,不能工作,所靠者谁?家运之坏,坏到如此,老兄代我想想,这种情形如何过得下去?"秦老忙宽慰他道:"老哥,不要焦急。我想你的眼睛,或者一时之病,倘能遇着名医,未始无重明之望,且再宽心养养吧。至于你的家计,好在两位世兄都渐渐大起来了,就可以接的手,你何必忧愁呢!"瞽叟听了,连忙摇摇头,说道:"不要说起,不要说起,我的大小儿呢,本来是愚笨不过的人,现在我失明了,田里的事情叫他去做做,倒也不要去管他。第二个小儿舜,生得还有点聪明,相貌亦还好,我从前是很希望他的,不料现在变坏了,常常给我生气。我不知道训责过他几次,总不肯改好。现在我眼睛瞎了,不能管他,据说,益发顽皮、懒惰了,我还有什么希望呢!"秦老道:"老哥不要性急,究竟年纪还小,还不到成童之年呢。小弟有一个愚见,孩子年纪虽小,书总不可不读。读了书之后,自然能够明白一切道理。现在大世兄已经十五岁,要替老哥帮忙,那是不能再读书了。二世兄正在就傅入学之年,老哥何不给他读读书呢。有个师长教训指导,那么种种规矩礼节,亦可以知道了。"瞽叟道:"老兄之言极是。不过我患目疾多年,外间从来未出去,一切情形都不清楚,不知道附近有没有好的师傅。"秦老道:"前村中新近来了一位务成先生,设帐授徒。小儿不虚,就在那里从他读书。小弟亦常去谈谈。那个人学问道德,真是旷世寡俦,教授法之好,那更不必说了。前村路并不远,我看二世兄何妨去读读呢。"瞽叟忙道:"好极好极,现在请老兄先去介绍,待与拙荆商量过后,就遣他入学,如何?"秦老连声道:"可以可以。"于是又谈了些闲天,然后告辞

563

而去。

次日，秦老就到务成先生处去介绍，那先生道："虞家的情形，鄙人很知道，恐怕今天如此说，明天不见得肯来。"秦老道："先生何以知之？"务成先生道："鄙人以理想起来，当然如此。"秦老道："昨日虞叟亲自答应，并且托我来订定的，何至于失信！"务成先生道："足下不信，且将入学的日子送去，看他如何。"秦老听说，便立刻起身，再来访瞽叟。哪知瞽叟果然已经变卦了，说道："承你老兄厚意，给二小儿设法读书，固是感激的，但是自从我病目之后，医药等费不知道用去多少，现在我又变成废人，不能工作，家计日用尚且艰难，哪有闲财再供给他们读书呢！"秦老听了，知道他纯系假话，连忙解释道："束脩之敬，不过是个礼节，丰俭本属不拘。师长之尊，以道自重。既已答应录为弟子，难道为了区区束脩，反有争多嫌少之理？老哥，你不拘多少，随便凑些吧。"瞽叟道："不瞒老兄说，我昨夜盘算过，委实一点筹措不出，所以只好暂时从缓再说。不然，儿子的读书大事，我岂有不尽力的呢！"秦老听了，不免生起气来，说道："务成先生那边，我已经去说过了。先生道德极高，而且乐育为怀，对于束脩多少有无，决不计较。我看明朝二世兄不妨先同我去，拜师受业，至于束脩，慢慢再说，老哥以为何如？"瞽叟听了，沉吟了半晌，才说道："我看不对，束脩以上，是从师的礼节。第一日从师，就废去礼节，那么怎样说得过去呢！况且师长教弟子是要有礼节的，假使弟子失了礼节，师长还要收他，那么这个师长亦未见得是良师了。"秦老听他说这种蛮话，更加生气，便说道："我与老哥多年邻居，有通财之义。既然如此，世兄的束脩，暂时由我代备，你看总使得了。"瞽叟又沉吟了一晌，说道："我向来不轻受人之惠，为了小儿读书，倒反使你老兄代垫束脩，我心何以能安？老兄厚意，谢谢，谢谢。"秦老道："这有什么要紧，是我愿意代垫,并非老哥硬要我代垫,将来可以还我。世兄如其发迹之后,就使再加些利息还我,我亦可以收,有什么于心不安呢?"瞽叟道:"我总觉于心不安。我岂不要我的儿子读书上进,不过此刻,暂时还不能读书,别有道理,请我兄不要再说了。"秦老这时,直气得三尸暴跳,暗想:你如此确守阃令么!然而无可如何,正要起身,回头一看,只见舜立在旁边,那种瑟缩战兢的样子,实在可怜,又动了矜悯之心。忽然想到一个计策,于是再坐下,又和瞽叟说道:"你老哥这种气节,非礼不动,一芥不取,真是可敬得很。不过我为老哥想想,情况既然如此艰难,那么二世兄虽然不能读书,就是在家坐食,亦非所宜。我今岁养了一头牛,本来是我小儿不虚在那里放的,如今小儿进了学垫,没有人放。我想,可否请二世兄代我看放,我家里虽然穷,但是一日三餐是不缺的。逢时逢节,再送些酬劳,不知道老哥肯不肯?这是自食其力,与受人之惠不同,又可以减轻家中负担,老哥你再想想看吧。"瞽叟听了这话,又沉吟了一会,说道:"你老兄的厚意,代我父子打算,真是极可感激。既然如此说,那么我就叫他到府上效劳,但是请你老兄须要严厉地教训,不可客气,因为这个孩子是顽蛮惯了。"秦老见目的已经达到,亦不多言,就说道:"那么好极好极,明日正是吉日,就请二世兄来吧。"瞽叟答应,秦老辞去。瞽叟的继室夫人听了这个消息,虽则仍是极不愿意,然而瞽叟已经答应,不能一次翻悔,二次又翻悔;继而一想道:亦好,十岁的孩子,从来不大出门,哪里会看牛,将来给牛踏死或闯了祸,尤其好,横竖随他娘去吧。

次日,瞽叟果然就叫舜到秦老家中来。秦老看见了,连忙叫他娘子将儿子不虚的旧衣裳拿出几件来,给他穿了。秦老娘子又给舜将头发理过,又给他吃了饭,然后牵出一条牛来,向舜说道:"你同我来。"舜答应了,秦老便牵了牛,前头走,舜在后面跟。不到半里之遥,只见一座山坡,树林翁森,枯草历乱,坡之下面有一条小溪,流水潺潺有声。秦老就在此止步。回头向舜道:"你以后每日放牛,只要在此地就是,不必远去。"舜答应道是。这时只听得一阵读书之声,从树林中透出。舜仔细一看,原来山坡转角,隔着树林,隐隐有一所房屋,那书声想是从那房屋里来的。秦老嘱咐舜道:"你好生在此看牛,我到那边去去就来,你不要怕慌。"舜又答应是。于是秦老就穿林转角,径到那屋子里去,过了许久,只见秦老同着一个苍髯老者同来。秦老向舜介绍道:"这位是务成老师,你过来行一个礼。"舜一看,知道就是前日所说的那位师傅了,便过去恭恭敬敬地行了一个礼。务成先生一看,便夸奖道:"果然,好一个天表。"说着,就拉秦老在一块大石上坐下,舜在旁侍立。秦老向舜道:"你知道我叫你来看牛的意思么?"舜答道:"知道的,长者一片苦心,要想提拔小子,小子感激不尽。"秦老道:"看牛是一件很舒服的事情,闲着无事,就可以向务成老师受业。务成先生极愿意教你,刚才已和我说过。你将来不可以忘了这位恩师。"舜连声应道:"是是。"随向务成先生拜了四拜,行了一个弟子之礼,又向秦老拜谢了。秦老自归家中而去。这里务成先生吩咐舜道:"你把牛牵了,跟我来。"舜答应,牵了牛,跟了务成先生,穿过林,转过角,只见一所三开间朝南的平屋,仔细一看,却是社庙。原来这位务成先生,却是一位无家无室的人,去年云游至此,村中人钦仰他的道德,就留他在此,教授子弟。每日饮食一切,都是由各子弟家轮流供给的。这时舜看见那平屋之中,坐着四五个人,在那里或读书,或习字,看见务成先生,一齐都站了起来。平屋之外,临着小溪,溪边有一株合抱的大树,树旁有一根长桩。务成先生叫舜将牛系在桩上,然后一同走入平屋,先将所有学生一一指点给舜知道。原来,一个叫雒陶,年纪最长,已有二十岁左右。一个叫伯阳。

一个叫秦不虚,就是秦老的儿子,与舜邻居,是向来熟识的。还有一个叫东不訾。那伯阳今年十八岁,秦不虚、东不訾都是十五岁,要算舜的年龄最小了。务成先生向舜道:"这几个人,都是很好的,你可以和他们结为朋友。"舜答应,一一地走过去行了礼。务成先生就叫舜在自己的席旁坐下,和他说道:"一个人虽有聪明睿智之质,经天纬地之才,仁圣忠和之德,但是'学问'二字终究是不可少的。要求学问,必先读书。要能读书,必先识字。我现在先教你识字吧。"舜听了,得意之极。因为舜多年以来,看见邻里儿童在那里诵读,心中总是非常艳羡,不过父母不给他读书,并且连屋门都不许他轻易出去,连请问人家的机会都没有,真是眠思梦想,如饥如渴。现在居然有人教他识字读书,岂有不欢喜之至呢!当下务成先生取出无数小方板,一面写,一面一个个地教,并解释其字之大义。舜原是个天亶聪明的人,自然声入心通,一教就会,不半日,共总已识了几百个字。几个同学都看得呆了。日中,就和务成先生一起午膳。膳后,务成先生率领学生将牛牵至草地,放草,饮水,一面就在草地上坐下,与各学生讲说各种道理。学生之中,有携带书籍的,也就在那里藉草诵读。到得夕阳将下,务成先生就吩咐各学生,可以回家了。各学生答应,正要起身,务成先生又叫过舜来,和他说道:"你今朝回去,你父母倘问起你日间情形,你千万不要提起我在这里教你读书识字,只要说在这山边牧牛罢了。"舜听了,踌躇不敢答应。务成先生道:"你踌躇什么?是不是以为欺诳父母,是个大罪么?"舜答应道是。务成先生道:"你这个见解,亦甚不错。不过你要知道,天下之事有经有权。经者,常也,一个人倘使处在寻常的顺境,那么对于父母,无论何事,自然应当直说,不可欺瞒。假使处了一个逆境,我做了一件事,估量起来,告诉了父母,必定不以为然,不许我做的,但是我做的这件事,却极正当,父母的不许我做,实属错误的,那么怎样呢?还是宁可告诉父母,等父母不许我做,将这个错误归到父母身上去呢?还是宁可不告诉父母,情愿自己负一个欺亲不孝之名呢?这两种,就要比较起来,称一称轻重了。权是秤的锤儿,你现在且称称看,还是告诉好呢?还是欺蒙好呢?"舜没有听完,早已大彻大悟,然而一阵伤心,禁不得簌簌地掉下泪来。务成先生看了,真是又可敬,又可怜,说道:"去吧。"又向秦不虚、雒陶道,"你两个同他一路,送他回去吧。路上招呼他,要小心,他小呢。"两人唯唯。于是舜牵了牛,和二人同行,将牛送还秦老家中,饭也不吃,急急归家来见父母,上前问安。那后母照例是不理他的。瞽叟正抱着象,亦不问他话。舜侍立了一会,就到厨下帮助他的哥哥操作。到了晚膳时,后母忽向舜说道:"你今朝晚膳可不必吃了。我看你衣服竟穿得厚厚的,我知道你一定吃得饱饱了,何必再吃呢!"舜连声答应,却仍是柔声和颜,一无愠色。过了一会,舜兄从厨下搬进一碗汤来,汤满且热,不免摇出了些。那后母见了,就骂道:"你的眼睛看在哪里?做事体这样不小心,好好的汤,给你倒出了这许多。"说着,就用手在他头上敲了几下,说道:"你也不是个好东西,今朝晚饭亦不许吃。"舜兄亦一声不敢响。兄弟两个,垂手侍立,眼睁睁看父母和小兄弟三人吃得滋味。饭罢之后,又各做了一会事,才向父母告辞,悄悄地枵腹归寝。这种情形,兄弟两个是禁惯了,倒亦不以为意。

第六十五回

仓颉佉卢梵三人造字　舜小杖则受大杖则走
舜兄得狂疾

自此之后,舜每天起来和他的阿兄做些家务工作,过了一会,才往秦老家,牵了牛,到务成先生室旁去放草。务成先生教他识字读书,又和他讲各种天文地理及治国平天下的大道。晚上归家,就寝时,他就将日间所听所学的,间接的教授阿兄,这亦是舜的弟道。因为他自己有得求学,阿兄没得求学,他心中非常难过,所以如此。

一日,舜正在务成先生处学写字,忽然问务成先生道:"弟子识字、学字,有好多日了,但不知这种字是哪一位圣人创造的?请先生教诲。"务成先生道:"这种字,是古时一位仓帝史皇氏,名叫颉的,创造出来。"舜道:"他姓什么?"务成先生道:"他姓侯刚,有人说他是黄帝时的人。但是黄帝以前,早有文字,所以这句话是靠不住的。"舜道:"仓帝以前,没有文字么?"务成先生道:"没有。起初是用绳子做记号,大事打一个大结,小事打一个小结,特别的事则打一个特别的结,相联之事则打一个连环之结。后来文明渐进,人事越繁,结绳的记号万万不够用,于是用刀在木上或竹上刻一种形状,以为符号。这种符号,大概都是象形的,就是现在图画的创始。到了后来,人事越繁,名物越多,有些可以画得出,有些万万画不出,那么单靠这象形的符号又不够用了,所以仓帝颉造出这种字,以供世人之用。自从这种文字创造之后,文明进步越速,真是一件极可宝贵之灵物呢。"舜道:"仓颉造字,还是全凭自己的理想造的,还是有所取法的?"务成先生道:"当然有所取法。自古圣人,创造一种事物,虽则天纵聪明,亦决不能凭空创造,这是一定之理。如同渔佃所用的网罟,便是取法于蜘蛛;打仗所用行阵,就是取法于战蚁;这都是显然的事迹。仓颉氏造字,所取法的有两种:一种就是以前刻在竹木上的各种象形符号,一种是从天文地理、各种物象上去体察出来,而尤其得力的,是天赐的灵龟。有一年,仓帝到南方去巡狩,登到一座阳虚之山(现在陕西洛南县),临于玄扈洛汭之水,忽然看见一个大龟,龟背的颜色是丹的,上面却有许多青色的花纹。仓颉看了,觉得稀奇,取来细细研究,恍然悟到,它背上的并不是花纹,是文字,有意义可通的,于是他就发生了创造文字之志愿。后来又仰观天上奎星圆曲之势,又俯观山川脉络之象,又旁观鸟兽虫鱼之迹,草木器具之形,描摹绘写,造出种种不同的形状,这就是他所取法的物件了。"伯阳在旁问道:"弟子看见古书上说,仓颉氏有四只眼睛,真的么?"务成先生道:"也许真的,也许是后人佩服他的聪圣,故神其说,亦未可知。"秦不虚道:"弟子听见说,仓颉氏造字之时,天雨粟,鬼夜哭,有这种事么?"务成先生道:"这事可信。因为文字这项东西,有利有害。利的地方,就是能够增进文明。古人发明之事理,可以传与后人,后人得了这个基础,可以继长增高的上去,不必再另起炉灶,这是个最大的利益,所以天要雨粟了。天雨粟,是庆贺的意思。但是有了文字之后,民智日开,民德日漓,欺伪狡诈,种种以起,争夺杀戮,由此而生,大同之世,不能复见于天下,世界永无宁日,所以鬼要夜哭了。鬼夜哭,是悲伤的意思。当时情形,虽不知道究竟如何,但是这个道理,却很不错,所以我说可信。"雏陶道:"文字既然有这种害处,那么正应该将文字废去,为什么国家还要注重学校,圣贤还要教人求学读书呢?"务成先生道:"未有文字以前,要使文字不发生,这已是很难之事;既然有了文字之后,忽然要废去它,简直是不可能之事。比如字是仓颉氏造的,你未知道之前,我可以告诉你,使你知道,亦可以不告诉你,使你永远不知道。如今你已经知道了,我再要使你不知道,有这个方法么? 圣贤君相,知道这个文字之害,但是没有方法去废弃它,使百姓复返于浑浑噩噩之天。不得已,只能想出种种教育的方法来,要想补偏救弊,但是劳多功少,不但大同不能期,就是小康之世亦不易得到。这位仓颉氏,真所谓天下万世,功之首、罪之魁呢!"舜问道:"我们中国有文字,外国亦有文字么?"务成先生道:"外国亦有文字"。舜道:"外国文字怎样写的?"务成先生道:"你要问它做什么?"舜道:"弟子想拿他们的文字和中国的文字来比较比较,哪一个优,哪一个劣。"务成先生道:"原来如此。你听我说,当仓颉氏的时候,竹木符号的用处早穷,文字有创造的必要,所以那时想创造新文字的人很多。最著名的有三个:一个名字叫梵,他造了一种字,是从左而右横写的。一个叫佉卢,他造的一种字,是从右而左,亦是横写的。一个就是仓颉,他造的字,每个字的写法,大半从左而右,但是连贯起来,每行的写法,又是由右而左,可以说是兼有他们两个之所长了。后来三个之中,仓颉氏的字最先造成,所以现在通行于全中国。佉卢和梵的字后造成,知道在中国已无推行之余地,所以都跑到外国去。梵的字现在听说在三危(现在西藏)之南,一个身毒之国,颇有势力。那边的国王,不久就要宣布,承认它是个国家之字了(梵字在虞舜时通行于印度)。佉卢的字,听说传布到西方去,现在成绩亦颇不差。大约这三种字,将来都是能够流传久远的。究竟哪一个的字推行广、流传久,那要看他国人之文化与势力两种之高低强弱为断,与制造的字毫无关系。"舜道:"老师对于那两种文字,可以写几个给弟子看看么?"务成先生道:"可以。"于是就拿了笔,将每种各写了几个。舜仔细看了一会,亦不言语。务成先生问道:"你比较起来怎样?"舜道:"据弟子看来,三种文字,佉卢与仓颉比较,结构单纯,大略相同,而一则自上而下,再自右而左,其势较顺,一则横衍左行,其势较逆,所以书写的时候,佉卢文字不如仓颉文字之便。又佉卢文字结构较散漫,亦不如仓颉文字的整密,所以比较起来,用佉卢文字的国家,强大的虽有,但它的文化,恐决不能如用仓颉文字之国家的发达悠久,这就是顺逆难易的关系。至于梵字,与仓颉字比较,它的结构和写法,都各有便利之处,可以说差不多。但是弟子有一个见解,仓颉的字,个个团结得起,少的只有一笔,多的可有几十笔,但是都可用一式大小的框格去范围它。笔画少的,不嫌宽舒。笔画多的,不觉拥挤。笔画少而框格大,比如一个人生在幸福的家庭里面,伸手舒脚,俯仰无忧,但亦须谨慎守中,不可落到边际,一落边际,那就不好看了。笔画多而框格小,比如一个人生在不幸的家庭里面,荆天棘地,动辄得咎,但是果能谨慎小心,惨淡经营,亦未始不可得到一个恰好的地位,或因此而反显出一种能力与美观,亦未可知。至于梵文,横衍斜上,如蟹行一般,虽则恣意肆志,可以为所欲为,然而未免太无范围了。比如一个人,遇着父母待遇不好,就打破父子的名分,遇着妻子情谊不合,就与妻子脱离关系,自由极了,爽快极了。但是唯知个人,不知天理,纯任自然,绝无造诣,似乎与做人的做字差得远了。据弟子愚见看起来,将来中外两国的国民性,就暗中受了这种文字之陶熔,一则日益拘谨,一则日趋放肆,背道而驰,亦未可知呢。"务成先生听了,连连点首,又问道:"据你说来,一国的文字,可以造成一国的国民性,亦可以表示一国的国民性了。但是将来如果交通便利,两个国家接触起来,两种文字因此而发生冲突,你看哪一种文字占优胜呢?"舜想了一想,说道:"恐怕横行斜上的那种文字占优胜吧。因为自由二字,是人人所爱的;框格范围的束缚,是人人所怕的;两种比较起来,自然那一种占优胜了。不过文字就是一国的精神,文字既然变化失败,那么到那时,我们中国立国的道德精神,恐怕亦要打破无余,不知道变成一个什么景象呢!"务成先生道:"不错不错,但是我看总还有四千余年可过,四千余年之后,究竟怎样一个景象,且看罢了。"当下这一番问答,雒陶等四人听了,心中都有无限之感想。有的佩服舜,处到这种不幸之家庭,应该苦心经营,使他圆满,因难而见巧的;有的主张不如脱离家庭,不受羁束的。意见纷纷不一,按下不提。

自此之后,一连数年,舜的学问大有增益了。一日,舜正在务成先生处,与诸同学受课,忽闻务成先生说道:"人在世上,聚散无常。聚的时候,很是欢娱;散了之后,不免悲凉,这是人之常情。然而要知道,天下无不散的筵席,悲凉是徒然的。这种道理,汝等须要知道。"众弟子听了,都莫名其妙,大家亦不好问,只得唯唯。

哪知这日夜间,舜的后母又生了一个女儿,取名叫作嫘,亦叫敫首。舜在家中,与阿兄共同服劳,不得闲暇,秦老处只能告假不去。到了满月这一日,舜抱了敫首在庭前闲步,舜兄与他逗弄,忽然一阵狂风,将晒衣裳的木竿吹倒,从敫首头边掠过,幸喜没有打着,但是敫首吃了一惊,啼哭不止,停了一会,似乎有点发热。舜的后母,顿时大不答应,就骂舜兄弟道:"你们两个,要弄死妹子么?你们弄死妹子,有什么好处?我看你们两个小鬼还活得成呢!"骂到后来,又连握登都骂在里面,这是舜后母向来骂舜弟兄的老例。舜弟兄是听惯了,只能不赞一词。那时象有六岁了,受了他母亲的陶冶,非常瞧不起两兄,又非常欢喜和两兄作对。舜两弟兄虽则是很亲爱他,但是象一向在他母亲指导之下,那一片敬兄爱兄的良知良能,早已失尽了。这日,看见母亲为了妹子的事情,大骂两兄,他更来火上添油地告诉他父亲瞽叟道:"刚才那一根木竿,我看见是大哥推倒的,不是风吹倒的。"瞽叟道:"真的么?"象道:"真的,我看见的。"瞽叟听了,顿时大怒,一迭连声,叫舜兄弟过来,舜兄弟听了,战战兢兢,不敢不来,见了瞽叟,跪了认错、求饶。瞽叟哪里肯歇,手中提起一根大杖,脸上恶狠狠地说道:"你们这两个该死的畜生,平日子有了一个小兄弟,不肯好好去领,只管侮弄他,我不来说已是了。现在新生了一个小妹妹,刚才满月,你们两个竟要想吓死她,天下竟有这样狠心的人,实在可恶,待我先打死你们吧!"说着,那大杖就从空中打下来。舜见来势太猛,急忙立起,转身避开。舜兄受了一吓,亦向一旁倒了。那根大杖,恰恰打在舜所跪的地方。舜既避开,就打在地上,几乎震得手裂,瞽叟不觉"啊哟"一声,那根大杖早已折断。原来瞽叟眼瞎,不能看见,任意乱打,所以有这个错误。然而越加恼怒,跳浪暴躁,大叫他的继室夫人来帮忙,口中骂道:"可恶已极,他们这两个畜生,竟敢如此戏弄我,忤逆我,我今朝一定要治死他们,你快来给我捆他们起来。"那继室夫人听了,正中下怀,一路走进来,一路说道:"我早已和你说过,这两个孩子,一日一日地不好了,非得严厉地责罚他们一番不可,你还不相信。我是个晚娘,又不好多说,人家还道我怀着两样心肠。现在连你都忤逆了,在你面前都如此了,可见得不是我。"正说到此,一面撩衣卷袖,要想动手,凑巧隔壁的秦老又来了,看见了瞽叟夫妇,就拱手说道:"恭喜,恭喜,虞老哥,虞大嫂,今天令爱弥月,早间适有点小事,到东乡去,不曾来道贺,此刻特来补礼,恭喜,恭喜。"瞽叟夫妇连忙还礼,让坐,那骂人的话,打人的事,不得不暂时截止。舜在旁,亦过来向秦老还礼,一面就去扶他的阿兄,谁知再也扶不起。秦老见了这个情形,知道又是家庭变故发作了,便问道:"虞老哥,你又来为孩子们生气了。孩子们究竟还小呢,我来讨一个保,这次饶了他们吧。"说着,亲自来扶舜兄,哪知舜兄脸色青白,牙关紧闭,不省人事。瞽叟不知道,还怒冲冲地伸说他地愤怒,说这两个逆子不孝顺,应该打死,你老兄还要替他们讨保做什么,保是讨不好的,他们是不会改过的了。秦老忙道:"老哥,你不要再这样说,大世兄已经吓坏了,赶快救治才好呢。"瞽叟道:"理他呢,他是装死,骗人。"秦老道:"不,不,这真是吓坏了。年轻的人,哪里会得装死呢。"说罢,回头向舜道,"仲华,你赶快到我家中去,向秦伯母取一包止惊定吓的药来。我家中各种急救的药都有的。"

舜听了,如飞而去,少顷取到。秦老又叫舜取了开水,调和了药,又用筷撬开牙关,徐徐地将药灌下,一面和舜两个不住地用手将他的胸口乱揉,不时又用手掐他的人中,足足有一个多时辰,方才回过气来,忽然哇的一声,吐出无数浓痰,可是那手足,忽而又抽搐不止。秦老和舜两个,又将他手足不住揉捻,方才渐渐停止,可是神采全无,两眼忽开忽闭,默然不语。瞽叟夫妇起初还当他是假装的,所以秦老和舜两个施治之时,还是你一言,我一语,唠叨不止,后来觉得是真了,方才不响。但是瞽叟是瞎子,不能帮忙。继室夫人因为秦老在那里,男女有别,所以亦不便过去帮忙,都只有遥遥望听而已。后来听见舜兄醒来,吐了,知道事无妨碍,不觉又唠叨起来。哪知舜兄一听见父母的骂声,顿时一惊,手脚一直,又昏晕过去。慌得秦老又揉胸掐鼻的,急急施救。舜在旁边,那眼泪更是如断线珍珠一串一串落下来。秦老看了,实在可怜之至,知道这个积威之下,不是有大本领的人,真是难处的。隔了一会,舜兄又渐渐醒来。秦老回过头来,向舜的后母说道:"请大嫂和二世兄将他扶到床中去歇歇吧。看老夫薄面,不要再责备他们了。即使不好,且待他病愈了,再说如何?"那时舜的后母为顾全面子起见,听了秦老的话,也不好怎样,只得过来,和舜两人搀扶他到卧室中去,口中虽曾有叽咕之声,但秦老距离远,听不真,仿佛有好几个死字而已。秦老亦不去管她,遂问瞽叟道:"老哥今日,为什么动如此之大气?"瞽叟尚未答言,秦老瞥眼看到地上折断的大杖,又问道:"莫不是两位世兄将老哥的杖弄断了,所以生气么?"瞽叟摇摇头,说道:"不是,不是。"于是就将舜兄弟故意将竿推倒,谋杀敩首的话,说了一遍。秦老知道瞽叟是以耳为目,受蔽甚深之人,亦不和他深辩,就说道:"那么令爱此刻已病了么?"瞽叟道:"怎么不是?"秦老道:"我和老哥十几年邻居,府上之事差不多都知道,说起令爱今朝弥月受惊,我记得二世兄那时在弥月之内,岂不是亦受过一惊么?当时为什么事情受惊呀?"说着,想了一会,才接着说,"哦,是了,当时为二世兄生得品貌好,而且手中握着一个'褒'字;大家以为稀奇,弥月之时,都要来看。你老哥抱了二世兄,应接不暇,不知怎样一来,将一根挂在上面的锄犁误撞了下来,从二世兄头上掠过,撞在缸上,将缸打碎,撞得震天响,大家都吓一跳。你那元配大嫂,忙从房里跑出来,说道,'不要把孩子受了惊!'就将二世兄抱去。此情此景,如在目前,而今已是十几年了。你那元配大嫂去世,亦有十年了。不想今朝令爱弥月,亦遇到此受惊之事,真所谓无独必有偶呢!"说着,又指着西面房屋说道,"我记得当时是在这块地方,你那元配大嫂的房是在旁边,老哥你还记得么?"瞽叟经他这样一说,不觉把旧情统统勾起。原来瞎子的心,本来是专一纯静,善于记忆的。况且瞽叟和握登的爱情,本来很好,一经秦老提起,觉得从前与握登的情好历历都涌上心来。现在她死了多年,只有这两个儿子剩下,我刚才还要虐待他们,打死他们,我太对不起握登了。况且舜小时受惊之事,确系有的。照此想来,今朝之

— 576 —

事,亦未见得就是有意谋害了。想到此际,良心发现,不觉懊悔,口中却随便回答道:"喂,是呀,记得的,是呀,不错。"秦老看他神气似有点悔悟,亦不再说,便道:"今日坐久了,改日再谈吧。你老哥千万勿再生气。"瞽叟连连答应,叫舜代送。秦老去后,瞽叟对于舜弟兄果然不再责备了。舜弟兄两条性命,总算是秦老救出的。然而自此以后,舜兄神经错乱,言语不清,竟成了一个狂疾,多少年被父母虐待,又大受冤枉,其结果如此,家庭环境恶劣,真是可怜呀可怜!

第六十六回

务成跗论诸弟子品格　舜初耕历山
舜教其弟象　舜被逐出门

且说舜遭了家庭变故,兄已得疾,成为废人,不能工作,一切都要责成他去做。他受了这种环境的压迫,秦老家中当然不能再去,只得将其职司辞去,每日总是在家,替父母操作,领弟,挈妹,非常忙碌,一步不能出门。务成先生处更是不能去求教。一位老师,四个良友,心中非常记念。好在瞽叟自从被秦老一番话打动之后,心中颇萌悔意,又知道长子受惊成疾,更觉抱歉,所以对于舜亦慈和得多。舜受了多少年折磨,到此刻总算略略透过一口气。

一日,瞽叟叫舜出外买物,路上忽遇见东不訾,不禁大喜,便问东不訾道:"我们长久不见了,你今朝放馆何以如此之早?"东不訾道:"你还不知道么,务成师傅早已他去了,我们早已星散了。"舜听了不禁愕然,说道:"务成师傅已他去么?几时去的?到何处去?去的时候怎样说?有没有说起我?"东不訾道:"就是你那一天回去的第二日,他对我们说道:'仲华这一次归去,是不能再来了。好在他学业已成,将来前程,未可限量。但是坎坷未尽,汝等总要随时帮助他,方不负朋友之义。'那时我等听老师这样说,都是不解。秦不虚问道:'老师何以知仲华从此不能再来?'老师道:'你和仲华邻居,你父亲又和他父亲至好,将来总会知道的,此时亦不必先说。'雒陶道:'仲华的前程,是很远大的。老师如此说,弟子们都极相信。但是弟子们的前程,将来如何? 老师可否预先和弟子们说说?'老师笑道:'仲华的前程,既然非常远大,你们够得上和他做朋友,那么你们的品格总亦是很高了。后世的人品评起来,纵使算不到上上、上中的人品,那第三等人品一定有的,决不会到中等以下去,汝等尽可放心。'说完之后,老师又拿出两件密密固封的东西,交给秦不虚和我两个,叫我们谨谨收藏,必须到某年某月某日某时,才可拆开来看,早一点,迟一点,都不可,如违了他训诫,便不是老师的门生。这真是个哑谜儿呢!"舜道:"你们拆开过么?"东不訾道:"老师训诫,哪个敢违? 现在我们都宝藏着呢。"舜想了一想,亦想不出所以然,便又问道:"后来老师怎样就去呢?"东不訾道:"那日老师说了这番话之后,随见老师写了一封公信,给我们四个人的父兄,大约说我们学问已成,无须再行教授,顷因要事,即须他往,行程匆促,不及面辞,谨此奉闻等语。这封信,就叫雏陶代交。他信上的具名是'务成跗'三个字,我们才知道老师的名字叫跗。"舜问道:"老师就是这日去的么?"东不訾道:"不知道呀。当日,雏陶将老师的信,分致各家,传观之后,各家父兄集合起来,要想挽留,如挽留不住,再想钱行,馈送谢礼和赆仪。哪知第二日跑去,老师已不知所往了。"舜听了之后,惆怅不已。东不訾道:"我们都很纪念你,要想来望望你,兼将老师去的情形和你说说,恐怕你没得空闲,所以不敢来。今朝难得幸遇,你一晌好么?"舜道:"多谢,好的。今朝因家严命我买物,恰好和你相遇,但是立谈过久了,恐怕家严记念,我们改日再谈吧。诸位良友见到时,都代我致意。"说着,鞠躬告辞,匆匆地买了物件,急忙归家。

刚进大门,只听见他的后母正在那里嚷道:"我说,这种人不可以放他出去,果然一出门,就是半天,不知道他在那里做什么? 这点点路,换了别人,十次都可以回来了。"舜听了,不敢怠慢,急急跑到父母面前,缴上所买的物件。瞽叟就问:"为什么去了这许久?"舜答道:"儿刚才遇见了一个朋友,谈了一会天,所以迟了。"瞽叟听了不语。那后母鼻中哼了一声,说道:"遇着什么朋友?不过在那里游荡罢了。这几年,我看你游荡惯了,一早出去,傍晚归来,多少写意。现在有好多日子不出去,忽然有得出去,自然要东跑西赶,游个畅快,方才归来,哪里是遇着朋友呢。即使有朋友,亦不过是些狐群狗党,不是好东西。"舜听了,一声不敢响。瞽叟又问道:"汝刚才说遇着朋友,是真的,不说谎么?"舜道:"是真的,不说谎。"瞽叟道:"那朋友叫什么名字?住出何处?做什么事业?"舜道:"他叫东不訾,有些人叫他东不识,住在隔溪的东首,从前是在那里读书的。"瞽叟道:"你和他是在秦家牧牛的时候认识的么?"舜应道是。瞽叟听了又无话,那后母却又冷笑道:"我住在这里十多年,从没听说有一家姓东的人。况且名字,忽而叫不知,忽而又叫不识,捉摸不定,显系造话。当心我明朝调查过了问你。"舜答应唯唯。自此之后,舜又没得远出了,终日在家,劈柴烧火,淘米洗菜,担水洗衣服,抱妹子。有的时候,给瞽叟捶背敲腰;有的时候,给父母铺床叠被;有的时候,还要照顾他老兄的衣服饮食。所以终日终夜,忙个不了,但是不时仍是要挨骂挨打,然而舜始终无几微怨色,总是小心翼翼的,去做他人子应做的职务。

　　这年过了残冬,舜已是十六岁了,生得长大,俨如成人。一日,正在洗衣,忽见一个装束似官吏模样的人,走进门来,问道:"这里是虞叟家么?"舜答应道:"是。"那人道:"虞叟是足下何人?"舜道:"是家严。"那人道:"在家里么?我要见见,有公事面谈。"舜道:"家严在里面,但是尊丈从何处来?尚乞示知,以便通报。"那人道:"鄙人就是此邑的田畯,奉大司农之命,督促大家努力耕种的,足下替我去通报吧。"舜答应,急忙请他入内,让坐,又至里面通报,扶了瞽叟出来,介绍与田畯。瞽叟道:"老朽多年失明,失礼恕罪,请坐请坐。"那田畯道:"虞先生,某此来非为别事,现在春耕之期已届,而尊处的田至今还没有动手,究竟什么缘故?所以特来问问。要知道人民以谷为天,现在水灾甚大的时候,凡有可耕之田,尤其不可使它荒芜,这层须要知道。"瞽叟道:"这话甚是。不过老朽双目久废,不能工作,大小儿又病了,实在无人能往耕种,尚请原谅。"田畯指着舜道:"这位令郎,并没有病。"瞽叟道:"这是二小儿,今年才十六岁呢。"田畯将舜上下一望,便问道:"足下今年才十六岁么?"舜应道是。田畯道:"照足下年龄,尚不及格。但是看足下体格,已经可以工作了,何妨去做做,学习学习呢!现在圣天子注重农业,如有怠慢,要处罚的,汝等可知道么?"瞽叟和舜都答应道是。田畯道:"如果有个力不胜任,邻里应该有相助之义务,某去知谕他们吧。"说着,又将"圣王之世,无旷土,无游民"的大道理说了一遍才去。这里瞽叟夫妇,无可如何,只得叫舜到田里去耕作。那田在历山之畔(现在山西垣曲县东北绛县东南,一名教山,相传舜耕处上有石碌砷数百,下有舜井),共有五十亩,是瞽叟迁到此地之后,向政府去承领来的。原来大司农的章程,民间十二夫为一井,每夫给他住屋一所,每井共有田六百亩,一夫共耕五十亩。舜兄病狂之后,瞽叟本想叫舜去耕。他的继室夫人,因为舜太聪明能干,深怕他出去之后,认识之人渐多,那虐待的情形要被人知道,受人家的讥评;而且舜在家里,一切操作都责成了他,自己可以舒舒服服,专管她自己所生的两个子女,倘使出去耕了田,不但家中井臼要自己亲操,倒反要替舜预备馐膳,是很不犯着的,所以总是竭力阻挠。如今田畯亲来吩咐,那却无可说了。

且说舜自从往历山耕田之后,虽然早出暮归,仍旧晨昏定省,人子之礼是一点不废的,并且顾及其兄,兼及弟妹,劬劳备至,绝无

— 581 —

告瘁之意,亦无憔悴之容。这亦是他精力过人之处。可是那些同学好友,趁此却可以来往。一日,秦不虚来访他,说道:"我和你咫尺相隔,时常想来访你。但是家父吩咐,说你事忙,不要来扰你,所以一直没有来,真是想念极了。"舜道:"我亦时常想访访诸位同学,总是不得闲。如今还有三位同学在哪里?都好么?"秦不虚道:"伯阳去年还在这里,现在到南方负贩去了。雏陶亦到西方去,听说是学制陶器。独有东不訾在这里,昨日还见着他,他说亦要来访你呢。"正说着,远远已见东不訾走来。二人大喜,忙迎上去,三人就在田坂上,席地坐下,相对倾谈。渐渐又谈到务成先生,大家都非常可惜。舜道:"当我离馆的这一日,老师就说聚散无常的一段道理,我听了就很觉可怪。后来我不来了,老师亦就去了。我看老师似乎有前知的,二位以为何如?"秦不虚道:"为什么不是?你的不来,老师早已知道,岂不是前知么!"东不訾道:"老师这个人,我相从多年,觉得很可怪。讲到他的学问,可谓无所不知,无所不通,是千古第一人。但是无家无室,无友朋,无职业,无住址,其来也无端,其去也无迹,究竟不知道他是个什么人。我很是怀疑。"舜道:"老师究竟到什么地方去,无从打听,最是可恨。"东不訾道:"是呀,老师去的那一日,我和伯阳、雏陶,各处去访问,有没有这样一个人走过,大家都说不知。所以,我想老师竟是一个仙人,专为教授仲华而来,我们不过托托仲华之福呢。"三人正在谈心,忽见树林中一只布谷鸟飞来,不住地啼。秦不虚道:"催耕的来了,我们谈天过久,误了仲华的公事,我们且去,改日再来吧。"于是与东不訾两人起身,东不訾忽问舜道:"仲华,你此地离家颇远,午餐如何?"舜道:"农家以节俭为主,一日两餐已足了,何必三餐?"秦不虚等知道他有难言之隐,亦不再追问,随即别去。

自此之后,舜总是在历山耕田,兼种些蔬菜,养些鸡豚,或猎些野味山禽,归养父母及病兄,一连三年。地方上的人没有一个不佩服他,敬重他,称誉他。这风声渐渐传到舜后母的耳朵里去,她不免起了一种不平之心,但是对于舜的致敬尽礼,亦无隙可寻,只得忍耐。这时象已经十一岁了,在七岁的时候,父母因为钟爱他,早已送入邻近小学里去识字读书。早晚进出,都是他母亲亲自接送,满心望他成才优秀,可以压倒他的阿兄,庶几增自己的光辉。哪知象于读书之聪明很少,于戏弄及侮人之聪明独多,以至成绩屡不及格,而过失累累。师长训诲,无从施展,迭次告知家属,请家属设法督责。但是,父是失明的,母是护短的,不怪自己儿子不好,反怪学校中教育无方。象的顽劣性质,因此越加养成习惯。舜兄是病狂的,舜是日日在田间工作的,早晚虽在家,各种操作,忙不了,无暇教弟。而且他的后母,亦断断不肯使象和舜亲近,仿佛舜是个极污秽之物,一亲近就要沾染似的。所以象对于舜,亦非常骄傲,颐指气使,一无弟兄之礼,即使舜要教象,象亦有所不受了。

这年岁暮,霏霏雨雪,舜农隙在家,适值村中举行蜡祭,学校照例休假,象亦可以不到校。但校中附了一张条告来,说道"学生虞象,品性不良,成绩又劣,本应斥退,姑念年幼,再留察看。所有不及格之科目,以数学为最差,书法次之,应于假期内自行补习。倘假满来校,依然不能及格,则是不可教诲,应即削除学籍"等语。舜的后母到此,才有一点发急了,不时督促象温习,或至夜分不休。但象是放荡惯了,根柢全无,如何能补习上去?一日,为了一道数学题,正在搔头摸耳,无法可施,适值舜抱了敉首走过来,看见兄弟如此,心中不忍,遂教他道:"弟弟,这一道题,我看是要先乘除后加减的呢。"象冷笑道:"我尚且不懂,你懂什么?要来多嘴。"舜道:"弟弟,你姑且照我说的法子演演看,如何?"象哪里肯信。过了一会,真没法了,只得照舜所说的方法一算,果然不错,于是有点相信,遂又拣出一道无论如何算不出的题目来问舜。舜道:"这个叫作比例式,我将式子教你,这是极容易的。"说罢,左手抱着敤首,腾出右手,取笔来代他算出了。象大喜,又将好许多算不出的题目来问舜,舜都一一告诉他方法,并且叫他自己演习一过,说道:"总要自己知道这个数理,倘若不懂数理,这个题目虽则算出,换一个仍旧算不出的。"象平日虽则气傲,瞧不起乃兄,到了这个时候,危难之际,不能不低首请教了。于是象一一地问,舜一一地教,那个教授法,又明白,又浅显,步步引人入胜。不到一晚,象对从前学过的数理居然有点清楚。那后母看见自己的儿子得了救星,也不来多说,便将敤首抱了去,任他们两个讲解。讲明白之后,象又叫道:"二哥,你数学既然知道,你文字识不识得呢?"看官,要知道象的这一声"二哥",恐怕十年以来,还是第一声呢!闲话不提。当时舜答道:"我亦略知一二。弟弟,你如有不懂,不妨问我。我倘知道,总告诉你。"象于是取出书来问舜,舜一一和他讲解,旁征曲引,援古证今,象听了,觉得比学校里师傅的讲授还要明白,那股骄傲之气,不觉有点平了。

　　自此之后,一连多日,舜除出照常操作之外,一有空闲,就和象讲解,俨如师生一般。瞽叟从前亦曾入过学,读过书的。起初听舜在那里和象讲,以为不过是极粗浅的数学,极普通的文字,舜的资质聪明,听来即会,就是了。后来听了两日,觉得舜的学问很深,不觉诧异起来,就问道:"舜儿,你一向没有上过学,你这种知识学问是哪里来的?"舜听了,不敢再瞒,就将当日替秦老看牛时,务成先生如何教诲的情形,说了出来。瞽叟听了,自己儿子能够如此,亦颇得意,心里并感激秦老的盛情。哪知舜的后母听了,心中却气愤之至,暗想道:原来如此,我自有道理。但是并不发作。到了次年假满,象到校去应试,居然及格,而且名次并不低,瞽叟遂和象说道:"这番留校,全是二哥教授之功,你以后须常常请教他。"哪知象听了这话,以为失了他的面子,坍了他的台,非常不佩服,说道:"这是我自己用心的结果,哪里是他的功劳呢!"瞽叟道:"你不可如此说,要防下次遇着艰难呢。"象道:"怕什么!我下次一定不请教他,看如何!"瞽叟听了,亦无语。自此以后,象又妒忌舜了,和他的母亲日夜在瞽叟面前说舜的坏话。

一日,舜在田间,归家较迟,瞽叟记念他,问道:"舜儿今日为何还不归来?"那后母冷笑一声道:"舜儿么,如今舒服了,终日在外,朋友甚多,酒喝喝,天谈谈,多少有趣,归来做什么?我们在这里蔬食菜羹,他在外边不知道怎样的肥鱼大肉呢!"瞽叟听了,诧异道:"哦,真的么?"那后母又冷笑一声道:"读书识字,是正经大事,他还要欺瞒你到七八年之久呢!现在他在外边做的事,他来告诉你做什么?本来你这个瞎子,是很容易欺骗的,他的党羽又多,连你最要好的朋友秦老,都相帮他欺骗你呢!你待要怎样?"瞽叟给她这一激,不觉怒从心起,暗想,且待他归来再说。哪知过不多时,舜就归来了,刚要进见父母,只见象站在门前,轻轻说道:"父亲现在睡觉呢。二哥,你且歇歇。"舜听了,信以为真,不敢进去,到厨下见过母亲,径来自己房里更衣濯足。忽见象手执一盘肉、一壶酒来,交给他道:"今朝母亲高兴,弄了些酒肉,我们都吃过了,这是留下来给你吃的,你且吃了。"舜听了,惊喜非常,这是从来所未有的恩遇,慌忙站起来,谢了,却还不就吃。象在旁催道:"二哥你吃呀,盘子、酒壶母亲还要等用呢。"舜于是就吃了,又要分些与舜兄和象,象忙阻住道:"大哥和我们都吃过了,你只管自己吃。"舜只好将酒肉都吃完了,象欣然而去。舜轻轻将盘壶送至厨下,正要洗涤,忽闻瞽叟谈话之声,知父亲醒了,急忙来见。瞽叟便问道:"你今朝归来,为什么这样迟?"舜道:"因为邻亩的人病了,叫儿略略帮一会忙。"瞽叟道:"你过来,将嘴对着我。"舜不解其故,忙将嘴送过去。瞽叟用鼻一嗅,果然酒气扑鼻,不禁大怒,便立刻骂道:"你这个畜生!你欺侮我眼瞎,竟敢如此蒙蔽我!你在外边干的好事!"骂着,就用手打过去。舜至此才知道上当了,然而瞽叟并未说明吃酒,舜亦无从申辩,只能跪下磕头讨饶,并且立誓改过。然而瞽叟怒不可遏,说道:"你眼睛里既然没有我这个父亲,我亦不愿意有你这个儿子,你给我滚吧!我不要你在这里。"说着,就用脚踢。舜听了,益发恐慌,连连叩首,请父亲息怒,情愿听凭父亲,不愿出去。瞽叟大声道:"你不去么?你不去,我让你。"说罢,立起身来,要往外走,又叫他继室夫人,"快些打叠行李,我们走,让他。"继室夫人便来扯舜道:"你赶快去吧,你不听父亲之命,倘将父亲气坏了,这个罪名,你能承当么?"舜至此,真是无可如何,不禁大哭,只得说道:"父亲息怒,儿遵命出去,但是今日已晚,请容儿明日搬出。"瞽叟将足一顿,说道:"不行不行!快滚快滚!"舜不得已,痛哭而出,回到房中,收拾行李,看见阿兄,如痴如梦,心想:平日全是我在这里照应的,我去之后,饮食寒暖,哪个来扶持呢。想到此际,真如万箭攒心,悲痛欲绝,要想迟延一息,等父亲怒气稍平,再图挽救。不料瞽叟在里面,还是拍案咆哮,屡屡问道:"他走不走呀?滚不滚呀?"舜料想无可挽回,只得胡乱取了几件衣服,打叠作一包,余多的统统都留与阿兄,再到堂上,拜辞父母,又别弟妹。瞽叟连连催促速走。后母和象目的达到,遂了心愿,理也不理。独有敤首,年纪虽小,对于舜非常亲爱,看见舜要去,竟哇的一声大哭起来。那后母慌忙抱开,舜亦痛哭而出。

第六十七回

秦不虚东不訾赠舜行　舜耕第二历山
舜交灵甫　舜二次被逐

且说舜一肩行李，痛哭出门，心中凄楚万状，暗想：如此黑夜，到哪里去呢？要想去找秦老，继而一想，自己不能孝顺父母，为父母所逐，尚有何面目见人？且在黑夜之中，敲门打户，亦觉不便。于是一路踌躇，信步向北行去，约有二里之遥，适有一个邮亭，暂且坐下歇足。但觉朔风怒号，万窍生响，身上不觉寒战起来，即将所携的衣服穿在身上，坐而假寐，然而何曾睡得熟，心上思潮起伏不休。直到鸡声遍野，月落参横，东方有点发白了，方才要起身前行，忽见后面似有人走动之声。舜暗想：此时竟已有行人，为什么这样早呢？姑且坐着等待。那人渐渐近了，看见了舜，好像有点害怕，倒退几步，大声叱问何人。舜答道："是我，我叫虞舜。足下是何人？"那人道："莫非是虞仲华先生么？"舜答道："贱字是叫仲华。请问足下，何以识我？"那人听了大喜，忙向舜拱手施礼道："久仰久仰。"那时天已黎明，渐渐可以辨色了，舜看那人年约二十左右，手提着行李，气概清秀，器宇不俗，急忙答礼，转问他姓名。那人道："贱姓灵，名甫，是冀州北部人，久在豫州游学。春间遇到一个朋友伯阳，说起足下大德，渴慕之至，专诚前来拜访。不料昨日刚到贵处，正想今晨造府，忽有家乡人传说，家母病重，因此心中着急，不及登堂，冒夜动身，凑巧在此遇着，真是大幸了。现在归心如箭,不能多谈,且待归家侍奉家母,病愈后再奉访吧。"说着,将手一拱,匆匆就要起身。舜听了这话,不觉泪落,心想:人家在远道的,都要赶回去服侍父母;我好好在家,却被逐出,不得服侍父母,真是惨酷极了!当下便说道:"某亦因事,要到北方去,且和足下同行一程,谈谈亦好。"灵甫听了,亦大喜,说道:"那么,好极了。"于是两人一同上路,一面走,一面谈。灵甫问舜道:"仲华兄到北方去何事?为什么这样早?"舜见问,不好回答,只说道:"一言难尽,且待将来再奉告吧。"灵甫听了,亦不再说。当下二人同行了一程,约有十里之远,只听见后面有人大叫:"仲华!仲华!"舜回头一看,只见有两个人,手中各提着一包物件,狂奔而来。舜驻足等他,到得相近,原来是秦不虚、东不訾两个。舜诧异道:"二位何以知道我走这条路?"东不訾道:"不必说,老师真是仙人了!老师临去时候,不是交付我和不虚各人一个密密固封的东西么?拆封的日期,就在昨日夜里。我到昨夜拆开一看,原来是一个书牍,上面写的是:仲华将于明日清晨出门,但是衣食不备,川资毫无,叫我们须尽量地帮助,并且须于巳刻以前送到某处去,不得有违等语。我看了,急急将家中所有的衣被资斧等收拾了一包,侵晨出门,正要去看不虚,哪知不虚亦正收拾了东西要来访我。原来老师吩咐我们两人的话是相同的,因此我们就向此处赶来,不想竟得相遇,可见老师真是前知之神仙了。"舜听了,非常感激垂爱的恩师,又感激仗义的良友,正要开言道谢,只见秦不虚问道:"仲华,你究竟为着何事,如此匆促地出门?"又指灵甫问道,"这位是何人?"舜道:"这位是灵甫先生,刚才相遇,才认识的。"说着,就将秦、东二人介绍于灵甫。灵甫听了大喜道:"原来就是秦、东二位,某在豫州时,曾听伯阳谈及,并且都有介绍信,叫某先来访了二位,再访仲华先生,不想一齐在此相遇,真是可幸之至。不过诸位在此,想来还有许多时候的聚谈,某因家母有病,恨不得插翅飞回,不能相陪恭聆高论,改日再见。"说着,将手一拱,提着行李,匆匆而去。众人知道不可相留,只得听其自去。这里东不訾便问舜道:"仲华,你究竟为着何事?"舜道:"惭愧,总是我不孝,当初从务成老师受业,没有禀明家父,家父如今知道了,怒我欺蒙,所以将我逐出,真是我的不孝之罪,无可逃遁了。"秦不虚道:"你今天出门的么?"舜道:"不是,是昨夜出门的。"东不訾道:"那么你住在何处?"舜道:"就是邮亭里。"秦不虚道:"我家甚近,何不到我家来?"舜道:"做了人子,以欺蒙父母获罪,尚有何面目见人?二位如此,我感激极了。"东不訾道:"仲华,你此刻想到何处去?"舜道:"并无成见。刚才遇见那个灵甫,是伯阳的朋友,似乎人尚可交。他家在北方,我想跟到北方去走走,但亦并无一定的。"秦不虚道:"你午餐过么?"舜道:"我昨晚至今,并未吃过,其实亦吃不下。"秦不虚道:"不可,不可。"说着,慌忙从衣包中取出干粮来,递与舜道:"赶快吃点,倘饿坏了身体,不孝之罪更大了。"舜答应,就接来吃。东不訾道:"师傅从前说你坎坷未满,外边去吃点辛苦,亦是应该的。男儿志在四方,怕什么!不过你此去,如有立足之地,务必托便人给我们一信,至多一年,必要归来省亲,兼免我们盼望。区区盘缠衣服,是我与不虚的赆物,请你收了。空手出行,如何使得呢?"舜接过来,谢了,又向秦不虚道:"不孝负罪远窜,不能侍亲,罪通于天。家父目疾,家母女流,家兄病废,弟妹幼稚,务乞你转恳老伯大人,随时照顾,感戴不尽。"说着,拜了下去,泪下如雨。不虚慌忙还礼道:"知道,知道,家父力之所及,一定帮忙,请你不必记念。"东不訾道:"送君千里,终须一别。时候久了,我们亦要转去。后会有期,前途保重,你去罢。"说着,与舜作别。舜负了秦、东二人所赠的两包物件,转身向北而去。

这里秦、东二人,眼睁睁看他不见了,方才转身。秦不虚道:"仲华的遭际,太不幸了,竟弄到如此!"东不訾道:"你记得古书上有两句么?'天降大任于是人也,必先苦其心志,劳其筋骨,饿其体肤,空乏其身,行拂乱其所为,所以动心忍性,增益其所不能。'我看仲华这种遭际,正是天要降大任于他呢!此番出去,增广阅历,扩充见闻,多结交几个贤豪英俊,亦未始非福,你看如何?"秦不虚亦点首称是。

　　不提二人闲谈归家,且说舜起身之后,一路感激恩师良友,又记念父母兄弟,心绪辘轳,略无停止。看看天晚,就在一家农户中寄宿,打开秦、东二人所赠的衣包一看,只见衣被之外,还有川资,很是富足,足够三四个月的维持,因此又踌躇道:"究竟到哪里去呢?"忽而一想道:"是了,我听说当初黄帝诛蚩尤于涿鹿,那边形势一定很好,何妨到那里去游历游历,寻点事业做做呢。"主意决定,人亦倦极,倒头便睡。次日起来,谢了主人,立即上道。行了几日,过了太岳山,早到昭余祁大泽。古书上所载'女娲氏诛共工于冀州',想来就在此地。渡过了大泽,忽见一片平原之上,有无数人在那里经营版筑之事。仔细打听,原来近日孟门山上的洪水,冲泻越急。平阳帝都已有不能居住之势,而吕梁山上(现在山西汾阳市西北)又有洪水冒下来,平阳北面所预备的那个都城,亦恐不免于水患,所以又在此地兴筑了。(现在山西清徐县东南四十里,有陶唐城。旧经云:陶唐氏自涿鹿徙居此。但考之历史,帝尧并无自涿鹿徙居太原之说,则"涿鹿"二字当是平阳二字之讹也。)舜听了,不免增一番感叹,正是忧家忧国,惆怅不胜。

　　自此一路无话,过了恒山,径到涿鹿,瞻仰黄帝的祠宇。当时诛戮蚩尤的遗迹,据故老传说还存在的不少。舜各处游历了一会,再望北方而行。这时已是四月天气,麦浪摇风,荷池抽水,处处都有人在那里播种。舜想：我尽管如此漫游，殊不是好事，好歹总须做些事业。于是买了锄犁刀斧之类，到了一座深山之中，辟草莱，开荆棘，诛茅筑舍，独自一人住下，操他的耕作旧业。（现在北京市延庆区西北三十里有历山，形如履釜，相传为舜耕处。）这个地方，很为荒僻，邻舍绝少，所有的无非是巉岩、崒石、麋鹿、犬豕之类。舜一人在此，独力经营，很为寂寞，然而舜绝无恐怖，工作之外，心里总无时不记念他的父母兄弟，如此而已。

一日，耕种之余，将他收获的农产拿到山下村里去，换两只母鸡来养养。刚要转身，忽听得背后有人叫道："仲华兄，久违久违。"舜一看，原来就是灵甫，满身素服，慌忙问他道："足下何以在此？尊慈大人已去世么？"灵甫听了，流泪道："不幸弟到家一月之后就去世了。终天之恨，不堪设想。仲华兄，你几时到此？此刻住在何处？作何事业？"舜道："我到此已半年了，现在就住在后面的山里耕种，不嫌简亵，到弟舍中坐坐如何？"灵甫欣然答应，就同舜一齐前行，逾过数岭，方到茅舍。只见那茅舍的结构，陋劣不堪，荜门圭窦也还要比它讲究些。屋内地上，亦无茵席，就是茅草而已。贝壳土缶，便是他的器具。仔细一看，何尝像个人，竟和那深山中的原始野人差不多，禁不住问道："仲华兄，你何以要到这个地方来，过这种奇苦的生涯？我听见伯阳说，你家境还不至于苦到这样呢。"舜听了，不禁叹一口气，便将自己如何不孝，欺瞒父母，以致被逐的缘由，大约说了一遍。接着就说道："如某这样罪孽深重之人，只合窜居荒山，受这种苦处，以自惩罚，还有面目见人么？还有心情享乐么？"灵甫听了这话，知道舜是过则归己之意，也不和他多辩，只能以大义责他道："仲华兄，你深自刻责，固然不错，但是父母遗体，亦不宜如此作践。圣明时代，在此深山之中，虽无盗贼，但是虎狼猛兽总是有的。你孤身在此，万一有个不测，那么不孝之罪岂不更重么？我劝你还是归去，或亲自向堂上乞怜，或托父老转圜。父子天性至亲，岂有不能相容之理？当时虽则盛怒，过后早消。仲华你以为何如？"舜听了，非常感动，说道："是极，是极。金玉良言，非常感佩。某就此归去吧。"灵甫道："你田事如何？"舜道："差不多都可以收获，收获之后，就可以动身。"灵甫听了，就立起身来说道："今朝出门过久，深恐家中人悬念，改日再来奉访。"舜才问道："尊府在何处？"灵甫道："就在那边山下西村。弟归来之后，始则侍疾，继则居丧，多月未曾出门。不然，我两人恐怕早已遇到了。"说罢，与舜作别，下山而去。

过了两日，灵甫又来访舜，说道："我已替你计划过了，你所已收获或未收获的农产，都可以粜与此间的人，交易些轻便的物件，带回去，亦可以供养父母，你看何如？"舜道："我正如此想，但恐急切没有受主，携带既不便，弃之又可惜，正在此踌躇。"灵甫道："我此间熟人甚多。你的农产，价值多少，你自己估计，我可以代你设法分销。"舜道："不拘多少，只是销去就是。一切费神，都托了你。"灵甫答应而去。到了次日，果然同了人来，商量估定，并交易的东西亦说定了。灵甫道："仲华兄，你各事已毕，今晚可以不必再住在这深山之中，请到舍下屈住几日，我们可以谈谈，再定归期，如何？"舜见他如此义气，也不推辞，就答应了。当下将些衣服物件，叠作一包，背在肩上，就和灵甫下山，到得村中，又走了许多路，才到灵甫家门。坐定之后，灵甫先说道："仲华兄，我与你春初相遇，直到此刻，才可以倾心畅谈。人事的变迁，亦可谓极了。"舜答应道是，便问灵甫："从前在豫州做什么？如何与伯阳相识？"灵甫道："我听说豫州多隐士，又多贤士，心想结识几个，因此到豫州去，并无别事。伯阳兄是在逆旅中遇着倾谈，彼此投契，遂订为朋友。他又提起仲华兄及秦、东二人，还有一位姓雒的，都是盛德君子,所以特地到贵处奉谒。不想因母病,几乎失之交臂,可见人生遇合,是有前定的。"舜谦让几句,就问道:"豫州多贤士,究竟是哪几个?"灵甫道:"最著名的,就是八元、八恺,其余尚多。"舜道:"怎样叫八元、八恺?"灵甫道:"八元,是先帝高辛氏的帝子,伯奋、仲堪、叔献、季仲、伯虎、仲熊、叔豹、季狸八个。他们个个生得忠肃恭懿,宣慈惠和,所以天下之民,给他们合上一个徽号,叫作'八元'。八恺,是颛顼帝高阳氏的世子,苍舒、隤敱、梼戭、大临、庞降、庭坚、仲容、叔达八个。他们个个生得齐圣广渊,明允笃诚,所以天下之民,亦给他们合上一个徽号,叫作'八恺'。这十六个人,真可谓天下之士了。"舜道:"足下都见过么?"灵甫道:"某只见过庞降、季仲两个。伯阳也只见过叔豹、庞降、梼戭三个。其余散在各处,都没有见过。"舜听了,记在心里。当下又谈了些学问之事,舜觉其人可交,遂与之结为朋友,住在他家里两日。灵甫将舜的农产物统统替他脱售了,又替他换了些得用之品,自己又拿出些物件来送行。舜辞之不能,亦即收下,辞别动身。

　　舜因记念父母之故,归心如箭,一路绝不停留,看看已到乡村了,不觉心中又不安起来。暗想:此番归家,如父母再不容留,将如之何?一心踌躇,两脚不免趑趄,恰好秦老迎面而来,舜慌忙将担放下,上前施礼。秦老看见大喜,即说道:"仲华,你回来了么?我很记念你,你好么?"舜道:"多谢长者,托福平安。家父家母安好么?"秦老道:"都好都好,只有你令兄故世了。"舜一听,仿佛一个晴天霹雳,呆了一歇,不禁一阵心酸,泪珠夺眶而出,忙问道:"何时去世的?何病去世的?"秦老忙安慰他道:"是老夫嘴太快了,你不要悲伤。但是,我即使不告诉你,你少刻到了家,亦是要知道的。你兄本来有病,饥饱冷暖,都不能自知。你去了无人照料,自然更不可问了。有一天,我在家里,听说令兄病故,我慌忙去慰唁你尊大人,兼问问情形。哪知竟不明白是什么病,既无人知道,亦无从查究,连死的时候都不明白呢!真是可怜呀!仲华,事已如此,我看你亦不必过于悲伤,还是赶快去见你堂上吧。"舜听了,心里非常悲伤,勉强拭了泪,问秦老道:"近来家父家母,对于小侄的怒气,不知如何?老伯可知道?"秦老道:"你出门之后,我就代你去疏通,然而尊大人口气中,深怪老夫当时不应该和你串通,共同欺骗他。老夫亦不分辩,将所有你的过失,统统由老夫一人承认,说你是受了老夫之愚,不是你之过,那样,尊大人的气亦渐渐平下去了。前几天老夫去望望,尊大人还提你,一去半年多,不知在何处,似乎有记念之意。你赶快回去吧,这次想可无事了。"舜听了,忙道了感谢,与秦老作别,挑上行李,急急向家门而来。只见象和敤首,正在门首游玩,舜便叫声"三弟,妹妹,一向好么?父亲母亲都好么?"象见了舜,虽则是平日所媒孽的人,然而究竟是骨肉兄弟,半年不见,亦不觉天良萌动,不禁亦叫道:"二哥,你回来了么?"舜应了一声:"回来了。"却不免泪流两行。敤首究竟年小,且是女子,长久不见,有点生疏,反腼腆起来。于是一同进去,舜拜见了父母,自己先引罪乞怜。后母一声不语。瞽叟道:"我当日并非无父子之情,一定要赶你出去,不过你欺蒙父母,实在太不孝了,所以不能不给你一个惩创。现在你既知改悔,姑且暂时容留你在家。以后倘再有不孝之事,你可休想再饶你,你可知道么?"舜连声答应,叩首谢恩。瞽叟道:"你半年多在哪里?一个信都没有,我还当你是死掉了。"舜尚未回答,他后母在旁,冷笑一声,轻轻说道:"他哪里会死,恐怕正在别处享福,你真做梦呢!"当下舜便将在北方耕田之事,说了一遍,因人生路远,没有熟人,所以无人寄信。瞽叟道:"你阿兄死了,你知道么?"舜答应道:"儿已知道。"瞽叟道:"你怎样会知道?莫非已经到了几日么?"舜道:"儿今朝才到家乡,路上遇着秦老伯,是他说起,所以知道的。"那后母听了,又哼一声道:"原来又是这个老头作怪,两个人狼狈为奸。"说着,又接连哼了两声。瞽叟道:"秦老伯告诉你阿兄为什么病死的没有?"舜道:"没有说起。"瞽叟无言。这时已近黄昏,舜连忙到厨下,劈柴,淅米,作炊。晚膳时,舜又从衣包中取出两包鹿脯并果品等,献与父母;又取出几包饼饵来,送与弟妹;又将这次在北方务农所得的货物,除留出一份归还秦、东二家外,其余悉数供诸父母。瞽叟夫妇至此,方有笑容,许他同席膳食,这是从来不常有的异数。餐毕之后,一切收拾完毕,侍立父母之旁,将这次游历所经的风景名胜,一一说与父母消闷。过了一会,瞽叟道:"汝风尘劳苦,早点去睡吧。"舜答应了,待父母弟妹都睡了,方才退出,回到自己从前所卧的卧室,不觉悲恸欲绝。原来舜从前在家时,本来是兄弟同榻的。如今兄长已没有了,那间屋里堆着许多废物硬器,而且尘封埃积,鼠矢蛛丝,触处皆是,好像有许久没有人到的模样。舜一手持炬,一手件件理开,偶然发现兄之遗屦一双,人亡物在,正是凄凉绝了,良久不能动弹,又不敢放声大哭。过了许时,草草地铺上草席,胡乱睡下,然而何曾睡得熟!泪珠儿直弹到天明。次日起身,凑个空闲,问象道:"大哥葬在何处?"象告诉了。一日,因事出门,便到坟上去痛哭了一场,悲不自胜,然而死者不可复生,亦只得罢休。

自此之后,舜在家庭又过了多月,尚称安顺。哪知有一日又发生变故了。原来舜的后母,起初看见舜有货财拿回来,很为满意;后来想想,恐怕天下没有这样好的好人,他所拿出来的不过是一部分,必定还有大宗款项藏匿,或者就寄顿在秦老家亦未可知;因此一想,对于舜又挑剔起来了。一日,与象谈及,象道:"是的,二哥回来的第三日,我的确看见,他有一大包物件拿出去。"那后母道:"原来如此,果不出我所料。"于是就将这情形告诉瞽叟,又加了些材料在里面,象就做个证人。瞽叟听了,又勃然大怒,便骂道:"这畜生又来欺骗我,还当了得!"立刻叫了舜来,诘问道:"你那日拿出去一大包,是什么东西?"舜觉得情形不对,就说道:"是还秦世兄和一个姓东的朋友的物件。当日儿出门时,衣服川资都是他们所借。这次归来,所以就去归还。儿记得那天禀明父亲过的。"瞽叟道:"确系都是归还他们的物件么?"舜道:"的确都是的。父亲不信,可问秦老伯。"瞽叟未及开言,那后母已接着说道:"问秦老伯?秦老伯和你一鼻孔出气,问他做什么?"瞽叟听了,就一定不答应,硬说舜是假话,一定还有私财寄顿在别处,定要叫舜去拿回来。那后母道:"即使去串通了拿些回来,亦是假的。一个人存心欺骗瞎子,何事不可做呢?"瞽叟被这句话一激,格外生气,说道:"你这畜生,还是给我滚吧!在家里给我如此生气,我一定不要你在此了。你有资财,亦不必在此,请到外边去享福。"舜连忙跪求,他的父母决不答应,且又屡次催促。舜不得已,只得再收拾行李,拜辞父母,含泪出门。

第六十八回

舜订交方回　治目疾之法
舜师尹寿　舜师蒲衣子

且说舜这次出门,却在日间,尚可到朋友家中走走。那时东不訾亦到别处去了,单有秦不虚在家,于是就到秦老家中。秦老知道了这种情形,就说道:"仲华,我想做儿子的,固然应该伺候父母,但是与其在家中伺候父母倒反常常淘气,还不如到外边去寻些事业做做,将资财寄回来养父母,亦是一样的,你看如何?"舜答应道是。秦不虚道:"我看老伯气性如此之急,总是双目失明之故。假使吾兄出去,各处探听,能寻得一种明目之药,使老伯双目复明,能见一切,那么肝火决不致如此大旺,吾兄家庭亦决不致如此了,你看如何?"舜听了,极以为然,亦答应道:"是是。"秦老道:"当初圣天子那里,据说有一个鸿医,名叫巫咸,有起死回生之术,无论什么病都能治。现在他不知道在不在都城里,你何妨去探听探听呢。"舜听了,连声道:"老伯之言极是,小侄就去探听。"当下秦老又借给舜许多盘缠,舜辞了秦老父子,径向平阳而来。

舜先到南郊,看见那一对麒麟,觉得胸中的愿望颇慰。进了都城,只见那街衢之宽广整洁,闾阎之繁盛稠密,车行的人,步行的人,荷担的人,徒手的人,熙熙攘攘,来往不绝,和偏僻村邑比较起来,真是有天渊之不同了。舜各处游览了一会,不觉叹道:"古书上说:'王者之民,皞皞如也。'看了现在这种情形,可以算得'皞皞'了。"正想再去看看帝尧的宫殿,忽觉脚力有点不济,忙来间左,寻一个休息之地。陡然迎面来了一个人,是个官吏打扮,神气潇洒,器宇不俗,向着舜周身上下看了一会,便问道:"足下何人?来此何事?"舜慌忙将行李放下,对他施礼,将姓名籍贯及疲乏求休息的原因说明。那人哈哈大笑道:"原来就是仲华先生,久仰久仰。既然乏了,就请到敝处坐坐吧。"说着,用手向左一指。舜一看,是一间房屋,虽不甚大,却很精雅。当下就拿了行李,跟了那人进去,重新行礼,请教那人姓名。那人笑道:"在下姓方,名回,家在五柞山,无端遇着了一个天子的近臣,名叫篯铿的,和我要好,几次三番地来访我,硬要我出来做官。我不耐辛苦,固辞不就。后来圣天子又听他的话,聘我在这里做个闾士。我因为这个官位卑事简,比如住在家里,所以就受了,这就是在下的历史。多年以来,阅人不少。前年见着一位东不訾,是贵同乡,谈起仲华先生是千古未有之圣贤,我因此倾慕久矣,不想今日忽然光降,真是可幸之至。敢问仲华先生到此地来,有何贵干?我力所及,无不效劳。"舜听了,急忙道谢,并将父亲病瘖、要来求巫咸医治的意思,说了一遍。方回道:"巫咸么?的确是个好医生,不过此刻,许久不见了,不知在何处。他从前总在此地北面一座山顶上修真,山顶就叫作巫咸顶。后来又跑到南面去了,听说那边的山亦就因他著名,叫作巫咸山、巫咸谷(现在山西夏县东)。不知此刻究在何处,我给你去探听吧。"舜又称谢,于是又谈了一会,颇觉投契。方回忽然向舜道:"仲华,你且少待,我出去就来。"舜唯唯答应。方回去不多时,即便转来,手中拿了许多食物,说道:"仲华,时候已晌午,想你饿了。我独自一个,无人炊爨,只好取诸市中,你不要嫌简慢,随便吃点吧。"舜一面称谢,一面问他道:"宝眷都不在此地么?"方回笑道:"我是一个世外之人,以天地为庐,以日月为灯,无家无室,几十年了,颇觉逍遥自在,省了多少妻孥之累,更有什么眷不眷呢?"舜道:"那么,每餐膳食都向市中购取么?"方回又笑道:"不瞒仲华说,我已有三十多年不吃谷食了。"舜诧异道:"那么吃什么呢?"方回急忙从厨中取出一大包丸药来,给舜看道:"我就吃这个,以此奉陪吧。"说着,撮取一大把往口中便送,又用半盏热水送下。舜道:"此药叫什么名字?"方回道:"是云母粉。"舜道:"云母是矿物,可以常吃么?"方回道:"可以久服,久服之后,能腾山越海,神仙长生。"舜听了,殊为希罕,但是亦不去穷究他炼服的方法。过了一会,两人都吃完了,方回拉了舜的手,说道:"我们去访巫咸吧,行李且安放在此,不妨。"于是二人出了门,将门带上,穿过衢路,又曲折走过几条小巷,到了一家门首止步。方回用手叩门,里面问是何人,方回道:"咸老先生在家么?"那时门已开了,一个异服大袖的人出来说道:"敝老师不在家,到南方去了。二位有何见教?且进来坐坐。"方回偕舜进内,彼此通了姓名,才知道他名叫巫社,是巫咸的弟子。当下方回就将要请巫咸医治目疾的意思说了。巫社道:"敝老师到南边海上去,已有好多年,此地一切病人诊治,都是由小巫和许多同学在这里代理,尊驾如要治病,小巫可以效劳。"方回沉吟了一会,说道:"既然如此,就请费心。不过病人却不在此,只要请赐一个方药,带回去医治。"巫社道:"病人不在此不要紧,只须将病人的姓名、年岁、住址、病情说了,小巫就有方法。"舜即一一说了。巫社道:"二位且少坐,待小巫作法。"说罢,将大袖揎起,头发抖散,到密室中去了。过了一会,出来说道:"刚才小巫已问过神明,大约这个病人,命中应该有二十多年的磨难。这目疾,一时无论如何是医治不好的。即使得到了灵药,还是有人从中作梗,使他不能如法施治。直要等到十三年之后,自有贵人来给他医愈,复见天日。此刻但请他宽心忍耐,不要性急。"方回听了,有点不信，就拿些物件来交给他，作为酬劳，并说道："多谢多谢，费心费心。"那巫社亦称谢了，送到门口，关门自去。这里方回和舜回到间中，方回说道："仲华，我看这个巫社靠不住，恐是本领不济，有意推托。你还是寻巫咸为是。他那个手段，高明多了。"舜应道："是，是，不过巫咸究竟在南方何处，能否寻到，是一个问题。假使访不到，将奈之何？这一次岂不是枉跑么？"方回道："能不能访到，是别一个问题。我们总应该尽人事以听天命。"舜连声应道："是，是。"方回道："仲华远来，居停在哪里？"舜道："此间人地生疏，尚无居停之处。"方回道："那么，何妨就住在我处。"舜大喜称谢。

这日晚间，二人促膝细谈，又渐渐说到瞽叟的目疾。方回道："我从前也曾涉猎过方书，觉得治目疾的方法多着呢，不知道哪几种是已经试过的。"舜道："草根树皮、羊眼、石决明之类，大概多试过了，总是无效。"方回道："空青、珍珠之类呢？"舜道："这二种却没有试过。"方回道："这二种治目疾，是极有功效的。空青在梁州山谷中，大约产铜的地方都有，据说是铜的精华熏蒸而成，其腹中空虚，剖开来有浆水的最佳，但是极难得。大者如鸡子，小者如相思子，其青厚如荔枝核，其浆水酸甜。冀州北部和雍州西部亦有之，听说江南黟山一带很多，治目疾是最要之药。大概目疾都由肝胆二经而起，故卞急躁怒。空青色青而主肝，其浆有益于胆，肝胆两经得治，那么目疾自然痊愈了。珍珠出于淮水之滨，亦叫作蠙珠，江南沿海出产亦多。拿了来捣成细末，约一两之数，再用白蜜二合，鲤鱼胆二枚，和合在铜器之中，煎到一半，用新的丝绵滤过，拿来频频点在目中，无论久远新旧青盲失明之类都能医得好。还有一种兰草，出在闽海之中，叫作幽兰（现在叫建兰），其花五色俱备，色墨者叫墨兰，将它晒干了，可治瞽目，能生瞳神，治青盲尤有效验,但是不容易得到。这三项疗治之法,都是我所知道的。你这番南行,寻得到巫咸最好,否则这三项药之中能寻到一二种,先来治治,亦是一法,你看何如?"舜听了感佩之至,连声答应,谨记在心。次日辞别方回,就要动身。方回取出无数川资来赠行,舜固辞不受。方回正色道:"我这个不是非义之财。你不受,是不以我为朋友了。"舜忙道:"岂敢岂敢,你自己亦要使用呢。"方回道:"我独自一人,用度极省。你远下江南,旷日持久,川资自以多带为是。朋友有通财之义,你客气做什么?"舜听了,只得收受。别了方回,又购了些帝都所产的衣裘甘旨等,都是乡间所没有的,急急转回家乡,却不敢去见父母,私下来访秦老。衣裘、甘旨等,就托秦老转致,并将这次下江南访巫咸、求医药的意思,亦请秦老转陈。此行归期,迟速难卜,并请秦老不时去安慰父母,不要悬念。秦老一一答应,舜即匆匆就道。

且说舜到了王屋山,时适夏令,赤日当空,不免有点炎热,远望有人家,就想过去借坐乞浆。只见朝南三间草屋,屋中一个老者,正在午睡,两旁书册满架。舜料想是个隐君子,不敢惊动,只在门前大树下稍憩,但见前路辙迹甚深,暗想:这位隐君子虽在山林,却与显宦大官相往来,亦未免可怪了。正思想间,忽见屋后走出一条狗来,看见了生客,纵声狂吠。那老者被惊醒了,翻身起来,走到门口,问道:"何人在此?"舜未及回答,那老者已看见了舜,便拱手道:"原来是虞仲华,好极好极,请到草堂之中来坐吧。"舜听了,大为诧异,暗想:这老者何以认识我呢? 一面想,一面急忙答礼道:"小子何人,何承青睐,敢不从命,登堂领教,但不识长者何以认识小子,长者高姓大名还未曾请教。"一面说,一面已到堂上。那老者先请舜坐下,然后说道:"老夫姓尹,名寿。贵老师务成先生前日来此,谈起足下将有江南之行,不久就要经过此地,所以老夫镇日在此留心。足下仪表,与人不同,所以一望而知了。"舜听见务成老师前日来过,就慌忙问道:"务成老师此刻在何处?"尹寿道:"他的行踪是飘忽不定的。此刻在何处却不知道。"舜道:"务成老师对于小子恩深义重,一别多年,小子实在渴想极了。长者如果知道他的行踪,务请指示。"尹寿笑道:"足下从贵老师受业,共有几年?"舜道:"约有五年。"尹寿道:"足下可知道贵老师是何等人?"舜道:"说起来惭愧之至。小子受业的时候,年龄尚小,但知道老师姓务成,他的大名,还是后来老师去了才知道的。至于老师的历史,更不知了。"尹寿道:"他是一个游戏世界的活神仙,换一个朝代,他就换一副面貌,换一个姓名。从前,当今天子还未曾即位之前,指挥司衡羿打九婴、平风后,杀封豨、巴蛇的,就是他呀!他对于足下,连姓名都没有改过呢。"舜听了,方才恍然。但是又想,果然如此,老师自此以后,决不肯再见我,我亦从此不能再见老师了。想到此处,不胜惆怅。尹寿忽问道:"仲华此刻到南方去采药,贵老师说是极好的。大约十年之后,天下苍生都要瞩望于仲华呢。"舜听了,莫解所谓,就问道:"老师说小子这番南行,一定遇得着良医,求得着良药么?"尹寿道:"那亦说不定,不过尽人事而已。"舜听这话口气不对,不觉失望,但又不好多问,只得另外问问谈谈,觉得这尹寿的学问道德,不在务成老师之下,暗想:他既然是务成老师之友,当然可以为我之师,何妨拜他为师呢。想罢,离席请修弟子之礼,尹寿亦不推辞。于是舜就拜尹寿为师,住在尹寿家中,谈了几日,受益不浅。一日,舜告辞南行,尹寿道:"不错,汝确系可以去了,将来再见吧。"舜唯唯而行。

舜过了王屋山,径向东南而行,逾过了洛水,到了有熊之地。这个地方,是黄帝最初建国之地,留存的古迹不少。从前黄帝的宫殿,现在已改为黄帝的祠庙。庙外一片广场,两旁古木森森,多是几百年前的旧物。庙前有许多碑碣,上面多凿着文字,记述黄帝的功绩,又有许多石桌石座,以供游人憩息。舜刚刚经过此地,只见有几十个儿童在那里游戏,有的爬树,有的掷石,有些翻筋斗,有的打虎跳,喧嚣杂乱之至。细看过去,年纪都不过七八岁到十几岁的样子,内中独有一个孩子,立在大树下,旁观不语,立的姿势很端正,神气亦很静穆,状貌亦颇歧嶷。舜看了暗暗称奇,但亦不去理会他,跑到各种碑碣之下,细细读了一遍,又信步踱进庙中,各处瞻仰了一会,走进庙门,觉得有点乏,就在石座上休息休息。这时儿童愈聚愈多,喧嚣杂乱亦愈厉害了。舜看刚才独立的那个孩子,虽则换了一个地方,但是仍旧端正独立,绝不参加。舜因之更为纳罕,要研究他一个究竟,当下就不绝地对他注意。

忽听见群儿大噪道:"球来了!球来了!我们踢球,我们踢球。"说罢,一轰向前而去。过了一会,只见有四五个孩子,手中各捧着一个球,有大有小,齐向那独立孩子所立的地方狂奔而来,后面无数儿童跟着,仿佛要抢夺他们的球似的。那些捧球的孩子,一面跑,一面叫道:"布衣,布衣,他们不守规则,又要来抢了。"只听见那独立的孩子开口说道:"诸位兄弟呀,小弟屡次劝过,请诸位不要争夺,何以又要争夺呢?还是依小弟的愚见,分班为是。"无数儿童跟在后面的,听了,就一齐说道:"是,是,是,我们分班。我们分班。"于是大家就分起班来,几个一班,几个一组,几排在东,几排在西,悉听那独立孩子的指挥。分好之后,大家将球放在地上,用脚去踢,这边踢到那边,那边又踢到这边。踢过去的时候,那边许多儿童一齐出而拦阻,硬要将球踢过来;踢过来的时候,这边许多儿童亦一齐出而拦阻,硬要将球踢过去;仿佛两边都划有一定界线,不能逾越,以此分胜负似的。踢到后来,不知怎样,两方面又发生争执了,大家又一齐向那独立的小孩叫道:"布衣,布衣,你看

— 603 —

这次是哪个错?"那独立的小孩判断道:"依小弟的愚见,这次是东组错。因为照蹴鞠的规则,只能用脚,不能用手的,现在东组的人连用两次手,东组错了。"东组的许多儿童,听了这个判断,都默默无语。舜见了这种情形,对于那独立的小孩尤其纳罕。过了好久,众儿童都倦了,暂时停止踢球。舜凑空便走到那独立的小孩面前,向他拱手道:"足下辛苦了,请教大名?"那小孩将舜上下一看,亦拱手答礼道:"不敢不敢,小弟名叫蒲衣,是菖蒲的蒲,衣服的衣。他们叫别了,叫我布衣,或叫我被衣,都是错的。"舜又问道:"今年贵庚?"蒲衣道:"八岁。"舜道:"这个踢球之戏,是足下创出来教他们的么?"蒲衣道:"不是,不是。这种游戏,名叫蹴鞠,是黄帝轩辕氏创造的。当初黄帝整饬军备,兵士在营中无事之时,就教他们做这个玩意儿,既可以娱乐消遣,亦可借此以练习精力,不致懈弛。后来此戏,遂流行于民间。此地是黄帝开国之地,所以流行得最广,他处想来尚无所见,所以老兄不知道。"舜道:"是呀,某未曾见过。这种球是皮做的么?里面装的是什么?"蒲衣道:"里面是毛发棉絮之类。"舜道:"诸位都在那里嬉戏作乐,足下何以独独袖手,不去参加呢?"蒲衣道:"小弟性喜清静,所以不参加。"舜道:"某有一个愚见,愿贡献于足下。某听见古人说,'流水不腐,户枢不蠹',是动的明效。况且就生理上说,儿童身体正在发育之时,尤其应该运动活泼,庶几筋骨得以锻炼,身体得以强壮,所以儿童的心性,没有不好动恶静的。现在足下正在髫龀之年,偏偏好静恶动,虽说厚重凝固亦是一种美德,但是于身体的发育及强健上,恐怕发生影响。所以不揣冒昧,奉劝足下,还是去参加运动为是,不知尊意以为何如?"蒲衣听了,又拱手致敬道:"承老兄关爱指教,极感盛情。不过,这一层,小弟亦曾细细考虑过,运动能够锻炼精力,强壮身体,这句话固然是不错的。但是,为什么缘故要锻炼精力、强壮身体呢？依小弟的愚见，想起来不外乎两种：一种是为习武起见；精力强壮，有力如虎，那么和他国战争的时候，比较的不会失败。一种是为健康起见；体格强壮，能耐劳苦，则可以任烦剧之事，肩重大之任，而年寿因之可以久长。照第一种说来，那么各种剧烈运动，如竞走、赛跑、跳高、跳远之类，都是应该练习的，不仅是蹴鞠一种。但是圣人之教，尚德不尚力。这种剧烈运动，未免近于尚力，容易趋到好勇的一途。况且儿童本有好动好胜的心理，孜孜不倦、无时无刻不去弄这种运动，往往有伤身体。而且运动过久了，心放气浮，叫他去体认道德，修习学业，就颇为难了。圣人的教人，是天然的运动，以礼为主。礼之用，以敬为本，所以能够固人肌肤之会、筋骸之束。平日对于父母的服劳，对于家庭的洒扫操作，对于宾客的应对进退、揖让拜跪，都是运动的一种。而且足的容宜重，手的容宜恭，目的容宜端，口的容宜止，声的容宜静，头的容宜直，气的容宜肃，立的容宜德，不偏不倚，无懈无惰，这种都是无形的锻炼，无形的运动。从小到大，他的身体没有不强壮、精力没有不坚固、年命亦没有不长久、学问亦没有不精进的。因为一日到晚，四肢百体，没有一刻不受心的监督，没有一刻使它放松，比那剧烈运动，仅仅在一时的，差得远了。所以技击拳勇家，分内功、外功两种，内功主静坐炼气，而效力比外功为大，就是这个道理。迂谬之见，未知老兄以为何如？还请赐教。"舜听了，暗想他八岁的小孩，有如此之见解，不胜佩服。后来又和他谈谈各种学问，哪知他亦无不道晓，舜倾倒之至，当下就愿以师礼事之。蒲衣虽谦逊万不敢当，但是舜对于他执弟子之礼甚恭。时已不早，问明了蒲衣住址，紧记在心，拟从南方归来，再登堂受业。

第六十九回

舜耕第三历山　　象耕鸟耘

舜耕第四历山第五历山　　雉陶伯阳万里访舜

舜耕第六历山

　　且说舜师事蒲衣之后,因求医心切,即匆匆上道,来到淮水,访求蠙珠。土人道:"近几十年以来,淮水中出了妖怪,不时兴波作浪,漂没民居,人民都远避不及,哪里敢再去求珠呢!"舜听了,只索罢休。沿路又访问巫咸消息,有人说,大约在长江口海中一个什么岛上。舜听了,就向长江口而来。但见烟波渺渺,洲渚森森,无数裸体文身之人,驾着独木舟,出没于洪涛雪浪之中。舜上前仔细探听,果然有人知道,巫咸就住在前面海岛上。舜大喜,雇了一只帆船,直向那海岛而来。到了岛边停泊,舟人说道:"这就是了。"(现在江苏常熟市西有虞山,为巫咸之所出。)舜上岸访问,哪知土人道:"咸老师已回北方,刚才前月去的。"舜听了,大失所望,独自踌躇了一会,也无心观玩风景,随即回船。舟人道:"回去么?"舜答应道是。哪知船刚开出港口,忽而飓风大作,把这船吹向海洋而去。顷刻之间,帆飞樯折,船上之人,无不狂呼救命,高叫苍天。舜在此时,虽则绝无恐怖,然而念及父母弟妹,亦不禁凄然。过了一会,又是一个巨浪打来,船身四分五裂,众人齐落水中,各各不能相顾。幸喜舜身旁浮着一根大木,舜赶快抱着,听它载沉载浮,但觉耳畔呼呼风响,大浪一个一个,从身上打过，约有半日光景。舜自分必死，闭目听之。忽然又是一个大浪，将舜和木头高举空中，陡然落下。舜觉得不像水中了，开眼一看，原来已在沙滩之上，不禁自相庆幸。但这时已在夜间，四顾昏黑，辨不出是岛是陆，深恐大浪再来，只能抖起精神，努力向岸上行去。过了一会，离海觉已远了，就在一块石上坐下，觉得浑身衣服尽行湿透，而且气力全无，疲惫不堪，腹中所饮咸卤，亦呕出许多。幸喜天气和暖，尚不致于号寒，然而无情的风还阵阵吹来，只得忍耐。又过了一会，天渐明了，舜早将衣服的水统统绞干，穿在身上，但是腹中奇饿，暗想：漂泊在此，究竟不知是何地方；同船之人，此刻不知生死如何；我虽侥幸不死，然而身畔一无所有，吉凶正是难卜，姑且向里面探听见看。

想罢起身，迤逦而行，约二三里远，觉得前面树林中，似有鸡犬之声，急急向前，果见有一个村舍。村人看见了舜，亦都觉诧异，霎时男女大小，纷纷环集，争相问讯，都是裸体文身的。舜将昨日舟行遇险的情形说了一遍。村人虽是蛮荒，却很和善，听了都说道："那么客人饥了，我们请你吃吧。"说着，就有人邀舜到一间茅屋里坐，搬出食品来请舜吃。舜极道感谢，就吃了许多。那时屋内外环而观的人，仍旧不少。有人说道："客人，你的衣服湿极了，何不脱下呢？"舜道："我因为在水中受寒，所以暂且不脱。"又问道，"此地是何处？"村人道："此地是涂山脚下，亦有人叫苗山（现在浙江会稽山）的。"舜道："离中原有多远？"村人道："中原地方在哪里？我们不知道。"舜听了，不免踌躇，因为身边一无所有，不特不能归去，并且何以为生呢。那些村人，似乎有点猜到舜的心思，就说道："客人不必心焦，落难之人，我们是一定帮助。我们虽则穷，但是十几家供给你一个，总供给得起，你不要愁。"舜听了，非常感激，说道："承诸位如此盛情，倘他日得归故里，定当厚报。"另有一村人道:"我们是不望你报的。请问客人尊姓大名,向来是做什么生意的?"舜一一说了。村人道:"好极好极,你既然会耕田,我们这里空地多得很,明日尽你去耕吧。器具没有,我们借你。"舜听了,真真感激之至,暗想:在此穷乡僻壤之中,竟有此羲皇以上之风俗,真是难得极了!遂连声称谢不置。这日,就住在东村里。次日,村人领舜到各处一看,说道:"虞客人,这里都是空地,请你自己挑选吧。"舜挑了一块傍山的地。村人道:"这块地硗瘠,恐怕不好种呢。"舜道:"不打紧,我能种。"于是先在旁边,诛茅结屋,慢慢地开垦起来。又搬一方大平石到屋内,支了一张床,以便寝处。其余一切器具种子,都是村人借用的。(现在浙江余姚市城北三十五里有历山,相传为舜耕处。)但是开垦硗瘠,颇为不易。

一日,舜正在用力之后,辍耕休息,忽见一只大象从山上缓步而下,走到舜的耕地上,用大鼻子卷起锄犁,不住地向田中开垦。那象本是群兽中最大的动物,气力甚大,不到片时,所开垦的田已不少。舜看了,亦是诧异。过了一会,有村人来,看见了,不觉狂叫起来,顿时男女大小又纷纷环集,大家都以为异事,就问舜道:"这是什么野兽?虞客人,你去捉来的么?"舜道:"不是。这是个象,从那边山上走来的。"村人道:"它怎样会代你耕地?"舜道:"这个我也不知道。"有一个老人道:"我说过的,大难不死,必有大福。虞客人从那大海之中逃得性命出来,我说一定是个不凡之人。现在又有这种异事,将来你们看着吧。"这句话一说,众人此唱彼和起来,竟把舜奉如神明一般。从此,这只象就依着舜不去。舜在此耕田,总是借象之力。后来又开了一口井,亦是象帮忙的。(现在余姚市历山下有象田、舜井,又有舜之石床,足踏处双迹宛然。)有一日,舜插好了秧之后,有好许多鸟儿飞来,啄去莠草,仿佛代耘田。这个象耕鸟耘的故事,现在民间都还是传说的。闲话不提。

且说舜在历山耕田,一住年余,虽则时洒思亲之泪,然而很受当地土人之亲敬,倒也安然无事。

哪知有一日,忽然不妙了,无情的海水竟不住向上地逆行起来,不知何故。它的逆行,势虽甚缓,但是继长增高的,日甚一日,看看田庐,都要被浸没了。村人恐慌,商量防御之法。舜道:"这种情形,恐怕不是天灾,是地变,人力无从抵御的。依我的愚见,不如迁到较高之地,避开了吧。"众人虽则安土重迁,但是素来信仰舜的说话,既然如此,只能赞成。于是大家迁徙,一直向西南而行,有些重大的物件,都由象往来驮运。走到苗山脚下,众人乏力,就此止住。舜亦拣了一块田地住下,大家草创经营,重复建设起来,再做他们的耕种事业。(现在浙江绍兴市上虞区西南有历山,相传为舜耕处。山下有田曰象田,井曰舜井。)那时舜与村人又成为患难之交,格外亲热。村人裸体的陋俗,已早为舜所化除,改着衣冠了。不料一住半年,喘息方定,那无情的洪水又汩汩追踪而来。众人没法,只得再谋迁徙,逾过苗山,直到长江旁边一座山脚下住定。(现在浙江杭州市萧山区西三十里有历山,相传为舜耕处,其下为渔浦。)大家再草创起来,重新耕作。三年之中,两度播迁,亦可谓辛苦极了。

一日,舜晨起赴田,那只大象忽然不见,遍寻不得。这几年之中,它是从来没有离开过的,大家深觉奇怪,但是舜亦只好听之。这日下午,舜正在力耕之际,忽然前面来了几个人,看见了舜,都狂叫道:"在这里了!在这里了!"舜不禁骇然,仔细一看,原来是雏陶、灵甫、伯阳、东不訾四个朋友,便问道:"公等何来?"雏陶道:"仲华,你还要问呢!自从你走了之后,一年没有消息,我们好不记念。后来秦不虚说,你是到南方找巫咸的,但是东不訾从帝都来,说巫咸刚在他隐居的山上,已呜呼了,就葬在那边

（现在山西夏县东巫咸山下有巫咸墓）。你哪里还寻得着呢！凑巧伯阳和灵甫亦来探你的消息，正想设法找你，哪知连日地震，据说孟门、吕梁各山的洪水，似瀑布而下，各地尽为泽国。圣天子闻说，已迁都北方了。我们家乡虽则地势高，但是恐不免波及，迁居的人很多，因此，我们亦只好迁了。"舜听到此，不等雒陶说完，就问道："那么家父家母等呢？"雒陶道："已随同大众同迁，现在搬在泰山之西居住，大家仍在一起。（现在山东濮县东南七十里有姚城，即舜时之姚墟也。）伯父、伯母、令弟、令妹等都安好，请放心。"灵甫道："家乡已变到如此，仲华久滞不归，殊不可解。"舜就将经过情形说了一遍，并说道："我岂不想急归？其奈囊空如洗，此间荒僻，所有者唯米布鱼盐，不能负以行远。年来洪水泛滥，舟楫断绝，茫茫大江，势难插翅飞渡，真是教人闷死。但不知四位从何处过来？"东不訾道："我们逾过了江水，到了黟山，知道你之目的在寻空青和珍珠、墨兰等。赟山之南，闻说产空青，我们猜你或者在那边逗留，所以就到那边去找你。哪知你这个人找不到，空青却给我们找着了。"舜听见空青得到，非常欣喜。东不訾又说道："我们后来猜你，或者在海滨搜求珍珠，或者到闽中搜求兰花，所以我们决定先从三天子鄣到东海滨一访，再南入闽中，或者总遇得着。不想在此已相遇了，恭喜恭喜！"舜道："那么诸位出门几时了？"伯阳道："一年零一个月了。我们不是一径到此，沿途访问，千回百折，所以濡滞如此。"雒陶道："仲华，不必多说，快同我们回去吧。"舜连应道是是。那时村中的人，听说有人来访舜，都来环视。后来听说舜要去了，大家依依不舍，都来攀留，甚至有哭出来的。舜亦泣下数行，和他们说，有二亲在堂，不能不回去的道理。众人听了没法，内中有一个说道："即使要去，何妨再留两日呢。"舜答应明日起身。这一夜，舜和雒陶等就在小屋中谈了半夜，胡乱地睡了一觉。次日，天未明时，村中人知道舜一定要去，都携了食物来送行，又替舜收拾一切。到临行时，一齐远送。舜辞而又辞，有几个竟痛哭起来。舜答应以后如有机会，一定再来，众人方始洒泪而别。

这里舜等五人，肩挑背负，一齐上道。雒陶道："看刚才这些人如此热诚，总是仲华盛德所感。"舜慌忙谦谢。伯阳道："是固然是的，但是亦因为这种人，世代乡僻，淳朴未漓，一经仲华的熏陶，自然可以为圣为贤了。假使城市之人，恐怕亦没有这样容易呢。"当下五个人晓行夜宿，急急遄归。到了豫州界，伯阳、灵甫、东不訾各因有事，陆续别去。到了新迁的姚墟，舜不知道家在何处，由雒陶领到他门口，只见妹子敤首正在门首游戏，瞽叟亦在那里向阳曝日。舜见了，慌忙撇了雒陶，放下负担，先过去向父亲磕头，说道："儿舜回来了，父亲一向好么？"瞽叟平素虽则不爱舜，但究是父子天性，多年杳无音信，传说不一，心中不免记念。再加以从诸冯迁到此地，历尽艰苦，家计顿落，如若有舜在身旁，或者有个帮手，就是自己行动起居亦要舒服些，因此亦盼想舜能归来。现在舜居然归来了，心中当然欢迎，但是口气却还不肯不摆严父的架子。当下先责备他的不孝，说："你甘心在外游玩，不顾父母。这次诸冯水灾，假使没有邻里朋友的帮助，今朝你父母已不知流落何处？死生存亡，都不可问，你还有家可归么？我听说你到南方，替我求医求药，现在怎样了？你何以能寻到此间？你且说来。"舜听了，便将以往事迹和归来情形，一一都说明了。瞽叟道："原来是雒世兄等寻你回来么？"舜应道是。那时雒陶在旁边，便高叫："老伯，小侄拜见。"瞽叟慌忙站起来，拱手说道："不敢不敢，少礼少礼。前日搬家，荷承诸位的帮忙，这次又万里地去寻小儿回来，又给老朽弄到空青，感激之至。将来老朽果然托福，双目重明，定当重报。"雒陶亦连声不敢,略谈几句,告辞而去。

　　舜先将行李等搬进屋中,又扶老父进去,然后参拜后母。瞽叟便问空青在哪里。舜从怀中取出,递与瞽叟。瞽叟捏在手中一揣,觉得是同胡桃大一颗石子,又拿来耳畔摇了几摇,仿佛里面有流汁之声,知道确是空青了,心中非常喜悦。那时舜问后母道:"三弟哪里去了?"后母未及答言,瞽叟道:"自从搬到这里,所有家计,颇多损失,所以兄弟虽则年幼,亦只能叫他去耕种,现在在田里呢。"哪知话未说完,象已进来,看见了舜,似乎出于意外。舜忙叫三弟,象亦回叫二哥,但无话可说。舜看象的身体已着实长成,正要问他说话,只听见瞽叟说道:"如今好了,二哥回来了,你有一个帮手。二哥又给我找了空青来,如果我目疾能够治好,那真是运气呢。"哪知象听了这两句话,非常不服气,暗道:我要他帮什么?又想道:空青不知是什么东西,能治眼瞎么?假使眼睛治好,一定是舜之功,父亲一定爱他不爱我,那么我怎样呢?正在踌躇,只听他母亲说道:"时候不早,预备晚膳去吧。"舜听了,不敢怠慢,就到厨下一同操作。夜膳时,又将他途中所购的甘旨献与父母,并有南中的果饵分赠弟妹,大家饱餐一顿。夜膳后,瞽叟又问了舜许多话,然后又说到空青,如何使用法。象听了,就嚷着要看。那时瞽叟早将空青交给夫人了,象就从他母亲身畔取来一看,就说道:"这种石子,山中多得很,能治眼疾么?"舜在旁,就告诉他石中有浆,拿浆点在眼中,可以明目。象听了不信,说:"石中哪里会有浆,待我来试试看。"说着,就要去寻器具来敲。瞽叟大喝道:"你不许给我胡闹,这是不容易得到的宝物。二哥千辛万苦去找来,假使给你弄坏了,眼睛医不好,我不饶你。"说着,就叫他夫人藏好,明日再商量办法。象听了父亲几句重话,当着舜的面颇觉下不去,又听见父亲称赞舜,更是不服,暗暗筹划破坏抵制之法。当下又谈了一会,各自归寝。哪知这一晚上,象和他母亲的方法已想好了。

次日早餐后,舜的后母就向舜说道:"这次家计损失,兄弟虽年幼,亦只好叫他去耕田,但他究竟是外行,丝毫不懂。现在你回来了,正可以教他,这亦是你做兄长的应有之责任。"舜后母是从来不理舜的,偶然说话,亦是冷言冷语,话中有刺。如今这两句说话,词语切挚,态度温和,舜听了之后,又感激又欢喜,几乎掉下泪来,连连答应道:"是,儿应该和兄弟去同做。"那后母又向象说道:"你同二哥去耕田,总要听二哥的话,要知道二哥的知识阅历,总比你高些。"象亦唯唯听命,对于舜颇觉恭顺,舜亦暗暗称奇。于是兄弟一路同行,有说有笑,忽见象遥指道:"二哥,那边一带就是我们领来的田了。"走到之后,二人就在田间并耕起来。(现在山东濮县东南七十里有历山,相传为舜耕处。)过了一会,象忽然辍耕,狂叫腹痛。舜忙问:"怎样了?"象丢去锄犁,两手揉肚不止,一面说道:"我这病是常有的,休息一两日就好了,二哥你不要着急。"舜道:"那么,弟弟你回去歇歇吧,我送你回去。"象一手揉肚,一手摇摇道:"不必,你在这里,我独自回去,向来是一人走的。"说着,两手捧腹,弯腰曲背而去。舜站着,到眼睛望不见了,方才再起而耕田。看看正午,心中记念兄弟,正想归家就餐,兼可看视兄弟,哪知后母手提榼饭而来,说道:"你就在这里午餐吧,省得走一趟。"舜见了,非常感激,连忙迎上去,取了榼来,说道:"儿归来吃就是了,怎敢劳母亲玉趾。"后母道:"你兄弟年幼,我不要他多走,送惯了,所以送的。"舜忙问道:"三弟怎样了?"后母道:"他年幼,经不起辛苦。去年冬天,有一日冒了寒,到此地来又受了风,得了肚痛之症,如今常常要痛,可是不要紧,过两日就好了。"一面说,一面转身,又说道,"榼子你自己带回来。"舜急忙答应,看后母去远了,方才席地吃饭。一面吃,一面想,人家总说后母待我不好,照这样看来,后母待我与亲生子何异?可见从前总是我不好,反使后母受人家的讥评,我的罪真是大极了。想到此际,真是忏悔不尽,然而这一日家庭之愉快,亦是十几年来所未有的。闲话不提。且说舜到了薄暮,提榼归家,象的腹痛已略好了。父母待他都是和颜悦色。晚餐之后,舜就问父亲,何日用空青治目。瞽叟道:"我十几年来,闷苦极了,恨不得立刻就治。你母亲说,空青既是难得之物,我们自己弄恐怕弄坏。南村有个医生,据说极仔细的,想请他来解剖,已经托人去请过,他说要过两天才得闲。你母亲劝我,那么多的日子苦过了,不争此几日,所以只好等着。"舜听了,深服后母计虑之当。

　　次日,舜依旧独自一人到田间工作,忽见秦不虚走来。舜大喜,说道:"久违了,你好么?老丈好么?我因为事冗,所以归家三日,尚不能到府,荒唐得很。"不虚道:"勿客气,勿客气。那日雒陶来谈你的一切情形,我统统知道。当日我本想和他们同到南方访你,因老亲在堂,不便远离,实在抱歉得很。"舜道:"雒陶哪里去了?"不虚道:"他在我家住了一夜,昨日就回去了。"舜道:"可惜可惜!我还想再谢谢他呢。"不虚道:"你太拘了,朋友之道,岂在乎此!"当下二人又谈了一会,不虚别去,舜仍旧耕作。到了薄暮归家,父母处照常问安,觉得父母都有点不豫之色,与昨日大不同。舜暗中问象,象道:"你还要问呢,你所拿来的空青,是假的,今朝医生已来剖开,完全是颗石子,里面何曾有水浆呢!"舜大诧异,有点不信,便问道:"那颗空青呢?"象道:"既是假的,要它做什么!早经丢去了。"舜益发怀疑。象道:"难道你想父亲的目疾治好,我和母亲不想父亲的目疾治好么?骗你做甚?"舜听这话不错,暗想:不要真个是我弄错的,但是一路归来,经过多少人的鉴察,都说是真空青,何以忽然会假?胸中终是不解,只能不语。读者诸君,要知道这个缘故么,以真变假,当然是象母子两个弄的玄虚。不过人同此心,心同此理,象母子两个虽则和舜作对,但是岂有不愿他父与夫目疾治好之理?原来家庭变故,总离不开"偏"与"妒"两个字。瞽叟的不爱舜,不外乎一个"偏"字;象的仇舜,不外乎一个"妒"字;舜后母的虐待,"偏"与"妒"两个字兼而有之。那日母子两个商议,他们恐怕瞽叟目疾治好,其功劳完全归舜,人家益发要称赞舜的功劳,所以商量另外造一个假的,将真空青内的水浆注到假的里面,就作为象所找来之物,如此以假为真,以真为假,那么父目治愈之功,岂不归了象么?象连日托病在家,正是做这个工作。好在瞽叟目不能见,别无外人,一切听他们设法罢了。不料剖开空青之时,象性急卤莽,用力过猛,将空青敲得粉碎,所以水浆统统糟蹋。这才懊悔,母子互相埋怨,已属无及,只好将错就错,向瞽叟报告说:"这空青是假的,其中并没有水浆,又受舜的愚弄了。"瞽叟大失所望,肝火复旺,对于舜重复怀疑,所以态度骤变,可怜舜始终没有知道,还是尽管自己认错,岂不可叹!闲话不提。

且说自此以后,舜、象二人,仍旧朝出暮入去耕田。一日,象忽向舜要求,要同他到十里外一个社庙里去看祭赛。舜劝他道:"农事方急,这种无益之事,不要去。"象嬲之不已。舜道:"那么须禀之父母才可。"象道:"父亲一定不允的,母亲那里已经说过了。"舜道:"的确么?"象道:"的确说过,母亲已答应了。"舜被嬲不已,只能陪象一走。象看到后来,竟不肯转身。舜屡屡催促,方才慢慢归来。到得门口,只听见瞽叟已在那里大嚷骂人。舜知道事情又做错了,急忙和象进内。瞽叟便严厉责问他兄弟为什么这样迟。舜正要想实说,象先说道:"二哥同我到前村去看祭赛。"瞽叟大喝一声,说道:"还了得!抛却正经农事不做,去看这种无益之事,还成一个人么?"后母向舜道:"象年幼小,我叫你教导他的,你不但不教导,反引他游戏。他知识浅薄,假使给你引坏,将如之何？我看你们两个,以后不可同在一起了。"瞽叟听了这话,正如火上添柴,大骂舜欺父的不孝子,还要来引坏兄弟,真是万不能容。于是不由舜引咎分说,硬孜孜又将舜逐出门去。

第七十回

舜三次被逐　作什器于寿邱
舜交续牙　舜四次被逐
学琴于纪后　舜友石户之农

且说舜第三次被父母所逐，襆被出门，但是这次比较又从容了。他辞了父母，就来秦老家中商量。秦老父子都劝他，还不如在外面，一人独自营生的好。舜答应道是，但是到何处去呢？秦老道："仲华，老夫替你想过，如今耕作之期已过，不如做些手艺，亦可以谋生。老夫有一个朋友，在东面寿邱地方（现在山东曲阜市东八里），制造各种什器。我写一封信，介绍你到那边，暂且给他帮忙，且待明春再作计较，你看何如？"舜道："老伯栽培，小侄就去。"当下舜就在秦老家中住宿一宵，与秦老父子谈到空青失效之事，不胜叹息。秦老父子虽则亦满腹疑心，但是因为是舜的母亲和兄弟，不好怎样乱说，亦只得随同叹息而已。次日，秦老修了一封书，交给舜。舜受了，拜辞而去。过了两日，到了曲阜。这地方是从前少昊氏做过都城的，所以市肆喧阗，人烟稠密，与别处不同。舜游了一转，径出东门，来到寿邱。那秦老的朋友家，一访就着，递了介绍书，那秦老朋友知道舜是个孝子，非常欢迎，热诚相待。自此以后，舜就在寿邱地方作什器了。那寿邱虽则是个乡村，但是风景很幽雅，离曲阜又不远，真个是闹中取静的地方，更兼黄帝轩辕氏生长于此，古迹不少，游人遂多。

一日，正届仲春，什器工作要停止了，舜趁此闲暇，到各处游玩。刚到黄帝降生的宅边，只见有两个人从内走出，仔细一看，原来一个是伯阳，还有一个生得面圆耳大，气概不凡。舜忙与伯阳招呼。伯阳看见了舜，非常诧异，便问道："仲华，你刚在去年到家，何以又跑到此地来？现在老伯的目疾，经空青治过之后，已痊愈了么？"舜听了，蹙着眉头，连连摇首，不作一声。伯阳见了，知道又有难言之隐，便不再问，当下将舜介绍给那同行的人道："这位就是我所说的虞仲华兄，现在住在姚墟，亦可叫他姚仲华。"说完，又将那人介绍与舜道，"这位是续牙兄。"二人行了相见礼之后，续牙对于舜，极道仰慕之意。舜竭力谦抑。伯阳道："我们到里面坐坐再谈吧。"说着，三人就同走进去。只见里面有两进三开间的房屋，外进正中供着黄帝和嫘祖的神像，里进正中供着黄帝之父母少典氏和附宝的神像，两旁陈列许多俎豆、乐器等等，尚觉精雅。舜等三人，就拣了一处座位坐下。舜先问伯阳道："你何时到此？"伯阳道："我与你别后，想到亳邑去游历。后来在路上遇到这位续牙兄，谈得投契，我们就结为朋友，才知道他是当今圣天子的胞弟，如此贵而不骄，且甘心隐逸，我佩服极了。他要来此拜谒他令高祖考遗迹，所以我就同了他来。"舜听了，再看看续牙，衣服朴素，绝无一点贵介之气，如不说明，决不知道他是贵胄，不觉暗暗钦敬。于是就和续牙闲谈起来，愈谈愈亲密，相见恨晚，当下两人也订交结为朋友。斜阳将下，分散各归。

到了次日，舜早起出门，正要去访伯阳和续牙，只见道路上人群纷纷，连呼"怪事，怪事"。舜拣了两个相识的人，问他们是什么事情。那人道："后面几十里远，一座㱿山上，出了一种怪物，其状如彘，黄身而赤尾，它的面孔和人一样，它的声音又和婴儿一样。昨日有许多人去砍柴，听见婴儿声，以为是人家的私生子，弃在那里,正要想去搜寻抱养,哪知蓦地里跑出这个兽来,见人就咬,竟给它吃了一个去,岂不是怪事么!"刚说到此,凑巧伯阳和续牙亦走来,听到这段异闻,伯阳道:"圣天子在上,百灵效顺,这种怪物反跑出来害人,真有点不可解。"续牙道:"据我看来,不是如此。去年家兄仲容从泰山北面归来,说起在那里豺山之下水中,发见一种怪鱼,又发见一种怪兽,其状如夸父而彘毛,其音如呼,很以为奇。后来又在泰山南面空桑之山,发见一种怪兽,其状如牛而虎文,其声如吟,作一种铃铃之声,当时均觉见所未见。后来考查古书,才知道都是有名的妖物。那豺山下的鱼,名叫'堪㺀之鱼';那怪兽名叫什么,我忘记了。空桑山中的兽,名叫'铃铃',就拿它的鸣声来做名字。但是它们都主凶兆,那古书上说,见则天下大水。现在天下正患大水,可见这种妖物都是应运而生,与圣天子的德政是无关系的。"伯阳道:"那么,这个剡山怪兽又叫什么呢?"续牙道:"仿佛叫作'合窳',要吃人,亦要吃虫蛇,不知道是不是?我可记不真了。大概亦是主天下大水的吧。"舜听了,慨然长叹道:"照这样说来,我们搬到东方,东方亦非乐土呢。"续牙道:"仲华,你此刻到何处去?"舜道:"拟来奉访二位。"伯阳道:"此地离仲华处近,就到仲华处去谈吧。"当下三人同到什器肆中,谈了许久。舜道:"此间工作,都在冬季农隙之时,一到春间都要务农,所以工作也停止了,我亦想归家省亲,再图别业,我们再见吧。"伯阳道:"不虚因事亲不能出门,你见到,代我问候。你有了定处,亦可以告诉他,我们可以探听,来访你。"舜答应了,二人作别而去。

舜又停了一日,得了些肆主的酬劳,收拾一切,转身归去。路过曲阜,购一些甘旨之类,急匆匆返家。哪知到得家中,后母远远望见,口中就咕叽道:"该死的,又来淘气了。"舜上前请安,后母也不理,向内就走。舜刚要跟进去,只听见瞽叟在里面大嚷道:"你来做什么?我不要你这个逆子来,我不要你来!"舜走进房中,叩首在地,高叫:"父母息怒,儿以后总改过了。"瞽叟不答应,一迭连声叫:"快滚出去!我不要你来!"舜伏地哀恳。瞽叟大怒,以手拍几,大声叱道:"你还不快滚么?"敤首那时,已近十岁,在旁边看不过,便说道:"父亲何妨就留二哥在家呢!"那后母厉声骂道:"什么二哥不二哥!父亲在这里生气,要你来多嘴,连你都赶出去。"敤首不敢再说。舜不得已,痛哭拜辞而出。刚到门口,遇见象归来,舜叫道:"三弟,我有点物件,要献于父母,刚才父母亲生气,匆促未曾取出,请吾弟代为转献吧。"说着,就从行李中将所购的甘旨等取出,递给了象。象接了,一声不语,拿回去攘为己有,分了些与瞽叟,诈说是他去购来的。象这个人,真可谓不仁之至了。

且说舜将甘旨等交给了象之后,信步来到秦老家中。秦老刚病了,不虚邀同到床前问候。秦老道:"仲华,你回来了,家中去转过么?"舜听了,禁不住流下泪来,便将刚才情形一一说了。秦老叹口气道:"怪不得你令尊正在生你的气呢。前日有一个北村里的人,来和你令尊说,称赞得你太好了,说你是个大孝子,而且德行才艺无一项不是上上,所以愿替你做媒。那女府上是做上大夫的,门第既好,新人亦才貌双全。这个媒人,自以为一番好意,哪知令尊听了这番话,非常生气,说道:'他是孝子,难道我是个不慈之父么?这种欺骗说谎的逆子,可以算孝子么?现在他已经待我们父母如此,如果再讨一个富贵的老婆来,那么他们两个,不知道要轻贱我们到怎样了!老实一句话,我活在世间一日,决不许他讨老婆。他是孝子,最好他瞒着我们父母,自己去讨去。'那媒人听了这番气话,弄得来大大下不去,只得废然而返。这才是两日前的事。你刚刚回来,令尊气犹未平,所以如此。你还是再到外面去寻点事业吧。"舜道:"是,是,小侄想到泰山北面去,寻几亩地种种,老伯以为何如?"秦老道:"亦好。"这日,舜又住在秦老家中,与不虚谈心。秦老的病是老病,一时恐不得好。舜受恩深切,颇为忧虑,但亦无可设法。

次日,舜辞了秦老父子,就向泰山而来。过了数日,望见泰山,舜心想道:我虽不能登其巅,何妨到半山中望望,以扩眼界。决定了主意,便取道上山,哪知看看甚近,越过一重,又是一重,那泰山最高峰仍在前面,可望而不可即。舜不觉叹道:"'泰山不让土壤,故能成其高',这句话是不错的。"觉得脚力有点疲乏,想找一处地方歇歇,转过茂林,忽闻弦歌之声。舜不觉凝神细听,觉得这声音仿佛在崖的那一面,于是转过崖来,果然见一座草屋,屋中弦歌不绝。舜到门外一看,只见里面一个苍髯老者,坐而鼓琴,口中又唱着歌。看见了舜之后,随即止住弦歌,缓缓起身出来,问道:"足下何人?来此何事?"舜连忙放下行李,进而施礼,自道姓名,并说游山足倦,请求休息。那老者听了,就请舜坐下。舜见四壁陈设精雅,且多书册,料想是个隐士,便叩求姓名。那老者道:"贱姓纪,名后。"舜道:"适才听见弦歌之声,惭愧不是知音,窃愿有所请问,未知可否?"纪后道:"辱承下问,倘有所知,无不尽言。"舜道"某闻琴者,禁也。究竟怎样能够禁止人的邪思荡意呢?"纪后道:"大凡鼓琴的时候,心思的邪正,意志的趋向,都流露于不知不觉之间,善于听琴的人都能听得出。从前有一个人善于鼓琴,有一个人善于听琴。鼓琴的人忽而想到泰山,那听琴的人就称赞道:'善哉,巍巍乎如高山!'鼓琴的人忽而想到流水,那听琴的人又称赞道:'善哉,洋洋乎若流水!'又有一个大圣人,在室内鼓琴,他的两个弟子在门外侧耳而听。曲完之后,一个弟子叹一口气,说道:'夫子这回的琴声,有一种贪很之志趣、邪僻的行为,何以如此之不仁呢?'另一个弟子就拿了他的话进去告诉那大圣人。大圣人亦叹了一口气,说道:'他这个人,可以算得天下之贤人,亦可以算得知音之人了。刚才我在这里鼓琴的时候,忽然看见一只老鼠走了出来,随见一只猫在屋上。猫见了老鼠,轻轻地缘着梁柱走下来,定着它的眼睛,曲着它的背脊,要想捉这只老鼠。我当时心思注在这猫鼠身上,所以声音露出贪狠邪僻的样子。他的说我,正是应该的。'照这两段故事看起来,鼓琴的时候,心思不能不归之于正,否则必被知音的人所窃笑鄙视,这就是禁字的道理。"舜道:"能够知音,这个人一定是不凡了。"纪后道:"亦不见得。从前有一个文人,要想诱惑一个新寡的美女,无可设法,于是手制了一曲《凤求凰》的琴调,弹起来使她听见,借此去挑引。果然那美女听了,夜里就来私奔。就琴来说,这个美女听了琴声,就知道弹琴的人的心思,可算是知音了,然而甘心私奔,人格在哪里?所以,知音的人可以算一个艺术家,不凡之人尚说不到。"舜听了这番议论非常佩服,就请求道:"某不揣鄙陋,要求先生教我琴法,可以么?"纪后道"学术乃天下之公器。足下既要学,有什么不可呢?"说罢,就起身到壁间,取出一册递给舜。舜展开一看,原来是弹琴之法,上面绘着许多琴图,有正面,有反面,各处部位的名称都有注释,后面再加以详注。有些用指之法,画着许多符号,舜却看不懂,经纪后一一说明,方才解悟。纪后又取出制就的曲调来,叫舜弹弹。舜本是个聪明绝顶之人,一弹就合,不过生疏一点。当下舜就拜纪后为师。纪后觉着舜是不凡之才,亦乐于教诲,就留舜在家住宿。两人谈谈琴理之外,渐渐说到声音之道与政治相通的道理,尤其投契。

　　过了几日,舜要去了,纪后取出一本乐谱和一面小琴来赠行。舜再拜受赐,却又问道:"老师弹的那张琴,仿佛有七尺多长,这张琴不足四尺,敢问琴制的长短,不一律么?"纪后道:"琴制有三种:我那种长七尺二寸的,是伏羲氏所作之琴;这种长三尺六寸六分,是神农氏所作之琴,像三百六十六日,一年之数也;还有一种,长四尺五寸,是后人所改作之琴,取法乎四时与五行。只此三种,以外没有了。"舜道:"弟子听说,神农氏继伏羲氏而王天下,上观象于天,下取法于地,近取诸身,远取诸物,于是始削桐为琴,绳丝为弦,以通神明之德,合天地之和。照这样说来,琴当然是神农氏创造的,伏羲氏的时候,何以已有琴呢?"纪后道:"大凡一项物件,第一个发明的人,往往不及第二个改良之人来得有名。因为第一个开始创造,总未能十分完美,必待第二个人改良之后,方才格外合用,所以世界传说,总以为琴是神农氏所造。其实伏羲氏的时候,有一个臣子,名叫婴硾,进贡了一种美的梓木,伏羲氏见了甚爱,就叫他的下相柏皇创造四张琴,一张名叫'丹维',一张名叫'祖床',一张名叫'委文',一张名叫'衡华'。所以琴这项东西在伏羲氏的时候,确已有了。比如近来通行的围棋,大家都说是圣天子教子所造的,其实当今圣天子是从黟山上黄帝的遗迹看来。可见黄帝那时已有围棋了。"舜听了,连连点首称是,就别了纪后,向泰山北麓下山。

舜刚刚走到山麓,只见一个人,负着耒耜,赤着脚,戴着笠帽,行歌而来,看见了舜,目不转睛地看。舜看那人,觉得不是庸俗之流,亦定住眼睛看他。四目相射,渐行渐近,舜不禁拱手问道:"足下尊姓大名?"那人亦还礼道:"鄙人向无姓名,只在此地,耕种为业,因为舍间所住的是山洞,以石为户,所以大家都叫鄙人为'石户之农',这就算姓名了。"舜听了,益发觉得这人与众不同,正要拿话再问,那石户之农已转问道:"老兄尊姓大名?"舜告诉了,石户之农笑道:"原来就是虞仲华,闻名久矣。不嫌简慢,请到石户中坐坐如何?"舜有心要结识这个人,就说道:"正好正好。"当下二人一路走,一路问答。舜道:"足下何以知道某的姓名?"石户之农笑道："鄙人是在北山下耕田，向不问世事的。前年有一个鄙友来访，谈起你老兄，才德盖世，心中非常仰慕，不期今日得遇。"舜忙问道："贵友是什么人？"石户农道："这人也与某差不多，无姓无名的。他是个北方人，数十年来遨游天下，随遇而安，饮食居处衣服等，只要可以充饥、托足、蔽体，绝不选择，所以大家叫他'北人无择'。可是他的真姓名，连某也不知道呢。"舜道："此人现在何处？"石户之农道："他萍踪浪迹，绝无一定，或三年一来此地，或五年一来此地，不能预料。"舜想，这人一定也是一个有道之隐士了，但是他何以知道我？正在悬揣，忽听石户之农说道："这里就是寒舍，请进坐坐。"舜一看，果然是个石洞，洞之双扇，以石为之，洞中黝暗，仿佛有人在里面料理餐具，舜就止了步。石户之农先钻进洞去，与里面的人不知道说了几句什么话，随即携了两条破席出洞来，铺在地上，与舜相对而坐。

第七十一回

舜耕第七历山　以德化人
舜遇赇敔　舜贩于顿邱
迁于负夏　师事许由
交北人无择

且说舜与石户之农对坐于洞外地上，仰面一看，只见上面盖着一座草棚，四边竖立几根大柱，用以遮蔽雨雪，想来就算是他的厅堂了，然而日光亦被遮住，所以洞中益发觉得黑暗。过了片时，只见洞中走出一个中年妇人，相貌癯黑，衣服朴陋，手中携了餐具，先到舜面前放下，又到石户农面前放下。石户农站起来，招呼舜道："这就是山妻。"舜亦慌忙起身，行礼致敬。那妇人还礼之后，复又进洞，陆续搬出菜饭。石户农先盛一碗饭递给舜。舜正在逊谢，那妇人又亲手盛了一碗，双手举起，高与眉齐，送与石户农，石户农亦双手鞠躬接受，两夫妇相待，俨如宾客。舜看了，非常钦敬。那妇人自进洞去了，这里石户农请舜坐下对餐，菜只一味，青菜而已。舜道："初次相见，即便叨扰，不安之至。"石户农道："仲华，你太俗套了。"二人吃完，那妇人复又出来，收拾而去。舜深觉局蹐不安。石户农道："仲华兄磊落豪士，何其拘耶？"舜道："以某在此，致嫂夫人贤劳盱食，何以能安？"当下又闲谈了一会，石户农要上田工作，舜亦随行，愈谈愈莫逆。舜此行之目的，石户农也明白了，就劝舜道："此地有山田可耕，何必远求？山下民风强悍，争斗不休，不可和他们共处，还是在此处为是。"舜听了，想了一想，说道："某且往察看情形,如果真不可以相安,再来此地何如?"石户农见舜如此说,亦不强留。当下到了歧路,各自分别。

舜担了行李,径往山下而来,只见前面平原与山地相错,田畴甚多,但是人民简陋得很,都是依山穴居,远望如蜂窝一般,想来东夷之俗还未脱化。舜周历一转,就在山麓之北择了一处硗瘠之区,报告当地里长,请求耕种。里长答应了。舜先在那里筑起一座茅屋,作为栖身之所,然后披荆棘,辟草莱,慢慢地耕作。(现在山东济南市历城区南五里,相传为舜耕处,县即以此得名。)哪知当地人民果然刁悍,有几个为首的豪强,看见舜是个异地的客作,便纠合了些党羽来和舜寻衅,说舜是私垦官地。舜将官给执照与他们看了,他们虽不敢怎样,然而时常和舜作对。舜所已经开垦之地,他们往往越畔侵占,攘以为己有,但是舜总不和他们计较,仍旧是恭而有礼地待他们,他们倒也无可如何。后来他们对于舜所造的茅屋,似乎有点妒忌,说他太奢华了,不像乡下种田人所住的,或者将舜的柴扉推倒,或者将舜所编的槿篱弄破,种种骚扰,不一而足。后来他们又想方法,将舜田的水源断绝,不许舜取用灌溉。舜就在山下,相度地势,自凿一井,不到两日,就凿好了,其地恰当泉脉,水流汲引不穷。(现在历山下有大穴,叫舜井,即其遗迹。)那些豪强看得有点稀奇,有些人猜舜是有妖术的,有些说舜是有神助的,议论纷纷不一,但是从此却不甚来罗唣。

一日,舜于耕作之暇,偶然取出那纪后所赠的琴来,鼓了一曲,随即唱了一歌,不想被邻近的人听见了,老幼男妇,纷纷来看,并要求舜再弹再唱。舜便依了他们。那些人闻所未闻,个个手舞足蹈。一个老者说道:"我知道这个东西叫琴,我以前看见学校里的大教师弹过的,有多少年没得听了。"就问舜道:"喂!你从哪里学来的?你进过大学么?"舜很谦和地答道:"某没有进过大学,是另一个师傅传授的。"有一个中年人问道:"你是个农夫小百姓,学它做什么?"舜道:"这种乐器,懂了之后,可以陶养性情,增人的品格;偶然烦恼的时候,弹一曲,可以解除忧愁;愤怒的时候,奏一曲,可以消除暴气;它的用处多得很呢。"又有一个中年人摇摇头道:"我不相信。"舜道:"刚才我在这里弹的时候,老哥听得有趣么?"那人道:"有趣的。"舜道:"那么是了,听的人尚且有趣,弹的人可以抒写自己的旨趣,发挥自己的胸襟,岂不更有趣么?"众人听了,似乎都以为然,当下舜便将乐歌的原理与做人的道理,夹杂地向众人演说了一遍,目的总在化导他们的刁悍之心。众人听了,仿佛都有点醒悟,渐渐敬重舜了。有几个居然情愿受业,请舜教琴,舜亦不吝教诲。但是,这些粗心暴气和资质愚鲁的人,哪里学得来琴呢?过了两日,手生指硬,依然不能成声,不觉都有点厌倦起来。舜道:"这个琴学学繁难,我明朝教汝等另外一种吧。"

这日晚间,舜砍了许多细竹,断成无数竹管,管口用细小之竹塞住大半,再用小竹叶片嵌在塞子中间,共总二十三管,并排平列,用木板夹住,再用竹板镶其两头,编成一种乐器。最长之管,长一尺四寸,以次递减,其形参差,仿佛凤凰之翼;尚余下十六管,又编成一个小的,最长之管只有一尺三寸,按着宫商角徵羽五音,轻重、长短、高下、清浊,声音各个不同。制成之后,吹起来,悠扬婉转,如鸾吟凤鸣,非常悦耳,舜自己亦颇觉得意。次日,工作之暇,诸人又来请教,舜便将制成的乐器先吹给他们听,又教他们吹的方法。众人听了,吹了,个个乐不可支。但是乐器只有大小两件,你也要吹,我也要吹,不免争夺起来。舜慌忙劝阻,趁势便将做人应当退让的大道理,和他们说了一番,随又说道:"人所以和禽兽不同的地方,就是一个礼字。礼的根据,就是退让。禽兽是没有礼的,遇到可欲的东西就争,食物也争,雌雄也争,两物争一食,两雄争一雌,这是常见的。争之不已,则夺;夺之不已,则相咬,相噬。试问我们一个人,是不是应该如此?假使人人心中,都只知道有自己的利益,而不知道礼和理,请问世界上还能够一日安宁么?人生的第一要事,是应该互助的。同在一个范围之内,你助我,我助你,和和气气,那么何等的快乐!假使同在一个范围之内,你但知道你的利益,不肯让他;他又但知道他的利益,不肯让你;结果必至争夺,两败俱伤,何苦要紧呢!现在这个乐器,你要吹,他也要吹,他和他又要吹,遂至于相争相夺,夺到后来,势必夺破,大家没得吹,岂不是两败俱伤么?如若知道退让,他吹了你吹,你吹了他吹,既不至于相闹,又不费力气,又不费时间,何等的好呢!你们假使刚才不争,互相推让,此刻早已大家都吹过了。"众人听了这番话,仔细一想,觉得刚才的这一番争闹,的确无谓而可笑,于是就有一个人问道:"那么,谁应该先吹,谁应该后吹?还是拈阄呢,还是抽签呢?"舜道:"我看都用不着,最要紧的是讲礼。礼别尊卑,礼分长幼。尊者先,卑者后;年长者先,年幼者后;这是天然排定的次序,何必抽签拈阄呢!"内中一个人忽然问道:"你处处讲让讲礼,我们前回弄破你的茅屋,侵占你的田地,断绝你的水源,你总不和我们计较,是不是就是让么?"舜道:"是呀!这个就是让。假使我不让,势必和诸位争,争的结果,无论是哪一方面失败,终究必至于大伤感情。古人说得好:'四海之内,皆兄弟也。'本来都是好好兄弟,何苦伤害感情呢!所以我情愿退让了。"内中有一个人又说道:"假使我们只管侵占你的田,你怎样呢?"舜道:"天下之大,空地甚多。即使诸位将我的田统统占去,我亦还有别处之田可以去耕,何必定与诸位相争?总而言之,人生在世,礼让为先,情谊为重,货利财产等等,皆是身外之物,生不带来,死不带去,朝可以散,夕可以聚,只有礼让情义,是人和禽兽分别的关头,假使弃去了礼让,灭绝了情义,虽则得了便宜,占了许多财产,终究是所得不偿所失呢。诸位以为如何?"众人听了,天良渐渐发现,不觉都呆了,寂无一声。舜看了他们一会,便笑道:"我们言归正传吧,这个乐器,名字叫箫,是我想出来的,制造非常容易,我一个人昨晚已制成两个,假使大家制造起来更加快,只要几个晚上,大家都可有得吹了。现在我看,要吹者轮流吹,不要吹的,跟着我制造,如何?"众人此时,都推让起来了,大家都不要吹,情愿跟着舜制造。一晚工夫,便已制成了二三十具,大家分配,还有得多。那余多的,却又彼此相让。让到后来,大家都不要,就存在舜处,请舜分配。于是每人各执一箫,一路吹,一路走,欢天喜地而去。

自此之后,当地的豪强不但不来欺舜,而且个个都敬重舜。有时邻居争斗,都要请舜裁判,舜的话比官令还要佩服,绝无疑意。舜平日总是为人父言,依于慈;为人子言,依于孝;为人兄言,依于友;为人弟言,依于恭;为人夫言,依于和;为人妻言,依于柔;为邻舍言,依于睦;为朋友言,依于信;为做人言,依于仁义;如此而已。半年以后,风气大变,种田的人居然都知道自己取那硗瘠之地,而将那肥沃之地互相推让了。舜又教他们作室筑墙,以茅盖屋,舍去了那个穴居的陋习,以合于卫生之道。大家亦都一一依从,果然比穴居舒服便利,于是益发爱舜敬舜。远方的人民听见这个风声,搬到此地来住的络绎不绝,偏僻之地渐成了繁盛之区,可见舜化导的功效了。舜看见他们如此,亦是安心,然而一想自己得罪父母,只身远窜,不能侍奉,不由得不忧来填膺。再看看邻居之人,一家父子兄弟融融泄泄,而自己则零丁孤苦,有家归不得,尤觉伤心。

一日正在秋收之际,想到父母,禁不住仰天放声大哭,声音悲惨。号泣了一会,忽见背后有人,用手拍他的肩,并问道:"足下何如此之悲也?"舜慌忙拭泪起身,转头一望,却是一个伟丈夫,生得豹头、环眼、虬须、燕颔,气概不凡,后面又跟着四个人,个个张弓挟矢,有的擎着鹰,有的牵着犬,桓桓赳赳,都显出武勇气象。舜便哽咽着问道:"公等何人?有何见教?"那人道:"某姓伊,名益,亦叫柏翳,字曰隤敳,高阳氏之第二子也。适因行猎,经过此地,闻足下哭声悲惨,不由得不前来动问,未知足下有何不平之事?倘可助力,务请直言,定当效劳。"舜拱手道:"原来是帝室贵胄,失敬失敬。某适因家事,有感于衷,故尔恸哭,说起来非常惭愧,其他实无不平之事,深感义侠,敬谢敬谢。"隤敳见舜仪表绝俗,吐词不凡,亦动容转问道:"足下高姓大名?"舜道:"某姓虞,名舜,字仲华。"隤敳听了,矍然道:"原来就是仲华先生,久仰久仰。"说着,弃去了手中的弓箭,重复深深作揖致敬,道声"幸遇",转身指着一块大石向舜道:"我们且坐了谈一时,何如?"舜一面还礼,一面答应。那时后面四个人,亦过来行礼招呼,一个叫伯虎,一个叫仲熊,一个叫朱,一个叫罴。隤敳介绍道:"伯虎、仲熊两位,是高辛氏之子,当今圣天子的胞弟。"舜道:"原来就是大家所称为八元之中的两位么?久仰久仰。"那虎、熊二人,亦谦逊几句。当下六个人,就在石上坐下倾谈,愈谈愈投契,直到日色平西,隤敳等方才别去。次日又跑来再谈。那隤敳平日,是专门研究动物学、植物学的,所有上下草木、鸟兽、昆虫等名物形状,出在何处,性情如何,如何驯养法,皆能洞明深悉,阅历又广,走遍名山大川,言之滔滔不绝。朱、虎、熊、罴四人,与隤敳性情相合,亦喜欢研究这种学问,跟着隤敳到处游历,五个人总是在一起。但是虎、熊之才,胜于朱、罴,而隤敳又胜过虎、熊。当下舜知道隤敳是个大有为之人,隤敳亦知道舜是个大有为之人,两相敬重,遂在田间订起交来,足足盘桓了多日,方才别去。

时光荏苒,倏已冬初,舜乘此农隙之暇,收拾了所得的货物,束装归里，将以省亲，兼奉甘旨。哪知到了家中，母与弟依旧置之不理，其父瞽叟更口口声声不许他住在家中。舜无奈，恸哭而出，来到秦老家中。哪知秦老去世三月，已安葬了。不虚在苫块之中，匍匐而出，对舜稽颡大恸。舜追念秦老一向提拔保护之恩，亦怆伤欲绝，忙到灵座前痛哭一场，然后向不虚吊唁，问秦老病殁情形及时日，不虚一一回答。不虚又问舜出外情形，舜一一说了。不虚道："四个月前，雏陶来访你消息。我当时和他说，总在泰山之南，不想说错了，你恰在泰山之北。后来因为先父病重，没有心情招待他，他亦匆匆而去，想来没有遇到你。"舜应道是，于是又谈谈各种别后事，这日就住不虚家中。因见不虚新丧守制，不好多搅扰他，次日即动身告辞。不虚问他行踪，舜道："现在正是农隙，既不能在家事亲，岂敢回到历山去偷安！我现在想往西方一行。我终岁劳动所得，本想献上二亲，无奈二亲总不许我开口，并不许我站立，无可上献，只好另易些货物，暂时作负贩生涯，以逐什一之利，且待来春，再往历山躬耕。你以为如何？"不虚点头赞成，当下舜别了不虚，即向西方而去。

哪知舜才去了一日，雏陶就到不虚家中，未见不虚，就高声问道："仲华来过么？"继而一看，不虚缞麻在身，才知道他丁忧了，慌忙向灵帏行礼，又向不虚吊唁，然后再慢慢谈到舜。不虚道："昨日刚动身，可惜你来迟一步。"雏陶道："他家中仍旧不能住么？"不虚道："是呀，所以他就走了。"雏陶叹口气道："我从你这里去后，就到泰山之南去找，哪知无论如何总找不着。后来沿泰山西麓一问，就有人知道，说他在历山之下。我寻到历山之下，凑巧他刚动身归来。我急急赶到这里，又失之交臂，可谓不巧之极了。"说罢又叹气。不虚道："他此刻是西行去负贩，萍踪无定，不必去寻他了。明年春天，他说仍旧在历山，那时再访他吧。"雏陶点头道：

— 631 —

"不错不错,他一定再到历山,他和历山人感情很好呢。"不虚便问怎样的好,雒陶道:"那日我到历山一问,他们听见了,仿佛和问起他们父母一般,对我就非常恳切,又非常亲敬,竟叫仲华是圣人,都说没有圣人指教,他们还离不掉野蛮人的习俗呢!现在远近的人,闻风而搬到历山去住的,竟有争先恐后的情形。你想这种感情,岂不好么?"不虚道:"仲华不知道用什么方法,能够使他们感化悦服到如此?"雒陶道:"我当时亦问他们,据他们说,亦说不出一个缘故来,不过见了他的仪表,看了他的行为,听了他的言论,不由得不油然敬慕起来。"不虚道:"这才叫'圣人所过者化'呢。"雒陶道:"我当时又问,仲华所教的是什么话?他们道:'圣人只教我们以义,不教我们以利;圣人只教我们以让,不教我们以争。'"不虚叹道:"是呀是呀,仲华这种教法,才是不错。有些人动辄教人以利益为前提,以合伙相争为能事,弄到后来,大家只知有利,不知有义,大家争夺起来了。工肆的伙伴与工头争,商店的伙伴与店主争,学校中之生徒与师长争,甚至于家庭中的子弟与父兄争;那忘恩负义、反噬无良的人,尤其多不胜数,岂不是大乱之原么!仲华这种教法,真是不错,怪不得众人要崇拜了。"

　　不提秦雒二人谈论舜的好处,且说舜别了不虚之后,径向西北行,到了顿邱地方(现在河北南清丰县西南二十五里),做了一回生意,又往狄山,瞻仰了帝喾的陵寝。心想:帝喾旧都,在嵩山附近,听说那边贤人隐士甚多,我且往那边走走吧。当下就向西行,随地添购货物,随地脱卸,好在舜的贸易,但求什一之利,并不居奇,所以人人乐购,脱卸甚易。一日,到了嵩山南面一个负夏地方(负夏地名,古书无考。春秋时卫国有负夏,但亦指不出地方来。据《帝王世纪》《皇王大纪》《国名记》上所载,都说是舜迁于负黍。负黍亭在现在河南登封市西南,姑且当它作负夏),觉得人烟稠密,民情朴茂,舜甚为称叹。贸易之暇,到处游览,一日,到了箕山之下,只见一个老者,迎面而来,一不小心,被石子绊足,跌在地上,爬不起来。舜看了,心中大不忍,忙过去扶了他起来,到一块石上坐下,又替他敲背捶腿。好一会,那老者才回过气来,说道:"感谢你得很。"舜看他年纪甚高,骨瘦如柴,满脸病容,就问他家在何处,又问他姓名。那老者道:"我已经十年不说姓名了,你问他作甚?"舜听了,觉得诧异,叩问不已。那老者道:"汝叫什么名字?"舜告诉了,那老者笑道:"原来是你,我亦久闻你的名字。罢,罢!我就告诉你,但是你不要告诉人。"舜连声答应。老者道:"我姓许,名由,字武仲。"舜不等他说完,就拜了下去,许由止之不住。舜起身再道:"先生家在何处?我送先生归去吧。病体远出,终不相宜。"许由笑道:"生,吾寄也;没,吾宁也。即使死于道路,有什么打紧呢!现在你既然愿送我归去,也好,我家就在箕山的那一面,不过烦劳你了。"舜道:"小子得伺候长者,正是求之不得之事,敢说烦劳么?"当下舜扶了许由过山,走一段,歇一段,直到许由家中。许由深表感谢,于是与舜谈了一会。舜请拜许由为师,许由亦不推辞,就收舜为弟子。次日,舜送了许多日用之物给许由,以当束脩之挚。自此以后,贸易之余,舜常常去请教。

一日,舜正在做交易之时,忽来一人,生得乱头粗服,仪表不整,肩上挑着行李,像个游历经过的样子,口操北音,相貌清癯,满脸风尘之色,然颇不俗。舜便将所有货色取出来,请他拣选。那人道:"随便什么,只要可以应用就是,何必拣选?难道好的一定应该我用,别人只应该用坏的么?"舜听了这话,猛然触动,禁不住问道:"先生贵姓大名?"那人道:"我自来没有姓名。"舜道:"那么,先生就是大家所称为北人无择的,对么?"那人笑了一笑,亦向舜仔细观看,陡说道:"足下是否虞仲华先生?"舜不禁诧异,便问道:

"先生何以知之?"北人无择道:"现在青、徐、兖、济一带,哪个不知道足下两目重瞳、手握'褒'字的异表呢?我刚才没有细看就是了。"舜听了,慌忙让坐。北人无择道:"仲华先生,何以知道鄙人的讳名?"舜便将石户之农的话说了一遍,又请问北人无择:"何以知道我?"北人无择道:"前数年遇见贵友东不訾,后来又遇到贵友方回、灵甫,都是如此说。当时某已很景仰,后来见到石户农,因而与他谈及,不想他倒早已见过了,某反落后。"当下舜谦谢了一会,就与北人无择细细倾谈,非常融洽,彼此互相敬重,遂结为朋友。舜留他同住了多日,看看渐届春初,北人无择自到各处去闲游,约定他日在历山再相会。舜亦想归到历山,预备春耕,先来辞别许由。哪知许由已在弥留之际,家人在旁环视。许由看见舜来,又笑笑说道:"我要观化一巡,再会,再会。"说吧,过了一时,即瞑目而逝。舜不禁大哭一场,停留两日,助他家人经纪丧事,又拿出这次贸易所得的利息,为许由营葬,葬在箕山之巅,所以箕山又叫作许由山。葬好之后,舜自归历山而去。后来帝尧知道了,因就许由的墓加以封号,叫作箕山公神,以配食五岳,世世奉祀,几千年不绝。那时巢父亦早死了,到现在却有两个坟:一个在箕山,与许由之墓相近,后人因此将巢父和许由并称,叫作巢许;一个在山东聊城市东南十五里。究竟哪一个是真,却不可考了。

第七十二回

历山成都舜号都君　号泣于旻天而作歌
三足乌集庭　渔雷泽交皋陶
元恺大会集

且说舜从负夏回到历山,再事耕种,不知不觉又过了一年。那时历山附近的人家越聚越多,地越辟越广,有人替他计算,自舜到历山之后,远近来归的人,一年成聚,二年成邑,三年竟成都了。一个荒僻之地,忽成大都会,推究缘由,都是舜的德感所致。而且这个都会里的人,个个都听舜的号令,服从敬仰,仿佛一都之主,因此大家就叫他都君。一日,春暮,舜在田间工作,思念二亲,忽见一只母鸠翔于树间,转眼一只小鸠又飞集在母鸠旁边,嘴里衔了食物,你哺我,我哺你,且哺且鸣,鸣声非常亲热,表示它母子的慈爱欢乐。舜看了这种情形,心中益发感触,暗想:彼小小禽鸟,尚且有天伦之乐,我是一个人,何以连禽鸟都不如?真是惨酷极了。想到这里,禁不住又要恸哭,后来一想,哭亦无益,我姑且作一个歌吧,于是信口而歌道:

陟彼历山兮崔嵬,有鸟翔兮高飞。思父母兮力耕,日与月兮往如驰。父母远兮吾将安归?

歌罢之后,悲从中来,再忍不住了,放声大哭,恸倒在山坡之上,惊动四围的农人,齐说道:"都君又在那里思亲了,我们去劝劝吧。"于是大家过来,竭力向舜劝阻,方才止住。这种情形,三年之中,也不知有多少次了。

一日,舜正在田间,忽然见邻村农友同了一个人来,说道:"这是都君家里叫他带信来的。"舜慌忙问他何事,那人道:"尊大人近日有病,令弟象叫我带信来,向你要些财物作医药之费。"舜听了,大吃一惊,忙问:"家父患何病?何时起的?"那人道:"据令弟如此说,我却不知道是什么病,想来总是重病了。"舜一听,尤其着急,忙到自己室中,将平日的积蓄统统取出来,一面又收拾行李,预备星夜驰归,一面又托邻人将他所种的田代为治理。这时历山居民,一传二,二传三,都知道都君因亲病,要归去了,大家都来送行。又知道舜积蓄不多,诚恐不敷医药之费,每家都有馈贶,合计起来,颇觉不资。舜再三推让,众人一定不肯收转。舜归省心急,无暇再和他们推逊,只得收了。刚要动身,哪知带信来的这个人忽然阻拦道:"令弟还有一句话,叫我和足下说。"舜忙问何话,那人道:"令弟说,假使足下要归去侍疾,叫我竭力劝阻。因为尊大人对于足下很不满意,倘若足下归去之后,尊大人病中肝火旺,恼怒起来,病势或者因此加重,那么足下恐怕负不起这个责任呢。"舜一想,这话有理,遂说道:"舍弟的话极是,但是我做人子的,平日既不能奉养,听见亲病了还不回去,那么我竟不是人了!我想总须回去的。"那人道:"令弟对我说得很恳切,叫我务必劝足下不要回去。我看足下,还不如暂在这里,待我归去,和令弟接洽。如果尊大人病势沉重,我再来赶足下回去,岂不好么?"舜道:"极感盛情,但是我此刻五中如沸,恨不得插翅飞归,现在既然舍弟有这番深虑,我且归到里门,暂不到家,再看情形,如何?"那人见阻挡不住,只得与舜同行。不数日,到了姚墟,这人叫舜暂且在村口稍待,让他先与象接洽,再定行止。舜答应道是。那人去了,舜独自一人守住行李,正在悬念父亲之病不知如何,忽然肩上有人一拍,问道:"仲华一个人在此做什么?几时来的?"舜回头一看,原来是灵甫、东不訾、秦不虚、方回四个。舜大喜,忙问秦不虚道:"家父这几日病势如何?"不虚诧异道:"老伯清健之至,并没有不适呀?刚才早晨出门,还看见他老人家由令妹扶着,在门外呼吸新鲜空气,我还过去请安、谈几句话呢,你这话从何而来?"舜至此,彻底大悟,便说道:"我有多时未归省,心中惴惴,常恐严亲有病,故有此问,如今心安了。请问诸位到何处去?"方回走过来,一把手握住舜道:"我和你多年不见了,实在想念得很。因为做了一个芝麻绿豆大官,职守所在,一步走不开,屡次想来望你,竟做不到。全亏灵雉诸君,随时来报告消息,所以我于你的事迹已统统知道。去年我发了一个恼,立刻将闾士之职辞去,不管天子准不准,我就走了。从此云游天下,回复我的自由。后来遇见东不訾,同来望望不虚,又遇见了灵甫,今天居然又遇见了你,真是爽快呀!"灵甫道:"不虚一向事亲,不能出门,后来又丁忧守制。前月我在家中想想,不虚服阕了,所以来访访他,不料路上遇着东、方二公。我们商量,正要来访你呢。"舜道:"承情之至。"东不訾道:"仲华急于省亲,我们和他同行吧。"众人道是。

于是五人一路走,一路谈,不一会,到了舜家门口,只见瞽叟拖着杖,扶着敫首,又在门首。舜急忙放了行李,趋到瞽叟面前,倒身下拜,高叫:"父亲,儿舜回来了。"敫首见了亦大喜,忙向瞽叟道:"父亲,二哥回来了。"瞽叟虽则听信谗言,究是父子之亲,不忍遽下逐客令,嘴里却骂道:"不孝的畜生,你来做什么?谁要你回来?你心中还有父母么?你出去了多少年,一点东西都没得拿回来,父母的冻饿都不管,你心中还有父母么?快给我滚开去!"说着,以杖作欲打之势。舜连连叩头道:"儿现在已知罪过,情愿痛改,请父亲息怒。"这时方回等四人在旁,看见瞽叟动怒,大家都来相劝。不虚是最熟的,当先高叫:"老伯,仲华这次一定改过了。他连年所购的财货,颇有些,此刻都拿回来孝敬老伯,以赎前愆。请看小侄等薄面,再饶他一次吧。"瞽叟叹口气道:"秦世兄,你不要相信他。这个不孝子,是专门欺诈刁狡,不会改过的。"不虚道:"老伯息怒,仲华以后一定改过了,请老伯饶了他吧。"这时,方回等亦一齐上前,高叫:"老伯!大伙儿讨情。"瞽叟才缓过口气道:"既承诸位如此说,老夫暂再饶他一次。"当下舜叩首谢了父亲,刚才立起,瞥眼见那历山送信的人从屋后走出来,看见了舜,掩面鼠窜而去。随后,象出来一张,也缩转去了。舜亦不及招呼,便来扶瞽叟入室,那方回等四人亦告辞而去。舜将行李挑进屋内,又和敫首进去拜见母亲,瞥眼又看见象。舜便叫"三弟",象禁不得羞耻之心发现,脸上涨得飞红,回叫道:"二、二哥,你怎、怎样就就回来了?"舜心中虽知道这次是象的骗局,但不忍说破他,只说道:"我连年在外,记念父母,所以回来望望。这两年全亏三弟和四妹服侍二亲,真是偏劳,对不住。"象见舜绝不说明,那心亦渐渐安了,于是同到堂上。舜将行李打开,所携货物一概搬出来,献于父母,并且一一报告给瞽叟听,另外还有些分赠弟妹。后母和象看见了如许物件,暂且不和舜作对,便准他住下。这日晚上,只有瞽叟略问问舜这几年的情形,后母和象无话可说。倒是敫首,对于舜非常亲热,趁没有人见的时候,低低地向舜道:"二哥,你屡次托人带来的财货,三哥都干没了作为己有,所以父亲刚才如此责备你。你下次总要自己带来,并且要象今朝一样,一一报给父亲听,我做见证,那么就好了。"舜听了,连连点头。

到了次日,舜寝门问安之后,就到厨下代母亲服劳,敫首亦在中庭洒扫。忽见一只赤色的鸟儿,在庭中缓缓地跳。敫首觉得稀奇,仔细一看,原来是三只脚的,不觉诧异,急忙去告诉她母亲。她母亲和舜、象都来观看,的确有三只脚。象就想设法去捉,舜劝他不要捉,象哪里肯听。哪知无论如何总捉不着,但是亦不飞去,大家不解其故。过了一日,邻舍知道,都纷纷来看。有的说是祯祥,有的说是妖孽,纷纷传为异事。只有方回知道,这鸟是与舜有关系的,便向灵甫等说道:"赤鸟就是朱鸟,它所居的地方,高而且远,是日中三足乌之精,感而降生的呢!何以有三只脚?易数,奇也。易数起于一,成于三,所以日中之乌是三足的。大凡人子至孝,则三足乌来集其庭。现在仲华至孝,所以此鸟来集,何足为奇呢!"灵甫等听了,都以为然。不提方回等在外面议论,且说象听见众人有妖孽之说,便心生一计,和他母亲商量。他母亲就向瞽叟说道:"这个三足赤乌,无端飞来,不肯飞去,大家都说是不祥之兆。象儿去捉捉,舜儿硬孜孜不肯。计算起来,从来没有见过这种怪鸟,舜儿来了,才来的,我看有点奇怪呢。倘使真是不祥之兆,不知道应在舜儿身上,还是应在我们身上?我们倒不可以不研究研究。"瞽叟是受蔽甚深的人,听了这话,也不细想,便叫了舜来,吩咐道:"你归家已住过几日了,你可以仍旧到外边去,自营生活,享你的福,不必在此。限你今朝动身。"舜听了这话不对,忙跪下求恳道:"容儿在家中再多住几日。"瞽叟大声道:"我的话,说过算数,你敢违抗么?"舜知道无可挽回,只得含泪起身,收拾行李,拜辞父母,别了弟妹,重复出门。那只三足乌,却如知道人意的,舜一出门,它亦冲天而去,不知所往了。

且说舜出门之后,又到秦不虚家中来。那时灵甫等被不虚苦留,还未动身,看见舜这副情形,知道又被赶逐了,大家就安慰舜一番。方回道:"本来那个老巫咸见神见鬼的把戏,我不甚相信,现在我相信了。那个老巫的徒弟,岂不是说仲华的尊公要十三年之后双目才能复明,此刻虽求到灵药,亦无济于事么?仲华求到空青,仍旧失败,他的话一半已验了。十三年现在已过去一半,等再过六七年,他的话语全验,仲华就可以永享天伦之乐,此刻不必过于忧愁。"众人听了,都附和道:"这话极是极是,只要尊大人目疾一愈,百事自迎刃而解,仲华且再静等吧。"舜听了,亦不言语。灵甫道:"离此地东南几十里,有一个雷泽,面积既大,风景亦好。当初黄帝轩辕氏,曾在此掘取雷神之骨,以击夔鼓,在历史上亦是有名之地。我们昨天和不虚闲谈,说不虚从不出门游历,与男儿志在四方之旨不合,劝他同到雷泽去游玩游玩。如今仲华来了,我们同去吧。"舜听了亦赞成,正要起身,忽见外面来了三个人,原来是雒陶、伯阳、续牙。众人大喜,都道:"难得。"方回道:"好极好极,我们大家去吧。"续牙忙问到何处去,东不訾便将游雷泽之事说了一遍。雒陶等都道有趣。不虚道:"我们从来没有大家一齐聚在一起过,今朝难得如此齐全,且在我家里畅谈一宵,明日再出游,何如?"大家都赞成。这一晚,良朋聚首,促膝谈心,真是其乐无极!

次日,大众出门,径向雷泽而来。那雷泽周围方数百里,烟波浩渺,一望无际。舜等到了泽边,雇了一只船,容与中流。舜忽然叹了一声,大家问道:"仲华叹什么?"舜道:"现在洪水滔天,陷没的地方不少。我看此地地势低洼,将来恐难幸免,所以发叹。"雒陶道:"洪水已经几十年了,圣天子急于求贤,到今朝竟还求不出一个,真是可怪。难道现在大家所称道的八元、八恺,还算不得贤人么?难道圣天子还不知道么?何以不擢用他们呢?真不可解。"伯阳道:"我想不是如此。八元、八恺,确是贤人,但是承平庶政之才,不是拨乱靖变之才。这个洪水,是天地之大变。八元、八恺虽贤,我看叫他们治起来,恐怕亦没有办法的。圣天子求贤,急其先务,恐怕无暇及到他们,先须寻出一个出类拔萃之才,使他靖变定乱,然后八元、八恺起而辅之,那时自然迎刃而解了。"不虚道:"那么这个出类拔萃之才,是何人呢?当然是仲华了。"大家听了,都说果然,除出仲华还有何人。舜听了,竭力谦抑道:"诸位太过奖了。"续牙正色道:"仲华,古人当仁不让。如今民生困苦到如此,果然圣天子找到你,你应该为万民牺牲,不可再谦让了。"东不訾道:"可惜圣天子还没有知道仲华。我想仲华此刻的声名,已经洋溢各州。历山三年成都的奇绩,尤为前古所无,四岳之中岂无闻知?想来不久必要荐举了。"方回道:"我去年见到圣天子,曾经将仲华的大略面奏过,不过我人微言轻,圣天子的求贤,又是其难其慎,不是敷奏以言,明试以功,决不肯就用的。后来我又弃官走了,圣天子即使要找仲华,急切亦无从找起,所以至今未见动静,或者是这个缘故。"秦不虚叹道:"仲华的年纪已三十岁了,仍然如此落拓,殊属可惜。"舜道:"这个却不然。穷通有命,富贵在天。一个人应该耻他名誉之不白,哪里可恶爵位之不迁呢!"灵甫笑向舜道:"仲华,如果圣天子用到你,你的设施究竟如何?可以先说给我们听听么?"舜慨然道:"果然圣天子用到我,我的政策仍以求贤为先。"续牙道:"八元、八恺不可用么?"舜道:"元恺之中,我仅见过隤敳、伯虎、仲熊三个。隤敳自是奇才,但亦仅能当得一面,至于伯虎,仲熊,不过辅佐之才而已,更觉差些了。我总想寻到一个能够综揽全局的人,方才惬心。否则圣天子即使用我,我亦不敢轻易登台呢。"

　　正说到此,舟忽拢岸,原来已到了一个幽曲的地方,有些台榭花木,碧隈深湍,可以供人游玩。众人至此,都上了岸,往各处游眺,走过了几个庭榭,只见方塘之上,有一个人背着身子,独自在那里垂钓。众人也不以为意,从那人背后走过。那人听得后面有人,不觉回转头来,舜见他大头方耳,面如削瓜,口如马喙,暗暗称奇,说道:"好一个品貌!"谁知那伯阳、灵甫、续牙,都是认识的,早跑过去,向那人拱手说道:"原来是皋陶先生,幸遇幸遇。"随即回身,将舜与方回等介绍与皋陶,又将皋陶介绍与舜等,说道:"这位是少昊金天氏之后,名叫皋陶。"众人听了,彼此相见,都道仰慕,于是重复回到庭樹之中,坐了倾谈起来。舜觉得皋陶的才德,比到隤敳,似乎尚有过之,不免倾心结纳。那皋陶知道舜是天纵圣人,亦心悦诚服,两人就订交起来。大家闲谈之间,偶然说起隤敳,皋陶道:"这个人某亦认识,五个月前,曾经与朱、虎、熊、罴四位在曲阜,据他说,极佩服仲华先生,要邀齐苍舒等元恺十六人到历山奉访,想还未曾来过么。"舜道:"某离历山已有多日,近日情形未能知道。"灵甫向皋陶道:"前年在曲阜时,适值先生清恙复发,后来即痊愈么?"皋陶道:"后来就愈了。"众人忙问何疾,皋陶笑道:"是个暗病。"众人不解,皋陶道:"某自先母弃养时,忽然喑不能语,隔了好多年,自以为废弃终身了。有一年夏间,受热眩瞀倾跌,吃了一惊,不觉就能言语了。后来屡喑屡愈,不知有几次,想来这个病是要与之终身了。"方回道:"想来是声带上受病之故。"众人都以为然。正说到此,只见一人仓皇而来,见了皋陶,便道:"家中刚有人带信来说,有好许多客人要来呢,赶快请你回去。"皋陶想了一想,便和舜等说道:"想来是元恺等要来了,诸位可否在此稍待数日,容某去同了他们来。"众人道:"我们何妨同去呢。"皋陶道:"这个不必,因为是否不可知。如果是的,尽可以邀他们来此同游;如其不是,省得诸位徒劳往返。我往返总以半月为期,诸君能稍待么?"众人都答应了。皋陶就同了来人,星驰而去。这里舜等八人,仍在雷泽玩了一日,这夜就住在船中。

次日,众人商议在此半月中消遣之法。伯阳道:"游不废业。此地大泽,鱼类必多,水处者渔,又是圣天子之教,我们来做渔夫吧。"众人听了,都赞成,于是就向邻村购了许多渔具,大家钓网起来,倒亦甚觉有趣。刚刚等到半月,果然皋陶同了苍舒、伯奋等来了,八元、八恺不差一个,另外还有朱、罴二人亦同了来,合之舜等八人,共总二十七个人,萃于一处。由认识的互相介绍,各道钦慕,就在那庭榭之中团聚起来。有的磊落轩昂,有的渊静肃穆,有的权奇倜傥,有的尔雅温文,须臾之间,议论蜂起,有的陈说天下利弊,有的评论古今得失,有的显专门之长,有的吐平生之志,真可谓有美必齐,无善不备。在下一支笔,亦记不胜记,所以只好不记。假使给汉朝的太史知道了,他必定要奏知皇帝,说天上德星聚,或者说五百里内贤人聚了。

第七十三回

帝子朱慢游是好　夸父臣帝子朱罔水行舟

话分两头,且说帝尧自从在尹寿家中拜子州支父为师之后,起身而归,在路上总是惦念洪水,便命从人暂不归都,先绕道到孟门山来一看。哪知逾过鼓镫山(现在山西垣曲县),到了稷山一望,只见西面一片浩渺,目不见其涯涘,比前次来时,水势不知道增长几倍了。那大司农从前教民稼穑的场所,早已湮没无存,不可寻觅。帝尧看了,不胜叹息。从人问可要乘舟,帝尧道:"且慢,沿山过去吧。"于是沿着中条山,到了首山(现在山西永济市东南)。那首山西连华山,南连嵩山,为二岳之首,隆然特起,所以称为首山,一名雷首山,又名首阳山,是个名胜之地。当下帝尧到了首山,向西向北一望,仍无涯涘,从前的田庐都成泽国,不禁忧从中来。忽然看见无数槐树之中,有一种异鸟飞来飞去,其状如枭而有耳,并且有三只眼睛,叫起来声音如鹿,又如豕,颇为诧异,便叫从人去打听。才知道这种鸟儿,名叫鸱鸟,出在那面机谷之中,并不为害,吃了它的肉,可以治下湿之疾的。帝尧听了,也不言语。当下下山乘舟,各处考察一会,方才回都。

自此之后,帝尧在朝,除处理政治之外,总是忧心于洪水。哪知国难未纾,家忧又作,原来帝子朱的失德,渐渐彰著了。那帝子朱在幼年的时候,帝尧知道他的气质不好,要想用一种沉潜刻苦的东西来变化他的气质,所以教他围棋。起初他似乎有一点高兴,孜孜不倦地去研究,久而久之,不免讨厌了。一则围棋的功夫,非常深细,极费脑力;二则没有对手,是不能弈棋的。帝尧忧勤国事,哪有闲工夫和他做这游戏之事。其余宫人、小臣等,亦没有他的敌手,所以他益发感觉无味,渐渐也不去弄它了。后来年纪渐长,游戏之心不改,又到外面去结交了些淫朋损友。初则不过群居终日,言不及义,好行小惠而已;后来渐渐地酣歌恒舞,无昼无夜地淫乐起来。帝尧事务虽忙,然到了这个地步岂无闻知,因此又叫子朱来,恳恳切切地教导他一番,一面又选了几个端方明达的朝士,做他的师友,教导他,辅佐他,希冀他能够逐渐地迁善改过。哪知俗语说得好,"江山好改,本性难移",他总给你一个种种不受。那几个师傅,不得已,只能向帝尧辞职,自言不胜教诲之任。帝尧听了,非常忧闷,一面殷勤慰留师傅,一面又叫了子朱来,严厉地责备了一番,方才了事,如此者已不止一次。

这一年,是帝尧在位的第五十三载,因为有特别关系,帝尧率领了几个掌礼的官员,预备了无数祭品,亲自到洛水去致祭了一会。祭毕之后,就匆匆回都,总共行期不过二十日。哪知刚到平阳相近,只见那汾水之中,有许多船只在那里游行。船只之中,笙簧钟鼓,聒耳沸天,好不热闹!帝尧暗想:如此洪水大灾,人民饥寒困苦,忧愁不遑,哪个竟在这里苦中作乐?可谓全无心肝了!当下就叫从人前去探听。从者回报说道:"是帝子朱,在那里游玩呢?"帝尧听了,又怒又忧,当下叹了一口气,也不言语,就匆匆回宫而去。且说那帝子朱,何以在此流连作乐呢?原来他的天性极好慢游。连年帝尧在都,拘束着他,他好生郁闷。这次帝尧忽然往南方去了,他料定必有几个月的勾留。因为帝尧向来出门,日子总多的,所以他得意之至,连忙去约了那班淫朋损友,并且预备了船舟音乐,在汾水之中,遨游多日,畅快之极,几年的郁闷总算发泄殆尽了。这日,正要回来,哪知给帝尧遇见。子朱知道之后,顿然面孔失色。那些淫朋损友亦知道事情不妙,个个上岸,兽散鼠窜而去。子朱亦急急回宫。到了晚上,帝尧果然又饬人来叫子朱去,痛痛地训责他一下,看那子朱的情形,垂手低头,战兢局促,仿佛觳觫得不得了,但看他脸上,毫无愧耻之心,知道他决不会改过的。这一夜,帝尧忧闷之至,竟不能成寐。

次日视朝之后,退朝较早,约了大司农、大司徒二人到小寝之中,商量处置子朱之法。帝尧的意思,是想放逐他到远方去,再圈禁他起来,庶几可以保全他的寿命,否则照此下去,恐有生命之忧。大司徒道:"臣的意思,一个子弟的不好,总是被那些淫朋损友引诱坏的。先帝挚那个时候,就是受了这种影响。现在既然给帝遇见了,那些淫朋损友究竟是什么人,究竟有多少人,可否将他们一一召集拢来,严加惩处,以警戒他们蛊惑帝子之罪。这么一来,那些淫朋损友当然绝迹。没有了引诱之人,那么事情就好办了。一面再慎选师傅,督率教导,或者可以挽回,未知帝意以为如何?"帝尧叹道:"汝的意思,朕亦想到,不过有两层为难。一层,淫朋损友之害,的确有的,但是推究起来,那些人固然是淫朋损友,朱儿亦不是良朋益友,究竟是他们来引诱朱儿的呢,还是朱儿去引诱他们的呢?论起理来,朱儿身为帝子,应该特别的恭慎勤恪,以为他们的倡率,现在竟淫乐到如此!果然有罪,朱儿是个首,那些人还是个从,朱儿应该办得重,那些人还可以办得轻。假使不问缘由,朱儿不先严办,反将那些人严办起来,天下之人必以为朕偏袒自己的儿子,仗着天子的威权去凌虐平民了,朕决不敢做的。讲到'君子责己重以周'的古语,朕亦不肯做的。所以这一层是为难的了。第二层,朱儿现在年纪已不小了,不比童子之年,做父母的可以用强权劫制。到现在这么大的年龄,岂能长此幽闭在家里!年龄既大,意志亦坚,即使有严师督责在旁,拘束了他的身,不能拘束他的心,而且积愤之后,将来反动起来,恐怕越加不可收拾,所以这一层亦是为难。"大司农道:"帝的话固然不错,但是现在遽然窜他到远方去,究竟觉得太忍,可否由臣等去叫了他来,剀切地劝导他一番,晓之以利害,或者能够觉悟,岂不是好?如其不能,到那时再行设法,未知帝意如何?"帝尧道:"那么好极了,朕虽屡屡严责他,但是因为父子天性的关系,有些话不便说,深恐因此而贼恩。现在二位伯父去教导他,不妨格外严重,倘能使他革面洗心,那真感谢不浅。"说罢稽首。大司农等慌忙还礼。当下大司农等归去之后,急忙去召帝子朱来。帝子朱不知何事,急急应召而至。大司农先板着面孔训责他道:"你的行为,真荒唐极了!有学问不肯去求,有德行不肯去修,终日里在家酣歌恒舞,耽于逸乐,成什么模样!近来又跑到外面去游戏了。洪水荡荡,圣天子忧危到如此,而你反在其中寻逸豫;人民沛颠到如此,而你反在其中贪快乐;真可谓全无心肝!你是天子的元子,本来有继嗣的希望,现在绝望了。不但不要你继嗣,并且要驱逐你到远方去,不许你住在都城里。我已和天子说过,限你明日即行,你可回去,好好收拾一切。明日上午,我送你去。"帝子朱听了这话,出其不意,不觉目瞪口呆,一声不言。大司徒道:"一个人总要能够改过。你种种失德,天子不知道劝诫了你几次,你总不肯改过,所以不得已只好出此下策,你好好地去吧。现在你还有什么话说?"帝子朱方才说道:"我不愿到外边去,我情愿改过。"大司农道:"我看你决不会改过,决不肯改过,这种话都是空说的,还是赶快去收拾吧。"帝子朱道:"我以后一定改过。"大司农总不相信。大司徒在旁,做好做歹,总算和他订了一个条约,这次暂时饶恕,以后如再有类乎此的失德事情发生,一定决不宽贷。帝子朱一一答应了。大司农和大司徒又痛痛切切地训诫了他一番,方才走散。

自此之后,帝子朱果然不敢慢游了,和那些淫朋损友不敢接近。那些淫朋损友,听到帝子朱几乎远窜的风声,防恐帝尧连他们亦惩治在内,所以亦不敢再来和帝子朱亲近,因此足足有一年余,没有什么失德的事件发现。不过帝子朱虽则没有做失德之事,却亦没有做进德之事,假使能够日日进德,那么元气日充,邪气日退,久而久之,邪气根本肃清,才是个彻底的办法。现在帝子朱一方面虽不为恶,但是一方面并未修德,纯是个强迫消极的行为,所以是靠不住的。果然,过了一年,那老脾气渐渐又发露了。起初在家里,对于小臣从人非常之虐待,轻则骂,重则打,种种怨愤郁闷之气无可发泄,统统都发泄到他们身上去,甚而至于拳殴足踢,亦是寻常之事。有一天,趁帝尧和大司农等都为了祭地祭祀在那里斋戒的时候,就溜出宫来逛逛,恰好遇到了从前的几个淫朋损友,不免各诉相思,各道契阔,倾谈了良久,不觉把一年中压迫在里面的不道德之心,一齐都活动起来了。于是大家又提议到哪里去快活他一日,商量结果仍旧是坐船的好,因为坐船可以躲避人家的耳目,又可以到远处去尽量作乐。

大家上船之后,就向汾水上流摇去。这时帝子朱故态复作,把大司农所订的条件早已忘记了。那些淫朋损友亦趁此开心,肆无忌惮,有的奏竹,有的弹丝,乐不可支。后来到了一处,望见对面,仿佛大湖,湖中隐约见许多名花开放在那里,颜色似甚美丽。帝子朱忽然说,要到那湖里去赏花,吩咐舟子停船。大家都上了岸,走有几百步之路,到得湖滨一看,那美丽的花开在湖中一个小渚之上,可望而不可即,环着湖滨走了许多路,又找不到一只船。大家正在踌躇,内中有一个人创议道:"我们原坐来的那只船,何妨叫摇船的人拖它过来呢。"有一个人说道："船身太大,船夫只有两三个,恐怕拖不过来呢。"帝子朱这时已游兴勃发,自己已不能遏制自己,听了这话,就嚷道："我们叫他拖,他敢不拖?拖不过,我就打这无用的人。"说着,独自当先,率领众人回到船上,叫船夫将这船从陆地上拖过去。船夫笑道："这么大的船,起码有几百斤,怎样拖得过去呢?"帝子朱听了,登时沉下脸来,骂道："你们这两个狗才,敢抗违我的命令!你们这两副贼骨头,不要在那里想讨打!"旁边淫朋损友又帮着催逼。两个船夫道："委实拖不过的,不是小人们吝惜力气不肯拖。请帝子和诸位原谅吧。"帝子朱听了这话,更不发言,便伸手一个巴掌,打过去,打得那船夫"啊唷皇天"的乱叫。有一个淫朋便来解劝,向船夫道："不管拖不拖得过,帝子既然命令你们拖,你们且上岸拖拖看,如若拖不过,再说。"两个船夫没奈何,只得上岸来拖,但是哪里拖得动呢!那时岸上看的百姓甚多,见了这种情形,如此大船,两个人哪里中用,恐怕二十个人还是吃力呢。帝子听了这话,禁不得激动了无明之火,便又走过来,用脚连踢那两个船夫,口中骂道："这两个无用的囚徒!"踢得那两个船夫都蹲在地上乱叫,索性不拖船了。正在不得下台之时,忽见远远地跑来一个大汉,身躯之长约在三四丈以上,伟大异常,手操大杖,其行如风,倏忽之间已到面前。因见众人围集在一处,他也立定了观看。看见帝子朱踢那船夫,他就将大杖排开众人,大步入内,向帝子朱说道："足下要将这只船拖到岸上做什么?"帝子朱朝那人一看,不觉吃了一惊,暗想,天下竟有这样长大的人!真是可怪。当下便和他说道："我想将这船拖到那边湖中去。"那大汉道："这个容易,我替他们效力吧。"说着,就倒转他的大杖,将大杖头上的弯钩向那船头一钩,往上一拖,那船顿时已在岸上。那大汉回身走了两步,早将这船安放在湖中了。这时众百姓看了,无不咋舌称怪。那帝子朱尤其乐不可支,便过来请教他的姓名。那大汉道:"我名字叫夸父,我是炎帝神农氏的后代。"帝子朱听了,非常欢喜,便邀他同坐船,到那小渚中去赏花。夸父也不推辞,大家坐在船中,一路闲谈,才知道他就是颛顼、帝喾两朝做后土的那个句龙的孙子。他的父亲名字叫信,已去世了。他的伯父垂,正在朝廷做官。他自己因为形状与常人不同,又最欢喜四方奔走游玩,所以不乐仕进,终年到处跑来跑去。据他自己说跑得很快,认真跑起来,从天下极东跑到极西,不要一日呢!帝子朱听见他有这种异能,而且又欢喜游玩,与自己的性情相合,尤其得意,便说道:"你的不要做官,不过为做了官之后太拘束,不能畅意游玩就是了。我明朝做了天子之后,一定要你做官,同了我到各处游历,不来拘束你,你愿意?"夸父听了这话,不觉诧异,便问帝子朱:"你是何人?"那些淫朋损友在旁代对道:"这位就是当今圣天子的元子,你不知道么?"夸父听了,又将帝子朱看了两眼,说道:"既是如此,我亦愿意。不过来去一切,要听我的自由。"帝子朱道:"那个自然。"于是夸父从此就做了帝子的臣子。当下到了小渚,赏了一回花,天要黑了,大家都有点为难起来,怕不能回去。夸父道:"怕什么?从此地到平阳,不过几十里,不需眼睛一瞬,就可以到,怕什么?我送你们回去吧。"当下船到岸边,夸父先跳上岸,叫众人都不必动,他又将大杖钩在船头,拖到岸上,但是他不再拖到汾水之中,径向陆地上拖去。众人但觉两岸树木、高山、房屋等的黑影,纷纷从船外掠过,仿佛和腾云驾雾一般,不到片刻,果然已到了平阳,但是那只船底,已破损不堪。众人出船后,无不道有趣。帝子朱尤为乐不可支,重重赏了那两个船工,便邀夸父到宫里去。夸父道:"我的形状骇人,到宫里去恐不方便。果然要我来,明朝仍旧在西门外汾水边等待可也。"帝子朱听了,亦以为然,于是约定明日再见。帝子朱便独自回宫,幸喜未遇到熟人,亦无人查问,将心放下。

到了次日,帝子朱打听得帝尧和大司农等仍在那里斋戒,不管理外事,不觉大喜,邀了那些淫朋损友,又到西门外汾水边来。那夸父早已先在,大家就商量游程及游法。帝子朱道:"最好用昨晚的方法,我们坐在船里,你拖我们。"夸父道:"这个亦使得,不过有两层不便。一层,白昼里人家看见了,要骇怪,而且往来的人多,我走得很快,容易给我冲倒。第二层,路太远了,船身损坏,恐怕转来为难。"帝子朱道:"那么仍旧在水里行船,到晚了,你再拖回来,如何?"夸父道:"这个可以。"于是大家就上船,摇了一程,帝子朱总觉无味,就向夸父说道:"这样气闷极了,还是你上岸拖吧。撞杀了人不要紧,有我呢。假使船坏,别地方总有船,可以换一只。即使没有船,你亦可以背我们回去,难道这样大船拖得动,我们这几个人反背不动么?"说得大家都笑起来。夸父道:"既然如此,亦可。"于是夸父上岸,又用杖拖船上岸,往前便跑。一路百姓看见这种陆路行舟的情形,又是这么快,大家纷纷传说,都以为怪。这一日路程游得甚远,船破损了六七只,直到半夜方回到平阳,喜得不曾撞坏人。自此以后,一连数日,都是如此,直到帝尧祀礼既毕,方才不敢再出门。但是如此招摇,帝尧和大司农等岂无闻知;再加以沿途强迫借用百姓的船只,虽则仍旧酬他财物,但是岂能适当;因此不免有怨恨之声,渐渐地给帝尧等知道了。

第七十四回

帝尧使大司农放子朱于丹渊　迁都太原

伊献献图　水逆行之理想

共工免职　四岳举鲧

　　且说帝尧知道子朱又有无水行舟,昼夜雠雠之事,心中越加忧闷。一日,临朝,问百官道:"现在天下洪水,朕实在办它不了。汝等细细想想,有哪一个人可以举他起来,继续朕这个大位的?"那时百官听了,都默默不语。忽然放齐冒冒失失地道:"臣的意思,帝子朱实在是开通的人,资质又很聪明,何妨明诏立他做太子呢!"帝尧听了,叹口气道:"朱儿这个人,口中从没有忠信之言,这个称作嚚;师友劝告他,他总不肯听,反要斤斤争辩,这个称作讼;如此嚚讼之人,可以付他大位的么?天子大位,是天下公器,朕决不敢以私情而害公义,汝不必再说了。"放齐听了,不敢再响,其余群臣亦没有一个赞成,于是就此作罢。到得退朝之后,帝尧又叫了大司农、大司徒两个进去商量道:"朱儿从前朋淫慢游,朕想远窜他出去,经汝二人斡旋,暂且留住察看。一年之内,虽则没有大过,但是近来故态复萌,且更厉害,还能宽恕他么!尤其危险的,今日朝上放齐竟说他好,还要推戴他。放齐这个人虽不是上等人,但还算正直的,他的见解尚且如此,以下同他一般见解的人必定不少。万一朕明朝百年之后,竟有人推戴他起来,拥他做天子,岂不是害了他么!朕的意思,总想择贤而禅位。万一明朝有了可以禅位的贤人,大家又拥戴了朱儿,和他争夺,这事情更糟。所以朕的意思,总以远窜他出去为是。朕并非不爱朱儿,因为如此,才可以保全他,汝等以为何如?"大司农等至此,已无可再说,于是商量安置的地方。帝尧主张远,大司农等主张近,使他可以常常归来定省,以全父子之恩。帝尧也答应了。商决的结果,就在丹水上源的地方,名叫丹渊(现在山西长子县南,即卫水的发源处),离平阳不过几百里,三五日可以往返。帝尧就叫大司农送了他去。帝后散宜氏虽则爱子情切,然而大义所在,亦顾不得了。到了临行的那一日,帝尧又切实训诲了他一番,方才起身。大司农送到丹渊,看看一片山陵,无栖身之地,于是聚集人夫,替他筑了一座小城,使他居住。(就是现在的长子县,以帝子得名。)从此帝子朱改叫丹朱,然而自此之后,那夸父等倒反可以和丹朱聚在一起,作种种游乐之事,这是后话不提。

且说帝尧放了丹朱之后,正是在位的五十八载。哪知隔不多时,地又大震,连月不止,而且很厉害,山崩石裂,可怕得很。那孟门山上的水,更是滔滔而下,平阳地势低洼,看看要被水浸没,不可居了。帝尧正想搬到那从前预备的都城里去,谁知又有地方官来报道:"北面吕梁山上,也开了一口,亦有洪水从山上下来,汩汩地冲到汾水中去。那汾河两岸日涨月高,那一次预备的都城,固然不可居,就是第二次预备的都城,虽在上流,但是逼近昭余祁大泽,恐怕亦不可以居了。"帝尧君臣商议,只得在汾水东北的太原地方相度地势,再建新都。(后世叫它唐城,在山西太缘故城北一里。)一方面预备新居,一方面先将物件陆续迁移,一方面又要招呼百姓,帮助他们迁移,一方面又要派遣人员,向各州考察调查,真是忙不可解。

过了几月,西北方山上的洪水竟是滔滔而来,平阳之地万万不能再住。幸喜得这时搬到新都去的百姓,已有十分之九,城中所余无几,但还有数百户之多。帝尧的意思,处处以百姓为重,以百姓为先,百姓未迁移完之前,他决不肯先适乐土。哪知这日竟万万不及待了,西北方堤坏,一股洪水直扑平阳,顷刻之间,城内水深三尺。帝尧没法,只得率领了他的皇后散宜氏和子女等仓皇出宫,坐了早已预备的船只向东南而行,到了一座小山之上,暂时休息。此外群臣,除出大部分已往新都经营外,其余大司农、大司徒的眷属等,都跟了帝尧逃避。大司农等则乘舟尽量救援百姓,使他们陆续都到小山上居住。回首一望,平阳一邑早已沦浸在水中,连屋顶都看不见。估量自己所住之小山,并不甚高,而那股洪水的来势,则甚为凶猛。大家皆万分担忧,这一夜不但没得吃,并不敢睡,亦无可睡,枯坐于林下草中而已。到了次日,左右较高的大山都已浸没于洪波之中,独有帝尧等所住的这座小山,却依旧兀立在大水的上面,仿佛拔高数十丈,浮起水面似的。大家看了,都不解其故。但是水患虽则不愁,而数百人一无粮食,何以持久?又无不共起忧虑。到了第三日,洪水逐渐向下流退去,左右的大山已多露出在水面之外,但是仔细看自己所住的这座小山,水线仍在原处,并无减退。大家更是奇异,无不说是帝尧盛德之所致,不然,天生成的石山怎能够随时消长呢?因此后人就给这座小山取一个名字,叫作浮山(现在山西浮山县)。且说洪水既然暂退,帝尧和群臣商议道:"此山无粮,再住势将饿毙,不如趁此往岳阳去吧。"诸臣皆以为然,然而往北是逆水,舟行不便,只能先往东行。到了一座山中,登岸,先猎些禽鸟充饥,然后再翻过两山,才到岳阳。(两山均在浮山县,后人就叫它南北两尧山,都以尧经过得名。)大众至此,都饥疲极了,幸而到了岳阳之后,那里的人民竭诚欢迎,扫除房屋,供给饮食,贡献器具,无不齐备,便是那群臣家属和随同避难的百姓,亦各得其所。大家在此休息数日,方才起身。后世因此将这个地方亦叫作尧都(现在山西安泽县东北九十里有唐城)。

且说帝尧率领群臣百姓,由岳阳动身,径向新都而来,一路忧念洪水,其心如焚。有一日,忽见路旁一个老者,手拿一张图画,口中连连喊道:"诸山洪水,遇到了这个,就会止了。大家可要看看?"帝尧等听了,无不诧异,不知道他画的究竟是什么。帝尧便命从人叫那老者来,问道:"老父!汝说什么?汝这张图画能够止洪水么?"老人也不言语,就将那图画献给帝尧。帝尧展开一看,只见上面画着许多山,洪水滚滚流下,山下画着许多蔓生的草儿,茎高二尺光景,叶椭圆互生,有花深黄如菊,列为头状花序,亦有些是赤花,又有些是白花的,又有些形如爵弁的,洪水到此草旁边就没有了。帝尧不认识得此草,便问大司农。大司农道:"这个是舜草,白花的又叫作蓄,赤花的又叫作蔓茅,爵头色的又叫作菳,土名叫作旋覆花。"帝尧就问那老人道:"舜草可以御洪水么?"那老人点点头。帝尧道:"现在洪水滔天,四野之中,舜草到处都有,何以不能抵御呢?"老人道:"那个都不是真正的舜草。果然是真正的舜草出见,洪水早已止了。"帝尧听了,更诧异,再问道:"舜草有真假么?真的舜草是怎样的?出在什么地方?"老人道:"我亦不知它此刻在什么地方,大约总在四海之中,请帝自己去寻吧。"帝尧道:"汝叫什么名字?是什么地方人?到此地来做什么事情?"老人道:"我姓伊,名献,扬州东海边人,到此地来专为献图与帝。"帝尧听了这话,实在不能相信,疑心他是有神经病的,便说道:"感谢汝的盛意,朕知道了。"说着,将图画还了那老人。那老人接了图,仰天大笑,口中又连连说道:"还不觉悟,还不觉悟,莫非数也!莫非数也!"随即舞蹈而去。众人看了,益发疑心他是有心疾的人,不去注意他。一路无语,来到新都。

过了几月,各处的奏报都来了,综计起来,大约没有一处不受水灾,远而荆、扬、梁,近而青、兖、徐、豫,都是如此。冀、雍二州,那更不必说了。古书上有几句记这洪水的情形,叫作"江淮流通,无有平原高阜,尽在水中,民皆登木而栖,悬釜而爨";又有一句,叫作"浩浩怀山襄陵",照这句看起来,真是空前的大灾了!当时的百姓,不知道牺牲了多少!尤其奇怪的,青、徐、兖、扬濒海一带的地方,水势竟会逆行,从东而西,直泛滥到内地,以致荆、徐、梁等州亦大受其影响。这个理由,从来没有人说过。凡是水总是顺流的,何以会逆行呢?在下以为就是陆地变动、下沉的缘故。陆地既然下沉,那海水自然上溢,看起来便是水逆行了。但是,证据在哪里呢?欧洲人说,日本群岛本来是亚洲大陆之一部,中间的日本海原是没有的。《山海经》上亦说倭属燕。"倭"字当然是日本,"燕"字就是现在的河北省,燕同倭中间,隔着辽宁省,又隔着日本海,当时航海之术甚不精明,如果不是陆地相连,燕的属地只能到日本海为止,哪里能够超过日本海而到日本群岛?可见日本群岛本系大陆一部,此说中外都有证明了。后来因为地壳破裂,日本海的地方沉陷而为大海,日本地方方才与大陆分离,孤立于海中而成为群岛。所以地理学家将它叫作构造的陆岛,那岛上的动物植物,都与大陆相同,这就是一个证据。但是这日本海在什么时候沉陷的呢?古书上却无可考据。在下推想,或者就是洪水横流泛滥中国的帝尧时代了。还有一层,大凡平原总是河水冲积而成的,如果都是河水冲积而成,那么平原旁边河流的河床,总应该在海水平面以上,它所冲积的平原也不能深在海平面以下。但是,细考中国的大平原,高出海面,有的几十尺,有的一百几十尺,而它的冲积层,据北京城深井所看见的,已经深到七百尺,还不见石底,而其他离海较远的地方,还不止于此。那么冲积层可以直深到海面以下六百尺,这种道理,岂不是有点矛盾么?但是细细研究起来,并不矛盾。河流冲积,从前当然在海平面以上进行的,因为一面河流在那里冲积,一面地盘在那里逐渐低陷,所以冲积层渐积渐厚,而平原面部并不甚高。这种现象,到处皆有。印度恒河平原,深到一万尺,还不见石底,就是一个证据。因此,我们谈到中国的地理,可以知道冲积平原生成的时期,在中国东部必定有一种地盘升降的大运动。最可以考见的,就是太行山。山的东面是渐渐下降,山的西面是渐渐上升。我们从河北省到山西省去,只看见迎面的巉岩壁立,雄险难攀,只有找到从高原出来的河流河谷,才得到比较可走的道路。此种嵌在山中之河谷,北方俗语叫作沟,太行山一带的专名叫作"陉"。太行山中共总有八个陉,最为重要。初入陉中,但见两岸悬岩,削如刀截,渐近上流,河床渐高,比较的便见山岭渐低,到了高原顶上,更觉得平原旷衍,目光无阻,几乎忘记了自己已经在冲积平原一二千尺以上了。明明是平原,何以会变成高原?两山之间又何以会有沟有陉?我们知道,这就是地盘上升的缘故。从前太行山东面,都是一片平地,虽有几个山头,相差也不甚多。后来地盘西升东降,高地方的水,天然往低地方流去,水流所经,必要将岩石逐渐击碎冲去,高低相差得越多,水流越急,冲刷力亦越大,比如锯解木板,久而久之,自然成为一条缝了,这就是地盘升降的确凿证据。但是太行山以西,升降似乎还不止一回。我们从北京过居庸关,到张家口,在这条路上,就可以看得出许多痕迹。从北平到南口,一片平原。北望燕山,绝壁陡起,形势天然,与太行山相同,就是东西升降的一条大界线。从南口北上,崇山峻岭,愈进愈高,上至二千尺左右,地势却又开旷;到了张家口以北,复见悬岩壁立,隔绝南北,那就又是南北土地升降的一条大界线了。逾过这种山,北入蒙古,高度在二千尺以上,极目平坦,一望无际,又是一个大平原。照这个形势看起来,中国地势的变动,可以分作两次。第一次,是蒙古、青海、新疆、西藏,本来都是大海,却升作了几千尺的高原。海中的水,有的干涸净尽,而成沙漠;有的变成草地;有的缩成湖沼。第二次,是从燕山到太行山以西,直至四川,南至福建、广东,那各处的阶级,形状显然。这种上升的时代,据地质学家的考察,并不甚远,第一次与第二次之间,相去尤近。所以在下根据这几种理论学说,敢假定它都是在帝尧时代了。第一次,西北各大山脉隆起,挟其四周之地以上升,是洪水的起源。那时受害最厉害的,是雍、冀二州首当其冲,其他各州尚无水患。但是地内变动之酝酿,迄未停止,旋即发生第二次之大变动,西南北各处山脉都发生变化,而日本海地方又同时陷落,它的震荡影响遍及全中国,所以演成逆行泛滥之患。这全是在下凭空的推想,可惜一无证据,只好作小说看看而已,闲话不提。

且说帝尧看到这种情形,那心中的忧愁焦急,真是不可以名状。但当时各地的奏报,都注重在人。有的请帝速任贤能,有的直说治水的不得其人。这时首先负这个责任的,就是共工。因为共工受命治水,自帝尧十九年起到此刻,已经有四十一年。在职之久,受任之专,可算古今第一,然而洪水之灾,愈治愈甚。虽则这个是地体之变动,决非人力之所能挽回,但是当时科学未曾发明,不能知道这个原理。比如日食、山崩、地震等事情,汉朝的时候,尚且说是大臣不好的缘故,加之以诛戮,可谓冤枉已极。现在共工身当治水之职,又历四十一年之久,应该负责任,这亦是理之当然了。况且共工治水的政策,不外乎'壅防百川,堕高堙卑'八个大字,就这八个大字看起来,亦不是治水的根本办法。因为无源之水,可以壅防遏抑;有源之水,万万不能壅防遏抑,只可宣浚疏导。而且壅防遏抑,只能治之于一时,年深月久,人工做的堤防哪里敌得住不舍昼夜之冲击？至于堕高堙卑，要想使它停蓄不流，尤为无策。所以四十一年之中，未尝没有二十余年之平安，但是壅防得愈甚，则溃败地亦益烈；堙塞地愈久，则弥漫地愈广；这亦是一定之理。所以这次大灾，虽则不是共工之过，而照共工治水的政策看来，亦应该有负责任的必要。还有一层，担任这种重大的职司，应该如何地辛勤小心，黾勉从事，但是考察共工治水的时候，又有八个大字，叫作'虞于湛乐、淫失其身'。如何虞于湛乐，淫失其身的情形，古书上虽则没有详载，但既然有这八个大字之考语，那么当日的腐败荒唐，已可想而知。况且共工本来是个巧言令色、引诱帝挚为不善的小人，一旦得志，任专且久，湛乐荒淫，亦是势所必至，决不会去冤枉他的。如此说来，就是治水仅仅无功，尚且不能逃罪，况且愈治愈甚呢！但是帝尧是个如天之仁，遇到这种大灾，知道共工是万万不能胜任、万万不可再用了，但是亦知道不尽是共工之过，所以当时虽则下诏免了他的职，但并不去治他的罪。

这时适值南方的驩兜，按着五年一朝之例，到新都来朝。帝尧临朝而叹，说道："现在的洪水，滔滔到如此，哪一个能够为朕办理这个事呢？"诸大臣未及开言，驩兜不知原委，不问情由，就冒冒失失地大称赞共工道："臣听见说共工，正在那里聚集人工，办理这件事情。帝有这种奇才，还怕洪水做什么？"帝尧听了，叹口气道："孔壬这个人，只能干了一张嘴。说起话来滔滔汩汩，很像个有经天纬地之才；叫他做起来，实在一点不会做的。外表虽则像个恭顺，而心中实怀叵测。试看朕专任他到四十多年之久，仍旧不免有洪水滔天之患，他的才在哪里？这种人还可用么？"驩兜听了，情知说错，便一声不敢响。过了片时，帝尧又问羲仲等道："现在洪水之害大到如此，高的山已浸到中央，小的陵更冒过了顶，百姓实在困苦昏垫。汝等想想，有哪个能够治理的，赶速保奏。"羲和四兄弟同声说道："臣等看起来，莫过于崇伯鲧。这个人真是奇才，臣等素所佩服，就是大司农等亦知道的。"帝尧听了，叹口气，摇摇头道："这个人哪里可以任用呢！他的坏处，是悻悻然而自以为直，欢喜以方正自命，又自负其才，简单地下一个批评，就是'狠而且戾'四个字。担当大事的人，第一要虚怀乐善，舍己从人，才可以集思广益。现在鲧这个人，既然自以为是，哪里肯听受善言？虽有善类，亦要被他败坏了，哪里还可用呢！"羲仲等道："现在既然没有他人可用，就姑且用他试试吧。如其不对，可以立刻免他的职，帝以为何如？"那时大司农、大司徒亦都赞成。帝尧没法，只得说道："那么，就试试看吧。"于是就命和仲前去宣召，和仲领命星驰而去。

第七十五回

石纽村神禹坼背生　鲧受命治水
窃帝之息壤

且说崇伯鲧在帝挚时代,虽则与骥兜、孔壬并称三凶,但比较好得多。而且他的性情狠戾,自以为是,所以与骥兜、孔壬亦不甚能够合作。帝挚死后,玄元在位,骥兜、孔壬把持大政,他更加参不进去,所以就托故走了。他娶的夫人,是有莘氏的女儿,名叫女嬉,亦叫脩己,又叫女志,又叫女狄,人颇贤淑。鲧带了她同到汶山广柔地方一个石纽村中居住,专门研究学问,不问世事。女嬉年过三十,尚无生育。一日薄暮,她到山下去汲水,在水边看见一颗明珠,大如鸡子,形状颇像薏苡。女嬉暗想道:不要是月亮的精华么?遂随手拾起来,细看,越看越爱,不能释手。正要上山,忽听半空蚩蚩一声大响,抬头一看,乃是一颗大流星,从对面山上直飞过来,掠过身畔,忽又腾起直上霄汉,入于昴宿之宫。女嬉吃了一惊,不觉浑身酥软,不由自主,连裙带都松了下来。过了片时,女嬉惊定,觉得不雅,忙将那颗神珠含在口中,用两手来系裙带。哪知这颗神珠似有知觉,一入口中,顿然旋转,直从喉间向腹中而去。女嬉顿觉一股热气,冲入丹田,又浑身酥软,比刚才还要加到百倍,神情如醉如痴,仿佛有人和她交接一般,半晌,才复原状。她又惊又疑,慌忙提了汲筒,急急上山,自去炊爨,因为事涉荒唐,对于鲧不敢说明。哪知这日夜里,竟做了一个梦,梦见一个长大男子,虎鼻大口,河目鸟

— 661 —

喙,过来和女嬉说道:"我是天上金星白帝之精,曾经降生世间,做女娲氏十九代的孙子,名字叫作大禹,寿活到三百六十岁,后来到九疑山学道,成仙飞去,仍旧上变星精。现在天下洪水厉害得很,我看了不忍,想来治理它一番,所以化为一颗石子,谁与我有缘,我就托生在她肚里。昨日竟被你吞了,你与我有缘,我就做你的儿子吧。"说着,全身向女嬉扑过来,女嬉大惊,不觉大叫。鲧卧在旁边,给她惊醒,就推她道:"怎样着魔了?"女嬉醒来,才知道是南柯一梦,定了一定神,才将昨日山下之事和刚才梦境,细细告诉了鲧。鲧道:"果然如此,这个叫作感生帝降,将来生出儿子,一定是非常了不得的,且再看吧。"

过了两月,女嬉果然觉得是有孕了,夫妇大喜,以为必定生一贵子。哪知十月满足之后,竟不生产。女嬉有点担忧。鲧道:"不要紧,当今天子就是十三个月才生呢。"哪知过了十三个月,依旧不生,而女嬉背上,常常作痛,仿佛要裂开的样子。时当炎夏,鲧和女嬉都以为是个外症,如发背之类,不禁心慌,到处找医生,因为地方偏僻,总找不到。这日已是六月六日了,女嬉忽然一阵背痛,竟昏晕过去。鲧大惊,拼命叫唤,总是不应,正在手慌脚乱,忽然一想,不要是奇产么?从前听见说,大司徒离是坼胸而生的,现在不要是坼背而生么?后来一想,又自言自语道:"不然不然,没有这个道理,没有这个道理。胸下空虚无骨,小儿尚可以钻出,背上居中是脊骨,旁边都是硬骨包围,从何处可以出来呢?"又想了一会,依旧束手无策。细细看那女嬉,昏迷不醒,状如死人,不过验她的鼻息,尚有呼吸。鲧禁不住将女嬉翻过身来,脱去里衣,验她的背部,并无红肿;用手一按,觉得有点奇怪了,原来那脊骨中部,竟似开了一条裂缝一般,虚软无物;手指按得重些,觉那虚软无物之中,竟有一项圆形的物件,不住地往上乱顶。鲧道:"是了是了。"那鲧的性情，本来是师心自用，自以为是的。到了这个地步，他就决定了主意，说声管他，横竖总是一个死，立刻跑到里间，寻出一柄尖而且薄的匕首，拂拭了一拂拭，急忙跳上床，按着那虚软无物的地位，用匕首轻轻一划，里面顿时冒出热血来，那热血之中，仿佛有小儿的胎发模样。鲦至此，更加相信，说道："一定是了。"但是既恐怕伤及大人，又恐怕伤及小人，用匕首格外仔细地按着裂缝，横挑上去，直切下去，那时小儿胎发越加显著，只因骨缝狭长，不得出来。鲦忙抛了匕首，用手指嵌进去，向两面轻轻一扳，那小儿就从骨缝中直涌而出，登时呱呱大哭。鲦慌忙一手托住，一手依旧撑着骨缝，接着，小儿全身和胞衣一齐出来了。鲦方才捧过小儿一看，原来是个男的，不禁大喜，且丢在一边，任他啼哭，好在时当炎夏，火伞当空，不怕冻冷。一面来看女嬉，急切间无法可想，寻出一匹白布，自胸至背，轻轻缠了几转，又将女嬉翻过身来，使她仰面而卧，验了一验她的鼻息，诊了一诊她的脉息，但觉脉息和缓，鼻息亦调匀，略觉放心，又来理值小儿。先将他脐带剪断，又用水周身略略洗了一洗，将预备之儿衣找出来，给他穿裹了，自始至终，都是鲦一个人独任其劳，又不敢轻心，又不敢重手，天气又十分炎热，到得将小儿裹好之后，汗出如浆，疲乏已极，到席上略为偃息，不知不觉已昏昏睡去。

隔了不知多少时候，忽听得女嬉叫喊之声和小儿啼哭之声，不觉惊醒，睁眼一看，但见暝色迷蒙，已近黄昏了，慌忙起来问女嬉："有无痛苦？"女嬉道："我背上已不甚痛，不过身上似觉缚了几重布似的，不知何故？那脚后啼哭的小儿，是哪里来的？"鲦道："你竟一无所知么？"女嬉道："我刚才睡醒，一无所知。"鲦便将刚才情形原原本本地告诉了她，女嬉诧异之极，连说道："有这等异事？我为什么竟一点不知道，连疼痛都不觉得呢？真是异常！"说着，就要想坐起来看那男孩。鲧忙按住她道:"动不得,动不得。我先去点了火来,再抱给你看吧。"当下鲧点了火,又抱小儿给女嬉。女嬉看了,不胜之喜。(现在石纽村中有地名叫刳儿坪,就是禹生之地,一名痫儿畔。相传这地方百里之内,夷人不敢来居住及畜牧,有罪者逃至此地,亦不敢来捕,过了三年,就赦他的罪,因为怕禹神灵的缘故。又有一个石穴,据说是禹诞生之地,穴甚深邃,人迹不能到,或者是附会的。)到了三朝洗儿,女嬉已能起坐,亲自动手。细看那小儿,胸口有黑子,点点如北斗之形;两足心各有纹路,像个"己"字;耳有三漏;而且长颈、鸟喙、虎鼻、河目、大口,与那日梦中所见的无异,不觉大以为奇。鲧道:"这小儿相貌不凡,降生亦异,且大有来历,将来名位功业,一定远在我之上呢。"说到这里,忽然叹口气道,"可惜,我渐老了。他将来建功立业,我恐怕不会看见了。"歇了一会,又说道,"即使不看见,我有这个儿子亦足以自豪。"说到此,又哈哈大笑起来。女嬉看见鲧言语突兀,态度诡异,不觉呆了,但是深知鲧的性情不好,不敢动问,只得用语岔开道:"今日三朝,理应给小儿取个名字,你想过了么?"鲧道:"还没有想过。"女嬉道:"那夜我梦见大禹来托生,就叫他'禹',如何?"鲧道:"重了前人的名字,我不以为然。"女嬉道:"当初大司徒是坼胸而生的,先帝因为他类于虫豸的化生,所以取名叫'离'。现在此儿坼背而生,叫他作禹,岂不相类么?"鲧道:"大司徒离这个人,有什么好?我不佩服,我不愿此儿像他。"女嬉道:"那么,你取一个什么名字呢?"鲧想了一想道:"哦,有了,名叫文命,字叫高密。"女嬉道:"什么用意呢?"鲧道:"此儿胸有斗文,足有'己'文,明明是'北斗之下,一人而已'的意思,天之所命,所以叫文命。他的鼻子,你看何等高广!山如堂者,叫作密,所以叫高密,你说不好么?"那女嬉是个极柔顺的妇人,见鲧如此说,自然极口道好。闲话不提。

且说文命生的这一年,正是帝尧五十六载。过了几年,文命六岁了,生得聪明仁圣,智慧非常。鲧夫妇爱如珍宝,亲自教导。鲧本是个博学多才的人,将所学的传授于文命。文命年虽幼稚,颇能领悟,尤其欢喜听讲水利、地理二种,和鲧平日所研究的刚刚相合。鲧因此尤其爱他,时常拍拍他的肩部,笑说道:"你莫非真个是大禹转世么?"一日,正在教子,忽然外面有人问道:"崇伯家是这里么?"鲧慌忙开门一看,只见外面有三个人,一个是贵官装束,两个仿佛是随从的人,就问他们道:"诸位何来?"那贵官装束的说道:"某从帝都来,奉圣天子命,特请崇伯入都,商议治水大政,请问崇伯家是这里么?"鲧道:"某名叫鲧,从前曾经封过崇伯,却是未曾到过国,现在隐遁久了,未知天子所请的是某不是?"那贵官不等说完,慌忙拱手行礼道:"原来就是先生,久仰久仰,失敬失敬。"鲧还礼后,又问道:"足下何人?"那贵官道:"某名和仲,现任西方之职。"鲧笑道:"原来是朝廷达官,小民无知,简慢得很,请里面坐坐吧。"于是让和仲及随从二人到里面,重复行礼。坐定,和仲道:"久慕高贤,恨无缘不得拜见,今日甚慰渴望。"鲧道:"某自从先帝宾天之后,久厌世事,遁居山僻,不知天子何以谬采虚声,居然访求到某?某有何能,可胜大事?请足下代向天子辞谢吧。"和仲道:"先生不要过谦。大司农、大司徒和某等,钦慕久了,禀承天子之命,专诚来请,先生何可再事谦让,辜负众望呢?"鲧道:"某实无才,岂堪大任?朝廷英才济济,人多得很,平定洪水自有其人,何必下问到某?"和仲道:"先生说到此,某等真惭愧极了。某等食天子之禄,受天子之令,数十年洪水之患,曾无补救之策,尸位素餐,实属有罪。现在觉悟了,来请求先生。先生不出,如苍生何?务望以国事民生为重,勿再推却。"说罢,再拜稽首。鲧便改变口调道:

"既然足下如此说，某为国为民，就牺牲了吧。"和仲大喜，就说道："承先生慨允出山，真是万民之福，某谨当在旅舍恭候，以便随侍同行。"当下又谈了一会儿闲天，和仲告辞而去。

鲧进内将此事告知女嬉。女嬉道："你一向在家里，读书课子，夫妇团聚，何等快乐！宦海风波，夷险难定，干它做甚？依妾愚见，不如托病辞去它吧。"鲧道："我岂不知道，不过唐尧太不知人了，几十年来，仗着两个阿哥和几个白面书生，自以为能治天下了，究竟天下治在哪里？即如洪水之患，专任一个巧言令色的孔壬，到得现在，不但没有治好，倒反加甚。没奈何才来寻到我，我如再推诿，不去承当，显出我是无能。况且我半世读书，一腔经济，不趁这个时候建些功业，与天下后世看看，未免自己对不起自己，所以我就答应了。托病推辞的话，你休再说，快与我收拾行李。"女嬉终不以为然，说道："古人有大事，问于卜筮。现在家中有归藏易在这里，何妨拿来筮一筮呢。"鲧道："大丈夫心志已决，而且已经答应了人，筮它做什么？假使筮得不吉，难道就不去么？"女嬉再三请求，鲧本来性愎，至此不知如何忽然不愎了，就拿了归藏易来，如法占筮。哪知恰恰得到一个大明之象，有三句繇词道："不吉，有初，无后。"女嬉看了，不禁失色，慌忙再劝鲧不要出去。哪知鲧刚愎的脾气又大发了，越是如此，越说要去。女嬉没奈何，只得问道："那么几时动身？选个吉日吧。"鲧怒道："选什么吉日！明朝就动身。"女嬉道："明朝就动身，不是太急促么？"鲧大声道："有什么急促？大丈夫不答应人则已，既然答应了人，这个责任就负在我身上，愈早动身愈好，在家里偷安几日，算什么呢？"女嬉没奈何，只得懊丧着，忙忙去收拾。文命在旁便问道："父亲这次出去治水，有把握么？"鲧道："没把握怎敢承认？"文命道："父亲治水方法，大略可告诉儿么？"鲧道："我只有四个字，叫作'水来土挡'。"文命吃了一惊,说道:"这四个字恐怕治不了洪水吧!"鲧笑道:"你怕这个法子不能持久么?"文命道是。鲧道:"你小孩子家,尚且知道此理,难道我反不知道么?不过我另有一种神秘的方法,此时不能与你言明。你只需在家侍奉母亲,静听我的好音,就是了。"文命听了这话,非常怀疑,有什么神秘方法,百思不得其解,亦不敢再问,这夜父子夫妇,聚话了半夜,方才安寝。

次日,鲧取出一封信函,交与女嬉,说道:"大章、竖亥两人,不论哪一个来,就将此信交给他,叫他快到我那边来。"女嬉答应。鲧又叮嘱了文命几句话,就毅然出门,头也不回,径来到和仲旅馆之中。和仲正要出去游玩山水,看见鲧来,忙说道:"先生太客气,还要来答拜。"鲧道:"不是答拜,我们今日就动身吧。"和仲道:"府上一切,都部署完吗?"鲧正色道:"君子以身许国,顾什么家事?"和仲见他如此气概,深服他赴义之勇,当下急叫从人收拾一切,与鲧立即上道。一路晓行夜宿,自不消说,不过和仲与他谈别种事情,鲧有问必答,独有问他治水方法,他总是唯唯不言,和仲深以为怪。

到了太原,和仲请鲧住在客邸,自去觐见帝尧。那时大司农、大司徒、羲仲等听见鲧到了,个个都来拜访。谈到水患,鲧仰天叹道:"某多年蛰居不出门了,这次一路行来,但见民生流离失所,上者为巢,下者为营窟,真乃苦不可言。不想几十年来,天下竟败坏至此!追原祸始,究竟是哪个蹉跎的?可叹可叹!"大司农道:"这都是某等荐举非人的缘故,不要说它了。现在唯一的希望就在崇伯。所以某等又在天子前竭力保荐,幸喜崇伯竟惠然肯来,那真是百姓之幸了。但不知大政方针如何?可否示以大略?"鲧道:"现在情形,与从前大不同了。从前仅雍、冀二州,现在已泛滥于天下。某任事后,当往各处考察一会,审其轻重缓急,然后再定办法,此时尚无可表示。"羲仲道："从前共工任事,专门堕高就卑,壅遏百川,一时虽安,历久愈甚。先生办起来,必定别有妙法了。"鲧道："这个亦不尽然,水来土挡,不易之理,但看办法何如耳。"众人听了,不知道他葫芦里究竟什么药,探听不出,渐渐辞去。次日,帝尧召见,便问鲧道："汝系先朝大臣,朕以万几纷杂,未及任用。现在诸大臣荐汝治水,不知汝自问能担任否?"鲧拜手稽首道："臣自问能担任,但请帝专心任臣,勿掣臣肘,期以十年,必能收效,否则请治臣罪。"帝尧道："那么汝就去治吧,切须小心谨慎。"鲧答应,稽首而出。回到客邸,早有大司农等派来的一班执事人,前来谒见。这班人都是从前跟着孔壬治水的,孔壬既免职,这班人仍来京都,大司农等所以遣来供鲧的驱策,以资熟手。当下鲧延见之后,问起孔壬历年治水的情形,这班人七嘴八舌地说了些。鲧仰天大笑道："如此治水,焉得不败?"就吩咐这班人道："汝等既来执事,第一,须绝对服从我的命令,无得违拗;第二,一切我自有主张,汝等毋自谓有经验,多言喋喋……"正要再说,忽见外面司阍的领进两个人来,都是身长丈余,仪表甚伟。一个白面长须,一个黑面紫须,见了鲧,都稽首参拜。鲧问道："汝等来了,甚好,哪个先到我家?"黑面的说道："小人先到,随后再循大章同来的。"鲧道："汝二人既来,我今日就动身去考察吧。"说着,就在这班执事人中,选了十二个同行,其余的俟后任用。众人领命,十二人留下,其余都散去。那黑面白面两大汉,就来给鲧收拾一切。原来这黑面的就叫竖亥,白面的就叫大章,都是飞毛腿,一日一夜有一千几百里可走,加紧些,还不止此。鲧前在梁州时,看见他们两个在那里争斗,鲧去解散了,又和他们评判曲直,两人都非常佩服。鲧见两人相貌不凡,又有善走的绝技,是有用之才,遂极意笼络他们,两人亦心悦诚服,愿供鲧的奔走,一切打听事情、考察地理,鲧都是叫他们去的。闲话不提。

且说鲧这次带了竖亥、大章两个,先到吕梁山、孟门山看了一会,又到青、兖二州沿海看了一会,回到都城,向大司农等报告,说道:"已有办法了。现在太原是帝都所在,水患甚急,决定先从太原治起。那青、兖二州水势亦甚,亦宜兼修。冀、雍二州之水患是从上而下的,青、兖二州之水患是从下而上的,两处之水,如能治好,其余诸州,自迎刃而解,这是一定的步骤。"大司农见他说得如此容易,便问他何时动工。鲧道:"尚未,尚未,因工料未齐,等某到荆、梁二州去了再来。"大司农等莫名其妙,亦不好再问,只好听他。

次日,鲧带了竖亥、大章及随从人等,向大司农处领了费用,就匆匆动身。到了梁州岷江下游的地方(现在四川仁寿县西北)住下,招集人夫五千人,锹锄畚笼等五万具,吩咐大章道:"汝住在此率领这班人夫。我有一封密函在此,汝到五月五日的早晨,打开来看。我函中有图,有说明,有方法,汝须依我而行,勿得丝毫违拗,违者不利,切记切记!"大章诺诺连声。于是鲧又带了竖亥,翻山越岭,到荆州之南,衡山之阳,湘水之滨(现在湖南永州市零陵区)住下,招集了人夫五千人,锹锄畚笼五万具,吩咐竖亥道:"汝住在此,率领这班人夫。我有一封密函在此,汝到五月五日早晨,打开来看。我函中有图,有说明,有方法,汝须依我而行,不可违拗,违者不利,切记切记!"竖亥亦诺诺连声。于是鲧自己到了荆州中部,云梦大泽之西北(现在湖北荆州市江陵县)住下,招集人夫万人,锹锄畚笼等十万具。到得五月五日午时,鲧召集人夫,指定地方,叫他们发掘,掘的时候切须静默,不得有些微声息,犯者必死。当下万锄齐发,从午时到未时,十万具畚笼都已堆满,而看看那被掘的地方,随掘随长,依旧平坦,略无痕迹。大家诧异之极,但不好问。鲧叫人夫将这十万畚笼的泥用船载至汉水沿岸泊下。过了多日，竖亥押着人夫，将五万畚笼的泥运来了。又过了多日，大章的五万畚笼泥亦运来了。鲧大喜，吩咐从人即刻上道。竖亥、大章二人在路中谈起，才知道密函之中，有图以指定发掘之地，何时发掘，不许有声响，在何处取齐，一切都注得很详细，两函相同，但不知道鲧何以不预先说明，要这样秘密，很不可解。

一日，到了嵩山相近，鲧叫竖亥将泥土押着一半，到大伾山（现在河南浚县东）歇下等候，自己和大章押着一半，径来京都。这时大司农等听得鲧取到材料归来，不知道是何稀奇宝物，纷纷都来看，哪知却是泥土，不禁诧异，便请问他理由。鲧笑着说道："此非寻常之土，名叫息壤。它能够孳生不穷，如子息一般，是上帝御水的宝物，寻常的水，可以用寻常的土去挡它，现在是天降的大灾，非得上帝的宝物决不能治，现在竟被某偷窃来了，这亦人民之幸也。"大司徒笑道："偷窃二字，用得太怪了。"鲧道："不是怪话，确系实情。此物必须偷窃，若预先向人说明，或掘取的时候有了人声，掘的人固然立刻就死，那块地方亦顷刻遇到大灾，所以不能不用偷窃之法了。某从前不能向诸位实说，亦是为此。"大家听了，方才恍然。鲧住了一夜，即便带了众人，挑了息壤，向北方治水去了。

— 670 —

第七十六回

禹师墨如　禹师郁华子

禹受学于西王国　鲧作九仞之城

且说文命自从他父亲出门之后,依着母亲女嬉,在家读书。邻居有一位老先生,名叫墨如,学问渊博。鲧在家时,常和他往来,文命亦以师礼事之。鲧出门之后,文命常常去受业,得益不少。不料过了数月,墨如忽然得病而亡,文命从此只好独自苦攻了。一日,女嬉叫他到后山去拾些薪叶,以供炊爨,忽然遇着一个白须老人,状貌魁奇,坐在一块岩石上,身旁放着行囊,又倚着一根藤杖,在那里休息。文命因他年老,走过他面前,就对他行了一个敬礼。那老者拱手还礼,便问道:"孺子,你叫什么名字?到哪里去?"文命恭恭敬敬地说了。那老者欣然笑道:"原来就是你,果然名不虚传。你今年几岁了?"文命道:"六岁。"老者道:"你家在哪里?"文命道:"就在山坳里。"老者道:"我游历四方,才到这里,粮尽腹饥,要到你家吃一顿饭,可以么?"文命道:"家有老母,不敢自专,须问过才可定。"老者道:"那么你就领我去。"文命答应。那老者背了行囊,拖着藤杖,就随文命同行。到了门口,文命请老者稍待,先进去禀知女嬉,然后出来,肃客入内,又拜询老者姓名。老者道:"老夫姓郁,名华,中原人氏。尊大人在家么?"文命道:"出门去了。"遂将帝尧请去治洪水之事,说了一遍。郁华子点头叹道:"这个洪水,恐怕不容易治吧。"文命道:"长者何以知道?"郁华道:"水患有两种,一种是限于一个地方的,一种是普遍于世界的。一个地方的水患,其来源不多,范围较狭,浚障疏导,就可以竣事。全世界的水患,其来源无穷,原因复杂,范围甚广,不是有通天彻地的本领、驱神使鬼的手段,往往顾此失彼,无从措手。老夫周游天下,各处考察,知道现在的水患正是全世界的水患,真不容易治呢!"文命道:"长者有治水方法么?"郁华道:"有是有的,不过施治起来,能否有效,却不敢说。"文命听了,大喜道:"那么小子修书禀知家父,延聘长者,相助为理,何如?"郁华笑道:"老夫耄矣,无能为矣!不过一生学业,甚愿得到一个英俊之人,传授与他,这就是老夫的志愿了。"文命尚未答言,只听得屏后女嬉唤声,急忙跑进去。过了一会,出来布席,又将蔬肴羹汤之类陆续搬出,然后陪了午餐。餐罢,又搬了进去。郁华道:"孺子太辛苦了,你且坐坐。"文命道:"适才家母听见长者说要收弟子,传授道学,如小子这般蠢愚之人,不知道长者肯教诲么,叫小子问问。"郁华笑道:"孺子假使不嫌老夫是个老朽,那是尽可以的。老夫学问,虽则简陋,对于孺子,或者还有一点益处。"文命听了大喜,当下就拜郁华为师。郁华先考问文命所已经学过的书籍,文命对答如流。郁华叹道:"果然是岐嶷英特,生有自来。"于是就将天下名山大川、路程远近、地势夷险以及各种治水的方法,都传授了文命。他的大要,不过两句,乃是"只可顺水之性,不可与水争势"。文命听了,谨记在心。自此郁华就在文命家住下,一切都由文命家供给,文命学问更加长进。

转瞬三年,文命年九岁了。一日,郁华向文命道:"孺子,现在天下未平,水患尤烈,将来孺子总是在治水上建立功绩,留芳万古。汝家所藏的书虽多,但是还缺少一种秘本,可惜老夫此时亦不在行囊中,将来送给你吧。"我明日要去了。"文命听了大惊,忙问道:"承老师三年教诲,受益不浅,老母和弟子都非常感激,大德未报,老师怎样就要去呢?"郁华笑道:"孺子,你学问已成,老夫在此,亦无谓。天下岂有不散之筵席么?不必留我了,我静听你成功的好音吧。"文命知道无可挽回,不觉泪流满襟,慌忙进内告知女嬉。女嬉听了,亦无法。这日晚上,只得特别治了些盛馔,替老师饯行。席间,文命问郁华道:"老师此刻将往何处,请示知弟子。弟子将来如有机缘,可以前来谒见。"郁华道:"老夫是无家无室之人,萍踪浪迹,没有一定的住址。将来有缘,或者能够晤面,亦未可知,此时实无从说起。"文命听了,益发怏怏。郁华道:"孺子,我看你住在家中,亦没有几时了,不久即需出门,十年之内就要出任艰巨。可是你年龄太轻,一切不能没有人帮助。那供奔走驱使的人尤不可少。老夫有几个人,都可以为你辅佐,现在介绍给你吧。"说着,从怀中取出一块简册,文命忙接来一看,原来是一张名条,上面横开着:真窥、横革、之交、国哀四个人名,下面都注有他们的履历、性质、才技等等。郁华道:"这四人,都可以用的。"文命拜受了,却不解"就要出门"的话,便问郁华。郁华道:"这个不必先说,日后自见分晓。"文命不敢再问。到了次日,郁华背了行囊,拖了藤杖,飘然而去,文命忽忽如有所失。

过了一月,女嬉忽然病了,原来女嬉自从坼背生文命之后,得了一个怯症,羸而且咳,时常多病。石纽村是个僻地,无良医可延,兼以操劳,益觉不支,这次竟卧床不起。文命忧急非常,只得请了两个邻媪来,看护陪伴,然而各家有各家的事务,岂能常常留在己家。因此文命有时,竟井臼亲操起来。那崇伯鲧,竟是公而忘私、国而忘家的人,自出门之后,虽则俸禄常有寄来,而对于家务绝不顾问。女嬉病后,文命亦曾修书禀告,但杳无复音。一日,女嬉病笃,文命在旁忧愁焦急,暗中涕泣不止。女嬉忽嘱咐道:"孩儿,我的病,恐难望好了。你年纪虽小,是个很有作为之人,我倒可以放心。只有你的父亲,……"说到此,忽然大嗽,喘得气都接不上来。文命慌忙捶胸摩背,过了好一会,方才喘定,又续说道:"你父亲这次去治水,能不能成功,是一个问题。如能成功,最好,否则你父亲是个极负责任的人,到那时恐怕……"说到这里,声音渐渐岔了,泪珠儿也簌簌地下来了,一手拭泪,一面又续说道:"恐怕不得其死。你父亲一生刚直,所欠缺的就是一个'愎'字。你务必尽心竭力,将这个水患治平,替父母争一口气,你知道么?"文命听到这里,伤心之至,要哭出来,又不敢哭出来,忙止住女嬉道:"母亲,不要过虑了,父亲于治水之道,研究有素,一定会成功的。"女嬉道:"那么甚好了。"过了一会,又说道,"我身后之事,已托邻家几位长者,帮忙费心。但是,我死之后,你一个小孩子在此,不成家室,虽有邻人照顾,总难以过活,赶快替我葬了,你不必拘定守制居丧之礼,等父亲处有人来时,和他同去,在父亲身边,阅历阅历,可以帮助的地方,帮助帮助,亦是好的,你知道么?"文命含泪答应,又劝阻道:"母亲太劳神,歇歇吧,不要说了。"女嬉说完,亦觉得虚火上升,两颧火热,咳嗽不止,自己知道不妙,也就不说了。过了两日,女嬉奄然而逝,文命哀毁尽礼,自不必说。遵女嬉遗命,七日之后,就出殡安葬,一切都是邻人帮助。

自此之后,文命只剩了独自一人,伶仃孤苦,家中实在站不住,盼望帝都便人,两眼欲穿,竟没得人来。既而一想,决计道:"我自己寻去吧,道路虽远,总是人走的,怕什么?"于是将所有家计什物并父亲的书籍等,细细开了一篇清账,拜托邻人代为照管。邻人都答应了,但虑他年幼,孤身远行,恐有危险,不免竭力劝阻。文命正要申说,忽见两条大汉沿门来问道:"崇伯家是这里么?"文命忙问他是何处来的。那大汉道:"真行子先生叫我们来的,有书信在此。"文命诧异道:"某素不认识真行子,不要是误投了么?"那大汉道:"足下且看了信再说。"说着,将信递与文命。文命接来一看,是郁老师的亲笔书,不觉大喜,原来信上说:"知道足下丁内艰,即欲往帝都省亲,路远无伴,特遣真窥、横革二人,前来听指令。此二人忠实勇敢,途中有此,可以无虑。将来足下得意时,此二人亦可效微劳,千秋万祀,附足下而不朽矣。"末了又有数行,说,"足下过雍州时,可迂道华山。彼处有西王国先生者,其学诣道行,不在老夫之下,足下可师事之。又有大成挚者,如将来遇到时,亦可以执贽受业。此二人皆帝者之师,不世出之奇才也。"文命看毕,非常感激老师的厚意。既而一想,老师有真行子的别号,我却没有知道,但是我丁忧至今,不到一月,老师在远方何以知之,不要就隐居在近地么?再看信后所注的日子,正是母亲去世的那一天,心中尤为奇怪,不禁问那两大汉道:"汝等哪个叫真窥,哪个叫横革?"一个较矮的道:"小人叫横革。"又指较长的道,"他叫真窥。"文命道:"都是真行先生遣来扶助某的么?"二人齐应道:"是。"文命道:"真行先生此刻在何处?"真窥道:"真行先生遣某等来的时候,在荆州。但他是游行无定的人,此刻却不知到何处去了。"文命听了,真是疑惑不解,暗想:老师不要是仙人么? 不然,路远千里,何以如同目见一般呢? 不言文命怀疑,且说邻舍之人,见文命有老师遣人来扶助护送,也就不阻止他远行了,各自散去。这里文命就指挥真窥、横革二人,收拾行李。晚间互相闲谈,谈起郁华,二人都说他是仙人,未卜先知,灵验如响,所以二人是倾心信仰的。但只知道他叫真行子,不知道他叫郁华,却又奇怪了。

次日,文命拜别了女嬉之墓,又辞别邻人,与真窥、横革起身上道,向东北而行。文命是从未出过门的人,这次路上全亏真窥、横革二人照料。但是,沿路都是灾象,低洼之地尽成泽国,只有高处可行,而无情的鸷鸟、猛兽,亦受了洪水的袭击,平原不能存身,都逃到高原地方来,与人争夺住处。可怜那时的百姓,避了水灾,又逢到禽兽之害,真是不幸呢!文命一路留心,但见有几处悬着文告,大略谓,"民以食为天。尔等平日积聚的米粟,务须注意收藏,不可轻易委弃,尤不可使之受潮霉烂。须知三年耕,必有一年之积;九年耕,必有三年之积。国家教导稼穑,于今六十余年。汝等百姓,如能注意收藏,那么二十余年之粮食,足可支持。洪水之害虽烈,尚不足惧,全在民众自己之努力觉悟。除饬各诸侯有司随时随地协助外,合行令知"等语,这是大司农的通饬命令。又有几处,悬挂文告,大致谓:"现在水患甚深,又受禽兽之逼,凡尔民众,务须制备武器,勤加练习,仍复互相救护,以免为禽兽所乘。晨出宜迟,归休宜早,出门必须结伴,妇孺尤勿轻出,除沿途邮亭饬各诸侯有司招募勇士,联络保卫外,合行令知。"这是大司马、大司徒合并通饬的命令。文命看了,不胜叹息,暗想:朝廷对于百姓,亦可谓能尽心了,但如此洪水,不知何日得平,我父不知何日可以成功。想到此间,忧危之至。

一日,横革向文命道:"过去就是华山了。"文命道:"郁老师信上说,那边有一位西王先生,叫我去见见,拜他为师,但不知住在何处。"横革道:"既有名姓,总可以打听的。"次日,到了华山脚下,三人沿途访问,杳无消息。文命道:"我们且上山游玩一巡吧,或者住在山上呢。"二人答应,于是一同上山。文命暗想,这华山的雄峻,真是与众山不同。三人贪看山色,行迟了些,不觉日已平西。行人本来稀少,至此只剩了三人,想起谨防禽兽的告示,心中顿有戒心。文命就问真窥道:"天色晚了,我们何处住呢?"真窥道:"山上总有人家,不要忧虑。"虑字还未说完,只听得一阵风声,嗅嗅看,有点腥气。横革不禁叫道:"不好不好,有虎!有虎!"说时,和真窥两个都丢了行李,掣出武器,真窥来保护文命,横革便来迎敌猛虎。猛虎看见有人,已从树林中直扑出来。横革将木棍猛力向上一迎,打在猛虎腹上,猛虎大吼一声,窜了开去,转身又扑过来。横革闪开,又用棍迎头痛击。真窥见了,不敢怠慢,正要上前帮助,谁知树林中又蹿出一只斑斓猛虎,直扑文命。幸喜文命便捷,绕在一棵大树之后,未曾扑着。真窥叫声不好,急忙来救文命。哪知猛虎忽然大吼一声,霍地向后山逃去。那边横革抵敌猛虎,正有点支不住,那猛虎忽亦大吼一声,向左逃去。三人正在不解,但见岩石后面转出一个人,张弓执箭而来,说道:"你们好大胆呀!这个时候还要行路,不看见官府的告示么?快跟我来。"说着,转身便走。文命等至此,才知道两只猛虎都是给他射走的,心中感激不尽。这时天已昏了,跟着那人,曲曲折折走到一座土室之中,那人叫他们坐下,一言不发,竟自去了。文命等莫名其妙,只好暂住,时已向夜,一物无所见。隔了一会,三人倦极,不觉都沉沉睡去。忽然听见人语之声,文命陡然惊醒,见天已大亮,昨日那个驱虎之人,立在面前,生得彪状赳赳,一表非凡。文命慌忙起立,唤醒真窥、横革,同声致谢。那人问文命:"如此年幼,为什么薄暮山行?"文命就将寻西王国之事说了。那人道:"西王国先生,我知道住在山北,第五个盘曲处。此地是山南,路走错了,你们要寻西王先生做什么?"文命就将自己的历史略说一遍。那人拱手道:"原来是崇伯公子,失敬失敬。小人姓国,名哀。当日有位仙人,名叫真行子,他曾对小人说,将来崇伯公子如果居官治水,叫小人投效效劳,不想今日在此相遇。"真窥、横革二人听见他亦是真行子提拔的人,就和他攀谈起来,非常投契。真窥便劝国哀跟文命同去。国哀踌躇一会道:"我是有职守的人,一时还不能,且待将来吧。"文命问他有何职守,国哀道:"官府因为现在禽兽逼人,为行旅患,所以募了几百个武勇之人,沿途驻守,分班巡逻,小人便是其中之一。因为应募不及三月,遽尔辞职,近于畏怯,所以只好待诸异日了。"当下国哀又取出些野味,供给文命等早餐,又指示到西王国处之路径,又向真窥、横革道:"二公武艺,力敌猛虎,真不可及。但是某的意见,对于这种猛兽,与其力敌,不如智取,二位以为何如?"横革道:"某等何尝不知,只因出门时,未曾虑到这层,所以没有预备,又因当时出于不意,虎已近身,只好以短兵相接了。"国哀道:"原来如此。"遂在土室里面,取了两张弓,许多箭,分赠二人,又送了一阵,方才别去。

这里文命等翻过华山,到了第五个盘曲处,见有人家三五。横革上前询问,果有西王先生,五绺白须,飘拂过膝,巾冠丝带,气宇肃穆。文命料想是了,急登草堂,趋跄下拜。那西王国慌忙还礼,间道:"足下何人?访老夫做甚?"文命便将郁华子介绍的话说了。西王国笑道,"足下是郁先生的弟子么?那便错了。郁先生才德,千古少双。某比起来,譬如萤火比月。足下拜某为师,岂不是下乔入幽么?"文命道:"郁老师对小子,决无谬语,请老师不惜教诲。"西王国道:"既如此,暂屈住下。如有所知,当相商榷。"文命大喜,从行李中取出许多物品来,作为贽仪,就在他家中住下。原来西王先生之学,与郁华又是不同,纯是正心、修身、齐家、治国之道。文命钦佩莫名,一住二十多日。文命省父心切,不敢再留,约见了父亲之后,再来受业,西王国亦不勉强。

当下文命别了西王国,过了华山,已到雷首,已是冀州境界了。一路人民都说自从崇伯治水之后,水患已平得多,再过几年,可以安居享太平了。文命听了这类颂扬之声,知道老父治水有功,不胜愉快。沿岳阳到了帝都,探听鲧的住址,都说总在水次,帝都不常来的。文命遂同真窥等寻到吕梁山下,哪知鲧已到沿海去了。文命一路考察老父的工作,不禁大惊,原来鲧自从得到息壤之后,沿着孟门山,直到吕梁山,竟大筑起城墙来,长逾数百里,实做一个"障"字。估量起来,约有三四丈高,上面之水障住,下面的水流自然条畅,不泛滥了。文命暗想,这个方法,真与郁老师所讲背道而驰了。万一溃决,将如之何?看罢之后,隐忧无已。随即与真窥等再到海边来寻老父。

一日,到了兖州界上,细考那老父工作,原来仍旧是障之一法,从大伾山起,直往东北,大约亦有几百里。立在堤上一看,堤外的洪涛海水,不住向堤冲击,文命更是心忧。后来见到了鲧,鲧见文命满身素服,便问:"你母亲死了么?"文命哭应道:"是。"便将如何病情,如何安葬及自己如何出来的事迹,统统说了一遍,又问鲧道:"儿前后所发的许多函禀,父亲都没有收到么?"鲧道:"都收到了,不过我重任在身,顾了这边,又要顾那边,哪里有闲工夫再顾家事?"说到此,又扬起头,想了一想道,"我记得去年曾有信和俸金寄家的。"文命应道:"是,有的。但是今年大半年,没有接得父亲之信了。"鲧道:"我没得闲,没有写。现在好了,汝母既死,汝又来此,跟了我学习,亦可长长见识。我从前和你讲的水利地理,你还记得么?现在可以实验了。"文命亦答应道是。从此文命就住在鲧身边,有时跟着鲧跑来跑去,有时带了真窥、横革到处去考察,但是越看鲧的方法,越觉不对。一日,禁不住乘机劝谏。鲧笑道:"你以为我要蹈孔壬的覆辙么?孔壬的堤防是呆的,我的堤防是活的,水高一尺,堤就增高二尺,水高三尺,它就会增高四尺,这是天地间的灵宝,怕它做甚?"文命道:"儿总有点忧心,恐怕总有不能支持之一日。"鲧发怒道:"依你看怎样?"文命道:"依儿的意思,最好是在下流者疏,在上流者

679

凿……"鲧不等他说完，就骂道："吓！真是孩子话。疏是掘地么？凿是开山么？你看得这样容易！这两件事，做得到么？几年不见，我以为你从什么郁老师受业，学问必定大有进步了，哪知道还是如此！你给我回去，再读书研究，不许你再来开口！"骂得文命默默不敢作声。

第七十七回

舜以陶器化东夷　仰延论瑟
舜耕第八历山　渔于濩泽
陶于河滨　舜与禹相遇

且说虞舜自从在雷泽与七友、皋陶及八元、八恺等大会之后，即想在附近寻一点生业做做。细细考察，那雷泽南岸陶邱地方（现在山东菏泽市定陶区西南）的泥质，很宜于制器，于是就住在那里做陶人。这时元恺及七友等均已散去，舜独自一人，烘焙煅炼，造坯饰色之法，务必求其坚实，经久耐用，不肯苟且，所以那制成的陶器，个个欢迎，人人争买。舜一人制造，满足不了大众之需要，因此竟忙得不得了。后来渐渐推销，连远道都闻名，来订货的不少。舜更加忙碌，请了许多伙友帮忙，但是舜仍旧实事求是，丝毫不苟，而且连价钱亦不肯抬高，只求十一之利而已。一日，有一个远道客人来订货。舜问他住在何处，客人道："住在羽山相近（现在江苏东海县西八十里）。"舜道："这样远道来买陶器，莫不是便道么？"客人道："不是，是专诚来的。"舜诧异道："难道贵处没有陶人么？"客人叹道，"不瞒足下说，敝地接近东夷，陶器亦很多。起初比较还好，后来有人作伪，将陶器外面形式做得很好，而实质非常脆薄，一用就坏，一碰就碎。大家不知道，还以为自己用得不小心，再去向他买，那个人竟大发其财了。他同业的人见他如此得利，争相模仿，弄得无器不窳，是陶皆劣，但是陶器又是寻常日用所

— 681 —

不可缺的东西,遇到如此,岂不是苦极呢!现在听说足下的货色价廉而物美,所以不远千里专诚来买了。盘缠水脚加上去,虽则不免消耗,但是比较起来,还是便宜。"舜听了,不胜喟然。客人去后,舜暗想:一个人达而在上,可以化导万方;穷而在下,亦应该化导一乡,方算尽到人生的责任。现在东夷之人既然欺诈到如此,我何妨去设法化导他们呢。想罢之后,便将陶业统统托付伙友,叫他们仍旧切实制造,自己却孑身往东方而来。细察那边陶器,果然甚坏,舜于是选择了一块场所(现在山东泗水县东南名叫桃墟),要想制起坚实的陶器,矫正这个恶俗。哪知被当地的陶人知道了,以为有心来夺他们的生计,就纷纷齐来与舜为难。舜正要想陈说理由,忽然人丛中有人大叫道:"诸君且慢动手!这个人不要就是都君么?"众人听了,像且让开,不动手。只见那大叫的人走到舜面前一看,就说道:"原来果然是都君,你为什么跑到这里来?叫我好想念呀!"说着,拜了下去。舜慌忙还礼,并问他姓名。那人道:"我的姓名,问了亦不会就知道。历山之下,因敬慕都君而从各处迁来相依的人,多得很呢!我就是其中之一个。都君哪里记得这许多!"说罢,就将舜的道德学问以及在历山的情形,向大家详细演说了一遍。众人听了,像亦都有点知道,渐渐止住喧哗,不想闹了,陆续散去。舜上前再问那人姓名。那人道:"某姓仰,名延,前数年都君在历山时,某闻到都君大名,便约了几个亲朋都搬到那边去,以便瞻聆都君的言论丰采,又可亲炙都君的道德品格,不想不到一月,都君就回家去了,叫我们好想呀!不知都君何以来此东夷之地?"舜便将来意说了一遍。仰延太息道:"此地风俗,确系太刁薄了。难得都君肯来化导,真是地方之幸。"舜道:"足下向住何处?"仰延道:"向住此地,所以和本地人都认识。现在虽迁往历山,但是因为祖宗丘垄关系,仍来看看,不想又得与都君相遇。"舜听了大喜,又闲谈了一会,仰延作别而去。

于是舜就在此地做他的陶人。出货之后,大家纷纷购买,弄得那旧陶人个个生意清淡,门可罗雀。大家气愤不过,又来和舜滋闹。舜道:"诸位以为我夺诸位的生意么?但是制货之权在我,买货之权不在我。人家不来买,我不能强。人家来买,我不能推。诸位试想想,同是一个陶器,何以诸位所做的,大家不喜买;我所做的,大家都喜买;这是什么缘故呢?"一个人说道:"你所做的坚牢,价又便宜;我们所做的松脆,价钱又贵;所以大家买你的,不买我们的了。这岂不是有意和我们反对,夺我们的生意么?"舜道:"原来如此。试问诸位,对于人生日用之物,都要它松脆,不要它坚牢么?"众人听了,一时都回对不出。内中有一个勉强说道:"是的。"舜道:"那么,诸位所穿的衣裳是布做的,假使诸位去买布,卖的人给你松脆的,不给你坚牢的,你要它么?又比如买履买冠,给你松脆的,不给你坚牢的,你要它么?"那人听了,无话可说。舜道:"我知道诸位一定不要它的。别人所作松脆的物品,我既然不要,我怎样可以做了松脆的物品去卖给人?这个岂不是不恕么?"众人道:"向来我们所做的,大家都要买;现在你来做了,大家才不要买;可见是你之故,不是货色松脆之故了。"舜道:"这又不然。从前大家要买,是因为除出诸位所做者之外,无处可买,是不得已而买,并非欢喜要买。比如凶荒之年,吃糠吃草,是不得已而吃,并非欢喜去吃。现在诸位硬孜孜拿了松脆之物,强卖给人,与拿了草根、糠屑去强人吃无异,岂不是不仁么?"众人道:"我辈做手艺的人,只知道求富,管什么仁不仁。"舜道:"不是如此。仁字之中才有富字,除去仁字之外,哪里还有富呢?"众人忙问何故。舜道:"人与禽兽不同的地方,就是能互助。'互助'二字,就是仁。我不欺人,人亦断不欺我。我欺了人,人亦必定欺我。现在诸位因为求富的缘故,拿松脆的物品去欺人，但是欲富者，人之同心。百工之事，假使都和诸位一样地窳陋起来，无物不劣，无品不恶，试问诸位还能够富么？诸位所做的，只有一种陶器；诸位所不做而需向他人去买的，不可胜计；以一种敌多种，哪里敌得过！在陶器上虽则多得了些利益，但是消耗于他种的，已不知道有多少倍！真所谓间接地自己杀自己，不仁而仍不富，岂不是不智么？"众人听到此，似乎都有点感悟，说道："是呀，这几年来，各项物件似乎都有些不耐用，不要就是这个缘故么？"舜道："诸位既然感觉到此，何妨先将陶器改良起来，做个榜样呢！"众人听了，无语而去。

一日，仰延跑来望舜，看见壁上挂着一张琴，就问道："都君琴理极佳，可否弹一曲，使我增长见识么？"舜答应，就取下来，奏了一阕。仰延击节称赏不已。舜道："足下必是知音，何妨亦弹一曲，我们可以互相观摩，交换知识。"仰延道："某只能鼓瑟，不能鼓琴。"舜道："亦好，琴瑟音本相通，不过弦有多少，弹法稍有变换而已。"过了几日，仰延果然取了瑟来，为舜弹了一曲，非常动听。舜亦大加称赏，便问他系从何处学得。仰延道："自幼耽此，不觉成癖，并无师傅，实在不能说学问，只好说自己遣兴而已。现在某所知道的音乐大家，只有两个。一个是在天子处做乐官的质，他的音乐，真可以惊天地、感鬼神，可惜年纪大了。还有一个，名字叫夔，是个寻常百姓，他的音乐之学，与质差不多，到底谁优谁劣，一时真不能定，只是夔吃亏一点。"舜忙问为什么吃亏。仰延道："他生出来只有一只脚，走起路来趻踔而行，非常不便。这种人万万不能列于朝廷，就万万不能与质比较，岂不是吃亏么？"舜道："那亦不妨，只要音乐果能精妙，这种人才决不会埋没的。"过了几日，仰延事毕，要回历山去，问舜何时回历山。舜答以未定。仰延去了，舜独自一人住了多月，那东夷之人受了舜的化导，果然器不苦窳了。各种什物都是如此,坚固耐久,不为欺诈,风气为之一变。舜颇满意,暗想,我志愿既遂,不如归去省亲吧。

这时适值雪融水涨,舜不能西行,只得绕道向南。路上遇见雒陶,刚从姚墟来,询知父母弟妹都安好,颇为放心,因此又变计,暂时且不归去,与雒陶盘桓了几日。雒陶问道:"仲华!你到历山去么?"舜道:"我不打算再去。"雒陶听了诧异道:"为什么不打算再去?"舜道:"现在那边的人,无端叫我做都君。我是一个匹夫,敢当此称号么?所以不打算再去。我想,就在此地左近,找一块地耕种吧。"雒陶听了,点点头。过了一日,雒陶别去,舜就选了一块地方住下,操他的耕稼旧业。(现在山东费县西一百二十里有历山,相传为舜耕处。)过了几个月,忽然雒陶、秦不虚、伯阳三人匆匆寻来,向舜说道:"我们看这个时局不对呢!"舜道:"怎样?"不虚道:"当今天子任命崇伯治水,已有好几年了,可是那崇伯的政策,仍旧是孔壬的故智,以土挡水。听说他从大伾山以东,筑了一道长堤,直通到海,在它后面大陆泽相近,又筑一道长堤,要想拦阻海水的上溢与山水的下注。你想这种工程,哪里能持久呢!前两年水势稍退,大家方且颂他的功,我就知道这是侥幸一时,要闯大祸了。果然,前月堤决了一角,海水直灌进堤来,人民财产淹没不少。幸而抢护得快,赶紧合龙,较远的地方未遭波及。然而崇伯的技能,只有这一种,依旧是筑他的堤,万一明朝大决起来,我们住的姚墟地势不高,接着雷泽,又是低下之地,恐怕要大受其害。所以我们寻来和你商量,怎样想个方法才好。"伯阳道:"我刚才到冀州去,经过从前的旧居,那边水已尽退,并没有受什么灾害,我想还是搬回旧居去吧。"舜道:"姚墟地势不好,我早虑及。为今之计,自以伯阳兄的话为不错。事不宜迟,我们就此回去吧。"当下舜就舍弃了他未竟之耕业,与雒陶等即刻起身。舜道:"我们且慢归家,先去看看那崇伯的堤工形势,再定方法。"三人都以为然,于是直到北方,沿堤察看。那堤足足有五六丈高。雒陶道:"仲华!你看如何?"舜摇头道:"危险危险!我们且快回去吧。"于是四人沿堤而行,自东北而西南,恰是到姚墟之路。哪知性急,反走过头了,计算已在姚墟之西。当下改道而东行至一处,舜忽指着一地,向三人道:"此处地势,比前数年低得多了,莫不是地陷么?"三人忙问:"何以知之?"舜道:"我前数年经过的时候,没有这许多湖泊,现在沮洳纵横,而且很深,不是地陷是什么?此地离姚墟甚近,此地既陷,姚墟难保不受影响,可怕可怕!"

于是四人急急而行,到了姚墟,舜和雒陶等说道:"某不孝,不能见信于父母。这次搬家之事,倘由某去和家父家母说,是一定不能相信的。最好请三位府上联合其他邻居的人,先迁移起来,再将这番情形和家父家母说明,方才有效,某只好种种奉托了。"说着,向三人深深行礼。三人慌忙还礼,说道:"我等自应效劳,仲华何必多礼呢!"说时,已到家门,舜别了三人,即进去叩见父母。瞽叟夫妇虽不拒绝,待遇却很冷淡。独有小妹敤首,问长问短,非常亲热。这时敤首已过及笄之年,聪明秀美,兼以慈祥,而且善画,瞽叟夫妇极钟爱她。隔了一会,象从田间归来,舜忙叫"三弟",象似理不理地应了一声,急忙转身,走到后面,他母亲亦跟踪进去。象道:"往回他来,必在秋收之后,现在正在长夏,他就跑来,我想必有道理。"他母亲点头道:"我亦如此想,我们留心就是了。"这日晚上,既不叫舜做事,亦不与他谈话,又不给他备饭,又不指定寝处。舜料知父母之心仍未转移,想在此亦站不住,胡乱过了一夜。次日,将供给父母的甘旨和分赠弟妹的物品统统取出,献送了,便叩辞父母,别了弟妹,出门来访不虚等。不虚道:"你如何便来了?"舜道:"昨夜我想想,这事甚急,我早走为是,一切务请兄等代为进行。"

不虚道："你现在到何处去？"舜道："尹老师家在王屋山上，多年不见，想先去访他，再作计较。"

是日午后，舜别了不虚等，就向冀州而来。上得太行山，走了两日，只见路旁一个大坟，隆然高起，坟前竖着一块大碑，碑上大书"炎帝神农氏之陵"七个大字。舜看了诧异，暗想，炎帝的坟听说在衡山之南，茶陵地方，如何这里又有一个陵？正在不解，后来问到土人，才知道炎帝从前曾经在此播种五谷，后人感激他的恩德，所以在此地又造一个陵，以留敬仰，并不是真的。现在山下还有黍田二畔（现在山西高平市北羊头山）：一畔在水南阴地，所种的黍都是白色；一畔在水北阳地，所种的黍都是红色；就是炎帝的遗迹了。舜听了这话，不禁肃然敬仰，可惜此时正是大暑时候，黍正在播种，无从实验它的颜色，不免怅怅。一日，炎威有点难当，遥见前面一个大泽，询之旁人；知道名叫濩泽（现在山西晋城市西北十里）。泽边大树参天，非常凉爽，就在那树下石上休息一会。细看那大泽中，波光激滟，将旁边的山影倒矗其中，时有小舟荡漾，风景颇堪入画。舜暗想，如此炎威，奔走不易，不如在此渔钓几日再走吧。想罢，就从行李中取出鱼钩，又在道旁折了一枝小竹作为钓竿，于是就在此钓了多日，方才起身。到得王屋山，寻访尹寿，据土人说，多年前早已搬去了；当今天子亦屡次来访，但是总不知道下落。舜听了，不胜惆怅。于是又到诸冯山来访他的旧居，但见一片茫茫，都在水浸之中，只是东面高地，并没水浸，如今还有几户人家住在那里。舜暗想，当时我可惜不在家，否则迁徙何必这样远，寻点较高之地就好了。又想那洪水的来源，是在孟门壶口山上，究竟不知怎样情形，我且去看看。当下决定主意，就向稷山而来。那时稷山，除出东部与霍山相连外，其余可说全在水中。北面的汾水下流，与西南的山海连成一片，已看不出河流湖水了。舜想到孟门山去,但是陆路不通,水路呢,因为孟门山上的水冲激得太厉害,舟子都不肯去,舜只得望洋而叹。雇舟南渡,到了一个高阜之下泊住了,细看那高阜,南接雷首山,东西北三面兀立于水中,人户甚多,可怜都是从洪水中逃来的,米谷等虽有官厅支配接济,而器具很感缺乏。舜于陶业本来极有经验,至此就择地土,制造陶器,以利民用,自己亦可得什一之利(现在山西永济市北三十里有陶城,即舜遗迹),一面再设法去考察孟门山的水势。

一日,舜在制造之余,出外闲走,只见两条大汉随着一个童子,向水滨而来,意欲雇船到孟门山去望望。舟子执意不肯去,说道:"那边甚是危险,而且无可游玩。"童子道:"我并非要去游玩,我是去考察水势的,我多给你些酬劳吧。"那舟子道:"考察水势,莫不是想治水么?这个水灾,闹了几十年,前回共工,现在崇伯,这班大人先生都治不好,何况你这个童子!我看不如省省吧,性命要紧,酬劳要它做甚?"那童子听了,叹口气,向同行的两个大汉说道:"此地的船又不肯行,我们走哪里呢?"那两个大汉沉思了一会,一时亦答不出来。舜看那童子,年纪不过十岁以外,生得虎鼻、河目、骈齿、鸟喙,相貌不凡,不觉有点诧异,便上前去向他施礼,请教姓名,并问他要考察水势的原因。那童子将舜上下一看,亦觉非常震惊,便说道:"某名叫文命,字高密,因为家父崇伯身膺治水之职,累载无效,不揣愚陋,要想帮帮家父之忙。适才从霍太山那边考察了一会,觉得水患之源不在那边,所以想到孟门山上去考察一番,究竟此洪水是从何处来的。不料各处舟人都不敢渡,真是苦死了!敢问先生,高姓大名?"舜听了,便拱手道:"原来是崇伯公子,失敬失敬!某姓姚,名舜,字仲华,某到此地来,亦为想考察水势,但是几个月来,亦正没法过去。现在公子与某宗旨相同,真可谓同志。茅屋不远,何妨请过去谈谈呢。"文命大喜,就跟了舜走。舜问文命,后面跟的两个大汉是何人。文命便将真窥、横革二人亦介绍了。后来到了茅屋中,舜与文命两人就细谈起来,舜就问文命治水的方法。文命道:"包围在群山里面的这许多水,总要给它一个出路,最好的出路就是海了。泛滥在平地上面的这许多水,总要给它一个贮藏的所在,最好的贮藏所在,就是地中了。但是放去山中之水,必须将山凿开;要将地上面的水贮藏于地中,必须掘地;这二事是否可行,有无流弊,均须切实研究过才有把握。不过某现在的意见是如此,还请指教。"舜听了这番话,与自己平日的理想相合,非常佩服,便说道:"极是极是!天下非常的大灾,必须用非常的方法去救治它,才可成功;墨守旧时古法,是无益的。"当下舜又逐一考问他各种的政见,文命对答如流,舜觉得他的才力远在皋陶、柏翳等之上,暗想,我前番所说可以总揽全局之人,这个人真可当之而无愧了!于是倾心吐胆,两人遂结为至交。

第七十八回

帝尧一日遇十瑞　祗支国贡重明鸟
帝尧梦长人与之论治　四岳举舜

且说帝尧自即位以来,不知不觉已是七十载了。此七十载之内,可说他无日不在忧勤之中。初则以天下之难治为忧,续则以洪水之难平为忧,要想寻一个贤人,将这副万斤重担交付于他。可是大家亦很乖巧,没有人肯上这个当,而寻常的人希望大位的,帝尧亦决不肯轻易将天下让他,只能仍旧自己担任,他的苦处真是不可胜言。到得七十载的这一年,水患虽则仍旧未平,但是以他的至德化导,与大司农、大司徒、四岳、百官之勤求治理,天下实在已经太平之至,不过到处汪洋大水,人民不能得平土而居,留有这个缺点罢了。虽则如此,人民衣食仍是绰乎有余,除几个不幸的人民为大水所淹,为猛兽所噬外,其余都是熙熙皞皞,绝无愁苦之容,更无怨咨之事。民心既和,感应自懋,这时上天所降的祥瑞,真不可以数计。前面所载:蓂草生庭,屈轶生庭;麒麟游郊,獬豸游郊等等,还是陆续发现的,这年头的祥瑞真多了,最要紧的记他几个,就是:

(一)景星出于翼　景星状如半月,生于每月晦朔之时,因为那时没有月亮,它就出来替代,可以给人民夜作,其益甚大。做君主的能够有不私于人的德行,景星方才出现。黄帝时曾经出现过一次,帝尧四十二载亦出现过一次,这次又是一次了。翼星是二十八宿之一,共有二十二颗,在南方,色赤。尧是翼星之精,所以两次景星都出于翼。

（二）凤凰止于庭　自从帝喾崩逝之后,凤凰久已不见,这时又来飞集于庭。那旁边有一座阿阁,阁旁有一株欢树,凤凰就作巢在欢树之上,飞鸣不去。当时百姓,就作了几句歌词,称道这事,其歌曰:"凤凰秋秋,其翼若干,其鸣若箫,有凤有凤,乐帝之心。"

（三）历草生于阶　帝都在平阳时,曾生蓂荚历草,但是帝都迁移,那蓂荚亦随水而湮没了。现在又复生于阶,旁边又添生一种朱草,是个百草之精,其状如小桑,长三四尺,枝叶皆丹如珊瑚,其汁如血,其叶生落随晦朔,与蓂荚无异。这两种并生在阶下,真是奇异之至!

（四）神龙见于沼　帝尧宫中有一沼,畜养鱼类,忽有神龙栖息其中,变化隐现,有时蟠曲如秋蛇,有时飞起空中,夭矫数百丈,鳞甲耀日,真是奇观。

（五）箑脯生于厨　帝尧庖厨之中,忽生一肉,其薄如箑,其状如蓬,大枝小根,根细如丝,摇动起来,习习风生,满厨清凉。虽在夏天,食物寒而不臭,而且能够杀蝇。一名叫作倚扇,亦叫作霎脯。大概做帝王的孝道至,则箑脯出,真是不常有之异物。

（六）刍化为禾　宫中储藏的刍草,忽然尽化为禾,每枝七茎,连三十五穗。民间所种的禾苗,亦是如此,大家都叫它嘉禾。大概做帝王的恩德下沦于地,则嘉禾生。

（七）乌化为白　宫中树上,鸟巢甚多。乌初生时,母乌哺它六十日,等到小乌大了,它反哺其母,也是六十日,因此人都叫它慈乌,亦叫它孝乌。帝尧不许人去驱捕它,但嫌它色黑不好看。哪知一夜之间,乌色尽化为白,真是异闻!

(八)禽变五色　凤凰来后,又有鸾鸟飞来。那鸾鸟出在女床山,它的声音合于五音之节,其形如鸡,其色如翟,备具五彩,而以赤色为多,是个南方火离之鸟。帝尧兼是火星之精,所以感召鸾鸟。凤凰飞来,是普通圣主之感应;鸾鸟飞来,是帝尧特有之感应。鸾鸟来后,留下一对鸾雏,岁岁来集,而官中所有之禽,亦就此统统化为五色,仿佛受了鸾鸟的感化所致,这亦是异事。

(九)神木生莲　宫中有一株大木,忽然开花,仿佛夏日之莲,香闻四远。当初尧在黟山时,看到木莲,甚为赏爱,曾有重来之意,但是水患如此,尧哪里有工夫去重游!天或者可怜他的境遇,特地使木莲生于官中,以慰其心,亦未可知。不然,哪里会有此种异事呢!

(十)甘露润泽,醴泉出山　甘露是神露之精,其味甘,其色有青,有黄,有玄,有朱,有丹。大概人主恩及于物,则甘露下降,这是历代不常有的祥瑞。醴泉就是美泉,其甘如醴,其生无源。大概人君德茂,世界清平,则醴泉溢出,亦难得乏物也。

以上各种,同时并集,所以当时有一日十瑞之称,但是还不止此。一日,羲和考察天文,奏知帝尧,说道:"某月某日某时,日月如合璧,五星如联珠。"这亦是极难得的祥瑞。从前天地开辟的时候,逆算起来,这日正是甲子冬至日,曾经有过一次,这回才是第二次呢。于是,大小臣工以及百姓得到这许多嘉祥,莫不对于帝尧讴歌颂祝,但帝尧仍是谦让不居。

一日,和仲来奏,说祇支国遣使来进贡了。帝尧忙命照着礼仪招待。这次祇支国所进贡的,是一只异鸟,其状如鸡,两只翅膀的羽毛脱落殆尽,只剩了两只肉翮,形状甚为难看。帝尧料他远道来贡,必有特异之处,便问那使者道:"此鸟叫什么名字?有什么特异的功能?"那使者道:"此鸟两目都有两个眼珠,所以叫作重明鸟,亦叫重睛鸟。它的力气很大,能够搏逐猛兽。它鸣起来,其声如凤,一切妖灾群恶都远远避去,不能为害,实在是一种灵鸟。所以小国之君,特遣陪臣前来贡献,望乞赏收。"帝尧道:"它的羽毛尚不完全,哪里还能搏逐猛兽呢?"使者正欲开言,哪知这重明鸟竟像有知识似的,听了帝尧之言,顿时引吭长鸣,声音果然似凤;忽而闪起两只肉翅,腾举空中,绕殿飞了一匝,直出庭中,且飞且鸣。那时巢在阿阁的凤凰和飞集的鸾鸟,听了它的鸣声,亦一齐飞鸣起来,与它唱和,声音和谐,非常悦耳。这时叔均在殿上,看见重明鸟出殿而去,不禁叫道:"啊哟!逃去了!"那使者笑道:"不会不会,就要来的。"歇了一会,果然仍飞回来。此时在阶上的侍卫,忽然看见空中有无数群鸟,向北而飞,非常迅速。后来打听,才知道都是枭鸱之类,大约听见了重明鸟的鸣声而逃到绝漠去的。从此,重明鸟所在数百里之内,竟无鸱枭恶鸟,真是奇怪之事。且说帝尧看到重明鸟如此情形,知道它果是灵鸟了,便问使者道:"它的羽毛,终年如此么?"使者道:"不是。它的羽毛时长时落,此时适值它解翮之时,所以如此。"帝尧道:"那么它吃什么?"使者道:"通常它在外面,不知道吃什么。如若人喂饲它起来,须用琼玉之膏饴之。"帝尧道:"朕素来不宝远物,不尚珍异。念贵国君殷殷厚意,又承贵使者万里而来,朕却之不恭,不能不受了。请贵使者归国,代朕致谢,是所至感。"当下款待使者,优礼有加,报礼亦从厚。使者勾留多日,归国而去。这里帝尧君臣商量留养重明鸟之法。帝尧道:"它是灵鸟,与鸾凤一般,不可以樊笼屈之,任其来去可也。况且养它起来,须用琼膏,未免太奢,朕哪里有这许多琼玉来供给它呢!"群臣听了,都以为然,于是就将重明鸟安放在树林之中,听其自由。那重明鸟从此飞来飞去,总在帝都附近,几百里之内,所有豺狼虎豹都给它搏击殆尽,人民往来便利不少。民间人家,偶有妖异或不祥之事,只要重明鸟一到,妖异立刻潜踪;不祥之事,化为大吉。假使山林川泽,猛兽为患,只要听见重明鸟的鸣声,猛兽无不遁逃,因此人人将这重明鸟奉若神明,没有一家不洒扫门户,延颈跂足地望它飞来。那重明鸟在帝都,住了几时,忽然飞去。后来,一年之中总来一次,又后来,几年之中才来一次。大家盼望得急了,有人想出方法,将木头雕出一个重明鸟之像,或用金铸出一个重明鸟之像,安放在门户之间。哪知亦竟有灵,一切魑魅丑类居然亦能够退伏。所以后世的人,于每年元旦这日,或者刻木,或者铸金,或者绘画一只鸡的形状,放在窗牖之上。这就是重明鸟的遗像故事。闲话不提。

且说帝尧虽则得到如许的嘉祥懿瑞,但是他的心仍旧歉然,不自满足,一定要想求到一个贤人,将这个大位禅让给他,方才如愿。一日夜间,做了一梦,梦见果然得到一个贤人了。那贤人生得甚长,两只眼睛仿佛和重明鸟一般,都有两个乌珠的。帝尧和他讨论治道,觉得他的见识、议论、学问非常超卓,梦中不觉大喜,慌忙要将天下禅让与他。哪知这长人一定不受,说道:"你要我接受你的天下,还有一件事没有做呢!"帝尧问他何事,那长人亦不答话,竟起身向帝尧宫中而去。帝尧急急跟进去,哪知长人已走进帝尧两个女儿的房中去了。帝尧梦中诧异之极,不觉蘧然而醒,暗想,这个梦荒唐得很,或者是心记梦吧!但是我这两年精力差了,没有出去巡狩、访求贤人,那贤人怎样会得自己跑来呢?贤人不跑来,我这个志愿怎样能够偿到呢?又想了一会,说道:"罢罢!我明朝问问群臣吧。"

次日视朝,帝尧就向四岳等说道:"朕在位已经七十载了。这七十载之中,所贻害百姓的事件,不知道有多少。即如洪水一项,五十年来没有平治,而且加甚,这都是朕之不德所致。现在年已九旬,精力日差,再如此恋栈下去,贻误苍生,更非浅鲜,罪戾更甚。现在朕急求交卸,亦不再向外边去求人,就是汝等百官之中,哪个自问能胜这个大任的,朕就将天下让给他,这是以天下为公之意,并无丝毫私意存乎其间,汝等宜自己老实着想,不要客气。"帝尧说完,将眼睛四面一望,只见群臣个个面面相觑,不作一声。过了一会,大家才说道:"臣等实在没有这个德行,可以担任这个大位。"帝尧道:"那么,汝等再想想,除出汝等之外,或是在职的官吏,或是在野的贵族,或竟是在草野中微贱之人,只要他的才德可以治平天下,不拘资格,都可以保举,待朕裁察。"大众听到这话,便不约而同地说道:"有一个鳏夫,在畎亩之中,名字叫作虞舜……"刚说到此,帝尧不等他们说完,便道:"是呀是呀!我曾经听见人说起过的,究竟这个人如何?"四岳道:"他是个瞽者的儿子。父是顽的,母是嚚的,弟是傲的。他处在这种家庭之中,总是以和顺侍奉他的父母,以和气接待他的兄弟。他自己虽历尽困苦艰难,仍旧将他所得的财帛尽数献之于父母,一次两次十次百次的,奉养不倦。他又知道父母兄弟常有杀他之心,千方百计地避开,不使父母陷于不义之罪,这种用心,真是千难万难的。"帝尧听了,沉吟一会,说道:"原来如此,我姑且先试试他看。"当下退朝,不提。

且说帝尧要想用什么方法去试舜呢,原来尧有十个儿子,两个女儿,除出丹朱不肖,为帝所逐之外,其余九男二女都在宫中。那两个女儿,大的名叫娥皇,小的名叫女英,年纪都在二十左右,相貌既美,德性亦良,是帝尧向来所钟爱的。九个儿子,虽则没有怎样杰出之才,亦没有和丹朱那样的不肖,不过寻常中人而已。那日帝尧退朝之后,心想:虞舜这个人,我从前曾听见方回来荐过。不过方回是个修道玩世之士;他的说话是否可信,殊不敢必,所以那时并没有注意。现在四岳百官既然都是这样说,可见有大半可信了。不过有一点可怕的,有些人善于作伪,善于沽名,外面虽是做得切切实实,而里面纯然是假的,这种人如果拿天下让给他,一定偾事。还有一种人,内行非常纯笃,宅心非常仁厚,种种至行,确系出于本真,但是才干不足,度量不宏,骤然加之以非分,他就要震惊局促,而手足无所措,这种人如果拿天下让给他,亦是一定要偾事的。如今虞舜这个人,究竟是怎样一种人呢?我用什么方法去试他呢?想了一会,说道:"有了!他不是一个鳏夫么,我这样一来,他的内行可以给我看到了,我那样一来,他的外行亦可以给我看到了,内外都看到,岂不是明确之至么!"主意决定,当下就进宫来,与散宜氏商议。散宜氏听了,很有点为难,踌躇半晌,方说道:"依妾的愚见,这两事恐怕都不可行呢。"帝尧问道:"怎样?"散宜氏道:"天子之子,虽说亦是个平民百姓,但是要叫他到畎亩之中,去服侍一个农夫,似乎有点难堪,恐怕他们不肯。"帝尧笑道:"这个真是势利之见了。人的贵贱,在品格、德行,不在职业。古人说得好:'仁义忠信,乐善不倦,此天爵也;公卿大夫,此人爵也。'人爵之尊,哪里敌得过天爵之尊!况且九个孩儿,现在都未有封爵,更谈不到'贵贱'二字。朕为天子,到处奔走,无论遇到什么人,只要他道德高尚、学问深邃,朕就拜他为师。服侍农夫,有什么难堪不难堪呢!朕叫他们去,他们可说不肯去么?朕不但要九个孩儿去,并且叫百官都同去,更有什么难堪?这一层汝且放心。"散宜氏道:"第二项最难。两个女儿,不是帝所钟爱的么?应该好好地为她们择配,怎样拿她们来做试验人的器具呢?假使虞舜这个人,试验起来是好的,固然是好;如果不好,那么怎样?九个孩子呢,服侍一场空,走开就算了;两个女儿,既嫁了他,万万不能离婚,岂不是害了她们的终身么!这项事情,还请帝三思才是。"帝尧叹道:"汝所虑亦有理,但是朕所虑的二层:第一层作伪盗名,或者尚不至于如此。因为虞舜果然作伪盗名,不能如此地长久不败,而四岳百官和那些历山的百姓,何以个个都相信他,没有一个疑心他?所以这一层,朕要试他的意思还浅;独有那才不胜德的这一层,必须如此,方才可以试出。朕通盘想过,亦是不得已的一种办法。如果虞舜德行是好,即使才具差了些,女儿嫁了他,亦不为辱。朕在位七十载,时时想以天下让人,历年以来寻不到人,固然烦闷,现在居然有这样一个人,但是不考察仔细,轻轻将天下让给他,万一不对,朕的罪岂不甚大!所以现在这回事,只能尽我们的心,听我们的命。如果试来果然好,真是如天之福;如果不好,朕为天下而牺牲二女,二女为朕而牺牲一生,在朕对于天下,不失为忠,在二女对于朕,不失为孝,只好如此着想了。"当下散宜氏见帝尧说到如此,亦不好再说,便问吉期定在何时,礼节如何。帝尧道:"且慢且慢,这些不过是朕的计划。实则虞舜这个人此刻住在何处,是否确系鳏夫,尚没有叫人去探听过呢。"

次日,帝尧视朝,再向四岳等问虞舜现在究居何处。四岳道:"从前知道他在泰山之北,后来又知道他在雷泽一带,此刻究在何处,已饬人去探询了。"帝尧无语。过了几日,探询的人归来,四岳便奏知帝尧,说虞舜此刻在雷首山北、沩汭二水之间的一座山畔躬耕。帝尧听了,便将想给二女配他的意思向群臣说了一遍,并说要烦篯铿前往执柯。篯铿问道:"先到他父母家中去么?他父母却不知住在何处。"帝尧听说,沉吟一会,才说道:"朕看且慢向他父母说,先到虞舜那边,和虞舜自己说,看他的意思如何,再行定

— 697 —

夺。"篯铿诧异道："臣记得古诗上有两句，叫'娶妻如之何，必告父母。'虞舜是个大孝之人，这种婚姻大事，他总要告诉他父母才敢答应的。与其和他自己说了之后，再等他父母的回信，还不如此刻先和他父母说，较为便利。"帝尧叹口气道："朕岂不知，不过，朕知道他的父母待他是极不好的，万一他父母竟不答应，那么怎样？虞舜难道自己还好再答应么？到那时恐怕事情倒反弄僵，不如先和虞舜自己说为是。"篯铿道："臣的愚见，为父母的总希望儿子好。即使平日失爱，他儿子果然能够飞黄腾达起来，父母见他显亲扬名，未有不回心转意的。况且临以天子之命，天子的女儿给他做子妇，何等有体面！臣看起来，不至于不答应。或者他恶子之心，至此转而爱怜其子，亦未可知，帝意以为何如？"帝尧摇摇头道："朕看起来，总有点难。他的父称为顽，他的母称为嚚。心不则德义之经称为顽；口不道忠信之言称为嚚；顽嚚的人，平日常有杀子的意思，这种人岂是寻常情理所可测度的吗？临之以天子之命，归之以天子的女儿，万一他反生起嫉妒之心来，有意破坏，决决绝绝不答应，并且吩咐虞舜不许娶，那么岂不是倒反弄糟，没有挽回之余地了么！所以朕看起来，还不如谨慎些、迂曲些，先和虞舜说了，察看情形，再行定夺为是。"篯铿听了，亦不再言，即日动身，竟向沩汭而去。

第七十九回

舜渔雷泽　耕第九历山
梦击鼓　得玉版受历数
梦眉与发齐　帝尧相攸
舜不告而娶

且说舜自从与文命订交之后，极为得意。文命勾留多日，自回太原而去，舜仍旧做他的陶业，后来又到雷首山畔一个雷泽中去钓鱼。（现在山西永济市南四十五里，据明万历时李之藻的考察，说泽底有巉石深壑，冬至前水吸而入，如巨雷之鸣，所以叫作雷泽，和山东之雷泽不同）。那雷泽的西南，受了孟门山下之水，浸灌泛滥，已与山海连通，界限辨不分明。舜初到此，并不想做渔人的生涯，后来看见当地的渔人互相争夺优美的场所，时有斗殴之事，舜要想化导他们，就厕入他们里面，与他们共同渔钓。起初亦很受他们的排挤，仗着他的恭敬忠信和口才，向他们委曲劝导，不到半年，那些渔人受了感化，个个跑到那湍濑的地方去渔钓，而拿了曲隩深潭让给他人，这亦可算得是舜之成功。

后来舜又南行，看见离雷泽不远的地方，有两条水，东西相离约二里。一条南流，名叫沩水；一条北流，名叫汭水，都流到山海中去。其地肥美，可以耕种。舜于是又在此处住下，干他的农夫事业。（这个地方后来又叫历山）。有一夜，忽然做了一梦，梦见得到一面大鼓，手中拿着鼓槌，不住地击，其声嘭嘭，震动远近。醒了之后，想道："我向来不做梦，昨夜忽梦击鼓，必有应兆，但是应兆什么呢?"后来一想,恍然道,"是了是了:鼓声横可以震动远近,直可以震动上下,从前方回说,已将我的名字荐之于天子,不要此刻又有人荐我么?好在我此刻,一切人才都已经有了预备,果真有人荐我,天子果然用我,我亦不怕。"

过了几日,舜正拿锄头在一个岩畔掘地,忽然掘出一物,晶光照眼。舜拾起一看,原来是一块大玉,那玉上又有无数文字刻着。舜仔细研究,却是说天的历数的。舜暗想:这个玉历,究竟是哪里来的呢?如是前人无意中所遗落,不会在岩石之中;是有意埋藏的,那埋藏的用意,究竟为什么?况且这玉历所载,都是近代及以后之事,埋藏的人何以能前知?想起来或者是"天命"在我,要我出来治平这个天下,亦未可知。我前日那个梦,恐怕要应验了。想了一会,便将玉历藏下,口中说道:"管它什么天命在我不在我,我总是体道不倦,尽我的责任做去就是了。"

哪知过了两日,舜忽然又做了一梦,梦见抖散了头发,在那里栉沐,但觉两道眉毛亦渐渐地长起来,竟长得和头发一样齐,拖在地上。醒后想道:"人的百体,发居最上,仿佛是国家的最高地位一般。其次便是眉毛,它的位置亦不低。现在我梦眉与发齐,不要是天子听了人的荐举,竟来叫我,使我代行天子之职权,和天子一样么?"既而又想了一想,口中说道,"妄想妄想!哪有此事!照常工作。"哪知就在这日,舜披了被襫在田里耕作,忽见有一辆车子来到田亩边停下。车上立着一个官员,方面大耳,正笏垂绅,气象尊严,慢慢地跳下车来。那随从的人,早提起嗓子叫道:"那一位是虞仲华先生么?"舜答应道:"某便是虞仲华。"那官员听了,不顾脚下的涂泥,忙走过来,拱手作礼,躬身说道:"久仰久仰。"舜一面还礼,一面问道:"贵官何人?访某何事?"那官员道:"先生尊寓在何处?可否偕往小坐,以便承教?"舜答应道:"亦好。"于是荷锄先行,那贵官及随从人等步行相随,转过桑林,到了一间茅舍,前临小溪。舜道:"贵官且稍待,容某洁身。"于是临溪将两足洗濯了一会,又入茅屋中,放下锄头,然后再出来,请客人入内,坐定,再请教姓名。那官员道:"某姓篯,名铿。圣天子钦仰高贤,本想亲来造访,现因事阻,特遣某先来致意。先生大德,敬慕久了。"舜听了,竭力谦抑。篯铿细看那茅屋,纵横不到两丈,炉灶、器皿等都拥挤在一处,向南一门,向东一牖,虽有天光透入,而时当新霁,天气阴晦,屋中仍是昏暗异常。暗想:帝女之尊,如果住到这里来,真是屈没了!当下就问虞舜道:"先生一人住在此间么?"舜应道是。篯铿道:"宝眷呢?"舜道:"某尚未娶,家父母又远在他方,所以一人在此。"篯铿道:"先生今年贵庚?"舜道:"今年正三十。"篯铿道:"正是古人受室之年了,现在有人替先生作伐么?"舜道:"没有。"篯铿道:"某此番来造访,正为此事。天子仰慕大德,兼知道先生中馈尚虚,特遣某来为先生作伐。天子有两个女公子,才貌固然俱全,德性尤属温良,长者今年二十,少者十八,意欲附为婚姻,不知先生肯允许否?"舜道:"某草野微贱,何敢上婚天家!帝室之女,下嫁农夫,亦觉辱没,这事何敢当!请贵官为某婉谢,费神费神。"篯铿道:"先生此言,未免世俗之见,怎样分出什么上下贵贱来了!天子不过是万民之公仆,贵在哪里?先生道德参天地,贱在哪里?如虑到帝室之女,或有骄奢之习,恐怕不能安于畎亩,那么某可以代为证明,决无此事。圣天子持躬以俭,齐家以礼,本来宫中奉养与小民差不多。两位女公子秉承庭训,熏陶涵育,性质纯良。某系懿戚,宫中之事大略知道,请先生放心吧。"

舜刚要再说,忽见外面走进三个人,有一个看见了篯铿,哈哈大笑,拱手说道:"久违久违!幸遇幸遇!你怎样跑到这里来?"篯铿一看,原来是方回,不禁大喜,另看那两个,却不认识。舜起来代为介绍,说道:"这位是雒陶,这位是秦不虚,都是敝友。"籛铿一一相见,大家坐下,一间茅屋,几乎挤满。方回向籛铿道:"某刚才来访仲华,看见车马盈门,从者杂遝,以为是个贵官,草野之人理应回避,后来向贵从人探听,才知道是你,所以拉了他们两个,大胆地竟闯进来,冒犯贵官,尚乞饶恕。"说罢,又哈哈大笑。籛铿道:"你一向在哪里?叫我好想。你丢了官不做不打紧,怎样连朋友都不来望望!"方回道:"你是贵官,我怕来望你,望了你之后,你又要荐我到天子那里去,叫我做什么官,我前次上你的当,幽囚了几年,现在我已解放了,好不自在,再来上你的当么!"籛铿发急道:"不要说这话了,我何尝要恋这个官做呢!不过我是天子的懿亲,天子以大义责我,我一时辞不脱,没奈何。再歇几年,我一定来和你把臂入林,你不要再奚落我了。"方回道:"你现在来找仲华做什么?"籛铿便将来意说了一遍。方回向舜道:"这个有什么别的话讲,答应他就是了,难道还是害羞不成!"说得大家都笑起来。方回又向籛铿道:"我当年早将仲华荐给天子,并且托你亦随时进言,不想天子偏偏不听。直到今日,才来做媒,想他做女婿,岂不是已经耽误了多年么!现在此事不必再议,我们三个代仲华答应,你请回去,复命圣天子,择日纳采便了。"舜忙道:"且慢且慢!容某再作计较,迟日再报命吧。"方回道:"仲华,我看不必再计较了。"雒陶道:"这个不然。二姓之好,百年之合,况且又有等级之殊。二女偕来,这事何等重大!岂可草草答应,我看还是依着仲华为是。"籛铿道:"雒先生之言极是,某再静候大教吧。"当下又谈了些闲天,籛铿起身兴辞。方回又向他道:"你那云母粉,服食得如何了?"籛铿道:"这几年来,总是照法服食,不过事冗,不能亲自去采,不免间断。"方回道:"你既有志学道,切须努力,不可自误。烹调滋味,虽则可口,还以戒之为是。"籛铿听了,诺诺连声而出。

舜送他上车后,仍入内与雒陶等纵谈,开口便问道:"家父家母迁居之后,近况如何?"秦不虚道:"甚好甚好。不过那迁居的时候,伯父母果然又疑心到你,后来经我们大家解释,方才肯搬,但是搬不几日,听说那姚墟左近果然陷没成为大湖了。(现在河北南部大名县东有五鹿墟,墟之左右,有陷落之城名叫袭邑。)我们真运气呀!"舜拱手致谢道:"这事全仗诸位大力,某实在感激不尽。"方回道:"仲华,刚才籛铿来做媒,你为什么不答应?"舜道:"某意拟禀过家父母,再行定见。"秦不虚听了,连连摇手道:"不行不行!仲华,你如果要禀承父母,再办此事,包管是不答应的。我和你府上是邻居,这十年来,给你说媒的人不知道有多少,然而伯父伯母没有一个答应。不然,你何至于到三十之年,还没有妻室呢?近来令弟年亦逾冠了,竟没人给他来做媒。伯父母谈起,总是非常不高兴。如若你再去禀知,又是天子的女儿,又不止一个,相形之下,必定难堪,我看一定不答应的,还不如不去说吧。"雒陶道:"我所虑的,不在禀命不禀命,倒是帝室之女嫁给仲华,能否相安,是一个问题。"方回道:"不打紧。我从前在帝都,知道天子的家教非常之好,他的女儿,决不会怎样的出乎轨道之外。"雒陶道:"这亦难说。你看丹朱,岂不是帝的元子么!岂不是同一样受家教么!何以如此不肖呢?俗语说:娶妻先看舅。我总有点怀疑。"方回道:"不是如此,当今圣天子的圣德,我们大家知道的、佩服的。天子这次对于仲华来相攸,一定是钦佩仲华的才德,要想大用他,所以先申之以婚姻,可料天子必定纯是一片美意,而决无恶意。以天子之明,知道丹朱之不肖,难道不明了他女儿的性情么?难道明了他女儿的性情不是柔顺,而故意要嫁给仲华,使仲华再添一种家庭之困难么?以情理二字推起来,决无此事,我说可以放心。"雒陶道:"这层我亦知道,不过家庭中的关系很复杂,所对付的不止一方面,仲华又是失爱于伯父母的人,成婚之后,仲华夫人能否弃舅姑而不侍？侍奉起来,能否得舅姑之欢心？万一姑妇之间又发生问题起来,仲华夹在当中,岂不是更加左右做人难么！况且富贵贫贱,阶级悬殊,言语、行动、礼貌,一切种种,容易发生误会,往往本人出于无心,而旁观者以为有意。所以我说,帝之二女,即使都是贤淑非常,而事变之来,亦正不能逆料。仲华,你看何如？"舜未及答言,秦不虚道:"我看这种以后之事,还在其次。仲华的盛德,刑于寡妻,当然不成问题,况有圣天子帮同主持策划,必有善法可以解除这种困难。我所虑的,就是现在究竟禀命不禀呢？"舜道:"我所虑的,亦正在此。"方回、雏陶听舜说到这句话,知道舜对于帝女已有允许之意,就齐声说道:"我看只有不禀命,万一禀命之后,伯父母竟不答应。仲华,你莫非竟鳏居终身么？鳏居无后,是谓不孝；不告而娶,亦是不孝；现在告而不得娶,日后再不告而娶,那个更是不孝；所以还不如此刻先不告而娶为是。古人处事,有经有权,仲华,你是极有辨别、极有决断的人,为什么忽然迟疑起来了？"舜听到此处,不禁心伤泪落,说道:"那么,竟是如此决定了罢！我不孝之罪,已上通于天,也不在乎这一遭了。"不虚道:"既然如此,事宜从速,恐怕伯父母那面或有风闻,反生波折。"雏陶道:"好在有我们三人,可以帮忙。"当下就推定方回前往接洽,因为方回和籛铿是极投契的,有些话可以磋商直说。

到了次日,方回去访籛铿,就将姻事答应了,并将昨日种种辩论亦大略述了一遍。籛铿道:"那么我就回都复命,请老哥等暂在仲华先生家多住几天,以便帮忙。"方回道:"这个自然,不过请你和圣天子说,仲华一贫如洗,历岁勤劳所得,都以供养父母,厚聘是办不到的,一切婚礼只可从简,你以为何如？"籛铿道:"圣天子崇尚俭德,决不铺排,况且仲华先生的情形,圣天子是知道的,尽可放心。"当下又谈了一时,方回回到舜处,与雒陶等计划结婚办法,静等好音。

篯铿回到帝都,将舜已允许及各种情形,向帝尧说明。帝尧大喜,就向篯铿道:"既然如此,这事就从速举办,劳汝再往沩汭走一遭。因为照例,二姓之好,男先于女,是要男家先来求亲的,汝就叫他请媒妁来吧,一切礼节,且当商议。"当下篯铿又将舜居处寒陋情形,说了一遍。帝尧道:"朕另有处置,汝且去吧。"篯铿领命,再向沩汭而来。这里虞舜便请方回为全权代表,与篯铿一同偕至帝都,先行"纳采"之礼(纳采的意思,是承女家相攸,得其采择,表示一种感谢的意思),用雁一对,径往帝尧宗庙而来。用雁的意思,因为雁是随阳之鸟,往来南北,取其不失节的意思。这时帝尧先在宗庙之中、两楹之间布起几筵来。因为女儿亦是父母的肢体,与儿子一样,所以也在宗庙之中行礼,可见古人,男女并没有什么不平等。方回是男家的媒妁,待以大宾之礼。帝尧是主人,在大门之外拜迎。然后进门,一路作揖,推让,升堂,又交拜了,然后方回就了宾位,帝尧就了主位,两方都说了一套照例的话,然后大宾告辞,主人拜送,这一幕纳采的戏,总算做过了。隔了几日,又行"问名"之礼,那仪节和纳采一样。问名的意思,却有两个解释:一说,是问新人生母的姓氏。因为娶妻不娶同姓,母的姓氏或者相同,于理亦不应娶,而古人多妻,新娘究竟是哪一个母所出的,或妻或妾,不易清楚,所以必须一问,这是一说。又一说,问的是新娘名字。因为古时候男女界限极严,非有行媒,不相知名,现在要缔姻了,当然要知道新娘的名字,所以须问,这又是一说。二说之中,似乎以第二说为是,但究竟如何,已不可考了。又隔了几日,行"纳吉"之礼。纳吉的意思,是男家得到新娘名字之后,就去卜之于鬼神,卜而得吉,则人意与天心都已齐备美满,便去告知女家,说道是吉的,那个姻事才算是成议了。此次尧和舜的结亲,本来用不着再卜,不过古礼所定,不便废弃,所以仍旧照行,一切礼节也和前次无异。又过了几日、行"纳征"之礼。纳征就是行聘,是伏羲、女娲两人指定下来的大礼,起初不过俪皮两张,后来踵事增华,辨别等级,庶人用缁帛五两,就是十匹;卿大夫则玄色的帛三两,缥色的二两,外加俪皮;诸侯则上项之外,再加以大璋;至于天子,则上项之外,再加以榖圭。舜是个庶人,又是个贫民,只好仅用俪皮两张,以存古礼。此种办法,都是方回和篯铿二人商量定的。这次的礼节,与上三次亦相同,不过不用雁而已。过了纳征之后,这项姻事,已算成功,的确而不可更改了,只要商量迎娶的日期,便可完竣。迎娶的日期,照例是要男家择定的,但是以两方面便利的关系,不能不与女家接洽。帝尧说:"两女出嫁,虽则无多奁具,然而荆钗布裙,亦总必须预备一点,时间太匆促,恐有为难。况且就仲华而言,他是一个寒士,一无所有。朕已饬人到沩汭地方,代他制备些器具,营造几间房屋,大约亦总非两三个月不能了。朕看请他择吉在三月之后吧。"篯铿拿了这番话,告诉方回,方回遂归沩汭而来。那时伯阳、灵甫两个适值亦来访舜,听到此事,大为欢喜,就一同留住在舜处,等方回的好音。因为舜的茅屋太小,容不了这许多人,于是七手八脚,又在旁边添构一座小茅屋。一日,方回到了,报告一切,大众知道姻事已成,无不满意,齐向舜道贺。伯阳道:"怪不得前面隙地上,都在那里营造大屋,原来是天子饬人来造的。看它的图样,宫室之外,连仓廪、牛栏、羊圈都有,圣天子可谓想得周到了。"秦不虚道:"这个房屋,造得很古怪。东边一所,西边一所,南边一所,北边一所,零零落落,都不联络,究竟不知哪一所是给仲华住的?"灵甫道:"想来都是给仲华的。二女并嫁,将来仍旧分居,或许预备仲华迎养,亦未可知。"众人听了,都以为然。雏陶道:"闲话少说,我们且去找一个卜人,请他择一个吉日才是。"原来古人择日,并不如后世有黄道、黑道、星宿、生肖、冲克的讲究。他的方法,极为简单,就是先择定了某日,再用龟卜看,如其是吉的,那就用了,如其不吉,再更换过。当下秦不虚便说道:"何必外求,就请方回是了。"方回道:"我不是客气推托,我以为这是仲华百年之事,须得仲华自己去卜为是。"众人都赞成,于是舜就斋戒沐浴起来。过了几日,大家拟定了一个日子,如法卜之,果然大吉。众人从此,就将应该预备的事情排定了,大家分工担任,却嫌人手太少。灵甫道:"东不訾现在豫州,此刻时候还早,我去邀他来吧。"众人道好,于是灵甫就动身而去。这里雒陶等三人仍留着帮舜耕田。方回再到帝都来,通告日期,这个名目,叫作"请期"。明明是通告,反说是请,表明男家不敢自专,虽则选定了,仍旧要女家承认,方才作准之意,这亦是六礼中之一礼。一切礼节,与纳采等差不多,无须细说。

第八十回

帝尧降二女于沩汭　舜率二女归觐父母

　　时光迅速,吉期渐近。照六礼所定,舜应该迎亲的,但帝尧体恤舜是个寒士,变通办法,在沩汭所造的几所大屋之中,指定一所命舜居住,又指定一所作为二女之居,亲迎的时候,舜只要就近亲迎,那么费用极省,而亦不至于废礼,所以舜不必来,而帝尧倒要送女过去。但是帝尧并不亲送,命大司徒代送,九个儿子亦随同而去。籛铿是媒人,当然同行,其余大小官员又派遣了多人。说到此处,在下要代帝尧声明一句,嫁女是私事,百官是为国家办事的人,叫为国家办事之人去替皇帝做私事,未免与后世专制君主的作威作福相似了。帝尧号为千古第一圣君,何至于公私不分如此!其不知帝尧这次的嫁女,是为天下而嫁的,他因为要将天下让给舜,所以将二女嫁他,叫九男去养他,叫百官都去事他,这正是公事,不是私事,大家不可不知,闲话不提。

　　到了二女下嫁的前一日,帝尧备了两席盛馔,叫二女坐了首席,正妃散宜氏亲自与她们把盏。席罢之后,帝尧问二女嘱咐道:"为人之道,为妻为妇之道,朕与汝母常常和汝等说过。现在汝等将出嫁,朕不能不再为汝等嘱咐:大凡为妻为妇之道,总以'柔顺'二字为最要。男子气性,刚强的多;女子气性,假使亦刚起来,两刚相遇,其结果一定不好。人心之不同如其面,夫妇之间,哪里事事都能够同心协意呢？到得不能同心协意之时，为妻的总要见机退让，不可执拗、一意孤行，这是最要的。还有一层，汝等是天子之女，汝婿现在是个农夫，汝舅汝姑，亦都是个平民，汝等一切，须格外谦和卑下，恪尽其道，万不可稍稍疏忽，致使人家疑心汝等有娇贵之气。汝婿盛德，天下闻名，将来事功，未可限量；即使终于田亩，汝等亦须始终敬重，切不可稍有叹穷怨命之声，使丈夫听了难受。要知道天下无数失节堕落的男子，大半都是被他妻子逼迫出来的。汝婿素来失爱于父母，将来汝等亦未必即能见爱于舅姑。但是做人的方法，首先在自尽其道，无论舅姑怎样不爱，甚或怎样凌虐，总要忍耐顺受，尽我为妇之道。对于小姑娣姒，亦是如此。总而言之，柔顺二字之外，一个敬字而已。汝等有过，就是父母之耻，切记切记！"二女听了，唯唯答应。帝尧又叫了九个儿子来，吩咐他们好生服侍虞舜，亦将大道理切实教训一番。到了次日，二女拜辞父母，挥泪而出。帝尧和散宜氏等，送至门外，亦觉难堪，禁不住亦洒下泪来，正是天下"黯然神伤者，别而已矣"。

且说大司徒等送二女动身，一路晓行夜宿，看看到了妫汭，岂知那地方因为回避洪水之故，高险回曲，非常难行。帝尧九子是素来不曾出过门的，心想：帝王之女，什么人家不可嫁，偏要嫁到这种穷乡僻壤，而且要叫我们送来，真是难堪之事！所以每到险处，往往怃然长叹，共总经过三个险阻，叹了三回，所以现在那个地方，还有上、中、下三忼之名，就是这个原因。到了妫汭之后，大司徒等就在帝尧所指定的房屋中住下，静候虞舜的亲迎，按下不表。

且说虞舜那边，帝尧早遣人来通知，请移住到新屋中去，那草舍不要住了。这时灵甫已从豫州将东不訾寻到，一同帮忙，共总是六个人。秦不虚叹道："我们八个好朋友，现在仲华大喜，只有我们六个在此，续牙不知到何处去了？"伯阳道："他是二位新人的胞叔,应该请他来会会亲,可惜他不知现在何处。"当下决定,方回是媒人,雏陶作引赞,秦不虚代主人,伯阳指挥一切,灵甫、东不訾招待宾客。到了吉期的清晨,方回先到女宅招呼。舜穿了礼服,亲自御了花车,前面一座采亭,亭中安着两只雕雕鸣雁,径向女宅而来。进门升堂,先将两雁安放在上方,然后朝着当中恭恭敬敬地拜了八拜,早有大司徒等前来招待。须臾,两新人出来,由引赞者招呼舜上前,对着她们每人作了两个大揖,旋即出门,一同登车。舜居中执御,娥皇在左,女英在右,那辆车子是个安车,可以坐的,因为妇人不立乘的缘故。帝尧九子等随后送亲。到了家门,舜先下车,然后二女齐下,雏陶上前引赞,升降拜跪,行了百年夫妇大礼,送入洞房,共牢而食,合卺而饮,一切礼节自不消说。这里灵甫、东不訾来招待帝尧九子等。过了多时,九子辞去,大司徒亦回太原复命,这桩姻事,总算完结了。

到得第三日,舜与秦不虚等商议道:"某这番亲事,从权的不告而娶,但是为人子的,不能一辈子不见父母,为人子妇,亦不能一辈子不见舅姑。今天第三日,本是应该见舅姑的日子,现在某拟带了两新人,即日前往拜见家父家母,并且乘便迎养到此地来居住,兄等以为何如?"雏陶道:"这个是极应该的。"秦不虚道:"万一伯父、伯母有点不以为然,那么怎样?我看不如再过几日,别图良法,或者由弟前往,将此事委曲说明,看伯父母词色如何再定行止,如何?"伯阳、灵甫都叫道:"好,好!"东不訾道:"某的意见料起来,伯父母知道这个消息,一定要发怒的。儿子做错了事,父母一时盛怒,处以重罚,亦是当然之事。做儿子只有顺受,仲华是禁惯了,倒亦不必虑。我只怕仲华夫人,是帝室之女,加以新婚未几,万一伯父母盛怒起来,连两个夫人都加以重责,使之难堪,那时候会不会闹僵?这是可虑的。"舜连忙说道:"大概不要紧。某连日已将家庭状况向贱内等说明,并谕以大义,幸喜彼等尚能听受,料想尚不至于怎样。"方回道:"那么好极了,我看就此去吧,不必再迟延,使不孝之罪更大。"众人都以为然,于是舜和二女即日动身去觐父母,按下不表。

且说瞽叟夫妇,自从那一年舜出门之后,随即有秦不虚等来劝搬家。象和他的母亲,果然大起其疑心,说道:"我们住在这里几年,好好的,何以要劝我们搬?一定是舜那个孽障,在那里串哄,不要去上他的当。"不虚劝了几回,终是不理,不虚等大窘。后来邻舍有好几家,听了雒陶等的劝导,陆续都搬了,便是秦不虚、雒陶、伯阳三家,亦都整装待发。象打听明白,又见舜不在此地,料想与舜没有关系,方才和他父母商量,决定与不虚等同搬,就一径迁回诸冯山旧居。那时水势渐平,从前舜所耕的历山旧壤,象就去耕种,倒亦安乐自适。舜的消息存亡,置之于不问。

一日,忽有邻人之母来访瞽叟之妻,深深贺喜道:"恭喜恭喜!令郎发迹了,做到天子的女婿,是很不容易的。"瞽叟之妻不解所谓,忙笑着问道:"究竟什么事?我没有懂呢。"那邻人之母道:"就是你的二令郎舜呀!他现在已经天子招赘做女婿了,听见说两个帝女都嫁给他,而且给他造了许多大屋,有宫,有殿,有花园,有马房,啊呀!讲究呀!两个帝女,听说相貌个个美如天仙。啊呀!大嫂,你有这个令郎,你着实风光,要享大福呢!"瞽叟之妻听说舜有这种际遇,不由得又是疑心,又是妒意,便问道:"我没有知道,你从哪里得知的?"那邻人之母道:"是我小儿讲的。我小儿的朋友,刚才从一个什么地方回来,他说,亲眼看见,两个帝女已经到那里了,择个吉日,就要做亲了;那赠嫁的奁具,尽是珍珠金玉,抬了一里路,还抬不尽呢!那朋友因有要事,不能看他们做亲,就跑了回来,现在心里着实懊悔呢!"瞽叟之妻听到此处,那心中说不出的难过,口中却仍是"咿！哦！嗄！是！哪里！岂敢！"地乱敷衍了一阵,等那邻人之母去后,瞽叟之妻送毕转身,就指着瞽叟大骂道:"你生的好儿子！你生的好孝顺儿子！连婚姻大事都不来禀告父母一声,竟是娶了！他心中还有父母两个字么！我平常说说,你口气之间总有点儿帮着,说他心地是还好的。现在你看,好在哪里？你这个瞎子,生的好儿子！尽够耻辱了！"原来刚才邻母那番话瞽叟已是听见了,心中将信将疑,却并没有十分生气,现在给他后妻一激,那怒气不觉直冲上来,但亦无话可说,不过连声叹气而已。过了片时,象回来了,他母亲便将这事告诉他。象听了,摇摇头道:"哪有此事！这老婆子本来有点昏耄了,信口胡说。我想天子的女儿即使多得臭出来,亦不会拿来嫁给一个赤脚爬地、贫苦不堪的农夫;即使要嫁,一个也够了,哪里会一嫁就是两个！况且天子果然选中了他,要他做女婿,应该先叫他到帝都里去,封他一个官,然后再拿女儿嫁给他,这是顺的,断没有嫁到农家村舍来的道理。这个是诳话、谣言,我不相信。"瞽叟夫妇听了,亦以为然,便也不再生气。

过了两日,象忽然气冲冲地跑回来,告诉父母道:"前日那老太婆的话竟是真的,现在儿已探听明白,即刻他们就要来见父母了。父母见不见他们,请速定主意。"瞽叟听了,便道:"我不见他！我没有这个儿子！你给我拦住他,不许他们进门。"正说时,那舜等已到门前,随从的人却不少,舜都止住,叫他们站在门外。须臾,二女车子亦到了,三人一同进内。象受了父亲的命令,正要来拦阻,连舜叫他亦不理,蓦然看见两个绝色的嫂子,不禁一呆,仿佛魂灵儿都给她们勾去了,要拦阻也拦阻不动。舜问他父亲,母亲在哪里,他亦不作声,尽管两只眼睛盯在两嫂脸上,恨不得一手一个,搂在怀中,吞在肚里。原来这时象的年纪已在二十以外,正是情欲炽

— 712 —

盛的时候,偏偏亲邻之中,因为他品性不好,没有人肯要他做女婿,并且没有人给他做媒,他正是饿荒的人,此次突然看见两个帝女,所以现出这副丑相。舜见问他不理,只得率领二女径入后堂,象亦跟了进去。瞽叟是瞎的,不能看见,那后母一见了舜,不等舜叫,就放下脸骂道:"哪里来的坏人,擅自闯到人家内室里来,快给我滚出去!"舜此时早已高叫父亲母亲,率领二女跪下,认罪乞饶。瞽叟大骂:"畜生孽子!你既然没有我父母在眼睛里,你今朝还要跑来做什么呢?快给我滚出去!"说着,用杖在舜头上、身上悉力地敲了几下。舜连连叩头,伏地不动。二女亦跟着,跪伏不动。瞽叟夫妇虽则蛮横,倒亦无可奈何,只得不去理他,由舜夫妇长跪不起,足足有半个时辰。那舜的女弟敤首看不过,出来解劝道:"请父母息怒,饶了二哥这一次吧。二哥以后,总须改过,不要再使父母生气了。"那后母就骂敤首道:"谁是你的二哥?谁是你的二哥?我没有这个儿子,你的二哥从哪里来?"敤首赔笑道:"母亲息怒,饶了他们吧,他们跪得已经吃力极了。"瞽叟道:"谁叫他们跪?我并没有叫他们跪。他们是天子的女儿女婿,我们是贫家小百姓,哪里当得起他们的大礼,快叫他们给我滚出去!"敤首趁势便来推舜道:"二哥!父亲叫二哥去,二哥且听父亲之命,出去吧,不要再违拗了。有话,明朝再说。"说着,又来搀二嫂。那娥皇、女英是天子之女,平日虽则并不十分养尊处优,然而总是金枝玉叶,生平何解此苦!跪了半个时辰,筋骨都酸,两膝骨几乎碎裂,脸色涨得同血球相似,虽则敤首去搀,但是哪里立得起来。象在旁呆看,至此忘了神,忽而走过来,要想来搀。敤首忙推开他,说道:"三哥!动不得!男女有别。"象方才走开。后来还是舜帮同将二女搀起,但是足已麻木,不能行动,停了好一会,方才血脉有点流通,叫声:"君舅,君姑!子妇去了。"仍由舜和敤首搀扶而出。到了外间,敤首低低地叫一声:"二哥！两位嫂嫂！今日受委屈了,但是明朝务须再同来,这里妹子一定设法疏通,兄嫂但请放心。"说着,不敢停留,一瞥眼就进去了。舜扶了二女,自登车而去,一路安慰劝导,果然二女受了这种磨难,绝无怨言,并眼泪亦并不抛一滴,真不愧为尧之女、舜之妻了！

且说敤首自送了兄嫂之后,回到内室,她母亲便责骂她道:"要你这样多事,去搀扶她们做甚！"敤首笑道:"儿亦不知道什么缘故,看见了这两个女子,跪了半日,怪可怜的,不由得不去搀扶了。"说时,只见象垂头丧气地立在旁边,连连顿足,不住叹气。敤首忙问道:"三哥！为什么烦恼？"象亦不语。瞽叟道:"今朝他们去了,明朝难保不再来。象儿！你给我设法,将门堵住了。"象仍是不语。敤首道:"父亲！现在二哥事情做错了,父亲母亲责备他,挫折他,是应该的。不过,一定不许他们上门,女儿看起来有点不好,而且倒反便宜他们了。"瞽叟道:"为什么反便宜他们？"敤首道:"二哥这个人,依他平日的情形想起来,不至于如此糊涂。这次不告而娶,或者是天子方面用势力压迫他,使他不告的,亦未可知。不然,二哥固然不来告,天子方面为什么亦不来告呢？想来平日之间,有人来给二哥做媒,父亲母亲总是不答应,这种情形给天子知道了,所以不来告,并且不许二哥来告。如今木已成舟,叫他离婚,是万无此事。第一次来不去理他,第二次来拒绝不见,他们夫妇从此有词可借,倒反可以逍遥自在地回去享福了,岂不是便宜他们么？"母亲道:"依你说,怎样呢？"敤首笑道:"依女儿的意思,做子妇的,照理应该侍奉舅姑。她们明朝来时,父亲母亲竟容留他们,责成她们尽子妇之道。她们是天子的女儿,受不住这种辛苦,做不惯这种事务,当然站不住,要走,那时候再责备他们的不孝,显见得前次不答应二哥成亲,并不是父母有心为难,岂不是好么！"

象听到此处,忽然大叫道:"好好!两个女的都叫她们来,只有那个男的,不准他来。"敫首笑道:"没有这个道理,留子妇而逐去儿子,父母对人哪里说得出呢?"母亲道:"虽然如此,我不能以子妇之礼相待。没有父母之命,和没有媒妁之言的一样,不过淫奔婢妾之类而已!我自有方法。"

到得次日黎明,舜夫妇三人果然又来了。那时不但瞽叟夫妇未起来,连象亦没有起身,因为象这一夜,千方百计地想那两嫂,前半夜失眠,所以更起迟了。独有敫首,猜到舜等一定早来,所以起身甚早,梳洗毕,开了门,果见兄嫂已在门外等候,慌忙上前行礼、相叫。舜夫妇极道感谢。敫首道:"昨日父母处妹已疏通过,今日大概可以容留,不过两位嫂嫂在此,一月之内,务须耐劳耐苦,小妹定当设法维持。"说到这里,听见象房中有咳嗽之声,随即不说,匆匆进去了。隔了一会,象跑出来,看见了舜夫妇,非常恭敬地叫了两声,又作了三个大揖,说道:"兄嫂大喜,我没有来道贺,抱歉得很。"说着,两只眼睛总是射在二嫂脸上。娥皇、女英给他看得来下不去,只好将头低了。舜道:"三弟!愚兄做错了事,昨日父亲母亲生气,务恳三弟代为讨情,不胜感激。"说着,也对象作了两个揖。象道:"放心放心,包管在我身上。"那时敫首又跑出来,说道:"这事三哥也应该做的。一则,可使父母不生气;二则,兄弟手足之情,总要大家帮忙。"正说之间,瞽叟夫妇已醒,敫首忙进去通知。只听她母亲厉声说道:"叫她们来伺候!"于是敫首再出来,同舜夫妇一齐进去,见了礼,问了安。瞽叟夫妇一理也不理。过了片时,瞽叟说道:"这个不孝子,我早已不承认了。现在你们两个,说道是天子的女儿,我们做小百姓的,食天子之毛,践天子之土,受天子的恩惠,看天子面上,不能不暂时承认。但是国有法,家有礼,既然要嫁到我们这种穷家小户来,不能再谈到'帝女之尊'四个字,总要依我家的法度,遵我家的礼节,扫地、揩桌、洗衣、煮饭、挑水、劈柴种种事,都要做的。世界上只有子妇事舅姑,没有舅姑事子妇之理。你们两个自己想想,吃不吃得下这种苦?如若吃得下,那么在此;如若吃不下,还不如同了不孝子赶快去吧,不必在此假惺惺地胡缠。还有一层,我家寒素,一切均须亲自上场,不能假手下人。富贵人家的排场,我家都用不着。现在都先和你们约定,将来见到天子,不可说我们有意虐待。"娥皇、女英二人听完,一齐跪下叩首。娥皇说道:"谢两大人收留之恩,子妇等情愿在此,竭力侍奉。舜儿种种不孝,子妇等知道之后,已对他非常埋怨,现在舜儿已知愧悔,望两大人如天之恩,再饶恕他一次,以后子妇等当互相规劝,孝顺双亲,倘再违忤,情愿一同受罚。家父知道,亦不肯轻易饶恕他。"哪知后母听了,又厉声道:"你以后不许再给我称子妇,要知道你是什么子妇!没有父母之命,就是没有经父母承认的,不过淫奔苟合的婢妾之类,哪里算得来子妇呢!"娥皇、女英听了,虽则仍旧诺诺连声,但是这句话太重,有点受不住,脸上都红涨起来了。敤首在旁笑道:"母亲这话不对,二哥没有奉父母之命,她们两个是奉父母之命的,怎样说她们淫奔起来呢?"后母亦不答言,再问二女道:"你们两个,叫什么名字?"二女说了。后母道:"那么,女英先给我铺床,娥皇给我舀脸水去。"二女答应。敤首道:"新来初到,厨房在哪里都没有知道呢,我领你去吧。"说着,领了娥皇出去,过了片刻时,捧了两盆水进来,恭恭敬敬地安在舅姑面前,女英亦将床铺好。后来进早膳,炊午膳,作羹汤,一切都是二女所为,不过敤首以带领指点为名,随处帮助。那时象早已出去了,独有舜仍旧侍立在旁,一动不敢动,父母亦不理他。直到午膳搬进时,敤首故意问舜道:"外面门口堆积的什么东西?"舜道:"是两嫂带来孝敬堂上的菲物,适因大人盛怒,未敢进献。"敤首道:"快去拿来。"

于是舜出去,将物件陆续搬进。敤首一一打开,原来锦绣皮裘之外,还有棋榛、脯脩、枣栗之类。舜一一说道:"这是献堂上的,这是送三弟的,这是送吾妹的。"说着,将一份先送至父母面前。敤首笑道:"承兄嫂惠赐,谢谢!不过献父母的太少了。帝尧之富,何物没有!二嫂只带这点来,不太小气么?"舜道:"不是不是!这次来,一则谢过,二则领见,三则专请两大人及弟妹到沩汭去居住。因为那边已有天子赐兄的房屋,各种器具都齐,两大人到那边之后,起居一切可以舒服些,兄亦可以尽点孝养之道,稍补前过。这次带来的,不过妇人之挚仪而已。"说着,就请父母同去。瞽瞍不应,他母亲道:"我们没有这样福气。"话虽如此,已经和舜答话了,两手已去翻动锦绣了。敤首见有机可乘,遂又替舜解释一阵。瞽瞍夫妇饭毕,象亦回来,与舜同席,敤首与二嫂同席。饭罢之后,后母又叫二女做各种杂务,甚至敲背捶腿亦是做的。直到更深,瞽瞍等安寝,方才回去。次日一早又来,一连半月,二女绝无倦容,有时受舅姑斥骂,亦小心顺受。独有象,如饿虎伺羊似的,眈眈逐逐,状颇难堪,幸有敤首随时维护,尚不敢公然无礼。一日,敤首趁空,劝父母搬到沩汭去。她母亲一定不答应。敤首道:"母亲又要执拗了,有福享,落得享,何苦自己生气!三哥现在还没有人说媒,料想人家嫌我们穷之故。如果搬到那边去,体面起来,不要说父母享福,就是三哥的亲事亦容易成功了。"她母亲听了这话,不觉有点动心了。原来象的心事他母亲亦有点知道,那是悖礼犯刑,万万做不得的事。后母正在踌躇,听敤首之言有理,遂说道:"那么你同他说,我们就去。"敤首忙去告诉舜,舜大喜,预备迎养之事。计算二女在舅姑处,足足苦了二十多日。

第八十一回

　　舜尚见帝，帝馆甥于贰室　　舜与尧问答

　　尧赐舜雕弓、干戈、昭华玉　　舜琴尧加

　　瞽叟使舜完廪、浚井

　　且说舜将父母弟妹一齐搬到妫汭地方居住之后，房屋也宽敞了，器具也齐备了，饮食也丰腆了，伺候的人也有了，瞽叟夫妇起初也还觉称意。但是一看，舜如此之显荣，有百官事他，有帝的九子奉他，有牛羊，有仓廪，当初几次三番逐他出去，原希望他冻饿以毙的，不料现在倒反富贵了，当初决定不给他定婚，原希望他鳏居终身的，不料他居然成家，而且是天子的女儿，而且有两个，那后母心里又是妒忌，又是恼怒，竟有说不出的难过。至于象的心里，又是不同，转转念念，总是不忘情于二嫂，外面虽是假作亲热，里面恨不得将舜杀了，夺了那二嫂来。因此乘舜不在家的时候，常到舜宫中去与二嫂闲谈，希冀施用吊膀子的手段。娥皇、女英是聪明人，岂有看不出情形之理，但是既不好拒绝他，又不敢得罪他，深恐他在父母面前再用谗间起来，因此只好和他敷衍。哪知象以为二嫂是有心的了，越发觉得只要杀死了舜之后，二嫂就可以到手，于是一心筹划杀舜的方法，苦于想不出。

　　舜住的房屋，与瞽叟等所住的房屋非常相近，中间只有一墙之隔，但是无门可通，来往须出大门，绕道而行。舜每日率领二女，往朝父母,多者三次,少者一次,其余时间依旧做他的农夫事业,犁云锄雨,早作夜休。时当初夏,二女亦采桑养蚕,实做农家妇的勾当。有时敷首亦来谈谈,和二嫂非常莫逆。有时象在舜宫,舜归来看见了,仍旧非常和他亲热,想用诚意去感格他,或者招集了九子百官等臣庶,讨论政治或做人的道理,希望引他到为善的路上去。然而象的心思,并不在此,哪里要听;并且见了九子百官等,不知如何局促不安,自惭形秽,往往不到片时,就跑去了。如此者过了多月。一日,帝尧饬人来接二女归宁,并希望舜同去。舜忙偕了二女朝见父母,禀知此事。舜的后母本想不答应,又是敷首多方解释,方才允许。于是舜及二女拜辞了父母舅姑,径往太原而来。

那面帝尧早将他宫殿旁边的一间贰室收拾起来,给舜等居住。舜到了之后,就在殿上延见,群臣百僚咸在,仪节非常隆重,这才是两大圣人见面的第一次。行礼既毕,即设飨礼。当时群臣久闻舜的大名,却未见过,此时细细瞻仰,但见舜:太上员首,龙颜,日衡,方庭,大口,面颔无毛,果然一表非凡。所欠缺的,长不过六尺一寸,比到帝尧长十尺的,相形之下,殊觉短小;加以操劳忧危太过,背项伛凹向前,而面貌亦觉黧黑。大家暗想,这个人有这样的大德,负这样的大名,甚为可异!飨礼既终,继以燕礼,大家开谈了。起初不过泛泛之言,后来渐渐谈到天下,帝尧道:"朕欲使天下之民都来归附,应该用什么方法?"舜道:"以臣所知,有三个方法:第一个是执一无失,第二个是行微无怠,第三个是忠信无倦。能够行这三个方法,天下自然会来了。夫执一如天地,行微如日月,忠诚盛于内,贲于外,形于四海天下,其在一隅耶,夫有何足致也。"帝尧又问道:"那么我们何事?"舜道:"应该事天。"帝尧道:"我们应该何任?"舜道:"应该任地。"帝尧道:"我们应该何务?"舜道:"应该务人。"帝尧又问道:"那么人情何如?"舜叹道:"人情甚不美,问他做甚呢？一个人妻子具而孝衰于亲,嗜欲得而信衰于友,爵禄盈而忠衰于君,人之情乎！人之情乎！甚不美,问他做甚?"帝尧听他这番对答,简括而切要,且多感慨,非常满意,于是就送舜到贰室中住下。自己回到宫中,二女九男都来觐见,帝尧细细问讯一番,知道舜的内行,确系纯笃,绝无虚饰,非常佩服。次日,又召见到汭汭去的百官来盘问一番,知道舜的外行,亦确系纯美无疵,尤为叹赏。

一日,舜来见帝,谈了多时,帝尧赐舜雕弓一张、干戈各一件,又赐絺衣一袭,舜再拜受赐。过了两日,舜备了飨燕,回请帝尧,帝尧同了大司农、大司徒同去,舜为主人,帝尧等均为宾客。自此之后,帝尧又复飨舜,舜又复飨帝,迭为宾主,请了好几次,不像舅甥,亦不像君臣,那情谊竟和朋友交际一般。天子友匹夫,这是后人所羡慕的。

一日,帝尧与舜又在闲谈,舜问帝尧道:"天王之用心何如?"帝尧道:"吾不傲无告,不废穷民,苦死者,嘉孺子,而哀妇人,此吾所以用心已。"舜道:"美则美矣,而未大也。"帝尧道:"然则何如?"舜道:"天德出而宁,日月照而四时行,若昼夜之有经,云行而雨施矣。"帝尧道:"然则胶胶扰扰乎！子,天之合也;我,人之合也。"

一日,二人又闲谈,帝尧问舜道:"从前有一年,朕因为宗、脍、胥敖三国不尽臣礼,想起兵去伐他,后来事势有阻碍,未曾去伐,但是每到南面听政的时候,心中总觉不能释然,这是什么缘故?"舜道:"臣的意思,治天下总以德为先,武力次之。宗、脍、胥敖三国之君,譬如蓬艾中间的小鸟,听他飞翔,无所不可,不必因为他不臣,心中就不释然的。昔者十日并出,万物皆照,而况德之进于日者乎！"帝尧听了,又非常佩服。

一日,帝尧到贰室中去访舜,只见舜的行囊中,有琴一张,帝尧问道:"汝向来善于鼓琴么?"舜道:"但能够弹,不能称善。"帝尧取出来一看,原来是五弦的,就问舜道:"琴的制度,一定是五弦的么?"舜道:"不必一定,少的一弦三弦,多的七弦九弦均可。臣用五弦琴,是臣师纪后所传授。"帝尧就叫舜弹了一曲。次日,就命乐师质,特制了一张七弦琴赐舜,并且说道:"汝琴五弦,朕加二弦,所以合于君臣之恩。"舜稽首拜谢。

自此之后,舜在甥馆,盘桓了一个多月。一日,与娥皇、女英商定,向帝尧告辞归去。帝尧于是大张筵席,为舜饯行,又赐了无数物件,内中有一块宝玉,名叫昭华之玉,大约取昭显重华的意思。对于舜的父母,亦有赠送。舜一一拜受,起身归去。九男百官依旧随行。

到了汭汭,舜和二女先来见父母,并将帝尧所赠的物件一总呈上。瞽叟是一物无所见的,都由敤首逐件报告。那后母看了,虽是欢喜,然而尚有嫌少之意。独有象和二嫂久不见了,等舜与二女回宫之后,急忙来见。舜殷勤招待,并将帝都风景大略和他谈谈。象看见帝赐的干戈、七弦琴和雕弓等,非常喜爱,玩弄不已。舜因为是天子所赐之物,不便转赠于弟,拟照样制了送象,但是并不言明。哪知象去之后,愈想愈眼热,愈想愈心焦,既想二嫂,又想这许多玩物,不由得不暴躁发怒。他母亲知道他的心思,百般劝慰。象咬牙切齿地说道:"我不弄她到手,我不是人!"母亲道:"物件有几种,我明朝向他去要,或者可以弄到手,人是难的呢。"象道:"我不屑去向他讨,我自有方法可以弄她来。物件要紧,人尤要紧。我只要将这个不孝的畜生杀死,怕她们都不是我的么!"母亲道:"你不要胡说,杀人是要偿命的!"象道:"怕什么!我自有方法,叫他死而无怨,看我的手段,看我的本领。"说罢,恨恨不已。那时敤首适值在后面,听到这番话,知道是为舜而发的。次日,凑个空闲,告诉了

721

二嫂,叫她们劝舜留心。过了几日,却安然无事。

一日天雨,舜到瞽叟处去问安,瞽叟道:"我后面藏米的屋子漏了,米多渗湿,你须想个法子去修理。"舜应道是,当下舜出来就叫几个工人,去将仓廪治好。过了两日,瞽叟又向舜道:"廪上仍旧漏呢!你前日叫来的几个人,真是太马虎了,你去看看。"舜到廪中一看,上面果然有一个大洞,时值雨后,廪中漏得不堪。舜觉得诧异,暗想,我前日叫来修理的几个人,不会如此疏忽的,这是什么缘故呢?瞽叟道:"明日天晴了,你给我自己上去修治,省得那班人不用心。"舜连连答应道:"是。"当下回去,便将此事告诉了二女。娥皇一听,便说道:"不好不好!这个不要就是计呀!"舜道:"想来不至于如此。"女英道:"即使不是计,我想总以防备为是。"舜道:"怎样防备呢?父命又不可违。"娥皇想了一会,说道:"有了。"就叫女英道:"妹妹!我想此事之危险,就在上了廪之后,急切不能下来。假使有如盖如笠的物件,手中拿住,抵着了空气,使人慢慢地坠下,或者不至于死伤。"女英道:"我亦这样想,最好如盖一般的物件,可以收,可以放的,明日上去时,收起来,藏在身畔,不使人看见,果真有急难了,那么就撑起来跳下,岂不是好!"娥皇道:"我二人意见既然相同,就做吧。"当下到庭外,斫了两枝大竹,细细劈开,竹梢做干,竹根剖成细片,再打过眼,用线索穿起,上面蒙之以布,下面再用机括撑住,可以伸缩。起初做了一个,能伸而不能缩,甚不适用,两人又细细研究,再加改良,居然可用了。娥皇道:"妹妹,我们再做一个吧,一只袖子里藏一个,岂不是好!"女英道:"好是好的,不过袖子里藏不起,怎样呢?"娥皇道:"管它呢,且做了再看。"于是两姊妹又合力做了一个,叫舜先在袖内藏藏,哪知竟有点累坠,而且看得出。两姊妹又商量了许久,将柄截短些,女英又设法将舜的两袖拆开放大,说道:"这个叫作鹊衣裳,明日的工作，可以叫作鸟工，但愿在空中能如鸟鹊的飞翔任意，才好。"当下舜将两盖分藏两袖之中，居然看不出了。娥皇道："我看斗笠也不可少。工人升屋，戴斗笠以遮太阳，本来是当然之事，有斗笠戴在头上，跳下来或者格外平稳些。"于是又取过斗笠来，缝补坚固，叹了一口气道："人事已尽，所不可知者天命了。"时已夜深，三人胡乱地睡了一觉。

次日黎明，舜藏了两盖，携了斗笠，往朝瞽叟，问安已毕，却不见象和后母。瞽叟道："今日天色已晴，汝可去完廪了。"舜连连答应，急忙来至后院，只见象和后母都站在廪门之边，不知谈什么。舜忙过去给后母请安，又向象道："三弟今日起身甚早。"象道："我记念廪中之米，恐怕它受潮而霉，所以和母亲来看看。"舜道："那么，门窗不可以闭着，打开来透透风，那霉烂就可以减少了。"说着，就要来开廪门。那后母忙拦住道："不可不可！我我我里里面有要要紧物件，放在那里，不不不要开。"后母正在说时，象早过来，将身挡住了门。舜见此情形，知道今日之事非常危险，但亦不露声色，即说道："父亲命我完廪，我上去吧，梯子在哪里？"象用手指道："在对面。"舜看见，便过去掇了来，一级一级地升上去，升到一半，已从窗棂中望见，里面并无米粒，都是堆着些干柴枯草之类，心中益发明白。刚爬到屋上，忽觉脚旁有物移动，回头一看，只见那梯子已被人移去了。舜知道祸事已迫，不敢怠慢，忙先爬到屋脊上，察看四周情形，只见面面临空，有一处房屋虽则相近，然而距离亦有一丈左右，料想跳不过去。那时，下面已有毕剥之声，烟气亦迷漫而出，舜急将两盖取出，携在手中，那时西北风大作，东南两面尽是烟气，舜即爬到西面，往下一望，约有二丈高，然而顾不得了，急将两盖撑起，两手擎住，站将起来，往下跳去，但觉悠悠扬扬，落在地上，竟一无损伤。慌忙丢了两盖，除了斗笠，要想来救火，那时

723

邻舍居民都担了水,持了械,来救火了。当头一个,看见了舜便大嚷道:"都君一个人在这里救火呢!我们在外面,已都看见了,令弟竟还没有知道,抵死地不肯放我们进来,幸亏令妹呼救,令弟才肯让开,再迟一刻,可不得了呀!"舜道:"诸位费心,感谢感谢!赶快替我们救一救。"那时九男百官等亦都率领人夫来了,七手八脚,一齐动手,但是风猛火炽,无从设法,虽有水浇上去,正如添油一般,须臾之间,房屋崩倒,尽成灰烬。那时象跟在后面,看见舜依然尚在,帮同救火,竟像一点损伤都没有,心中着实奇怪,暗想,他莫非有远跳的本领么?火熄之后,救火者纷纷散去,象看见了舜,假作不知道的样子,反问舜道:"你上屋之后,我和母亲就到里面去,究竟这火从何而来的呢?"舜道:"我亦不知道,大概不知何人遗落在那里的吧。"说着,敤首跑来,就问舜道:"二哥无恙么?"舜道:"多谢,无恙,父亲受惊么?"敤首道:"还好,没有受惊。"舜就来老父处,问慰一会,就告辞回去,一路地恸哭,暗想:人家父母,总是很亲爱的,何以我的父母,竟要设法弄死我?我的罪恶究竟在哪里呢?殊不可解。娥皇、女英接着,知道侥幸而免,私相庆慰,又慰劝了舜一番。

过了多日,忽然敤首神色仓皇地跑来和二嫂说道:"前日焚廪之事,事前妹一无闻知,幸而天相吉人,二哥竟脱了险,真是恭喜。昨晚妹听见三哥和家母密谈中有'空中可逃,地中看他怎样逃'的话,妹深恐与二哥又有关系,所以特来通知,请速防备,妹去了。"说罢,匆匆而去。娥皇、女英听了,顿时又非常忧虑,然而"地中"两个字如何解呢?指何地而言呢?一时竟猜不出,等舜回来,就告诉了舜。舜想了一想道:"哦!一定是浚井。我记得那边屋里,是有一口井的。"娥皇、女英听了,不禁失色,齐声道:"果然如此,那么怎样?"又歇了一会,说道,"我看,先在那井中旁边,穿一个洞,可以藏身,岂不是好。"舜道:"这个做不到。第一,井在那边,我如何去穿?第二,即使穿了,他将上面堵塞,我藏在里面,如何能活呢?"三人说到此处,面面相觑,一筹莫展。忽然娥皇道:"有了。"舜问道:"怎样?"娥皇道:"井在何方?"舜指着东北角道:"大约在这一面。"娥皇道:"离此地大约有多少远?"舜道:"大约有三四丈。"娥皇道:"那么,我们先在此地的这一口井里,对准方向,穿一隧道过去,接着那口井,万一有事,就从这隧道里钻过来,此法如何?"舜和女英听了,都以为然,但是方向如何对得准呢?女英道:"这个容易,我们先用梯子,布到垣上,望一望,就是了。"当下决议之后,舜立刻就动手起来。那锄犁畬铜等,本是农家必备的,舜走下井去,慢慢掘土,娥皇、女英轮流地搬运,日里不足,继之以夜,三人精疲力尽,只开得二丈左右远,又恐怕掘错了方向,不时地升梯登看,益觉劳乏。幸喜次早进见瞽叟,竟没有提起什么事。归家再掘,到得下午,约有三丈多远了,居然与那边的井有点相通,但是仅有很狭很小的一点光线透出。舜气急力竭,汗如雨洗,幸喜不曾掘斜,方自欣慰,走出隧道,稍事休息。忽然瞽叟处饬人来叫,说道:"有要事叫舜就去。"舜浑身污泥,口中急急答应,立刻舀水,大略盥洗一遍,娥皇、女英早将衣服送来,替舜穿好,又将各处用带系紧。舜问什么缘故,娥皇道:"系紧了,好预备钻隧道,省得有牵扯不便,这个叫作龙工之衣。"说罢,女英又将斧凿等纳入舜衣中,外面仍穿上衣裳,匆匆来见瞽叟。瞽叟道:"我叫你来,非为别事,后院中那口井,浑浊了,你给我去浚一浚。"舜连声答应,心中却禁不住酸楚万状。到得后院中,只见四面,一畚箕一畚箕的泥沙土石,堆积地不少,后母及象却不见踪迹。舜暗想,若非敉妹通知,此命休矣!虽然,为祸为福,还是难说。一面想,一面走到井边,将外罩的衣裳脱卸,就向井中直跨下去。原来凿井是舜生平的长技,舜每

725

到一处耕田,必定亲自凿一口井,因此跨下井去,极为自然。一路下去,一路四边张望,都是漆黑,并无光亮,不得已,取出斧凿,到处乱击,有一处松而且空,料想是刚才所掘之隧道了,急忙用尽平生之力凿去,顿时与那边隧道打通,但是泥沙梗塞,一时不易钻过,而耳中仿佛听见啼哭之声,又仿佛有斥骂之声,头上泥沙土石已盖顶而来,头顶肩背早被打击了几处。舜知道危险之至,狠命地向隧道中爬钻,那从顶上来的泥沙土石,更如瀑布的倾泻,股上腿上又打着不少。舜全身钻进隧道中,气力全无,不能动弹,忽然觉得眼中火光一耀,又听得似有人语,舜知道是英皇来探望,精神一振,努力地就钻了出去。

且说象与他母亲本闪在后屋之中,看见舜跨下井去,二人急忙走到院中,将所预备的泥沙土石畚箕提起,要望井中倾去。忽见敤首飞奔地跑来,将母兄两个所提的畚箕夺住,不使他们倾倒,口中苦苦地代舜哀求。她母亲大骂:"干你甚事!给我滚开去!"敤首仍旧不放,仍是哀求。象勃然大怒,骂道:"你敢来破坏我们的事!"说着,放下畚箕,劈面一掌,又用手一推,敤首踉踉跄跄地退到丈余路之远,颠于地上,痛哭不已。这里象和他母亲才将各畚箕的泥沙土石逐渐倾倒到井中去,有如许时间的腾挪,舜才能够逃出,亦真是舜的救星。过了一会,各畚箕的土石泥沙都已倒完,井亦差不多填满了,象不禁拍手大喜,和他母亲说道:"怎么样?我的谋略!看他这回逃到哪里去!照母亲前回焚廪的政策,我早知道不对的,因为他在屋上,可以跳,即使不会跳,邻人看见了,还要来救,不是万全的,果然,徒牺牲了一间房子。现在岂不是好么!"他母亲也笑笑说道:"我何尝不知道,不过我想杀人是要偿命的,推说失火烧死,就无痕迹,我是这个想头。"象道:"我这个方法,何尝有痕迹呢?人家查起来,只推不知道,他们决不会疑心到井里去的。"那时敤首见井已填满,料想舜决不得活,直哭得昏晕过去。象跑过去踢她一脚,说道:"这回事情,你如若敢向人漏泄一个字,管教你也立刻不得好死!"她母亲也说道:"那是万万漏泄不得的,万一漏泄了,我们两个人去受罪,你心里忍么?"敤首不敢作声,站了起来,跟了母兄,走进房去。只听见象叫道:"父亲!今朝事情已做成功了,这个功劳,都是我的。现在先将他的家产分一分,牛羊我不要,归了父母,仓廪我不要,归了父母,干戈归我,琴归我,弤归我,还有两个嫂子,想来父母更没有用处,叫她们给我叠被铺床,晚上陪我睡觉。父母你看,我分得对不对?"瞽叟夫妇大笑道:"好好!随你随你。"象听了,得意之极,叫道:"我就去望望二嫂来。"说着,转身便来到舜处,刚进大门,只听见里面丁冬丁冬的琴声,象料想是二嫂在那里弹,不禁心痒起来,便大叫地跑进去道:"好嫂子!你们好快活呀!我来陪你们。"哪知话未说完,一看,坐在床上弹琴的并不是二嫂,竟是个舜,二嫂却分立在两旁。象到此,真是出其不意,万分为难了。留又不可,退又不能,恨不得寻一个地缝,立刻钻进去,心中又想:舜已给我埋在井中,何以仍旧会得在此弹琴呢?究竟是怎样一回事呢?一霎时思潮起落,不禁目瞪口呆。倒是舜和英、皇,仍旧客客气气地让坐,问他从哪里来。象只得期期艾艾地,随口胡诌道:"啊哟!我我实实在记记记挂二哥呀!"话未说完,良心发现,顿时将一张脸涨得绯红。舜见他如此,也不和他认真,便说道:"三弟你来亦好,我这几日忙得很,你有工夫,可以代我管理这些臣庶吧。"象听见舜如此说,心中益发不安,如坐针毡,勉强支吾了几句,就告辞而去。回到家中,他母亲就问他道:"你来得这般快,莫非那两个女的不肯从你么?"象道:"怪怪怪!不是鬼,定是妖。"他母亲诧异道:"怎样怎样?"象道:"我们亲眼看见他埋在井里,哪知他却在床上弹他的琴,岂不是妖魔鬼怪么!"

他母亲听了,亦惊疑不定,两个人再同到井的四周,看了一会,亦看不出痕迹。他母亲道:"不要这个人有鬼神保佑,暗中救扶么!我看你还是歇了这个念头吧。"象恨恨地说道:"我一定不肯歇,我不弄死他,不是人!"当下只有敤首听见了,知道舜并未死,暗暗欢喜。

第八十二回

象日以杀舜为事　二女与舜药浴

舜为司徒,举八元八恺　荐皋陶为士师

七友逃舜

一日,敤首正在房中作绘画,忽听见象与父母吵闹之声,敤首蹑手蹑足走过去窃听,只听见象说道:"父母因儿子不孝,杀死儿子,照例是无罪的;即使有罪,亦决不致死。父亲!你就承认了,有什么要紧呢?"他母亲说道:"从前原想不牵涉你在内,所以那样做,求个泯然无迹,不想他神通竟有这样广大!现在除出这样做之外,真无别法。事体发觉了,求你承认承认,你都有如此之难!难道你真个眼睁睁看我们母子两个去抵罪吗?"隔了一会,瞽叟道:"是了是了!我承认,我承认。"敤首方想再听,但觉里面有脚步移动之声,深恐有人出来,慌忙退回原处,暗想:"这次又不知道要施用怎样的毒计?想来总要比前两次的毒。二哥二哥!你真好苦命呀!"继而一想:"我既然知道了,总须设法探听,以便救护才是。"自此之后,敤首遇事留心,随处察看,但亦无迹可见。

一日,忽见象叫人买了两瓮佳酿回来,这是从来所未有的事,敤首觉得有点古怪。次日,舜和二女来时,敤首乘便与兄嫂做了一个眼色,又目视酒瓮,舜等会意,旋即归去。舜想到父母这种待遇,禁不住又号泣起来。二女劝道:"如今哭也无益,总须赶快预备,以尽人事。照刚才小姑的意思,怕的是酒中置毒,那么怎样呢?"

大家想了一会,女英忽然道:"百草花丸可以解百毒的,有在这里。"舜问:"怎样叫百草花丸?"娥皇道:"当初我父亲有一个臣子,叫赤将子舆,他是几百岁的仙人,专食百草花丸,不食其余烟火食。有一年,我父亲到南方去巡狩,与老将羿等中了三苗国的蛊毒,一病几殆,幸亏这百草花丸治好,因此我父亲极相信它,就请赤将先生将这丸制了无数,分赠各人,以备急需,所以我们都有的。"说罢,就进内去,翻箱倒笼,寻了一大包出来,打开一看,香气扑鼻。女英就劝舜先服一点。舜道:"这种药,大概是中毒之后,再用它去解的。此时并无动静,服它何用?"娥皇道:"服了好。横竖这百草花丸,是有益无损的。"舜于是就服了些。凑巧象跑来,对舜千不是万不是地赔罪,并且说:"从前种种,都是做兄弟的荒谬,如今觉悟了,特诚备了些酒肴,务请二哥去赏光赏光。"舜听他的话语虽如此说,而眼中时露凶光,笑容之中亦微带点狞恶,料想他决不怀好意,便辞谢道:"三弟!你何必如此客气多礼。我今日略为有点不舒服,刚才正在此吞丸药呢,心领谢谢吧。"二女亦帮同推辞。象道:"今日之事,不仅是兄弟个人的意思,父亲母亲都同意的,叫我专诚来请呢!父亲母亲,此刻都等着,如果二哥身体不适意,略为坐坐,少吃点亦可。"舜见他说到如此,不能再辞,只得说道:"既然如此,三弟,你先行,我就来。"象大喜而去。这里舜连忙再将百草花丸吃了些,别了二女,匆匆就至父母处。只见筵席已摆好,他后母和敤首正在一盘一碟地搬出来,象亦在那里帮忙。舜看了,非常不安,说道:"母亲、弟妹太辛苦了,儿自己来搬吧。"他后母笑眯眯地说道:"你兄弟气性不好,欢喜恶作剧,几次三番地戏弄你,我和你父亲知道了,非常生气,责备了他一番,他自己亦懊悔了,所以特地备点酒肴,请你吃吃,请你对于以前种种,千万不要介意,原谅他年纪小吧。兄弟如手足,总以和气为主,你说是不是呀?"舜听了这番话,尤其觉得不安,说道:"儿决不介意。三弟人是很好的,不过一时的错误罢了。母亲请坐,儿自己来搬。"说着,一径走到厨房里,这是舜平日在家所操的恒业。迎面遇见敤首,捧了一盘鱼出来,舜看她愁眉深锁,眼有泪痕,知道她正在为自己而担忧,心中又是伤心,又是感激。敤首看了舜,故意装作不见,一脚踢在舜足上,嘴里轻轻说了"留心刀"三个字。舜陡然一惊。到得厨下,象亦随后跟来,说道:"二哥请坐,何必客气呢!"舜道:"没有母亲做了再搬给我吃的道理,我一定要自己搬的。"说着,就亲自搬了一盘肉出去。到得门边,瞥眼一看,只见门背后亮晃晃似的,有两把刀在那里。舜看了,心中倒反稍稍安了一点。原来舜所虑的,就是酒肴中下毒,是无可逃的;如用刀来,那就有可逃的方法了。当下父子兄弟母女五人共席,瞽叟是目不见物,待人喂哺的,不过口中劝饮。象和他母亲,更不住地轮流替舜斟酒,干了一杯,又是一杯。舜屡屡告辞,象和他母亲仍旧不肯歇手。瞽叟亦不时地说道:"舜儿!你会饮,多饮几杯。母亲的美意,你哪里可以不饮呢!"舜只得又饮了几杯,从午间起,直饮到日色平西,舜不知道饮了多少酒了。舜虽则有百觚之量,但是二百觚已不止了,只因知道大祸临头,心中兢兢,所以虽则醉了,尚不至于露出醉意来。后来敤首看见母兄心怀不良,有灌醉舜的意思,乘个不备,走到后面,私下将瓮中之酒倾去了不少。象来看时,酒已干了,但看舜仍旧没有醉意,而且精神奕奕,谈笑风生,与平时一样,不觉又恨又气,蓦地走出去,从门背后取出两把刀,说声:"我总是如此,就和他拼了命吧!"正要闯出去,适值他母亲亦走来,想和他商量。敤首趁此,以手作势,叫舜赶快逃。舜会意,急忙起身,也不向老父告辞,踉踉跄跄地往外便走,只觉得头重脚轻,身不自主,勉强镇定,急行归家而去。这里象与母亲商量了几句话,便手执钢刀而出,不见了舜,便问敤首。敖首道:"他说出去小遗就来。"象赶至小遗处,仍不见舜,急忙赶至大门,问守门的人,说:"舜已归去了。"直把象气得三尸暴跳,七窍生烟,正是赔了许多酒肴,费了许多心思力气,还要赔了多少的小心和不是,焉得不忿呢!

且说舜进了自己家门之后,知大祸已脱,心思一懈,这酒就涌上来,顿觉得天旋地转,身子往左便栽,跌倒在地上。左右的人见了,慌忙来扶,却已双目紧闭,不省人事。慌忙入内,报与二女,一面并将舜扛了进去。那时二女因舜去了半日,寂无消息,心中非常记念,忽见众人将舜扛了进来,以为毒发,性命垂危了,更觉得惶急万分。后来扛到床上,众人退出之后,细细上前一看,只见舜口吐食物,酒气熏人,但是呼之不应,推之不醒。女英道:"不要是中毒么?"娥皇道:"我看不像,如果中毒,必有疼痛,或他种的情形,不会这样安睡的。"于是二人陪了一夜。到得次日,舜仍旧不醒,二人却有点怕了,女英忙去查医书,看见一条说:凡大醉不醒者,用人乳和热黄酒若干灌服,再用冷热汤浸其全身,则酒化为汤而自醒矣。但是人乳急切找不到。娥皇又查医书,用白菜籽二升,捣烂熬汁灌入,亦可醒酒。娥皇道:"我们这里白菜籽很多,何妨试试呢。"女英道:"我看冷热汤是外治之法,料无妨害,两项齐用吧。"二人商量定了,分头去预备。先用白菜籽汁灌入,后再将舜扛入一个小池之中,加以热汤,浸其全身,不时地增添热汤,过了半时,果然慢慢地醒了。二女大喜,忙将舜扶起,周身揩抹一会,再更衣起立。舜便问何以至此,二女历述原因。舜道:"昨日酒甚佳,又饮得多,真个醉了。"一路说,一路想走,但是身子兀自荡摇不定,气力全无,足足过了三日,方才痊愈。这三日朝见父母,都是二女去的。

一日,帝尧忽有命令,叫舜将二女带了即刻入都,将授以官职。

舜本来要想辞谢，陈请终养。继而一想，为国为民，本是向来的志愿，岂可专一地顾家！又想连父母都迎养而去，后来一想，父母兄弟如此屡屡谋害，万一性命不保，岂不是陷父母于不义！还不如趁此离开了吧。譬如从前，在各处作工，每一二年归觐一次，亦使得。想罢之后，就拜受帝命，一面禀知父母，一面预备动身。象因屡次想谋杀舜不成，正在气愤，思想别法，现在忽听得舜要出去做大官，而且二嫂都要带去，从此杀兄夺嫂之志愿永远不能再偿，并且与二嫂见面亲近的机会都没有了，这一气非同小可，然而亦无可如何，只得听他们自去。

过了几日，舜到了太原，觐见帝尧。帝尧向舜说道："大司徒勤劳民事，历有多年，现有疾病，医者劝其静养，所以朕特饬汝前来代他的职位。汝如有嘉谋，尽可设施，不可因系庖代性质，奉行故事。"舜稽首受命。过了两日，舜向尧奏道："臣的意思，为治之道，得人为先，所以臣任教化之事，拟举几个贤人，以供襄助，未知帝意何如？"帝尧道："汝言极是。果有贤才，不妨尽量保举，朕当一一任用。"舜道："臣伏见帝之胞弟，伯奋、仲戡、叔献、季仲、伯虎、仲熊、叔豹、季狸八个，都是逸群之才，可以当敷教化之任，请帝任用。"帝尧道："原来就是他们，朕真疏忽了。自从先皇考宾天之后，庶母羲和氏就带了他们在海外，一晌未曾归来，所以朕尚未曾见过。汝知道他们八个，确有才干，贤能可用么？"舜道："他们从海外归来，大约有好多年了。天下之民，尽知道他们的贤能，齐声称颂，有'八元'之称，臣均见过，确系可用。"帝尧道："那么汝赶快饬人去招他们来，朕立刻任用，就分派在汝部下吧。"舜再拜稽首，受命而出，即刻派人去寻八元。两月之中，陆续都到，先来见帝尧。帝尧道："朕未知汝等已归国，失于招呼，但是汝等既已归国，何以不到朕这里来？"伯奋道："贵贱有殊，臣等如来见帝，其知者以为叙兄弟之情,不知者必以为希富贵之路,臣等耻之,所以不敢前来晋谒,死罪死罪!"帝尧叹道:"汝等亦太耿介了。现在舜举汝等佐理敷布教化之事,汝等其各敬谨将事。兄弟固属至亲,然而国家之事,如有乖戾,朕不能因私恩而废公义,汝等慎之!"八元等受命,稽首而出,就到大司徒府中来就职。

当下舜就开了一个会议,商量敷布教化之事。但是"教化"两个字,太空空洞洞了,究竟教什么呢?化什么呢?教他好,怎样才叫作好?化他善,怎样才叫作善?后来讨论的结果,最要紧的是人与人之间相互的一种关系。因为世界是人类所积成的,人与人无时不接触,无地不接触;既然接触,那么你的待我,我的待你,必有一种至当不易的方法,才可以相安相亲而不争;教化之道,似宜从这一点着手,方才切实有用。后来又将世界上人与人相互之关系,分为五类:一曰君臣,二曰父子,三曰夫妇,四曰长幼,五曰朋友,这五类似乎已可包括人与人相互之关系而无遗了。但是,每类之中,求一种至当不易之方法,其标准很难定。尤其难定的,是君臣一类,因为君臣一类,为君的往往容易擅作威福,为臣的往往容易诌媚逢迎,以避君主之威,以邀君主之福,这种道理不弄明白,君臣一类是永远不会有好结果的。后来大家细细讨论,定下一个标准,叫作"义"字。义字的意思,是种种合于当然的意思;因为君之与臣,尊卑虽殊,但是推到他当然的道理,所以要立这个君,所以要用这个臣,无非都是为百姓求福利而设的;既然都是为百姓求福利而设,那么他们所行之事,有福利于百姓的,才叫作义,无福利于百姓的,就是不义;臣子不义,君主应当加之惩罚,君主不义,臣子亦应当加之以谏阻;假使同是一事,君主的意见有时与臣子不同,而那利害祸福一时又看不到,那么怎样呢?或者君主方面牺牲他的意见,以从臣子,或者臣子方面牺牲他的意见,以从君主,均无不可;

假使两边意见不同，而利害祸福显而易见，那么为君主的可以罢免其臣，为臣子的亦可以舍弃其君，所谓"道合则留，不合则去"，有义的标准，就此确定。还有一层，所谓君臣，不必限于朝廷之上的君主，凡是一部分为百姓办事，而有出令之权的，都是君之类；凡是受人之禄，为人办事，而有奉行之责的，都是臣之类，都适用这个标准。第二项是父子。父对于子，应该慈；子对于父，应该孝。孝慈两个字，总离不了一个亲字；父子天性，假使因责善而贼恩，而分离，那个就不亲了；所以父子的标准，就定了一个"亲"字，无论如何，总以不失其亲为原则。母子与父子一样，亦适用这个标准。第三项是夫妇。夫应该和，妻应该柔，一和一柔，家道乃成。世上夫妇仳离的缘故虽有多种，而最大的不外两端：一端是亲热过度，始则纵容狎亵，无所不至，久而久之，反动力一生，两个就不对了；还有一端，男子见了另外的女子，都是可爱，女子见了另外的男子，亦都是可爱，虽不必一定夫有外恋，妻有外遇，而不拘形迹、不避嫌疑之中，实足以引起夫妇的醋意，而生出种种之误会，因此夫妇相敬如宾的敬字，还不足以包括，所以它的标准，是一个"别"字。其他男女交际及各种，亦适用这个标准。第四项是兄弟。兄应该友，弟应该恭，这是人人所知道的，但是如何叫作恭，如何叫作友，不能不定一个标准。大凡兄弟这一伦，与父子夫妇不同。父子的尊卑隔得远，而兄弟则是平等的，不过年龄有大小而已。夫妇的利害，常相公共，而兄弟的利害，往往相冲突。况且父子夫妇，都是个对个，简单而容易对付；兄弟则多者十余人，少者亦二三人，方面既多，对付不易。讨论结果，定了一个标准，是个"序"字。因为兄弟的名称，是由年龄而来，那么种种关系发生的时候，都按了次序做过去，自然不会冲突了。每事兄让其弟，弟让其兄，友爱之情就由此而生。推而广之，要想泯灭社会上一切的争执，亦无非确定长幼之次序,乡党莫如齿,以齿为序,社会自然不乱,所以各种长幼,相遇亦适用这个标准。第五项是朋友。朋友这一伦,有广狭两义:就狭义说起来,同道为朋,同志为友;就广义说起来,除出父母之外,殆无不可以作为朋友。天子友匹夫;匹夫匹妇,如宾如友;兄弟互相友爱;都是个友,那么这个标准从何而定呢?讨论良久,结果定了一个"信"字,因为朋友之道,不外乎交际,而交际之中首重言词,一切情谊都由此而发生;假使交际之时,言而无信,或任意虚构,或行不践言,那么情谊就不能发生,而朋友之道亦无从确立,所以信字最为重要。其他人类往来交际,亦适用此种标准。五项议完之后,大家又商量制成一篇议案,又分派职司。伯奋、伯虎担任父子一伦,仲戡、仲熊担任夫妇一伦,叔献、叔豹担任兄弟一伦,季仲、季狸担任朋友一伦,尚有君臣一伦,由舜与八人共同担任,并拟定教导的种种方法。次日入朝,奏知帝尧,帝尧看了大喜,遂将这个议案定名叫作"五典",表示尊崇之意,就叫舜等负责去实行。

过了几月,大司农因为水灾太久,黎民艰食鲜食,拟亲自到各处考察一周,以便筹划补救,他所兼的天官冢宰一职无人代理,帝尧就叫舜去担任。原来那天官冢宰是总辖百官的尊官,向来大司农出去,总是由帝尧自己担任,这次因为要试舜的才能,看他有无统御之才,群臣服与不服,所以叫他担任。那舜代理几个月之后,百官个个服从,各率其职,这亦可见舜的才德了。但是舜代理了冢宰之后,对于百官细细考察,才德贤能之人固然不少,而寻常庸碌的人亦不免掺杂其间,因此又保举了苍舒、隤敳、梼戬、大临、龙降、庭坚、仲容、叔达等八恺,说这八人都可以大用;并且又保举雒陶、灵甫、东不訾、秦不虚、方回、续牙、伯阳等七友,说这几个亦都是忠清正直之士,可以作庶官之材;又保举皋陶,可以当士师之任。帝尧道:"皋陶这人,朕曾召来,想大用他,可惜喑了,此刻痊愈了么?"舜道:"他的喑病,时愈时发,此刻是否痊愈,不得而知。但是,求一个折狱之才,非此人不可,即使他的喑疾常发,亦不要紧,因为折狱并不一定贵乎言语的。"帝尧听了大喜。后来又谈到方回、续牙,帝尧道:"方回这人,从前朕亦想用他,他只肯做个闲士,后来又硬辞去。他是个志在学道之人,恐未必肯来做官呢。至于续牙,是朕之胞弟,朕屡次召他,他逃来逃去,总不肯来相见,恐怕亦未必愿来。"舜道:"愿意服官与否,是各人之志;保荐贤才,是臣之职;各行其是而已。"帝尧以为然,遂又说道:"苍舒等八人号称'八恺',朕亦久有所闻,不知其人果何如?"舜道:"都是杰出之才,不可多得的。"帝尧道:"那么朕都任用,汝即速去召他们来。"舜受命,分头遣人去叫。哪知数月之内,八恺和皋陶都来,独有那七友不知所往。据去叫的人说,秦不虚等在舜这次入都之后,就动身他往,连家眷一齐搬去了。究往何处而去,他们的邻里都不知道,无从打听。舜听了,知道他们都是高尚其志,不肯出山,连平日最要好的朋友都情愿终身不见面,这亦是无可如何之事。皋陶是帝尧赏识最早之人,且有专长,所以一到京之后,就授以士师之职,其余都留在朝中,共参大政。从此八元八恺,同在一庭,亦可谓英才济济了。

第八十三回

尧以舜为耳目　宾于四门

纳于大麓,烈风雷雨不迷,虎狼蝮蛇不害

命舜摄位,三凶不服

且说舜受尧命总理百官之事,舜举贤任能,因材器使,数月之内,无一废事,帝尧因此愈信舜的才德。然而一班左右之人,看见舜少年新进,今朝荐八个人,明朝又荐七个人,隔了两日又荐八个人,帝尧无不依他,如此威权,不免起一种嫉妒之心,便来帝尧面前献谗言道:"臣等听见说,一个为人君的,应该自己用一副耳目,方才可以防免臣下的盗权结党和欺蔽。现在帝专门相信一个虞舜,举几个,用几个,恐怕是不可的事吧!"帝尧听了,已知道他们的来意,便笑笑说道:"朕的举舜,已经用尽朕的耳目了。假使对于舜所举的人,再要用朕的耳目,将来又再用朕的耳目,那么这副耳目,岂不是辗转相用,终无了期么!"左右的人听了帝尧的话,不觉作声不得。

过了几月,大司农回来了,舜仍旧交卸。这年适值是诸侯朝觐之年,远近诸侯来朝觐者络绎不绝。帝尧要试舜对于诸侯的信仰如何,所以又叫舜做上傧之官,招待四方宾客。东方九夷之国,在东门之外;南方八蛮之国,在南门之外;西方六戎之国,在西门之外;北方五狄之国,在北门之外;一批来一批去,舜都招待得非常圆到。各方诸侯见了舜的威仪,听了舜的谈吐,都生敬仰之心。于是帝尧知道舜这个人可以将天下让给他,不用踌躇了,正在计算让天下的日期与如何让法,忽报冀州东都水患大甚,鲧所筑的堤,坍去了大半,洪水汩汩而来,人民死伤无数。帝尧听了,大为痛惜,就和舜说道:"朕本拟亲自前往一巡,无奈年老,不禁危险,现在命汝随同大司农,到那边考察一番,究竟是鲧办理地不善,还是天灾地变所致,务须调查明白,汝其速往。"舜稽首受命,当下就和大司农带了许多从人,一同起身,向东而行。原来鲧所筑的堤,在冀州东部,兖州北部,共有两条:一条从大伾山起(现在河南浚县东二里),经过现在河南省濮阳县而东;一条从现在河北省大陆泽之南,经过广宗、清河、故城三县,曲折而东;每条长亘千里。鲧的计划,一堤坍了,还有一堤,亦可谓想得周到了。但是当时地体未宁,海水冲荡,八九年的工程,竟毁坏于一日,这亦是鲧的大大不幸了。

且说舜和大司农到大陆泽西岸一看,只见洪水漫天,比较从前的大陆泽,不止大了一半,小民荡析离居,连船舶都不知道漂流何处,所以要想渡到南岸,殊属无法。舜和大司农商量,就沿着山势,水所浸没不到的地方,走过去,绕过大陆泽西岸,只见有一座山,伸向大陆泽中,仿佛一个半岛相似,舜和大司农等就向此山而来。哪知此山全是森林,蔽天翳日,绝无道路,更无居民,好像多年没有人来往似的。从人道:"此种山林之中,恐有毒蛇猛兽,请留心。"舜等答应。行不数步,果听得林中有狼嗥之声,愈迫愈近,从人吓得不敢上前,都退转来,便是大司农亦止步了。舜道:"怕什么!不要紧,跟我来。"于是分开众人,径自上前。蓦地大批狼群从森林中蹿出,大司农在后面看见,忙叫仲华留意。舜答应道:"知道。"然而依旧前进。大批狼群蹿到舜面前,用鼻嗅嗅舜之身,用舌舐舐舜之足,摇头摆尾,此去彼来,阻住舜的进路,舜安然站立不动。过了片时,大批狼群忽然都转身蹿向林中而去,不知所往。大众看得稀奇,都来问舜,用什么方法遣退狼群。舜道:"并无方法。"大众益发诧异。又行了多时,转过一个山峰,森林渐稀,陡然遇见两只斑斓猛虎,一只卧在石上,一只伏在洞口哺小虎之乳。看见众人走来,两虎一齐站起,那雄虎威性陡发,竖起一根似铁的尾巴,前足撅住地上,将身子摇摆数次,抖擞它的皮毛,忽而大吼一声,响如霹雳。众人至此,个个自以为必死了,但听见舜忽向猛虎说话道:"我们奉天子之命,到此地考察洪水,想拯救万民,不料遇到了你。如果我们应该给你吃的,你就来吃了;如其不然,你赶快走入洞内,勿得在此阻碍大路,恐吓行人,你知道么?"说完之后,那雄虎若有知觉,垂尾帖耳,走到雌虎面前,呜呜地鸣了两声,就先后地衔了小虎,钻进洞去了。大司农等正在惊魂不定的时候,看见舜用话语制伏了猛虎,大以为奇,深恐两虎再钻出洞来,不敢多说,立刻都疾趋而过。离得远了,大司农方才问舜道:"仲华!你这个厌虎之术是从哪里学来的?"舜笑道:"某何尝有厌虎之术,不过刚才狭路相逢,料想逃不脱,与它相搏,当然敌它不过,横竖总是个死;然而它是兽,我们是人,人总应该有人的气概,决不肯于临死之时,在兽类面前露出一种觳觫战栗之态,所以我奋着勇气,随便说了两句,不想居然有效,这个亦是天子之恩威,远远庇护着吧,哪里算得一种本领呢!"众人听了,无不佩服舜的识见,又无不佩服舜的镇定。

当下又行了一程,时当炎夏,天气燥热,山行既非常吃力,穿林出林,又非常艰难,忽然之间,觉天色渐渐阴晦起来,在森林之中,尤其昏黑,几乎伸手不见五指,但听见雷声隆隆,隐隐见电光闪闪,大家都说:"不好了!雷阵雨要到了!怎么办呢?"舜道:"我们既然到此,只有前进,决无退缩与中止之理。诸位如怕,请跟我来,但是在此黑暗之中,后人之手,须牵着前人之裾,方才不会失散。"众人听了,都以为然。哪知无情的烈风已漫天盖地而来,吹得万株乔木之枝叶互相敲击,比涛声不知道要响几十倍!那时众人如入九幽地狱,如临万仞龙宫,不要说人看不见,即使对面说话亦听不清了。幸喜舜早料到,叫大家相牵而行,才不至于彼此相失。渐渐前进,森林渐少,从那电光一瞥之中,隐约见前面似有房屋。众人有了希望,鼓勇直前,雷声益发大了,震得路旁悬岩几乎摇摇欲动,有崩倒之势,大雨倾盆,随之而来。众人冒雨狂走,须臾渐到目的地,细看似乎一座社庙,年久无人,欹斜颓败,门户一切都不完全。众人至此,聊胜于无,都到里面暂驻,或坐或立,虽则仍免不了上雨旁风的穿漏,然而比在大雨之中狂奔好得多了。又过了一会,方才雨止云收,一轮红日,从西方山巅吐出,照得那荒社之中,四壁通明。舜坐在一块大石之上,刚要起立,忽觉股旁有物蠕蠕而动,俯首看时,原来是一条蛇,细颈大头,色如绶文,文的中间有髻鬣,鼻上有针,长约七尺余,正不认识它是什么蛇。有一个从人见了,大嚷道:"不好不好!这是蝮蛇,毒极毒极的。"正说时,那蝮蛇已蜿蜒曲折,径向后面去了。大司农忙问舜道:"仲华!没有受伤么?"舜道:"没有。"大司农道:"蝮蛇这项东西,牙中最毒,遇到百物就咬,并非求食,无非为发泄它的毒气。每到秋月,其毒尤甚,无可发泄,则螫啮草木以泄其气,草木被它所螫啮,无不枯死。现在经过仲华身畔,且傍着肌肤,竟不被噬,真是吉人天相了。"舜道:"这亦是偶然之事而已。"当下众人乘天色未晚,急急趱行,哪知越过一岭,又是一片森林。舜道:"时已不早,森林难行,我们就在此过夜吧。"于是大家支起行帐,过了一夜。

次日,穿过森林,已到大陆泽畔,却好有三五只船泊在那边。众人大喜,忙恳其揽载,渡到对岸。那舟子等答应了。上船以后,大司农问那舟子:"此地何名?"那舟子道:"此地山上山下,尽是森林,就叫它作大麓。(现在河北巨鹿县。巨者大也,鹿者麓之省也。)"大司农听了,记在心里。这时舟向南行,但见前面隐隐一条长堤,却有无数缺口,那波浪就从缺口之中滚滚不绝,众人知道这就是鲧所筑之堤了。那舟子一路摇,一路说道:"从前崇伯初来筑堤的时候,水患竟渐渐地止了。后来堤外的海水渐高,堤身亦自会逐渐而升高,大家都说崇伯是有神力的,歌颂他到不得了。不想前月,堤身崩缺了几处,那海水一涌而入,大陆泽中顿深二十多丈,沿泽人民、房屋尽行冲没,听说死的总有两三万人,这真是浩劫呢!"大司农道:"堤坏的原因,你们知道么?"那舟子道:"有人说,堤筑得太高了;有人说,地下有大鳌鱼,翻身起来,地都动了,所以前年雷泽北面的地方陷落了许多,这次崇伯筑的堤又塌了。"大司农听了,知道他所说的是神话,亦不再问。当下就往堤的缺口旁边,各处视察了一会,仍旧渡到大陆泽的西北岸,重犒舟子,再由陆路归到太原。

　　大司农和舜入朝复命,将考察的情形说了一遍。帝尧道:"照这情形看来,这次事变,虽则不尽是鲧之过,但是鲧亦不能逃其责,朕当降旨严责之。"舜道:"崇伯鲧专喜筑堤障水,太原北部,吕梁山一带,直至孟门山,听说已筑到九仞高了,将来溃决起来,其祸之烈,一定不下于这次大陆泽的惨酷,请帝即饬其设法防范,免得涂炭生灵,而且危及帝都。"帝尧听了,极以为然,当下即饬人前去,告诫申饬。

　　次日,帝尧又召见大司农、大司徒二人,告诉他们,说要禅位于舜。二人都极赞成。大司农并将这次在大麓,虎狼不搏,蝮蛇不螫,及烈风雷雨不迷的情形,说了一遍。帝尧道:"那么更可见了,不是天神呵护,就是诚感万物,镇定坚固的精神更不必说了。"大司徒道:"那年伊献献图,说舜草可以止洪水,虽则像个神经病人说的话,但是果有神经病亦不应荒诞至此!或者上天特遣明示,就指虞舜而言,亦未可知。"帝尧一想,颇以为然。过了两日,朝会之时,帝尧向舜说道:"舜!汝走过来,朕和汝说。汝从结婚以来,已有三年,朕从前问汝之事、考汝之言,到现在一一都有效验,朕看起来,天的历数在尔身上,尔可以担任这个帝位。但是,据朕的见解,还有两句话吩咐汝:世界上最难做到的,是一个'中'字;而最要紧的,亦是一个'中'字。不偏不倚,无过无不及,才叫作'中','中'字是极活动的。一个地方,有一个地方之中;一个时候,有一个时候之中;一项事件,有一项事件之中;差之以毫厘,谬之以千里,所以汝总要紧紧地执住这个'中'字。假使一有谬误,四海必至困穷,天禄亦因此而永终了,这是朕七十载以来的经验,所兢兢自守的,汝务须注意。"舜听了,惶恐之至,再拜稽首辞道:"帝的训言,非常不错,但是臣才德薄弱,万万不能胜此大任,还望帝另行选择有德之士而禅之,实为幸甚。"帝尧道:"朕自即位以来,就抱定一个求贤者而传授的心思。但是,七十载以来,想让给他的,他不肯受,而在朝的贤人,无过于汝。虽则担任天下大政,是极苦的事情,但是汝年富力强,应该为天下百姓牺牲,汝其勿再辞。"舜听了,仍旧是谦让,不肯答应。后来大司农等进议道:"臣等细察虞舜固让之心,当然是个谦德,但是或许因帝在位不肯颠倒君臣名义,所以不肯受。依臣等愚见,可否勿言禅位之事,且暂作为摄政,那么帝仍在大位,于君臣名义既不致颠倒混淆,于帝的颐养休息亦不相妨碍,岂不是两便么!"帝尧想了一想,说道:"这倒亦是一个办法,就如此吧。"舜还要再辞,帝尧君臣一定不许,舜只得答应。本来帝尧之意,禅代于舜,是要筑坛设座,举行一种授受大典的,现在既是摄政,那么典礼不甚繁重,不过为舜特定一个官号,叫作太尉。尉字的意思,是自上安下的意思,希望他能够安定万民。摄政日期,

743

定于次年正月实行。

　　过了几日,骥兜来朝,听见说帝尧要叫舜摄政,大不以为然。适值崇伯鲧因东方堤决,受帝申饬,心中惭愧,想到帝都,自来声辩。忽闻竖亥来报,知道这次的申饬,是舜考察之后弹劾的结果,不禁大怒,说道:"舜是什么人!他知道什么,敢来说我!"一路动身,到了太原,听见说帝尧要禅位与舜,先叫他摄政,心中更是愤怒之极,无处可以发泄,打听得骥兜亦适在此,遂来访骥兜。哪知一进门,便遇着了共工孔壬。且说孔壬为什么亦在此呢,原来他自从革去了共工官职之后,心中非常怨恨,就跑到他的封国里,和他那蛇身九头的臣子相柳谋为不轨,又不时和骥兜通信,相约各占一方,孔壬占据西北方,骥兜占据南方,如有机会,一齐起来北伐,打倒帝尧,平分天下。这时探听得帝尧年老倦勤,洪水之害又甚大,因此假朝觐为名,相约前来,察看动静。骥兜先到,孔壬后至,正在商量,不料鲧又跑来。三个凶人,不聚首已有数十年了,见面之后,自然先有一番套话,后来渐渐说到政治。鲧先说道:"现在帝尧年老而昏,想要拿天下让给一个历山的村农,真是岂有此理!"骥兜道:"是呀,我们正在这里说起,这个真是岂有此理之事。他逐去儿子,宠爱女婿,无情无理至于如此,可谓老悖了。"孔壬道:"他拿女儿送给村农,不要说两个,就是十个八个,就是连他的正妻散宜女皇一概都送给了舜,我们都不稀奇,这是他的家事,何必去管他呢。天下是大器,天子之位是大位,他不管三七二十一,亦不问天下愿意不愿意,答应不答应,竟擅自想拿来送给人,这真是卖天下、卖万民,罪大恶极!我们稍有人心,应当扶持正义,万万不能置之不理的。"骥兜听了,极表赞成,说道:"是呀是呀!"鲧问道:"二位将如何去处理他呢?"孔壬道:"明朝见了帝尧,我就谏。谏而不听,我就归到国中,对百姓宣布他私相授受的罪状,并且宣布和他断绝关系,这是我的处理法。"骥兜道:"我的意思,不是如此。帝尧虽然昏到如此,他手下这班弃、契、四岳等狗官,又只知道唯阿逢迎,死拍帝尧的马屁,以为将来恋位固禄的地步。即使去谏,亦是一定不听的,徒然自讨没趣。我的意思,明朝朝见过了,我就回去,对百姓宣布他的罪状。如果这个村农竟腼颜做起天子来,我就起兵声讨,你看如何?"鲧听了,亦慷慨激昂地说道:"我的意思,谏是要谏的。不谏而即起兵声讨,其曲在我;谏之不从,然后我们联合了举起大事来,名正言顺,天下之人才无可批评。"孔壬因为鲧夺他共工的官职,本来心里很不满意,这次听他说要举大事,便刁难他道:"我们都有一个封国,可以做根据地。你有了封国,不去经营,一无凭借,怎样能举大事呢?"鲧怒道:"有什么不可?譬之于一只猛兽,翘起我的角来,可以为城,举起我的尾来,可以为旌,怕什么?只有你们二位有本领么?"二人见他发怒,亦不再说了。

次日,入朝,三凶齐到。帝尧见了鲧,先责备他,冀州东部何以会酿如此之大灾!以后务须小心防范,如再有疏虞,定行按法严惩不贷。鲧听了,已非常气愤,正要拿话来强辩,只听见孔壬出班奏道:"臣从远方来,听见道路传言,说帝要将天下大位禅与虞舜,不知道果有此事么?"帝尧道:"是,有的。"孔壬道:"帝向来是极圣明的,这次为什么要将天下来传给匹夫?"帝尧道:"天下者,乃天下之公器。只要问他这个人的才德,是否能胜天下之重任;如其果能胜任,即使是个匹夫,有什么妨碍?如其不能胜任,即使是个贵胄,亦万万无以天下传给他的道理。朕的取人,专问才德,不问贵贱。"鲧在旁听了,气得非常之厉害,就说道:"不祥之极了!拿了天下传给匹夫。"帝尧道:"为什么不祥之极?"鲧道:"自古以来,没有这种办法。请问帝拿了天下传给匹夫,取法于何朝何帝?"帝尧道:"不必问前朝有无成例,只要问做天下君主的人,还是应该以才德为重呢,还是应该以贵贱为重呢?"鲧听了,益发怒极,便口不择言地说道:"臣听见古人说:得天之道者为帝,得地之道者为三公。现在臣得地之道,应该令臣作三公,何以不令臣作三公,倒反叫这匹夫作帝?请问帝,虞舜这个匹夫,能够得天之道么?"帝尧见他信口胡说,亦不和他分辩,只说道:"虞舜是否得天之道,没有的确之证据可举。不过朕以天下传他,如果他不能胜任,自有朕负其责任。现在朕意早经决定,汝等可静观后效,此刻不必再行争辩。"鲧及孔壬听了,都忿忿不能平。驩兜在旁,只袖手微笑,不发一言。退朝之后,三凶又相聚一处。驩兜道:"我昨日早知道,强谏是无益的,现在果然给我料着了。"孔壬道:"既然如此,我们各按照昨日所定的计划,分头去实行吧。"驩兜极以为然。孔壬看着鲧,问道:"崇伯如何?"鲧恨恨地说道:"自然我自有我的方法。"当下各自散去。到了次日,陆续出都,驩兜在路上,做了一道檄文,寄给帝尧,痛斥帝尧传舜之不当。孔壬亦归西北而去。只有鲧出都之后,愈想愈忿,既因工程失败,受帝尧的诘责,又因强谏禅位,在大庭之中讨了一场没趣;又因驩兜、孔壬,自己都有地盘,可以凭借,却来笑我没有能力,真正可恶之至!想到此际,怒气冲天,到得中途旷野之间,住了一夜,徜徉不能成寐。次日,依旧一筹莫展,忽然帝尧遣使来召,说尚有要事须商。鲧听了,又大发愤怒道:"不听我的话,又来叫我做什么?我不去。"那使者听了,出其不意,只得回去复命。鲧亦仍旧回到水次,工作去了。

第八十四回

鲧湮洪水　　鲧遁至羽山
帝尧命祝融殛鲧,副之以吴刀　鲧化黄熊入羽渊
舜举禹治水

且说鲧归到水次之后,但觉心神不宁,眠食俱失,正不知是何缘故,哪知祸事到了。一夜之间,大雨陡作,山洪暴发,直向下流冲来。从吕梁山到孟门山,鲧所筑的九仞之城,长几数百里,竟崩溃了七八处,洪水滔滔,势如万马奔腾,声闻百里。那些百姓,从睡梦中惊醒,无处奔逃,尽为大波卷去。有的攀登屋脊,但是洪水一来,连撼几撼,房屋倾圮,仍归鱼腹。有的连房屋冲去,不知所终。一时汾水下流,积尸不可胜计,真是空前的浩劫!鲧听到这个消息,魂飞魄散,慌忙乘了大船,出来观看,见得如此情形,自己知道已经闯下弥天大祸,万难再立足于人世,不禁望洪水放声大哭。后来大叫一声:"算了吧!以死殉之,就完了。"说毕,钻出篷窗,就想向水中跳去。后面大章、竖亥两个看见了,知道不妙,急忙一把拖住,说道:"主公!这个动不得。"鲧道:"你们拖住我做什么?我十年之功,废于一旦,现在被我所害之人,正不知道有多少!我怎样对得他们起?以后还有什么脸去见人?你们还不如让我死了为是。"大章道:"这个断乎动不得。办一件大事,偶然失败,亦是情理之常;况且主公平日早起晏眠,栉风沐雨,艰苦备尝,此等忠诚,亦可告白于天下;即使有罪,亦不过是个公罪;假使主公要自尽以谢百

姓,那么从前治水的共工孔壬,怎样呢?他受任四十一年,而且荒淫废弛,到得后来,天子亦不过免去他的官职,并没有治他的罪;照这样看起来,虽则失败,一无妨害,主公又何必如此呢?"鲧叹道:"不然不然!从前冀州东部失败,还可以说偶然之事;现在此地又失败,岂还可说是偶然之事么?我和孔壬比不来,他这个人,是孜孜于利禄,而全无心肝的人,我却不然。我以为一个人做大事,总要能负责任。我有我的政策,我本了我的政策来办事,事能办成,是我之功,事而失败,是我之罪,不能够拿了亿万百姓的性命财产,来做我一个人政策的试验品,作为儿戏的。现在我的政策失败了,为我的政策不好的缘故而死的人,不知道有多少万!那么我应该服罪自尽,以谢那些为我而死之人,才叫作负责任。假使政策错了,事情弄糟了,只要随时改过,设法变过,一次失败,第二次再来,第二次失败,第三次再来,但求我个人的成功,政权在手,不顾百姓的性命,这种人,正是豺狼其性、蛇蝮其心,我崇伯鲧决不肯做的。请你们还是让我死了为是。"竖亥道:"主公所说,固然极不错,但是主公治水的政策,全是为救百姓的意思,并非有害百姓的意思;即使害了多少百姓,百姓亦总会原谅。"鲧又叹口气道:"一个政策,是真的为民为国,还是假的为民为国,只要看它施行之后,如果成功,能否于百姓国家真有利益,如其失败,对于被害的百姓有什么表示,真伪两个字到此才看得出。现在我已失败,如果不死,可见从前救百姓的意思是假的了,所以你们还是让我死了为是。"大章道:"主公所说,固然不错,但是小人看起来,对于百姓的表示,亦不必一定要死。从前有个刺客,技艺精绝,后来刺一个人,一击不中,从此远扬,不知所终。小人看这种方法亦是一种负责任的表示,主公何妨选一个地方,轻举高蹈,隐姓埋名,过此一生呢!况且现在公子不在此地,主公即使要以死谢百姓,亦何妨稍缓须臾,等和公子会面之后,一切家事,嘱咐好了再死呢?"鲧听了,未及答言,竖亥道:"大章之言极是,主公如果隐遁,某等二人情愿伺候追随,无论海角天涯,虽死不辞。"鲧叹道:"承你们二人如此相爱,非常感激。不过我总应该死的,现在就依你们的话,暂缓须臾吧。我甚懊悔,不听吾儿之言,致有此种失败。吾儿当日,曾经规劝我过。唉!他此刻不知道在何处?罢罢!再说吧。"

当下鲧从舱口回到舱中坐下,叫大章取出笔和简牍,伸手就写道:

字谕文命儿知之:我今日事已失败,非死无以谢百姓。本来我已立刻赴水而死,为大章、竖亥二人所阻,暂缓须臾。我生平不畏死,并且我素负责任,这次事实,自问在理应死,在法当死,死何所吝?现在暂缓须臾,并非尚有恋生之意,亦并非存有侥幸之心,所惜者,未见汝耳!我研究水利数十年,自谓颇有心得,何图纸上空谈,看去似乎都是不错,而行之实事,处处窒碍,终至铸此大错!尤误者,偷窃上帝之息壤,自以为独得之秘,想仗此以竟全功,不意溃败愈大。或者上帝怒我之偷窃,而降以大罚乎?往事已矣,不堪再说。我今朝以垂死之身,尚欲致函于汝者,一则,父子之情,不忍不留一言,免汝将来抱无穷之憾;二则,此次之祸,闯得太大,我身虽死,我罪仍难宽,希冀汝能为国家效力,戡此水患。汝之功能成一分,则我死后之罪亦可宽一分。汝之学识,颇有胜于我处,前日不听汝言,至今悔恨,已属无及。但愿汝他日任事,能虚心从善,切勿蹈我之覆辙也。计此函达到汝处,我或者已早入九原,从此眼睁睁所盼望者,只有汝一人,汝务须努力设法,以盖前人之愆。嗟嗟吾儿,从此永诀矣!某年月日 父鲧字写完之后,交给竖亥,说道:"你替我去寻到吾儿,将此函交给他。"竖亥领命,又问道:"将来公子如有复函,或亲自来省觐时,主公在何处呢?"鲧叹道:"我们父子,从此不会有相见之日了。况且我行踪未定,说它做什么?"竖亥道:"虽然如此,小人总要知道一个复命之地。"鲧低头想了一想道:"总在海边,或海岛中。"竖亥听了,如飞而去。

这里鲧和大章舍船登岸,改变服式,急急地向东南海边而行。船过大陆泽时,人民遭灾的尸体和房屋毁坏的痕迹,还有得留在那边,便是几条大堤,遗迹亦尚在。(从现在河南浚县,东过河南濮阳县境,北至元城县、清河县,山东之恩县、德州市,皆有鲧堤遗迹。)鲧一路看了,深自怨恨,不应该以这种未成熟的政策来害百姓;再加以一路听见那百姓毁骂之声,心中真是说不出的难过。幸喜服式改了,无人认识。过了半个月,到了一座羽山之上(现在山东蓬莱区东南三十里),暂且住下,不表。

且说帝尧自从那日上朝,拒绝鲧与孔壬的谏诤以后,到得次日,有人来报说,鲧和驩兜、孔壬三个人都出都去了。帝尧见他们不别而行,颇为诧异。既而一想,或者是在近郊游玩,并非归去,亦未可知。适值因治水之事,须与鲧相商,帝尧就饬人去宣召,哪知鲧竟不来,而且口出不逊之言。帝尧闻之,甚为不乐,正与群臣筹商处置之法,忽然外面递到驩兜的表文,拆开一看,竟是大骂了帝尧一顿,大致总是说帝尧宠爱女婿,私以天下相授受,大逆不道等语。帝尧道:"前日在朝,鲧与孔壬都曾发言,所说的虽则不尽合理,或词气悖谬,然而还不失事君之道。驩兜那日亦在朝廷,何以缄口不语?到得此刻,再退有后言,是何道理;这个殊叵测了!"椿戫道:"臣闻帝挚时代,驩兜、孔壬、鲧三人,号称三凶,帝挚的失德,都是他们三人教成的。如今圣天子在位,赦其罪而不诛,而且弃瑕录用，待他们亦可谓厚了。现在这三个人，功业毫无，反仍旧朋比结党，同日不别而行，鲧既抗不应召，驩兜又肆意讪谤，臣想起来，这三人难保不有一种结合，有一种密谋，不利于国家。请帝将此三人严行定罪，如再违抗，六师挞伐，帝意以为何如？"帝尧未及开言，忽有庶官飞报道："洪水汩汩，漫天而来，西门外已积水盈尺，人民大有死伤，请帝作速定夺。"帝尧君臣大惊，立刻退朝，齐到西门外察看，果见水势汪洋，人民纷乱，但不知这水从何处来。舜想了一想，说道："恐怕是鲧所筑的九仞之城崩坏了，漫溢过来的。幸喜此地地势尚高，或者不至于十分为害，但是下流之民苦了！"正说时，渐近水边，只见水波之中，尸体也有，器具也有，房户门窗也有，鸡豚牛羊也有，陆续地漂流过来。帝尧看了，不禁叹口气道："误任庸人，朕之过也。"那时大司农、大司徒、四岳等听了，都默默惭愧。帝尧忙叫人四出拯救，并商量赈济之法。到得次日，庶官来报，果然是九仞之城崩溃了。帝尧道："鲧这个人，溺职殃民，既然如此，应该如何惩处？"士师皋陶道："依臣愚见，应该明正典刑。从前帝于孔壬，有罪不诛，臣以为是错了。此次鲧流毒较大，而且有不臣之心，非正法不可。"帝尧问群臣道："士师之言，汝等以为何如？"四岳等面面相觑，不作一声，只有太尉舜力赞其说。帝尧道："那么等他来请罪时，执行如何？"太尉舜道："前次召他尚不来，此次恐未必肯来请罪。请派人去，就地正法吧。"帝尧道："派何人去呢？"太尉舜道："崇伯是个大臣，诛戮大臣，理宜郑重，非有声望素著之大臣前往不可，臣意莫如四岳。"四岳再拜稽首辞道："鲧的治水，是臣等所力举，现在既然败绩，鲧固应死，臣等所举非人，亦应从死，实未敢腆颜前往。"帝尧知道他们确有为难情形，亦不勉强。但是八元、八恺都是新进之人，资望太浅，亦不好差遣，忽而想到了，说道："老臣祝融，四朝元老，现在此地，精神甚健,何妨烦他一行呢!"太尉舜听了,非常赞成,当下就派他的孙子前往宣召。

原来祝融自居祝融城,改名苏吉利,与他的夫人王搏颊一心祠灶、求长生之后,久已与世事不相闻问。后来洪水告灾,祝融城不能住了,于是与其从子和仲、和叔、孙子篯铿等一同迁到太原,帝尧为之筑室居住,十日一朝,礼遇极盛。这日听见帝尧召他,他就跟了篯铿入朝。帝尧将刚才所议论的事和他说了,祝融道:"只要情真罪当,老臣不惮远行。"帝尧大喜,又说道:"朕宫中藏有宝刀一柄,是先代的遗物,这次祝融前往,可携了去,以壮威严。朕在位七十余载,从未敢诛戮大臣,此次真是万不得已也。"祝融叹息道:"从前颛顼帝以庚寅日诛臣兄,亦出于不得已。公义私情,岂能兼顾,老臣就此去吧。"帝尧道:"篯铿也同了去,路上一切,可以伺候。"篯铿亦领命。那时,一口宝刀已取来了,祝融氏便拿了宝刀,率了篯铿,辞帝而去。回到家中,将此事与老妻王搏颊说知,王搏颊埋怨他道:"你修行祠灶数十年,现在却去干这个杀人的勾当,所杀的人,又是你的亲属,天子固然糊涂,你承认了来,亦太冒昧。"祝融道:"有什么要紧。我们所祠的是灶,灶下就是杀气充满的地方,平常一日工夫,无罪的牛羊鸡犬鱼鳖,小而至于虾蟹,不知道要死多少!况且是杀一个有罪之人呢!至于鲧,虽则是我的从孙,但是既已犯法,即不能留情,又临以天子之命令,岂可辞么?"当下收拾行李,与篯铿带了几十个从人,一齐上道,向西北而行,从吕梁山东直到孟门山南,寻不见鲧的踪迹。问那在水次办公的人员,都说:"自从那日堤溃之后,崇伯和他最亲信的大章、竖亥两个都不见了。有人说,他已投水自尽;有人说,已遁逃海外去;有人说,他已入都请罪去了。崇伯向来待我们极严,他的行踪,向来不和我们说知,他没有叫我们走,我们只好在这里静等,计算起来,已有二十多日了。"祝融向篯铿道："人都请罪之说，最不确。我们刚从都中来，并无其事。自尽之说，或者有之。果能自尽，亦不失为负责任的人，但是尸首在哪里呢？他果已自尽，决不会经于沟渎，不使人知道，他所亲信的人，必定看见，必定给他收葬，外人未有不知道的。现在四方探听，一无闻知，一定不是死，一定是畏罪潜逃了。"篯铿道："逃到哪里去？西投孔壬么？南投三苗么？"祝融道："我看不会。我从前与他们同朝，知道他们情形。鲧与孔壬、驩兜不甚相合，况且小人之交，势利为先，有势有利，方才可合。鲧既失势，即使往投，亦必不受。鲧的性质傲，亦必不肯往投。我看，还是到东海边去寻吧。"当下祖孙二人，计议已定，就往东海滨而来，到处寻访，果然渐渐有点踪迹。原来鲧虽改易服式，那大章的健步是人人所注目的，因此探访着了。这日，祝融等到了羽山，山上有一座土城（现在叫作鲧城），据土人说，前月有两个人来此居住。祝融问这两个人是否仍在城中，土人道："一个常在城中，从不出外；一个善走的人，时常下山，但晚上仍归来的。"祝融道："你们可知道他们叫什么名字？"土人道："不知道。有人揣测，说他就是治水的崇伯。"篯铿道："既已到此，何妨到土城里去一看呢。"祝融道是，于是祖孙二人带了从人，来到山上，细看那土城，周围不过几丈，高不过一丈，里面有两座茅屋，简陋之至。走到里面一看，却是空空如也，一个人都没有。祝融诧异道："躲到哪里去了？"各处寻转，仍无影响，再下山来问土人，内中一个人说道："三日前，黎明时，我仿佛见他们两个人下山，向西南而去了。"祝融道："既然如此，我们向西南去找吧，不怕他逃到哪里去。"

不言祝融祖孙跟踪追寻，且说鲧到了羽山之后，因为避人耳目，所以筑城居住，但是总觉心神不宁，就叫大章到帝都探听朝廷处置他的方法。大章竭一日之力，到帝都探听后转来报告，说道：

"是议决正法。"鲧便埋怨他道:"当初让我死了,岂不是好!如果等他们加我以诛戮,羞耻极了。"大章道:"现在我们再往南行,避到蛮荒之地,使朝廷寻觅不到,那就好了。"鲧无可如何,只得答应。于是二人秘密动身,到了崂山,人迹太多,深恐不能藏身,乃再向西南而行。一日到了一座山上,那山凑巧亦叫作羽山(现在江苏赣榆区西北),山上有一个大池,名叫羽渊,其水甚深,清澈见底。鲧在山上,住了两日,愈想愈愤,决计自裁。一日,与大章到羽渊旁边闲走,乘大章不备,就向水中一跳。大章慌忙来拖时,已浸在水中央了。大章急得没法,适值有好几个人走上山来,看见了,就和大章一同捞救,哪知捞将起来,搁在渊边,业已肚腹膨胀,气息全无。大章不禁大哭,忽然看见鲧的身上,蠕蠕而动,大章大喜,还当是复活了,忙与众人救治。哪知动了许久,只是胸口动,四肢并不动。又过了片时,竟从他衣襟中爬出一个焦黄的大动物来,仔细一看,乃是一只熊,众人大骇,齐声鼓噪,那黄熊急忙向渊中蹿去。众人向渊中一看,只见并无黄熊,只有一个三只脚的能鳖,在那里浮沉上下,游泳自得。大家正在诧异,忽见有五个人跑上山来,内中一个,看见了大章,就问道:"大章兄!崇伯现在何处?"大章一看,原来是和仲家里的从人,向来熟识的,就用手指指尸首,说道:"崇伯在此,已经死了,你寻他做什么?"那人过去一看,也不和大章说话,一转身就往山下而去。

过了多时,忽然来了许多人,内中有一个老者,一个壮年,都是贵官打扮。那个壮年官员,大章在帝都的时候是见过的,知道他就是篯铿。那个老者,却不认识。只见那和仲家的从人上前向大章说道:"祝融有话问你呢,你须实说。"大章知道是朝廷诛戮崇伯的人寻到了,好在崇伯已死,毋庸再讳,就将自九仞之城崩溃后,一直到此刻的情形,详述一遍。篯铿听到黄熊之事,大不相信,说道:

— 754 —

"不要是渊中本来有这个黄熊的么?"祝融道:"那么黄熊到哪里去了呢?我想崇伯是非常之人,或者是他的精灵所化,亦未可知。"说完,就和篯铿到渊上来看,只见那黄熊还是在水中游泳自得,忽而昂首凝视,似乎看见祝融等了,随即掉转身躯,直沉渊底,不复再出。大家益发知道它确是鲧的精灵所化了。后来到春秋时候,曾示梦于晋平公,入其寝门,要求祭祀,而后世夏禹王庙中的祭祀,相戒不用熊与鳖两种,就是这个缘故。闲话不提。且说鲧既死了,宝刀亦用不着,祝融就叫人用上等之棺,将鲧尸首盛殓,择地安葬,这里就和篯铿回都复命。那时帝尧已和群臣商量处置孔壬、驩兜之法。太尉舜主张,现在水患未平,民生凋敝,西北一带,交通阻滞,用兵尤非所宜;况且孔壬尚无显著之逆迹,暂且不去问他,只有驩兜,如此跋扈,应加惩处。但是三苗立国多年,施展他的种种政策,根深蒂固,急切亦无可奈何他,只能下一道空令,布告诸侯,将驩兜放逐于崇山(现在湖南永定区东有壶头山,就是"驩兜"二字之音讹),料他从此亦不敢出境了,且待水患平后,再作计较。众人赞成,这事总算告了结束。等到祝融归来,缴上宝刀,并将一切情形奏明,帝尧和群臣听了黄熊之事,亦深为太息,当下竭力慰劳了祝融一番,就将那口宝刀赐予他。后人因祝融名字叫吴回,就叫这口刀作吴刀。祝融稽首受赐,辞了帝尧,仍旧回家去祠他的灶。哪知年岁究竟大了,虽则精神甚好,但是经过这次的长途跋涉,不免劳倦,归来之后,不久就生病,过了半年,一命呜呼。他临死的时候,有几句遗言,嘱咐篯铿道:"生为南方火正之官,死了之后,一定要葬在南方,方才瞑目。"帝尧得到这个噩耗,非常震悼,又因为他这次奉公远出而致死,尤其歉然,所以对于他的遗言,一定要依照他做,可是此刻洪水既烈,而南方之地又为驩兜、三苗所盘踞,万万不能前往安葬,只好暂时权厝,以待时机,这是后话不提。

且说祝融归家之后,帝尧又问群臣道:"鲧既伏罪,但是水患正急,继他之后,不可无人,究竟叫谁去治呢?"太尉舜道:"臣观鲧之子文命,于治水政策极有研究。鲧不用他的话,以至失败。假使叫他来治,必有成效,如无成效,臣甘随坐。"帝尧道:"杀其父而用其子,他肯来么?"太尉舜道:"那是因公义,不是因私怨。文命是个贤者,必定深明公私之辨,不致误会的。况且他能够将水治平,正可以干父之蛊,尤必乐于从事。"帝尧道:"那么就叫文命继其职吧。"决定之后,太尉舜就饬人去找文命。

第八十五回

禹梦乘舟从月中过　月中之状况

禹师大成挚

　　且说文命,自从与舜分别之后,拟绕道雍州,泛山海,至孟门山考察。一日,乘了一只小舟,至一处山脚下晚泊。这时正值中秋望日,一轮明月,高悬空际,照得那大千世界如水晶宫殿一般,明净之至。晚餐之后,真窥、横革都睡着了,文命独自一人,倚着船唇,举头望月,低头思亲,愁绪万千,重重勾起,长叹了一声,又滴了几滴无情无绪的清泪。蒙眬间,正要睡去,忽听得岸上有人叫道:"公子请了!"文命一看,原来是个道者,羽衣星冠,面如傅粉,唇若涂朱,举止不俗,从岸上走向船头,向自己拱手。文命慌忙起身还礼,并请问他姓名。那人道:"某姓宋,名无忌,适才踏月至此,见公子一人在此赏月,未免寂寞,特来相伴,未知肯容纳否?"文命道:"那是极好之事,有何不可,请坐请坐。"那宋无忌就在船首之内坐下。文命便问他家住何处,宋无忌指指月亮,笑说道:"某就住在这个里面。"文命诧异道:"就住在月亮里面么?那么足下是仙人了。"宋无忌道:"仙不敢说,不过看到天上,如自己家庭一般,来往很容易而已。"文命道:"某等凡人,可请足下带领着去玩玩么?"宋无忌道:"这个有何不可。请问公子,愿坐船去,还是愿走去?"文命道:"走去便怎样?"宋无忌道:"愿走去,某便预备桥;愿坐船去,某便预备船。"文命道:"夜色已深,哪一项快?"宋无忌道:"当然船快。"

文命道："那么坐船吧。"宋无忌听了，就用手向空中一招，说道："船来。"只见天半飞下一只彩船，长约二丈，船底两边，密排白羽，仿佛如僬侥国所进贡的没羽一样，而有云气拥护着。宋无忌就邀文命登上去。文命走出自己的船，走上那彩船，只见里面陈设很是精致，舒服之至。坐下之后，倏觉彩船已渐渐上升，倚舷一望，但见那船底的白羽，一上一下，在那里乱摇，与鱼鬐鼓动相似。这时离地已不知道有几千丈高了，看那山海，渐缩渐小，如轮，如盘，如镜，如豆，倏已不见；仰望明月，则逐渐而大，竟至无可比喻，光芒直射，可察秋毫。又过了片时，觉得彩船已入于明月之中。宋无忌向文命道："月中境界甚大，下船步行，某看太费时，不如仍旧乘船，往各处游览一转吧。"文命称善。

于是彩船径向前行，但见山川人物，宫殿树木，一一都与世间无异，惟气象华丽，万万非世间所能及。正走之间，忽听得斧凿之声，铮铮震耳。文命倚舷寻觅，只见一处，有无数人在那里工作，有的补山，有的修石，忙碌之至。宋无忌道："月是七宝相合而成，其势如丸，但是射着太阳光，受它的灼烁，不免要受销损，所以月亮中岩石突出的地方，常有八万三千户的人，随时随地为之修治，此地就是一处。"文命听了，亦不再问。又走了多时，但觉异香苾郁，原来前面一株大桂树，高约千丈，桂花桂子，累累不绝。文命正在凝视，陡见树下一个人，拿了一柄板斧，向那桂树乱砍。文命不禁失声叫道："这样大的树，砍去它，岂不可惜！"宋无忌笑道："砍不去的。这人姓吴，名刚，学道不专，犯了过失，所以罚他在此地做这个无益之事，哪里砍得去呢！"文命细看，只见那斧头砍了进去，刚拔出来，那砍的缺痕，早已不见了，如此随砍随合，劳而无功，不禁诧异之至，方叹仙家妙用。又走了片时，只见迎面一所宫阙，异常巍峨，宋无忌道："此地乃明月之中心，既然到此，不可不进去一游。"

说时,彩船顿时停止,宋无忌招呼文命出船,携手并行。走到那宫阙之前,只见上面横着一块大榜,榜上写着"广寒清虚之府"六个大字。文命正要动问,只见里面走出一个宫妆绝色的仙女来,向文命行礼道:"公子光临,难得难得!请到里面玩玩吧。"文命急忙还礼,请教她姓名。宋无忌在旁代答道:"这位是结璘仙子,从前亦是下界人。他们有兄妹两个,令兄名叫郁仪。有一年,他们看破红尘,商量寻一个长生不死之地,去安身立命。她令兄说:太阳最有恒,能够托体于太阳之中,那么一定可以长生不死了。这位结璘仙子,却嫌太阳之光太强,恐怕禁不住那种热度,以为不如月亮之明净幽雅。于是他们兄妹,各奔前程,郁仪奔入太阳之中,这位结璘仙子就到此地来,和我们作伴,这就是她的历史了。"文命听了,忽然想起姮娥的故事,就问道:"从前下界有一位司衡羿的夫人,名叫姮娥,听说偷窃了羿的灵药,逃到月宫里,不知此刻还在此地么?"宋无忌听了,笑道:"是在此地,公子要想见见她么?"文命道:"某并非要见她,不过想起这种无情无义的人,居然亦能够跑到月宫里,作个神仙,真是不可解之事,所以要问她一个究竟。"结璘道:"她亦就在这里面,我们进去,遇着了,给公子介绍吧。"说着,转身向里便行。宋无忌邀了文命,随后跟着走,但见处处是琼楼玉宇,说不尽的繁华富丽,而且处处笙歌,户户弦管,有几处树荫之下,竟有无数女子在那里歌而且舞。文命向来是不喜音乐的人,听到、看到这种歌舞,又见那树上面的珍禽翠羽,亦飞翔鸣啭,和那女子的歌舞相和答,真是莫名其妙!心中暗想,天上的神仙真是空闲,真会取乐。正在想时,只听见路旁又有一阵妇女喧笑之声,回头一看,原来一所大宫殿内走出无数女子来,最可怪的,衣服分红、黄、青、白、黑五种,各以类从,仿佛五队兵一般。每队当先的一个仙子,大约是主人,其余后面簇拥着的,大约是婢女之类。那为首的五个仙子,姗姗前进,一面走,一面笑,一面说道:"今朝宋先生请到高密公子来了,我们迎接来迟,有罪有罪。"又向文命行礼道:"公子,长久不见了,一向好么?"文命慌忙还礼,但是不解她们"长久不见"之言,正要动问,宋无忌笑道:"某来介绍吧,这五位是月中五帝夫人。"指着穿青衣的仙子道:"这位是青帝夫人,名隐娥珠,字芬艳婴。"指着穿红的道:"这位是赤帝夫人,名逸廖无,字婉筵灵。"指着穿白的道:"这位是白帝夫人,名灵素兰,字郁连华。"又指着穿黑的道:"这位是黑帝夫人,名结连翘,字淳厉金。"又指着穿黄的道:"这位是黄帝夫人,名清莹襟,字炅定容。"文命听了,一一重复行礼。逸廖无首先问道:"公子离此地不久,从前一切情形,此刻还能记得么?"文命听了,莫名其妙,不能作答。隐娥珠又笑问道:"公子本是此地人,公子知道么?"文命益发诧异,便说道:"某不知道。"大家听了,都笑笑不语。清莹襟道:"公子请到里面坐坐吧。"灵素兰道:"时候恐怕不早,耽误公子的归程,亦非所宜。"结璘仙子道:"让我来问望舒。"说着,向空中叫了一声,陡见一个女子,从半空落下,穿着征衣,卷起双袖,像个正在那里做什么工作似的。结连翘就问她道:"现在月轮已到什么地方?"那女子道:"快近西山了。"清莹襟道:"果然不早了,那么你去吧。"那女子依旧凌空而去。这里清莹襟就说道:"我本想请公子里面坐谈,聊叙契阔,如今时候既然不早,我们就陪伴公子从此地过去,游玩一转,再送公子归去,如何?"文命唯唯,连声道好。

  于是大众拥着文命,曲曲弯弯,各处游玩。走到一个大池边,结璘仙子向文命道:"刚才公子要见姮娥,现在在这里了,我请介绍。"说着,用手一指。文命一看,哪里是个人,原来是一只三足的大蟾蜍,停在石上,不住地喘息,不禁大为诧异,便问道:"姮娥不是人么?"结璘仙子道:"何尝不是人!不过她做了没脸见人的事,遇见了公子,只好化作这个形状,大约是她的羞恶之心发现呢。"文命听了,再看那蟾蜍,只见她两眼闪烁,似有含羞之意,霍然一来,跳入池中,就不见了。隐娥珠叹道:"一个人不可有亏心之事。不做亏心之事,无论你如何跳得高、跳得远,人家无从责备你;做了亏心之事,自己抚躬自问,这个良心上的责备,是很厉害的。当初姮娥来的时候,她以为我们不知道她的历史,倒也坦坦白白,一无拘束。后来有一年,和一个女仙发生口角,两不相下。那女仙略略揭破了她几句,她顿时惭愧得了不得,忽而变作这个形状。公子你看,这种果报,岂不是凶么!"文命道:"她从此不能复还人形么?"隐娥珠道:"不是。后来我们知道了,责备那女仙不应该讦人之私,又安慰了姮娥一番,她才复为人形。然而,忽然是人,忽然是蟾蜍,亦不定的。大约良心愧悔一萌,则变为蟾蜍,否则仍是人形。如今公子到来,她愧悔之心又生,所以又化蟾蜍了。"文命道:"某闻蟾蜍、虾蟆之类,都是秉月之精华而生,所以从前黄帝《医经》有虾蟆图,说道'月生始二日,虾蟆始生,人亦不可针灸其处'。这个话是确实的么?"隐娥珠未及答言,逸嫇无在旁说道:"确实的,公子如不信,有一个极简便的方法,可以试验。公子回去,拿一只蟾蜍或虾蟆,用绳索缚住它一只脚,拣一处有风不见日的地方,悬挂起来,过了几日,那虾蟆或蟾蜍必定死了,就掘地作潭,将它埋下,等到月食的时候,再将它掘出,用铜盆覆住,一面用棍棒敲击,不可使它绝声,直到月食完毕,揭开铜盆一看,那久死的虾蟆或蟾蜍就会得复活。照这点看起来,蟾蜍、虾蟆与月亮之关系,可想而知了。不是秉月之精华,何以有如此之感应呢?"文命听了,仍有点不信。灵素兰道:"公子不必再疑,回去试试就是了。好在这个,并不是玩耍的事情,还可以救人的。虾蟆、蟾蜍复活之后,立刻再将它击死,拿来焙干研末,搓成小丸,假使有缢死的人,将这丸药灌入口中,周时之间,能够起死回生,岂不亦是一件好事么!"文命听了,谨记在心。

后来大家又走到一处,只见院落之前,有一只白兔,两前足捧着一根玉杵,向一个玉臼中不住地乱捣,看见众人走过去,略不瞻顾,可谓至诚之极。文命又觉得稀奇,就问道:"这白兔会得工作么?所捣的想来是仙药。"清莹襟道:"说起这兔,着实可怜、又可敬呢!它本是下界婆泥斯国所生产,住在山中,和一只狐、一只猿做朋友,非常之要好。有一日,上帝化为一个老者,到那国里去游玩,遇着这三种兽,看它们异类相悦,觉得有点古怪,要想试试它们的心,于是上前向它们求食。狐是很聪明的,立刻跑到溪中去,衔了一条鲤鱼来奉献。猿亦是很灵活的,立刻爬到树上去,采了无数果实来奉献。独有这个兔,能力薄弱,跑来跑去,总寻不出一种物件。它自己恨自己卑劣,然而竟没有办法,适值这时,猿与狐商量,鲤鱼不可以生吃,又从别处弄到一个火种,聚起地上的落叶,烧起来,要烹熟这条鲤鱼。这个兔子看了,顿生一计,说着:'牺牲我自己,请他吃吧!'于是纵身投入火中,霎时间烈焰一炽,已经变成一只焦兔。那时上帝变化的老者,赶忙从火中将这焦兔取出,放在地上,叹了一口气,向猿狐二兽说道:'你们二位的盛情,已经可感了,但是它的盛情,尤为可感。你们二位,我都赐你们长寿,至少可以活到一千年。它虽死了,然而我有方法,可以使它仍旧复活,并且要使它留迹于天地之间,与天地同寿,这就是我所以报答它的方法了。'说着,用手在这焦兔身上抚摸了一会,须臾之间,那焦兔果然复活,而且皮毛亦复生,依然洁白。上帝就将它送到这里来,托我们看管。公子!你看这只兔,岂不是可怜而又可敬么!"文命听到那番故事,真是闻所未闻。

后来又游玩了几处,只见刚才那个穿征衣的女子,又从空际飞来,向结璘仙子说道:"月轮已到西山,特来报告。"说毕,又凌空而去。宋无忌道:"既然如此,下界恐将天晓,公子应该回去了,仍旧由某送公子去吧。"这时,五帝夫人与结璘仙子一齐说道:"一别多年,难得到此,我们匆匆,竟无物可以款待,并且连坐都没有坐,实在抱歉之至。等过了几年,公子大功告成之后,我们再畅聚吧。"

这时,那只彩船忽然已在面前,宋无忌即招呼文命登舟。文命亦不及与众人一一告别,但打总的说了几声"再会",那彩船早又腾空而起,那些夫人仙子都看不见了。文命暗想,月亮号为太阴,月宫之中,自然以女子为多。那些女子,无不容华绝代,五帝夫人和结璘仙子,更加出群,真是天上神仙,非人间所有了。后来想到那穿征衣的女子,飞来飞去,不知是什么人,便问宋无忌。宋无忌道:"她本来亦是下界人,住在纤阿之山,名叫望舒。她有心学道,看见月亮,尤其羡慕,悉心研究月亮出没的路径和它的速率,久而久之,竟给她研究明白了。有一年,乘月行距纤阿山最近之时,她就乘风御气,一跃而入月轮。五帝夫人因为她知道月行的路径和速率,就派她做一个月轮的御者,从黄昏到天亮,她却是没得空的。结璘仙子因为她喜欢月亮,和自己同志,所以和她最好。"文命道:"这么大的月轮,一个人推得动么?望舒没有到月中的时候,这个月轮又是哪个为御的呢?"哪知这两句话问过之后,宋无忌一语不答。文命非常诧异,忽然之间,彩船中顿觉黑暗起来。文命着忙,再要相问,但见宋无忌将口一张,吐出火焰,须臾浑身是火,变成一个火人,熊熊之势,顷刻延烧彩船,那火焰直向文命扑来。文命情急无法,只得向船窗口一蹿,顿觉飘飘荡荡,身子直坠下去,不觉冲口大叫一声,睁眼一看,依旧睡在自己船中,天色将明了,原来是一场大梦!仔细一想,这梦做得真奇!倘使是幻梦呢,不应该如此清清楚楚,有条有理;假使是有应验的呢,那么他们说等我大功告成之后再会,大功要我成,我父亲是不会成功了,这是何等不幸之事呀!想到此际,忧心如焚。后来又说道:"管它!我且将它详细记下,等后日考察吧。"就急急起身,取出简牍,将这梦记下。

文命于是依旧和真窥、横革等启碇前行,到孟门山以北,阳纡大泽之阿,考察了一会。觉得洪水一部的根源,就在此地,然而万非人力所能施,只有求之于鬼神。于是具了牲醴,祷告了一会,急忙回去见鲧,痛说防堤壅水之害。自己上了两个条陈,鲧仍旧不听。文命无可如何,知道父亲的治水一定要失败,又不忍看见他父亲的失败,于是想了一个主意,决定道:"我且去周行天下,考察地势,以作将来补救的预备吧。或者遇到几个有才干的人,可以作个帮手,亦是好的。"当下远远向着鲧的居室,拜了几拜,恸哭而出,带了真窥、横革,一同起身,作汗漫之游。先到泰山之北,考察洰水,在那边一座山上住了几日。(现在山东历城区东南三十里有龙洞山,有东、西二洞,一名禹登山,因禹尝登此山而得名。)又越过泰山,渐到淮水流域。哪知这时江水已和淮水汇成一片,与海水亦打成一起,辨不出哪里是江,哪里是淮,哪里是海,简括地说一句,那地势竟是陆沉了。间或有几处高阜丘陵,人民群集其上,或登木而栖,或悬釜而爨,或钓鱼糊口,或猎兽果腹,艰苦万状。文命看了,真是可怜之至。

一日,行到一处高阜之上,只见有茅屋数百户,参差地造在上面,文命亦不经意。忽听得似乎有弦诵之声,从那茅屋中透出来。文命暗想,人民昏垫到如此,这个人为什么还在这里行乐?不禁好奇心切,就踱过去看看。只见一所茅屋之中,有一个老者,衣冠甚伟,道貌岸然,坐在那里鼓瑟,口中唱着歌曲,细听那歌词,亦甚超妙。文命料他是个有道之士,顿觉肃然起敬,躬身站在门外,不敢造次进去。倒是那老者看见了,停了唱,舍了瑟,问道:"门外孺子,是什么人?"文命听了,慌忙趋入伏谒,自道姓名。那老者随即起身搀扶,说道:"孺子状貌,英俊不凡。老夫僻处在此,难得遇到,请坐谈谈吧。"文命告了坐,真窥、横革侍立于后,文命就请教老者姓名。老者道:"老夫姓大成,名挚,为贪简便,有时亦写作执。孺子似非此地人,洪水艰阻,未知来此何事?"文命就将自己的家世及来历和志愿详细说明。大成执拱手致敬道:"原来是贵公子,如此英年,怀抱大志,失敬失敬!"文命谦逊一番,就请教他治水的方法。大成执叹道:"老夫从前初遇到洪水的时候,亦曾奔走各处,想考察一个救治的方法。后来觉得这个洪水,竟是天地之大变,不要说共工、孔壬那种治水的方法不对,便是令尊大人崇伯公的方法,亦不能对。说一句直话,公子不要生气,恐怕令尊大人不久就要失败呢!"文命忙问道:"何以见得呢?"大成执道:"老夫从前往北方考察,觉得北方的地质,起了一种大变化。当初没有山的地方,后来火山不绝地喷发,隆起了一带大山。当初地势,距海面并不甚高,现在觉得非常之高。有这两种特别的变化,岂是人力所能挽回的吗?况且北方情形如此,西方更不知如何。老夫因年迈路远,不能前往调查,假使西方地质亦与北方相同,那么岂是令尊大人的方法弄些息土来,筑起几道堤,就可以治理吗?所以老夫的意思,果然要治洪水,单从下流沿海考察,终不是根本办法;最好要到西方、北方去考察一回,或者东北一带,也去考察一回。因为近年沿海一带,水势之泛滥,也许与东北地势有关系,亦未可知。迂谬之见,未知贵公子以为何如?"文命听了,暗想这句话仿佛从前曾经听见人说过的,究竟是不是这个缘故,无从断定。但是,果系天地特别的变化,那么虽则考察确实,又有什么方法与天地相争呢?因此一面答应,一面胸中却在那里踌躇。大成执揣到他的心思,又继续说道:"公子以为老夫的话,是自相矛盾么?但是老夫的意思,是尽其在我,听之自天。照事势看起来,万万无成功之理,然而人事要不可不尽。古人所谓'知其不可而为之',或者人定能够胜天,或者精诚可以格天,于无可如何之中,竟能得到一种妙法,亦未可知。况且就是说天地大变,亦总有一个停止的期限,决不会永远变过去的。到得变动中止,那么胸中考察明白,早有预备,补救起来,自然更容易了。好在公子此刻别无所事,专以考察为目标,何妨一去走走呢!"文命听了,主意顿然决定,即说道:"承长者教诲,顿开茅塞,小子决计前往考察是了。"当下又与大成执讨论些学术,谈到身心性命之学。哪知大成执是极有研究之人,口若悬河,滔滔不绝,而于做人"勤俭"二字的美处,"矜伐"二字的害处,尤其反复说得透彻。文命听了,不觉倾倒之至,当下就请拜大成执为师。大成执虽则谦逊,但见文命英圣聪睿,也就答应了。于是文命和真窥、横革三人,就住在大成执家中,讨论讲说,往往至夜半方才归寝。

第八十六回

恒山神澄渭淳见禹　禹初过桐柏山,风雷震惊

禹得宛委山藏书　禹梦洗河

禹遇云华夫人

过了多日,文命辞了大成执,动身径往北方而来,先到老父工次省觐。哪知崇伯鲧竟是公而忘私的人,一心专门干他治水的工作,究竟文命这许多月在何处、作何事,他也绝不动问。原来他所筑的这些息土之堤,经那滔滔不绝的洪水浸灌,已有点岌岌可危了。在局外人看去,似乎不觉得有什么,但鲧是内行人,岂有不知之理,连日正在那里设法补救,忙碌不暇,所以更无心情对付儿子。文命看了这种情形,知道老父失败之期已经不远,禁不住心伤泪落,然而亦无可如何。过了两日,便辞了父亲,径向北方而行。

逾过恒山,到得一座山峰,但见北面远远山头,都在那里喷发烟雾,并时发红光,料想是地体剧变之故。正在出神,忽闻着一股异香,接着音乐之声悠扬婉转,不绝于耳。四下寻觅,只见东面有三个道人,都骑着一条龙,半凌空半着地地直冲而来。周围拥护着道装的男女,不知道有几千,填坑塞谷,手中都拿着各种乐器,有的擎伞盖,有的执香炉,种种不一。文命看了,诧异之极,正想回避,那骑龙的三个道者已到面前,一齐下了龙,为首的一个,穿玄流之袍,戴太真冥灵之冠,佩长津悟真之印,先向文命拱手道:"公子光

临,迎接来迟,恕罪恕罪!"旁边两个道者,亦过来施礼。文命慌忙一一还礼,说道:"小子童稚,偶来此山游历,不识诸位是何神祇,敢劳枉驾,惶恐惶恐!"那为首的道者说道:"某乃恒山之神澄渭淳。"又旁指道:"此二人乃某之佐命——河逢山神与抱犊山神是也。"文命听了,慌忙再行礼致敬。澄渭淳道:"某等知公子此来,是考察地势,预备治水。但是水患的根源,虽起于东北西三方,而治水的方法,却应该向南方去求,徒然考察东北西三方的地势,是不济事的。现在水患已到极点了,旋乾转坤,期已不远,而且这个责任,又在公子身上。某等深恐公子考察东北西三面地势,来往数万里,旷日持久,到那时这个重大责任无人担任,误了时期,有违天意,所以不避形迹之嫌,特来奉劝公子,不要再往北行,赶快向南行为是。"文命听了这话,莫名其妙,便问道:"水患的根本,既然在东北西三方,自然应该向那三方去求一个救治的方法,为什么反要南行?南方又有什么治水方法呢?小子愚昧,不解此理,还请明示。"澄渭淳道:"此中都有一个天意在内,请公子不要狐疑,只要依着某的言语,从速南行就是了。至于治水的方法,不外乎学理、器具、人才三种,到了南方,这三种都可以解决,此时也毋庸预说。某等此来,专为公子报告此种消息,余无别事,从此告别。他日公子功成后,再见吧。"说毕,就和河逢、抱犊两山神向文命一齐拱手,翻身跨上龙背,腾空向东而去。那些男女仙官纷纷随着,顷刻之间,杳无踪迹,但余那股异香,依旧氤氲山谷,许久不灭。此时文命等三人,仿佛在睡梦中一般,目瞪口呆,望着那些仙人的去路,半晌作声不得。到后来,还是横革先说道:"既然神明白昼下降,阻公子北上,劝公子南行,我看决非妄语,其中必有原因,将来必有应验,不如遵奉的为是。"文命想了一想,亦以为然。

于是三人下了恒山,急急地向南而行。逾过太行山、嵩山、方城山,刚到桐柏山(现在河南桐柏县西二十里),忽然大风骤起,吹得人都不能站足。文命等三人,只好借了一个邮亭暂憩。哪知电光闪闪,雷声殷殷,霹雳之声,震动山谷,岩穴之中,被大风灌进去,都是呼呼怒号,十丈大树摇摆得几乎倒地。最奇怪的,风雷虽猛,却无大雨,而天地渐渐昏晦,在那昏晦之中,仿佛有几千百个妖怪,幢幢往来于邮亭之外,屡次要想扑进来,但是又终不扑进来。横革看见这种情形,颇为奇异,便问真窥道:"你看见外面有鬼怪么?"真窥道:"怎的不见!我起初还当是眼花,原来你亦看见了。"二人又问文命:"看见么?"文命道:"看见的。这种妖鬼,大可以不必理它。古人说得好:'见怪不怪,其怪自败。'若要怕它,或要怪它,那么它就要作怪了。"二人齐声道:"我们并不怕,只觉得它怪。"文命道:"快不要以它为怪了。"二人答应。忽然见一道红光,穿入昏雾之中,霎时间雷也止了,风也息了,天色也明亮了,鬼怪的影子亦倏忽不见了。二人大奇,忙问文命是什么缘故。文命道:"此中想必有个理由,不过无从揣测,只好以不解解之,说若有神助而已。"

当下三人逾过桐柏山,到了汉水流域,只听得道路纷纷传言,说道冀州东部,堤防溃决,又酿成大灾。文命知道父亲已经失败,悄然不乐,适值天又大雨,遂在旅舍之中,闷坐愁思。暗想,这个洪水,究竟如何才可以平治?恒山神叫我到南方来,南方广大之极,究竟在哪一处可以得到治水之方法?忽然外面有一个大汉,进来问道:"崇伯公子在此地么?"横革忙问:"你从何处来?找崇伯公子做什么?"那大汉道:"郁老师有书在此,叫我面交崇伯公子。"文命听见郁老师有信,喜不自胜,忙出外问道:"郁老师叫你送来的么?老师此刻在何处?身体健康否?"那人道:"郁老师在梁州,授给我这函书,限我今日到此地投递。老师身体甚健康。"说着,将书函取出,另有一小册书随带送上。文命接来,先看那书信,大致说"前者我允以书赠汝,今特饬来使送阅。此人姓之,名交,忠诚可任,希留之以为辅佐。汝大任将降,切宜努力,老夫静听汝之好音"等语。文命看了,细看那大汉,虬须虎眉,威风凛凛,确是一表人才,便问他道:"汝叫之交,是郁老师遣来辅佐我的么?"之交道:"是,愿供差遣,敬乞录用。"文命大喜。那真窥、横革二人,听说之交亦是郁华子遣来的,真是同门同志,因此非常投契。当下文命留了之交,便进内将郁老师所赠的书拿来一看,原来是黄帝的记载。遂细细看去,中间有几句说:"欲知治水之理,自有专书,其书在于九山东南天柱,号曰宛委,赤帝在阙,其岩之巅,承以文玉,覆以盘石,其书金简青玉为字,编以白银,皆篆其文。"文命看到这几句,非常欢喜,知道恒山神澄渭淳之言有验了,又知道郁老师在梁州,遂恭恭敬敬向着西方,再拜稽首,以谢指示之恩。

于是与真窥、横革、之交三人,商量到宛委山的路程,先到云梦大泽,再顺着江水,一路东行。这时文命求书心切,亦无暇赏玩风景,但觉洪水之害虽亦不小,比北方差好而已。过了敷浅原(现在江西庐山),渡过彭蠡大湖,再绕过黟山,渐渐已到长江下流,但见一片茫茫,全是大水。又乘舟行了多日,才到宛委山(现在浙江绍兴市东南三十里,即会稽山之一支,一名玉笥山)。文命与真窥三人徒步上山,只见那山上乱石兀突,有尖如笋,有圆如釜,有峻削如壁,有平衍如台,错落不一。各处遍寻,几于岩缝石隙统统搜到,足足搜了二十多日,终究寻不到。真窥等都诧异道:"老师的话,决不会欺诳的,究竟在何处呢?"横革道:"我想总在石中埋着,何妨来掘呢!"真窥道:"这许多山石,掘不胜掘,从何处掘起?"之交道:"或者是山神吝惜,有意隐蔽,不使我们寻到,亦未可知。我们何妨用些牲畜先祭祭他。"文命听了,亦以为然。于是四人重复下山,购到一匹纯白的马,择了一个吉日,再上山来,杀马以祭,并将它的血洒在山上,以表诚敬之意。哪知再寻了多日,依然了无消息,大家益发诧异,然而并不灰心。

一日,文命又到山巅搜寻了一会,不觉仰天而叹,心想:父亲此刻不知祸福如何,老师虽则有意提拔我、指示我,然而多日以来,竟寻不到,想来总是我缘悭命薄,不应该得到这种宝书,不应该建立这个大功,不应该扶助我父亲的失败了。有何心情再活于人世!想到此际,愈想愈郁,愈郁愈闷,心中仿佛一块大石压塞似的,于是恚然长啸一声,以舒其气。不知不觉,疲倦起来,就席地而坐,斜倚在一块圆如覆釜的岩石上略事休息。刚一合眼,忽见一个男子,穿着大红绣花的美丽衣服,迎面走来,对着自己作揖,说道:"高密君请了。"文命慌忙起身还礼,就问他是何人。那男子道:"某乃玄夷苍水使者,昨听见上帝叫高密君到此地来,所以某来恭候大驾。"文命便将求书之事,告诉了一遍。使者道:"高密君!你来的时候不对,手续又不合法,所以寻不到了。"文命便问:"怎样不对?怎样不合法?"使者道:"时候太早,不是此刻之事。手续上不应该如此之简单,不祭固然不可,仅仅杀一匹白马祭祭,亦未免草率。"一面说,一面亦倚在那岩石上,眼看他方。文命听了,自觉疏慢,慌忙稽首问道:"那么,手续究竟应该如何?"那使者回转脸来说道:"要想得我山神之书的人,应该先在黄帝岩岳之下,斋戒三月,等到庚子这日,再登山,将此岩石掘开,那么书才可得了。"文命听了大喜,正要再问他住在何处,哪知一转眼使者已经不见,徐徐醒来,乃是一梦。文命定了一定神,知道这梦必定有验,就和真窥等说知,一同下山。从第二日起,就在黄帝岩岳之下斋戒起来,凝神一志,向往黄帝。足足斋戒了三个月又五日,适值遇到庚子日,文命乃又备了丰盛的祭品,带了真窥等再上山来。祭过之后,文命当先,领了三人到山顶上,指着那圆如覆釜的一块岩石说道:"你们给我掘。"横革等两锹一锄同时下去,只见那岩石已豁然而开,并不费力,却如天生的石盖一般。揭开一看,只见里面端端正正地放着一个玉柜,约有三尺高,柜的左首,还放着一块赤珪,其色若日,柜的右首,又放着一块碧珪,其色若月。文命看了,先向石函再拜稽首,然后亲自将这个玉柜和赤碧二珪取出,放在岩石之上。禁不住先将玉柜打开一看,哪知里面共有十二册书,都是用黄金铸成,两旁又用白银镶边,书中文字果然都是用青玉篆成的。再看那赤碧二珪,长约一尺二寸,两个大小一样,拿来当镜子一照,光明无比。文命知道必是至宝,回过头来,哪知自己的目光竟大变过,岩石里面深到几千尺之下,都能够洞然明白地看见。文命又惊又喜,遂将二珪藏在身边,又叫三人将石函依旧盖好,然后捧了玉柜,回到下处,细细观看。原来山川脉络,条理分明,凡从前所怀疑而不能解决的,此刻都可以解决了;凡从前所游历察看而觉得模糊的,此刻全然彻底明白了,不禁欣慰之至。然而,因此蹉跎在宛委山下,勾留的日子不少,心里记念父亲,急急思归。在临行的时候,还向那宛委山拜了几拜,以谢玄夷苍水使者。

　　文命等于是依着旧路而行,哪知刚到黟山,忽然后面有人赶来,高叫"公子慢行",其快如风,顷刻已到面前。文命一看,乃是竖亥,不禁大惊,知道有点不妙,便问道:"汝何故在此?"竖亥道:"小人寻公子,寻得苦呢!"文命道:"你寻我做什么?我父亲好么?"竖亥听了,连连摇头,急忙从身上取出一函,递与文命。文命接来一看,原来是父亲的绝命书,一路看,一路泪落如麋,看完之后,已悲哽不能成声。便问竖亥道:"你动身之时,我父亲还在世么?"竖亥道:"还在世。"说着,又将隐遁海滨的话说了一遍。文命道:"我看,我父亲一定负责杀身,决不肯草间偷活的,这时恐怕早已去世了。"说罢又恸哭起来。过了一会,又问道:"这书函还是去岁写的,现在已一年了。"竖亥道:"小人不知道公子在何处,到处乱寻,先想公子或回到梁州去,所以到梁州,又到雍州,又到荆州,最后才跑到此。凑巧前途有人说,刚才有个耳有三漏的人从此路过去,小人料想必是公子,随后赶来,果然遇着,否则失之交臂,不知道更要费多少转折了。"文命道:"此刻我想到东海滨去寻父亲,但是究在何处,生死存亡,亦不得而知,寻起来也非常为难。我看索性劳你的步,先去访求,我随后就来,总在泰山上会齐。如果寻得到,我父子都感激你的。"竖亥道:"公子言重,小人受崇伯厚恩,虽死不辞,况且又是应尽之义务么,小人就去。"说罢,就如飞而去。这里文命和真窥等亦立即上道,由长江口径趋泰山,不走桐柏山。文命一路忧惶苦楚,记念父亲。渐渐到了沛泽相近,只见两个善走的人迎面而来,一个是竖亥,一个是大章。文命忙问:"我父亲怎样?"二人不及开言,先号啕大哭起来,说道:"主公没了。"文命一面哭,一面问怎样怎样,大章便将一切经过细细说了。文命呼天抢地,恸哭了一番。既而一想,徒哭无益,我总要遵我父亲的遗嘱,平治这水土才是。又想到母亲临终时,曾经虑到这一日,叫我要干蛊,现在这个责任竟降到我身上来了,我将如何呢?虽则有了金简玉篆之书,但是只说明一个理,一个法,至于实行起来,那种困难真不知道有千千万万!万一旷日持久,又将如何呢?万一再不能成功,那么怎样?想到此际,忧闷欲绝。

　　文命到了旅舍之中,更换素服,又是悲哀,又是愁闷。哪知夜间又做其一梦,梦见在一处茫茫大水的旁边,自己赤着身子,跳到水中去洗浴;先用手掬了些水,痛饮一阵;后来正在游泳揩抹的时候,忽见东方一轮红日,从波心直涌出来,哧哧有声,顿觉水光潋滟,如万道金蛇,闪烁人目;一轮红日,已升上去,那波中仿佛还有一轮红日,在那里浮沉,作上升之势;回看自己,赤身露体,无处不照着日光；忽而那轮红日，陡如弹丸一般，向着自己打来，不觉一吓而醒。醒了之后，自己解释道：红日，是天子之象。红日从水中涌起，直照到我身上来，莫非天子将加我以任命，叫我去治水么？上面一轮红日，波心还有一轮红日，或者是现在的臣子、将来的天子在下面举荐我，亦未可知，且看吧。

次日，文命刚与大章等闲谈，只见横革和一个人走进来，仔细一看，原来是国哀。文命忙问他来的原因，国哀道："小人自从那年在华山拜别之后，过了一年就辞职，想来投奔公子，哪知生病了。病愈之后，跑到冀州，又跑到兖州，到处寻公子，总不知下落。后来听说崇伯在羽山去世，我想公子或者必到羽山，所以总在此处留心。今日遇到横革，知道公子果然在此。现在听说，朝廷正在访求公子，将加以大用呢，公子到帝都去不去？"文命道："这话真么？"国哀道："千真万真！朝廷因访求公子不到，听说已饬下各路诸侯，一齐访求呢。小人前月经过莘国（现在山东曹县北），那边是公子的母家，朝廷恐怕公子在母家，早来寻过了，那边无人不知。公子何妨径到帝都去呢！"文命听了，沉吟一会。原来文命初意，原想到羽山省墓；因为有黄熊的故事，殊觉尴尬，非常踌躇。现在听见说天子访求他，他就决定主意，以干蛊为先，以省墓为后。当下遂向国哀道："既然朝廷如此找我，我就到帝都去。"大章听了，非常怀疑，就问道："崇伯这次虽说自尽，但亦可算是被朝廷逼死的；况且老祝融宝刀已携来了，即使崇伯不自尽，亦必为朝廷所杀。这是杀父的仇人，不共戴天，公子何以还要去做他的臣子，北面事之？"文命听了，且哭且说道："朝廷所施的是公法，不是私怨。私怨宜报仇，公法不宜计较；况且先父遗命，但叫继续治水，并不说仇不仇；所以我只要赶快将水治好，就对得起先父了。"大章听了有理，亦不再说。当下文命率领大章等六人，急急向北而行。路上诸侯知道了，果然都来招呼，有馈食物的，有送赆仪的，文命一概辞谢不受。

一日，绕过泰山，到了巫山相近（现在山东茌平区境），只见一个黑面虬髯的大汉，装束威猛，迎上前来问道："君侯是高密公子么？"文命应道："是。足下何人？有何见教？"那大汉道："敝主人有请，饬某来奉迓。"文命道："贵主人何人？召某何事？"那大汉道："见面后自知，毋庸预言，请即随某来。"说罢，又连声催促。文命满腹狐疑，但察其意不恶，只得跟了他走，横革等亦紧紧相随。转过一个山峰，只觉得气候渐渐换过了，刚才是冬令，黄茅红叶，景象萧条，此刻则桃红柳绿，芳草如茵，居然是暮春天气。大家正是不解，又走了许久，但觉琪花瑶草，纷披满山；异兽珍禽，飞行载路；说不尽的美景奇观。大章和竖亥道："这青、兖二州之路，我可说没有一处不跑到，原来还有这么一个所在，我竟不知道，真是惭愧。"竖亥道："是呀！我到过的地方亦不算少，这个所在却从来没有遇到过，真是奇怪！"不提大章等闲谈，且说文命一路走，一路向前看，只见前面山上，仿佛有极高大华美的宫殿，掩映参差，正不知里面住的是什么人，有这样奢侈，他的福气比天子还高万万倍呢！正在思想，忽见前面又来一个大汉，青面紫髯，貌极可怖，装束亦是戎服。见了黑面大汉，便问道："来了么？夫人等久了。"黑汉应道："来了来了。"文命至此，诧异之极，禁不得立住足，再问道："究竟贵主人是何人？召某何事？"那黑汉道："此地已到了，说说不妨。敝主人是西王母娘娘的第二十三位女公子，道号云华夫人，刚才游历东海，路过此间，叫某来奉请。至于何事商量，某却不知。"文命听了，暗想今朝遇仙了，遂又问道："二位贵姓大名？"黑面的道："某叫乌木田。"青面的道："某叫大翳，都是夫人的侍卫。"说罢，再催文命就走。将近殿门，只见四只狮子蹲在那里，见有生人走近,便抖擞起立,摇头摆尾,口中发出怒声,其响如雷。文命虽不害怕,大章等都有些股栗。大羿上前,向狮子叱了一声,四狮顿然俯首、帖耳、戢尾。走入门中,只见有八个大人,浑身金甲,高与檐齐,个个手执武器,对对而立,看见文命到来,一齐向文命行个军礼,随即止住真窥等道:"请诸位都在此少待,让高密公子一人进去吧。"国哀性最急,便不舒服道:"某等皆有护卫公子之职,公子是某等主人,怎么不许我们随着呢?"大羿忙过来安慰道:"敝主人单请公子,未曾说老兄等可以随入,还请老兄等在此坐坐吧。"文命听说,亦吩咐国哀等,且不必跟随。就问乌木田道:"这八位伟人,是何等人?"乌木田道:"都是灵官,是外面守卫的职员。"说时,已过了大门,但见里面一片大广场,当中一座玉琢的大桥,桥的两面,都是大池,池的四面栏杆,都以文石琢成,镶以黄金碧玉,一条大黑蛇蜿蜒曲折,蟠在栏杆柱上,足有几丈长。文命问道:"这蛇是夫人所养的么?"大羿道:"这是毒龙,不是蛇,是夫人所养的。"又行了许久,才到正殿,那楹柱梁木窗棂等等,究竟是什么材料,实在辨认不出,但觉华丽无伦,精光夺目而已。殿基高约三丈余,广约十三间,拾级而登,阶上阶下,站立数十百个高大的人,个个赳赳桓桓,手执兵器,戎装耀目,面貌亦人人不同,有黄,有蓝,有紫,有白,而以威猛者为多。文命略看一周,只见一个黄面大汉走来,说道:"夫人有命,高密公子到了,暂请殿上小憩,夫人随即就来。"大羿答应,就请文命入正殿。

第八十七回

云华夫人授禹敕召鬼神之书,并遣天将为助

禹入都就职伯益、水平佐禹　帝尧郊祭,神响发座上

且说文命走入正殿,仰面一看,只见那结构的庄严、伟大、崇高,正不可以言喻,忽听得一片音乐之声,旋闻异香扑鼻。大翳就说道:"夫人来矣。"旋即退出。文命亦转身向殿外一望,只见一辆七宝装成的银轩,轩前四马曳着,那马足与车轮都是凌空腾跃旋转,并不着地,却甚迅疾,转瞬已到殿前停下。车旁分立四男四女,男左女右,当前的男女年纪较大,后面三男三女,年纪似乎依次而小。车中端坐一位绝色的美人,年纪似不过二十余岁,紫凤之冠,红霞之帔,青云之裙,旁边站着无数美女,有的执扇,有的捧巾,有的提香盒,有的奏乐器,大约有十多个。最奇怪的,银轩面积并不甚大,而这许多人聚在一起,亦不拥挤。停下之后,车中诸侍女陆续而下,最后夫人才降舆,两阶的侍卫见了,齐行敬礼,夫人亦点首答礼,诸侍女簇拥夫人上阶。到得殿门口,文命慌忙迎了出来,有一个侍女说道:"高密公子请进,夫人相见。"

那时夫人已入殿门,文命回身北面,要想行拜见礼,夫人止住,一定不肯,行了宾主之礼,分东西坐下。夫人开言道:"适从东海归来,知道公子将要入都,就治水之职,所以奉屈到此,商酌治水方

法,不知一切计划公子此刻都已预备好了没有?"文命听说是商酌治水之事,心下大喜,就说道:"某于治水方法,略略研究一二;刚才在宛委山,得到黄帝金简玉字之书,于水脉地理,说得非常详细;某拟照此施治,有疑惑不明之处,再用赤珪、碧珪一照,或者可以明白,不知此法对不对?还请夫人赐教。"夫人笑道:"理是对的,法亦合的,但是洪水数十年,民生困苦极矣,九州之大,四海之广,照公子这样施治起来,要几年才可以救平,公子计算过么?"文命听了,默然半晌,才说道:"恐怕非四五十年不办呢!单是几座大山,凿它开来,工程已不小呢!"夫人道:"是呀!不但万民遭难数十年,急宜予以休息,就是圣天子忧危勤劳到如此,亦应该使他亲见大功之成,看到太平景象,方足以慰其心。再过四五十年,人寿几何,不嫌太迟了么!况且公子所虑的,还只有工程浩大四个字;其实工程之外,艰难险阻,还有不少;四五十年,恐怕还不能成功呢!"文命不解,便问道:"工程之外,还有什么艰难险阻之事?"夫人道:"洪荒开辟到现在,时候还不能说是长久,山精水魅,川妖木怪,到处都有潜藏。加以近几十年来,洪水泛滥,阴气太盛,尤其潜滋暗长,不可究诘,这是人力不能够抵御的。即使想出方法,费去时间已不少,何况有些方法竟无可想呢!"文命道:"那么还求夫人大发慈悲,予以援助。"夫人道:"是呀!唯其如此,所以今朝要奉屈了。数十年前,圣天子为有水患,特遣大司农到昆仑恳求家母。家母那时因天意难回,灾情未甚,只能辞谢;但是曾经答应,一有机会便来援助。如今已到剥极而复、否极而泰的机会了,所以今日奉屈,亦是禀承家母的意旨,予公子以援助的方法。第一是人,妾此处有许多侍卫,可以令其随侍帮忙;第二是术,如有这几个侍卫还不能为力的时候,可以号召天神地祇,随时前来效力,再不然,就是叫妾或家母来相助亦可;这就是援助的方法了。"文命听了这话,欣喜之至，慌忙再拜稽首致谢。

夫人便叫侍女，去宣召童律、大翳、繇余、狂章、黄魔、乌木田、庚辰七人上殿。须臾，俱各上殿，向夫人行礼。夫人吩咐道："如今下界洪水为灾，民生涂炭，天帝命神禹转生救世，不日就要受任施功，深恐有诸多障碍，从旁为梗，特饬尔等追随相助，总期于八年之中，将天下治平，尔等其各奋勇将事，毋得懈忽。"七人听了，鞠躬受令，又齐向文命鞠躬行礼，说道："介胄在身，不能跪拜，请原谅。"文命慌忙答礼。七人就走过来，立在文命后面。夫人又敕侍女道："将我那搁在窗前的几部宝箓拿了来。"侍女答应，转向后殿而去，其行如电，一瞥不见，忽而手捧宝箓，姗姗已到殿前。夫人吩咐，放在公子面前。夫人指着两大部向文命道："这是《上清宝文》，其中都是真言符箓，一部召天神，一部召地祇；学习娴熟了，可以策召鬼神；有要事时，不妨随意命令之。"又指着一部小的道："这是理水的三个政策，可以作为参考。"文命又再拜稽首致谢。这时侍女将宝箓放在文命面前，刚要转身，不期一阵风来，将她所拖的长裙飘带吹到文命席上；文命刚刚拜手下去，却好将飘带揿住；侍女不留心，旋转身要走，却已牵住；一揿一扯，不知不觉，裙带的活结顿然抽散，裙带一松，一条长裙几乎都要卸下来！那侍女羞得满面绯红，急忙捏着长裙，转到殿后，自去结束。文命起初出于不觉，后来知道了，非常之抱歉。只有夫人点头叹道："此乃天缘也！"文命听了，亦莫名其妙，不知道天缘二字作何解，指何事，亦不好问。

过了片时，夫人又问文命道："公子施工时，器具一切亦不可不加以改良。神农之时，以石为兵，非常拙劣。蚩尤、黄帝之时，渐渐用铜，现在铜器已通行于天下，但是铜的性质太脆，拿它来开山凿石，恐怕容易折断，用力多，成功少。依鄙意看起来，矿物之中，还有一种物质可用。这种物质自古未经发明,但是它的坚刚,远在铜之上,而且比铜重得多;若用它锻炼起来,制成器具,锐而且利,胜过铜器万倍。这种物质,姑且替它取一个名字,叫作铁。公子得到赤碧二珪,目光可以下瞩九泉,且随时留意吧。即使治水之初,一时还寻不到,将来总是大大有利于万世百姓的。"说罢,就将铁的颜色、质料、产地、取法、炼法,统统告诉了文命。文命谨记在心。夫人道:"今日烦劳公子了,商量之事已毕,改日再谈。"说罢,站了起来。文命亦慌忙起来告辞。夫人送至阶下,自乘天马银䡰飙驰而去,其余侍卫侍女亦相随而行,顷刻不知所往,只有乌木田、大翳等七个侍卫,随着自己不去。文命细看七人,都是全身甲胄,威风凛凛,手中各执着武器,内中有一个兼捧着夫人所赠的宝箓。文命一一问他们姓名,方才个个认识。走到殿门,横革等一齐迎上,说道:"公子去了许久,我们真等得不耐烦了。"八大灵官向文命道:"公子出去,我们亦归去护卫夫人了。"又向童律等说声"再会",纵身上升,倏无踪迹。文命等一行十四人走出殿门,再数步,回头一看,只见殿门及里面崇宏巍焕的宫宇已不知所在。又走了数步,所有琪花瑶草、珍禽奇兽亦一概不见,但见黄茅红叶,萧条景象而已。文命大为诧异,便问庚辰等是什么缘故。庚辰道:"这是仙家的妙用,所谓缩地之法是也。夫人宫殿,本在梁、荆二州交界处之巫山(现在四川巫山县),因为欲与公子相见,所以用缩地法,将公子迎到那边去。现在既经见过,又用缩地法将公子送来,所以一切气候生物,都大不相同了。"文命及真窥等听了,无不咄咄称奇。文命又问庚辰道:"刚才夫人车旁,四男四女,是什么人?"庚辰道:"这是八卦之神,总名八威。两个老男老女,是乾、坤二卦,其余是震、巽、坎、离、艮、兑也。"文命道:"夫人在上界,管理何事,有这样的威赫?"庚辰道:"夫人姊妹甚多,各有职司。夫人是专管昆仑以东,一直到海,其间人民祸福种种之事。"文命听了,不禁顶礼感戴。

这日,回到旅舍,文命就将夫人所赠的治水三策先打开一看,觉得句句实在,条条可行,真是千古不易之定法。看完之后,又将两部宝箓打开细看,只见上面所载,都是些咒语、真言以及各种符箓形状,又将风雨雷电、山川海泽种种神祇之名,无不详载于上。如召某神,则宜用某种符箓或某种真言,无不详详细细,逐处载明。文命本是个聪明绝顶之人,从此日间行路,夜间披阅宝箓,默默地记忆,切切习练,一月之后,居然能够号召百灵,驱遣百物了。所以后世给文命上一个徽号,叫作神禹,就是这个缘故,闲话不提。

且说一日,文命到了太原,知道舜已授职太尉,总掌一切,便先来见舜。舜见了大喜,就问道:"高密!你一向在何处?累得我们好寻。现在天子已有命令,叫你继续尊大人之事业,你须好好将事。"文命道:"某衰绖在身,出来担任国事,于礼不合。"舜道:"礼有经有权,讲到经,你自然应该守丧终制;讲到权,你应该墨绖就职。洪水泛滥,万民昏垫,天子忧危,尊大人且以死殉之。为万民计,为天子计,为尊大人展未竟之志计,都应该从权就职,哪里可以守此居丧之小节呢!"文命听了,涕泣不语。舜便问他别后情形,文命将经过事实,从头至尾述了一遍。舜拱手道:"那么大功之成也必矣。功盖九州,泽遍兆民,名垂万古,可贺可贺!"两人正在谈天,忽报羲仲等四岳来了。舜迎入坐下,又介绍与文命相见。四岳便问文命道:"洪水泛滥数十载,某等初举孔壬,继举尊大人,但是终究无功。现在太尉举足下,嗣尊大人之绩,不知肯担负这重任否?"文命道:"承太尉荐举,小子敢不黾勉,以继续先父之志,惟天子委任而已。"四岳听了,就问舜:"明日出奏否?"舜道:"这个当然出奏。"又谈了一会,大家散去。

次日,太尉舜入朝,就将文命已到之语,奏知帝尧。帝尧即命传见。须臾,文命上殿朝见。帝尧看他,身长九尺九寸,相貌堂堂,非常满意,就问道:"汝父治水九年,终于败绩。现在太尉、四岳举汝嗣汝父之业,汝自问能胜任么?"文命道:"臣不敢说胜任。不过自幼时,臣父已教臣水利之学;臣父临终,亦有遗书,教臣干蛊;臣甚愿奔走效死,以盖前人之愆。"说着,哭了出来。帝尧问道:"汝之治水,计将安出?"文命道:"臣的主张,治水须顺水的性,水性就下,导之入海,自然无事了。所以大要是两句,叫作'高者凿而通之,卑者疏而宣之',如此而已。"帝尧道:"巍巍高山,茫茫大地,如何凿?如何疏?人力足用么?即使足用,旷日持久,民生何以堪!国家的财力何以堪!汝其再思之。"文命道:"臣操此主张,从前与臣父谈过,臣父亦虑到此,想求速效,所以不用臣策。臣亦虑到此,数年来奔走江海,访求方术,幸赖万民洪福,天子盛德,访求到了,所以此法决计可用,不致旷日持久。"说罢,就将一切经历,细细说了一遍。在廷之人听了,无不称奇。帝尧知道是西王母之言验了,大功可成,不禁大喜,就回头向大司农道:"不枉汝前番那一次的辛苦。"说着,又向文命道:"云华夫人给汝的几个侍卫,汝都同来么?朕愿一见。"文命答应,急忙退下,饬人前去宣召。须臾到了,个个戎装,手执兵器。文命吩咐,一个一个朝见,自己报名,七人答应。第一个,面如重枣,白面长须,手执长枪,到殿上向帝尧一鞠躬,口中说道:"陪臣童律谒见。"说罢,再一鞠躬,退立一边。第二个,黑面虬须,手执双铜,到殿上向帝尧一鞠躬,口称:"陪臣乌木田谒见。"说罢,亦再一鞠躬,退立一边。第三个,披发垂肩,束以铜箍,扁脸短须,身长不过八尺,手执黑棒,上来行礼,口称:"陪臣狂章谒见。"亦退立一边。第四个,身长丈余,道貌古野,短髭大目,胫束铜铛,傍镂青花,手绰双剑,莹精耀目,上殿行礼,口称:

"陪臣繇余谒见。"亦退立一边。第五个,青脸紫髯,身躯伟大,手执大刀,照前上殿行礼,口称:"陪臣大翳谒见。"亦退立一边。第六个,黄面环眼,须髯如猬,手执双锤,口称:"陪臣黄魔谒见。"礼毕,亦退立一边。第七个,面如满月,束发金冠,唇红齿白,颇有秀气,身材亦不过一丈,手执大戟,上前行礼,口称:"陪臣庚辰谒见。"礼毕,亦退立一旁。帝尧一看,个个威武出色,暗想,真不愧上界天将,于是竭力慰劳一番,命其退出。帝尧又向文命道:"朕今即命汝以崇伯之职,前往治水,汝其钦哉!"文命再拜稽首受命。帝尧道:"现在已经岁暮,朕将郊祭,汝俟朕郊祭之后,再动身吧。一切设备,可先与太尉及大司农等接洽商酌。在朝之臣,察其可以襄助者,尽数奏调任用,朕当照准。"文命亦稽首称谢。退朝之后,帝尧自向宫中斋戒,预备郊祭,不提。

且说文命回到旅舍,早有大小臣工前来拜访,文命亦各处答拜。太尉舜又向文命称赞八恺之贤,并说可以襄佐治水之事。文命与八恺同是颛顼帝之后,本来是一家,不过辈行小得很,遂先去一一拜见。一日,到皋陶家来答拜,皋陶适值外出,文命即欲转身,哪知他家里的从人上前留住,说道:"家主人虽不在家,幼主人却在里面,向来家主人的客,幼主人亦代见的。"文命一想,不好推辞,只得进去。哪知迎出来的幼主人,竟尚在孩提,虽则揖让进退,中度合节,但是稚弱不胜,颇觉可怜。坐定之后,文命便问:"世兄几岁了?"那孩提答道:"小子四岁。"文命一听,稀奇之至,又问他名字。那孩提道:"贱名是损益之益。"文命道:"一向在家里读书么?"益道:"前两年都是家父于公余之暇,亲自课授。近岁从火正老祝融,学了几个月的火政。"文命道:"世兄自己欢喜学习火政,还是尊大人的意思?"益道:"小子自己喜学。小子的意思,火政非常重要,不但民生日用所必需,而且于时令上亦很有关系,就是治水,亦恐怕非此不可,所以愿学。"文命听了,觉得他竟是个神童,于是又将种种学问考查他,哪知益都能对答如流,文命不胜钦佩。后来皋陶回来了,三人对谈,直谈到日色平西,方才归去。

一日,文命去访大司农。大司农延见,谈起治水人才,大司农道:"某有一个庶子,看到这洪水之害,颇有救济万民之心。他常说:'自问没有奇异之才,但愿能跟一个圣人,出力奔走,务要将这个水患治平。'因此他自己取了一个名字,就叫作水平。崇伯可否怜其愚诚,带在身边,作些琐事,以成其志?老夫不敢荐举私亲,尚乞裁察。"文命道:"有志者事竟成,这是古来的名言。世兄既抱如此之宏愿,必有异能,何妨请来先谈谈呢。"大司农便饬人将水平召来。文命一看,年纪不过成童,但是英气勃勃,活泼果毅,似乎有用之才,便向他问了好些话,那水平对答得非常之有条理。文命大喜,就向大司农道:"世兄英俊不凡,某定当借重。俟出都之日,再来敦请同行。"于是又谈了一会别去。文命路上暗想:天下从此要治平了。益的聪敏,固然世所稀有;就是水平,亦岂寻常!英才乃在儿童,这是何等可喜之事!闲话不提。

且说这一日,是帝尧郊天之期,所有大小臣工,除文命有丧服、不预吉礼外,其余一概都到祭所,各有职司。丑正初刻,帝尧即起,沐浴盥洗。到祭所时,刚刚寅初,大小百工都已到齐。这郊天祭所系在南门之外,平地筑起丘陵,约有十丈多高,广约十亩,四边作圆形,名叫圜丘。圜丘北面,用石造成阶级,约有数百级,级的北面,相离五丈,正对有一座平坛,名字叫作柴坛,高约三丈,上面满堆着木柴及各种引火之物。圜丘当中,有大殿一所,广十三间;正中一间的居中,设着神座;座的下方,列着鼎俎,旁边分列着无数祭品,如笾豆、铏镂、锜釜、筐筥之属;旁边及殿外,则满布乐器,钟磬、柷敔、竽笆、笙簧之类,不可胜数。这些乐人、乐律、乐歌、乐章,都是大乐正质所教导、经营、掌管、布置的。帝尧初献,太尉亚献,大司农终献,大司徒、羲仲、羲叔、和仲、和叔以及八元、八恺等,或司爵,或司帛,或读祝,或赞礼,各依次就列。四边庭燎高烧,光明如昼。到得寅没卯初,帝尧穿着那冰蚕茧丝所织成的黼黻,步行出殿,由赞礼者引导,先到省牲之处去,迎接那祀天所用之牲。那牲是一只小牛,其角之大,不过如茧如栗,亦可以想见其小了。迎牲入门,安在俎上,一时钟声一振,殿中殿外,乐声大作,接连就是初献爵。帝尧上去,将爵双手一捧,供在神座当中,随即退就原位。爵中所盛,并非旨酒,不过清水而已。初献之后,乐暂止,太尉亚献爵,乐声又作。接着大司农三献,乐声又作。三献既毕,乐声乃止,大司徒在旁,高声朗诵祝文,帝尧再俯伏下去,连连稽首,若有所祈祷。原来帝尧所祈祷的心事,不过禅位于舜和叫文命治水两事而已。正在祈祷之时,忽然当中神座上发出一种声响,继而又像有人高声地向帝尧说道:"放勋!现在洪水为害,已达极点,汝赶快可以去救治了。"这时殿中群臣乃至乐工等无不听见,大家不禁震动,都暗想道:"神明果然来歆飨了,祭祀真不可以不诚呢!"帝尧祈祷过,乐声又作。帝尧召了大乐正质来,问道:"现在祭祀中途,神语见诲,朕拟立刻作一个歌曲,播之管弦,来得及么?"大乐正质道:"来得及,不过祭的时间稍稍延长一点罢了。"帝尧乃随即作了一个歌曲,名字叫作《神人畅》,其词曰:

  清庙穆兮承余宗,百僚肃兮于寝堂,醊畤进福求年丰,有响在座敕予为害在玄中,钦哉昊天德不隆,承命任禹写中宫。

  歌罢,大乐正质亲自按谱,指挥工人奏了一阕乐,随即送神。那对面泰坛之上,烈焰冲天,木柴都烧起来了。礼毕各退,时已黎明,君臣纷纷归去。

第八十八回

舜受终于文祖,赤凤来仪　在璇玑玉衡以齐七政
务成昭戒舜　禹治水之计划
禹乘四载　禹治碣石,召东海神阿明

　　郊天之事既毕,转瞬年终岁首,这日已是帝尧在位七十载的正月初一。太尉舜因为将实行他摄政的任务,所以于上午时,率领群臣百官到五府中来。那五府亦叫衢室,是帝尧即位初年造在平阳的。后来因水灾迁到太原,因为典制所在,不可缺废,仍旧照样造一个。照五行之德算起来,帝尧是以火德王天下,所以他受命的始祖,是赤帝文祖。因此,舜这次径到文祖之前来祝告,表明摄位之意,亦叫作受终。受终的意思,是表明帝尧政治上的责任至此而终,以后责任由舜承受,以分界限。哪知舜正在行礼的时候,天空忽见一只赤色的凤凰,自南方翱翔而来,栖息在五府外面的梧桐树上,引颈长鸣,直待舜行礼既毕,走出文祖之门,方才展翅向南方而去。这时万民瞻仰,都颂扬太尉舜,说是他的盛德所感召,闲话不提。且说太尉舜受终文祖之后,刚出庙门,忽有从人递上一封书函,说道:"刚才有人送来的。"舜诧异之至,以为是个要事,慌忙打开一看,只见上面并无别话,只有六句,叫作:

　　　　避天下之逆,从天下之顺,天下不足取也。避天下之顺,从天下之逆,天下不足失也。

六句之下,署名是"务成昭"三个字。舜暗想,这六句话分明是我老师的口气,但是我老师的名字,是跗,不是昭,这个务成昭是哪个呢?既而一想,或者是老师的化名,亦未可知。老师游戏韬晦,往往有这种方法,不然,哪个待我如此关切,来教导我呢!想到此处,也不再深求,藏好书函,即便登车,回到朝中,开始与群臣讨论国家大政。那提议的大纲,共分三部,第一部是天,第二部是地,第三部是人。天的一部,就是日月五星七种的运行有无差忒,这一部向来是归羲和兄弟执掌。太尉舜幼时,从务成子学习数学、测量,又从尹寿肆业天象,又是农夫出身,平时露宿,披星戴月惯了,所以于天文之学非常擅长。摄政之初,为敬天顺时起见,当然以这七种政治为先。但是这七种的运动,齐与不齐,非用仪器实验不可,一时无从空谈,所以约了羲和兄弟,定期到那天文台上去,考察那璇玑玉衡,这天文一部就此议决了。地的一部,最紧要的就是治水。当下文命就将他预先草就的议案和方法一概呈上,请太尉和其他群臣共同商酌。太尉舜接来一看,只见他上面开着,共分三款:

第一款 施治之次第,就其轻重缓急分为六段:第一段,冀州全部,及雍州、豫州、兖州之一部。冀州不但帝都所在,理宜从先,而且受灾最久,受患最深,非尽先施治不可。第二段,兖州及青州全部。因为青州濒海,地势卑下,水患亦甚。第三段,徐州全部及豫州一部。长淮泛滥,患历多年,所以施治亦宜从速。第四段,扬州、荆州、梁州全部。长江千里,外通东海,地亦卑下,其西梁州,就地势上看起来,似乎另为一区,但近来考察地形,已多更变,故宜一并施治。第五段,九州边境。第六段,外国。王者无外,普天之下,一视同仁,故中国治平之后,海外诸国亦宜周历考察,相机施治。

第二款 施治之方法：第一项，是宣传劝导。水患既深，灾区亦广，工程尤大，非多集人夫不可。深恐小民无知，或有误会，或不肯努力，所以在未施治之前，每段宜先派遣贤员前往，会同当地诸侯，剀切向百姓说明，庶施功之际可以顺手。第二项，是征集人夫，以就地征集为原则，必不得已，得募之异地。凡年在二十五岁以上、五十以下之男子，皆可征集。其征集之法，另定之。第三项，是明定抚恤。工程艰巨，祸患不测，设有积劳病故者，或猝遭危险之人，应赡养其终身，或抚养其家属，使之温饱，方足以资鼓励而昭激劝。第四项，是预算经费。耒凿、畚锸、刀斧、绳索以及车舆、器用，皆须经费备办。工程既大，费用必巨，再加夫役众多，人民对于国家，固应有力役之义务，既然用其力，必使之弃其本业，一家赡养，费从何出？且彼既服务公家，彼自己一身之衣食，势必由公家给与，断不能再令自费。以人夫百万计，每月应给几何，此须视察国库之财力如何，再定标准。

第三款 施治之期限：第一段期以三年，因为工程最大。第二、第三两段，平地较多，施治较易，各期以一年。第四段范围广阔，期以二年。第五、第六两段，范围尤广，然工程似不甚费，共期以三年。总计十年之中，使水土悉数平治。

议案方法之后，又附以细图一纸，系详述第一段施工情形。大致大山之须凿通者有三，小山不计；大川之须掘成者有三，小川不计；总干之须开掘者，长逾千里，深广未定。舜看完之后，就递与群臣传观，一面向文命道："擘画得很不错，只有经费一层，须与大司农细商，其余均由汝自定罢了。"文命道："前日天子面允奏调人员，现在某拟请伯奋、仲戡、叔献、季仲、叔豹、季狸六位，先往各处，担任宣传劝导之事；又拟请隤敳及伯虎、仲熊、朱、罴五位，担任驱除猛兽之事；又拟请垂、殳、斨、伯与几位，担任一切制造器具之事；又拟请苍舒、大临、梼戭、尨降、庭坚、仲容、叔达各位，担任各处监督指挥工人之事；某一人则往来各处，随时商量进行，未知可否？未知诸位肯襄助否？"太尉道："这个没有不可，不过某的意思，大司农亦须偕行。一则经费之事处处可与大司农筹划，省得文书往返，迁延时日；二则一面治水，一面即须建设。洪水数十年，民鲜盖藏久矣，一面治水，水退之后，就教百姓种艺，比较便捷了。"众人皆道："极是极是。"太尉又道："刚才崇伯历举群贤，各当其才，但是我还要荐举一个人，这个人年齿虽稚，却是奇才。"众人忙问何人。太尉道："士师皋陶的世兄伯益。"皋陶听了，忙辞道："乳臭未干，哪里可以做事呢！"太尉道："但看他的才不才，不管他年龄的长与幼，士师何必客气呢！"文命道："伯益这人，某已见过，确系不凡，自当任用。"说罢，又提起大司农之子水平如何英果。太尉道："那么正好一并前去，跟随效力。不过二人年龄既幼，最好就在汝身畔，参赞擘画，不要独当一面，就是了。"文命亦应道是。羲仲兄弟齐声道："某等还要荐举一人，就是大司徒的世兄昭明，此人长于算学，崇伯此番治水，测量高卑，计算道里，大概非算学不可，此人可以胜任。"文命道："那么好极了。"当下又讨论了一会，时已过午，第三部人的政治不及再议，即便退朝。

　　文命回到寓处，午餐过了，又约了八元、八恺、伯益、水平、大司农、昭明、朱、羆、垂、殳、斨、伯与及七员天将等三十余人，聚集商酌。文命的意思，第一段冀州、兖州之地，再分三节施治。第一节在沇州，其地尽属平原，掘地之工程最多，先遣叔豹、季狸二人前去宣传劝导，募集人夫，大临、叔达二人担任监工指导，黄魔、大翳二将防御危险，朱、羆二人驱除禽兽。第二节在冀州、豫州之间，其地势，山岳与平原参半，工程较难，遣叔献、季仲二人前往宣传劝导，募集人夫,尨降、庭坚二人担任监工指导,童律、狂章二将防御危险,伯虎、仲熊驱除禽兽。第三节冀州、雍州之间,纯系山岳,平原绝少,工程浩大,遣伯奋、仲戡二人前往宣传劝导,募集人夫,苍舒、梼戬二人担任监工指导,繇余、乌木田二将防御危险,隤敳、仲容二人驱除禽兽。大章、竖亥二人,奔走通信。文命自己,带了横革、真窥、之交、国哀、昭明、水平、伯益、庚辰等,往来巡视教导。大司农则在后方,筹划经费,劝教稼穑。垂与殳、斨、伯舆则在后方,尽力地制造器具。职司分布既毕,仲戡起身说道:"宣传劝导,某等极应努力,但是征集人夫,每节需用若干,须有一个标准。"文命道:"大概全部需用六十万人,每节二十万,标准如此。至于或多或少,且再就各地情形,斟酌定夺。"说毕,回头向垂道:"人数标准,既然如此,那么各人所用的器具,亦以此为标准,请老先生派人赶快制备吧。"垂应道是。文命又道:"陆行乘车,水行乘舟,车舟二种,随处可以征集借用。至于山行,不可不特造一种器具,以便上下。水退之后,一片涂泥,行走颇难,亦不可不特制一种,以便应用。某今拟有两种式样在此,请为制备。"说着,将图样取出,交付与垂。垂接来一看,只见上面绘着两种物件:一种是屦形,底下前后有齿,齿长约半寸,旁边有字注云:"上山去前齿,下山去后齿,其名曰梮。"一种是箕形,其底坦平,前有数孔,贯之以索,旁边亦有字注云:"使牛马牵挽而前,利用滑力,以资进行,其名曰樏。"文命指着图问垂道:"这两件都是某一人之理想,不知道可以制造么?"垂道:"理想为事实之母。既然有这个理想,必可以成事实,有什么不可造呢!"于是大家再讨论分路出发的日期,大司农道:"民生倒悬久矣,愈早愈妙。宣传劝导的几位,应最先出发,到得人夫征集齐全,有些器具大约亦可以制备齐了。"众人都道:"极是极是。"散会之后,次日,伯奋、仲戡、叔献、季仲、叔豹、季狸六人先分头向各人指定的地段而去。过了两日,诸人陆续起身。

　　文命带了横革、真窥、之交、国哀、大章、竖亥、伯益、水平、昭明、庚辰等,径往兖州而来。到得青、兖二州交界之地,只见一片汪洋,尽是泽国,远连东海。那时,叔豹、季狸早已有数千人夫召集了。文命便命驾舟,齐向东海滨一带察看。只见从北到南,山峰连接不断,界住内湖与外海,仿佛生了一条门槛似的,而山峰之中,一块大石兀立于前,原来就是碣石山了。(查古书旧说,碣石山在现在河北昌黎县西北二十里;又说在临榆县南海中;又说此山绵跨抚宁、昌黎、卢龙、滦县四县之界。清代阳信刘世伟驳之曰:"禹之治水,行所无事。齐地污下濒海,以禹之智,不导河从此入海,而反转绕千里之外,乃自昌黎入海耶?况昌黎地形高,尤与事理不合。"这两句话,可谓驳得透彻。但是刘君又说:"山东海丰县北六十里,有马谷山,一名大山,高三里,周六七里,疑即古之碣石,大河入海处。"这却不然,因为《禹贡》九河,都在兖州;九河之下,还要同为逆河,方才入海。马谷山离九河太近,逆河一条,无处可以位置。阎百诗《潜邱札记》驳他的话亦不错。据在下的理想,现在的渤海,就是从前的逆河;从前的渤海,并没有这样大,不过如大湖一样便了;包在外面的,就是现在的庙岛群岛。古时候的渤海,就是现在的黄海,有许多证据。琅琊台在现在山东诸城市东南,古书以为临着渤海。《汉书·朝鲜列传》:"遣楼船将军杨仆,从齐浮渤海,至王险。"此即辽东之渤海也。禹时,大河出口应该在这个地方。至于碣石山的所在,依在下推想,大约就是庙岛群岛。有一个极好的证据,便是辽宁省之辽东半岛等处地方,从前都是属于青州,与登莱半岛一样。古时交通不发达,航海之术尤幼稚,辽东、登莱两个半岛,竟将它联合起来,并为一州,可见当时庙岛群岛以西并没有成为海,其间地势相连,陆路可以相通了。不然,《禹贡》九州,大概都是以水为界，此处茫茫大海，路隔几百里，倒反联合起来，有这个情理么？汉武帝时，司空掾王衡曰："往者天尝连雨，东北风，海水溢，西南出侵数百里，碣石遂沦于海水。"照这几句看起来，从前的逆河，变成现在的渤海，必定在这个时候。但是究竟在何朝何代何年何月，都不曾说出，这是很可惜的。）

当下文命到了碣石山边，相度形势，但见碣石山外，惊涛骇浪，极目无际。于是拿出规矩准绳来，和昭明两人细细测量一会，就派了一千个人夫，将碣石山左面的山峰凿开，想将里面的水泄到海中去。众人领命，斤斧齐施，大临、叔达二人正在指挥之际，忽然海中一阵狂风，海水顿然壁立，顷刻之间，向碣石山顶冒进来。工人不曾留心，立脚不稳，登时冲翻了几百个，一直滚到山下，幸而后面另有预备人员，赶快救起，然已个个受伤了。文命诧异之极，想道，今日天气尚正，何以忽来狂风？就亲自到山巅来望，哪知狂风更大，几乎连人都站不牢，那波涛更是汹涌不断地打来。文命周身尽湿，站脚不住，由真窥等扶着下山。只见二千人夫，及大临、叔达等，个个都如水浸过一般，齐向舟中躲避。船小人杂，加以争先乱挤，顷刻之间，小舟翻了几只，溺死多人，余皆救起。文命叹道："今日第一次动手，就如此失败，殊觉扫兴。但是仓卒征集的人夫，没有加以训练，以至一遇意外，就乱到如此，亦是某之过也。"当下大众都上了船，风势渐平，波涛亦息，文命就和大临、叔达二人商量，对于工人，每日做工之先，先用军法部勒，加以半时之训话，庶几可以有用。大临、叔达均以为然，自去设法编制、训练。

过了几日，觉得天气很好，一轮红日，万里波平，文命亲自操了斤斧，带了工人，到山上来施工。不料丁丁几声之后，天色陡变，狂风又作，黑云四合，波涛又汹涌而来。大众工人，吓得丢了器械，没命地向山下跑，失足倒地，前后践踏，死伤者又有十数人。大临、叔达、黄魔、大翳等竭力弹压,哪里阻止得住!文命无法,亦只得退下,心中忧闷不已。庚辰上前启道:"某看这种情形,恐怕不是偶然之天变,必是有妖魔在里面,阻梗为祟,主公何不请天神来问问呢?"文命听了,如梦方醒,急忙照着云华夫人所授宝箓中的真言,念了一遍,仰天喝道:"风神何在?"响声未绝,只见半空中一朵白云,如激箭似的直飘下来,云上站着一个红颜绿鬓的中年妇人,向文命敛衽道:"风神巽二谒见,不知崇伯见召,有何吩咐?"文命道:"某受命治水,两登此山,无端迭起大风,涌起海水,伤害工人,工不能施。风是尊神的职掌,所以要请问:两日大风,究竟是有定的呢,还是偶然的呢?"巽二道:"这几日并无大风呀!"说着,用手向空中一招,只见空中又是两朵白云,如飞而来。一朵云上站着一个鬒发如银的老婆婆,一朵云上站着一个神禽,身如鹿,头如雀,有角而蛇尾的怪物。那老婆婆向文命敛衽道:"飓母谒见。"怪物亦随着向文命点两点头,喊道:"风伯飞廉谒见。"巽二在旁,就问他们道:"这几日我们在海边,并无特异之风,但是据崇伯说,连日大风,伤害工人,汝等知道么?"飓母道:"海上之风,是我的专职,除特别原因外,年年有定时。现在尚不到这个时候,哪里会有风!不要是被妖魔假弄的么!"文命道:"三位尊神既然说没有,当然是妖魔假弄的了,但不知是何等妖魔?三位有方法能侦探出来么?"巽二道:"某等均在上界,不知下界之事,崇伯如要侦探,最好叫了本地山泽之神来问,他是一定知道的。"文命大喜,忙谢道:"有劳三位,请转身吧。"那巽二、飓母、飞廉三神亦再向文命行礼,直上云霄而去。

这里文命又取出一块素帛,帛上画了一道符,用火焚去,随即喊一声道:"碣石山神何在?"蓦地见山石之中,走出一个虺身、八足、蛇尾的怪物来,向文命点头,并喊道:"小神谒见。崇伯见召,有何吩咐?"文命和众人都大吃一惊,文命忙问道:"汝是碣石山神么?"那怪物应道是。文命道:"此处有什么妖魔,来妨害治水工程,汝可知道么?"碣石山神道:"是,有的,那妖魔住在东海朝旸之谷,四十年前,到此地沿海来,兴波作浪,为患百姓;十年之前,又来了一个极可恐怖的妖物,两个狼狈为奸,残害地方,将平地陷成大海,以至人烟断绝,小神亦无从得到祭祀,困苦极了。"文命道:"那两个妖物,叫什么名字?"碣石山神道:"听说一个叫水伯,一个叫沐肿,但不知确不确。崇伯如要探听,最好请海神来问,他必知其详。"文命点首称是,便说道:"既然如此,汝请退吧。"碣石山神点头行礼而退,仍旧入于山石之中。文命又取出素帛,画符焚烧,喝道:"东海神何在?"忽见碣石山外,一个王者装束的神人,冕旒执笏,跨着青龙而来,见了文命,下龙稽首道:"东海神阿明谒见,崇伯以何事见召?"文命答礼后,说道:"近有妖物潜藏水宫,虐害生灵,妨碍治水工作,汝知道么?"阿明道:"小神知道。"文命道:"那么,何不设法驱除呢?"阿明道:"一则天数所定;二则小神之力,实在不及;三则大海本以包涵容纳为贵,尽可听其自便。如今既然崇伯拟加驱除,想来他们的气数已到,倘有差遣,小神理应效力。"黄魔、大翳二天将早已不耐烦了,也不等文命指挥,就向阿明说:"既然如此,那两个妖物究竟在何处,你指出地方来,我们就好去擒捉。"阿明道:"要知道他们住的地方,可跟我来,但是他们非常武勇刁滑,二位须要小心。"黄魔听他这一激,不禁大怒,叱阿明道:"你敢小觑我们么!"文命忙喝黄魔道:"不要如此!古人临事而惧,骄兵必败,总以谨慎小心为是。"阿明道:"岂但要临事而惧,还须要好谋而成。二位去捉两妖,两妖未必肯束手就缚,势必出于战;战起来胜负如何,是另一个问题,但是战的时候,两妖必定兴风作浪,以助威势,那沿岸一带的生灵,不知道要伤害多少!即使大众在此,有无危险,尚不得而知,可是应该先防备到的。"大翳道:"那么,依你说不要去擒捉他们,水亦不要治了?"阿明笑道:"不要生气,慢慢地讲。诸位果要擒妖,让我先回去,带了我的部下来,将沿海各处,都防备好了,使波涛不能侵入岸内,那就是我效力的事务了。"文命听了,忙说道:"甚是甚是,就请尊神布置,今日已晚,准明日动手吧。"阿明听说,稽首告辞,跨上青龙,越过碣石山,入海而去。

第八十九回

　　黄魔、大翳大战罔象、天吴　　南极紫玄夫人荐举禺虢

　　降伏罔象、天吴　　应龙佐禹治水

　　次日黎明,东海神阿明已来谒见文命,说道:"沿海千里,已布置好了。"文命看他已换了戎装,金甲耀眼,手执双鞭,威风凛凛,便问道:"尊神亦参加战事么?"阿明道:"某自问力不敌两妖,只能在后方,遥为声势而已。"那时黄魔、大翳两个上来禀见文命,说道就去擒妖,文命答应,叫他们小心。两人各执军械,欣然腾空而去。阿明亦腾空而起,以手遥指道:"那边有一点如螺的小山边,就是他们的窟穴。"黄魔一看果然,便向大翳说道:"我们去吧。"两人乘风,如飞而去。这里阿明仍旧落下平地,指挥他的部下拦阻海水。文命问庚辰道:"我们可向山顶观战么?"庚辰道:"海水既有海神拦阻,不来侵袭,可以去看。"于是文命带了众人,齐上山来,庚辰在后,持戟相随。到得山上一看,只见狂风大起,海水翻腾,声如万马,但是万丈洪波一到山边,即陡然而落,这全是海神帮助的缘故。大众注目向海中四望,正不知道在何处战争。

　　庚辰向文命启道:"容某去看看来。"文命许可,庚辰即腾身而起,远远望见东南方有杀气,料想必在那里厮杀,正要想上前救助,忽见一个血红的物件,从波中直蹿到山上来。庚辰心细,料想不是善类,急忙落下。哪知在一刹那之间,大众已是惊乱之极,原来蹿

上山来的是一个怪物,青面、红身、赤发,远望如炽炭一大段,蹿上山后,凑巧一个工人站在前面,那怪物两手将工人捉住,送往嘴边,张开他如盆的大口,便动他如锯的利牙,喳喳就咬就吃。众人惊得呆了,要逃也不能逃。横革、真窥叫声不好,叫国哀等保护文命,自己就拿兵器来御怪物。怪物正吃得高兴,看见横革等跑来,毫不在意,吱的一声怪叫,又尖又厉,横革等不觉失措,止住了脚。凑巧庚辰从空中落下,持戟向怪物刺去,怪物出于不意,丢去了吃的尸体,就地一滚,蹿向山下而逃。庚辰赶去,已遁入海中。忽见黄魔、大翳两人倒拖了兵器,气吁吁跑来。庚辰忙问道:"怎样?"大翳道:"好厉害!失败了。"庚辰道:"是什么妖魔?"黄魔道:"怪不可言,有八个头、八只脚、十条长尾、老虎的身子、人的面孔,这是什么东西呢?"庚辰道:"不过是个兽类,怕他做甚?"大翳道:"起先还有一个青面红身赤发的东西,不知是鬼是妖,被我们两个一阵打,蹿向水中去了。后来的这一个,真是厉害!他的四只前脚、十条长尾,支持我们的军器,真是绰有余裕。"庚辰听到此,大骇道:"原来他们是分兵诱敌之计,幸亏我刚才眼快,还未离开,否则糟了。"说罢,便将那红身赤发的妖物上来吃人之事,述了一遍。黄魔道:"我们七个弟兄不应该分开的。现在崇伯将我们分在三起,岂不少了帮手么!我和崇伯去说,叫他们四人来,共除妖物,何如?"大翳、庚辰均以为善,就同来见文命,说明妖魔难制,要叫繇余等来帮忙。文命答应,黄魔、大翳就分头凌空而去,文命等亦下山休息。

忽然之间,狂风大作,黑云布天,庚辰大叫:"不好!妖魔来了!"也不及顾文命,便腾空而起。果见那八头八脚的妖物当先,后面跟着赤发红身的妖物,连接而来,正在抓捉那些散在山上的工人,张口便嚼。庚辰一想,这次糟了,我一人如何制伏得两个怪物呢!说时迟,那时快,那八头八脚的妖物看见庚辰腾起空中,亦抛掉所吃的人，腾空来扑。庚辰忙用大戟抵挡，舍死忘生，在空中苦斗。那下面赤发红身的妖物，却得其所哉，逢人便咬、便吃。大众正在无路可钻，幸喜得东海神阿明赶来，用双鞭打去，那妖物亦用铁棍相迎，两个又战在一处。过了片时，只听见空中大叫："庚辰努力，我们来了。"原来繇余等到了。那妖物见有了救兵，掉转身躯，径回东海而去，那下面赤发红身的妖物亦舍了阿明，蹿向海中。七员天将暂不追赶，来看文命，幸喜大众无恙，只有工役死伤数十人。文命闷闷不乐，庚辰劝道："崇伯勿忧，某等来朝，定擒此两妖。"到得次日，七员天将只留着童律、乌木田保护文命等，其余都向朝旸谷进发，迎面见两妖物亦腾空而来。黄魔性急，就是一锤打去，那虎身怪物将长尾一迎，连接第二条长尾就打过来，红身怪物亦来助战。众人哪敢怠慢，庚辰的戟，繇余的剑，狂章的铜，大翳的刀，四面齐包围拢来，红身妖物不耐战，三合之后，就被击落水中。那虎身怪物，却全无惧色，任五员天将四面围攻，他有八张脸、十六只眼睛，面面看得见；四只前爪、十条长尾，处处顾得到；而且刀斩不进，铜打不受，足足相持一个时辰。庚辰大怒，由空中再腾身而起，直上云霄，再提起大戟，从怪物顶心直刺下来，怪物出其不意，八张大口齐吼一声，倏向海中遁去。五员天将，遍觅不得，只能转身。哪知童律正迎上来，说道："红身妖物又乘虚来袭，幸而给我们打退，钻入水中去了。"众人才知道他们又是分兵之法。到了次日，五员天将再到朝旸谷宣战，哪知妖物潜藏不出，一连三日都是如此。大家商议，无法可施。

忽闻香气扑鼻，空中似有音乐之声，大家抬头一看，只见一座香车，从东方冉冉而来，旁边无数侍女，各执翠葆、乐器、香炉，簇拥着，徐徐下降。庚辰等认得是王母第四女，名林，字容真，道号南极紫玄夫人，慌忙告诉文命，又上前迎接。那时夫人香车已停，文命上前躬身行礼,夫人亦下车答礼。文命细看那夫人,年纪不过十六七岁的模样,形貌端正,便说道:"有劳夫人下降,想是为那妖物之事。"夫人道:"是呀,舍妹瑶姬前来东海,曾以此事托我。现在知道这两个妖物难制,所以特来奉访。"文命大喜,就请夫人到船中小坐。夫人道:"不必,我就要去的,我不是来捉妖怪,我不过介绍一个人罢了。"文命忙问是哪一位。夫人道:"当初黄帝轩辕氏的儿子很多,有一个儿子,名叫禺虢,是嫫母所生。嫫母之丑,闻于天下,崇伯想亦知道。禺虢的儿子,名叫禺强,他们父子两个,死后都做海神。禺强是北海之神,专管北海的事务。从前渤海东面,不知道有几千万里,有一个大壑,名叫无底之谷,因为它的下面是无底的,一名叫作归墟,凡是地面上八纮九野的水,以及天上天汉的水,统统流注到那壑中去,但是从来不觉得它有增减过。那壑中有五座大山,一座叫岱舆,一座叫员峤,一座叫方壶,一座叫瀛洲,一座叫蓬莱。这五座山,高下周围各三万里;山顶上坦平的地方,各九千里;五座山的中间,相去各七万里;五座山接着,仿佛和邻居一般。五山上的台观,都是金玉造成的。山上的禽兽尽是白色,又都有一种琅玕之树,丛丛而生,它的花和实都有滋养之功,吃了之后能够不老不死。住在山上都是仙人圣人之类,一日一夕,飞来飞去者,不可以计数。但是这五座山是浮着的,没有根的,时常随了潮波,上下往还,不能暂时停止。住在山上的仙圣,很感到一种不便,就去和上帝商量。上帝恐怕这五座山流到西极去,就叫禺强去想法。那禺强本有灵龟、巨鳌之类供他役使,他就叫了十五个巨鳌,分为三番,五个一番,举起头来,一个戴住一座山,使它不能移动,每隔六万年,交代一番。这就是禺强的一种事务,他的本领亦可谓大了。他的父亲禺虢,虽则没有赫赫之功,但是本领亦不小,况且又是东海之神,专管东海之事,假使请了他来,两个妖物就不足平了。"文命听了大喜,深深致谢。夫人道:"我今日来,就是为此,再会再会,我去了。"说罢,与文命行礼,即便升车,护从之人簇拥着,冉冉上升,向东而去。

　　文命问庚辰道:"夫人仙山在何处?"庚辰道:"就在这里渤海之中,长离山上。前日我主云华夫人遇着崇伯的时候,就是从那里来。"文命道:"离此地有多少路?"庚辰道:"有仙术的,片刻可到;没仙术的,终身走不到,不能计路程。"文命听了,亦不再问,便想请禹虢的方法。但是,禹虢虽则是个海神,那云华夫人所授的宝箓上却没有请他的符咒,那么怎样办呢?后来一想,有了,先召了东海神阿明来,问道:"汝是东海之神,何以又有禹虢,亦是东海之神?"阿明道:"东海之大,不可限量。小神所管理者,不过近中国的一部;禹虢所管理的,是东海之全部;地位不同,等级不同。譬如世间,一个是天子,一个是诸侯,不能比拟的。"文命道:"那么,我要请禹虢来,托汝去介绍,可以么?"阿明道:"小神就去。"瞬息间,骑龙而逝。过了多时,阿明来了,说禹虢就到。文命率领了七员天将及一班臣佐,躬身屏息而待,不知道禹虢是怎样一个威严武勇的神人,哪知半空之中忽然翔下一个怪物,人面鸟身,耳上贯着两条黄蛇,脚上又踏着两条黄蛇。大众正是诧异,只见阿明上前介绍道:"这位就是海神禹虢。"文命不觉出于意外,然而也不敢怠慢,忙向之行礼。那禹虢把头点两点,就说道:"文命!你叫我来,想系为天吴、罔象作怪之故,我早知道了。如今天意已回,治平有望,我应当为你效力,收服此两怪。"文命道:"这两怪究竟是什么东西?"禹虢道:"那虎身的,名叫天吴,自称水伯,红身的名叫罔象,一名沐肿,都是天地乖戾凶恶之气孕育而成,无始以来,早已有了。和这两种怪物相似,散处在山海川泽的,不知道有多少!天下有道,他们为和气仁风笼罩,伏着不敢出头;到得国运一衰,民生应该遭劫,他们就争先恐后地出来,搅乱世界,这亦不足为稀奇。现在这两怪,在我管辖之下,我替你平了吧。"说完之后,向空中大喝道:"应龙何在?"只见空中一条长龙,约有数十丈,张着四爪,飞舞而来,原来是有两翼的。那应龙飞到禹虢面前,点头行礼。禹虢就吩咐道:"天吴、罔象在朝旸谷躲着,你给我去诱他们来。"应龙领命,掉转身躯,径向海中飞去。禹虢向文命道:"我们且到山上去等着。"说罢,两足腾起,早上山头。众人细看,原来他的两脚并不曾动,动的是脚下的两条黄蛇,仿佛和他的车骑一般。于是众人随了文命,亦向山上而行。

到得山顶,只见海中波涛汹涌,起落数十丈,几于全海都摇动了。忽然见应龙从海中直蹿而出,随后天吴、罔象亦蹿出来。禹虢看见,大喝一声,说道:"两个孽畜,还敢倔强么!"天吴、罔象一见禹虢,知道不妙,转身想逃,陡见两道黄光,从禹虢耳上发出,变成两条黄龙,向天吴、罔象直扑过去。那罔象早被黄龙擒住,活捉过来,天吴还想抵抗,禁不起黄龙的大爪,一爪捉住他四脚,一爪抓住他十尾,早又活捉过来。众人细看那两怪,煞是可怕。禹虢向两怪道:"汝等还敢倔强么?"罔象不能人言,但以尖厉的声音,吱吱地叫,想是讨饶的意思。天吴却能人言,不过说起来,八口齐张,声音嘈乱之至,大概亦说饶命乞怜的意思。禹虢道:"上帝有好生之德,汝等既知悔过,能服从我的命令,就饶恕你们吧。"禹虢说完,那两条黄龙四爪一松,身体顿然缩小,霎时间已变了两条极小的小蛇,钻入禹虢两耳的缝中去了。大众看见,稀奇之至。文命向禹虢稽首道谢,并说道:"这两个怪物,造孽多端,尊神不从严惩处,恐怕他们狼子野心,将来仍旧为万民之害,那么如何?"禹虢道:"这个不消汝虑得,我自有处分,将来如再为患,我任其责便了。倒是你治水,虽有才能卓绝的贤人,虽有飞行神武的天将,但是还不可没有一个变化不测的神物为之辅佐,我现在要介绍一个与汝,汝要么?"文命忙致谢道:"若得如此,真乃万幸,但不知是何神物?"禹虢向空一看道:"就是此公。"众人一看,却是应龙。原来那应龙自从诱了两怪出水之后,未得禹虢发放,不敢擅离,只在空中夭矫盘舞。禹虢喝声"下来",应龙顿时缩小,长不盈二尺,落在地上。禹虢向文命道:"当初皇考轩辕帝破灭蚩尤,应龙曾经效力。皇考上宾之后,应龙不及追随,几百年来,总是跟了我在海中潜修。它深知水脉地脉,如有治水掘地之事,它可以效劳,汝收用了它吧。"说着,又向应龙道:"你跟着崇伯治水,将来还有一件大事,须你出力,功成之后,我再助你升天,你可敬慎地做,勿得任性,不听号令。"应龙听了,将头连点两点。于是禹虢向文命道:"我们再会吧。"说时,脚下的两蛇已载着禹虢腾空而起,天吴、罔象两怪,亦跟着腾空而起,须臾之间,已没入于烟涛浩渺之中,就不见了。这里文命拜送过之后,慰遣了阿明,又发放了应龙,听它自在。回到山下,大家见所未见,不免纷纷议论。

　　到了次日,文命再率领工人上山开凿,那时一无窒碍,工程非常顺手。凿了一个月,已凿通了两处,里面的积水,统统由两个缺口中放出海去,但是里面的积水虽则放出,而外面的海潮又不免从缺口中涌进,一日两次,于平地上的工作颇有妨碍。于是文命又作法,叫了阿明来,和他商量。在里面平地上工作未告成之时,托他将潮汐暂时约住,不使它直冲内地。阿明答应了,自去照办。文命带了一班将佐,到内地来,那时积水初退,地下沮洳泥淖,甚为难行,就用那制好之橇来做交通之具,颇为便利。但是地方广漠得很,北至大陆泽以北,南至沇水(就是济水,现在山东之黄河),延袤几百里,从何处施行呢?文命往来数次,相度形势,决定先开两条,一条在北,一条在南,都是从大伾山起,一直通到东面。后来仔细想想,觉得还不够,想在那南北两条之中,再多开几条,有几条定下了,有几条定不下,很费踌躇。伯益看了不懂,便问道:"此地水患,自从碣石山开通以后,水都向海中泄去,虽则有海潮进来,亦只要在海边防御就是了,在此地多开水道,是什么意思?"文命道:"某所虑的,不是下面海中之水,是上面山中之水。某拟将雍、冀二州之水,统统都泄到此地来,放它到海中去。二州蓄水既多,来路又远,高低相差又大,一旦冲到这种平原,其势湍悍,难免不泛滥溃溢,所以我想多开几条水道,以分其势,势分则力薄,不足为患了。"伯益道:"那日禹虢说,应龙颇知水脉地脉,崇伯既然踌躇不决,何不叫应龙来问问呢?"文命一听不错,便向空喝道:"应龙何在?"那应龙果然应声而至,在空中向文命点头行礼。文命道:"我现在要掘十条水道,最南北两条,我已定好了,还有八条未定。从南到北,三百里之间,你看何处最宜,先给我去相度起来,我再来定夺。"应龙点首,在空中回翔一周,陡然用尾往下一击。众人跑过去看时,只见那龙尾所击之处,已成一个深潭。转眼间,应龙身躯渐长至数百丈,爬在地上,蜿蜒向东而行。众人一直跟过去,只见它尾巴所过之处,已成一条小沟,屈曲不绝。文命细看,正是自己所定而不能遽定之线,不禁大喜。过了多日,应龙将八条大川的路线都画定了。文命慰劳一番,随即叫众人动工。那时人夫二十万,业已召齐。动工的第一日,文命亲执畚锸,以为众人之先,便是横革、真窥、伯益、水平等,亦一齐动手。大众见了,自然格外踊跃。文命又将十条大川深广的度数,处处定下了。过了两日,叫大临、叔达仔细监工,自己带了七员天将及横革等,向豫州地方而来。

那豫州地方,在太行山南麓,一面是山,一面是平地,亦是沮洳难行。一日,忽然竖亥急急跑来,报称析城山(现在河南济源市北、山西阳城县南)一带禽兽为害,其中有妖人指挥,伯虎、仲熊二人不能制伏,伤丧人夫不少,现在众人已向发鸠山退却,请崇伯作速派人前去剿除。文命听了,未及开言,童律、狂章二人以为是他们分派的地方,就上前向文命说,要立刻前去。文命道:"不必,此地离发鸠山甚近,我们一同去吧。"当下就叫竖亥回去通报,一面大众径向太行山而来。一日,将近发鸠山,忽见前面刺斜里一人如飞地过去,其行之疾,几乎比燕子还要快,虽相隔不过丈余,而面貌衣服都看不清楚,可想见他的快了。当下大众见了,无不诧异。昭明道:"莫非就是妖人么?"文命一想不错,就吩咐童律、狂章道:"汝等且去看来,是否妖人。"二将得令,各绰兵器,腾空追踪而去。过了多时,才转来报道:"某等依着方向追去,各处寻找,并无影响,想来竟是妖人。"文命道:"妖人既在此处出没,我等不可不加戒备。"于是之交、国哀、真窥、横革及天将等各执兵器,随时留心,以备不测。

　　过了一日,已到发鸠山,伯虎、仲熊、龙降、庭坚带着无数工人,都在那里扎起营帐居住,一见文命,个个喜不自胜。文命先慰劳一番,便问伯虎一切情形。伯虎道:"某兄弟二人,自跟着陨欻奔走天下,所遇着的鸷禽猛兽不少,虽则不敢说有伏虎制犀的本领,但是大半亦能降伏得住。不料此次到了析城、王屋二山,这班禽兽连狐獾等都不听我的号令,不要说虎豹了。不但不能降伏它们,反而几乎给它吃去。有一次大受其伤,幸而人多,才得拼死逃出。后来细细考察,才知后面有妖人指挥,某等不能除妖,所以只好退到此地了。"文命道:"怎样知道有妖人指挥?"仲熊道:"有一个百姓,从那山里逃出来,他说,有一夜,他伏在林中,明月之下,看见一个妖人坐在石上,豺虎熊罴纷纷然环绕在他的旁边。那妖人大加演说,教它们如何如何地吃人,并且说有法术,可以保护它们,叫它们不要害怕,只要选了肥而且白的人送给他吃,就是了。那些野兽仿佛知道他的意思，一齐鸣噢答应。后来又来了一个妖人，这一个叫他章商兄，那一个叫他鸿濛兄。两人所说的话，无非是如何择人而噬的方法。这个百姓吓得屏息不敢少动，直待妖人兽类都散尽了，才敢轻轻逃出来。那时因为月色冥蒙，距离又远，所以两妖人的面目辨不清楚。某等所知道妖人的消息，便是如此。"文命道："那妖人走路，是否甚快么？"伯虎道："这个却不知道。"真窥在旁说道："昨天我们已遇着过了，真个其行如风，迅速之至。"仲熊道："此地离析城山甚远，难道他竟还会跑来么？"大家正在猜疑，庭坚忽然笑道："足下等昨日所遇到的，不要就是那夸父么？"文命问道："怎样叫夸父？"庭坚道："他是帝子丹朱的臣子。丹朱封国，就在此山东面，那夸父常常打这里经过的，不知道干什么。起初某等亦以为是妖人，后来才打听明白。"文命道："丹朱手下，原来有这等异人！"庭坚说："不打紧，某等到此多日，细细访问他的情形，无非是终日漫游，并不留心于政治学问，而且匪僻的朋友亦多。夸父这人，虽有异能，但是于人民毫无利益，终日逢迎丹朱之恶，将来亦恐难免于不得其死呢。"文命听了，不禁慨然。

第九十回

　　天地十四将大战　　庚辰到非想非非想处天
　　西城王君收服七地将并授禹仙箓　王屋山洞之情形

　　次日，文命率领大众，向析城山而来。将近山边，腥风骤起，虎豹狼犲纷纷而前。国哀见了，绰起大刀，迈步上前，当头就砍伤了一只苍狼。之交、横革、真窥等亦各执兵器，一齐杀去，虽然亦砍翻几只犼犲之类，但是禽兽是无规则的，左右前后，东窜西突，防不胜防，早又被它们衔去了许多工人。七员天将大怒，刀剑铜戟，七器并施，霎时间杀得那些猛兽尸横遍野，其余的没命地逃去。忽然一阵沙飞石走，从山林里跳出一个人来，大叫道："何物狂奴，敢来伤我士卒？"众人一看，只见那人状貌古怪，手执长矛，飞也似的赶来。童律见了，就迎上去，问道："你是人是妖，快说出来。"那人道："我乃鸿濛氏是也，一向住在此山，你敢来犯我境界，还说我是妖，岂有此理！"说着，就是一刀，向童律砍去。童律急用长枪迎战，战了多合，不分胜负。狂章看了，忍不住擎起黑棒，上前助战。鸿濛氏看见有生力军来，料敌不过，虚晃一矛，回身便走。童律、狂章两个紧紧赶着，转过山林，只见又有一个相貌古怪之人，手提双鞭，飞奔而来。但听鸿濛氏大叫道："章商氏快来。"说着，重复回身，抵住童律，那章商氏亦来抵住狂章。四人交战了许久，又不分胜负，后面黄魔、大翳二将赶到，加入战斗。鸿濛、章商二氏敌不过,往后再逃,四员天将在后紧追,看看赶上。忽见鸿濛、章商二氏将身一扭,倏然不见。四将大骇,深恐中伏,亦不再寻,归来与庚辰、繇余筹划。

文命知道了,急忙焚起符箓,喝声道:"析城山神何在?"转眼间,一个马身人面的怪物,立于面前,向文命行礼道:"析城山神谒见。"文命道:"现在某奉命治水,为山上妖人所阻,这种妖物究竟是什么东西,汝可知道么?"析城山神道:"不是妖物,确是人类。他们一向在各处采药,修炼多年,已成地仙,颇有神通,共有七个,一个叫鸿濛氏,一个叫章商氏,一个叫兜氏,一个叫卢氏,一个叫乌涂氏,一个叫犁娄氏,一个叫陶臣氏,占住此山和西面的王屋山,而尤以王屋山为他们的大巢穴。他们从地下暗去潜来,不知干什么事。近来异想天开,更教导禽兽出来害人。他们说:'近来人心不古,浇漓诈伪,但知纵人欲,而不知循天理,本来与禽兽无异,给禽兽吃吃,不过和禽兽吃禽兽一般,有何不可!'这是他们所持的理由。"文命道:"现在他们在此山中,共有几个?"山神道:"只有两个,一个鸿濛,一个章商,其余都在王屋山。"文命道:"那么,多谢费心,请转去吧。"析城山神行礼而隐。文命就和七员天将商议,黄魔道:"他们有七个,我们亦有七个,且和他们大战一场,见个输赢,何如?"文命道:"切须小心,恐怕他们施行阴谋诡计呢!"

次日天晓,七员天将一齐再上山来,只见山上禽兽尽数逃匿,静悄悄的,一无声息。童律道:"这妖人何处去了?"乌木田道:"想必到王屋山去求救兵了。"一言未了,只听得一阵兵器之声,猛见七个异人各执兵器,从山石中大步而出。七员天将齐声道:"来了来了!"也不及答话,立刻上前交战,一对一对地杀起来。隔了好一会,狂章敌不住鸿濛氏,渐渐有点退却,那边兜氏敌不住童律,卢氏敌不住庚辰,也败阵而逃。庚辰、童律也不追赶,刺斜里截住鸿

— 807 —

濛氏。鸿濛氏看看不对,大叫一声:"我们去吧!"陶臣氏、乌涂氏等一齐答应,撇了交战的对手,齐向山头乱跑,倏忽都已不见。童律等还想找寻,庚辰道:"不可,他们有地行之术,我们路途不熟,恐遭暗算,不如归去,再商量吧。并且我们是捉贼,他们是做贼,做贼容易防贼难,万一他们蹿到我们后面去,那么怎样?"大众听了,都以为然,急忙腾空回营。哪知鸿濛氏等果然正在那里大肆骚扰,真窥、国哀都已受伤,之交、横革保护了文命,到处逃匿,其余官吏人夫死伤者不计其数。黄魔、乌木田当先,大喝一声,直冲过去,却好遇着乌涂氏、陶臣氏,就厮杀起来,这里庚辰、繇余等亦一齐杀进。那鸿濛氏等情知不敌,打一个呼哨,霍地里向地一钻,都不见了。庚辰大怒,向狂章等道:"你们且在此守护,让我去看来。"说着,即纵身来到王屋山头,等了片时,果见卢氏、乌涂氏两个从地下探头出来。庚辰大叫一声:"看我的戟!"就是一戟刺去,那二氏出于不意,急忙擎出武器招架,三人就战在一起。忽然鸿濛氏等一齐从地下钻出,上前助战,将庚辰围住。庚辰一支大戟,力敌七人,但是却不能取胜,无心恋战,虚晃一戟,纵身跳出圈子,径自归来。繇余忙问:"怎样了?"庚辰道:"他们人多,一人难以取胜,我们多去两个吧。"童律道:"他们再私下来袭,那么怎样?"庚辰道:"黄魔、大翳二人暂留在此,其余都去,想亦够了。"于是禀知文命,再向王屋山而来,哪知静悄悄一无消息,找了半日,不见人影,只得转来。大家商议,昭明道:"想来他们畏惧潜逃了,我们就过去吧。"伯益道:"恐怕没有这样容易,还是慢慢地仔细为是。"水平道:"崇伯何不叫了王屋山神来问问呢?"文命一想有理,急忙作起法来,喝声"王屋山神何在?"哪知等了半日,毫无影响。又作起法来,再喝一声,仍是如此。文命大骇,为什么法术竟不灵了?

忽见那析城山神匆匆走来,行礼道:"崇伯!刚才召王屋山神,王屋山神是不能来的。"文命道:"为什么?"析城山神道:"某等地祇,与天神不同。天神居于大气之中,是流动的,流动则易于感应,所以无论多少远,可以一召即到。地祇居于大地之中,是固定的,固定则难于感应,除出几个名山、大川、大海、阶级崇高、常与天神接近的地祇外,其余的地祇,必须到了他所管领的境界以内去召他,他方能感动,应召而来。现在此地,非王屋山辖境,他决不能越境而来。小神深恐崇伯未知此项原因,徒劳号召,所以冒昧进见奉告,恕罪恕罪。"文命道:"原来如此,承蒙告我,感激之至。不过现在鸿濛氏等究在何处,汝知道么?"析城山神道:"他们离开此山,已有两日,一定都到王屋山去了。"文命道:"刚才天将等去找过,找不到。"析城山神道:"王屋山下有一大洞,是仙家三十六洞天之一,叫作小有清虚之天,周围殆及万里,他们躲在里面,从何处找呢!"文命道:"是了,尊神请转,费心费心。"山神行礼而退。

文命与天将等商议道:"似此如之奈何?"庚辰道:"某听见说仙家三十六洞天,每洞都有一位真人居住,何以肯容这些妖人在内,必有缘故,还得过去问问王屋山神才是。"于是大众离开析城山,径向王屋山而来。行到中途,忽然一阵飞沙走石,从中有无数人影,直扑文命。文命觉得不妙,刚要躲避,那些人影已到身旁,伸手来攫。忽然文命身上发出两道光芒,一赤一白,直射过去,那些人影似乎吃惊,转身疾走。横革等上前拦住去路,那些人影已不知去向了。这时七员天将在前开路,万不料变生肘腋,祸起仓卒,等到得知赶来,已无法可施。然而因此知道赤碧二珪非常有用,于是不住地向地下乱照,以防鸿濛氏等再来。不料一路照去,鸿濛氏等未曾照见,却照出一种物件,原来云华夫人所说的铁矿,此地很多。文命仔细研究,觉得一点不错,于是谨记在心。

一日,到了王屋山,文命先作法叫王屋山神来。哪知来谒见的亦是个马身人面的神祇,文命误会,以为析城山神又来,便问道:"此地已是王屋山了,何以王屋山神不来,又劳尊神前来?"那神祇道:"小神就是王屋山神。"文命道:"汝是王屋山神么?何以状貌与析城山神无异?"王屋山神道:"自太行山以来万余里,所有小神等形状大略都是如此。"文命道:"那么某误会了。请问尊神,现在鸿濛氏等七怪,在此山洞中么?"王屋山神道:"是。"文命道:"这七怪来历如何?何时占有此山?"王屋山神道:"他们的来历,小神不知道。前数十年,有一位真仙,名叫尹寿,住在此处,他们曾来转过一转,因为怕惧尹仙人,就跑了去。后来尹仙人去了,他们才敢来此,不过十多年呢。"文命道:"小有清虚洞天,必有仙道管理,何以让他们盘踞?"山神道:"这个洞天,是西城王君管理的。十数年前,西城王君应大帝之召,不知到何处去了,至今未返,因此给他们占据。"文命道:"原来如此,费神,请转吧。"王屋山神去了。庚辰向文命道:"既然都在洞中,我们就攻进去吧。"文命答应,于是童律、乌木田留守大营,其余五将径向山洞而来。但见洞门深闭,洞外流水斜崖,幽花古木,景致不俗。黄魔走过去,将双锤向洞门一击,大叫:"妖人!快滚出来受死!"打了半日,寂无声息。于是大翳、狂章等一齐过来,刀剑铜戟,共同攻打,始终打不进。原来这洞门是仙家之物,非常坚固,天将等无法可施,心中都觉焦灼。庚辰道:"我看这事,只有请夫人做主了,你等在此守住,我去就来。"繇余等答应。

庚辰即纵身上天,御风而行,瞬息已到巫山。那灵官等看见,就问道:"夫人叫你保护大禹治水,你此刻来做什么?"庚辰道:"前途遇着困难了,所以来求救。"灵官道:"夫人在瑶台上呢。"庚辰听了,径到瑶台,躬身参见。夫人道:"汝为王屋山七氏不能收服,所以来么?"庚辰道:"是。"夫人道:"那么汝到无色界天中的非想非非想处天,去请西城王君来,就可以收服了。"说着,叫侍女将一块白玉做成的符信递与庚辰,说道:"汝拿了这块符信,可以直上天门。"庚辰答应,收了符信,谢了夫人,即纵身上天而来。进到天门,早有守护天门的大神拦住,验过了符信,许放入内。庚辰拜问他到无色界天去的路,守护天门的大神指示了。庚辰一路而前,但觉那种富丽华贵的气象,比从前随着云华夫人到王母处还要高好多倍,竟是口舌所不能形容的。庚辰因为有使命在身,不敢留恋,过了多时,已到了无色界天,依旧有神人到处来往不绝,但是种种富丽华贵的景象到此地一概都没有了,只见一片茫茫,无边无际,除出神人之外,竟无所见。庚辰不觉迷于所往,适值有一个神人走来,庚辰便拜问他非想非非想处天的处所。那神人道:"此处是空处天,过去是识处天,再过去是无所有处天,再过去才是非想非非想处天。汝既来此,不必前进,你念头既动,你所要见的人早已知道,跟着你的念头自会来找你,不必去寻了。"正说时,果然有一个星冠羽衣的老道者,走来向庚辰拱手道:"足下是云华夫人遣来的使者么?"庚辰应道:"是。"那道者道:"我就是西城王君,你的来意我已知道了,我们就去吧。"说着,同了庚辰径出天门。庚辰要到云华夫人处去缴还符信,西城王君道:"不必,我与你代缴吧。"说着,将符信取来,向空一掷,只见那白玉的符信化为一只白鸟,向巫山方面飞翔而去。庚辰看了,深叹仙家妙用。于是跟了西城王君,径向王屋山而来。

那时各天将等久了,看见西城王君,知道是请来的救兵,个个上前行礼。凑巧文命因各天将去攻王屋洞,长久不归,心中惦念,亦拔队而来。庚辰忙上前报告一切,并介绍西城王君。文命过来,行礼相见,极道感谢之意。西城王君道:"这洞本是贫道栖止之所,前数年贫道奉上帝之诏,听讲圣经,离去此间,所以被他们占据,但是莫非数中注定,不是偶然之事。"繇余道:"现在他们将洞门紧闭,攻打不开,如之奈何?"西城王君道:"这很容易。"说着,走过去,将洞门一拍,那洞门顿时豁然而开。黄魔、狂章就想趁势冲进去,西城王君止住道:"且慢,里面大得很呢!彼等七人躲在何处,一时何从去寻!他们有地行之术,即使寻到,入地遁去,汝等又将如何!况且他们七人,本领也还不弱,拼命死斗,必有一伤,亦非善策。诸君且过来,贫道与诸位一些助力吧。"说着,叫各天将张开手心,在每人手心中各画一道符,并且说道:"一个引一个,有缘者同来。"七员天将亦不知道他是什么意思。画完符之后,就各持兵器,闯进洞去,只见里面,别有一重天地,仙花异草,玉阙丹房,到处皆是。寻了许久,到了一座玉琢成的桥边,陡见犁娄氏手执大犁,在桥的那一面立着。狂章就大喝一声,冲将过去,交起锋来。忽而鸿濛氏、章商氏、兜氏、卢氏、陶臣氏、乌涂氏六个一齐出来,这边黄魔、大翳等不敢怠慢,亦一齐冲过去,两两相持,杀作七对。繇余敌住陶臣氏,一个用剑,一个用槊;黄魔敌住章商氏,一个用锤,一个用鞭;童律敌住兜氏,一个用枪,一个用叉;大翳敌住卢氏,一个用刀,一个用斧;乌木田敌住乌涂氏,一个用锏,一个用钺;庚辰敌住鸿濛氏,一个用戟,一个用矛。斗不多时,那七氏都有点招架不住,败阵而逃,要想钻入地中,不知如何,竟钻不进去。七员天将从后面紧赶,黄魔捉住了章商氏,庚辰捉住了鸿濛氏,狂章捉住了犁娄氏,童律捉住了兜氏,繇余捉住了陶臣氏,大翳捉住了卢氏,乌木田捉住了乌涂氏,一齐出洞而来。文命大喜,西城王君就请文命到洞中去小坐,文命答应。黄魔道:"这七个妖人,乘乱窃发,指挥禽兽,伤害无辜,复敢抗阻天师,实属罪大恶极,先处死了他们吧。"文命刚要答应,西城王君忙摇手道:"不可不可,听贫道一言。这七个人虽则有罪,但是他们修炼多年,功夫可惜,况且天运劫数,应得有这一番扰乱,亦并非全出于他们之故。崇伯治水,必须周行天下,远到外邦,人才不嫌其多,缓急庶有所用。请体上天好生之德,看贫道之面,赦他们一死,叫他们立功赎罪吧。"文命道:"真君见教,敢不从命,不过他们野心习惯,是否肯真实改过,殊不可知!万一将来反噬起来,变生肘腋,那么如何?"西城王君道:"那个却不必虑,如果将来他们再敢变叛,自有制之之法,管教他们不得善终。"说着,便问七氏:"汝等愿伏诛,还是愿改过,立功自赎?"七氏齐声道:"如蒙恩赦,某等情愿立功赎罪,决不敢稍有怠惰;至于反侧谋变,更无此事。"文命大喜,便赦了他们。

西城王君便邀文命等共至洞中游历。文命刚进洞门,只见上面横着一块匾额,题着"小有清虚之天"六个大字,向里面一望,别有天地,种种仙家景物,悦目娱心,不必细说。初到一处,上面镌着'清虚之宫'四个字,想来是洞中的正殿了。宫中西边,另有一座高台,西城王君指向文命道:"这座台,名叫阳台,世上初初得道的人,必须到此台上来受训诲。"后来曲曲弯弯,又走到一处,只见上面镌着"南浮洞室"四个字,西城王君便邀文命入内,从一个天生石匣之中取出一部书来,递与文命,说道:"从前敝老师西王母,在此室中用此书教授贫道,贫道今日亦以此书转赠崇伯,倘能将此书中所说,勤加修炼,超凡入圣,并非难事。"文命接了,稽首拜谢。西城王君又道:"此刻崇伯治水紧急,料想无心研究此书,将来功成之后,不妨看看。如果去世上仙,还请将此书仍旧来安放原处,不胜幸甚。"文命听了,又连声唯唯。游历转了,回到正殿休息,文命便向西城王君道:"此洞不过岩石中之一穴,何以里面竟有如此之广大,且别有天地,是什么缘故?"西城王君道:"大地之内,有三十六个洞天,而以这个洞天为第一,周围有万里,适才所游的,不过万分之一二而已。"文命大诧异道:"有如此大么?"西城王君笑道:

"这是仙家妙用。一个葫芦之中,尚且可以辟一个世界,何况山洞呢!将来崇伯功成行满,自会知之,此刻亦不须讨论。"说罢,取出些交梨、火枣之类,分赠与文命等,文命等称谢辞出。回到营中,叫过新收服的七员地将来,严切地训诫和劝导一番,然后将天将和他们一正一副地分配:庚辰正将,鸿濛氏副之;黄魔正将,章商氏副之;狂章正将,犁娄氏副之、童律正将,兜氏副之、大翳正将,卢氏副之;繇余正将,陶臣氏副之;乌木田正将,乌涂氏副之。后来他们七对,非常投契友好,西城王君所谓有缘者是也。

第九十一回

平逢山群蜂为患　玉卮娘降伏骄虫

明视佐禹治水　禹以身解于阳盱之河

风后教禹

且说文命自收服七员地将之后，随即写了一封信给垂，将开铁矿的事情统统都托了他。一面叫尨降、庭坚监督人夫，开掘川道。从王屋山下沿山开凿，直到大伾山为止，文命早有图样绘好，深广丈尺亦注明在图上。当下就拿出来，指着说道："王屋山下，就是玄扈之水，过去是敖山，必须开凿，再过去就是沇水，再过去就是荥泽，再过去是大陆泽（这是大陆泽之极西南面，在现在河南修武县。《左传》：'晋魏献子田于大陆，焚焉。'就是在此。《水经注》云：'自宁迄于钜鹿，出于东北，皆为大陆'，所以知道是大陆泽之极西南面。）当时大陆泽的面积，亦可谓大了，连着黄泽，都是容易开掘的，不过沿山开掘，沇水要中断就是了。但是亦没什么关系，掘断也不妨，汝等去照行吧。"二人唯唯而出，按照图样，督率人夫，分头去做。

这里文命带领将佐，沿山而西，再去考察。到得一处，是崤山与王屋山联络之处（现在河南渑池县北，山西垣曲县南），文命相度形势，此山亦应凿去，以通水流，但是山势不高，中间又有缺处，用力并不甚多，便绘了一个图，再往西去。到了一处，山势更多，必须大大开凿了，原来是雍、冀、豫三州交界处之山，其势仿佛一个大圈,中间又围成几个小圈。终南山自雍、梁二州之间分支,一派东出,就是华山,东北与冀州的中条山相连,再东过去,就接着王屋山、析城山、太行山了。由华山再分一支,向东走,就是崤山。由崤山向北面,再分出两支,都与中条山相连。它的中间,就形成两个小圈,小圈之中,所有的积水就潴成湖泊。黄帝升仙时,那个炼丹鼎的所在,名叫鼎湖,就在这个里面。(地在今河南阌乡县,但是已没有湖了。)从终南山分一派向东南走,叫作熊耳山。再分两支,都是向东北走,一支循伊水之西,一支循伊水之东,两支后来合而为一,又形成一个小圈。那循伊水而东的一支,就是中岳嵩山。北面再分一支,与王屋山的余支相连,又是一个大圈。这是当时的形势如此。

且说文命到了崤山北支与中条山连合之处,但见群峰际天,连绵不断,竟寻不出一个缺口,可以减省些工作的地方。东面一望,又是沙石茫茫,滴水全无,寸草不生,想来因为围在群山之中,水蒸气都蒸发尽了。文命询问土人,才知道这座山叫作平逢之山(现在河南洛阳市西北的北邙山)。谁知这座山上蜂类甚多,夫役人等偶然扑死几个,忽然飞来无数蜂蜜(蜜亦是蜂的名字,就是蜜蜂),盈千累万,直扑人身,碰着就螫。一时从文命起,下至夫役,没有一个不给它螫得脸目肿痛,叫苦连天。虽则扑杀的蜂亦不计其数,但是来的蜂实在太多了,浑身攒集,扑不胜扑,逃不及逃。七员天将和七员地将亦不能免,这时候刀剑锤戟俱无所施,天将只得跳上空中,地将只得钻入地下,暂时躲避。然而听见大家呼号之声,看见大家宛转之象,心中不忍,又只好再跑来替大家驱逐扑打。但是一打之后,群蜂又四面包围拢来,只得又腾空而上,缩身而下,如是者好几次,足有一个时辰,那些蜂蜜方才四散飞去,绝无踪影。大家互相观看,面目都已不可认识了,被螫之处又疼痛非凡,个个叫苦。正在无法可施,只见山坡中忽然有一个双头的人走过,伸手向地下指画一番,那些被扑杀的蜂蜜纷纷复活,齐向空中飞去。大众看得诧异,犁娄氏生性最急,忍不住举起大犁,赶过去,大叫道:"咄的那妖魔!不要走,自己报名来。"那双头人回转一个头来,向犁娄氏一看,亦不答言,从容地向前走去。犁娄氏大怒,就是一犁,向他身上筑去。那双头人忽然不见,顷刻之间,群蜂又蔽天地飞来,将犁娄氏周身裹住,远望过去,竟是一个蜂球!犁娄氏被螫得苦不可言,要想向地下钻,哪知刚钻下去,两脚忽似被螫似的,其痛尤烈,只得再钻出来,丢了大犁,双手乱扑,又用手保护他的眼睛,然而两手上亦被螫得发木了。鸿濛氏、章商氏及各天将亦都前来救护,嗡嗡一声,那群蜂又都飞去。众人细看犁娄氏,头面两手都已高肿,面貌眼鼻已不可辨认,嘴里哼哼地叫胀痛,众人扶着他走。文命道:"此地不可居,退转去吧。"于是大众齐走到山下,文命作起法来,喝道:"平逢山神何在?"转眼间,一个老者,峨冠博带,立于面前,向文命行礼道:"平逢山神谒见。"文命见他形状并不奇异,与从前所见各山神不同,心中不免纳罕,然而亦无暇根究,便问道:"这山蜂蜜,如此猖獗,是何原因?那个双头人,又是什么妖怪?"山神道:"这个双头人,是居住本山之神,名叫骄虫,专管世间蜂蜜之类,是个螫虫之长。他所住的地方,亦叫蜂蜜之庐。但是,人不去侵犯他,他亦不会螫人。"文命道:"可以叫他来谈谈么?"山神道:"恐怕他不肯,他性太骄。"文命听了,沉吟一会,谢遣了山神。

次日,大众均已痊愈,文命吩咐,以后遇到蜂蜜,不可任意伤害。天地十四将听了,都心里不平,就向文命说道:"昨日犁娄氏因为打了妖怪,为群蜂所螫,倒也不要去管他,说是他罪有应得,然而处罚也不该这样重!至于我们呢,第一次并没有去侵犯它,何以

—— 817 ——

要来螫我们？毒虫飞到面前,人怕它螫,当然要赶；偶不小心,弄死一个,亦是常事,何至于不择人而乱螫！他这个妖怪,果有神灵,应该使蜂蜜不来螫害人。现在螫我们到如此田地,我们再让它,一个人怕一个小小的昆虫,太可耻了！"文命道："君子大度,和昆虫有什么计较呢！"黄魔道："我们可以恕它,但是这些昆虫,知道什么利害！它们以为我们都让它了,将来毒害人民,何所不致！我们为除害起见,不能不和它计较,使它可以小惩而大戒。"文命道："和昆虫怎样计较呢？"乌木田道："它们既有一个妖神作首领,我们就和它们的首领算账就是了。"文命道："它首领不肯出来见我们,怎样呢？"庚辰道："不打紧,我们有方法,请崇伯率领大众退后,以免波及,让我们十四人来剿灭它。"文命依言,果然率众人退到后面。

这里天地十四将商议,用火攻烟熏之法,先用皮革包裹了两手,又用皮革包了脸面,单留出眼睛,又往别处采集无数引火之物,于是再到平逢山,见蜂就扑,见蜜就杀,那蜂蜜果然又盈千累万地来了。众人将火烧起,顿时烟焰涨天,那蜂蜜为烟火所熏灼,纷纷下坠,铺在地上,厚约一寸,然而前仆后继,死得多,来得更多。众人身上、手上、脸上虽不曾受伤,然而烟火渐渐将尽,正要想兴尽而返,忽听得空中一阵飞扬之声,陡然来了无数大蜂,个个长约一丈,直扑众人后脑,掉转尾尖就螫。这时众人手中均是火具,并无兵器,又在脑后,猝不及防,皮革包裹又不甚厚,竟给它螫进了,其痛万分难当。那许多大蜂螫过之后,即便展翼向西北而去。七员地将是不能飞行的,痛得钻入地中,又钻出来。七员天将个个愤怒之极,忍着痛苦,绰了兵器,腾空向那些大蜂追去。追了许多路,可是禁不住疼痛,一齐降在地上,咬牙身颤,动弹不得。

正在危急,忽闻空中音乐环珮之声,异香扑鼻,转瞬间一乘香车降下,车中坐着一位美人,两旁侍卫仙女不计其数。天将等一

— 818 —

看,认得是王母第三女玉卮娘,慌忙挣扎呼救。玉卮娘早已停车,叫侍女取出葫芦内仙丹,各与一丸吞之,霎时间痛止肿消。七人大喜,齐来叩谢。玉卮娘道:"汝等从云华夫人多年,何以争怒之心还不能除尽?所以今朝要吃这个大亏了。若不是遇着我,很危险呢。"繇余道:"从来没有见过这样的大蜂,想来又是那双头人作的怪。"玉卮娘道:"汝等在此地,已不知走过几千百次,难道还不知'昆仑之山,大蜂一丈,其毒杀象'这三句么?幸而汝等修炼多年,都是仙骨,若是凡人,一螫之后,早已死了。"童律道:"这里已是昆仑山么?啊哟!我们痛昏了,亦气昏了。"庚辰道:"双头人不分皂白,纵使毒蜂螫人,太无道理,总须请夫人与我们作主。"玉卮娘道:"我既然遇见汝等,亦是有缘,就替汝等调停此事吧,汝等且跟我来。"说着,那香车已是腾空而起,迅疾地向东而行。七员天将紧紧随行,片刻已到平逢山下,只见那七员地将兀是在地上乱滚、乱叫、呼痛。玉卮娘又取七粒丹药,叫他们吞下,霎时痊愈。那时天将等早已去通告文命,文命慌忙率领僚佐前来迎接。玉卮娘下车,与文命为礼,一面用手向山上一招,叫道:"骄虫走来!"转眼间,果见那双头人匆匆前来,向玉卮娘行了一个礼。众人看他两个头是并排生的,真是怪不可言。只听见玉卮娘责备他道:"上帝命汝总司天下螫虫,汝应该好好管理,为什么纵使它们任意螫人?"双头人两口并动地说道:"他们要扑杀我的蜂蜜,我自然应该保护。他们要打我,我自然应该报仇。"玉卮娘喝道:"胡说!蜂蜜不先去螫人,人会无端扑杀它么?即使扑杀几个,但是蜂贵呢,还是人贵呢?蜂蜜可以和人并论么?况且这次扑打蜂蜜的,不过几个人,岂能迁怒害及群众!连崇伯和他的僚佐都受你的荼毒,这个是什么话!汝这种奇形怪状,谁叫汝白昼现形?即使给人打,亦是应该。此次之事,完全是汝之不是,汝知罪么?"双头人见玉卮娘动怒，不敢再辩，诺诺连声。玉厄娘道："现在我与汝调停，汝须向崇伯及诸位被害之人赔礼道歉，以后约束蜂蜜，勿再任意螫人，汝自身亦须善自隐藏，勿再轻易露面。我当定一个规则，凡有人到这座山上来，先用一只活的鸡祭汝，就请崇伯替汝去宣布，汝愿意么？"那骄虫听说要他赔罪道歉，似乎有点不愿意，迟迟不应。玉厄娘大声道："我如此判断，汝还不服么？"骄虫无奈，只得向文命行了一个礼，又向大众总行了一个礼，总算赔罪道歉之意。玉厄娘道："那么汝去吧。"骄虫向玉厄娘行礼，称谢而隐。这时天地十四将在旁，恨不得将骄虫打个稀烂，见玉厄娘如此发落，心中都不服气。玉厄娘知道他们的心思，就说道："你们嫌我太宽么，只好如此办呢。他是上帝所派遣的，并无大过，万不能加之以诛戮。他既肯认错，汝等何必再计较。"众人听说，亦只得罢休。玉厄娘辞别文命，自登车升空而去。

这里文命依旧带了众人，过平逢山，考察地势。过了多日，才定下一张图，将中条山和崤山相连的山统统凿去。此处工程较大，就派狂章、犁娄氏及大翳、卢氏四人监督。正要动工，忽然大临、叔达叫大章来禀文命，说道："开掘九川，发生困难了。有一处，屡开屡塞，很觉棘手，所以来请示方略。"文命听了，只得将西部之事暂行撇开，再往东来。一日，行至一处，只见道旁有一个浑身衣白、缺唇而长耳的老人，行礼求见。文命问他姓名，那人说名叫明视，中山人，生平最喜欢研究地质之学，所以于掘地之技甚为擅长。现在听见崇伯在东方掘川，不揣冒昧，前来自荐，愿赐收录，以供驱策。文命见他如此说，也就收录了他。到了工次，只见所掘的川工已成就不少，只有最北的一条，屡次开掘，那土屡次涨起，始终不见功效，掘的人个个疑骇，不知是何缘故。文命一听，知道是父亲息土之遗，不禁心伤泪落，便说道："此处既然如此困难，改迂曲一点，如何?"明视道:"我能辨别土性。上面的土性与下面的土性是否相同,此处的土性与他处的土性是否相同,我看一看就是了。"说着,也不用器械,就用两手将泥乱扒,顷刻间已成了一个深窟。明视就钻将下去,嗅了几嗅,便出来说道:"下面不过三尺深,土性已变过,不会再生长了,但是要掘得快。"众人依言,万手齐举,果然泥的涨度比从前渐减。过了两日,这困难的一段已经成功。文命各处视察一周,深恐还有同样之处,就留了明视在此协助,自己再往西来。那时狂章、犁娄氏等四人监督开山,工程已进行了不少,因为困难之处都是四人亲自动手的。文命看了一转,又吩咐道:"且慢,我要变更计划了。我从前预定,将许多山统统凿去,如今且给我留住几处。"于是指挥四人,将某峰某峰留住不凿,某处某处尽行凿去。四人领命,自去督率施功。文命又向西行,走到雷首山与华山相连之处,但见一派蛮山,实在无可以施功之处。走来走去,上上下下,看了几回,觉得从前的理想实施起来,殊有为难,非八九年之功办不到;即使叫一班天地将动手,亦非三数年不能蒇事,岂不太迂缓么! 想到此际,忧心如焚。再往西走,要想寻一个施功较易之处,一直走到华山西北麓,一条阳盱河的地方,仍是找不出,不由得更焦急起来。没有办法,只得祷告神祇,请求佑助。当下备办了许多祭品,向空设奠;供好之后,倒身下拜,默默地向天祝告;祝毕起身,吩咐从人再预备一只大俎,放在当中,文命将自己上下衣裳浑身脱去,赤条条地伏在俎上,作为牺牲祭品,以享上帝,表示为百姓牺牲的意思。当时与祭的人及侍从的人,看到这种情形,都非常感动,深深佩服。过了一会,文命起来,穿了衣裳,再稽首祝告。祭毕之后,率众东归,再向山南,察看形势。

一日,见山麓尽处有一个大坟,文命就找了土人来问,这是何人之坟。土人道:"这是黄帝上相风后之墓。"(现在山西永济市南风陵渡,有风陵堆,在黄河边,自来相传,以为是女娲氏之墓,因为女娲氏是姓风。《旧唐书》:天宝十一载六月,阌乡县黄河中,女娲墓,因大雨晦冥,忽失所在。至乾元二年六月,濒河人民,闻有风雷之声,比晓,见其墓涌出,上有巨石,石上有双柳,遂谓之风陵堆。依此看来,风陵堆的确是女娲氏的墓了。但是《元和郡县志》又说:女娲墓在任城县东南三十九里。任城县就是现在山东的济宁市。还有山西的赵城县里,亦有女娲氏的墓。照此说来,已经有两个墓了。风后的坟,其他却没得看见。依曹学佺所作的那部《名胜志》上说,这个风陵堆,是风后的坟,想来曹先生必定有所根据,决不是乱造的,所以现在说它是风后之坟。)文命听了,忙叫人备了祭品,亲自到风后坟上,祭奠一会,又叫人加些泥土,补种几株树,方才转身。

　　行不多路,忽听得后面有人呼声。文命回头一看,只见一个老者,衣冠古制,道貌不凡,从路旁转出,向文命拱手道:"崇伯请了!隆情盛意,感激之至。"文命听了,不懂他的话,就还礼问道:"长者何人?素昧平生,对于某有何感激?"那老者笑道:"老夫家乡,本在此山东北,后来蜕化了,托体却在此地。今承过访,赐以酒馔,又加封植,岂不应该感激么!"文命听了,不禁愕然,暗想,今朝白昼见鬼了。然心中虽如此想,脸上却沉静异常,绝不流露,仍旧恭恭敬敬地问道:"那么长者就是风老先生了?"风后笑道:"岂敢,某就是墓中人了。"文命道:"老先生已死,何得复在人间?"风后道:"某乃修炼之士,当初与黄帝共学仙道,所谓死者,不过尸解而已,非真死也。"文命听了,方才恍然,重新稽首致敬。风后道:"崇伯为治水之事,太辛苦了。近日为凿山之事,不惜牺牲己身,为民请命,未免太忧劳。某此次无端现形,固然是谢祭奠之厚意,但是亦有区区意见,前来贡献,未知崇伯肯赐采纳么?"文命慌忙稽首道:"老先生如肯赐教,这是小子求之不得的。"风后道:"崇伯现在想把山海的水放出去,使它归入大海,这种伟大计划是极不错的。但是,现在叫天将、地将去凿的山,太偏东了。依老夫的愚见,还要过西才是。"文命道:"现在凿的山已费工程,再过西去,连着华山,山势愈高,工程愈大,恐旷日持久,似乎未便。"风后道:"这种空前绝后的大计,为万世图久安,照理不应该爱惜区区的工程;况且工程是很容易,不过费一人一手一足之力而已。至于日期,你怕它太迟,我怕它太速。必须将下游种种工作一齐弄妥当了,方才可以来开辟此山,那么万无一失。否则下流没有治好,山势一辟,山海之水滔滔地泻下去,岂不是下流人民又要遭水灾么!"文命听了这话,竟如落在五里雾中,不知道他说的是人话,还是鬼话。暗想这巍巍高大之山,起码总在八九千尺以上,再加以盘亘几百里,说道只要一人一手一足之力,可以开辟,而且日子很短很短,无论如何总没有这个道理。心中不解,正要动问,风后似乎已经知道,便接着说:"崇伯疑心么?现在且不必问,我说了也是无益,你只要等到下流统统治好之后,到华山一游,自有人前来帮助。"文命听了,终是狐疑不定,便问道:"依老先生之言,须向偏西开凿,那么某所拟定开掘的水道亦应该变更了。"风后道:"也不必大变更,只要以我的坟墓为标准,距我的坟墓偏西数十里,正是那山势分劈之处,曲折而东,从我墓前经过,以下就照你原有所定的路线,包管你万年平安。"文命道:"水道变迁,古今不定。太逼近老先生的坟墓,将来难保不受水的浸蚀,那么怎样?"风后笑道:"这有什么要紧!区区遗蜕,本不足爱惜,假使老夫要爱惜,就是将坟墓浸在水中,老夫亦自有方法会得维持,请崇伯采纳老夫的意见就是了。"文命听他说到如此,只好答应,但是心中终是将信将疑。当下又和风后谈了些闲天,又问风后道:"刚才听老先生说,家乡就在此山之北,但是某从前听说,黄帝遇到老先生是在海边,想来那时,老先生适在海边游玩,因而与黄帝相遇,是么?"风后道:"不是东海的海边,就是山海的海边。老夫住处,本在山海之边呀。"(现在山西解县西南。)文命又问道:"从前黄帝有负胜之图,详论六甲阴阳之道,是一种极神奇的宝物,不知此刻在何处?可以见见么?"风后道:"这件宝物,是九天玄女所授。黄帝自用此图之法破灭蚩尤之后,天下升平,亦无所用之,但是总带在身边。后来从南方黟山得道成功,不久要上升了,乃将这图藏在苗山(即现在会稽山)之下,其穴深至千丈,阔约千尺,又用极大的盘石镇压在上面,并且刻两句话语在盘石上,叫作'求之者亡,视之者盲'。这个恐怕难得见呢。"文命听了,不禁失望。风后便与文命拱手作别,说道:"谈久了,后会有期,再见再见。"言讫,一阵清风,倏然不见,文命与随从之人,莫不惊讶不已。

第九十二回

九河既道　凿砥柱山以显中国之道德
华山神浩郁狩见禹　云华夫人为云为雨
群仙集华山

且说文命自从遇见风后之后,便依着他的话,不往北走,先向东行,一路视察工程,随时指点。过了多月,那十条大川已次第掘好了,却是明视之功居多。文命巡视一周,甚为满意,于是每条大川都给它取一个名字。最北的一条,在现在河北省献县东南,因开凿的时候屡掘不成,徒夫震骇,故就取名为徒骇河。第二条,在现在河北省南皮县西北,因工程较大,人夫用得较多,所以取名叫太史,就是"大使"二字的意思。第三条,在现在山东省德州市之南,因它的形势,上高下突,状如马颊,所以取名叫马颊河。第四条,亦在现在山东德市之南,经过河北省庆云县海丰镇入海。这条水中多洲渚,往往有可居之地,状如覆釜之形,故就取名叫覆釜。第五条,在现在河北省沧县,其水下流,所以取名叫胡苏。胡者下也,苏者流也。第六条,在现在山东恩县,因此水开通,水流甚易,所以取名叫简。第七条,在现在河北省南皮县,因此水多山石,治之甚苦,所以取名叫作絜,絜者苦也。第八条,在现在山东乐陵市东南,此水曲折如钩,盘桓不前,所以取名叫作钩盘。第九条最南,在现在山东平原县,此水多厄狭,可隔以为津而横渡,所以取名叫鬲津。还有最南一条,取名叫湿,取它地势低湿的意思,或者省写写作溼字,后来湿字改为干湿之湿,那个溼字又变成了漯字,那个意义就无人知道了,闲话不提。且说这十条大川,流分派别,相去本不甚远,到得下流,复汇合拢来,成为一条极广极大之河。这条河东连碣石,直通大海,潮汐灌输,常常打到里面来,因此也给它取个名字,叫作逆河。名称定好之后,那时水势尽退,恢复几十年前之旧状,于是寻出两个古迹来,一个是人类始祖盘古氏之墓(在现在河北青县南七里),一个是古帝赫胥氏之墓(在现在河北南乐县东四十里)。文命便叫人一一修好,种些树木,又建造享堂祭殿,躬亲祭拜,又各派定二百户人民,叫他们守护。于是,兖州下流治水之事,总算告一段落。然后再向西行,察看中流的工程。从大伾山以西,一直到鼎湖,千余里之地,要凿去好几座山,真是众擎易举,不到几个月,工程已经过半。文命看了,颇觉心慰。

一日,过了王屋山西南麓,行至中条山与崤山东支衔接之处,但听得斤斧之声,铮铮动天,十万人夫正在那里开凿。细看那连绵不断的山,已经凿去不少,但有六个山峰,孤撑特立在当中。最北面两个,如同柱子一般,相对距岸而立。它的南面,又是一个孤峰突起,顶上平而且阔,仿佛一个平台。它的西南,又有凿剩的大石一块,其高数丈,四面有意凿得浑圆,想见工役人等的好整以暇。它的南面,又有三个峰头,分排而立。那时大司农在旁,就问道:"这几个山峰一齐凿去,水流冲下,岂不是更顺利么?"文命道:"我要留它们在那里,有三个原因。第一,是节省工程。这许多峰头,一齐凿去,工程较大,只要水流通得过,就是了。第二,是遏阻水势。我测量过,雍、冀二州间的地势,比此地高五六千尺,而距离则不过三四百里。那股水势,奔腾而下,两岸是山,虽则可以约束,还不要紧,但是一到下流,尽是平地,恐怕禁不住。所以我在下流开了九条大川，以分杀它的势力；又在此地留几个峰头，使冲下来的水受一个阻挡，盘旋曲折而过，那么它的冲荡之力就可以稍缓了。三则，我要借这几个峰头，立一个做人的榜样。大概世界上的人，有独立不惧的性质者少，胸有主宰、不为外界所摇动、引诱的人尤少。看见他人怎样，不问是非，就跟了乱跑；问他何以如此，他就说：'现在人家都是如此，我又何必不如此？'或者明明知道这件事情是不好的，他又推诿道：'大家都是如此，靠我一个不如此，有什么用处呢？'人人存了这种念头，所以遇到一种不良的风俗，不崇朝而可以遍于全国。这种思想，起于滨海的外人。他们习见潮流的汹涌，以为无法可以抵御，无法可以挽回，所以他们的口号，总叫作'顺应潮流'。你试想想看，做人如只要如此，真太容易了！我的意思，一个人总应该有一种独立不挠的气概，一个人总应该有一副能辨真理的本领。果然这项事情是不应该如此的，那么虽则天下之人都是如此，我一个人亦决计不如此；任便人家笑我、骂我、排斥我，我亦断断乎不改我的态度，宁可冻死、饿死、穷死、困死，我断断乎不改我的操守，这就叫'至死不变强哉矫'，这就叫'志士不忘在沟壑'。这几个山峰，我要叫它兀峙中流，经千年万年水流之冲击而挺然不动，显出一种不肯随流俱去的精神，做世人的模范，尊意以为何如？"大司农笑道："尊论甚是。顺应潮流，最是一种取巧的方法，实在不过投机而已。天下都是如此，只有我一个人不如此，虽则于世毫无好处，但是既然有一个我不如此，就那方面而言，究竟少了一个；就这方面而言，究竟还留下一个；假使人人都是这么想，天下岂不是就有希望么！不过顺应潮流容易做，更容易得到利益；独立不挠，不容易做，而且必定受到困苦。我看你虽则立着那个榜样，恐怕天下后世的人，未必会看了动心，还会依旧去干他那个顺应潮流的勾当呢！"文命道："真理果然尚在，人心果然不死,虽则在那举世滔滔之中,终究有几个人能够看我这个榜样的。如其不然,亦是天数,只好听之而已。"

当下文命等就在此处住了几日,看看已完工了,于是依着风后之言,径向华山而来。刚到山麓,只听见山上一片音乐之声,渐渐异香扑鼻,远远地又看见许多人,从山上下来。文命等大疑,暗想,这是何人?遂一面迎上去。不一时,渐渐相近,当头一个,服白素之袍,戴太初九流之冠,佩开天通真之印,骑着一条白龙,凌空而来。旁边两个,稍靠后些,装束一切,大致相同。后面男男女女,羽衣星冠,仙幢宝盖之属,不知道有多少!当头的这个道者,看见了文命等,即便跳下白龙,抢前几步,与文命施礼,又和童律等几个天将施礼,说道:"久违了。"文命还礼之后,便问道:"上仙何人?"那道者道:"某姓浩,名郁狩,华山神也。"又指左边的一个道:"这是地肺山神。"又指右边的一个道:"这是女几山神,都是小神的佐命,听见崇伯治水到此,特来迎接。"文命道:"盛意谦光,极可感谢。不过某的意思,要想将雍州山海之水泄到东海中去,但是崇山峻岭,巍巍当前,施工不易。请问尊神,有何良策可以赐教?"浩郁狩道:"是啊,昨日巫山云华夫人为了此事,已饬人前来通告小神,说道:将要来到此地,会合群仙,与崇伯帮忙。想来就为此事了,请崇伯宽心。"文命听了,慌忙向着西方,稽首拜谢。浩郁狩道:"夫人降临,恐怕尚有多时,请崇伯和大司农先到山上坐坐吧。"文命等答应。

这时,那些男女道流充满山谷,文命便问:"这许多都是何人?"浩郁狩道:"这是小神的从者,共有仙官玉女四千一百个。"文命诧异道:"有这许多从者么?"浩郁狩道:"五岳之中,小神所有的是最少呢!恒山之神,共领仙人玉女七千个,崇伯前几年遇到过的。至于泰山之神,共领群神五千几百个;嵩山之神,领仙官玉女三万人；衡山之神，领七万七百人。那才叫多呢？"文命道："是否以此定五岳之尊卑？"浩郁狩道："亦不是如此，五岳平等，并无尊卑之分。人的多少大概随缘而已。"正说之时，那些仙官玉女已分作两行而立，男东女西，对对相峙。仙官领班的，是地肺山神；玉女领班的，是女几山神；中间辟开一条大路，让文命等行走。浩郁狩将他所骑的白龙，请文命和大司农乘骑，自己却骑在龙的后面。文命、大司农上得龙身，细看那白龙，不过二丈长，鳞甲如银，粗不过槛栱，暗想，这条真是小龙了！好在只骑着三个人，尚是宽敞。浩郁狩又吩咐地肺、女几二山神，叫他们招呼伯益等从人在此等候，不必上来。又与诸人拱拱手，说声"失陪"，一语未完，那白龙已腾空而起。

　　文命与大司农是初次乘龙，但觉龙身一动，四围的树木渐渐都低降下去，升到半空，放眼一望，空阔无边，天风浪浪，吹得有点头眩心晃起来。幸而两个都是大圣人，镇定之功极深，还不至于坐不稳。那时胯下之龙，已经粗到十几围，顿然长到几十丈，才知道这是仙物的变化，并不是真正小龙。那时庚辰等七员天将，深恐文命等或有倾侧，都御空而起，紧紧地在旁边侍着随行。转瞬之间，已到太华山顶，白龙停住，依旧缩得很小。浩郁狩首先走下，文命和大司农亦都走下了。大司农便问浩郁狩道："这山共有多少高？"浩郁狩道："总在一万二千尺以上。"当下，就在山顶上徘徊了一时，北望山海，不过如大镜一面，西望有个峰头，与太华山差不多高。浩郁狩道："这就是少华山了。太华山在西方，于时为秋，于五行属金，禀太阴之气，所以是归玉山西王母直接统治的。那座少华山，禀少阴之气，是云华夫人所直接管理的。"文命道："那么夫人常来此地么？"浩郁狩道："亦不常来。昨日夫人既然说要来此地会合群仙，那么恐怕就要来了。"正说间，只见一阵五彩祥云，从西南而来,冉冉地就降在少华山顶。浩郁狩指着说道:"夫人果然来了。"庚辰等亦说道:"是的,夫人来了。"文命听了,就要过去拜谒。浩郁狩道:"那么,仍旧骑了龙去。"文命道:"某等不是神仙,骑了龙未免不恭,还以步行而去为是。"乌木田道:"步行而去,须要两日才到,夫人是否仍在那边,殊不可知。某看还是骑龙去吧。"文命听了有理,遂吩咐各天将,到山下去招呼从人,叫他们稍待。自己与大司农、浩郁狩骑了白龙,径向少华山顶而来。

顷刻已到,但见云华夫人正在那里指挥侍卫仙女等,不知道做什么事情。文命等降下白龙之后,急忙趋前,要想叩见,哪知云华夫人忽然不知所在,但见一块巨石,兀突地竖在前面。文命与大司农张皇四顾,诧异之极,便问浩郁狩道:"夫人哪里去了?"浩郁狩笑笑说:"正不知夫人到哪里去了。或者这块石头,就是夫人的化身呢!"文命半信半疑,说道:"刚才明明夫人站在这里,并无石头,忽然夫人不见,而石头出现,那么这块石头或者竟是夫人的化身!但是明明是人,何以要化石头;而且我来谒见夫人,夫人即使不要见我,亦何必化石头。这真是可疑的了。"大司农道:"华岳尊神既如此说,或者竟是夫人的化身,我们当它真的,朝拜就是了。"说着,拉了文命,一齐向石头拜下去。哪知这块石头忽然飞腾起来,升到空中,化为一朵轻云,流来流去。忽然之间,那云又油然而止,聚成雨点,霏霏地降下来。文命与大司农拜罢起身,看得呆了,正不知道是什么缘故。忽而之间,雨又止了,但见一只飞鸿,引颈长鸣,在空际飞来飞去。忽而之间,又不是鸿了,是一只鹤,玄裳缟衣,翱翔于天半,时而戛然一声,其音清亮。后来仔细一看,又不是鹤,竟是一只丹凤,毛羽鲜丽,径来到高冈上停下。文命再上前向着她鞠躬,祝告道:"某自从夫人授以宝箓,又派天将扶助,心中感激万分。今日闻得夫人在此,特来叩见、拜谢,奈夫人屡屡变化,不肯赐见,是否某有过恶,不屑教诲,尚乞明示,以便悛改。"哪知文命祝告未完,那丹凤已化为一条神龙,长约万丈,天矫蜿蜒,向空腾起,顷刻不知所在。那些侍卫仙女亦都不见了。文命至此,不禁大失所望,望着天空,木立不语。浩郁狞道:"想来夫人今日有事,不愿延见,我们且转去吧。"当下就拉了文命和大司农,跨上白龙,径回太华山下。那时七员天将齐迎上来,问道:"夫人见过么?"文命摇摇头说道:"夫人不肯赐见。"就将刚才情形述了一遍。庚辰道:"夫人决无不肯见崇伯之理,想来因为会合神仙,有多少尚须布置,一时无暇相见耳。"文命听了,仍是怀疑,又问童律道:"我于夫人,极端佩服,但看到刚才的情形,千态万状,不可谛视,如此狡狯怪诞,恐怕不是个真正仙人!汝等跟夫人长久了,必定知道详细,究竟夫人是真仙么?"童律听了,慌忙为夫人剖辩,说出一番理由道:

> 天地之本者道也,运道之用者圣也。圣之品,次真人仙人矣。其有禀气成真不修而得道者,木公金母是也。夫人,金母之女也。昔师三元道君,受上清宝经,受书于紫清阙下,为云华上官夫人,主领教童真之士,理在王映之台。隐现变化,盖其常也。亦由凝气成真,与道合体,非寓胎禀化之形,是西华少阴之气也。且气之弥纶天地,经营动植,大包造化,细入毫发,在人为人,在物为物,岂止于云雨龙鹤飞鸿腾凤哉!

文命听了这话,颇以为然,疑心尽释,就不再问。后来过了一千几百年,战国时候,有一个楚国的臣子,名叫宋玉,文才颇好,做了一篇《神女赋》,就是指云华夫人而言。因为夫人有这一回化云化雨的故事,他就做了两句,叫作:"朝为行云,暮为行雨;朝朝暮暮,阳台之下。"这不过形容云华夫人的变化,倒亦不去管它。不料楚襄王无端做了一个心记梦,梦见神女来荐枕席,因此后人竟拿了"云雨"两个字来做男女性交的代名词,这真是冤枉之极!闲话不提。

且说文命等降入平地之后,那时地肺、女几二山神正在那里招待伯益等,看见文命来,大家一齐起来迎接。刚要发言,只见天空一个女子疾如飞隼地降下来,天将等认得是云华夫人的侍女陵容华,就问她道:"汝来做什么?"陵容华也不答言,走至文命面前,说道:"夫人叫妾来传语,刚才崇伯光降,因有事未了,不能相见,只得变化隐形,抱歉之至,请崇伯千万不要介意。现在夫人因为要帮助崇伯开辟一座山,所以近日甚忙,今日已来不及了,请崇伯将所有随从人等都叫他们驻扎在对面山上,不要住在平地,并且即速饬人通知此山前面三十里之内的居民,都叫他们搬到对面山上,以便三日之后可以动工。动工的时候,再遣人来奉请。这是夫人的意思。"文命听了这番话,又是感激,又是惭愧,深悔刚才不应有疑心夫人的话语,连连答应,并说"岂敢岂敢",又托她转谢。陵容华去了,浩郁狩便向文命拱手道:"既然夫人如此说,请崇伯就去布置,小神暂且告辞,三日之后再见吧。"文命亦忙拱手致谢。浩郁狩跨上白龙,与地肺、女几二山神及一班仙官玉女,纷纷向山上而去,顷刻已杳。这里文命与大司农带了从人等,先分向各处劝导百姓搬到对面山上去。百姓不知何故,不免惊疑,然而素来信仰政府,亦不致骚扰。三日之中,三十里以内的百姓果然尽数都搬了。

到得第四日早晨,忽见浩郁狩独自一人跨着白龙而来,说道:"奉云华夫人之命,请崇伯与大司农山上相见。"二人听了,即与浩郁狩共乘白龙,向少华山而来,庚辰等天将在后相随。远望那山上,人多如蚁,正不知道是从哪里来的。少顷到了,跳下白龙,只见四围满挤着星冠道服、珠巾玉佩之人,男男女女,文文武武,老老少少,不计其数。但见云华夫人跟了一个慈祥和蔼、丰姿美秀的中年妇人迎上来。文命与大司农刚要行礼,云华夫人就向文命介绍道:"这位是家母。"文命知道是西王母了,与大司农慌忙行礼,又与云华夫人行了礼。西王母见了大司农,就说道:"大唐使者,那年光降敝山,一别到今,不觉几十年,难得今朝相遇,你好么?"大司农唯唯答应。西王母又向文命道:"崇伯治水辛苦了。这次小女瑶姬前来帮忙,邀我们来看一出戏。这出戏,在上界原不算一回事,不过在人间却不常有,可以传为千古佳话了。现在演戏的艺员还没有来,请稍等等吧。"文命听了,莫解所谓,也只好唯唯。细看那无数神仙之中,认识不了几个,只有西城王君和玉卮娘、紫玄夫人是认识的。倒是大司农,前在昆仑山见过的多,大半都觉面善,但是相隔既久,亦记忆不真,只有长头的寿星最熟。大家行过礼之后,随便闲谈,始终并不知道这许多是甚人。后来探问庚辰等,才知道今日所请来的神仙真是不少,大概普通的都请到,亦可算是群仙大会了,但不知道究竟看的是什么戏。

第九十三回

巨灵擘太华　龙伯国大人钓六鳌
济水之命名　肥蟥出见
伯益作《山海经》

过了片时,只见天空一朵祥云,驶如急箭,倏忽已到山巅,云中落下一个道者。西王母及众神仙一齐拍手欢迎,说道:"今日要辛苦了。"那道者一面到处拱手还礼,一面笑着说道:"不成一回事,累得大家齐来观看。如果这出戏做得不好,不要见笑。"西王母和云华夫人都说道:"哪有此事,一定好看的。"文命在旁,细看那道者,长约八尺余,面白无须,柳眉星眼,胆鼻大口,举止闲雅,不知道他究竟有什么大本领,大家请他来做什么。想到此际,只见寿星在旁,便问寿星。寿星道:"这人姓秦,名供海,生于开辟之前,得玄神之道,与元气一时生混沌。他的法力,真是无边!"正说之间,只听西王母说道:"秦先生既来,可以预备动手了,免得大家久等。"众神齐声赞成。秦供海道:"现在戏剧要我做,但是非得大家帮忙不可。第一,从此一路下去,直到海滨,所有昆虫等生物,须得驱除净尽,免致残害。"云华夫人道:"我们早经传谕各山各地之神,叫他们驱除了。"秦供海道:"第二,开山的时候,水势的缓急,岩罅的阔狭,须有人随时报告。否则我在上面看不清楚,一时粗率起来,人民必受其害,大功或因此反而受阻挠,这是我不负责任的。"云华夫人道:"到那时我在下面,自会来通知,总请你用极细心、极轻微的手脚,慢慢地开,就是了。"秦供海道:"既然如此,那么我先去看一看。"说着,腾起祥云,向太华山东北面而去。云华夫人亦纵起祥云,跟踪而去。西王母笑向众神仙和文命及大司农道:"我们亦跟了去吧,想来就要动手了。"于是,众神仙上辇的上辇,驾云的驾云,跨凤的跨凤,御风的御风,纷纷向前山而行。浩郁狩与文命、大司农三人,亦乘着白龙前往。

到得太华山与中条山之间,但见云华夫人驾了祥云,站在半空之中,秦供海却不知所在。向下面一望,只见平地之上,仿佛站着一个身躯极伟之人,在那里东看西望。文命与大司农都觉诧异。浩郁狩在后面说道:"这人就是秦供海呢!"转瞬之间,那秦供海已长到几千丈,身躯亦大得不可名状。文命等在空中,却好紧对着他的头部。朝他一看,哪里还认识他是个人!只见他的头,俨然是一座小山突起于半天;每只眼睛足有十几丈阔,眼睛距离他的嘴,足有几十丈之遥;鼻柱之高,仿佛一个土阜;两耳之大,几如两个丘陵;从左肩看到右肩,相隔何止一二里!真是从来所未见过的伟大人物。然而他的身躯还是不住地在那里增长增大,转瞬之间,文命等已只能紧对他的胸部了。只见他忽然转动身躯,举起他一只几千丈长的左臂,伸起他几千丈长的右腿,俯下身躯,一面想向太华山上推,一面想向中条山上踏。哪知距离似乎还不够些,于是他又立正身躯,增加他的长度,不知道又增加了多少!这时文命等已仅仅紧对他的腹部了,仰首望他的头,已耸出在云霄之外,看不明白;平面看过去,正看到两只大手,其掌之大,大约竟可以遮天,真是不可思议!俯首去看他的脚,正是两只艨艟大舰,假使有一个小小的都邑,恐怕不能禁他的一踹。文命正在想时,只见他身躯又转动了,左足站在太华山下,右足却踏到中条山麓去,再俯倒身躯,将左掌托在太华山的一个大峰上,右足似乎轻轻用力,向中条山踢去,一手推,一足踢,只听见下面轧轧有声。文命急忙俯首下视,原来山势开裂了,中条山已稍稍移而向东,太华山亦稍稍移而向西,两山之间,已露出一条罅隙,山海之水,就从这一条罅隙之中奔腾澎湃,滔滔向东南而去。过了片时,只见云华夫人纵起祥云,直到秦供海头部耳际,仿佛有所接洽的模样。那秦供海顿然左手收转,身躯立正,身躯也渐渐缩小。文命等忽而已正对他的胸部,忽而又正对他的头部,忽而又只见一个极伟大之人站在平原之上,忽而见他恢复原状,驾起祥云,升到空中,与西王母、云华夫人及诸位神仙拱手道:"献丑献丑,勿笑勿笑。"这时候众神仙一片欢呼拍掌之声,震动天空。秦供海说声"失陪",霎时间云去如电,转瞬就不见了。这里众神仙亦纷纷告辞,云华夫人一一相送。最后西王母也去了。

云华夫人向文命道:"时候尚早,我们且再到山上谈谈吧。"文命大喜,遂和浩郁狩、大司农骑龙再向少华山头而来。一时降落,文命先向云华夫人谢神功帮助之德。云华夫人道:"这个并不是我之力。从前家母和大司农早说过了,所谓纯系天意。天意没有挽回,虽有神仙,无从措手。天意已经悔祸,自有神力前来帮助。这个岂是我的功劳呢。"文命道:"这位秦供海先生的道力,实在不小,将他的身躯化得这么样大!"云华夫人笑道:"这个哪里算得大呢,从前海外龙伯之国的人,那才叫大!大起来,竟无可比喻。海中本来有岱舆、员峤、方壶、蓬莱、瀛洲五座大神山,每山周围高下三万里,每山的距离中间相去七万里,那么并计起来,极少总有五十万里了。哪知这个龙伯国的大人,到得那山上,举起脚来,不到几步,而五座大山的地方已经给他走完,你看这个岂不是大极了么!"文命听了,不禁咋舌道:"原来世上竟有这样大的大人!真是可骇了。但是此刻这个龙伯国在哪里呢?"云华夫人道:"此刻这个国没有了。因为这五座神山,是浮在海中的,时常浮来浮去,上帝恐怕它流到别处,所以责成北海神禺强设法管理。那禺强叫了十五只巨鳌,举首戴住,不使它动。哪知有一年,龙伯国的大人忽发雅兴,拿了一根长竹,做成一个钓竿,垂到海中去,转瞬之间,将负戴岱舆、员峤两山的六个巨鳌一齐钓起,背了回去,烧煮了大吃,又将鳌的骨头穿起来,做成算学的筹码。那岱舆、员峤二座神山,既然没有巨鳌的负戴,于是就流到北极,沉于大海之中。那时候,两座山上的群仙列圣,遭劫的,播迁的,不计其数。上帝大怒,于是侵灭龙伯国的地方,使它狭小;又侵小龙伯国的人民,使他短缩,所以此刻这种大人没有了。"文命道:"秦供海先生如果尽量长起来,能够和龙伯国大人一样么?"云华夫人道:"两个是不同的。龙伯国大人的长,是天所生成;秦供海的长,是由他变化。天所生成的长,无可改变;变化而成的长,无可限制,就是要叫他长得比龙伯国大人加几倍,亦未始不可。所以我们给秦供海上一个徽号,叫作巨灵大人,就是说他的巨大,无非一般灵气之变化而已。"文命和大司农听了,都非常叹异。云华夫人道:"现在太乙既分,诸事急待整理,崇伯和大司农可请转身,我们改日再见吧。"文命等唯唯。云华夫人自率侍卫仙女等,乘云冉冉而去。文命和大司农仍与浩郁狩骑龙来到对山,浩郁狩亦告辞去了。

伯益、水平一班人迎着文命,都说道:"奇事奇事!我们早晨正在这里远望,只见少华山上氤氲瑞气,料想是神仙在那里聚集,我们无缘,不能瞻仰,倒也罢了。忽而之间,那股瑞气由山顶移到空中,而太华山与中条山之间,现出一根圆柱,其高矗天,其粗无比,圆柱下面,又分出两根圆柱,比较细一点,一根直通到此地来。但听得天崩地裂之声,我们个个震得耳聋,人亦站立不住,前仰后合,倾跌的不少,只觉天旋地转,头脑眩晕,过了好一会,方才停止。细细一看,山也分了,圆柱也不见了,究竟是怎样一回事?"文命便将巨灵大人秦供海之事,大略说了一遍,众人听了,无不骇然。当下文命率领众人,下山一看,只见那山海之水,正从山势分裂之处奔腾而出,恰恰流过风后陵前,转向东去。文命要察看它一路经行,有无妨害人民田地之处,于是顺着它径向东走,但见两岸山势束缚,水流尚安。到了那六根石柱之间,水势直冲过去,撞着石柱,不是倒冲转来,就是分向两旁,形成激湍,浪花飞溅,白沫跳珠,前者既去,后者又来,但是任你日夜冲击,那六根石柱始终不动。文命观看良久,将这六根石柱取了一个名字,叫作砥柱山。砥字的意思有两个:一个是其山之石,可以为磨刀的砥石,所以叫作砥柱;一个是其山上面平坦,有似乎砥,所以叫作砥柱。从此,"砥柱中流"四个字遂成为中国道德上一个美名词了。

且说文命从砥柱再向东行,到了荥泽的北面,只见那条沇水已经掘断,一半在北,一半在南,中间就是新开的大河,变成一个十字形。但是沇水发源于高山,流势很急,虽则中间截断,但是水流滔滔,仍向南岸直冲过去,不给中流的水所搅乱。文命于是给取一个名字,叫作济水,济字是渡水的意思,水能渡水,真是千古所创闻,独一而无二的。文命再往下行,但见一片莽平,尽是原野,从前的黄泽、大陆泽等湖水,都已倾流到新开的川中去。渚泽之底,已渐渐涸露,变成陆地。洪水之患,大约在此地已可无患。

于是转身再往西行,到了巨灵所擘分的华山边来观看那水势,但觉山海的面积已缩小了十分之六七。文命向大司农道:"照这情形看来,再过几时,这个山海所涸出的陆地可以种植,增长农田不少呢。"大司农道:"且慢,还要察看它的地质土味如何。某知道潴蓄不流的水,内中所含的碱质必多。山海之地,四面不通,经过几千年之久,恐怕斥卤不能耕;或者先用什么方法使斥卤涤尽,再慢慢用肥料变更它的土性,那么才可以成为上上之田。"(现在陕西合阳县、韩城市等处都有盐池,而以山西解县、安邑县中间的盐池为最著,可见是当时山海中最深之地了。)正说到此,忽见空中一条似龙非龙的动物,向西飞腾而去。狂章一见,大叫:"不好,这是肥鳢呀!怎样会给它逃出来?"文命忙问:"什么叫作肥鳢?"狂章道:"这是条蛇,出在此山,六足而四翼,如若出现,天下必定大旱。从前西王母因为它能致旱,所以设法禁锢着,不使它出来,不料今朝竟走出了。"乌木田道:"我们捉住打死它,免得害人。"繇余道:"它去得远了,哪里还捉得着呢!"黄魔道:"不打紧,它总在这山里,不会远去的,我们寻一寻看。如寻得到,最好;假使寻不到,亦是无害,我们的人事总已经尽了。"庚辰等都说道是,于是七员天将禀准了文命,各绰兵器,腾起空中,向那肥鳢去的方向追去。

哪知肥鳢果然踪迹全无,七员天将分头细找了多时,杳无端绪,只得回来。鸿濛氏道:"那肥鳢是一种蛇类,虽则能飞,毕竟总须藏身山石之间,让我们去寻吧。"文命点首称是,于是七员地将亦各绰兵器,遁身入地,到处去寻。文命等在外,等候了半日,只见兜氏从地下钻出来,报告道:"肥鳢已给我们寻了着,它藏在西山之麓,一株大树之下,五尺深的里面。现在鸿濛氏等监视着它,暂不动手,恐怕一经动手,捉它不住,飞出地外,又须往他处逃。所以由某来通报,请七员天将到彼处守候,等它出来,上下交攻,庶几一鼓可擒。"说着,指示了方向,仍复入地而去。这里童律等亦急忙纵身向西而来。哪知过了太华山峰,只见鸿濛氏等六人正在那里四处寻找,那肥鳢已不知去向。原来这肥鳢修炼多年,它一出来,能够使天下大旱,它的本领自然不小,它的脑筋自然亦非常灵敏。现在看见许多人远远监视,料想不怀好意,三十六着,走为上着,于是霍地窜身出外,又向南逃。鸿濛氏等赶快追出,已来不及。等到兜氏回转去时,不但肥鳢不见,连鸿濛氏等六人亦不见,料想必是追赶肥蟥去了,于是亦钻出地来,恰恰与众人撞着。气得章商氏大顿其足道:"可恶之极!这孽畜竟有如此之狡狯,我誓必擒之。"于是与七员天将商议,请他们在空中分头瞭望,七员地将到处搜寻,果然在南方一个山石之下,被章商氏寻着了。章商氏不敢怠慢,上前擒捉。哪知肥蟥非常刁狡,一见章商氏,转身往后就逃,再一转身,又出地外,向天空飞去。恰值黄魔、乌木田两个天将看见,就来擒捉,肥蟥见了,料不是事,忙又向地中钻去,又值陶臣氏、乌涂氏两员地将赶来,它只得又往外逃。忽然天空一阵飞拍之声,一条神龙,伸着五爪,上前径将肥蟥抓住,直到山顶落下。众天将一看,却是那条应龙,不禁大喜,遂一齐降下来。黄魔生性最急,举起大锤,正要来打死它,忽听得空中有人高声大叫道:"诸位请停贵手,万万勿伤它的性命。"大众一望,原来是一位神将,银盔银甲,皎如霜雪,乘云直驶到山头,与众天将拱手行礼。众天将认得他是华山将军邹尚,便问他道:"邹将军!你来做什么?"邹尚道:"适才经过此地,看见黄天将要将这肥蟥打死,某知此物命不该绝,特来求赦,请将这肥蟥交付了某,由某去严加管束就是了。"黄魔道:"此物出来,能致旱灾,有害无益,留它何用?"邹尚道:"这次决不会发生旱灾,诸位请放心。"乌涂氏道:"为什么呢?"邹尚道:"这次它出来,不是它自己要出来,因为山脉分开,地壳变动,它的窟穴栖息不住,王母禁锢它的符咒又破坏失效,因此逃出来。所以揆之情理,和它私自出来为害百姓不同,尚有可原,请诸位赦了它吧。"众人听说,都答应了。应龙的大爪一松,那条肥蟥登时恢复了它的自由。邹尚谢了众人,便要带了肥蟥而去。狂章道:"且慢,我们今朝离了崇伯,到处搜逐肥蟥,现在捉到了,就是因邹将军之令,要赦它的性命,亦应该禀告崇伯才是,岂有一双空手回去复命之理!崇伯还在那里等我们呢。"众人听了,都说有理,于是请邹尚带了肥蟥,径往前山而来,那应龙却自由自在地飞去了。天地将等见了文命,便将搜获肥𧕦的始末报告了一遍,又介绍邹尚。文命就向邹尚道:"既如此,就请贵将军带去,严加管束吧。"那邹尚向文命行礼,称谢,带了肥𧕦,乘云而去。后来这肥𧕦长久不出,直到夏朝之末,又出现于阳山,以致有七年之旱灾,赖成汤祷雨桑林而降雨,可见肥𧕦的为害是甚大了,这是后话不提。

且说邹尚既去之后,文命忽然想到一事,便和伯益说道:"我们这次治水,须周行天下,旁及万国,所过名山大川,奇异的神祇、人民和一切动植物当然甚多,你可以记载下来,将来编成一部书,昭示万世,裨益不少。最好连它们的形状都画出来,我将来还有用处呢。"伯益道:"极是极是,从前看见的几种,某都已将它们记载及图画了。"文命大喜。次日,就率领众人向孟门山而行,因为宣泄山海的工程既然告竣,以后最困难的就是孟门山了。那时山海之水初泄,沮洳泥淖,非常难行,过了多日,才到孟门山相近。但听得砰訇之声,震动天地,恍如雷鸣,愈行愈近,其声愈大,远远一望,但见孟门山上,如银河一匹倒挂而下,水量之大,极可惊异。此时文命等所坐的船,为冲来的水势所阻,不能前进,乃向东方高处而行。忽见竖亥飞奔而来,文命问他何事,竖亥道:"小人前日奉命,到帝都去呈递奏报,已经递到。现在太尉公文一件,说是极紧要的,叫小人从速带转,因此急急地跑来。"说着,将公文取出呈上。文命接来一看,原来是冀州东部诸侯的奏报,上面写着"现在碣石山西北部又发生水患,泛滥得不得了,从前一切工程几乎破坏无余,请速饬崇伯前来施治,以救百姓"等语,后面又有太尉舜亲笔批语,系"着交崇伯察看,酌夺施行"十个字。文命看了,不禁大骇,暗想,冀州东部早已完工了,何以忽然又会得发生水患?如果治好之后还要发水,那么这个水患真是无治平之日了。一面想,一面将这奏章递与大众传观。众人看了,亦都面面相觑,莫名其妙。苍舒道:"既然如此,还是先治此地呢,还是先治那边呢?"文命道:"此地总是如此情形了,先到那边去吧。"这一夜,文命翻来覆去,竟睡不稳。一至天明,就起来督率众人动身,路近帝都,亦不绕道入觐,一径向东而去。

第九十四回

逆河中鱼妖为患　伯益作井而龙登玄云，神栖昆仑
铁索锁鱼妖　玄龟负泥封印山川

且说文命到了冀州东部之后，细看那九河的工程，只有最北的那条徒骇河颇有破坏，其余尚好。再向东行，察看逆河北岸，那水势却泛滥得厉害了。文命暗想，莫非海潮太猛的缘故么？然而从前施工的时候，亦曾计虑到此，所以防御工程做得很坚固，何至于破坏到如此呢！后来再一想，莫非又是息土作怪，陡然起了变化么？但是明视这个人，自从九河成功之后，他就告退，隐居中山（现在河北正定县等处），此刻谅无从寻找，只得罢休。想到后来，决计亲自渡过去，考察一周，再定方针，便叫从人先去预备船只。哪知当地土人都说道去不得，去则必死。文命听了诧异，便问道："为什么去则必死呢？"土人道："自从前两月起，逆河之中，狂风时起，起风之后，惊涛拍天，总要翻几只船；船上之人，个个溺死，连尸首都无处寻找；如去寻找，连寻找之人都溺死，尸首亦不知去向；历试历验，所以我们只好将行船的事业搁起，不敢再冒险了。"文命听了，越加诧异道："有这等事！"土人道："近来更不得了，坚固的堤防，统统都被它打毁，堤防以内的村落人家，都被波浪卷去，死人无算，但亦从没有找到尸首。大家都猜疑逆河之中出了妖怪，或者是碣石山开通之后，从海中来的那些妖魔，不知是不是。"

— 843 —

文命听了,忽有所悟,也不再问,便即作起法来,口中喝道:"逆河之神何在?"哪知连喝数声,绝无影响。文命益发诧异,暗想道:莫非逆河是新取的地名,还没有神祇管理么?还是此法忽然不灵呢?正在没法,忽然想起应龙,遂仰天大叫道:"应龙何在?"只见应龙从空中夭矫飞来,到得文命面前,顿然缩小,向文命点头为礼。文命吩咐它道:"尔是神龙,水中当然可以去得。现在逆河之中是否藏有水怪,为民生之害,尔可下去探听,归来报告。"应龙听了,掉转身躯,直蹿水中而去。文命等均立在岸边等候,过了多时,只见逆河中流波浪汹涌,忽起忽落,仿佛如在那里争战一般。七员天将于水性不熟,七员地将却是来得的,看了之后,禁不住向文命道:"我们去助战吧。"文命答应,七员地将即各绰兵器,一齐入水而去。须臾之间,但见波浪汹涌得更加厉害了,忽而一个大浪,直向东方而去,后面无数大浪,跟着而去,霎时间波平浪静,声息全无。过了许久许久,只见应龙从东方拏攫而来,左爪之中抓着一件圆如车轮、亮如明月的东西,到了文命之前放下。大家细看,上面还有些血迹。接着七员地将亦陆续从水中钻出来。文命便问他们怎样,章商氏道:"原来是个鱼妖,已被应龙杀败了,这个就是它的鳞甲。我们赶到之后,八面围攻,它便向碣石山外逃去。我们追了一阵,忽然不知所在,寻找无踪,深恐崇伯在此盼望,所以先归来报告,明天我们一定去擒捉它来。"文命问道:"这个是什么鱼怪?"鸿濛氏道:"怪得很,头像蛇,有六只脚,两眼又和马耳相似,不知道它究竟是鱼妖不是。"犁娄氏道:"我看这鱼妖凶残得很,河底里堆满了人的骸骨,一定是它所吃的,倘不除去,为害不小。现在不知躲到海外去,还是仍在逆河之中。假使仍在逆河之中,一定可以捉住。"

　　文命听了,刚要发言,忽见水中又钻出一个人来,衣冠败敝,面目鳌黑,形容枯槁,上前向文命稽首道:"逆河水神叩见。"文命大骇,便问道:"原来尔就是逆河水神么?我刚才召尔,尔为什么不来,到此时才来?"水神又稽首道:"不瞒崇伯说,小神自前数月蒙上帝简放来此,受逆河水神之职,不料过了一月,就有这妖精来与小神争夺,说道这个逆河水神应该归它做的,说小神不配做,硬要将小神驱逐。小神官职虽微,系出自帝简,岂肯相让,但是斗它不过,结果被它捉住,囚禁在水道之下,到现在已有好多月了。若是生人,早已饿死,然而小神亦狼狈不堪。适才崇伯敕召,小神亦知道,只因身遭囚禁,不能前来,尚乞原恕。"文命道:"那么此刻怎么能够来呢?"水神道:"刚才有小神旧日的侍从,被妖精胁去的,跑来解放小神,说道妖精已为神龙杀败,遁逃去了,因此小神得脱,特来叩见请示。"文命道:"原来如此,你可知道这妖精究竟是个什么东西?它的巢穴在什么地方?"水神道:"小神初到此地受任,即被妖物囚禁,一切都没有调查清楚,所以不甚了了,但知道它是个鱼精罢了。"文命听了,沉吟一会,向水神道:"那么汝且请转去,好好地受任治事,待我再设法除此妖怪。"水神稽首,入水而去。这里文命就问七员地将道:"汝等确见那妖物向碣石山东而去么?"众将道是。文命乃再吩咐预备大船,要渡到碣石山去。这时百姓看见文命呵叱鬼神,又知道妖精已杀败遁逃,知道行船决无危险,于是个个都将大船撑来听用,共有三十余艘之多。文命率领大众上船,七员地将和应龙都在水中护送,以备不虞。

不两日,到了碣石山旁,文命站在船首,作起法来,喝道:"碣石山神何在?"转瞬间,那个彘身蛇尾八足的碣石山神已到面前,向文命稽首。文命便问道:"此地有妖精为患,汝可知道它的来历和行踪么?"山神道:"小神知道,它是个蒲夷鱼之精,又名叫冉遗鱼,形状甚怪,鱼身、蛇首、六足,其目如马耳,就出在此山的㴲水里

845

面。前数年,天吴、罔象为患的时候,它亦曾投在他们部下,共同为害。后来天吴、罔象收服,不知它如何竟得漏网,可是旧性不改,依然到此地来虐害百姓,这是它的历史了。"文命道:"它此刻躲在什么地方,汝知道么?"山神道:"山神之职,专司山林,水中之事不甚了了,不知它在何处。"文命道:"那么多谢费心,请转吧。"山神行礼而隐。

文命又作起法来,向东大喝道:"东海神阿明何在?"隔了好一会,不见影响。又喝了一声,只见海中涌出一乘青色华丽的车子,车上坐着一个美丽的妇人,年约三十余岁,一径来到文命面前,下了车,深深向文命行礼。文命诧异之至,便问道:"尊神何人?"那妇人道:"贱妾乃东海君冯修青之妻,朱隐娥是也。东海神阿明与妾夫,刚于前数日以公事往昆仑山去,据说需要后日方可归来。项间奉崇伯敕召,不能前来,又不能置之不理,一霎时水府中惶恐之至,不得已只好由贱妾前来代见,并且说明缘由,实属冒昧之至。不知崇伯敕召东海神阿明,有何要事?"文命听说,连连道歉道:"原来如此,反劳夫人玉趾了。某所要问的,就是蒲夷鱼妖为患,伤害百姓,现在已被杀败,但不知躲藏何处,某想诛灭它,以绝后患,不稔夫人亦知道此事么?如不知道,不妨请转,待东海神归时某再商量。"朱隐娥道:"此事贱妾亦有点知道,这妖鱼的大巢穴,就在此碣石山下,更有一个大洞,向西北直去,连通几百里,处处有穴,可以出入。前日东海神阿明与妾夫见它为患,便派兵来驱除,但是部下都是海军,利于深水,一到内河,便觉不宜。那鱼妖躲到深巢长窟之中,那更奈何它不得了。这次到昆仑山去,听说就是为这鱼妖之事,崇伯且静待他们归来,必有除妖之法也。"文命听了大喜道:"既然如此,夫人请转,劳驾了。"夫人向文命行礼,登车自去。伯益问文命道:"既有东海神,又有东海君,是什么道理?究竟神位大呢,君位大呢?"文命道:"是呀,我亦正在这里疑惑,且等将来再问吧。"

过了两日,东海神阿明前来谒见。文命问他鱼妖之事,阿明道:"小神为此,特诚到昆仑山,请求西王母设法。据西王母说,不久崇伯就要来此擒捉它,但此怪虽恶,姑念它修炼苦功,暂贷其一死。它的巢穴在此碣石山下,它的别府在离此西北五百余里之地,请崇伯到彼处掘一深井,穿通它的别府,那时小神等自有擒制它的方法,请就去布置吧。"文命道:"它的别府究在何处,某不知道,怎样办呢?"阿明道:"崇伯身边自有至宝,何以不用呢?"文命听了,恍然大悟。阿明即告辞而去。这里文命就率领天地十四将及各僚佐,向阿明所指示的地方,水陆前进,一面时时用赤碧二珪向地中探照。果然离地面数十丈之下,有长沟一条,自东方而斜向西北,于是大众遂沿着这条长沟而行。七员地将看了,商议道:"我们起初,以为这妖鱼逃到海中去了,无处可寻,所以只好随它。如今既然知道就在这条长沟的两头,那么我们尽可以去捉来献功,何必等那东海神,更何必请求西王母,如此小题大做呢!难道我们七个人,连一条妖鱼都捉不住么?"七员地将商议定了,也不禀告文命,就要入地而去。倒是七员天将知道了,阻止他们道:"西王母不叫你们去捉,一定要如此大举,必有一个缘故在内,我看你们还不如省事些吧。"七员地将哪里肯听,都说道:"我们试试何如?好在即使捉不着,亦不碍事。"说罢,相率入地而去。章商氏、乌涂氏在前,陶臣氏、卢氏、兜氏居中,鸿濛氏、犁娄氏断后,到得长沟边,只听见沟中水声汩汩,仔细一看,原来是向东南流去的。七人商议道:"现在我们先攻它的总穴呢,还是先攻它的别府?"卢氏道:"我们分作两队,一队攻总穴,一队攻别府,如何?"乌涂氏道:"不可,我们七个人,岂可分离!还是在一起为是。"正说间,只见沟中之水忽然汹涌起来，改变了方向，刚才向东南流的，忽而向西北流了。众人正是不解，哪知后面一条妖鱼，舒着它的六足，扬鬐鼓鬣而来。众人看见，哪敢怠慢，各绰兵器，迎头痛击。那妖鱼出于不意，要想避开，却因沟中狭小，不能旋转，只能伸着六爪，拼命地向前抵抗。兜氏的叉和犁娄氏的犁早给它抓住，向后一拖，两人立足不住，丢了兵器，往后便倒。鸿濛氏、章商氏等见了，急忙奋身跃进，鞭矛齐下，妖鱼身上亦中了几创。那妖鱼见不是事，忙将大口一张，忽而又一翕，那沟中之水一进一退，迅速异常，摇摆不定，各地将置身不稳，前仰后合，纷纷倒地，急忙遁入土中。那时兜氏、犁娄氏亦早遁入土中。七人会集之后，再到沟中来寻那妖鱼，早已不知所往了。兜氏、犁娄氏找着了他们的兵器，又是愤怒，又是诧异，然而知道妖鱼厉害，不敢再想擒捉它，只得仍旧回来，跟了文命，一路沿着长沟前进。

一日，忽见长沟尽处有一个极大的深潭，知道已经到了妖鱼的别府了。于是认定方向，就在它的上面动工凿井。凿井之事，本来只有太尉舜最为擅长，但是伯益于此道亦很有研究，文命就将这个工程委托了他。伯益指挥工人，教授方法，一层一层地掘下去，可是这个工程比寻常的凿井为难。因为寻常的井，至多不过十几丈深，这口井要深到五六十丈，愈深则愈困难。幸喜得七员地将，在地中行走如在空间，绝无障碍，因此一切都是他们的功绩。过了两日，已经与妖鱼的别府凿通，成了一口深井。忽听得地底隆隆之声，震动不绝，接着，一股阴寒之气从井中直冲出来，众人触着，都打了一个寒噤，正是不解。文命用赤碧二珪一照，但见井底深潭之中，水波起落，荡漾高低，震动得不得了，亦看不出其中有什么缘故，遂向七员地将道："你们下去探听情形，前来报告。"七员地将领命，径入地中，到了深潭和长沟相接之处，只见一个黑面小人儿，后面跟着一条小蛇,正由长沟向深潭而来。那小人儿看见七员地将,就向他们说道:"我已将妖鱼擒住,就要向井口出来,烦诸位先去通报崇伯一声吧。"七员地将听了,四面一看,并无妖物,然而亦不好问,只能出来报告。文命就率领众人,在井口等候。须臾之间,只听得地中隆隆之声愈厉,陡然一道黑光,从井口涌出。大家定睛细看,原来是一位黑面黑须、黑盔黑甲的神将,跨了一条黑龙,手中牵着一条黑索,那黑索一端还在井内。那黑神出井之后,下了黑龙,过来与文命行礼道:"崇伯请了!妖鱼已经擒获,现在禁锢在水底,用此黑索锁着。请崇伯在此井外,立一根石柱,就将此黑索系在柱上,那妖鱼可以永永无患。但是不可以将黑索向上抽掣,恐妖鱼牵动,水将上涌,切记切记!"文命不绝地称谢,便问他姓名爵秩,那黑神道:"某乃昆仑神将之一也,奉西王母命特来收此妖孽,今将仍栖于昆仑矣。"说罢,将黑索递与文命,纵身西跃,倏尔不见。那条黑龙亦奋身而起,一道黑云,氤氲包裹,渐升渐高,黑云亦愈浓,久而久之,方才不见。《淮南子》上有两句,叫"伯益作井而龙登玄云,神栖昆仑",就是指此事而言,闲话不提。

且说文命自从听了黑神之言,就叫人在这口井的旁边,立起一根石柱,造得非常坚固,便把黑索系在柱上,一桩擒捉鱼妖之事总算完了。现在河北省卢龙县城内,此井此柱均尚在,黑索亦仍系着。如有人将黑索一掣,水即上涌,真是几千年留传之古迹了。石柱立好之后,文命就叫大临、叔达二人留下,修理这次破坏的一切工程。自己带了众人,正要动身,忽见东方有两条青龙,龙上各坐着一人,直驶而来,到文命面前降下,齐向文命行礼。文命一看,两个都是冕旒执笏,仿佛王者气象,一个认识,就是东海神阿明,一个却不认识,由阿明介绍道:"这就是东海君冯修青。"文命听了,慌忙致谢道:"原来就是东海君,失敬失敬!前日烦劳尊夫人,谢谢

849

谢谢！如今妖鱼已被禁锢，全仗二位大力，感激之至。"阿明道："此非某等之力，乃西王母所教也。西王母还有一物，嘱某等奉上，请崇伯收用，以为治水之助。"说着，在龙背上取出一个玉盒，约有五寸见方，放在地上，又将盒盖揭开，说道："河精使者！可请出来了。"只见盒内所藏，乃是一个小小玄龟，龟背上满堆着青色的泥质。那玄龟听见阿明一叫，顿然蠕蠕而动，昂首，舒足，曳尾，立刻爬出盒外，顷刻之间，身躯渐大，已有一丈周围。文命知是神物，但不知于治水有何用处，正在悬揣，冯修青道："这是上天的钤记。崇伯治水，凿山浚川之后，必须加上一个钤记，一切妖魔自然望而生畏，不敢肆行骚扰，才可以长治久安。这次碣石山一带已经凿好，还有这妖鱼来为患，西王母说，就是没有加盖钤记之故，所以叫某等将此物带来，赠与崇伯。以后一山一水凿好浚好，叫这玄龟用青泥印起来，那就好了。"文命道："它的印文在腹下么？"阿明道："不是，在它颔下。"说着，那玄龟已昂起它的头，身躯亦暴长到二丈以外。文命细看它的颔下，果然有印文，皆古篆形，作九州山川之字，便又问道："怎样印呢？印在何处呢？还是要指点它印呢，还是它自己会得印呢？"冯修青道："它自己会印。印在何处，它亦能知道。它的名字叫河精使者，以后如须用印，崇伯但吩咐它一声就是了。"文命听了，就向那玄龟说道："如今碣石山已凿好，九大川已掘好，河精使者！你替我用印吧。"这时文命等正站在逆河与徒骇河相汇之际，玄龟听说，就蹒跚而行，先到徒骇河岸旁，将身一摇，那背上的青泥簌簌落下，积成一大堆，但是背上的青泥看去并不觉得减少，最是可怪。那玄龟堆好了青泥之后，倒退下来，昂起它的大头，将头颈向泥上一按，随即退转，将身躯缩小。

众人过去看时，只见青泥之堆，约有八尺高，一个印文，玲玲珑珑地印在上面。大家都叹道："这个真是神物！"这时玄龟又蹒跚东行,到得逆河旁边,又将身躯张大,摇落些青泥,又用颔印好,然后身躯再缩小,蹒跚地跑到那玉盒之边,爬进盒中,伏着不动。阿明道:"想来这两处都已印好,要换地方了。照此看来,河精使者的用印情形大略不过如此。那边碣石山,以及其他新开凿的山川,统由崇伯带去用印吧,某等失陪了。"说罢,与冯修青一同行礼,便要起身。文命忽然想起一事,忙止住他们道:"且慢且慢,还要请教,从前捉天吴、罔象的禹虢,是管理东海全部的,尊神是管理东海一部的,这位东海君又是管理何部的呢?二位官职,究竟孰尊孰卑,还望明示。"阿明道:"某与东海君,无所谓尊卑。以职守而言,某稍稍吃重,大约如世间之所谓一正一副而已。"文命听了,方才明白。阿明等去了,文命带了玄龟,先到碣石山,又到九大川,以及此外新开凿的山川地方,一一叫玄龟用青泥封印讫,然后再往孟门山而来。古书所记"夏禹行水,玄龟负青泥于后",就是指的这桩事情;而后人的印泥篆刻,亦是肇端于此;聚土为界,亦此遗象也。

第九十五回

禹凿龙门　禹入龙门穴
八威之神　伏羲氏赐禹玉简

且说文命到了孟门山,相度形势,指挥工人,先在山下,向南开凿一条大川,使孟门山上喷下之水直向巨灵大人所擘开的山谷中泻下去,以为开凿后之预备。一面叫苍舒、梼戭等督着人夫,动工开凿孟门山。预定那口子阔约一里。一时斤斫斧凿,铮铮之声,日夜不绝。这个工程,比碣石山及其余诸山,困难百倍。文命因见苍舒、梼戭二人太辛苦,又添派龙降、仲容等帮忙,其余工人亦分班轮流替换,厚加赏赐,以为奖励。

一日,正在施工之际,忽然一块大石陡从山下崩去,这亦是寻常之事。但是这块大石崩去之后,大石之下发现一穴,其深似不可测。大众看了,非常奇怪。文命知道了,亲自来看,又用赤碧二珪照了一会,仍然窅不见底,觉得这个穴有点古怪,决定亲自进去探视。众人听了,齐来劝阻道:"不可轻临险地,不妨叫地将等去看看便了。"文命道:"不要紧,我这次愿意自己进去。你们如不放心,叫鸿濛氏、乌涂氏二人跟我,就是了。"二人得令,各绰兵器,跟了文命向穴中走去。起初尚有光亮,后来渐渐幽暗。文命秉着赤碧二珪之光,鸿濛氏、乌涂氏二人是善于地行的,不以为意,依旧向前猛进。可是那条路却艰危异常,忽而极高,有如陡壁;忽而极低,有如陷阱;忽而极窄,两人不能并肩;忽而穴中有穴,且极低小,必蛇行匍匐而过;忽而又极广大,约数亩地之宏,而其中又有湖泊,寒气逼人。文命至此,毫无畏惧退缩之意。走了约数十里之遥,愈行愈暗,困难愈甚,后来连赤碧二珪都失其光耀了。鸿濛氏、乌涂氏本来在地中走惯的,至此,两目亦辨不出东西,不觉大诧。鸿濛氏就向文命道:"崇伯!这事可怪,我们不能再走,如何是好!可惜不曾带得火来。"乌涂氏道:"岂但不能再进,就是退转去亦难,因为我腹中饥饿之至,气力不加了。"这句话提醒了文命,原来文命自从进穴之后,并没有进过饮食,穴中昏暗,不辨昼夜,其实已经过了一日一夜有余。文命秉质强健,长途跋涉,不畏劳苦,又赋性坚忍,不肯退缩,故入穴以后,拼命前进,虽觉饥饿,亦忍住不顾,务期达到目的而后已。如今目的不能达到,而腹中又实在饥饿难当,给乌涂氏一说,不觉站住了,亦有点踌躇起来。鸿濛氏道:"请崇伯在此小憩,乌涂氏伴着,由某急行到外边,先寻些饮食来果腹,如何?"文命道:"甚好,我们就等候在此,汝快去吧。"鸿濛氏正要起身,只见乌涂氏用手指道:"那边不是有火光么?"文命与鸿濛氏一看,果然数十丈之外,有两三点火光,摇曳不定,似乎渐渐行向前来。鸿濛氏道:"不要是什么妖魅!你保护着崇伯,我去看来。"说着,绰起长矛,径向前去。那火光亦渐行渐近,仔细一看,火光之中,乃是章商氏、犁娄氏两个,执火之人乃陶臣氏、兜氏、卢氏是也。鸿濛氏大喜,不及细问,急忙同来见文命。文命见了亦大喜,便问他们道:"汝等如何进来?"章商氏道:"自从崇伯进穴以后,大众在穴外等候至半日之久,天已暮了,不见崇伯出穴,大众已非常忧虑,又过了多时,仍不出来,益发惶惑。那时某等就要进穴来寻找,之交、国哀、真窥、横革这几个素来护卫崇伯的人,亦定要跟进来。某等说,我们是善于地行的人,走得很快,你们进去,不免吃力,徒多累赘。后来苍舒、伯益、隤敳、伯奋几个人做主,硬孜孜止住了他们,单叫我们五个进来。大临虑到没有饮食,立刻预备了无数干粮。伯虎虑到没有灯火,也立刻预备了一大批油烛。我们以为崇伯有赤碧二珪,自能发光,地中行走是我们的长技,可以用不着灯火。叔献说道:'古人有句话,叫有备无患,何妨带了去呢;如用不着,不妨抛了;假使要用而偏不带去,懊悔来不及!'某等给他这几句话一说,颇觉不错,所以连灯火都带进来。哪知初进来时,尚属平常,以后不知怎样,渐进渐黑,竟一丝看不出,只好点起灯火来。想来此地,已是九幽深处了。某等看起来,请崇伯先进些食物,果一果腹,赶快转去吧。再走过去,恐怕凶多吉少!而且一无所见,崇伯万金之躯,关系甚大,何必亲自冒此危险呢!"说着,即将所带来的干粮取出,分给文命及鸿濛氏、乌涂氏等。

文命接了过来,一面吃,一面说道:"汝等之言甚是。不过我想,洪水之患,亘古所无,半由天意,半亦有妖精怪魅在那里作祟。这座孟门之山,是北部水患的一个要害之处,无端发现这个深穴,假使确有妖精怪魅窃据其中,若不犁庭扫穴,根本肃清,则将来外面的工程虽则告成,难保不再生灾疠。所以我深入穷探,务必要得到一个究竟,方才回去。死生有命,听之在天,这是我所不计的。"七员地将见文命如此坚决,不好再说。隔了一会,犁娄氏道:"既然如此,某等都在此随侍前行,饬兜氏转去,将此情报告大众,以安慰他们的心,因为他们焦急得不得了呢。"文命道:"极是极是。"后来又问道:"汝等此次带来粮食有多少?灯火有多少?"章商氏道:"起初但为三个人分配,共有六日之粮。若某等在此随行,以七个人分配,不过两日之粮。至于油烛,所带尤少,因为当时原不过聊备缓急,并非想正当用的。"文命道:"你们来时,离我进穴时约有多少时辰?"卢氏道:"约有一日半夜光景。崇伯进穴是在午前,某等进穴时在寅正。某等地行虽速,然在此昏暗之中,执炬而行,亦颇觉不便,计算起来,走到此地,亦须五个时辰之久。大约崇伯自进穴到此刻,总在一日一夜以上了。"文命诧异道:"已经有这许多时候么!那么我且在此稍稍一睡,鸿濛、乌涂二氏已倦了,仍旧跟我在此少憩。汝等五人作速归去,安慰众人,说我无恙,绝无恐怖,一面从速搬运粮食灯火,前来接济,因为前路茫茫,究需几日始穷其底,此时殊不能料也。好在进穴以来,只有这一条路,汝等再来时,即使我不在此,只须追踪而进罢了。"五人领命,将所有粮食灯烛留下,匆匆归去。

这里文命和鸿濛、乌涂二氏略略睡了一会,依旧起身,负火前进。走不多远,火忽昏暗,不甚能辨物。又走了一段,火竟灭了,无论如何再点不着。正在进退维谷之际,遥见前面忽然非常光亮。文命诧异道:"莫不是我们走错了路,倒走转去,再遇见章商氏等么!"鸿濛氏道:"不是不是,那个光亮,细看与寻常灯火不同。寻常灯火是摇动的,它这个光亮,多时不见摇动,恐有古怪,容某上前,先去一看。"文命道:"我们三人,不可失队,一同前去吧,怕什么!"于是鸿濛氏持矛在前,文命居中,乌涂氏执钺在后,走了多时,渐渐相近,细看那光亮,仍旧不动。这时文命等愈加小心,行步愈缓,憬憬戒备,以防不测。渐渐行到光亮之地,那光亮仿佛如同皓月一般,仔细一看,原来是一条黑蛇,长约十丈,头上生一支长角,角上缀着一颗圆如龙眼的大珠,那光亮就从这珠上发出来,想来是夜明之珠了。文命等看见,正在诧异,猜不出它是妖非妖,为害不为害。哪知这条黑蛇,一见文命等到来,就蜿蜿蜒蜒向前面游去。鸿濛氏道:"我们跟过去吧,看它究竟是什么东西。"文命亦以为然,于是三人就跟着蛇而行。仔细看那山洞,四壁崎岈崒崿,狭仄得很,曲曲折折约行了二三十里,也不知是昼是夜,觉得那山洞渐渐宽广了。忽然之间,珠光消灭,三个人重复处于黑暗之中,不觉又惶窘起来。这时三个人已走得精疲力尽,坐在地上,要想点火,无论如何又点不着,只得暂时休憩,再作计较。哪知疲乏极了的人,不知不觉都已沉沉睡去。

也不知睡了多少时候,忽然耳中听得有犬吠之声,乌涂氏首先惊醒,但见洞内光明已如白昼,不觉大诧,急忙唤醒了文命和鸿濛氏,仔细一看,才知道前面站着一只怪兽,其状似豕,那光亮系从兽的口中放出来的。鸿濛氏急忙绰起长矛,大喝一声,向那怪兽道:"你是妖不是妖?害人不害人?如要害人,请尝我的矛;如不害人,就借你的光,请你照着我们进去。"这时那兽忽然昂起头,向文命等一看,连连点首,向前行去。文命等乘它昂首之际,向它口中一看,原来衔着一颗比胡桃还要大的大珠,这珠有如此光亮,想来也是夜明之珠了。那时怪兽前行,文命等三人随后,觉得那犬吠之声亦渐渐相近,其声愈洪。过了多路,果然见一只大犬,浑身青毛,走过来和那怪兽交头接耳,呜呜地鸣了两声,仿佛接洽什么事情似的。忽而又趋向文命身前,两前足扑地,将首一顿,倐尔掉转,向前方疾驰而去,忽然又跑转来,忽而又跑了去,仿佛是表示欢迎、愿为前导的意思。文命等觉其意不恶,都用话去慰藉它。于是那怪兽照着亮,青犬在前,且行且吠,文命等跟着,无暇停留,但觉得在一个极长的石窟之中,低头猛进而已。既不知道是昼是夜,亦不知道是朝是暮,约略走了十里光景,觉得那夜明珠的光亮渐渐减暗。抬头一看,原来前面渐渐通明,像个是洞口了,不禁大喜。

过了一会,竟走出了洞,但觉天清日白,别是一个天地,在黑暗中走了多日的人,到此刻反觉得眩耀难禁。回头一看,那怪兽和青犬都已变成人形了,身上都穿着玄色之衣,站在两旁,一言不发。文命诧异之至,便问他们道:"汝等究竟是人是妖?是否有意引导我到此地来?此处是什么地方?"那两人道:"某等奉主人之命,来此迎接崇伯。"文命忙问:"汝主人是谁?"那两人不应,但用手向前方指指。文命一看,原来远远地方,来了一男一女。便再问道:"那两个人是汝主人么?"那两人摇摇头,仍是不应。文命也不再问,便与鸿濛氏等向前迎上去。那两个男女看见了文命,便躬身行礼道:"崇伯来了。"又用手向后面指指道:"请到那边去吧。"文命慌忙答礼,问道:"二位尊姓大名?招某何事?"那男子道:"某姓威,名照光玉。"又指那女子道:"她亦姓威,名叫一世。并非某二人相请,请崇伯的人还在那面,崇伯请随着某等去吧。"说着,前行,文命等只得跟了他们走。走了半里,前面又见一男一女,迎上来,向文命施礼。文命问他们姓名,那男子道:"某姓威,名大曾子。"女子道:"某亦姓威,名叫文昌,特来恭迓崇伯,请随某等去吧。"说着,与照光玉、一世依旧前行,文命颇觉疑讶。又过了半里,只见前面又有一男一女,在道旁迎候,见了文命,便过来施礼。文命问他们姓名,那男子道:"某姓威,名小曾子。"那女子道:"某亦姓威,名大夏侯,奉主人之命,前来恭迓。"文命道:"贵主人是谁?"小曾子道:"敝主人姓风,号庖牺氏,又号伏羲氏。"文命大骇道:"就是那三皇之一、五帝之首的伏羲氏么?"大夏侯答应道是。文命益觉惊愕,细看那男女六人,服式态度,大都相似,一对一对地排列,向前进行,少者在后,长者在前。照光玉和一世,不过弱冠年龄;大曾子和文昌,却像有四十岁上下了;小曾子与大夏侯,更有六十岁左右了。这三对男女,到底是夫妻呢,还是兄妹呢,还是父子祖孙呢?说他们是夫妻,不应该都姓威;说他们是兄妹,不应该一对一对地走,像个夫妻模样;说他们是父子祖孙,更是不像了。想到这里,禁不住问照光玉道:"诸位都是一家人么?是夫妇,还是兄妹,还是父子?"照光玉笑道:"这个不必问。你说我们是父子,就是父子;你说我们是兄妹,就是兄妹;你说我们是夫妻,就是夫妻。我们的关系，不以我们自己的本位为关系，全看我们的人而定。他看我们是什么关系，就算什么关系就是了。"文命听了这话，真是非常不解。一世在旁，笑笑说道："崇伯是大圣人，不知道宇宙之大，只有阴阳奇耦两种么？阴中有阳，阳中有阴；奇中有耦，耦中有奇；阴能生阳，阳能生阴；奇能生耦，耦能生奇；都可以算父子，都可以算兄妹，都可以算夫妻，何必去细算它呢！"文命听了，还是不解，正要再问，只听见前面有人问道："来了么？"后面六人齐答应道："来了。"文命抬头一看，只见一个石洞，洞口又站着一男一女，年纪约有八九十岁，看见文命，便拱手道："久候了！久候了！请里面坐，请里面坐。"文命问他们姓名，那老翁道："贱姓威，名仲尼，号伏羲。"那老媪道："贱姓亦是威，名杨翟王，号叫女娲。"文命听了伏羲、女娲四字，慌忙俯伏稽首道："原来就是羲皇、娲皇，承蒙见召，荣幸之至，文命谨敬拜见。"那老翁老媪慌忙还礼，口中说道："不是不是，羲皇、娲皇姓风，是某等的主人。某等姓威，爱敬主人的功德，所以拿他们的徽号来作为号，并非真是羲皇、娲皇呀。现在我主人羲皇，在内相待，请进去吧。不过我主人吩咐，只见崇伯一个，其余两员地将，请在此暂待。"

文命听了，只得叫鸿濛、乌涂二氏站在此地，自己跟随八人进了石洞，曲曲弯弯前行。细看那八人，甚是奇怪，忽然醒悟道：这就是八卦之神呀！从前在云华夫人处，有八卦之神侍辇随行，名叫八威。这八个人都姓威，而伏羲氏又是手画八卦之人，一定是了，所以有阴阳奇耦之说。但是云华夫人车旁的八威，是否就是这八个人呢？正在揣度，忽见石洞豁然开朗，乃是一座大石室。石室中央，盘着一条极粗极大的大蛇，足有一丈高，上面却生着一个庄严奇古的人面。蛇身之前，横着一块金板，金板之上，列着一个八卦之图。那时八个姓威的男女，已按照方位，四面环绕，站在蛇的前后左右。文命幼读史书,知道伏羲氏的形状是蛇身人面的。看见了这个模样,知道一定是了,不会再错了,便倒身下拜,行礼谒见。只听得伏羲氏开口问道:"汝来此地,知道我是什么人?什么出身?"文命一想,不好直呼他的大号,只得说道:"某闻古时有帝女华胥氏,受着大星如虹,下流华渚之祥,就生了一位圣子,是否即是尊神?"那羲皇点点头道:"我母华胥,乃九河神女,是生我的。你既然知道我的出身,你可知道我此刻叫你的意么?"文命道:"某不知道。"羲皇道:"你此刻治水,已到孟门。孟门地势,离下流有多少高,离海面又有多少高,你可知道详细么?"文命道:"某据部下昭明的测算,但知大略,不能精细。"羲皇道:"那么还不对。治水之法,必须将地势测量精密,方可动工;要将地势测量精密,必先要器具精善。现在我送给你一项器具。"说着,就叫照光玉走过来。照光玉走到面前,伏羲氏将口一张,吐出一件东西,照光玉接了过来,递与文命。文命再拜稽首,接来一看,原来是一根玉简,上面都有度数刻着。羲皇道:"这简长一尺二寸,适合十二时之数,用起来时,要它长就长,要它短就短,上而天文,下而地理,无不可以量度,你拿去吧。你到此地,时候已过久,外边此刻都惊惶得不得了。你再不归去,他们要惊动天神了,何苦呢!"说罢,便叫照光玉:"汝送崇伯归去。"文命稽首,辞谢羲皇,怀了玉简,跟着照光玉出得洞来,会合了鸿濛、乌涂二氏一同前行。但觉归时之路与来时之路大不相同,颇为奇异,但亦不问。

　　文命一路走,一路与照光玉闲谈,忽然想起一事,便问道:"刚才某来时,是足下最先来迎接,后来授玉简,又是足下;这次又派足下相送;这中间有缘故么?"照光玉道:"某等八人,合成八卦,阴阳奇耦相生,照理说起来,自应以乾坤二卦为首。乾为天,为父;坤为地,为母;是也。但是敝主人所定的次序,叫作连山,叫某当先,所以一切事情都叫某做,大概取某是个少阳,有朝气的意思。"文命听了,颇以为然。后来文命做了天子,所用的卦,就是连山,以艮为首,想来因此之故,闲话不提。且说文命与照光玉且走且谈,忽见前面石崖壁立,无路可通,不禁四面瞻望。陡闻照光玉大喝一声,石崖骤然开裂,中间现出一扇门来,照光玉向文命拱手道:"请从此出去,某不能奉陪了,再见再见。"文命及鸿濛、乌涂二氏出得石门,刚要回身向照光玉致谢,哪知石门已砰然而合,连门缝都没有,但见岩石嵯峨,摩云插天,自顾此身,已在危崖之下,耳中但听斤斧之声与人语嘈杂之声,嚣扰不绝,仔细一看,原来已在孟门山上了。

　　文命等正要想觅路下山,那边崖上早有人看见,哄然地齐声大叫道:"崇伯在此了!"七员天将凌空而起,早到面前,搀扶了文命,慢慢下山。其余的人亦蜂拥而至,前呼后拥,欣喜万状,恍如得到了至宝一般,直拥到帐中,方才少歇,争前来问别后的情形。文命便将经过一切大略说了,便问众人:"何以着急到如此?我曾经叫章商氏等五人前来通报的,何以还不放心?"仲戛说:"他们何尝不来,不过通报之后,他们便将粮食灯火等搬运入穴,过了半日,又出来说道,路径断了,寻不着崇伯,如何是好!我们问他们怎样会断,他们说,走到与崇伯上次约会的地方,再进去不多路,灯火灭了,无论如何再点不着,昏暗崎岖,万难前进,所以说断了,现在他们五人还在穴中寻呢!"文命道:"啊哟!那么怎样好!"便向鸿濛、乌涂二氏道:"你们两个再辛苦一趟,快去寻他们转来吧。"二氏答应,立刻入地而去。这里文命又问众人道:"我在穴中,共有几日?"季狸道:"自进去的那一日算起,到今朝足足十日了。"文命大诧异道:"我那日叫章商氏等来通报,据说不过一日一夜。后来我再进去,到此刻至多不过半日,我腹中尚不觉饿,哪里有八九日呢!"横革道:"的确十日了。第二日的晚间,章商氏等来通报,我们立刻预备了粮食灯火,叫他们再进去。到得第五日,他们再出来,说道路不通了,我们已经急得要死。七员天将自恨只能升天,而不能入地,个个都发跳。后来章商氏等再携了粮食灯火,重复入穴,说这次一定要寻着才回来,可是到今朝已十日了,仍无消息。我们都似热锅上蚂蚁,日日对着穴口,望眼欲穿。七员天将说,今朝再没消息,只有去求云华夫人了。"文命听了道:"极感诸位盛意,但是我觉得日子并不多呢!竟有十日么?真是仙凡之判了。"又问众人:"现在一切工程是否依旧进行?"伯益道:"一切仍旧进行。"文命点首。到得次日,七员地将一齐回来,文命慰劳了他们一番,依旧到工次来指挥一切。哪知前日进去的那个大穴口已不知所在,众人看了,不胜叹异。文命叫了昭明过来,将羲皇所赐的玉简交给他,叫他拿来量度,果然精细异常,而且能长能短,高下随意,比寻常测量仪器何止便利万倍!真正是个宝物。过了多日之后,那最著名的孟门山就豁然凿通。

第九十六回

河伯夫妇宴禹于河上　冀州水患平
相柳毒害人民

且说孟门山开通之后,那山以内的洪水就滔滔地直泻向南方而去,同时向东西横溢的水就渐渐停止了。但是,孟门山还是个外口,里面还有一重壶口山挡住,如不凿通,那水势仍旧宣泄不畅。所以文命开通了孟门山之后,又指挥众人来开壶口山。那壶口山工程的艰难,和孟门山差不多,好在众人已有经验,而文命又得到羲皇的玉简,随时叫昭明测量高低,因此进行尚易。那壶口山的北面,就是从极之渊,阳纡大泽,一望无际。文命从前来此考察,认为雍、冀二州水患根源就是在此,以为必有神灵凭借,曾经向它祷祀过的。

一日,文命指挥工人之暇,登到一处山上,北望大泽,觉得那水量似乎比以前浅了些;正在估虑孟门、壶口两山凿通之后,雍冀二州水患能否尽平,自己的理想是否不谬,忽见那大泽之中,极远之处,水面上仿佛有两点黑物,摇摇而动,不觉凝神注视。但觉黑物迅如激矢,直向自己所立的地方驶来,愈近愈大,细看乃是两乘车子,每乘上各坐一人,车下各有两龙驾着,到得文命面前,骤然停止,一齐下车、登岸,向文命行礼道:"崇伯辱临,光宠之至。"文命慌忙答礼,细看两人,乃是一男一女,装束相同,那男子左目已眇,只有一只右目。文命料他是什么神祇之类,便问道:"尊神贵姓大名?"那男子道:"某姓吕,名公子,此乃某妻冯夷是也。数年前曾蒙崇伯赏以酒食,自惭形秽,不敢相见。今幸崇伯驾又辱临,特来迎接,兼备一点酒肴,聊答厚意,尚祈赏光。"文命谦谢道:"某初次相见,岂便相扰。敢问二位,究竟是何种神祇,尚乞示知。"吕公子道:"某乃河伯,某之妻乃河侯也。寒舍就在这渊中,请崇伯登车光降,以辉蓬荜。"文命再三谦谢,吕公子再三固邀。仲容、庭坚等在旁,深恐文命刚从石穴中出来,再到水府中去,又要使大家担心事,遂大声说道:"崇伯是生人,岂能入水!汝等果然诚心请客,何妨搬到岸上来呢。"河伯夫妇听了,连声道歉,说:"是是,是是,某等失于计算,实在荒唐。现在请崇伯及诸位在此稍待,某等就去搬来。"说罢,拱手登车,四条龙将尾一掉,水势回旋,顷刻之间,不知所往。

大家看见这种兀突情形,多很诧异。章商氏、兜氏两人向文命道:"这两个究竟是不是河神,殊属难说,容某等去探一探。"文命道:"亦使得,只是无论如何,不许多事寻衅。"二人领命,即入水而去。过了片时,就回来报道:"他们果然是河神,住的房屋非常华美;大门口一块大匾,上书'河宗氏'三个大字,里面就是正殿,宏大之至;旁边还有鱼鳞之屋、龙甲之堂、紫贝之阙、明珠之宫,富丽堂皇,不可名状;一定是真正河神了。"正说间,只见无数鱼精、虾怪、鼋妖、鼍魅之属,各执几案、茵席、杯盘、碗箸、刀匕,纷纷从水中钻出,安置在河滩之上,一带连绵,共有十席。列好之后,各纷纷入水而去。那河伯夫妇又乘车而来,就请崇伯等入席。每席四人,文命与伯益一席,河伯夫妇作陪,其余苍舒、隤敳、伯奋、仲戡一席,梼戭、大临、叔献、季仲一席,龙降、仲容、伯虎、仲熊一席,叔达、叔豹、季狸、水平一席,黄魔、乌涂氏、狂章、犁娄氏一席,庚辰、鸿濛氏、童律、兜氏一席,繇余、陶臣氏、大翳、卢氏一席,乌木田、章商氏、竖亥、大章一席,真窥、横革、之交、国哀一席,大司农、昭明、庭坚均在他处,恰恰只有十席。

坐定之后,那些鱼精、虾怪、鼋妖、鼍魅之类,又纷纷从水中将酒肴献上。大家一尝,酒既甘旨,肴尤精美,正不知是何名目!河伯夫妇,殷勤轮流向各席劝酒。数巡之后,河伯夫妇忽然起立,执爵而言曰:"洪水之患,已历多年,生灵涂炭。幸得崇伯及各位殚心竭力,出来治理。如今孟门、壶口两山,最大的工程不久就要竣事,不但雍、冀、兖、豫各州的百姓从此可以高枕无忧,就以愚夫妇而论,从前局促在一隅地方,而今而后,上之可以到西海望昆仑,下之可以到东洋与海若谈天,这亦是受崇伯及诸位之赐呀!总而言之,孟门、壶口两山凿通,功在千秋,名垂万古,所以愚夫妇今朝洁治菲筵,以酬谢大功,兼可说是庆祝大会,愿崇伯及诸位再多尽一觞,愚夫妇不胜荣幸之至。"说罢,归座。文命亦执了爵,站起来说道:"今日承蒙河伯、河侯招饮,赐以盛馔,并优加奖饰,某等实且感且愧。不过某看,孟门、壶口两山凿通之后,水患虽则可以暂时告平,但是不过暂时而已,至多亦不过千年。千年之后,雍、冀两州有大山夹束,尚可无妨,那兖州、豫州恐怕仍旧不免水患。因为某考察各州地质,尽是黄土,质松而粘,易于崩裂;又新近蒙羲皇赐以玉简,拿来一量,觉得壶口、孟门两山以上的地势,比下流高得太多,水势奔腾而下,冲刷得太厉害;豫州以下,又是平原低洼,冲刷得泥土搬到下流,水势骤缓,堆积起来,年深月久,必定要溢出两岸,或者改道决向他处,都是不可避免的。某此刻虽则顾虑到此,将下流分为九条,但久而久之,终有淤塞的一日。到那时,某等早已死去,骨头都已朽腐了,虽要补救亦无能为力。只有尊神伉俪,专管这条水道,是万年常在的,到那时还请鼎力救援,不但某等可以减少过失,就是亿兆百姓亦受赐不尽。"说罢,亦归座。河伯夫妇听了，又站起来说道："崇伯所说，极有道理，但是太客气了。山川陵谷，时有变迁，哪有永永不坏之理。依愚夫妇看起来，崇伯这种功绩，决不止荫庇千年，即使只有千年，那亦是山川改变所致，或者别有原因，决非崇伯此时计虑不周的缘故。到那时，愚夫妇如果仰承天眷，仍得尸位在此，力之所及，敢不黾勉。"说罢，亦归座。

自此之后，宾主觥筹交错，渐渐闲谈起来。文命看见河伯左目已眇，便问他眇的原因。河伯把脸一红，说声惭愧，就将从前如何为羿所射的情形说了一遍，并且说："某自从经此大创之后，深自悔悟，改行为善，丝毫不敢再蹈前非。那司衡羿真是个正直君子，教训某的几句话真是不错，某此刻还佩带在身上，时时观看，以作警戒。"说着，就探怀取出司衡羿的那道檄文来，递与文命。文命看了一遍，仍交还河伯，又拱手致敬道："人谁无过？过而能改，善莫大焉！尊神能够如此勇于改过，真乃盛德君子，不胜佩服之至。"河伯听了，非常谦谢。宴罢之后，冯夷叫过两个鱼精、虾怪来，低首向他们不知说了几句什么话，那精怪答应了，翻身入水而去。过了些时，只见无数精怪，从水中捧出许多物件，但觉光彩耀目，不可逼视，一一地陈列在岸上。

大家仔细一看，原来都是些奇珍异宝，一颗叫作亥既之珠，其大如碗；还有珊瑚树五十株，其高盈丈；又有鲛人所织的绡一百两，其薄如蝉翼；又有透山光玳瑁、五灰、陈兆大龟、延螭、蓍凤等类；又有从前伏羲氏所得的河图；又有宜土四时宝花；此外尚有光怪陆离、人间所无、不知其名的宝贝，不计其数。河伯夫妇又起来说道："辱承崇伯及诸位降临，愚夫妇无以为敬，区区之物，谨具奉献，万乞赏收，勿却是幸。"文命大惊道："某等既叨盛馔，复承厚赐，万万不敢当，请收转吧。"河伯夫妇哪里肯依，硬要请收。推让再三，文命却不过情面，只能收了河图一个、大龟一个、珊瑚树两株，其余诸人亦各收了些,河伯夫妇方才告辞,登车入水而去。

过了一日,壶口山工程完竣,从此河水滔滔,循了正轨,直向大海,永无横流之患,真所谓美哉禹功,明德远矣!文命初意,本想沿流直溯其源,再治支流。后来一想,帝都所在,治理宜急,所以改变方针,治好壶口之后,便到吕梁山来察看。可是伤心极了,从吕梁山、狐岐山直到太原,这些地方,都是他父亲鲧从前辛苦经营的地方,堤防沟洫,一切工程,历历在目。就现在看起来,水已顺轨,这些工程都是有益的,都是可用的。"我父当年如此辛勤艰苦,到后来只落得身败名裂,受到这种惨报,而我今朝倒反坐享其成",文命想到这里,不禁心痛如割,泪落如縻。后来又想:"我父当年不能成功,我今朝能够将他的旧绩整理起来,使天下后世之人知道我父亲治水九年,并非一无功绩,不过不能得天神之助,时运不济,不能蒇事而已,那么我父亲在天之灵,或者可稍安慰些。"想到这里,心中又略略宽舒。一日,行到一处,看到一座山上有斧凿之痕,历历如新,已有半座山开去,正是不解。大章走过来指示道:"这亦是老主人从前所凿的。老主人因为觉得专门筑堤障水,有点不对,想起小主人之言,就相度形势,将这座山来开凿。哪知凿了之后,人工费去许多,而水势依然不减,而且山内完善之地倒反因此而化成泽国,所以后来就不凿了,依旧去筑堤防。这里的工程,是未曾完的。"文命听了,登到山顶一望,又将羲皇所赠的玉简一量,不觉失声叹道:"可惜错了!此水的开凿,于地形是不对的。"(现在陕西韩城市龙门山之北,后人因此就将此地叫作错开河。)文命又在山顶一望,只见东北面和西面都有好几处火山,烟焰不绝,暗想,这真是天地之大变了。回身下山,又到各处巡行,所看见的奇禽怪兽很多,那种不害人的,大概都由隤敳、朱、虎、熊、罴等驱除之而已。

一日,到了一座钩吾之山,山上出一种兽,其状如羊而人面,虎齿人爪,其声如婴儿,但是脸上却像没有眼睛,好不奇怪。但是它又极喜吃人,工役人夫接连被它吃去了好几个。隤敳等用尽方法,不能捉获。天地十四将知道了,大怒,七个上天,七个入地,两路夹攻。这异兽如何躲避得过,早被章商氏寻出,一鞭打死,将尸身拖来献与文命。大家看了,都不认识。伯益将它的形状照样画了,但是有两点困难:一点是不知其名,无从标题;一点是它没有眼睛,不知道它吃人的时候,用什么作视线,无从说明,因此颇为踌躇。后来文命一想道:"有了!"急忙作起法来,喝道:"钩吾山神何在?"忽见乱草丛中,蠕蠕而动,渐渐游出一条人面的大蛇,到文命面前,把头一点,说道:"钩吾山神谒见。崇伯见召,有何盼咐?"文命见山神是这等形状,殊出意外,但也不去问他,便指着那异兽道:"这兽叫什么名字?它没有眼睛的么?"钩吾山神道:"它的名字叫狍鸮,有两目生在腋下。"原来兽死则眼闭,两眼既然生在腋下,又为毛所蔽,血所渍,所以大家都寻不到,以为是没有眼睛的了。当下经山神一说,大家从它腋下拨起血毛一看,果然有两只眼睛,大家都叹上天生物之奇。那山神又续说道:"这兽性极贪婪,与饕餮相似。"文命听到"饕餮"二字,面色骤变,心中默默如有所思。过了片时,才向山神道:"多谢费心,请转吧。"山神去了,文命就向伯益道:"你将此图多画一份,我将来还有用处呢。"

于是文命又往各处考察,沿着汾水,遂到太原,觐见帝尧,将这次治水大略及冀州已告成功的情形,面奏一遍,又出来和太尉舜计议西方之事。原来雍州以西,自从共工之臣相柳霸占以后,将那百姓残害得不得了,诸侯被他侵灭的亦甚多,告诉无门。共工失败了,亦跑到那边去,凭恃险阻,违抗中央。帝尧及太尉舜以水患未平,道路艰阻,鞭长莫及,亦只得佯为不闻,付之不问。如今壶口、孟门两山既已开凿,所有各处潴水大半宣泄,渐渐要到那边去治理。万一到那时,他依旧负阻称雄,不服指挥,那么将如何处置他呢?况且他又曾经做过朝廷大臣,又是藩国,与寻常不同,是否可以就用武力解决,这都是文命要来商议的事。太尉舜道:"孔壬不服,当然用武力解决。我向天子陈请,赐你弓矢,许你得专征伐就是了。本来孔壬不臣之心已经显露,朝廷早拟讨伐,因为种种窒碍,无暇举行。现在你去,彻底解决,亦是极好之事。"到了次日,太尉舜果然奏知帝尧,准文命在不得已时用兵讨伐。

　　文命受命出都,一路沿汾水而到岳阳,就是霍太山,所有汾水支流,如浍水、涑水之类,统统治理成功。于是再到孟门、壶口两山,观察形势。一路沿河而上,但见东岸火山之光,熊熊不绝,有一处尤其厉害,逼近了河岸,河流至此,亦为之避道,亦可以想见它的力量了。(现在山西河曲县。河至此一曲。)文命看见这个地方山势陡然狭窄,下面已成为大洞,而上面还是连着,仿佛天生的桥一般,因将玉简来量了一量,觉得水洞还嫌太窄,恐怕洪流宣泄不畅,又要横决,就立刻叫叔豹、伯奋等监督工人,将上面又凿开了些。(现在山西河曲县西南二十五里天桥峡,有禹凿之迹,即此。)过了此地,再向北行,只见一片茫茫,尽是沮洳沙泥,小湖点点,不计其数。原来阳纡大泽之水已倾泻无余,现在所有,不过残留者而已。向北面东面一望,远远地尽是大山横亘,只有西面极目无际。乃用橇车无数,载着众人,沿山边泥淖之地向西而行。走了数日,迎面一座大山阻住去路,文命与众人细细考察,知道是阳纡大泽的西岸了。但是这座山上一无草木,更无行路,又无流水的谷壑,考察它的石质,好像是新生成的,正是不解。要想寻一个土人来问问是何山名,可是千里荒凉,人烟俱绝,无从寻起。文命忽然想得一法,说道:"我且试试看。"于是作起法来,喝道:"这座新山的山神何在?"过了一会,果然山石中走出一个羊身人面的怪物来,向文命行礼道:"新山山神叩见。"文命道:"此山叫什么名字?"那山神道:"此山是新长出来的,到现在不过六十多年,尚没有名字。小神受任以来,正苦于无可表见。崇伯治水,周行天下,主名山川,何妨替它取个名字呢。"文命一想,不错,四面一看,但见山下纯是沙质,想系从前大泽的留遗,就说道:"那么就取名叫长沙山吧。"山神点首,面有喜色。文命又问道:"此山未曾长出以前,地形如何,汝知道么?"山神道:"小神听说,这座山外,名叫渤泽,从前与阳纡大泽相通,本为一泽。自从此山长出,两边就隔绝了。"文命道:"从此山过去是什么山?"山神道:"是不周山,再过去是峚山、钟山。"文命向东指道:"这座叫什么山?"山神道:"这座叫白於山(现在陕西定边县南),东南面是桥山,一直南面是岍山。"文命听了点点头道:"有劳尊神,请转吧。"山神行礼而退。

文命带了众人,一路往西南而来,发现一桩奇异的事情,但见各处山林之中颇多房屋,不过都是阒无居人,有几处但有白骨,纵横地上。文命看了,诧异之至。后来又到一座山边,只见山洞中躺着几个人,似乎尚有气息,但都是憔悴枯瘠、疲惫不堪。文命亲自问他们,他们都摇摇手,指指胸,说不出话来。文命叫从人拿些汤水灌救,渐渐回复气力,才慢慢说道:"我们半个月来,每日吃些草根树皮,所以如此,抵配死了,如今感谢诸位救命之恩。"文命便问:"你们为什么饿到如此?"那人道:"我们本住在那边山上,耕种为业。去年,从西方来了一群凶人,硬要派我们到那边去工作,说道:'去的有赏,不去的有罚,不论男女,只要精壮肥胖的都好。'当时我们贪他的赏,怕他的罚,推选了十几个去,但是一去之后,杳无音信。隔了一月,那些凶人又来了,说道:'还要选派十几个去。'我们有点怀疑,问他以前派去的那十几个人怎样了,何以不见回来,且杳无音信呢。那班凶人道:'他们正在共工氏府里享福呢!

你们去看一看,就知道了。'我们问他:'你们到底是什么人叫来派我们的呢?'那班凶人道:'是奉共工氏之命,他是西方大国之君,从前在朝廷,曾做过四五十年的大官,你们还不知道么?'我们听他如此说,于是又推选了十几个人去,另外再派两个人伴送,约定一到之后,就归来报告情形。哪知一去之后,仍无消息,连那送去的两个人都不回来。后来几个月后,那班凶人又来硬派人了。我们抵死不肯,而且窘辱了他们一阵。那些凶人恨恨而去,去的时候,说道:'你们如此可恶,管教你们都死,不要懊悔。'过了几日,我们都在外面工作,只闻得一阵腥气,臭不可当。大家正在猜拟寻觅,忽听得有人大叫道:'不好了!妖怪来了!'那时我正在田间,抬头一看,只见有好几个极大的大头,聚在一起,每个头中,都张着极大的大口,伸出极长的长舌,舌头一卷,许多人已都到他嘴里去了。当时我们几个人都已魂飞魄散,幸亏离得远,就没命地往这里逃来。过了一日,悄悄地回去一看,只见所有房屋大都倾倒,树木亦都摧残,就是有几间不倒的房屋,里面已无一人,所有亲邻都不知何往,地下唯余白骨,想见都被妖怪吃掉了。我们防恐妖怪再来,所以逃在此地。可怜,家破人亡,前无生计,今朝虽蒙诸位相救,恐怕仍旧不免一死呢!"说罢,一齐痛哭起来。文命听到这一番长而且惨的报告,禁不住愤怒起来,说道:"什么妖怪,敢于如此!什么丧心病狂的人,忍为妖怪做走狗,残害自己同胞!"庚辰在旁说道:"不对不对,这个一定是共工氏的臣子相柳了。某听见云华夫人说,共工氏的臣子相柳,是个蛇身九头的怪物,甚是厉害。如今据这百姓所说,一定是他了。他既然能到此地来残食百姓,那么此地已经是他的势力范围,难保不就走过来。某看此地甚非乐土,赶快退转,再作计较吧。"文命愤然道:"某受命讨贼,正要擒获他,如今临阵而退,何以威敌,岂不可耻!死生有命,我怕什么?"

庚辰道："这个不然。他是个人,可以和他拼死;他是个妖物,岂可以和他拼死!这个死是白白死的。崇伯固然决不会死,便是某等七人与鸿濛氏七人,亦尚不要紧,其余诸位以及工役人等,恐怕禁不得相柳的长尾一绞呢!何苦来牺牲他们!还是计出万全,谋定后动吧。"文命想了一想,亦以为善,随即传令后退,并吩咐把这几个垂毙的百姓亦扛了去。

第九十七回

禹被困于相柳　日中五帝诛灭相柳

且说相柳,自从共工孔壬叫他做留守之后,依了孔壬所教授的方法,自己隐藏起来,豢养一班凶人,替他在外面选择百姓中肥胖的人,供他的吞噬。一面又假仁假义,对于那瘦瘠的百姓施之以慈惠,或者助之以糇粮,或者就从肥胖的人民身上敲诈些出来,一半拿来饱自己的肚腹,一半分给他们,自以为能够扶助弱者了。其实他何尝真个有怜悯瘦弱人的心思,不过想将他们养肥来,供自己的吞噬就是了;而且借此假仁假义,可以博得一般瘦瘠人的称誉,以掩饰他择肥而噬的残酷。所以几十年来,远方之人,还不甚知道相柳之底细,以为不过是共工孔壬的臣子而已,他的计算,亦可谓巧了。但看到他几十年来,身躯既长且粗,膏油满腹,就可以知道吃人的多。后来孔壬革职,跑了回来,与相柳同处。孔壬虽则是个国君,相柳虽则是个臣子,然而相柳何曾将孔壬放在眼睛里!孔壬无可如何,亦只好低首下心,用他巧言令色的长技,以阿谀而取容,倒亦相安于无事。

那时相柳的势力愈扩愈大,一直达到白於山相近,正是此刻文命等所在之地。那相柳原是个有来历、有修炼的灵祇,他于千里之内的事情都能看见,都能知道。孟门、壶口两山开通时,他已向孔壬说道:"不对!文命这小儿,居然有本领,把孟门、壶口两山开通了,难保他不溯流而上,来和我们作对。"孔壬听说,忙道:"如此怎样好?"相柳道:"不打紧,某有九张嘴、一条大尾,足以对付。包管他来一个,死一个,来两个,死一双。主公!你且看吧。"孔壬听了,自然放心。一日,相柳又向孔壬道:"文命那小儿竟来了,现在已侵入我国的境内,他带的人很多,足够我几顿饱餐呢。"孔壬问:"我们怎样对付他?"相柳道:"且等他们再走近些,到了中心,适当的地方,我只要把我的身躯四面围合起来,一绞,统统就绞死了,怕他什么!"一面说,一面将身躯骤然耸起,离地足有七八十丈长,但是他的大半截尾巴还是蟠在地下。这种形状,孔壬是看惯了,绝不为奇。那相柳耸起空中之后,睁圆了十八只大眼,向东一望,忽而之间,又降下来,蟠作一堆,向孔壬说道:"怪怪!他们都退出我的境界了,不知何故。我看他手下必有能人。"孔壬听说,不禁担起忧来。相柳道:"怕他什么!料想他们只有退去,决不敢再进来,怕什么!"

　　正说之间,只见东方空中有黑影飞翔而来。相柳笑道:"他们来送死了,主公!你且看吧。"孔壬将头一抬,果见空中来了四个人,一个手持双锤,一个手执大刀,一个手执双锏,一个手绰大戟,正是黄魔、大翳、乌木田、庚辰四员天将。他们劝文命退到白於山之后,就分作两队,一队是童律、狂章、繇余、兜氏、犁娄氏、陶臣氏六个,保护着众人,以防不测。一队是黄魔等四将,以及乌涂氏、卢氏、章商氏、鸿濛氏四个,半从空中而来,半从地下而来,以探消息。不期给相柳看见了,不等黄魔等到面前,凌空一跃,就向四员天将蹿来。庚辰、乌木田看他来势凶猛,叫声不好,急忙向上一飞,未曾被他冲着。黄魔性急,大翳大意,想乘此时打他一下,一个擎起大刀,一个举起双锤,望着相柳就斩就打。不料相柳力大嘴多,一张嘴衔了大翳的大刀,两张嘴衔了黄魔的双锤,另有六张嘴,将长舌一伸,想来钩吞,相离不过咫尺,危险万分!二将忙弃了兵器,飞身逃命。相柳不能升空,也不追赶。那时乌涂氏等四员地将,却从地下钻出,看见这种情形,忙用兵器向他尾巴上乱刺乱砍。哪知相柳毫不在意,一无损伤,忽而之间,将身躯压下,俨如泰山压顶。幸喜四员地将有地行之术,向地下一钻,未曾压着。相柳忽又掉起他的大尾,尽力向地上连击三击,顿然地陷数丈。这时四员地将在地中猝不及防,头部都被打伤,只得负痛逃回。那时庚辰等四员天将也回来了,告知文命,说道:"这相柳真是厉害,某等都战败了。"文命大惊道:"那么怎样?"黄魔、大翳道:"某等兵器已失,没有战斗力了,只好去求夫人,请崇伯暂在此间稍待,某等去去就来。"文命答应,二将就御风而去。这里文命与众人正在筹商一切,忽闻见腥风阵阵,扑地而来。童律大叫:"不好,相柳来了,请崇伯与大众作速退避。"众人听了,正拟后退,庚辰忙道:"相柳那妖来得甚快,退避是万万来不及的。崇伯身边赤碧二珪,是个至宝,快拿来交给某,或者还可以抵挡一下。"文命急忙将二珪取出,递给庚辰。说时迟,那时快,相柳早已直扑中军,径向文命而来,那身躯所过,被他压倒的不计其数,非死即伤,九个大头,已早到面前。庚辰接了二珪,忙向相柳一耀,只见两道光芒,如霞如火,如雪如银,直向相柳射去。那相柳十八只大眼,顿然眩瞀,看不明白,不觉扭转身躯,向后一退,重复昂首再进。庚辰急将二珪再连耀几耀,相柳知道不能取胜,只得退了转去。文命等检点众人,大临、国哀、仲戬、季仲、横革、龙降等都受重伤,其余死伤的、失踪的,约有七八百人。庚辰向文命道:"照此情形,在此地还不是善地,难保相柳这妖不乘隙再来,请崇伯率大众作速退后,且等夫人来,别作计较,某等在此断后吧。"文命依言,与众人逐渐后退,直退到壶口山相近才止。

且说黄魔、大翳到了巫山,来见云华夫人。哪知守山的八大灵官说道："夫人出去了，不在此地。"黄魔忙问："到何处去？"那灵官道："我们不知道。夫人临去时，曾说，如有人来，叫他在此等候。"黄魔等二人听了，只得在山静候。直至次日，云华夫人才回山。黄魔等上前迎谒，云华夫人道："你们为相柳的事情来么？我早知道了。昨日我出去，就是为此。你们可回去，禀知崇伯，说我就来。"二人领命，径转白於山。只见人声寂静，但有庚辰等五员天将在山，忙问崇伯到哪里去了。庚辰将相柳来攻的情形说了一遍，黄魔等亦将云华夫人就来的话告诉庚辰等。庚辰道："既然如此，我们同到崇伯那边去吧。"于是七员天将一齐来见文命。文命听说云华夫人亲来，心中大慰。过了多时，只见空中一道彩云，降下一个仙女，向文命行礼。文命觉得这仙女面貌颇熟，似乎在哪里见过的，却想不出。还礼之后，正要动问，只听那仙女说道："敝主人云华夫人已在前面白於山了，请崇伯率领大众就过去。"文命听了，唯唯称谢。那仙女驾云自去。这里文命一面督饬众人动身，一面问狂章道："刚才这位来的仙女是什么人？"狂章道："这是夫人的侍女，名叫玉女，上次夫人叫拿宝箓给崇伯的，就是她。"文命听了，方才恍然，但是想到当日匆忙扯落裙带之事，不觉尤有余惭，闲话不提。

且说文命等到了白於山下，只见山上瑞气缤纷，羽葆、仙幢不计其数，文命料想又是群仙来会了，留住大众在山下，单领了天地十四将上山而来。只见山上显出一块大平阳之地，与前此巉岩险阻大不相同。地上分布无数采茵绣席，云华夫人坐在下面主席，上首坐着五位仙人，衣服冕旒，俨如帝者，而他们的衣服颜色却分作青、黄、赤、黑、白五种，个个不同。旁边又站着几十个威猛绝伦、奇形怪状的神将，文命都不认识，但与天将等上前去参见云华夫人。夫人笑道："崇伯来了，这几位都是我与你邀来擒灭妖物的天神，我替你介绍吧。"说着,指指一位中座穿黄色的帝者道:"这位是日中黄帝,名寿逸阜,号叫飙晖像。"又指一位穿青色的帝者道:"这位是日中青帝,名圆常无,号叫昭龙韬。"又指穿赤衣的帝者道:"这位是日中赤帝,名丹灵峙,号叫绿虹映。"又指着穿白衣的帝者道:"这位是日中白帝,名浩郁将,号叫回金霞。"又指着穿黑衣的帝者道:"这位是日中黑帝,名澄增停,号叫玄绿炎。"又指着站在旁边的许多神将介绍道:"这是二十八宿之神:这位是角星,姓某某,名某某;这位是亢星,姓某某,名某某;……"直把二十八个姓名都报完。文命天资虽高,记忆力虽强,但是亦记不得这许多,但记得昴星姓鞞耶尼,觜星姓毗梨佉耶,尼参星和柳星均姓天婆斯失绨,井星姓参,鬼星姓炮波罗毗,星星姓宾伽耶尼,张星姓瞿昙,翼星和虚星都姓怜陈如,轸星姓迦遮延,角星姓货多罗,亢星姓迦旃延,氐星姓多罗尼,房星姓阿蓝婆,心星姓迦罗延,尾星姓遮耶尼,箕星姓持父迦,斗星姓莫迦还,牛星姓梵岚摩,女星姓帝利迦遮耶尼,危星姓单罗尼,室星姓阎浮都迦,壁星姓陁疑阇,奎星姓阿瑟吒,娄星姓阿含婆,胃星姓驮迦毗,所有名字及毕星的姓名都忘记了。

  且说日中五帝见文命走来,个个都起身让座。坐下之后,云华夫人先向文命说道:"相柳这妖修炼多年,煞是厉害!他的皮肉,刀刺不入,很难治死他。他是个西方纯阴之气所结成,非得有纯阳之气不能胜他,所以我请了日中五帝前来,用纯阳之火治死他,易于反掌矣。"说完之后,就向五帝道:"如今崇伯已来,就请诸位动手吧。"五帝一齐应道:"是是。"都站起来。寿逸阜站在当中,做个总指挥,先向二十八宿道:"汝等二十八将,离此地向北,在千里之内,各按着自己的方位,打一个长围。角、亢、氐、房、心、尾、箕七位,请圆常无君统率,拦住东方一面;斗、牛、女、虚、危、室、壁七位,请澄增停君统率，拦住北方一面；奎、娄、胃、昴、毕、觜、参七位，请浩郁将君统率，拦住西方一面；井、鬼、柳、星、张、翼、轸七位，请丹灵峙君统率，拦住南方一面。妖物如果逃来，务请协力阻住，勿使逸出。云华夫人帐下七将，请随某前往挑战可也。"众帝众星依了号令，各去分布。只有黄魔、大翳二人禀道："某等兵器已失，未能临阵。"寿逸阜道："这有何难。"随即举手向日中一招，说道："拿两柄锤、一把刀来。"转瞬之间，只见一只三足乌自日中飞翔而来，其色纯赤，大如鹏雕，口中衔着一刀、双锤。寿逸阜就叫二将接了，拿去用。二人一看，比较从前自己所用的，要好到百倍，不禁大喜，慌忙拜谢。三足乌自飞回日中而去。寿逸阜领了七员天将，来到空中，拿出七面小圆镜来，其色面面不同。寿逸阜将一面红色镜递与童律，一面橙色镜递与乌木田，一面黄色镜递与庚辰，一面绿色镜递与大翳，一面青色镜递与狂章，一面蓝色镜递与黄魔，一面紫色镜递与繇余，嘱咐道："你们各将这镜挂在胸前，只有你们看见他，他不能看见你们了。我先赶他到山谷空旷之地去，你们再动手，免得他重大的身躯扰乱起来，涂炭生灵。"说罢，从怀中又取出一块通明的圆物，往西北方一照，只见一道光芒直射下去，好不厉害，原来这就是日中取火的阳燧了。

且说那相柳，自从在白於山退回之后，心想：文命有这项异宝，乱我目光，使我跑了一个空，实在可恶。我且待夜间再去，乘其不备，好歹总要拿他几百个人来吃吃。到得夜间，耸起身躯一望，知道文命等已退到壶口山去，他不敢轻离巢穴，也就不来追赶，仍旧和孔壬商量怎样东侵扩充势力的方法。一日，忽然连叫"不好"，向孔壬道："文命这小儿，真有本领，请到帮手来了，我恐怕敌不住，不如趁早逃吧。"孔壬听了，大惊失色，忙问道："怎样怎样？"相柳道："此时不必说了，各自逃生吧。我自己保不住，哪能管你呢！

我念昔日君臣之情，不来吃你就是，请你走吧。"说着，昂起九个大头，把身躯旋转来，打一个长围，将附近豢养的人民和那平日为虎作伥的一班凶人一齐绞死，大约有几百个，把他们的血肉吸食饱了，然后耸起身躯，直向西北方蹿去，其行如风，顷刻之间，已不知所在，经过的地方，草木房屋尽皆推倒。孔壬此时，几乎被他带翻，急急地跑到家中，宁神一想，从前所恃的就是这个相柳，如今相柳逃了，文命之兵想必不日就来，此处何能立足，不如趁早走吧。但是走到哪里去呢？仔细一想，不如往北方为是。南方的骧兜三苗，虽则与他平日有交情，但是不知道他们到底靠不靠得住。况且是我熟游之地，难保不为人识破。北方荒凉，人迹罕到，而且我另有一个窟穴做在那边，到那边去躲躲，或者可以苟全性命。想到此际，主意决定，便收拾了些较贵重的行李，其余物件不能多带，一则恐怕耽搁时候，二则深恐路上不便，为人注目。可怜平日搜刮百姓，好不辛苦，一旦抛却，前功尽弃，心中如何不悲伤。但是孔壬是极有心机的人，到此以性命为重，故毅然舍去，携带了妻妾子女和两个心腹仆人，径往北方而奔。哪知这时，孔壬的一个长子忽然不愿意起来，他说往北方走不如往南方走的好。父子两个，争闹了许久。这孔壬的长子，本来是个极坏的坏人，前在共工任上，作奸舞法，无所不为，对于孔壬亦非常忤逆。这次他心中逆料孔壬罪大，政府之兵一到，性命必不能免，深怕将来办起罪来，他与孔壬同在一起，抄查家产，他所搭克而来的都为政府抄去，大受孔壬之累，所以决计不愿和孔壬同行。孔壬无法，只得由他自己拿了他的货财向南而去。

不言孔壬父子分道各自逃生，且说相柳自从向西北方直蹿之后，蹿了五六百里，暂且休息，以为可以逃出他们的范围了。再耸起身躯，往后一看，连叫"不好不好"，掉转身躯，向西再蹿。蹿到一地,只见七员神将拦住去路,当中站着一位帝君。原来是浩郁将统率奎、娄、胃、昴、毕、觜、参七宿在此,大叫:"相柳逆妖,快快受死,看我们的军器!"那个军器与庚辰等所用的军器大不相同了。相柳料想不能抵敌,掉转身躯,径蹿北方。只见迎头一位帝君带了七员神将拦住去路,大叫:"相柳逆妖,休走,看我们的兵器!"原来澄增停统率了斗、牛、女、虚、危、室、壁七宿在此。相柳料不能敌,再蹿东方,哪知圆常无帝君亦已统率了角、亢、氐、房、心、尾、箕七宿在此等候多时,一见相柳蹿到,急忙用军器迎头痛击。相柳不敢抵抗,忙向南蹿。那南方的丹灵峙帝君,统率了井、鬼、柳、星、张、翼、轸七宿,早已等着,大叫道:"相柳逆妖,今日死期到了,还不速死!"说罢,兵刃齐加。相柳没法,只得再向西蹿,迎面遇着奎、娄两宿,一刀一枪,头部早已受伤。忽然空中一道阳光,其热如火,直射到相柳身上。相柳痛如刀割,不禁再向北方蹿去,适遇斗、牛两宿拦住。相柳想逃出重围,拼死冲突,哪知一不小心,一个大头已被斗宿砍落,夹缝里又来了室星,手起一刀,又将大头砍下一个。相柳痛不可忍,加以阳光一道,紧紧跟着,逼得他将长大的身躯蟠拢又伸开,伸开又蟠拢,扭来扭去,婉转呼号,苦于无地缝可钻。有时竖起他的大尾,向地上敲击,左右几百里之内,被他击得都成深潭,但是他的冲突力量亦似渐渐消失。忽而一道红光,向相柳头边闪过,相柳大叫一声,身子颠狂得愈厉害,原来九个大头之中,又少一个了。忽而又是一道紫光闪过,九个大头又少了一个。接着黄光、青光、蓝光、橙光、绿光纷纷闪过,九个大头一齐砍落,原来就是七员天将动手了。然而那相柳真是厉害,还不就死。他的身躯狂颠乱绞,滚来滚去,禁不得太阳真火炙灼于上,七员天将和二十八宿的军器乱斩乱戳,渐渐地动弹不得,又过了些时,才完全死去。寿逸阜在空中将大袖一扬,说道:"大事已毕,收队吧。"说着,先将阳燧收起,回到白於山。那浩郁将、丹灵峙、圆常无、澄增停四位帝君和二十八宿、七员天将,亦陆续转来。七员天将向寿逸阜缴了七色光镜。云华夫人领了文命,向五位帝君及二十八宿道谢。大家都谦逊道:"区区微劳,何足挂齿。"寿逸阜向文命道:"逆妖虽除,但是那块地方已糟蹋得不堪,崇伯收拾善后,恐怕要多费时日及心力呢。"说罢,与丹灵峙等起身告辞,二十八宿亦随侍起身,纷纷而去。云华夫人与文命略谈一会,也去了。

文命率领众人,径向斩妖的地方前进。走不多里,但闻腥气阵阵,中间更夹杂血腥气、臭腐气,实在难受,个个呕吐,连文命也吐了。众人到此,颇有迟延不肯前进之意。文命道:"这个不可。相柳新死,秽气尚少,趁此前往收拾,尚不甚难。假使日子久了,全体腐烂起来,难保不腥闻于国,腥闻于天,到那时避到什么地方去!况且这种气息熏蒸传染,容易酿成疫疠,很可怕的,尤其应该赶快收拾。我们做人,应该有牺牲救人的精神,遇到这点困难就要退避,还要做什么事呢!"横革道:"我们不是怕死,这种气息闻着了,实在比死都难过。人人呕吐,饭都吃不下,还能做事么?请崇伯再想善策为是。"文命听了,知道他们亦确有为难,正在踌躇,庚辰上前道:"某有一策。相柳的尸身臭腐得这样快,因为他满腹脂膏,被太阳真火逼得太烈的缘故。崇伯刚才所说的几层,的确可怕,现在为免除灾沴起见,为便于我们进行工作起见,只有请崇伯召请霜神、雪神等前来商量,只要一阵大霜大雪大冰冻,尸首暂时凝固不腐,一切困难都可以解决了。"文命听了,极以为然,于是立刻作法,向空喝道:"霜神、雪神何在!"倏忽之间,只见空中降下一个少年女子、一个介胄武夫,齐向文命行礼道:"霜神青女、雪神滕六谒见,未识崇伯见召,有何命令?"文命就将要使相柳之尸暂时冰冻的意思说了。滕六道:"小神职司降雪,但与云师有连带关系,必先有云，才能降雪，请崇伯召了云师来，共同商量。"文命道是，又作法喝道："云师何在？"霎时间空中一道祥云，降下了一个道者，羽衣星帽，向文命稽首道："云师屏翳谒见。"文命就将要想下雪冰冻之事和他商量。屏翳道："可以可以，小神与滕六，会合了风神巽二、雨师冯修，一齐进行吧。好在小神在风雨雷霆各部中，都有兼差，一切都由小神去接洽罢了。"说着，与滕六告辞而去，霜神青女见无所事，也告辞去了。这日下午，众人停止不进，预备寒衣，静待风雪。然而众人之中，因感受秽气，呕吐委顿者很多，实际上亦的确不能前进了。到得薄暮，只听得呼呼风响，天气骤寒，那腥秽之气反更加厉害，原来是西北大风，正从那面将秽气送了过来，过了些时，方才渐渐减少。但觉得天气更寒，重棉不温，仰望天空，彤云如墨，堆布满天，雪花飘飘，如飞絮乱舞，但是堆积不多，腥秽之气顿然绝灭。众人大喜。次日，文命率了众人，踏雪冲寒而行，愈前进，雪愈大，亦积得愈厚，寒气亦愈甚。到了相柳尸身相近，雪高一丈有余，尸身刚刚掩盖住，可见那身躯之大了。但是附近土地，被相柳所践蹋，忽而高起，忽而低下，高者数丈，低者亦数丈，崎岖之至，加以大雪堆积，行路更难。文命叫大众拣高地暂且住下，等雪融后，再商处置之法。少顷，风定，雪止，云开，一轮红日照来，那积雪顿时渐渐融化了。

第九十八回

黄蛇守护共工台　孔壬被逮
皋陶喑而为大理　皋陶曰杀之三,尧曰宥之三
流共工于幽州

且说大雪融解之后,相柳尸身已全体显露,秽气不作,而腥气仍烈,一半是本来的腥气,一半是血腥。文命带了众人,细细一看,真是怪物;其身之长,足有千丈;九个头纵横散布在各处,面目狰狞可怖;竖将起来,它的高度亦总在一丈以上。周围约百里以内,处处都成源泽。泽中积储的,都是他的血水,现在虽已与雪水融合,但是腥气仍在。文命看到此处,真无办法,后来决定,只能埋掉他就是了。吩咐众人,先将他的尸身解作数百段,再掘地二丈四尺深,将尸身一排一排地横列起来,又将九个头亦扛来,一齐埋下去,又防恐他后来尸身腐烂起来,膏脂流溢,地质要松,秽气仍旧要出来,于是又叫工人到各处挑了泥,重重地在它上面堆起,足足堆了三重,方才放心。这相柳的事情,至此才算结束。后来这块地方左近,终是含有血腥的臭气,不能生五谷,却生了许多大竹。就是它周围地方,亦多源泽,多水,水中亦含有血腥气,人不能饮,因此人民亦不敢来住,几百里之地,除出竹树以外,竟绝无人烟。那埋相柳尸身的地方,非常隆高,后人就在这上面筑了几个台,一个是帝喾之台,一个是丹朱之台,一个是帝舜之台,供奉他三人的牌位,作为镇压之用,这是后话,不提。

且说文命自从掩埋了相柳尸身之后,就下令缉捕孔壬,悬有重赏,务期获到。一面仍率领众人,向西南探访河道的水源。一日,行到一处,忽有人来报说:"孔壬已寻到了,他在北方。"文命道:"为什么不拿了来?"那人道:"他有蛇妖保护,所以不敢拿。"文命诧异道:"相柳已死,还有什么蛇妖?"那人道:"的确有蛇妖,小人当日奉命之后,四处打听,知道孔壬在北方还有一个巢穴,料他或者逃到那边去躲藏,所以假扮商人,前往侦察。但见那面一座庄园,园中有一个台,四方而甚高,与寻常百姓家不同。仔细探问,才知道就叫共工之台,的确是孔壬的又一巢穴了。小人又多方打听,知道孔壬造此台,已有十余年之久。从前有一年,不知何故,孔壬忽然跑到此地来住,听说是和相柳闹翻的缘故。后来相柳也跑来,像要和孔壬相斗。大家以为相柳这种怪物,又是这样大的身躯,孔壬哪里敌得住呢。不料相柳刚来之时,共工台下忽然蹿出一条黄蛇,并不甚长,满身斑斓如虎纹,直上相柳之背,咬住了相柳之头。相柳那时一动也不敢动,大呼饶命。然后孔壬才出来与相柳立订条约,要他宣誓,从此以后不得再有凌犯之事。相柳一一答应,那黄蛇才不咬了,饶了相柳之命。从此以后,相柳仍旧和孔壬要好,但是再不敢到共工台来了。这就是相柳和孔壬的一段故事。"文命听到此,便和伯益说道:"怪不得相柳这个逆妖,肯受孔壬的命令,原来有这么一段故事呢。"伯益道:"这条黄蛇,小能制大,难道比相柳还要厉害么?"文命又转头问那人道:"现在怎样呢?"那人道:"小人自知道这番情形之后,再细细打听,才知道孔壬果然躲藏在里面。小人便想走进去擒捉,哪知一到园门口,只见那台下果然有一条大黄蛇,昂着头,向着南方,像要冲过来的模样。小人吓得慌忙退出,因此连夜赶来禀报,伏乞定夺。"文命听了,慰劳了那人几句,叫他出外休息,随即与大众商议。隤敳道:"某看,且将治水之事暂且搁起,先去剿灭孔壬为是。他起先养了一个相柳,已经涂炭生灵到如此,假使再养起一条黄蛇来,后患何堪设想!古人说:'为虺勿摧,为蛇将奈何?'现在已为蛇了,为蛇勿摧,为蟒将奈何?"大众听了,都赞成这话。但是想起相柳那样厉害一个妖物,尚且为这条黄蛇所制,那么这条黄蛇一定是不容易擒制的,因此大家又不免踌躇起来。黄魔道:"怕什么?我们只管去,果有困难,夫人必定来救助。"众人一听,都以为然,于是立刻拔队起身,径向北方而行,由前次来报告的那人做向导。看看就要相近了,七员天将和七员地将一齐来见文命道:"孔壬的这条黄蛇,不知道究竟是怎么样一件东西,请崇伯和大众暂且在此驻扎,勿就身入重地,容某等十四人先去试探后再定行止,以免危险。"文命点首允许,并嘱咐小心。

十四人半由空中、半由地中,径往共工之台而来。鸿濛氏向章商氏等道:"上次诛戮相柳,我们七人一点功业未建,这次务须拼命,立些功劳才是。"章商氏等都道极是。到了台边,向上面一望,只见七员天将早已在空中了,各执兵器,迟迟不敢下去。那条黄蛇,色如赤金,蟠在台下,昂着头,向空中喷发毒气。陶臣氏道:"我们趁这条蛇不备,戳它几下吧。"众人赞成,于是各执兵器,向上面乱刺乱戳。那黄蛇正在抵御上面的天将,不防备下面有人暗算,顿时腹部受了伤痛,急忙低头向下面一看,又喷毒气。七员地将急急躲入地中深处,那黄蛇犹是低了头,一面喷毒气,一面找寻。上面的天将看它如此,知道下面地将已在那里动手,猛然地从空中如电一般地下来,七般兵器齐举,黄魔的大锤却正好打在蛇头上,打得一个稀烂,登时死了。七员地将也从地下出来,看见了,大家都哈哈大笑,说道:"原来是一个脓包,不经打的。我们从前还道它有怎样厉害,小心谨慎,真是见鬼了!"说着,又各执兵器,将蛇乱砍了一会,便到台上来寻孔壬。

那孔壬正在台上和妻妾闲话,猛见天上有七个神人和他豢养的黄蛇相持,已知道有点不妙。后来蛇打死了,地下又钻出七个人,孔壬更觉凶多吉少,料无生理,就想往台下一跳,图个自尽,被他妻妾拉住,劝阻道:"横竖是一个死,与其今日死,还不如将来死,乐得多活几日呢。"孔壬一想不错,就不想寻死了。七员天将和七员地将上得台来,孔壬强作镇定,佯为不知,满脸笑容,恭恭敬敬地上前迎问道:"诸位何人?光降寒舍,有何见教?"原来十四个天地将,都是不认识孔壬的。繇余先问道:"你就是孔壬么?"孔壬一听,知道他们都不认识自己,遂从容说道:"诸位所寻的孔壬,就是从前做过共工之官的孔壬么?"众人道:"是的。"孔壬道:"他刚才到北山访友去了,诸位有什么贵事,可和某说知,待他归来,转达就是了。"卢氏问道:"汝是何人?"孔壬道:"某乃孔壬之弟孔癸是也,诸位究竟有何贵事?尚希见教。"黄魔道:"令兄身犯大罪,某等奉崇伯之命,来此捕拿,现在他确在北山么?你不可扯谎。"孔壬道:"确在北山,怎敢扯谎。"乌木田道:"既然如此,我们到北山去寻拿吧,料他插翅也逃不去。"孔壬道:"是呀,他身为大臣,犯了大罪,既被捉拿,应该束身自己报到,才不失大臣之体,岂可逃遁以重其罪呢!即使家兄果然要逃,某亦只有劝他自己报到的,诸位放心吧。"说罢,又说,"北山友人,住在山中第三弯,第五家,朝南房屋,其人姓赵,门外有两棵极大的枣树,诸君去一寻,就可以寻到了。"众人听他说得如此确实,并且义正词严,不觉个个满意,当下和他行礼而别,自向北山而去。这里孔壬看见众人下台去了,便向他妻妾说道:"我顾不得你们了,好在帝尧宽仁,罪人不及妻孥,你们是决无妨碍的,让我一个人去逃生吧。逃得脱,是我之幸,逃不脱,是我之命,你们不要记念我。天下无不散之筵席,我们从此分手了。"说着,从他妻妾身边取了些饰物,以作路费,又换了一二件旧衣,装作村农模样,匆匆就走。他妻妾哭得悲惨之至,问他到哪里去,孔壬摇摇头道:"我自己现在亦一无主意呢。"说罢,一径下台,直向南方而去。

且说天地十四将下了共工台,齐向北山而行,章商氏提议道:"我们来捉黄蛇,时候过久了,崇伯想来在那里盼望,我们应该回去报告。如今捉一个孔壬,何须我们一齐出马。"大家一想不错,于是决定,单由庚辰、鸿濛氏两个前去捉拿孔壬,其余一概回去报告,各人分头而行。黄魔等到了大营,见文命,报告一切。大家听见黄蛇如此无用,不禁大诧。文命道:"物性相制,是不可以常情揣度的。从前南方有两国交战,一国用兽类中最大的象来代战马,冲将过来,势不可当。后来那一国想出一个方法,捉了无数兽中最小之鼠,到临战阵的时候,那边冲过象来,这边将所有之鼠统统放出,四面窜逸,有些都爬到象的身上,钻入象的耳中。那些象登时一齐战战兢兢,伏地哀鸣,动都不敢动,那一国就败了。以这样大的象,怕最小之鼠,可见物性相制,不能以大小论的。相柳怕黄蛇,或者就是这个缘故。"众人听了,方才明白。后来说到孔壬在北山,文命道:"既然如此,我们迎上去吧。"于是传令,拔队起身。走了多时,只见一个老村农,以面向内,坐在一株大树之下休憩,这亦是寻常之事,不以为意。事有凑巧,适值章商氏绕过他的面前,那老村农将头一低,仿佛怕人看见的意思。章商氏不觉动疑,俯身仔细一看,原来就是刚才见过的孔壬之弟孔癸,尤其疑心,便盘问他道:"令兄见过了么?"孔壬不觉把脸涨红了,期期地说道:"没有见过。"这时狂章、乌木田亦走来问道:"那么,你现在到何处去呢?"孔壬道:"我有一点事,须往南方去。"章商氏道:"我看你这个人不对,跟我去见崇伯吧。"说着,不由分说,便将孔壬拖到文命面前。

— 886 —

原来孔壬自从下得共工台之后,心想何处可逃呢,只有南方,或是一条生路。一则与驩兜有旧交,即使受他些冷眼,只要逃得性命,也顾不得其他了。二则儿子亦逃往南方,或者天假之缘,父子相遇,仍得同在一起。因此一想,决意向南而行,明猜到文命大队一定在南方,但自以为自己的面貌无人认识。而且又改易服装,更不致被人识破,所以他竟敢冒险大胆向南而行。中途遇到大队,他装出休憩模样,自以为可以避过了,哪知天网恢恢,不容脱漏,被章商氏识破,拥到文命面前,说明情由。文命刚问得一句:"汝是孔壬之弟孔癸么?"忽见庚辰从天而降,鸿濛氏从地而出,来到文命面前。文命便问二将道:"汝等捉拿孔壬,怎样了?"庚辰道:"上当上当!我们被那个贼子所欺,此山之中,何尝有姓赵的人家!明明是那个贼子随嘴乱造,累得我们好寻,真正可恶之极!"文命一听,便回头拍案,骂那孔壬道:"那么你就是孔壬了。身为大臣,犯了大罪,还想狡诈逃脱,真真不爱脸,现在可从实说来。"孔壬至此,料想无可再赖,然而还要狡辩,便说道:"崇伯在上,听某孔壬一言。某刚才并非要狡诈图逃脱,其间有个苦衷。某从前在帝挚时代,曾任显职,与令尊大人同事,后来又任共工之职四十余年。现在虽则免职,仍是西方诸侯。朝廷待大臣,应该有个体制,虽则有罪,不应加之以缧绁。适才几位天使上台之时,声势汹汹,似欲将某囚絷,某恐受辱,不得不诡辞避免。某不足惜,某受辱,就是辱朝廷。某这样做,是为尊重朝廷体制起见,某的苦衷,请求谅察。"文命道:"既然如此,为什么此刻易服而逃?"孔壬道:"某并不逃,某刚才和几位天使说过,大臣有罪,应该束身自投,现在某就是这个意思。朝廷天子,既然以某为有罪,某所以立刻起身,想亲诣阙下去请罪。不然,某果要逃,应该往西往北,岂有反向此地迎上来的道理!即此一端,已可证明某的不是逃了。至于易服一层,某既犯罪,自然不配再着冠冕,应该易服,尤其是正当的。"众人听了这番话,虽明知他是狡辩,然而亦不能不佩服他的利口。好在人既被逮,一切自有国法,也不必和他多说了。文命便吩咐从人,再到共工台去,将孔壬的妻子一并捕来。一面做了一篇奏章,叫苍舒、隤戭、伯奋、庭坚四个,带了五百个军士,押解孔壬等前往帝都,听候朝廷发落,自己率了大众,仍去治水不提。

且说苍舒等四人,押解孔壬等来到帝都。那时帝都仍在平阳了,因为山海之水既泄,孟门之山复开,平阳一带已无水患,帝尧和太尉舜等商议,仍旧迁回平阳。一切从前的建筑设备,虽则都已残破,但是帝尧夙以崇俭为主,茅茨土阶,修理整葺,不到几时已勉强恢复旧观了。那时在廷诸臣,因洪水渐平,正在竭力筹备善后之事。大司农于水退的地方,亲自相度土宜,招集从前在稷山教成的那班人员,再往各处指导,又须筹备崇伯治水人员的粮饷屝屦。垂则制造一切器械,督率人员,日夜不遑。大司徒则筹备如何敷教之事。皋陶则筹备刑法之事。太尉舜则总揽其成,大家都忙得不得了。

这日,忽报崇伯有奏章,将孔壬拿到了。太尉舜奏知帝尧,发交士师审判。那时皋陶任职已历多年,真个是平允公正,丝毫无枉无偏,百姓非常爱戴。可是给他上了一个喑士师的徽号,原来皋陶的喑病,时愈时发,发的时候,往往几个月不能言语,但是于他的审判狱讼,毫不为累。因为他平允公正的名誉久著了,百姓一见他的颜色,自然不忍欺他,犯案的自己自首,理屈的情愿服罪,不必待他审问。即使有几个刁狡不服的,只要牵出那只獬豸神羊来,举角一触,邪正立判,所以他做士师,虽则病喑,亦不要紧。那日,奉帝命审判孔壬,因为孔壬是大臣,开了一个特别法庭,太尉舜、大司农、大司徒及羲和四兄弟,个个请到。皋陶坐在当中,其余在旁边观审。将孔壬引到面前,皋陶问他道:"你是个朝廷大臣,既是知道体统的,应该将自己所犯的罪,一一从实供出来,免得受刑,你知道么?"孔壬至此,知道罪无可逭,便招供从前在帝挚时代,如何揽权纳贿;后来帝挚病了,如何勾结相柳,为退步之计;到得帝尧即位以后,因为司衡羿羞辱了他,又如何与逢蒙定计,谋杀司衡羿;后来做了共工以后,又如何地渎职舞法,于中取利;那年帝尧要禅位于舜,又如何与驩兜合谋反抗;种种事实,都是有的。皋陶又问他:"相柳吮吸人民脂膏,共有多少?你分到多少?"孔壬道:"相柳残害的人民,不计其数。但是我是个人,并无分润。至于相柳的残酷,我亦甚不以为然,不过其势已成,我的力量不能制他,所以亦只好听他。但是有一句话,相柳是个逆妖,即使我不去借助他,他亦要残害人民的。我的罪名,就是不应该想借他的力,觅一个地盘罢了。"皋陶又问道:"那黄蛇在你台下,当然是你养的了?"孔壬道:"黄蛇实在不是我养的。当初如何会得来助我,制服相柳,那个理由,我到现在还没有明白。自从它助了我之后,我才养它起来,这是实在情形。"皋陶听了,也不再驳诘,因为他大端都已承认,小节自可以不问了。于是吩咐,将孔壬带下去。皋陶向太尉舜道:"照这个供状看来,孔壬身犯七个死罪。在帝挚时代揽权纳贿,死罪一。勾结妖类,死罪二。为人臣而私觅地盘,死罪三。设谋杀害司衡羿,死罪四。在共工任上舞法贪利,死罪五。与驩兜等合谋反抗朝廷,死罪六。纵使蛇妖相柳,荼毒生灵,至不可胜计,虽则说他亦不能制服,然而追原祸首,总起于他,死罪七。既犯到七个死罪,应该请太尉将孔壬立正典刑,以伸国法,而快人心。"

太尉舜听了,极以为然,转问大司农等,意见如何。大司农等是从前保举孔壬过的,到此刻颇觉怀惭,然而罪状确凿,实在该死,又无可转圜，只好连声唯唯。皋陶道："既然大家都无异议，就请太尉下令处决吧。"太尉道："孔壬照法应死，但究系朝廷大臣，某未敢自专，还得奏请天子降旨，以昭慎重。"众人知道舜的事尧，如子之事父，谦恭恪慎，极尽臣道，名虽摄政，实则事事仍旧在那里禀承，不敢自专的，所以听了这话，亦无异议。于是大家一齐到宫中，来见帝尧，由皋陶将孔壬有七项死罪的缘由，一一奏明，请帝降诏正法。帝尧听了，叹口气道："依朕看，赦了他吧，何必杀他呢！"众臣一听，都觉骇然。皋陶尤其诧异，当下站起来争道："孔壬如此大罪极恶，如果赦免，何以伸国法呢？"帝尧道："孔壬固然不好，然亦是朕失德之所致。假使朕不失德，他何至敢于如此！可见其罪不全在孔壬了，赦了他吧。"皋陶听到这话，尤其气急，又抗声争道："照帝这样说起来，臣民有罪，都是天子之过？帝的宽德，固然是至矣尽矣，蔑以加矣，但是不怕臣民因此而更加作恶么？法律这项事情，所以惩既往而警将来，往者不惩，则来者何以警？臣职任司法，对于此事，不敢奉诏，还请帝从速降旨，将孔壬正法为是。"帝尧又叹道："汝的执法不阿，朕极所钦佩。但是朕的赦孔壬，并不是私情，亦不是小仁。因为朕自即位以来，劳心一志的，专在求贤、治水两事，其他实未暇过问。孔壬所犯的罪，与所种的罪因，大半皆在未为共工之前。朕既然用他为共工，则以前所犯的罪当然不再追究了。在共工任内的不道，朕既免其职，就算已经办过，不必再办。至于联合驩兜与朕违抗，在孔壬并无实迹。即有实迹，亦不过反对朕个人，并非有害于国、有害于民，朕何须与之计较呢！所以不如赦了他吧。"皋陶听了这话，一时竟想不出话来再争，然而忿不可遏，正要想立起来辞职，太尉舜在旁看见这情形，恐怕要弄僵，遂先立起来说道："孔壬之罪，死有余辜，照士师所定之案，是万万不错的。现在帝既然如此之宽仁，赦他一个不死吧。但是一点罪不办,无以伸国法,无以正人心,恐怕流弊甚多,请帝再仔细酌量为幸。"帝尧道:"那么汝看怎样?"太尉道:"依臣的意见,流他出去吧。屏诸四夷,不与同中国,正是待这种凶人的办法。"帝尧道:"流到何处去呢?"太尉道:"幽州荒寒之地最宜。"帝尧问皋陶道:"士师之意何如?"皋陶道:"如此尚不害法,但是太便宜他了。"于是决定,流共工于幽州,即日起解,并其妻妾,同往监禁,不得自由。(现在北京密云区有共城,据说就是共工流放之地。)后来结果如何,不得而知,孔壬的事情总算从此告终了。历史上称赞帝尧"其仁如天",孔子称尧亦说:"巍巍乎唯天为大,唯尧则之。"天之下善恶并包,尧之朝亦善恶两者并列,到头来恶贯满盈,还不肯轻于杀戮,真是如天之仁了!

第九十九回

导河积石得延喜玉　女床闻鸾鸟鸣
西王母赐轩辕镜除神魁　少昊帝护穷奇
鸟鼠同穴

且说文命自从遣人押送孔壬入都之后,依旧率领众人,向西南穷探水源。一日,到了一处,但见两山之间有一扇石门,水流汩汩,从石门中流出。叫了土人一问,知道这座山叫积石山(现在甘肃临夏县北),上面万物无所不有,可惜不能上去。从前这石门的水是向西流,流到西海里去,现在不知如何改向东流了。文命又问那土人道:"那西边就是西海么?"土人道:"是。"文命听了,就带了众人向西而行,但见浩浩茫茫,水面愈西愈阔。斜向南行,登到一座西倾山上(现在甘肃循化县南,与青海为界),向西一望,果然是西海,不过海中到处都有大山耸峙,仿佛将海面划作无数区域似的。据土人说,从前这些山都隐在海底,后来逐渐出水,到现在竟年年地增高了。西倾山西南,最近的一座大山,亦叫作积石山(现在青海东南部)。文命考察了一会,问众人道:"那边既然是海,就不必过去,转去吧。"于是一路东行,又复经过前次所过的积石山下。文命看见这山谷石门,有点逼窄,恐怕将来水大起来,终于为患,就叫工人略略开凿,使水畅行。哪知山石开处,忽然露出一块玄玉,上面刻着八个字,叫作"延喜玉受德天赐佩"。大家见了,不敢隐匿,忙送来给文命。文命见上面有"天赐佩"三字,暗想,我哪里当得起呢,且待将来成功之后,献与帝吧。当下就递给左右,叫他们好好收藏。过了两日,那积石山石门凿通了,后人说夏禹王导河从积石起,就是这座山了。《山海经》中称"禹所导积石山"。那西倾山对面的积石山,叫作大积石,闲话不提。

且说文命既探得水源之后,便从积石山导起,一直导到了孟门。两岸支流安顺,没有什么大的工作,只有中间艾山一段,稍稍动工一下。(现在宁夏回族自治区灵武市西南有艾山,南北二十六里,东西四十五里,凿以通河,今名艾山渠。)自孟门而下,东岸的汾水,早经治好,再南到华阴,就是山海的遗迹。山海西北,有三条大水注进去。一条是漆沮水(现在陕西的北洛水),一条是泾水,都发源于白於山;一条是渭水,发源很远。文命打定主意,先治渭水,于是沿着太华山之北,一路向西而去。这时山海中之水已涸尽了,显出一块大大的平原。大司农教导培壅,可以种植,土色尽黄,是土的正色,将来可希望成为上上之田。众人沿路所见珍禽怪兽颇多。一日,到得一座山边,涌出无数虎豹犀兕之类,早有朱、虎、熊、罴等四人上前驱除。文命吩咐众人,须要小心。忽听得一阵笙簧之声,从树林中透出。众人抬头一看,都称赞道:"好鸟儿!好美丽的鸟儿!"文命细看,原来有七八只异鸟,形如雉鸡,五彩悉备,正在那里引颈相对而鸣,其声之清圆真如笙簧一般。众人都对着它们呆孜孜看。尨降问文命道:"这不是凤凰吗?"文命道:"或者是个鸳鸯。"庚辰在旁说道:"这是鸾鸟,从前随侍夫人到昆仑山去,常见的,那边多得很呢。"文命不知道此山叫什么名字,要想寻一个土人问问,哪知山之左右,绝无人烟,想来是惧怕虎兕之故,所以不敢来往。于是作法喝道:"本山山神何在?"不一时,只见跑出一个马身人面的怪物来,向文命行礼道:"山神叩见。"文命便问道:"此山何名?"山神道:"叫女床山。"(现在陕西华阴市西六百里。)文命又问道:"此鸟何名?"山神道:"这是鸾鸟,有几十年不出见了,近来才出见,这是水土将平、天下安宁之兆,可贺可贺!"文命听说,亦是欣然,谢了山神,山神去了。朱、虎、熊、罴等督率部下,将此山所有虎豹犀兕,尽量驱逐,一面由季狸、叔豹等招集人民居住,后来此地渐渐富庶,这是后话,不提。

且说文命等又往西行,只见有三个怪物迎上来,人面、牛身,四足而一臂,手中各执一杖,三个形状都是一般。大家见了,无不大骇,狂叫有怪,不敢前进。七员天将和七员地将早飞身过去,拦住去路,喝问他们是何妖怪。那三个怪物道:"某等并非妖怪,号为飞兽之神,亦就是此地几座山上之神,今有要事,想见崇伯,所以相同而来,乞诸位引进。"天将等听了,就不阻拦,忙领他们到文命面前。文命问道:"诸位尊神,有什么要事见教?"那山神道:"某等所司山上,有二鸟一兽,非常不祥,大为民害。崇伯此刻治水经过,它们或者避而不出。崇伯不知道,一定略过了。但是崇伯不除去它们,此后就无人能驱除,留在世间终为人患,所以某等同来请命。"文命道:"这一兽二鸟,叫什么名字?如何形状?在何处山上?如何地害人?还希明示。"一个山神道:"某所司的是鹿台之山,上面有一只怪鸟,其状如雄鸡而人面,名叫凫徯。它叫起来,声音亦是'凫徯'二字,如果出现,民间必定遇到兵灾,是可怕的。"又一个山神道:"小神所司的是小次之山,上面有一种兽,其状如猿而赤足、白首,名叫朱厌。它如果出现,民间亦要发生兵灾,这是可怕的。"又一个山神道:"小神所司的山是莱山,上面有一种怪鸟,名叫罗罗,竟要吃人。无论你大人小人,它飞来将大爪一抓,就凌空而去。从前此地居民不少,因为惧怕它,相率迁去,所以荒凉了,因此之故,不可不除。"文命听了点首道:"既然如此,诸位请转,某立遣将擒拿就是了。"三个山神称谢,行礼而去。

这里文命便召集天地十四将商议。乌木田道："料想区区鸟兽，何足介意。罗罗这个吃人之鸟，某请一个人去了结它，其余只好请七员地将去捉，因为它们未曾出现，藏在何处某等不能知道。"文命道是，于是就派乌木田去捉罗罗，兜氏去捉凫徯，卢氏去捉朱厌。果然，不费吹灰之力，不一会都捉了。众人一看，凫徯、朱厌，其状都甚怪，罗罗的吃人，不过形状特大而已，于是一齐弄死了。文命率众再向西行。

　　一日傍晚，在一座刚山之下寄宿，暮色朦胧之际，只见山上无数人影，幢幢往来。文命等以为是居民，不以为意。众人之中，伯益与水平年纪最轻，就是伯益端重，水平轻果，胆量又大，看见山上这些人影，一时好奇之心发动，拉了伯益，要上山去看看。伯益道："天晚了，明天再去吧。"水平道："不要紧，上去看看何妨。"伯益给他缠不过，遂一同上山。哪知道过了许久，不见两个回来，大家都有点诧异了，急忙仿人上山去寻。那时月色微明，众人向前一望，绝无人迹，且走且叫，亦不见声息，众人愈加惊疑。后来给文命知道了，忙叫七员地将分头去寻，约有二个时辰，只见章商氏背了伯益、乌涂氏背了水平，都回来了。大家一看，水平和伯益两个衣裳散乱，神情如醉如痴，问他们也不知答应，推他们也不动，忙问章商氏等："怎样会得如此？"章商氏道："某等初到山上，各处寻觅，忽见一处树林之中似乎有人影。某等就跑过去，哪知一大群妖魅，正将水平和伯益二人揿在一块大石上，解他们的衣服，想来要剖他们的腹、吸他们的血呢？见某等到了，又一齐过来，对着某等发出一种怪声，甚是可怕，令人骨节欲痠，神魂欲荡。幸亏某等都是修炼过的人，自己凝得住，赶快用军器打去，那些妖魅顷刻无踪无影。某等不知水平、伯益二人性命如何，不敢追寻，只得赶快背了他们回来。想来他们的这种情形，亦是为那些妖魅的怪声所迷惑的。"

文命听了,一面饬随营医生前来施治,一面问鸿濛氏道:"这些妖魅是何形状?你们看清楚么?"鸿濛氏道:"怪得很,看不清楚。但觉得它们走起路来趯趯而跳,兵器打过去忽然不见,却不是遁入地中,想来总是山精一类的东西。某等从前在山中做不正当的事业的时候,亦屡屡遇到过,不过都不是这种模样。"文命道:"山精不止一种么?"鸿濛氏道:"多得很,最著名的共有四种:一种叫作跂,就是跳跃而行的,但是和刚才看见的形状不同;一种叫作超空,是飞天夜叉之类;一种叫作犴,其形如犬,其行如风;一种叫作飞龙,能够变化隐现,上天入地。"文命道:"这四种都厉害,都能杀人么?"鸿濛氏道:"都很厉害,都能杀人,但是亦有避免之法。只要知道它是哪一种,将他的名字一呼,它就不敢为害了。"文命道:"那么,此刻遇着的这一种呢?"鸿濛氏道:"它既然趯趯跳跃而行,当然是属于第一类,不过形状不同,不知何故。"刚说到此,医生来了,文命就同了医生去看那两个病人。医生诊视过之后,说道:"六脉平和,呼吸调顺,绝对看不出有病,想来神经受了刺激,变成心疾了。现在只能进以镇肝祛痰养心之剂,明日再看吧。"文命听了,甚为忧虑。

到了次日,伯益、水平之病依然如故,神志不清,昏昏而卧。文命叫天地十四将上山到处搜寻,绝无踪影。但是一到薄暮,那山上幢幢的影子又往来不绝。天地十四将赶过去打,倏而又无影无踪。过了些时,它们又聚集来往,正是奈何它不得。文命大怒,作起法来,喝道:"刚山山神何在?"蓦地来了一个老者,衣冠济楚,向文命行礼道:"刚山之神谒见。"文命问道:"汝山上有什么妖魅为患?"山神道:"这是魑魅之类,名叫神魁,专喜作弄人,往往致死;即使不死,听到它的声音,亦可以丧魂失魄,变成废人。"文命道:"有什么方法可以制伏它呢?"山神道:"它的资格在魑魅之上,已是灵祇之类。小神能力浅薄,实在不知道制伏它们之方法。"文命听了,非常纳闷,便道:"既如此,就请转吧。"山神去了,文命召集大众商议。大翳道:"有物质的东西,我们总有方法可以制伏它。如今它但有影子,没有物质,这真难了。"

正说间,只听得空中环佩之声,庚辰等天将忙出外一看,原来是西王母的侍女郭密香,手捧着无数宝镜,降下来了。庚辰等忙报告文命,文命立即出外迎接。行礼已毕,郭密香说道:"敝主人知道崇伯在此治水,阻于神魍,所以叫某将这宝镜送上,用这宝镜,就可以制伏它了。"说着,将宝镜放在地上。文命取了过来,连声称谢。细看那宝镜,共有十五面,每面不过如碟子大,旁边都铸了龙凤之形,盘在上面,知道真是个宝物,便问道:"这宝镜如何用法?"郭密香道:"这种魑魅之类,最怕人看见它的真形,或者知道它的名字,所以白昼决不敢现形,必至昏夜才敢出来,暗中弄人。这个神魍,修炼多年,魔力较高,虽则叫它的名字,它也不怕,只有用这镜一照,使它无可遁形,自然制伏了。"文命又连声称谢,说道:"等到某制伏神魍之后,这宝镜当即送还贵主人。"郭密香道:"不必,敝主人说,这宝镜本来不是敝主人的。当初轩辕氏黄帝搜集各山之金,又采阴阳之精,取乾坤三五之数,铸成了这十五面宝镜,能与日月合其明,与鬼神通其意,真是个神物。后来与敝主人相会,又商量铸了十二面,随月用之。敝主人看得这十五面宝镜好,借去把玩。等到轩辕氏黄帝乘龙上仙,此物亦无所用,还留在敝主人那里,此刻就赠给崇伯吧。崇伯本来是轩辕氏黄帝的子孙,亦可算物归故主了。敝主人吩咐如此,所以用过之后,崇伯尽管放在身边,以为非常之备,不必还呢。"文命听了,慌忙拜谢。郭密香又道:"敝主人说,这宝镜不但可以防妖魅,并可以治疾病。假使有人被魑魅等山精所惑,只要将此镜一照,就能好了。"说罢,告辞,依旧环佩叮当,升空而去。这里文命等再将十五面宝镜细细展玩,又古雅,又精细,煞是可爱,遂用这镜先将水平、伯益二人一照,那心病立刻就好,一如常人。文命大喜,于是再定议,将十五面宝镜分配天地十四将,各执一面,庚辰在上,鸿濛氏在下,其余十二人,分配十二方,将刚山围住,还有一面,文命自己拿着,率领大众一齐上山。但见十五面镜光所射之处,所有神魍,一个个都现出原形,不能隐遁。真窥、之交等正要动手去打,文命止住道:"且慢且慢,去叫了伯益来。"须臾,伯益到了,细看那些神魍的形状,真奇怪呢,人面、兽身、一足、一手,身子为镜光罩住,已不能转动,只有嘴里还是钦钦地叫,像个求饶的意思。伯益对着它,将它形状画出。那些神魍禁不起宝镜光耀的灼烁,渐渐如烟如雾地消灭了。文命还恐怕山上尚有隐藏不出的,叫十四将又各处搜寻,连照了两日两夜,别无所见,想来都已殄灭了。犁娄氏从刚山之尾、洛水之中,发现一种怪物,其状鼠身而鳖首,其音如犬吠,活捉了来,献与文命。大家看了,都不知其名。后来叫山神来问,才知道它名叫蛮蛮,与崇吾山的比翼鸟同名,但是无害于人,也就放掉它了。

　　文命次日再整队向西前进,走了一日,只觉草木丛茂,人烟渐渐稀少,愈西愈甚,到后来竟是一片荒凉。文命暗想,此处离山海已远,遭水患应该有限,何至于此?正要访问,早有从人来报道:"据土人说,前面二百六十里的邦山(现在甘肃天水市)之中,有个妖怪,欢喜吃人,去不得了。"文命便问:"是什么妖怪?"从人道:"土人也说不清楚,有的说是狗妖,有些说是牛妖,有些说是虎妖,有的说是鸟妖,究竟不知是什么东西。"文命道:"既然如此,大家戒备,去是一定要去的。"那时天地十四将便告奋勇,请先去察看。文命道:"你们去三对吧,不必都去,免得后路空虚。"于是童律、兜氏、狂章、犁娄氏、乌木田、乌涂氏,三正三副,起身而去。到得邦山,四处一望,只见静悄悄人迹全无。大家都说:"妖在哪里,真是见鬼呢!"正要转身,忽听见空中翼扇之声,猛抬头,只见一只异兽飞下来,嘴里还衔着一个死人。一看见乌木田等在此,那异兽立刻将所衔的死人抛下,就扑过来。乌木田等六人怎敢怠慢,举起兵器,急急抵敌。那异兽身上,早着了乌木田一铜,大嗥一声,其音如嗥狗,又举翅腾起,从上面扑下来。乌木田、童律、狂章三个,亦各腾身而起,就在空中战斗。犁娄氏等三个不能腾空,仰面观看。兜氏道:"我们不济事,去叫黄魔他们来吧。"于是三人归来报告,黄魔、大翳、庚辰、繇余禀准了文命,各御风而来。哪知到了邽山,绝无踪影,到处找寻,不但兽妖不见,连童律等亦不知去向,不觉诧异。黄魔道:"不要是被兽妖衔去了?"庚辰笑道:"哪有此事!大约兽妖逃逸,他们一齐追赶去了。"但是从哪一方追去,无从知道,只得怏怏而回。

过了半日,遥见远远空中有许多人,如电而来,渐渐接近,果然是乌木田、童律、狂章三人,手中却牵着一只异兽,身子像牛,浑身都是刚毛,仿佛如猬,而敛着两只大翼膀,想来就是那兽妖了。大家同见文命,文命问他们擒获情形,童律道:"我们刚才打这妖兽,妖兽甚不经打,没命地向西方飞逃。我们紧紧后追,直追到长留山上,它就向白帝少昊氏的员神魄氏宫中躲进去。我们追进去,白帝少昊氏出来说,叫我们赦了它吧。我们对于白帝的吩咐,不能不遵,但是我们受了崇伯之命,驱除妖逆,出来半日,空手而返,究竟妖逆除也不除,必须有个凭据,方才可以取信。况且崇伯现在正将各处所遇到的奇异鸟兽、草木、神怪都要画出来,所以要求白帝准我们带回来,画出之后,再送它回去,因此牵了来。"大家一看,这怪兽的形状果然凶恶。昭明道:"这物不知道叫什么名字?"狂章说:"我们问过白帝,他说叫作穷奇,并且告诉我们说:'穷奇有两种：一种其状似虎，而有翼能飞，浑身猬毛，音如嗥狗，出在北方一个蜪犬国之北。这种其状如牛，有翼能飞，浑身猬毛，音如嗥狗，比那一种，凶恶相似而猛悍不如，只要看它们一个像虎，一个像牛，就可以想见它们的强弱了。还有一层，北方的那种穷奇，已修炼通灵，它的脚下踏着两龙，飞行变化更为厉害。诸位假使遇到，恐怕抵敌它不住，没有如这种穷奇的容易对付呢！'"众人听了，都觉闻所未闻，独有文命听到"穷奇"二字，不胜惆怅。水平道："穷奇是著名的恶兽，白帝倒反要保护它，不知何故。"乌木田道："这层我亦问过，据白帝说，此兽虽则凶残，但是亦能够驱逐凶邪，为人除害，所以可赦。它在害人的时候，名叫穷奇；它在为人除害的时候，名叫神狗。譬如一个人，治世叫能臣，乱世叫奸雄，一样的。"大众听了，更是诧异。当下伯益将穷奇形状画好，童律等仍牵穷奇送交白帝。这里文命就率众人直穷渭水之源。

一日，到得一座山边，只见泉流汨汨，派分三歧，汇合为一，确系渭水所自出。叫了土人来问，说这座山叫作"鸟鼠同穴山"（现在甘肃渭源县）。文命听得这山名甚奇，便问何以叫鸟鼠同穴山。土人道："崇伯要看，极容易。"说罢，就领至一处，指着说："这就是了。"文命等人一看，只见一群鸟和一群鼠，共在一穴口嬉戏，非常亲热。那鸟的形状，如鹨而小，黄黑色；鼠的形状，如寻常家鼠，而其尾甚短。土人道："这鸟名字叫鵌，这鼠名字叫鼵，它们同在一穴内，穴入地约三四尺，鼠在内，鸟在外。有的说二物共为雌雄，有的说不是，有的说鸟就是鼠变的，如'田鼠化鴽'之类，究竟如何，却不清楚。"文命道："只有此山产生，别处无有么？"土人道："据老辈说，从前只有此山产生，此刻西北一带亦有了，而且处处不同。听说有一处所产生的，鸟色纯白，鼠色纯黄，或在山上，或在平地，凡生黄紫花草的地方，必定有这种同穴的鸟鼠，不知道是什么缘故。有一处,有人研究过,的确知道它们是异种同类,鸟雄鼠雌,共为阴阳的。有一处,鸟如家雀而色小青,鼠如家鼠而色小黄,进穴溲溺,气味非常辛辣,使人恶逆呕吐,就是牛马闻到这股气味,亦登时大汗满身,疲卧不能起,这又是一种了。有一处,鸟形似雀而稍大,顶出毛角,鼠如家鼠,而唇缺似兔,蓬尾似鼬,又是一种了。有一处,鼠的尾巴拖在后面,仿佛如赘疣,那边土人叫它兀儿鼠;鸟的颜色是灰白的,土人叫它本周儿鸟,这又是一种。"文命听那土人报告出许多的种类,不觉稀罕之至,叹道:"真是天地之大,无奇不有了!"横革道:"想来鸟是鼠所化的,如同鸠化为鹰、雀入大水为蛤之类。"真窾道:"某从前在西方,见过一种草,夏天是草,到得冬天,那草的根就变了虫。天的生物,真是无奇不有呢!"文命遣去土人,又考察一会,方才下山。

第一百回

青要山遇神武罗　天地将除妖蛇
洛出神龟,锡禹洪范九畴　禹辟伊阙
禹铸铁牛　鲤鱼跳龙门

且说文命疏导渭水,自鸟鼠同穴山起,一直向东,将两旁的支流逐一修治疏浚。最大的支流是沣水(现在陕西城南)、泾水、漆沮水三条,派仲戡、叔献、季仲三个带领人夫前往。又寻出许多古迹,如同华胥氏陵墓(在陕西蓝田县西三十里)之类,都饬人修理保护。雍州东部的工程,总算告竣了。于是又往东来,到得风后陵的下流一看,只见那水势奔腾澎湃,实在来得太凶,两岸虽有大山夹束,工程亦复坚固,然而多少年之后,下流经不起这种冲激,难保不发生灾害。筹思了长久,正是无法,忽然帝都中的工师倕派人送了许多刀凿斤斧等类的器具来,都是铁做的,并且附上一信,信上说"承蒙指示产铁之地,并开采熔铸之法,但某于此种矿质,经验颇少,提炼鼓铸,屡经失败,直至近时,勉强造成许多器具,似乎较铜做的坚固犀利得多。某现在还拟再仔细研究,将来造成,或更有进步,亦未可知"等语。文命看完之后,忽想到一事,就写了一封回信给倕,叫大章专诚送去,信内说"请将炼好的铁送几百斤到此地,让我来试验"。大章领命去了,文命又向东行。

一日,看见一座高山,文命要观看形势,就登到绝顶。只见许多鸳鸟横空而飞,向北一望,只见河水滔滔,由北而来,由此折向东去,隐隐约约,还看得见。文命暗想,我抱的一个理想,不料到今朝竟能够实现,我的功绩一部分总算已经成功了,颇觉自慰。忽然又想到他父亲,从前许多议论、许多理想,亦多有不错的地方,然而因为没有天神帮助,只落得身死在羽渊之中,可见天下事的成败亦是有幸有不幸呢!想到此际,又不免心伤泪落。回下山来,只见那南面山半,有个大池,名叫埻渚,渚旁都是仆累、蒲卢之类。文命一看,益发想到那羽山的羽渊了。正在呆呆出神之际,忽听得一阵铮铮之声,随风送来,仿佛有人在那里凿山似的。文命一想,此地并无应凿之工,何人在此开山呢?便叫从人去探听。过了一时,归来报告道:"那座山,就是这座山的东阜,名叫騩山,著名出瑿珜美玉的。那些百姓正在凿山取玉。"昭明在旁听了,就要趁此去掘些美玉。文命忙道:"不可不可!如今治水工程正急,哪里再有闲工夫去弄这些无用的东西呢!即使得到一块径尺大的璧,恐怕亦敌不过这一寸光阴的损失,何苦来呢!"昭明听了,只得罢休。

大家一路下山,只见有几十个妇女联翩而来,且说且笑,又有几个男子,手中执着弓矢矰缴,陪伴在后面。文命觉得他们必有缘故,就和大家立着看。只见那些女子沿途采拾野草,男子则四处张望、射猎飞鸟,后来渐渐走近。他们看见文命大队人在这里,似乎亦颇诧异,但是亦不回避。有几个妇女,忽然走到文命身边,俯身下去,拔起一株草来,口中说道:"这里又有一株。"文命细看那草,其状如葍而方茎,黄花赤实,其本如藁木,不知何用。就问她们道:"这草叫什么名字?有什么用处?"一个妇人道:"这草叫荀草,吃了之后,能够使人颜色美好,如脸上有面皯黑色,亦可以除去。"文命道:"汝等要采这许多做什么?"妇女道:"我们不必一定自己吃,有得多,尽可以卖给别处人。天下的妇女,没有不想颜色美好的,天下的男子,亦没有不想他的妻妾颜色美好的。采多了,还怕没有销路么?"文命听了这话,细细向那些妇女一看,果然个个白净,虽不是个国色,但亦与寻常黄脸村婆不同,暗想这草果然有功效的。正想间,那几个男子也到了,有一个手中捉着一只活鸟,嘴里说道:"可惜那两只逃走了。"文命细看那鸟,其狀如凫,青身而朱目,赤尾,知道他们捉去亦必有用处,就去问他。那男子道:"这鸟名叫鸦鸟,女子吃了,无子的能够使她有子。"文命道:"男子吃了没有好处么?"那男子道:"这座青要之山(现在河南新安县西二十里)所出的东西,都是宜于女子的。降霜的霜神青女,亦住在这座山里,那边过去还有庙呢。还有本山山神,偶尔出现,我们看见,细腰而白齿,耳上戴着两个大环,想来亦是女子呢。"文命听他答非所问,也不再说。那些男女依旧采草猎鸟而去。水平在旁,听了这话,好奇之心发动,要求文命叫了那山神来看看。文命道:"这个却难,现在并没有要事,轻易召请山神,未免亵渎。"水平道:"有什么为难呢?现在洛水就在南面,洛水上游水患亦很大,我们将来治起来,有无妖精怪魅、猛兽鸷禽,都可以问他一问,有什么轻亵呢?"文命想了一想,便作起法来,喝道:"青要山神何在?"那青要山神果然出现了,众人一看,其狀人面而豹纹,小腰而白齿,耳上果然戴着双珰,正辨不出他是男是女。只听他向文命行礼道:"青要山神武罗参见。崇伯见召,有何垂询?"这两句话,说来声如鸣玉,至柔至和,悦耳之至。文命道:"某现在打算去治伊水、洛水,不知道那一带有无妖精怪魅,乞尊神示知。"武罗道:"妖怪没有,寻常吃人之兽是有的。另外还有几种可以致水旱的动物,一种叫作夫诸,一种是化蛇,一种是鸣蛇。鸣蛇出在伊水流域的鲜山(现在河南嵩县),其狀如蛇而四翼,其音如磬,见则天下大旱。化蛇出在伊水流域的阳山(现在河南陆浑县),其狀人面而豺身,鸟翼而蛇形,其音如呼叱,见则天下大水。夫诸出在此地东首的敖岸山上

（现在河南氾水县），其状如白鹿而四角，见则天下大水。那座敖岸山上，有一位吉神，名叫泰逢，自去年起，已将夫诸收禁，不使它出来，所以崇伯过去不会遇到了。"文命道："那吉神泰逢，是不是形状如人而虎尾，好居于黄山之阳，出入有光，能布洒云雨的么？"武罗答应道是。文命道："多承指教，费心费心，请转吧。"武罗神去了。文命问众人道："既然如此，现在还有两害，一害是阳山的化蛇，一害是鲜山的鸣蛇，能致水旱，必须除去。"就派繇余、陶臣氏二人去捉化蛇，狂章、犁娄氏去捉鸣蛇。四人领命，分头而去。这里文命带了众人，自去察看瀍、涧二水，不提。

且说繇余、陶臣氏二人到了阳山，只见一片童荒，绝无草木，但有豺类鸟类，寻常之蛇蠕蠕而行的却不少。陶臣氏道："那山神所说的化蛇，并非真蛇，是人面豺身而鸟翼的。现在满山寻不见，不要是我们认错了一座山么？"繇余道："我们一路访来，的确是此山，哪会错呢！既然名字叫蛇，或者能潜藏在地中，亦未可知，你到地中去寻吧。"陶臣氏亦以为然，潜身入地，到处寻觅，果然在岩石之下发现了好几条。陶臣氏举槊就戳，那化蛇着忙，一齐蹿到地面。陶臣氏追将出来，那化蛇又不见了，便问繇余道："你看见化蛇么？"繇余道："没有化蛇，只有几条寻常之蛇，刚才从岩石里钻出来。"随即指着一条，说道："这就是刚才钻出来的。"陶臣氏觉得有点古怪，举槊戳去，不料那蛇忽然失踪，但见一只豺兽，没命地向山下跑去。繇余大叫道："这个真是妖怪。"说着，如飞地赶去。陶臣氏亦跟着赶去，一路见豺就打，逢蛇就戳，哪知蛇遇剑都化为豺，豺遇槊又化为鸟，凌空而上，翱翔满天。急得繇余亦纵身天空，追赶打击，顿时打落了好几只，跌在地上，现出原形。陶臣氏一看，果然是人面鸟翼豺身的怪物，原来它具备豺、鸟、蛇三种体格，而又加之以人面，所以通灵性、能变化，名叫化蛇了。鸟在空中飞行，究不敌䰰余飞行之速,不到多时,一概打落,都现了原形,而被陶臣氏打死。一时呼叱之声大作,这亦是动物鸣声中所少有的。陶臣氏和䰰余商议,除恶务尽,先将在地面上的鸟类、豸类、蛇类都打死了,又到地中寻觅一遍,赶出了几条,大概尽数除灭,二人方拣了几条大的拿回来献俘,并给伯益做图画的资料。哪知狂章、犁娄氏二人已早在那里了,陶臣氏问犁娄氏道:"你们除怪,何以如此之速?"犁娄氏反问道:"你们除怪,何以如此之缓?"陶臣氏将以上情形述了一遍,犁娄氏道:"原来你们的繁难,我们的容易。我们去捉的那个鸣蛇,不过生有四翼,善于飞翔而已,不能变化,不经一打,而且又不知躲藏,只知道乱叫,所以一捉就着,我们就此先到了。"不提二人谈论,且说文命见化蛇、鸣蛇都已捉到,二害已除,向四人慰劳一番,瀍、涧二水考察之后,就沿洛水而上。

　　一日,到了一座蔓蕖之山(现在河南卢氏县),突然听得婴儿啼叫之声,但是左右并无人家。文命道:"不要是百姓的弃儿么?"遂叫横革等去寻觅,以便收养。横革等答应,犹未起身,哪知婴儿之声渐啼渐近,突然由林麓中跑出一只虎身人面的怪兽,将前锋的工人衔了一个,转身就跑。大众一齐惊叫起来。童律见了,哪敢怠慢,一道光似的追过去,手起一枪,将那怪兽戳倒,便从那兽口中将工人救出,但是咬得太厉害,已经气绝身死。只得用枪挑了怪兽,一手提了工人的尸体回来。文命见工人已死,不胜伤感,就盼咐众人,从速将其埋葬。众人道:"尸体还没有全冷呢,立刻就葬,不嫌太忍心么?"文命道:"讲到礼,自然要等一日。但是此刻,洪水之患未平,陂塘之事正急,只能朝死而暮葬,哪可以迟延一日呢!多日之后才葬,是礼之经;朝死而暮葬,是礼之权;现在只好用权,并非我太忍心呀。"众人听了,亦以为然,于是就将那工人埋葬了。文命叫过天地十四将来,盼咐道:"以后大众前进,这种危险之事必多,他们都是凡夫,抵敌不住这种怪物,只好偏劳尔等在前巡察,庶可有备无患。"十四将答应,从此遂在大队之前效力,不在文命前后左右了。这时伯益已将怪兽形象画出,但是不知其名,文命遂作法叫了蔓渠山神来问,才知道这个怪兽名叫马腹。那蔓渠山神的形状,却又生得古怪,是个人面而鸟身。众人看了,更是稀奇,闲话不提。

且说文命由蔓渠山西进,到了熊耳山(现在陕西洛南县),是洛水发源之地了。文命详细察看一会,再沿洛水而下,到得中流,忽然看见似有大物,蠕蠕而动。文命防恐又是妖怪,吩咐众人戒备。哪知仔细一看,却是一只很大的大龟,从水中直爬上岸,一径到文命面前伏着。文命诧异,向它背上一看,仿佛像个图画,又仿佛像个文字,就叫人取过笔牍来,照着它的式样细细画下,原来有两件东西:一边是个计数之图,一到九,排列整齐,纵横推算起来,无不是个成数。一边是个哲理之文,共有三十八字,现在将它录在下面:

　　　　五行,敬用五事,农用八政,协用五纪,建用皇极,乂用三德,明用稽疑,验用庶征,享用五福,威用六极。

文命看了,知道这是天地之至宝,宇宙之精义,天所宠锡的,于是向着这神龟再拜稽首而受。那神龟仍旧蠕蠕入于洛水之中。后来文命有闲暇时,常常将这个《洛书》研究,因而将它次第起来,成功了九类,就是现在《书经》所载的那篇《洪范九畴》了。文命又看那《洛书》上的文字,奇古可爱,于是常常模仿它的笔法。后来铸鼎象物,上面题的字,就用这种笔法来书写,就变了后世钟鼎文字之祖,这是后话不提。

且说文命得到《洛书》之后,就到了洛水与伊水相会之地,又溯伊水而上。看那地势,觉得千岩万岫,将伊水的上流遏住,宣泄不畅;里面群山包围,已形成一个湖泊;将来里面的水,积聚渐多,难保不倒灌而下,酿成水灾。因此取出伏羲氏所赐的玉简来,将各处地势量了一会,就择定一处,叫众人动工,把那连山凿断。(现在河南洛阳市南的龙门山,亦叫作伊阙,两山对峙如门,中间有斧凿痕。)这时所用的器具,还是铜的居多,因为工倕所制造的铁器送来不多,不敷分配,所以工程困难,与开凿孟门山相仿。一日,文命正在监工之际,忽有人来说,从前向工倕所要的铁,已如数送到了,现在砥柱山南岸。文命听了,就叫苍舒、梼戭、尨降、庭坚四人在此监督工程,自己率领将佐,径往砥柱山南岸而来,想出一个提炼铁沙的方法,叫工人依式开炉鼓铸,制成几柄斧凿,果然比工倕所制的又进步些。文命便将提炼鼓铸之法,写了一封信,并制就的斧凿,叫竖亥一并送去给工倕,叫他依照这个办法,再研究,再制造。竖亥奉命去了。文命又将余剩下来的铁,叫工人铸成一只大铁牛,立在河水南岸,头向南,尾在北,作向西回顾之形。伯益、水平等看了,都不知道是什么缘故,便问文命。文命道:"天生五种原质,叫作金木水火土,是谓五行,有相生相胜之理。铁属金类,金能生水;而十二支之中,丑支肖牛,牛为土类,土能胜水。我前日在此,看见河水滔滔,厉害得很,虽有砥柱山,约束不住,深恐多少年之后仍旧要受水患,所以用五行生克之理,铸成此牛,妄想作一种镇压之用。有效无效,且看后世吧。"(现在河南陕州区城北,铁牛尚在。除此之外,还有不少,都是学禹这个镇压之法。)众人听了,方才明白。

一日,正在安放金牛的时候,忽听见在水边的工人嚷道:"夥颐! 好多呀!"引得大家都到水边去看。文命和伯益、水平等也都走过去,只见水中大鱼无数,衔尾相接,络绎不断地向上流游去。

东西砥柱之山,水势很急,不知道它们怎样能够逆冲而上。仔细一看,都是鲤鱼,大者丈余,小者亦有八九尺,冲波跋浪,究不知它们是何用意,亦不知道它们要到哪里去。水平好奇之心发动,就怂恿文命,叫天地诸将去探它们的来源,一面又要跟着它们,以穷其究竟。文命以为这种异事与物理、气候、土地等必有关系,所以答应了,就叫大翳、卢氏二人往下流去探它们的来源,自己就带了众人,跟着鲤鱼而进。

时当三月,一路桃花盛开。(河南陕州区以西,在周朝时候叫作桃林之塞,现在仍是多桃。)滨水桃花,因风吹拂,落在水面,如红霞万点,随水流滚滚,向东而逝。那大群鲤鱼,丝毫不改常度,绝不向水面喋喋,总是努力前进。过了风后陵前,河身折而向北,那鲤群亦折而北。大众看得稀奇极了,益发紧紧跟随。一日,到了孟门山相近,水平与伯益私议道:"那边孟门山,悬崖数十丈,水势冲下来又高又猛,力量又大,看它们怎样过得去,恐怕只好自崖而返了。"伯益摇摇头道:"难说难说,且再看吧。"过了一会,已到孟门山下,只见水中一条大鲤鱼,骤然跃起,如同生翼翅的一般,凌空直上,几几乎到了孟门山缺口、河水流出的地方了。但是终觉力量不及,跌在水中,依旧被河水冲了下来。接连又是一条,二条,三条,四条大鱼,跃上去,或则落在水中,或则竟落在岸上,活泼泼地在那里跳,众人亦无暇去顾及它。眼睁睁,只看那一上一下的大鱼和穿梭相似,正不知它们是何用意。忽然看见一条大鱼,跃得很高,竟给它跃到孟门山之上。只听得一声霹雳,电火通红,烧在鱼尾上,陡然看见一条长龙,舞爪张牙,拏空而立,四面云气氤氲围绕,停了片时,飞向下面,将头向孟门山点了几点,像个行礼致谢的意思,倏尔掉转身躯,径向东方飞舞而去,其长总在十丈以上,想来到东海去了。这里水中之鱼,仍旧穿梭似的不住地跃,跃得上的,都如前式,化龙而去,但是总以跃不上的为多。须臾之间,停止不跃了,众人看那些鱼,衔尾连接,往下流而去。细看那些鱼的额上,都有焦点,仿佛为火灼伤似的。再看那跌在岸上的鱼,额上也是如此,而多一种暴鳃之苦,文命叫人仍旧投之水中。总计上跃之鱼,何止千数,然而得化龙者,不过数尾,余皆点额而还。究竟是功候有深浅的缘故,还是命运有通塞的缘故,那真不可知了。文命等看完这一出大戏,无不心满意足,个个称奇,就将这孟门山改为龙门山。

那时大翳、卢氏二人早回来向文命报告,说这些鱼一小部出在洛水下流、近河之处一个巩穴之中,一大部都从海中来的。众人听了,才知道它们的出处,依旧回到砥柱山地方。那时铁牛已装好了。再回伊水中流,那时所凿的山亦已开通,远望过去,和门阙相似,所以亦叫作伊阙。

文命再率众人溯伊水而上。一日,正在中途,忽见兜氏、鸿濛氏、狂章、乌木田四人牵了一只怪兽过来,其状如牛而苍身。文命问他们为什么捉来,乌木田道:"这兽出在前面釐山(现在河南嵩县西),它的声音伈如婴儿,其状又凶恶,料想必是食人之兽,故此捉来。"文命听了,沉吟一会,便作法召了山神来,问这兽叫什么名字,是否吃人之兽。那山神是个人面兽身的形状,极可丑怖,他答道:"这兽名叫犀渠,确要吃人。"文命道:"那么杀掉吧,免得害人。"鸿濛氏、兜氏二人答应,立刻将犀渠杀死,山神亦告辞而去。文命将伊水上流察看一周,再回到下流。伊、洛、瀍、涧,既入于河,这一带已经平治了。一路而东,到覃怀之地(现在河南沁阳市一带),有沁水、卫水二支流流到河中去,再上有恒水、漳水二支流流到河中去。这四水之中,只有卫水的上源丹水,尚有须疏凿之处。文命从前由碣石山到发鸠山去的时候,早已测量过,绘有图说,这时就派伯奋、仲戡率领工人前去动工。(现在山西凤台县东三十五里,浮山南,磨山北,对峙如门,亦名龙门峡,是禹所凿。)其余恒、卫、漳三水,亦派人前去察看,自己不再亲往。因为这种地方,西阻太行、王屋,与河东隔绝,孟门之洪水及太原岳阳而止,并未东溢为患,其工程不大,不过浚畎浍距川而已。而且鲧治水时,文命在此考察多年,情况尤熟,处处都有图案方法,只要依了去做,所以不必自己亲往。隔了一月,丹水上源的工程告竣,覃怀一带,东到大伾,北抵横漳,都已成功,恒、卫二水亦安流入河。从前一片汪洋、不可纪极的大陆泽,至此大半涸成平地,可以耕作了。文命自从受任以来,至此已经三年,第一段工程已完全蒇事,于是留众人在此休息,自己入帝都,白帝尧告成。